LA MUSA
DE LA
FLOR NEGRA

Si tienes un club de lectura o quieres organizar uno, en nuestra web encontrarás guías de lectura de algunos de nuestros libros. **www.maeva.es/guias-lectura**

Este libro se ha elaborado con papel procedente de bosques gestionados de forma sostenible, reciclado y de fuentes controladas, avalado por el sello de PEFC, la asociación más importante del mundo para la sostenibilidad forestal.

MAEVA apuesta para frenar la crisis climática y desea contribuir al esfuerzo colectivo y permanente de proteger y preservar el medio ambiente y nuestros bosques con el compromiso de producir nuestros libros con materiales sostenibles.

MARTA GRACIA

LA MUSA
DE LA
FLOR NEGRA

Nadie puede resistirse
a la fragancia de la vainilla

MAEVA

© Marta Gracia, 2023
Los derechos de la Obra han sido cedidos mediante acuerdo con International
Editors & Yañez' Co. Agencia Literaria.
© MAEVA EDICIONES, 2023
Benito Castro, 6
28028 MADRID
www.maeva.es

ISBN: 978-84-19638-04-5
Depósito legal: M-7057-2023

Diseño de cubierta: OPALWORKS BCN sobre imagen de
© NIC SKERTEN / TREVILLION IMAGES
Fotografía de la autora: © EMILIO SÁNCHEZ
Preimpresión: MT Color & Diseño, S. L.
Impresión y encuadernación: CPi
Impreso en España / Printed in Spain

Para Marc

PRIMERA PARTE

1

CELIA SALIÓ DE la habitación sin hacer ruido y bajó a la cocina descalza y de puntillas. Se sentó en la silla de mimbre y saboreó aquellos momentos de tranquilidad y silencio echando un vistazo a las recetas de merengues, turrones, rosquillas y bizcochos de su cuaderno. Sacó la ramita de lavanda seca que hacía las veces de marcapáginas y apuntó los pasos para elaborar los caramelos de azahar que había puesto en práctica el señor Carranza el día anterior. Suspiró frustrada preguntándose de qué le servía toda aquella información si ni siquiera podía comprar los ingredientes necesarios para hacer aquellos magníficos dulces. Aunque de vez en cuando hurtaba algo de azúcar de la despensa de La Perla, aquel botín desaparecía tan pronto como cruzaba la puerta de su casa, y es que sus hermanos se abalanzaban hacia los granitos blancos como las hormigas a la mermelada.

Miró con tristeza los ganchos vacíos que colgaban del techo de la cocina. Ya no quedaba nada de los restos de matanza que había comprado hacía unas semanas en el mercado de la Cebada, y en las tres pequeñas estanterías de madera tan solo restaban un par de tarros de garbanzos y pescado en salazón. No tendría más remedio que ir al matadero de la Puerta de Toledo a comprar mondongos, vísceras y sangre para hacer morcilla.

Salió al pequeño corral, donde sobrevivía una vieja higuera. Como estaban a finales de septiembre, el fruto estaba maduro, así que recogió una buena cantidad para hacer su propia mermelada. Echó carbón al brasero de la cocina y puso un cazo negro de hierro al fuego. Troceó los higos y dejó que se hicieran a fuego lento. El aire se llenó enseguida de un aroma dulce y fresco.

De pronto, escuchó la tos ronca y persistente de Gonzalo, el pequeño de la casa, de tan solo cuatro años.

—¿Qué haces? —le preguntó, desperezándose a los pies de la escalera.

Tenía el pelo lleno de tirabuzones castaños, el rostro pálido y los ojos azules y apagados. El ruido que salía de sus pulmones sonaba como el aire del fuelle de un herrero.

—Estoy haciendo mermelada de higos —respondió, acariciándole la cabeza. Olía a una mezcla de alcanfor, sebo y mentol, de todos los ungüentos que le aplicaba en el pecho antes de acostarse—. Hoy no tengo que ir a la confitería. Es mi día de fiesta, así que estaré con vosotros.

Gonzalo suspiró aliviado, contento, y salió al corral a que le diera el aire. Poco después apareció Beatriz. Llevaba puesto todavía el blusón de dormir, pero se había bajado la ropa para vestirse al calor de la estufa de la cocina. Aunque todavía no hacía mucho frío, la muchacha siempre estaba tiritando. Se desnudó sin ningún tipo de vergüenza, enseñando los diminutos pechos que empezaban a aflorar en su cuerpo. Celia se preguntó en qué momento aquella niña de trece años se había convertido en toda una mujer. Tenía el pelo del color de la miel, largo y lacio, y los ojos claros.

—Madre aún duerme —comentó mientras se vestía—. Ayer llegó tarde del trabajo.

Había heredado la ropa de Celia. El dobladillo de su enagua estaba salpicado de barro y las medias tenían algún que otro agujero impertinente que se resistía al remiendo.

—Y aun así no gana lo suficiente —añadió, desviando la mirada.

Celia torció el gesto, pero trató de ser optimista.

—Algún día nos desharemos de esas deudas.

—¿Tú crees? —Beatriz suspiró—. Llevamos años así. Quiero buscar trabajo, no es justo que trabajes solo tú. Ya soy mayor. Puedo lavar, coser o fregar.

Celia arrugó la frente y negó con la cabeza.

—Ni hablar. Seguirás estudiando en la escuela. Siempre has dicho que quieres ser institutriz y sé que se te da bien. Te gustan los libros, y enseñar.

—¡Pero es imposible! —exclamó con los ojos vidriosos—. Nunca seré institutriz si no voy a una buena escuela, de esas privadas, y jamás podré pagarla. Prefiero ponerme a trabajar.

Se escuchó movimiento en la planta de arriba.

—Olvídate de eso, ya buscaremos la manera. —La agarró del brazo y le señaló el fuego—. Vigila que la mermelada no se pegue. Voy a ver a madre.

Celia subió las escaleras, entró en el dormitorio de su madre y abrió la ventana de la habitación para ventilarla. Enseguida entró el barullo de la calle de las Maldonadas. Algunas mujeres se dirigían hacia el mercado de la Cebada, los carboneros arrastraban pesados sacos por la calle embarrada y un afilador hacía sonar su flautilla de forma intermitente. Por las noches, sobre todo en verano, el ambiente se hacía irrespirable. Se habían acostumbrado a la tos de Gonzalo, pero no a los gritos de los borrachos que asolaban las calles del barrio de La Latina, y que llegaban a casa con los bolsillos vacíos después de habérselo gastado todo en aguardiente de Chinchón.

Mientras su madre se vestía, ella ordenaba la estancia y ahuecaba el colchón de lana.

—Se me han pegado las sábanas —dijo Margarita, lavándose la cara en la jofaina.

Celia recogió el bonito vestido que había lucido su madre la noche anterior y lo guardó en el armario. Después, miró el retrato de su padre, colgado sobre el cabecero de la cama. Klaus Gross iba vestido con una capa que le llegaba hasta el muslo, unos guantes blancos y bastón. No llevaba sombrero, así que los mechones pajizos de su cabellera se enroscaban y le caían sobre la frente de manera desenfadada. A Celia se le hizo un nudo en la garganta. Margarita, percatándose de la aflicción de su hija, se acercó a ella para abrazarla.

—Te quedan los recuerdos —le dijo—. Y su rostro. Erais como dos gotas de agua.

Celia asintió nostálgica, mirándose en el espejo de la cómoda. Tenía el pelo tan claro que a veces parecía blanco, y los ojos verdes, como él. Sus mejillas estaban salpicadas de pecas de color café.

—Sí. En la confitería me llaman la extranjera en tono de burla. Dicen que tengo las piernas demasiado flacas y que soy tan alta como la pértiga de un encendedor de farolas. Me tienen harta. Algún día me cansaré y les tiraré una olla de agua hirviendo a esos dos.

—Con diecisiete años y el genio que tienes —rio—. Diles que también tienes sangre española. Además, hablas alemán y francés. Tuviste mejor educación que ellos y por eso te envidian.

—¡Y para lo que me ha servido, madre! —chasqueó la lengua—. Soy poco más que una sirvienta. —Volvió a mirarse en el espejo—. Me encantan mis pecas. Tengo algo de padre y eso me gusta.

Margarita le acarició las mejillas.

—Son menudas y simpáticas —añadió—. Creo que te dan una gracia especial.

Beatriz apareció de repente en el umbral de la puerta y se incorporó a la conversación.

—¿Estáis hablando de padre? —preguntó, melancólica—. Yo era muy pequeña, pero recuerdo los paseos con él junto al Danubio, acompañados por el aroma de los tilos y las acacias. Comíamos estofado de ternera y tarta de manzana en las mejores casas de comidas. Pero él viajaba mucho y me ponía triste verlo partir. Las campanas de la catedral de San Esteban repiqueteaban con tanta pena que todavía me parece escucharlas.

Celia agarró de la mano a su hermana y asintió. Pensó en Gonzalo, que no lo había conocido, y sintió lástima.

—Fuiste muy valiente, madre —comentó Celia—. Volviste a Madrid embarazada de Gonzalo, con dos hijas más, y empezaste de nuevo.

—Madrid es la ciudad en la que crecí —comentó emocionada—. Mi tierra, mi casa.

—Pero llevabas muchos años en Austria.

—Sí, desde 1854. —Suspiró—. La Compañía Imperial de Viena se fijó en mí en un concierto en el Real Conservatorio de Madrid y me ofreció trabajar para ellos. Ya os lo he contado muchas veces.

Beatriz alzó el dedo y sonrió.

—En la escuela me enseñaron que aquí, en el 54, hubo un golpe de Estado y una revolución —explicó—. ¿Tú recuerdas algo de eso, madre?

Margarita tragó saliva, incómoda, y negó con la cabeza.

—Poca cosa. Creo que fue un tal general Espartero. Ocurrió después de que me fuera del país. —Le tocó la cabeza a Beatriz—. Eres una sabelotodo.

Bajaron a desayunar. Gonzalo sujetaba tambaleante un bote de leche de cristal y en la otra mano sostenía un periódico arrugado.

—Acaba de pasar el lechero —explicó—. Y me ha dado un periódico para Celia. Dice que se lo pidió para guardarlo como recuerdo.

Su hermana asintió ilusionada y echó un vistazo al periódico *La Época* de hacía un par de meses, fechado en agosto de 1877. En la portada se anunciaba el matrimonio del rey Alfonso XII y su prima Mercedes de Orleans. La boda se celebraría en enero y se haría una gran fiesta en Madrid. La Perla, la confitería en la que trabajaba, sería la encargada de confeccionar el postre del banquete.

—¿Ya ha pensado algo el señor Carranza? —preguntó Beatriz.

Celia cabeceó con pesadumbre.

—Todavía anda dándole vueltas —respondió—. Está de muy mal humor últimamente. Tiene miedo a fallar. A esa boda acudirán personas muy importantes, de las casas reales de toda Europa, y no quiere defraudar al rey.

—Nunca lo hace. Es un gran confitero.

—Sí, pero va a tener que trabajar en las cocinas del Palacio Real y eso le asusta. No conocemos el funcionamiento de sus hornos. Nos presionará mucho.

—¡Pero estarás en el Palacio Real! —exclamó emocionada—. ¡Qué suerte tienes!

—Lo sé, aunque no creo que pueda salir de la cocina —suspiró—. Tendré que inventarme alguna excusa para colarme por los lujosos salones de palacio.

Celia comprobó el estado de la mermelada y comenzó a calentar la leche para el desayuno. Gonzalo jugaba con la colección antigua de muñecas de papel que su padre les había comprado cuando eran pequeñas. Por suerte, las había conservado todos esos años y ahora entretenían a su hermano; eran sus únicos juguetes.

—Seguro que tienen cocinas enormes. —Beatriz suspiró y miró al techo—. A mí me encantaría vivir una experiencia así. Quién sabe, quizá algún día acabe allí de criada.

—O de institutriz de alguna infanta —le guiñó un ojo.

—Mejor que no, hija. —Margarita leyó la portada y cerró el periódico con desprecio—. Esas no valoran el trabajo de gente como nosotros.

—¿Por eso no quiere dar clases de canto para las hijas de nobles y aristócratas? —preguntó Celia—. Con la reputación que tiene, podría ganarse la vida así, tal como hacía en Viena, en vez de cantar en teatrillos a horas intempestivas. ¿Por qué no lo intenta aquí?

Margarita negó con dureza y miró hacia otro lado.

—Aquí nadie sabe quién soy —dijo sin más—. Me formé en el Real Conservatorio, trabajé mucho para ser una gran cantante, pero aun así nadie me dio la oportunidad. Madrid no es Viena, hija. Y, además, no tengo contactos en las altas esferas.

Celia observó con detenimiento a su madre. Margarita Martín era alta y delgada, y tenía la voz sorprendentemente grave para una mujer de su constitución. De ahí su don para el canto. Poseía una belleza fría, etérea: su cabello castaño enmarcaba una cara angulosa, de ojos almendrados y labios sinuosos.

—Todavía es guapa, y muy elegante —comentó sonriente—. Aún podría convertirse en una gran contralto aquí e interpretar óperas en el Teatro Real.

Margarita agachó la cabeza, afectada, y apagó el fuego. La mermelada estaba lista.

—No digas tonterías —dijo con poco ánimo—. Venga, daos prisa u os quedaréis sin carne en el matadero.

Celia y Beatriz cogieron su bolsito de mano, un par de vasijas y salieron a la calle. Ya había caído el primer chaparrón del otoño y olía a piedras mojadas y al húmedo estiércol de los caballos. El cielo estaba limpio, pero ya no tenía aquel azul incandescente del verano que tanto les gustaba. Todavía era pronto, sin embargo, La Latina ya había despertado. Desde los balcones de hierro de las casas bajas, las mujeres lanzaban sus cubos de agua sucia al grito de: «Agua va» y los artesanos empezaban a abrir sus talleres. Las calles estaban ya muy concurridas, sobre todo de vendedores provenientes de otras regiones y ciudades, muchos de Toledo y Segovia, que se acomodaban en las posadas y pensiones de la calle Toledo. Y es que esa calle era la entrada principal a la capital, y por eso habían proliferado allí un gran número de fondas y tabernas en las que se podía disfrutar de unas ricas gallinejas fritas acompañadas de un buen chato de vino.

—¿Crees que madre se casará de nuevo algún día? —preguntó Beatriz.

—No lo creo. Parece dolida, como si se sintiera culpable por lo que le pasó a padre.

—Ella no tuvo nada que ver en eso. Bastante tiene con seguir pagando sus deudas.

—Pero está alicaída, sin esa fuerza suya. —Negó con la cabeza—. Ella merece mejor trato que el que debe de recibir en esos tugurios en los que canta. Quizá no deberíamos haber dejado Viena.

—Allí se quedó sin trabajo —chasqueó la lengua—. ¿Qué íbamos a hacer?

Celia se quedó pensativa.

—Pero ¿por qué madre no tuvo suerte en la ópera? Estuvo trabajando varios años para la Compañía Imperial, pero no triunfó. Ella siempre se ha excusado en que lo dejó para cuidarnos, pero no sé... Luego comenzó a dar clases. ¿Es que no es tan buena?

Beatriz arrugó la frente.

—Yo no entiendo mucho de música, pero creo que tiene buena voz. Es contralto.

—Para actuar en un gran teatro, quizá se necesitan otras cualidades que ella no tiene —suspiró—. En fin, ojalá pudiera cumplir su sueño aquí, todavía está a tiempo.

—Madre ya no es una muchacha: hay muchísimas cantantes españolas que están triunfando cada noche en el Real. Y una de ellas es tu madrina.

Celia asintió y arrugó la frente.

—No quiero ni oír hablar de Elena Sanz —dijo dolida—. Jamás nos ha ayudado.

Caminaron despacio, observando el ambiente colorista y animado de su barrio. Las fachadas de las tabernas estaban pintadas de rojo, con inmensos toldos a rayas, y la carretera estaba a rebosar de campesinos cargados de mercancía para abastecer los mercados de la Cebada y San Miguel. De vez en cuando, pasaba uno de esos tranvías de dos pisos tirado por mulas que hacía el recorrido de la plaza Mayor al puente de Toledo. Aquellos pobres animales, fustigados por el cochero, trataban de sortear lo mejor posible el camino de piedras salpicado de baches. Celia jamás había subido a uno de esos vagones, pero tampoco lo envidiaba: tras aquellas cortinillas, uno se perdía demasiados detalles. Le gustaba cruzarse con el lechero, cuya vieja mula aguantaba todavía el peso de las dos enormes jarras que le colgaban a ambos lados de la montura; saludar al colchonero, al tonelero y al espartero, que salían a desayunar a la calle, y escuchar la mezcla de acentos de valencianos, extremeños y manchegos que llegaban a Madrid para vender los productos típicos de su tierra.

—¿Cuándo nos traerás algo de La Perla? —quiso saber Beatriz.

—Cuando alguna tarta esté tan mohosa que ya no se pueda vender, o cuando el zoquete de Arturo se despiste y pueda hurtar algún que otro caramelo de la tienda.

Las dos muchachas rieron. Luego Beatriz suspiró.

—Sé que no te tratan muy bien allí —dijo, sintiéndose culpable—. Ojalá pudieras encontrar algo mejor.

—Bah, estoy bien. —Hizo un gesto de indiferencia con la mano—. Trabajo muchas horas, sí, pero me gusta lo que hago. Antes solo limpiaba los cacharros y ahora, de vez en cuando, me dejan elaborar algún que otro dulce. Quién sabe, quizá algún día me convierta en la mano derecha de Carranza.

—¿Por eso guardas todas sus recetas? —le guiñó un ojo—. Como se entere...

Las inmediaciones de la puerta de Toledo comenzaron a llenarse de comerciantes de diversos oficios: curtidores que trataban las pieles, vendedores de despojos, candeleros que fabricaban velas con el sebo de los animales y las llamadas «rastreras», que vendían asaduras, entresijos y cabezas de reses. Justo enfrente de la puerta del matadero, había una larga fila de trabajadores cargados con jícaras para llenarlas de la sangre caliente recién salida de las vacas y terneros sacrificados. Flotaba un olor nauseabundo a animal muerto. Tras llenar las vasijas de sangre y entrañas, emprendieron el camino a casa.

—Jamás pensé que algún día acabaríamos en esta situación, comprando vísceras. —Celia arrugó la nariz—. Todavía recuerdo los grandes banquetes que hacíamos en casa, en Viena, sobre todo en Navidad. Nunca nos faltó de nada.

—Lo perdimos todo de un día para otro. —Beatriz apretó los puños—. Menos mal que madre es una mujer fuerte, trabajadora. Gracias a ella hemos conseguido salir adelante. Y a ti, claro. Ojalá las cosas cambien algún día.

De repente, pasó el coche de caballos con el emblema de la Casa Real grabado en una de las puertas. Iba precedido de batidores y caballeriza, y seguido por su escolta de húsares y lanceros. El cochero oficial del rey le guiñó el ojo a Celia.

—¡Pero bueno! —exclamó Beatriz, atónita—. ¡Qué descarado! ¿Lo conoces?

—Es muy pícaro. Se pasa a menudo por La Perla a recoger los encargos de don Alfonso. El rey y su prometida van casi cada tarde a hacer un pícnic al Retiro, y ya sabes lo que le gustan a don Alfonso los dulces del señor Carranza. Ese chico va detrás de mí como un perrito faldero, y a mí no me hace ninguna gracia.

—¿Por qué? —Beatriz se puso en jarras—. Tiene buena apariencia y un buen trabajo. Deberías de estar orgullosa de que el cochero del rey te corteje.

—No me interesan los hombres —dijo de mala gana—. Bastantes preocupaciones tengo ya encima como para cargar con un romance. Y menos con ese tal Diego, que parece que se lo toma todo a broma. No me gusta.

Beatriz suspiró.

—Vaya, pues yo estaría encantada de casarme con un hombre tan reputado.

—Las institutrices no se pueden casar. —Le dio un codazo en las costillas—. Así que tendrás que elegir.

—Prefiero los libros a los hombres, sí —dijo al fin, tras reflexionar—. En un futuro, me imagino entre libros y lapiceros, educando y formando a muchachas de buena posición. Eso es lo que quiero. ¿Y tú?

Celia se quedó callada y pensó en lo que en realidad quería hacer en la vida. Su sueño era poder viajar, como había hecho su padre, algo que veía casi imposible.

—Me imagino muy lejos, Beatriz —dijo al fin—. Muy lejos de aquí.

Se dieron la mano sin decirse nada mientras seguían su camino, pensando en lo que les depararía el destino.

Y AQUELLA NOCHE, antes de acostarse, las dos hermanas, tumbadas sobre el desvencijado camastro que compartían y bajo la luz íntima de las velas, recordaron su antigua vida en Viena. Los domingos paseando por el Stadtpark, un precioso parque junto al canal del Danubio, siempre surcado por lindos vapores; las visitas al Volksgarten, el jardín botánico, en el que se tocaba la mejor música de Strauss al aire libre. ¡Cómo echaban de menos la ciudad! La majestuosa Ringstrasse, aquella amplia avenida atestada de monumentos en la que, en más de una ocasión, se habían cruzado con la brillante carroza del emperador Francisco José; las calles estrechas y concurridas de la parte antigua de la ciudad, alrededor de la catedral gótica, donde la gente entraba y salía de los lujosos cafés y restaurantes; los edificios barrocos, el tosco ruido del empedrado, los inviernos nevados...

Beatriz sacó una antigua postal de su padre, que enviaba desde las islas Reunión, en el sur de África. Trabajaba para una compañía comercial y pasaba largas temporadas allí, controlando las plantaciones de azúcar y especias. La leyó en voz alta, conteniendo las lágrimas.

Queridas hijas:

Acabamos de fondear en las preciosas aguas del mar turquesa de Reunión. Aunque es un placer caminar descalzo por la arena blanca de sus playas, la soledad hace mella en el viaje. Ojalá pudierais acompañarme y conocer estas montañas que no son más que volcanes cubiertos de un denso bosque tropical. ¡Os encantaría! Quizá algún día, cuando seáis más mayores, podáis hacerlo. Os echo de menos.

Vuestro padre, que os quiere.

Celia, emocionada, abrió una cajita de música que le había regalado el propio Klaus cuando era pequeña. Una bailarina empezó a moverse en cuanto le dio cuerda al son de la melodía de un fragmento de Beethoven. Cerró los ojos y acto seguido le asaltaron los recuerdos de su infancia, cuando todavía no había llegado ese maldito 1873, el año en el que su padre se había quitado la vida.

2

Todavía no había salido el sol, así que Celia tomó a tientas las cerillas de la mesita para encender el quinqué. Bajo la débil mecha de luz, comenzó a vestirse en silencio para no despertar a su hermana, que dormía plácidamente y a la que todavía le quedaban un par de horas más de sueño antes de dirigirse a la escuela. Se puso su conjunto habitual: una falda recta, con poco vuelo, y una estropeada blusa sin volantes ni encajes. A veces soñaba con tener un polisón, pues aquella almohadilla que se ataba a la cintura le daría más forma y volumen a sus caderas y a su trasero. Por desgracia, no podía permitírselo y le sería incómodo para trabajar.

El día comenzaba a despuntar y no tardarían en sonar el canto de los gallos y el tintineo de las esquilas. La calle estaba tranquila y tan solo serpenteaba algún carro de bueyes. Hacía frío y había bancos de niebla en el cielo, así que se apretó el grueso chal de lana sobre el cuerpo y se dirigió rauda a la confitería.

Por suerte, La Perla se encontraba a quince minutos de su casa, en la calle Mayor, y el camino no se hacía muy largo. Cruzó el hospital, el Colegio Imperial y vio a lo lejos, en el horizonte, la cúpula del Palacio Real. A veces, cuando tenía que salir a hacer algún recado para el señor Carranza, se desviaba hacia la plaza de la Armería del palacio para poder ver el relevo de la Guardia Real. Le encantaba el desfile de los soldados de infantería, los húsares a caballo y la artillería rodada. Al menos la distraían un poco de su duro trabajo.

El nombre de La Perla, en el rótulo, relucía en letras doradas sobre el fondo negro. A través de la vidriera del escaparate se exhibían los dulces en bandejas y botes de cristal: azúcar cande, bolitas de anís, regaliz y peladillas de diferentes sabores. El interior de la tienda era más bonito todavía. Había un mostrador blanco rebosante de pasteles, pastas y bombones, también varias cestas con chocolatinas envueltas en papeles dorados y verde metálico. Las paredes estaban cubiertas por un aparador de madera con el fondo de espejo y dibujos grabados al ácido. Varias lámparas de gas colgaban del techo y disponían de sillas de espera para los clientes.

—Buenos días, Celia.

María, la joven dependienta, estaba rellenando los botes de cristal con confites y caramelos. Llevaba una bata azul marino y un impoluto delantal blanco. Su cabello castaño y rizado se escapaba por el borde de la cofia de encaje.

—Sabes que al señor Carranza no le gusta que entres por aquí —añadió—. Tienes que hacerlo por el patio trasero, como todos los trabajadores.

Celia asintió, dándole la razón, pero le entusiasmaba ver la tienda a primera hora de la mañana. Estaba en silencio, limpia y ordenada, con todos los tarros de dulces llenos hasta arriba.

—Espero que el señor Carranza esté hoy de buen humor —apuntó Celia—. Está insoportable últimamente.

—La verdad es que sí. El otro día me regañó porque se me cayeron sin querer un par de peladillas al suelo —entornó los ojos—. ¡Un par de peladillas! Total, que las volvimos a meter en el tarro.

—Pues imagínate a mí, que me dejé por limpiar un poco de hollín negro en el borde del fogón. A veces me paso la tarde cepillando sin cesar, pero ese maldito carbón parece que esté en el aire y que caiga por todas partes.

María se cruzó de brazos y suspiró.

—Creo que está acongojado por la boda del rey. No sabe qué hacer, me parece a mí.

—Todavía hay tiempo. Faltan tres meses y medio para el convite. Seguro que se le ocurre algo.

La dependienta cogió una bolita de anís y se la metió en la boca.

—¿Quieres? —le acercó el tarro—. No se enterará.

Celia negó con la cabeza y tragó saliva.

—Claro que se enterará. ¿Es que a ti no viene a olerte la boca?

María hizo una mueca de sorpresa y dejó el tarro de cristal en su sitio.

—A nosotros, sí —continuó en voz baja—. A los que estamos en el obrador. También nos mira las muelas para comprobar que no hayamos comido dulces.

—¡Será tacaño! —exclamó incrédula—. ¡Ni que eso fuera a arruinarlo! Y mira que le va bien, es el proveedor de la Casa Real.

Celia rio y miró el reloj que colgaba de una de las paredes. Eran ya las siete, empezaba su jornada laboral. Se despidió de María y entró al obrador. Era una gran estancia, ventilada y llena de luz natural, con un fregadero que contenía un secadero y un escurridero. De las paredes de azulejos colgaban cazuelas de cobre, enormes recipientes de hojalata y palos para remover. Había una mesa de mármol perfectamente pulimentada en la que preparaban las masas y las pastas, y otra de madera con barreños, moldes, morteros y espátulas. Como Arturo y Francisca no habían llegado todavía, Celia aprovechó para visitar la despensa y aspirar los ricos aromas de las especias y la manteca. En ella se alineaban un sinfín de botes de cristal con conservas de frutas, esencias y flores, además de cajas de frutos secos y tarros con anís estrellado, canela, nuez moscada y clavo. También algunos botes de goma arábiga y ácido acético que el señor Carranza le mandaba comprar en la droguería, y que servían para espesar y preservar los alimentos.

De repente, escuchó las voces de Arturo y Francisca. Arturo era la mano derecha del señor Carranza, y Francisca, la ayudante de Arturo. Eran tal para cual, creídos y maleducados, y se pasaban el día haciendo chanzas y riéndose a su costa. Salió corriendo de la despensa y se dirigió al horno. Aquella era su primera tarea y una de las más tediosas. Si quería que las masas y los bizcochos salieran bien, debía comprobar que siempre quedaran brasas encendidas. Así pues, cada quince minutos tenía que echar otro leño al fuego.

—¡Piernas flacas! —gritó Arturo—. ¡Ven aquí!

Celia arrugó la frente, con la cara húmeda por el vapor, y regresó al obrador. Arturo había llenado de agua un par de barreños y en ellos flotaban las últimas frutas de temporada de septiembre: ciruelas, peras, melocotones e higos. Como en octubre no había mucha fruta, se afanaban por hacer conservas y guardarlas para el invierno.

—Venga, a pelar fruta —le ordenó de malas maneras—, y rápido.

—Si quieres que pele la fruta y que no te rebane tus orejas de soplillo, será mejor que no vuelvas a insultarme —le advirtió, valiente—. Que ya estoy harta.

Arturo era un hombre robusto y sus brazos cubiertos de vello rizado eran fuertes y musculados de tanto amasar y batir. Tenía un frondoso bigote negro y una nariz aplastada como si le hubieran roto el tabique de un puñetazo.

—¿Qué has dicho de mis orejas? —Se acercó a ella en tono amenazante—. Yo estoy por encima de ti y me debes un respeto.

—Todos merecemos un respeto —apuntó antes de empezar a cortar la fruta—. Deberías aprender a tratar mejor a las mujeres si no quieres acabar soltero de por vida.

Francisca rio por lo bajo y Arturo calló avergonzado, atravesándola con la mirada.

—En eso tiene razón la muchacha —añadió su compañera—. Ya tienes una edad, hombre.

Arturo, sin saber cómo defenderse, cambió de tema. Aunque se creyera el gallo del corral, Celia lo ponía en su sitio a menudo. Y este, que tenía un físico imponente pero un escaso intelecto, solía salir perdiendo.

—Dicen que el rey se casa por amor —rio Arturo—. ¡Por amor! ¿Y quién diablos es esa Mercedes de Orleans? Poca cosa, creo yo. Este Alfonsito está más ocupado en sus líos de faldas que en pensar en lo que le conviene a España. Es un crío caprichoso.

Francisca afirmó con la cabeza mientras empezaba a hacer confites de naranja. Cortaba la corteza, la desmenuzaba y luego la hervía junto al azúcar clarificado. Por último, la dejaba secar en la estufa.

—Es una vergüenza —expresó la mujer—. Ni siquiera su madre, la reina Isabel, la quiere. Montó en cólera cuando se lo dijo. Y ya sabemos el porqué.

Francisca alzó las cejas. Era una mujer gorda embutida en un delantal de un blanco gastado. Tenía la cara redonda, con papada, y las mejillas siempre encendidas. Llevaba el cabello mal recogido en una maraña de pelos morenos, grises y blancos.

—¿Y por qué? —preguntó inocentemente Celia—. Yo no lo sé.

—Claro que no lo sabes —respondió Arturo con mala leche—. Si tú eres extranjera. ¡Qué sabrás de nuestro país!

Celia ignoró el comentario y esperó la explicación de Francisca.

—El duque de Montpensier, el padre de la Mercedes esta, es el archienemigo de la reina Isabel. Siempre quiso derrocarla porque él quería ser rey, o algo así. La cuestión es que conspiró junto a los liberales y fíjate, que la reina se tuvo que exiliar en 1868. Y resulta que su hijo se enamora de la chiquilla, que además es su prima carnal.

—El amor es así de impredecible —comentó Celia—. Leí que ya estaban enamorados desde críos, cuando ella tenía doce años y él, quince.

—El amor es lo de menos cuando se trata de cuestiones de Estado, y la boda de su majestad el rey lo es. ¿No sabes que se estuvo debatiendo en las Cortes? Querían una princesa europea, de alto rango. Pero claro, se ve que Merceditas está de muy buen ver.

La habían apodado Carita de cielo, por lo bonita que era. Decían que era de tez morena y de carácter risueño. Solo tenía diecisiete años, como Celia, pero, a diferencia de ella, iba a convertirse en reina y viviría entre algodones para siempre.

—Pues a mí me parece bien que el rey se case con quien quiera. Al fin y al cabo, es solo un hombre y también tiene sentimientos.

Sus compañeros comenzaron a reír.

—Pero ¿de dónde te sacas esas tonterías? —Francisca negó con la cabeza—. Me temo que el calor del horno te está afectando a las entendederas.

—No es el horno, es que ella es así desde que nació —añadió Arturo—. ¿No ves que no le funciona bien el riego? Pobre muchacha.

—*Du bist ein Idiot* * —soltó Celia en alemán.

Arturo arrugó la frente, incapaz de descifrar lo que le había dicho.

—Vete a freír espárragos —le contestó él, impotente.

Celia rio y empezó a elaborar las conservas. Echó las peras en una olla de agua fresca, las dejó hervir y las puso en almíbar. ¡Qué peligrosa era aquella masa hirviente de burbujas! La primera vez que la había hecho, le había salpicado el cuello, provocándole pequeñas quemaduras. Y es que, aunque esa tarea no le correspondía a ella, había tanta faena por hacer que a veces se olvidaban de que era una simple friegaplatos. Aun así, aprendía rápido: tenía buena memoria y le era fácil seguir los pasos de las recetas de Carranza. Por otro lado, aunque le agradaba hacer de repostera, aquellas ocupaciones de más alargaban su jornada, pues no podía marcharse de la tienda sin haberla dejado como los chorros del oro. A menudo le daban las tantas.

Bartolomé Carranza cruzó la puerta del obrador y se metió directo en su despacho, que más que un despacho era un laboratorio, ya que en él experimentaba con nuevos sabores y texturas. A veces, cuando algo no le salía bien, se le oía gritar y maldecir a través de la puerta. Entonces era mejor no cruzarse con él.

De pronto, llamó a Celia. Esta, dejando todas sus tareas a medio hacer, entró rauda en la habitación. Su mesa de trabajo estaba llena de cacharros —mangas de lienzo, morteros, rodillos y cortadores—, con manchas de harina, huevos y manteca. Luego le tocaría a ella limpiarla, pensó fastidiada.

—Quiero que montes la nata —le ordenó, entregándole un perol y unas varillas para batir—. Sé que lo sabes hacer y los demás están muy ocupados.

Celia asintió y rezó por que le saliera bien. Aunque lo había hecho decenas de veces, sus manos temblaron. Sentía los ojos de Carranza clavados en ella y eso la ponía más nerviosa todavía. Era un hombre de baja estatura, de bigote fino y medio calvo, pero imponía respeto vestido de aquella guisa. Lucía ataviado con uniforme de color blanco, impoluto, y un gorro de rosca con pequeñas

---

* ¡Eres un idiota!

25

flores doradas. Aquella moda de vestir de blanco en la cocina la había popularizado el cocinero y pastelero francés Antonin Carême, que había revolucionado el mundo de la repostería al inventar nuevas recetas, técnicas y materiales. Incluso había trabajado para la Corte francesa. Era el gran referente de Carranza.

—Dale fuerte, mujer —la animó—, que parece que te dé miedo. Quiero una nata bien firme. Para una Chantilly.

Celia no sabía lo que era una Chantilly ni para qué la quería, pero aquel hombre parecía verdaderamente emocionado con lo que estaba creando. Había hecho una masa con harina, agua y huevos, y ahora le estaba añadiendo capas y más capas de manteca de vaca.

—Estoy haciendo hojaldre —le explicó—. Después de mucho pensar, ya sé lo que quiero preparar para el banquete real: napolitanas rellenas de crema Chantilly.

—No sé lo que son, señor Carranza.

—Unas pastas riquísimas. Las aprendí a hacer en la panadería vienesa de August Zang, en París.

—¿Y qué es la crema Chantilly?

—Crema batida ligeramente azucarada y perfumada con vainilla.

Cogió un pequeño botecito de color de ámbar y se lo hizo oler. Celia jamás había experimentado un aroma así. Era cálido, reconfortante, caramelizado. ¿A qué sabría?

—Es esencia de vainilla —continuó en tono didáctico—. Me la han traído *ex profeso* desde México. Es muy cara, por eso no la suelo utilizar, pero la boda de un rey es una ocasión especial, ¿no crees?

Sin dejar de batir, el señor Carranza añadió azúcar pulverizado a la crema y unas gotitas de aquella perfumada esencia. Al llegar a la consistencia deseada, ordenó a Celia que parara y metió el dedo en el recipiente para probarla.

—¡Está riquísima! —Dio unas alegres palmadas—. Esto, combinado con la pasta crujiente y mantecosa de la napolitana... *Est délicieuse!*

Como estaba de buen humor, dejó que Celia catara también la Chantilly. Era cremosa y tenía ese delicado sabor a vainilla indescriptible. Nunca había probado algo parecido.

—Es increíble, señor Carranza. —Seguía chupándose el dedo—. Es maravilloso. Estoy segura de que a su majestad le encantará.

—Esperemos que los hornos del palacio sean tan buenos como el de aquí y que la masa de hojaldre suba como tiene que subir —tragó saliva—. No quiero ni pensar en el desastre que pudiera suponer...

—No piense en ello, señor —se precipitó a decir—. Siempre le sale todo bien. Intentaremos hacerlo lo mejor posible.

Carranza endureció la mirada y se cruzó de brazos.

—¿Intentar? ¿Lo mejor posible? —bufó—. ¡Tú no te juegas nada! ¡Debe quedar perfecto! ¿Es que no lo entiendes, niña?

—Perdone, solo quería animarlo —agachó la cabeza—. Saldrá perfecto.

Enrojeció, nervioso.

—¡No me tiene que animar una friegaplatos! —le señaló la puerta—. Lárgate y vuelve al trabajo.

Celia salió con torpeza de la sala y cerró la puerta tras ella. Se quedó unos minutos pensando en qué había dicho para que el señor Carranza se pusiera tan furioso. Suspiró acongojada. Aquel hombre sufría de cambios de humor bruscos, era impredecible y, cuando trataba con él, debía andarse con pies de plomo. Tenía mal genio, pero era un gran confitero: aquellas napolitanas rellenas de Chantilly serían el remate final a un banquete de ensueño.

MARÍA ESTABA ATENDIENDO al último cliente. Desde el resquicio de la puerta del obrador, Celia la observaba trabajar. Un hombre con aspecto muy elegante pidió unas pastillas de violeta mientras balanceaba su bastón. María, que ya había encendido las lámparas de gas, llenó un cucurucho de papel y lo pesó en la balanza. Luego, se lo entregó. Ya no quedaba nadie en la confitería salvo ellas dos. Celia miró a través del escaparate: ya había anochecido y brillaba el gas en todas las tiendas. La calle Mayor tenía decenas de puntos luminosos, como si hubiera caído una lluvia de estrellas.

—Buenas noches, Celia. Hasta mañana.

María se quitó el delantal y se puso el sombrero. Cerró la puerta principal de la confitería y se marchó.

Celia resopló angustiada y miró el reloj. Ya era entrada la noche y todavía tenía que fregar el suelo. Llenó el cubo de agua y jabón, y comenzó a frotar de rodillas. Se pasó el antebrazo por la frente para secarse el sudor y se estiró para desentumecerse la espalda. Estaba agotada y todavía le quedaba por recoger la mesa del laboratorio del señor Carranza, que se había marchado y lo había dejado todo manga por hombro. ¡Qué sensación de tristeza la invadía a esas horas! Por un lado, apreciaba la soledad y el silencio de aquellos momentos, pues no tenía que aguantar las voces impertinentes de Arturo y Francisca; pero, por otro, tomaba consciencia de la responsabilidad que sostenía día tras día sobre los hombros. Su familia dependía de su trabajo y no podía perderlo. A veces, anhelaba ser otra.

De repente, una mujer golpeó con los nudillos la puerta principal de la confitería.

—¡Está cerrado! —exclamó Celia.

Volvió a insistir. Irritada, dejó lo que estaba haciendo y abrió.

—¿No ve el cartel? —Lo señaló—. Está cerrado. Ya es muy tarde.

La mujer se la quedó mirando con lágrimas en los ojos.

—¿No te acuerdas de mí? —preguntó—. Soy Elena, tu madrina.

Celia abrió la boca, sorprendida. Hacía muchos años que no se veían, ya que un buen día había dejado de visitarlas, sin más. La cantante de ópera había pasado largas estancias en Viena, en su casa, cuando ella y su madre todavía eran amigas. De hecho, cuando era niña, muchas veces la despertaba su voz angelical desde el salón. Su madre había sido su profesora de canto.

—Un día vine a comprar dulces y te vi de refilón en el obrador —le explicó—. No sabía que vivíais en Madrid.

—Dejamos Viena después de lo que le pasó a mi padre —carraspeó con timidez—. ¿Qué es lo que quieres?

—Nada —se encogió de hombros—. Solo quería saber si estabais bien. Al fin y al cabo, eres mi ahijada.

Celia la miró con detenimiento. ¡Qué guapa era! Tenía los ojos negros, las mejillas sonrosadas y los labios carnosos. Su cuerpo era ancho, pero tenía el cuello y los hombros esbeltos, y eso realzaba su figura. Iba vestida con una falda escocesa de seda que dejaba asomar con sutileza sus enaguas de encaje de Bruselas. Sus manos enguantadas recolocaron con gracia su sombrero, del que asomaban varios tirabuzones de color azabache.

—Fuiste tú la que dejaste de visitarnos —exclamó rencorosa—. Mi madre necesitaba ayuda cuando pasó lo de mi padre y tú no estuviste a su lado después de tantos años de amistad.

Elena miró hacia otro lado y resopló. Parecía querer decir algo, pero se contuvo.

—No todo es fácil de explicar, Celia. —Dejó de hablar, emocionada—. La cuestión es que me gustaría retomar la relación de nuevo, al menos contigo.

Celia negó con la cabeza, dolida.

—Ahora ya es tarde. —Hizo ademán de cerrar la puerta.

—¡Espera! —Elena sacó una tarjeta de su bolsito y se la dio—. Aquí está mi dirección, por si un día necesitas algo.

Celia asintió sin mucho ánimo y se despidió. Mientras terminaba de fregar el suelo, pensó en lo que había ocurrido. Aquello le había removido por dentro y le había hecho recordar los buenos momentos que había pasado con su madrina durante la infancia. Pero no había vuelta de hoja: Elena había abandonado a su madre, su amiga del alma, en los momentos más duros, y eso no se lo podría perdonar jamás.

Comenzó a limpiar la mesa del señor Carranza. Había restos de huevo pegados a la mesa y una ligera capa de harina flotaba todavía en el aire. Olía a manteca rancia. Mientras lo dejaba todo impoluto de nuevo, Celia se topó con el frasco de vainilla. «Qué delicioso descubrimiento», pensó. Aprovechando que se encontraba sola, desenroscó la pequeña botellita y se la llevó a la nariz. Era cálida, sensual, exótica. ¡Qué maravilla! Si pudiera, se rociaría el cuerpo con esa misma fragancia. De golpe, el frasco se le escurrió de las manos, mojadas y resbaladizas a causa del jabón. Celia esbozó un grito al verlo caer al suelo y se llevó las manos a la cara.

—Dios mío, ¡qué he hecho! —exclamó en voz alta.

Se quedó parada, sin saber qué hacer, mientras el líquido de color caramelo se esparcía por el suelo. El fuerte aroma le golpeó en la nariz y le revolvió el estómago. Le entraron unas ganas inmensas de vomitar. ¿Qué iba a hacer ahora? El señor Carranza le había dicho que era un producto muy caro, y que se lo habían mandado especialmente de México. Si se enteraba de que había sido ella, la despediría sin pensárselo. Pero ¿de quién iba a ser la culpa si no? Ella era la encargada de limpiar y la última en marcharse. La había fastidiado.

3

 APENAS DURMIÓ ESA noche, pensando en la inesperada visita de Elena y en las consecuencias que le acarrearía haber tirado el botecito de vainilla. Además, era día de pago en la confitería y Celia se temía lo peor: el señor Carranza no sería compasivo y, si no la despedía, la dejaría sin el salario de aquella semana para compensar el valor de aquella esencia que debía de ser más valiosa que el oro.

Su madre y hermanos comían los despojos que habían comprado hacía unos días en el matadero, pero Celia no tenía hambre y el denso olor a sangre coagulada y a tripas cocidas le provocó una arcada. Estaba realmente preocupada.

—Quizá no cobre hoy —tragó saliva—. Ayer tiré algo sin querer y Carranza me lo hará pagar. Tengo miedo a perder el trabajo.

Margarita la miró con preocupación, pero también con esperanza.

—¿Es que ese hombre nunca ha tirado nada? Seguro que lo comprenderá. Todos cometemos errores.

—No lo conoce, madre —resopló con angustia—. Es muy estricto y exigente. Yo no soy imprescindible en el trabajo. Puede encontrar a más chicas como yo.

—No lo creo —comentó ahora Beatriz—. No solo friegas cacharros, sino que también haces elaboraciones, y eso no a todo el mundo se le da bien.

—¡Fue esa estúpida vainilla! —exclamó Celia, airada—. Tiene un olor tan especial que pareció haberme poseído. ¿La ha probado alguna vez, madre?

31

—Sí, en casa del señor Huber, cuando le daba clases a su hija —recordó con nostalgia—. Su cocinera hacía unas galletas de vainilla y almendra deliciosas.

—Pues resulta que es muy cara. —Se cruzó de brazos—. Carranza debería de ser más ordenado y tener más cuidado con las cosas que deja sobre la mesa.

Margarita la cogió del brazo para tranquilizarla.

—Pídele perdón y seguro que lo aceptará —dijo en tono calmado—. Y, si no es así, ya buscarás otro empleo. Sabes hacer de todo y eres muy trabajadora.

Celia le dio un beso en la mejilla, agradecida. Luego pensó en Elena Sanz.

—No os podéis imaginar quién vino a verme ayer a La Perla —comentó con inquietud, temerosa de la reacción de su madre—. Elena, mi madrina.

Beatriz abrió la boca, sorprendida.

—¿En serio? ¿Y cómo estaba? Ahora es toda una celebridad.

—Está bien —respondió—. Guapa, como siempre. La vida le sonríe.

—¡Y tanto que le sonríe! —exclamó de nuevo su hermana—. Triunfa por toda Europa. ¡Hasta ha estado en Rusia! Y pensar que madre fue su profesora...

Margarita permanecía callada; su mirada denotaba una mezcla de tristeza y enfado.

—Gracias a mí es lo que es hoy —dijo al fin, rencorosa—. Y así me lo agradece, desapareciendo sin más.

—Me dijo que había pasado algo entre vosotras. —Celia se encogió de hombros—. Algo difícil de explicar.

Margarita suspiró y cabeceó apesadumbrada.

—Pues es muy sencillo y ya os lo he contado muchas veces: le pedí ayuda, que intercediera por mí en la compañía en la que trabajaba para conseguirme algún papel. —Desvió la mirada—. En el 73 ya empezaba a despuntar como contralto, protagonizaba muchas óperas y tenía influencia.

Celia torció el gesto, dubitativa.

—Algo le tuvo que pasar, ¿no cree? —caviló—. No sé, la quería mucho y me extraña que no quisiera ayudarnos. Después de lo que le sucedió a padre...

—Pues ya ves, no puedes fiarte de nadie —reiteró cabizbaja—. Se le subió la fama a la cabeza y ya no quiso saber nada de nosotros. ¿Y con qué fin quiere verte a ti ahora?

—Quizá desee retomar la relación. Pueda que se sienta culpable por algo.

—Pues ni se te ocurra quedar con ella —le ordenó, seria—. No quiero saber nada.

Beatriz y Celia se quedaron en silencio, sin atreverse a decir más. Les sorprendía el tono despectivo que su madre estaba usando con Elena, a la que había querido y apreciado como a una más de la familia. En el fondo, estaban seguras de que no pensaba todo aquello que decía.

—Y ahora me voy a echar un rato —continuó Margarita, levantándose de la mesa—. Me duele la cabeza y estoy cansada.

—Últimamente le duele mucho la cabeza —comentó Celia—. ¿No debería ir a ver a un médico?

—Solo es cansancio, hija. —La besó en la frente—. Me paso las noches cantando en el Esmeralda, en el Recreo, en el Recoletos... Estoy exhausta. También he apalabrado unas actuaciones en varios teatrillos de la calle de Toledo.

—¡Madre, es mucho trabajo! —resopló angustiada—. Sufro por su salud.

—Hemos de pagar las deudas si no queremos que nos desahucien. —La agarró de las manos—. No te preocupes por mí. Todo irá bien.

Mientras subía escaleras arriba, Celia se la quedó mirando con admiración. Estaba orgullosa de su madre: gracias a ella, habían salido adelante. Era la mujer más fuerte y trabajadora que había conocido en su vida. «Debo seguir su ejemplo», se dijo. Dejó de pensar en Carranza y se preparó para empezar el día.

Los comercios de la calle Mayor comenzaban a abrir. Algunos mozos regaban las entradas de sus negocios para lastrar el polvo que levantaban los carruajes, otros descargaban la mercancía que más tarde mostrarían en los estantes. Celia entró esa vez por la parte trasera de la confitería. El patio comunicaba con otras viviendas, y el suelo estaba cubierto de grava y musgo. Se oían los gritos de los mozos de cuadra, el abrir y cerrar de las verjas y algunos ladridos de perros. Tomó aire y entró en el obrador. Se sorprendió al ver ya allí a Arturo y Francisca, que solían llegar más tarde.

—¡Por fin! —exclamó Arturo—. ¡Tenemos mucha faena!

Sobre la mesa descansaban varios tarros etiquetados con cacao de Guayaquil, Caracas y Maracaibo; también canela y azúcar. Arturo molía con el rodillo las habas tostadas para hacer chocolate. Un olor untuoso y amargo impregnaba toda la sala. Por otro lado, Francisca estaba haciendo una masa con harina, leche de cabra, huevos y manteca.

—¿Qué es lo que pasa? —preguntó extrañada—. ¿Por qué habéis venido tan pronto?

—Anoche nos mandó recado el señor Carranza. Recibió un mensaje del rey pidiendo dulces para hoy. Decía que tenía antojo. Vendrá a recogerlos al mediodía.

—Llevamos desde las seis de la mañana tostando el cacao —añadió Francisca—. Quiere barquillos de chocolate.

Celia se puso nerviosa y miró a su alrededor en busca de Carranza.

—Y... ¿dónde está? —preguntó angustiada.

Arturo dirigió la mirada hacia el despacho. La puerta estaba cerrada.

—¿Qué es lo que has hecho esta vez, extranjera? —rio—. Nos ha dicho que en cuanto llegaras fueras directa a su despacho.

—Hemos oído una de sus maldiciones —apuntilló Francisca—. Te va a caer una buena.

Celia comenzó a temblar, nunca había estado tan asustada. Se dirigió al despacho con lentitud y llamó a la puerta.

—¡Pasa, joder! —se oyó decir al otro lado.

El señor Carranza tenía las cejas fruncidas. Sus ojos acusadores cayeron sobre ella como una losa. El botecito de vainilla, vacío, reposaba sobre la mesa, justo en la misma posición en la que ella lo había dejado.

—¿Sabes lo que cuesta la vainilla? —Se dejó caer sobre el respaldo de la silla—. ¿Lo sabes?

Celia negó con la cabeza, aguantando la respiración.

—Ese botecito tiene el valor de seis semanas de tu salario —continuó—. ¿Cómo vas a pagármelo?

—Lo siento, señor. —Miró al suelo—. Yo no quería hacerlo. Estaba limpiando la mesa y...

—¡Excusas! —vociferó—. ¡Debes de tener más cuidado! ¡Eres una irresponsable!

Celia aguantó la cólera, los insultos y los desaires de aquel hombre sin abrir la boca. Estaba avergonzada por haber cometido un error tan absurdo, por no haber tenido el mayor de los cuidados. ¿Por qué diablos había tenido que tocarlo?

—Entiendo su enfado —comentó Celia—. Y que no me pague la semana. Me marcharé y no me volverá a ver nunca más.

Carranza rio sarcástico y se frotó la frente.

—¿Marcharte? —Negó con la cabeza—. De eso nada. Si te despido, todavía me deberías cinco semanas. Te quedarás y seguirás trabajando para saldar tu deuda.

Celia abrió los ojos, sorprendida y aliviada. Sintió que se quitaba un gran peso de encima.

—No te emociones todavía, muchacha. —La señaló con el dedo—. Tendrás que trabajar el doble. Entrarás más pronto y te marcharás más tarde. A partir de ahora, no compraremos mantequilla al lechero, sino que la harás tú. ¿Y la colada de delantales? Nada de pagar a las lavanderas. Todo lo que me ahorre en servicios externos compensará mi pérdida. Y, evidentemente, cobrarás un veinte por ciento menos a la semana. Si trabajas duro, en un par de meses todo volverá a la normalidad.

Celia no sabía si reír o llorar. Por un lado, seguiría manteniendo el trabajo y aquella dura situación sería solo temporal; por otro, su mísero sueldo apenas alcanzaría para pagar los gastos de la casa y acabaría extenuada de tanto trabajar. Apretó los puños con fuerza.

—De acuerdo —aceptó sin más—. Pagaré mi deuda.

No tenía más opción. Podía buscar trabajo en otro lugar, pero se arriesgaba a no encontrarlo. Y, mientras tanto, ¿cómo alimentaría a su familia? Tenía que seguir en La Perla.

—Espero que sea la última vez que toqueteas mis cosas —la amenazó—. No seré tan benevolente la próxima vez.

Carranza miró el reloj.

—La lechera está a punto de llegar —le señaló la puerta—. Ya le puedes decir que no te dé más mantequilla. Nata, y a batir. Creo que tenemos una vieja mantequera en la despensa.

Celia asintió obediente y salió del despacho. Suspiró.

—¿Te ha echado, piernas flacas? —preguntó Arturo con sorna.

—No —respondió con dureza—. Vas a seguir viéndome la cara cada día.

Salió al patio para evitar caer en las provocaciones de sus compañeros; no tenía ganas de buscarse más problemas. Miró hacia el sol y dejó que los rayos le calentaran la piel. El cielo parecía demasiado lejano y sintió una gran tristeza. Le estaba agradecida al señor Carranza por no haberla despedido, pero le costaba entender su antipatía y frialdad. Llevaba más de tres años trabajando en la confitería y jamás había roto nada. Aquella había sido la primera vez y, aun así, le había echado toda la caballería encima. Estaba dolida y preocupada. ¿Cómo iban a sobrevivir con el sueldo recortado? Metió la mano en el bolsillo del delantal y sacó la tarjeta que le había entregado Elena el día anterior, en el que aparecía la dirección de su palacete de la calle Alcalá. Aunque su madre le había prohibido verla, Celia sentía la imperiosa necesidad de hablar con su madrina. Merecía una explicación. Además, las cosas le iban bien y quizá podría prestarles un poco de dinero.

Justo en ese preciso instante, la lechera llegó con su carro de mulas. Llevaba un uniforme azul con rayas blancas y un mandil para no mancharse. Descargó las cántaras de leche, la nata, los huevos y la mantequilla.

—A partir de mañana no necesitaremos más mantequilla —comentó Celia—. La voy a hacer yo.

La lechera sonrió al creer que se trataba de una broma.

—De verdad —insistió—. Así el señor Carranza ahorrará unas pesetas. Solo serán un par de meses.

La mujer, regordeta y mofletuda, se puso en jarras y la miró de arriba abajo.

—¿Con esos bracitos vas a hacer tú mantequilla? —Se aguantó la risa—. ¿Sabes cuánta mantequilla necesita la confitería cada día?

—No sé la cantidad exacta, pero me imagino que mucha. Nunca he hecho mantequilla.

La lechera soltó una carcajada.

—¿Qué es lo que has hecho para merecer semejante castigo? El señor Carranza es un jefe duro, por lo que veo.

Celia tragó saliva. ¿Tan difícil era hacer mantequilla? ¿Cuántas horas le iba a suponer ese trabajo?

—Tenemos una vieja mantequera, así que será más fácil —dijo a su favor—. Pero agradecería algún consejo suyo, si fuera tan amable. No quiero hacerla mal y malgastar la nata.

La lechera aceptó, compasiva.

—Las mantequeras tienen un doble fondo para poner agua caliente. Se la echas. Luego, mueves la manivela y empiezas a dar vueltas: cuarenta minutos de un lado y otros cuarenta minutos de otro. Si la mantequera no es muy grande, te dará para una tarrina. Tendrás que usar unos ocho litros de nata.

Celia abrió los ojos, asustada.

—¿Ocho litros de nata para una sola tarrina? ¿Más de una hora para esa cantidad irrisoria?

La mujer asintió y suspiró.

—Es un trabajo duro. Probablemente te saldrán ampollas en las manos.

Tragó saliva y palideció. ¿Cómo iba a sacar adelante el resto de la faena si tenía que invertir tanto tiempo en la mantequilla? Estaba convencida de que el señor Carranza le había impuesto aquella tediosa tarea más por venganza que por ahorrarse dinero.

—Y recuerda prensarla —añadió la mujer—. Tienes que quitar la leche sobrante, porque, si no, se pondrá mala.

Celia bufó, afligida, y se despidió de la lechera. Entró rauda en la despensa. En esa ocasión olía a miel de rosas, jazmín y licor de almendras. Cada día había productos nuevos. Rebuscó entre los estantes hasta encontrar la mantequera, que estaba tapada con un trapo viejo. Era pequeña, por desgracia; así que tendría que repetir el proceso varias veces al día. La lavó para quitarle el polvo, echó la nata y el agua caliente, y comenzó a accionar la manivela. Una y otra vez.

Al cabo de un rato, Celia abrió la tapa de la mantequera y comprobó su consistencia con la paleta, pero todavía estaba demasiado líquida. Se masajeó el brazo y siguió batiendo. A los pocos minutos, escuchó el resoplar de los caballos y el cascabeleo de los arreos procedentes del patio. Ya era mediodía; venían a buscar los barquillos de chocolate que había pedido el rey.

Diego Sáez, el joven cochero real, entró por la puerta del obrador. Parecía salido de otra época, pues iba vestido con guantes blancos, librea azul y peluca blanca de tres rizos. Tenía los ojos pardos, los labios finos y unas cejas gruesas y negras que le daban personalidad a su rostro angulado. Era delgado, no muy alto. No se trataba de un hombre que llamara la atención por su físico.

—Buenos días, vengo a por lo encargado —su voz era grave—. El rey está esperando en el coche, así que no tardéis demasiado.

Mientras Arturo y Francisca terminaban de envolver el pedido, Diego se acercó a Celia y le sonrió con calidez. Ella continuó batiendo mantequilla sin hacerle mucho caso. Estaba tan cansada que ya no sentía los brazos y no tenía ganas de hablar con nadie.

—¿Cómo estás? —preguntó el cochero—. ¿Muy atareada?

—¿Es que no me ves? —soltó de mala gana—. Es un castigo del señor Carranza.

—Vaya, ¿no te has portado bien? ¿Has querido envenenar al rey o algo así?

Diego comenzó a reír, pero Celia ni siquiera se inmutó.

—Tiré un botecito de vainilla sin querer —le explicó—. Y ahora he de pagarlo.

—Uy, si se entera Su Majestad irás directa al patíbulo. —Soltó una carcajada—. ¡Le encanta la vainilla!

Celia suspiró y lo atravesó con la mirada.

—Todos cometemos errores —siguió el muchacho—. Yo un día ensillé mal un caballo y don Alfonso estuvo a punto de sufrir un accidente. Por suerte, no me obligó a hacer mantequilla como castigo.

Volvió a reír.

—¿Alguna vez te tomas las cosas en serio? —le preguntó enfadada—. Me ha recortado el salario y tendré que trabajar más horas. No estoy de humor.

Diego carraspeó, avergonzado, y trató de ponerse serio.

—Disculpa. Todo se arreglará.

—¡Tú, extranjera! —gritó de repente Arturo, que estaba metiendo los dulces en la caja—. Deja lo que estés haciendo y tráeme unos lazos dorados de la tienda.

Diego frunció el ceño y miró a Arturo con desaprobación.

—¿A quién llamas tú extranjera? ¿Así tratas a las señoritas?

—¿Qué señorita? —rio—. Aquí no veo a ninguna.

—La señorita Celia está atendiendo al cochero real. ¿Tienes algún problema o tengo que llamar al señor Carranza para explicarle tu impertinencia?

Arturo se quedó callado, sin saber qué decir.

—Tengo otra idea —continuó—. Quizá debería regresar al coche y decirle a Su Majestad que el encargado de La Perla le está haciendo esperar porque es demasiado lento.

—Ya estoy terminando —respondió Arturo, ahora con la mirada gacha—. Discúlpeme.

Diego asintió satisfecho y le guiñó un ojo a Celia.

—El rey está tonteando con Merceditas en el coche —le susurró al oído—. Seguro que no tiene ninguna prisa. Van a hacer un pícnic en el Retiro.

Celia puso cara de enfado y se dirigió a Diego con rabia.

—No necesito que nadie me defienda. —Se cruzó de brazos—. A Arturo lo mantengo a raya cuando quiero. Y ahora, si me disculpas, he de seguir trabajando.

Se dirigió a la tienda, dejando a Diego estupefacto por su contestación, y le pidió a María el lazo dorado. Esta, que en ese momento no tenía pendiente ninguna tarea, había estado escuchando la conversación tras la puerta.

—¿Cómo le hablas así al cochero del rey? —le preguntó, atónita—. ¡No te ha hecho nada!

Celia hizo un gesto de indiferencia con la mano, sin darle importancia.

—Así me dejará en paz —expresó con dureza—. Llevo años lidiando con las estupideces de Arturo y nunca he necesitado la ayuda de nadie. Diego se cree que por plantarle cara va a tener mi atención, y no es así. Me gustan los hombres serios y él parece que se tome la vida a broma.

María negó con la cabeza.

—Solo trataba de ser amable contigo, hija. Te quejas de que Arturo y Carranza te hablan mal, pero luego viene un muchacho que te dice cosas agradables, que trata de hacerte reír, y lo echas por tierra. ¡No hay quien te entienda!

Celia se mantuvo en sus trece.

—No estoy para perder el tiempo. —Se masajeó de nuevo el brazo, que tenía dolorido—. Además, es un descarado. El otro día me guiñó el ojo por la calle, ¿qué pensará la gente? Nunca le he dado pie a nada.

María suspiró y cogió los lazos.

—Ya se lo llevo yo a Arturo, anda. Has humillado a ese muchacho delante de todos y es mejor que no te vea. No sabrá dónde meterse. Deberías tomarte las cosas de otra manera, mujer.

Celia ignoró las palabras de la dependienta: lo único que tenía en la cabeza era esa maldita mantequillera que le iba a hacer la vida imposible durante las próximas semanas.

4

Finalmente, y a escondidas de su madre, Celia decidió verse con Elena en el Retiro.

La calle Alcalá estaba poblada de berlinas y landós abiertos que se dirigían hacia el paseo del Prado, una amplísima explanada rectangular que llegaba hasta la fuente de Cibeles. Los más privilegiados solían pasear por la zona los domingos por la tarde, tomar horchata y limonada helada en alguno de los cafés o ver una corrida taurina en la plaza de toros de la Fuente del Berro.

No solía pasar a menudo por allí, pero le gustaba observar a los guardias que ordenaban el trajín de carros y diligencias a lomos de sus imponentes caballos blancos. Los aguadores llenaban sus barriles en la fuente y un carro de mulas regaba los árboles del paseo. ¡Qué bonita estampa! Por desgracia, en apenas unas semanas y con la llegada del frío, la alameda del Prado quedaría desierta y sin un alma.

Recorrió la calle Alcalá y llegó a la entrada de acceso al paseo de Coches del Retiro, una larga calzada por la que circulaban desde los más modestos calesines hasta las más lujosas carretelas tiradas por los mejores caballos.

—¡Mi querida ahijada! —exclamó Elena, contenta—. ¡Cómo me alegro de que hayas decidido venir a verme!

Celia la abrazó con un nudo en la garganta: sentía remordimientos por desobedecer a su madre, pero también estaba emocionada por reencontrarse de nuevo con su madrina. Pese a tantos años de ausencia, nunca había dejado de sentir afecto por ella. Había visto algo de verdad en sus ojos el día que se presentó en la confitería, y quería darle una oportunidad. Además, esperaba que pudiera ayudarla económicamente.

—¿Lo sabe tu madre? —preguntó Elena—. No quiero que tengas problemas.

Celia negó con la cabeza.

—Cree que estoy trabajando —suspiró—. Me metí en un lío y ahora he de trabajar más horas de la cuenta.

Elena se colgó del brazo de su ahijada y comenzaron a pasear. La vegetación del parque contrastaba con la naturaleza estéril de los alrededores de Madrid. El extenso camino de tierra estaba rodeado de cedros, alguna que otra secuoya y viejos olmos de largas y pobladas ramas.

—He leído en los periódicos que te va muy bien, que no paras de viajar —comentó Celia—. ¡Hasta Rusia!

—San Petersburgo es increíble —explicó—. El primer día estaba muy nerviosa, pues me abrumaban los tejidos en oro y plata de la aristocracia, y las escandalosas piedras preciosas del palco imperial. Sin embargo, el zar y la zarina son muy cercanos. De hecho, me invitaron a cenar al palacio de Invierno.

Celia se imaginó cómo sería su vida viajando de un país a otro y conociendo nuevas ciudades y culturas. Había tenido la inmensa suerte de vivir en una de las grandes y más reconocidas ciudades europeas, Viena, y luego en Madrid, pero anhelaba ir más lejos, a lugares exóticos. Su padre había visitado las islas más remotas del mundo y ella quería hacer lo mismo.

—Me alegro mucho por ti. Estás en boca de todos.

—Mi trabajo me ha costado. ¿Sabes lo mucho que sufrí en el Colegio de las Niñas de Leganés? —suspiró la cantante—. Mis padres eran pobres cuando emigraron de Castellón a Madrid y no esperaban gran cosa de mí. Estudié mucho en ese colegio para ser alguien en la vida y, mira, tuve suerte de que mi voz destacara en el coro de la escuela y se fijaran en mí.

—La reina Isabel, ¿verdad?

—Sí —recordó con nostalgia—. Vino un día a oírnos cantar y le gusté tanto que se convirtió en mi protectora. Tenía veinticuatro años cuando debuté en el teatro Chambéry de Saboya. Ya tengo treinta y tres, querida, así que debo aprovechar lo que me ofrezca la vida antes de que sea demasiado vieja y se olviden de mí.

Celia la miró de arriba abajo. Ya no era una jovencita, pero sí una mujer preparada y culta que suscitaba la admiración de cuantos la conocían. Su madre le contó que había tenido un hijo, pero prefirió no sacar el tema.

—Sé que crees que no quise ayudar a tu madre —comentó en ese momento Elena—, pero no es del todo cierto.

—¿Y qué pasó entonces? —preguntó con curiosidad.

—Intenté buscarle trabajo, pero... —miró hacia otro lado—, no hubo suerte. Dios sabe que usé mi influencia e hice todo lo posible.

—No entiendo por qué. ¿Es que mi madre no es buena cantante? Es contralto, como tú. ¿No vale para la ópera?

Elena se removió incómoda, sin saber muy bien qué decir.

—En el teatro no solo vale una buena voz, también hay que saber interpretar lo que se canta. —Se encogió de hombros—. Quizá tu madre fallaba en eso.

—¡Pero no lo entiendo! —exclamó confusa—. Dejó Madrid porque la Compañía Imperial de Viena se fijó en ella y quiso que trabajara para ellos. Si no hubiera sido una buena intérprete, no se la habrían llevado, ¿no?

Elena carraspeó nerviosa y se quedó callada. Su frente se perló de sudor, inquieta. Celia supo que le ocultaba algo.

—¿Qué es lo que sucede? —preguntó—. ¿Acaso no es eso verdad?

—La Compañía Imperial de Viena no existía en 1854 —dijo al fin, con la voz baja—, así que lo que dice tu madre es imposible. Pero sí es verdad que trabajó para ellos en el 56, cuando se creó.

—¿Y por qué se inventaría algo así? —Celia arrugó la frente, preocupada—. ¿Por qué se marchó de Madrid entonces?

Elena suspiró y dejó de andar.

—No lo sé. Lo que sí sé es que cuando empezó a trabajar con esa compañía... —Calló de golpe—. En fin, había rumores.

—¿Qué clase de rumores?

—Nadie entendía por qué Margarita estaba allí cuando no valía. —Desvió la mirada, sintiéndose mal—. Como ya te he dicho, ella canta muy bien, pero no sabe expresar las emociones. No llegaba al público.

—¿Y por qué ellos la contrataron entonces? —preguntó extrañada—. Se me escapa algo.

—No lo sé —confesó Elena—. Pero, de repente, de un día para otro, la echaron sin más. Y ya nadie la contrató de nuevo. Yo no estaba en Viena aún cuando ocurrió todo eso. Me enteré cuando murió tu padre, e intenté por todos los medios que encontrara trabajo. Nunca me atreví a decirle la verdad: que nadie la quería. Preferí mentirle, decirle que no había trabajo, aunque creyera que no la estaba ayudando lo suficiente. No quise ofenderla; fue una buena profesora y, sobre todo, una gran amiga para mí.

Celia se quedó pensativa, tratando de comprender por qué su madre había mentido sobre su pasado. Y si eran ciertos los rumores de los que hablaba Elena, ¿por qué motivo una compañía tan prestigiosa como la Imperial mantendría a una cantante que no valía para la ópera? Y ¿por qué la habían echado después? Estaba confundida.

—No debería habértelo contado —dijo Elena, culpable—. He hablado más de la cuenta. Olvídalo.

—No, has hecho bien —la tomó de las manos—. Siempre hemos pensado que nos habías dejado en la estacada en nuestro peor momento, y no es así. Ella cree que no hiciste lo suficiente —lamentó Celia—. ¿Por qué no hablas con ella?

—Ya han pasado muchos años de eso, y me temo, querida, que ya no vamos a conseguir que cambie de opinión. Es mejor no remover el pasado.

Su madrina tenía razón.

—Oye, quiero invitarte al Teatro Real a ver *La Favorita*, de la que soy protagonista —comentó la cantante—. Es la semana que viene. ¿Te gustaría venir?

Celia abrió los ojos, sorprendida.

—¿Yo en el Teatro Real? —rio aturdida—. Ni siquiera tengo un vestido decente. Haría el ridículo y no quiero ponerte en evidencia. Además, debería ocultárselo a mi madre.

Elena hizo un gesto de indiferencia.

—El vestido no es un problema, yo te presto uno. Y en cuanto a lo de tu madre... Bueno, ya eres mayor y tienes derecho a divertirte, ¿no?

Celia se señaló el cuerpo y se puso roja.

—No tenemos las mismas curvas —resopló—. Soy delgada como una tabla. ¿Cómo puedo rellenar tu vestido?

Elena se quedó pensando.

—Deja que me ocupe yo de eso. —Acomodó la cabeza en su hombro—. Quiero que vengas, que me veas actuar. Eres mi ahijada y quiero mimarte, recuperar el tiempo perdido. Le pediré al duque de Sesto que te acompañe. Ya sabes que los duques son como mis segundos padres.

Sintió que le temblaban las piernas. Por un lado, quería ver a Elena cantar en el Teatro Real, pero, por otro, le intimidaba codearse con la aristocracia. Además, tendría que mentirle a su madre.

—¿El duque de Sesto? —Palideció—. ¡Es un Grande de España y amigo personal de la realeza!

—Pues como yo —le guiñó el ojo—. Es un hombre muy amable, no tienes por qué preocuparte. Ya hablaré con él.

Asintió, frotándose la frente con apuro. En el fondo, estaba encantada de añadir emoción a su vida, aunque ello supusiera una pequeña traición a su madre. Ahora que sabía la verdad, no quería renunciar a su relación con Elena.

—Bueno, ¿y cómo va todo en casa? —preguntó la cantante, cambiando de tema—. ¿Y tus hermanos?

Celia torció el gesto y miró al horizonte.

—Están bien. Beatriz estudia en la escuela y Gonzalo es muy pequeño todavía. Yo me paso el día trabajando y apenas me llega para cubrir los gastos de la semana. Estoy realmente preocupada. Quería pedirte algo de dinero para poder pasar este duro bache. Te lo devolveré, por supuesto.

Elena dejó de caminar, agarró a su sobrina por los hombros y la miró a los ojos.

—Puedes confiar en mí. Te daré dinero. No obstante, no me tienes que devolver nada.

—No quiero abusar. —Agachó la cabeza—. Puede que tarde en devolvértelo, pero lo haré. Después de lo mal que te hemos tratado todo este tiempo, no sería justo por mi parte.

Elena sonrió y negó con la cabeza.

—El dinero no es problema para mí, así que no se hable más. —Carraspeó y se acercó para hablarle al oído—. Gano unas cuarenta mil pesetas por temporada, ¿qué mujer cobra eso por su trabajo? La gente chismorrea a mis espaldas porque no me he casado todavía, pero no necesito el dinero de ningún hombre.

Celia se tapó la boca con la mano, asombrada. Eso era una auténtica fortuna.

—Lo mismo pienso yo. Puedo salir adelante sola, sin la ayuda de nadie. Mi sueño es poder viajar por el mundo algún día sin rendirle cuentas a nadie, y sé que no podría hacerlo si estuviera casada. En cambio, Beatriz cree en el amor, en que puede aparecer cuando menos lo esperas.

Una sombra de dolor ensombreció el rostro de su madrina, pero lo hizo desaparecer de inmediato. Alzó la cabeza y fingió una sonrisa.

—Estoy bien sola —sonó más débil de lo que pretendía—. Si estuviera casada ya no podría dedicarme a esto. Los hombres son celosos y no les gusta que su mujer viaje y se ausente del hogar a su antojo. Te atan en corto y te tienen a su merced mientras ellos se creen libres de hacer lo que les venga en gana. No te cases nunca, querida.

«Qué paseo más agradable», pensó Celia. Las conversaciones con Elena le parecían una delicia, ya que hablaba sin tapujos ni corsés. Su fortaleza era toda una inspiración para ella. Y, además, estaba dispuesta a ayudarla. Respiró hondo y le sobrevino el aroma de las malvarrosas y el jazmín. Se oía el cascabeleo de los caballos y el canto de los gorriones y los mirlos.

De repente, vio que se levantaba polvo en el camino y un coche de caballos pasó a toda velocidad por su lado. Se apartaron asustadas y observaron con atención el carruaje. Aparecía la gran corona real en la puerta, con el cetro y la rama de olivo.

—Es el coche del rey —apuntó Celia—. ¿Qué habrá pasado?

Elena estaba pálida y agitada, con la mirada perdida en el infinito.

—Seguro que no será nada —continuó—. Quizá su prometida Mercedes se haya sentido indispuesta. Suelen pasear cada tarde por aquí.

—Esa jovencita le dará problemas, ya lo verás —dijo Elena con rabia—. No valdrá para reina. Y si no, al tiempo.

Celia arqueó las cejas, sorprendida por el ataque de su madrina a la joven muchacha.

—¿Tú también estás en su contra? ¿Qué os pasa a todos? ¡Se quieren!

Elena aceleró el paso, como si estuviera enfadada.

—Su padre es un traidor. A la reina Isabel no le gusta nada. —Hizo una pausa—. Por cierto, ¿cómo sabes que pasean cada tarde por el Retiro?

—Conozco a su cochero, Diego. Suele venir a la confitería para llevarle los dulces al rey.

—Pues la próxima vez que lo veas le dices que no conduzca tan rápido —gruñó—. ¡Puede atropellar a alguien!

El sol caía poco a poco en el horizonte y el cielo comenzaba a oscurecerse.

—Debo irme —dijo Celia—. He de pasar por la farmacia antes de que cierren. Mi madre sufre de dolores de cabeza y Gonzalo necesita ungüentos para el pecho. Tose mucho.

Elena cabeceó con tristeza y le acarició cariñosamente la espalda.

—Todo irá bien —afirmó—. Te haré llegar un cheque.

Celia asintió agradecida y se despidió.

—Nos vemos en el Teatro Real.

Se sentía mucho más animada tras hablar con su madrina. Ahora conocía la auténtica verdad, aunque se habían abierto otros enigmas que desconocía sobre el pasado de su madre y que temía descubrir.

Se dirigió hacia la puerta del Sol, donde los faroleros empezaban a encender las luces de gas con su larga pértiga. Todavía había movimiento en el centro neurálgico de Madrid: los mozos de carga descargaban las maletas y baúles de los forasteros que se hospedaban en los hoteles El Príncipe y El Universo, y en las mesitas ubicadas bajo el toldo del Café de Levante los tertulianos conversaban sobre política con buenas tazas de chocolate y churros. Frente a la fachada de la farmacia se encontraba parada la berlina de la Casa Real. Celia entró, intrigada. Las estanterías de la tienda estaban repletas de pequeños frascos de pomadas, agua oxigenada, sifones de agua de Seltz y Vichy, pastas de dientes y tónicos. Olía a alcanfor y a sándalo. Tras el largo mostrador se encontraba el boticario, vestido con guardapolvo de tela gris, que atendía a Diego en ese momento. De repente, sintió una vergüenza tremenda. Con el paso de los días, había tomado conciencia de lo mal que se había portado con él la última vez que se habían visto. Estaba tan enfadada con el castigo de Carranza que había pagado su frustración con la única persona que había tratado de hacerla sentir mejor. María tenía razón, había humillado al cochero delante de todos.

—¿Qué haces aquí? —preguntó ella, extrañada.

Diego palideció al verla y desvió la mirada.

—El rey no se encontraba bien —dijo en voz baja—. Un ataque de tos de los suyos. Lo dejan exhausto. Lo he dejado en palacio y he venido a por un jarabe balsámico de savia y caramelos de resina de pino. Solo le gustan los de aquí.

Celia tragó saliva. Se sentía culpable y no sabía cómo enmendar su error.

—Te he visto correr a toda prisa por el Paseo de Coches del Retiro.

Diego torció el gesto.

—Sí, sé que es peligroso, pero es que cuando a don Alfonso le da un ataque, busca encerrarse en su habitación y estar a solas. ¿Y qué haces tú aquí?

—Vengo a comprar láudano para los dolores de cabeza de mi madre, entre otras cosas.

Hubo un silencio incómodo. Tras la compra, Diego inclinó la cabeza y se despidió de Celia. Esta, sin embargo, trató de retenerlo.

—Espera —lo agarró del brazo—. Quería pedirte disculpas por mi actitud del otro día. Fui arrogante y maleducada. Lo siento.

Diego abrió los ojos, sorprendido, y relajó el rostro.

—No quise reírme de tus problemas —comentó, tímido—. Solo trataba de calmar los ánimos, pero no te molestaré más, te lo aseguro.

Celia suspiró, tenía sentimientos encontrados. Por un lado, estaba aliviada: había conseguido que la dejara en paz, que era lo que quería; sin embargo, seguía sintiéndose mal al ver al muchacho tan afligido y molesto.

—¿Qué puedo hacer para que me perdones?

Diego se quedó pensando mientras el dependiente atendía a Celia.

—Déjame enseñarte las caballerizas reales —dijo al fin—. Te gustarán.

—¿Las caballerizas reales? —exclamó asombrada—. ¿Cómo se supone que voy a entrar allí? Además, el rey estará esperando las medicinas.

—Pues escondida en el interior de la berlina —dijo sin más—. Nadie te va a ver. Y, de todos modos, soy el que manda ahí. Me tienen mucho respeto. Le daré el jarabe a un mozo y que se lo entregue él. Y luego te llevaré a casa.

Celia aceptó a regañadientes. No le apetecía nada tener que pasar lo que le quedaba de tarde con aquel muchacho, pero sería la manera de aliviar su conciencia por su mal comportamiento. Sentía pena por él, que seguía esforzándose en vano por conquistarla. «Al menos veré una parte del Palacio Real», se dijo.

Diego abrió la portezuela y le tomó la mano para ayudarla a subir al coche. ¡Nunca había estado en uno tan lujoso! El interior estaba revestido en terciopelo de seda rojo, y los asientos eran mullidos y cómodos. Apenas unos minutos antes, habían estado ahí sentados el mismísimo rey y su prometida. ¡Qué emocionante!

Agachó la cabeza para que nadie pudiera verla por la ventana y el coche comenzó a moverse. A los pocos minutos, paró. Se oyó el chirrido de unas verjas y de nuevo el ruido de las ruedas del carruaje sobre el empedrado. De repente, se detuvo por completo.

—Ya estamos —anunció Diego, ayudándola a bajar—. ¡Bienvenida a las caballerizas reales!

Celia miró a su alrededor. Era un lugar inmenso lleno de espléndidas cuadras cubiertas de mármol y granito. Entraron en una de ellas y enseguida la invadió una mezcla de olor a heno y cuero. Diego llamó a un joven mozo que estaba dando de comer cebada a los caballos y le entregó lo que había comprado en la farmacia.

—Llévaselo al rey enseguida —le ordenó—. Y luego desensilla a los caballos y deja la berlina real en su sitio.

El chico obedeció de buena gana y se marchó deprisa sin pedir explicaciones.

Diego comenzó a caminar por las cuadras, mostrándole a Celia los preciosos caballos árabes cubiertos con gualdrapas de terciopelo bordado.

—Hay más de trescientos caballos —le explicó—. Estas caballerizas son tan grandes que llegan hasta el Manzanares. Aquí vivimos palafreneros y lacayos.

—Así que esta es tu casa.

—De hecho, nací aquí —comentó nostálgico—. Mi abuelo fue cochero real, y mi padre también. Fui educado para eso. Y no me disgusta, la verdad. Tengo una buena vida. No me puedo quejar.

—Eres un privilegiado —añadió ella—. Llevas al rey de un lado a otro. Eres de su confianza. ¿Llevarás tú la carroza real el día de la boda?

—Así es —dijo orgulloso—. Pasearé al joven matrimonio por todo Madrid. Espero que reciban bien a nuestra futura reina Mercedes. Mi padre no la ve con buenos ojos.

Celia dudó.

—Por lo del padre de Merceditas —se afanó a decir Diego—. Ya sabes, que traicionó a la reina. Mi padre trabajó a las órdenes de doña Isabel y siempre le fue fiel. Ella sufrió mucho con ese duque de Montpensier. Tuvo que exiliarse por su culpa.

—¡Pero su hija no tiene la culpa de lo que hizo su padre! —exclamó—. ¿Es que no es buena muchacha?

—Lo es, sin duda, pero a la reina eso le da igual. De hecho, no va a venir a la boda de su hijo. Ahora vive en una finca de caza en Fontenay, a varios kilómetros de París, y no quiere saber nada de nadie. Tiene miedo de volver a España después de lo que pasó en la revolución de 1868. Allí acude a fiestas, cacerías y óperas, y es respetada por los franceses. ¡Hasta la ha visitado el sah de Persia!

—Estoy segura de que recapacitará con el tiempo. Una madre es una madre.

Hubo un largo silencio. Celia pensó en la suya, en qué quizá no sabía tanto sobre ella como creía. Tampoco quería remover el pasado después de lo mucho que había sufrido por la pérdida de su padre.

—¿Cuándo se terminará tu castigo? —preguntó Diego—. Creía que Carranza era un buen jefe.

—Es estricto. —Torció el gesto—. No admite errores. Pero saldré adelante. ¿Y el tuyo?

—Parecido a Carranza —soltó una carcajada—. Soy feliz aquí, no me malinterpretes, pero me paso el día a sus órdenes. He de estar alerta y preparado en cualquier momento, y eso me impide tener mis ratos de libertad. Antes de que se comprometiera con Merceditas, el rey se pasaba las noches de juerga por ahí y yo estaba siempre a su disposición.

—Al menos tú puedes ver mundo a lomos de tu caballo —dijo Celia, tratando de quitarle hierro al asunto—. Seguro que has viajado por media España.

Diego asintió de buen humor.

—Ven, que te voy a enseñar a las yeguas liliputienses.

Siguieron caminando por el interior de la inmensa cuadra en cuyas paredes colgaban bocados, riendas, mantas de lana y utensilios para asear a los caballos. En una pequeña caseta había un par de caballos enanos de color marrón y manchas blancas, que habían sido las mascotas del propio rey y los infantes cuando eran pequeños.

Celia deseó extender los brazos entre los barrotes de las puertas para tocarlos. Subir en uno de ellos era el sueño de cualquier niño.

—A don Alfonso le costó montarlos —explicó el cochero—. Hasta sus hermanas lo hacían mejor. Siempre fue un niño muy débil, ¿sabes? Lo alimentaban con leche de burras y cabras que comían la mejor cebada y avena.

—Tenían miedo de perder al heredero.

—Siempre ha sido propenso a catarros y fiebres, por eso hace mucho ejercicio físico y es aficionado a los baños de mar.

Siguieron charlando mientras Celia observaba embobada la colección de pura sangres y formidables yeguas del rey. Diego escogió una de ellas y comenzó a ensillarla con una moldura de suave cuero marrón. La yegua tenía un cuerpo esbelto y ligero.

—Nunca he subido a un caballo —dijo ella.

Diego le cogió las manos y se las acercó al hocico de la yegua para que la oliera.

—Ahora ya te conoce —sonrió—. Relájate y disfruta. Es un caballo manso.

Celia se dejó llevar y subió con la ayuda del cochero. «En el fondo es un buen chico», pensó. Habían tenido una charla agradable y había disfrutado de la visita a las caballerizas. Sin embargo, no quería que creyera que las cosas entre ellos iban a cambiar. Podían ser amigos, pero nada más.

Diego chascó la lengua y el caballo se puso en marcha.

—Agárrate a mí —ordenó—. No vayas a caerte.

Celia le rodeó la cintura con los brazos y se inclinó sobre él instintivamente. El joven enseguida puso el caballo a trote. La espalda de Diego estaba caliente y la tela de su camisa húmeda de sudor. Sin embargo, no le resultó desagradable. Podía sentir el corazón latiéndole en el pecho y los músculos tensarse mientras cabalgaba. Por unos instantes, recorriendo Madrid a lomos del caballo, se olvidó de Carranza, de la mantequilla y de la conversación con Elena.

Cuando llegaron a casa, el cochero tiró de las riendas y bajó del caballo. Extendió los brazos para ayudarla a bajar y sus cuerpos volvieron a rozarse. Él enrojeció.

—Puedo llevarte a donde quieras —se precipitó a decir—. Cuando quieras.

Celia desvió la mirada, apurada, y negó con la cabeza.

—No quiero que te ofendas, Diego, pero es mejor que solo nos veamos en la confitería —dijo en tono conciliador—. Ha sido una salida muy entretenida, pero no quiero que creas que entre los dos existe alguna posibilidad.

El muchacho torció el gesto, decepcionado. Al final, asintió lentamente.

—De acuerdo —su voz sonó triste—. Lo entiendo.

Celia se despidió de él y se metió en casa. Pasaron unos minutos hasta que Diego subió al caballo y se marchó.

5

ERA LA GRAN noche de ópera. Beatriz había mojado el lacio cabello de Celia con agua de colonia y se lo había colocado en papillotes para que le quedaran unos tirabuzones marcados. Lo recogió hacia atrás en una corona de perlas y lo adornó con plumas blancas, cintas y claveles. Luego, la ayudó a vestirse.

—Te queda como un guante —comentó Beatriz—. No sé cómo ha acertado con tu talla, pero parece estar hecho especialmente para ti.

Elena Sanz le había enviado días atrás un precioso vestido rosa con encajes blancos.

—Quizá lo haya comprado. —Celia se miró en el espejo de su madre—. Me sienta bien. Me veo guapa.

—Es que no eres fea, solo pobre —suspiró—. Lo que hace un buen vestido y un peinado sofisticado, ¿verdad?

Celia asintió, contenta, pero torció el gesto al pensar en su madre.

—Me siento mal al mentirle. Ni siquiera sabe que vi a Elena.

Beatriz arrugó la frente.

—¿Crees que tu madrina dice la verdad? ¿Que madre nos ha mentido?

Celia se encogió de hombros, dudosa.

—Quizá Elena se haya confundido y la Compañía Imperial de Viena ya existiera en 1854. Puede que se llamara de otra manera, vete a saber.

—Me parece todo muy raro, Celia. —Se cruzó de brazos—. Madre nos contó que fue ella quien dejó la Compañía Imperial cuando se enamoró de padre. Según ella, renunció a ese mundo y se hizo

54

profesora para cuidar de nosotros y no andar viajando de un lado a otro.

—Y quizá sea cierto —resopló—. No lo sé. La cuestión es que hace ya muchos años de eso. Qué más da.

Se oyó el repiqueteo de los cascos de caballos y el estrépito de las ruedas del carruaje que paraba justo en su calle.

—Ya están aquí. —Beatriz le dio un beso a su hermana—. Disfruta de la velada y haz un esfuerzo por recordar los detalles. ¡Me lo tienes que contar todo!

Celia, nerviosa por el acontecimiento, se enguantó las manos y se puso el chal de seda sobre los hombros. Por suerte, su madre trabajaba de noche y no se enteraría de su salida ni de su vuelta. Además, Gonzalo se había acostado pronto.

Un elegante lacayo la esperaba de pie junto a un par de espléndidos caballos negros. La ayudó a subirse al carruaje y empezaron a circular sin prisa. En el interior se encontraba el duque de Sesto, también marqués de Alcañices y antiguo alcalde de Madrid, y su segunda esposa, la princesa de origen ruso Sofía Troubetzkoy.

—¿Así que usted es la ahijada de mi querida Elena? Es un placer tenerla con nosotros.

Era un hombre de mediana estatura, de patillas pobladas y perilla mosca. Vestía un frac negro y llevaba un bastón de madera con puño de oro.

—Gracias por invitarme a su palco, señor duque.

—De nada, muchacha. Elenita es como si fuera mi hija, así que usted es bienvenida.

Celia sonrió más relajada. El duque era un hombre afable que la hacía sentir cómoda y acogida.

—Mi madrina le tiene mucho aprecio. Es usted el padrino del Colegio de Niñas Pobres de Leganés, ¿verdad?

Afirmó con la cabeza.

—Sí, allí conocí a Elena —recordó mirando al techo—. La oí cantar por primera vez en la iglesia de la Presentación, junto a la reina, y supe que aquella niña iba a llegar muy lejos.

—Y tan lejos, señor duque. De hecho, hoy mismo inaugura la temporada de ópera en el mismísimo Teatro Real. ¿No es eso un logro?

Sofía, la esposa del duque, se unió a la conversación.

—También ha sido un éxito en mi país —comentó en un acento ruso marcado—. Los zares han quedado encantados.

Era una mujer preciosa, de rostro ovalado, blanco, y cejas definidas. Parecía una muñeca de porcelana. Además, vestía con elegancia un abrigo de paño inglés y unos guantes de cabritilla. Las malas lenguas rumoreaban que podía ser hija bastarda del zar de Rusia.

—Por cierto, Elena me dijo que sabe hacer dulces —continuó la mujer—. Trabaja en La Perla, ¿no es así? Al rey le gusta mucho ese lugar.

Celia se ruborizó y carraspeó nerviosa. ¿Cómo decirle que en realidad se pasaba el día limpiando cacharros y batiendo mantequilla?

—Bueno, ayudo de vez en cuando al confitero, sí. —No llegó a mentir del todo—. Intento aprender nuevas recetas.

—¡Qué oficio más interesante! —exclamó—. Yo echo muchísimo de menos el *priánik*, un dulce ruso tradicional. Se trata de un pan de miel con especias al que se le añaden nueces, pasas o mermelada. Se toma acompañado de un té caliente.

—Tiene que estar muy rico, duquesa. ¿Y el pastel imperial ruso? ¿Ha oído hablar de él?

Sofía rio relajada. Su rostro quedaba iluminado por la luz de las farolas que iban dejando atrás. Ya era de noche y, pese a estar todavía a principios de octubre, comenzaba a hacer frío.

—Ese pastel no tiene nada de ruso, pese al nombre —le explicó—. Fue cosa de Eugenia de Montijo y Napoleón III. Quisieron ofrecerle algo especial al zar Alejandro II durante su estancia en París con motivo de la Exposición Universal de 1855. Fueron sus cocineros españoles quienes lo inventaron.

Celia agachó la mirada, avergonzada por la metedura de pata. El señor Carranza lo había hecho más de una vez y tenía mucho éxito entre los clientes. Era un pastel de bizcocho de merengue almendrado y relleno de un suave praliné de mantequilla, almendra y avellana.

—Todo el mundo cree que es ruso. —La duquesa le guiñó el ojo—. Y está tan bueno que no nos importa que nos atribuyan el mérito.

A medida que se acercaban a la plaza de Oriente, el tráfico se hizo más intenso. Decenas de carruajes paraban frente a la majestuosa fachada del Teatro Real, en la que resaltaban estatuas y relieves florales. Bajo el pórtico de cinco arcos se arremolinan hombres con capa y gabán, y mujeres envueltas en pieles.

El cochero paró y les abrió la puerta para que bajaran. Se adentraron en el interior del edificio arropados por los saludos y halagos de los concurrentes. Sin duda, los duques de Sesto eran uno de los matrimonios más influyentes y poderosos de la aristocracia madrileña. Habían ayudado a la reina durante su exilio en Francia y habían luchado para que el rey Alfonso recuperara su legítimo trono en España.

Cruzaron el imponente vestíbulo, en el que había una pequeña confitería, una tienda de flores y una guantería, y subieron a la platea de los Socios del Nuevo Club, en el primer piso, del que el duque de Sesto era abonado. Justo al lado, frente al escenario, se encontraba el palco regio, decorado con motivos dorados y colgaduras de terciopelo blanco y carmesí.

Celia estaba maravillada ante tanta belleza. Las enormes lámparas de gas iluminaban las butacas de terciopelo rojo, que pronto empezaron a llenarse de mujeres engalanadas con sedas, tules, joyas y cintas. El olor de los perfumes de las damas se mezclaba con el fuerte aroma de los puros de los caballeros, que lucían las características patillas alfonsinas que había puesto de moda el rey tras copiar al emperador austríaco Francisco José. Entre ellos se encontraban hombres de Estado como Antonio Cánovas del Castillo y Francisco Serrano.

A pocos minutos de empezar la obra, por fin su majestad el rey y, para sorpresa de la mayoría, la reina Isabel, hicieron su aparición. Todos se pusieron en pie para recibirlos entre sonoros aplausos y ovaciones. Celia estaba muy emocionada: los tenía tan cerca que podía oír incluso el persistente carraspeo del rey. Alfonso XII tenía los ojos negros, un escaso bigote y el pelo perfectamente repeinado con la raya al lado. Su delgadez y corta estatura le daban un aspecto débil y enfermizo. Por otro lado, la reina Isabel II era imponente y regia. Morena, también de ojos grandes y negros, y nariz chata; caminaba firme, serena y con gesto altivo.

Una vez se sentaron los monarcas, empezó la función. Su madrina, Elena Sanz, que tenía el papel protagonista, apareció acompañada por el tenor Julián Gayarre. Hacía mucho tiempo que Celia no la oía cantar. En cuanto empezó a sonar la música de Donizetti y escuchó la voz fuerte y grave de Elena, se le erizó la piel. Cantaba con todo el cuerpo, articulando los músculos faciales para emitir correctamente el sonido. Cerró los ojos y trató de evadirse de todos los problemas de su día a día. Allí se sentía otra mujer, una más fuerte y privilegiada, a la que nadie podía herir. Estaba en el Teatro Real, acompañada por los duques de Sesto y a escasos metros del rey de España. ¿Qué más podía pedir?

Llegó el intermedio de *La Favorita* y se excusó del palco para ir al aseo. Al cruzar los pasillos, algo le llamó la atención. En las paredes colgaban cuadros y carteles de las obras que se habían representado en el Real. En una de las imágenes se anunciaba la obra *Norma*, de Bellini, representada en la inauguración de la temporada de 1853. Junto al enorme título aparecía el dibujo de una mujer guapísima, que llevaba un precioso vestido y el pelo recogido en un sofisticado moño. Celia se quedó parada y se acercó para verla más de cerca. Leyó el titular.

Margarita Martín interpreta a *Norma*, una de las obras líricas más populares de Vincenzo Bellini.

Se le paró el corazón. «¿Desde cuándo su madre había protagonizado una obra de teatro en el Real?», se preguntó confusa. Y nada más y nada menos que una inauguración de temporada, tal y como estaba haciendo su madrina aquella noche con *La Favorita*. Suspiró, temblorosa. Su madre jamás les había contado nada de eso. ¿Por qué querría ocultar ese éxito? Y ¿por qué, si no era tan buena como decía Elena, había tenido el papel protagonista en una obra tan importante? Sintió un calor espantoso, se había puesto corsé después de tantos años sin usarlo y sentía que le faltaba el aliento. Necesitaba tomar el aire.

Desazonada y llena de incertidumbres, Celia salió a la calle. La noche estaba estrellada, hacía fresco. Cogió varias bocanadas y respiró hondo para tranquilizarse. De repente, alguien gritó su nombre.

—¡Celia! ¿Qué haces aquí?

Era Diego. La berlina real estaba aparcada en la puerta y él se encontraba de pie, acariciando a los caballos mientras se fumaba un cigarrillo de tabaco turco. Al ver que la muchacha no le respondía, se acercó a ella.

—¿Te encuentras bien? —insistió.

Celia asintió ligeramente, recomponiéndose. Tenía que disimular.

—Sí, solo me he mareado un poco. —Forzó una sonrisa—. No estoy acostumbrada al corsé.

El cochero la miró de arriba abajo.

—¡Estás preciosa! —expresó asombrado—. Nunca te había visto así, tan elegante. ¿Quién te ha invitado a la ópera?

—Mi madrina. Es la protagonista de la obra.

Diego abrió los ojos como platos.

—¿Tu madrina es Elena Sanz? —Se rascó la barbilla—. ¡No me lo puedo creer!

—Era alumna de mi madre, que es profesora de canto —mencionó rápido, para no dar explicaciones—. Hemos estado mucho tiempo sin vernos y hemos retomado la relación hace poco.

Diego asintió entusiasmado.

—Es una mujer de armas tomar —comentó divertido—. Si por la reina Isabel fuera, Elena Sanz sería la futura reina de España.

—¿Esposa de don Alfonso? —rio con inocencia—. ¡Qué tontería!

Diego se la quedó mirando de nuevo, serio.

—¿Es que no lo sabes? —Mostró la palma de la mano derecha—. Lo de Elena y don Alfonso.

Celia arrugó la frente, expectante, y esperó la explicación del cochero.

—Se enamoraron en el 72. Elena viajó a Viena con la compañía de Adelina Patti para cantar en el Carltheater y se conocieron en el colegio Theresarium, donde estudiaba el rey. Tuvieron un romance durante años, hasta que dejaron la relación.

Celia no se podía creer lo que estaba oyendo. ¿Elena Sanz había sido amante del rey?

—Hoy es la primera vez que se encuentran después de mucho tiempo. Sé que don Alfonso estaba nervioso por verla.

—¿Y por qué dices que a la reina le gustaría que su hijo se casara con ella? —Se encogió de hombros—. No tiene rango ni posición.

—Pero la prefiere a Mercedes. Sabe que es la única mujer que podría hacer cambiar de opinión a don Alfonso. Él estaba muy enamorado.

Celia asintió, tratando de ordenar en su cabeza toda la información que le proporcionaba Diego. Quizá su madrina continuara sintiendo algo por el rey, pensó al recordar el desprecio que había mostrado respecto a la futura esposa de don Alfonso. ¿Qué pasaría a partir de aquella noche?

—Bueno, debería entrar de nuevo —comentó ella, inquieta—. Notarán mi ausencia y se preocuparán.

Sin esperar la despedida del cochero, Celia entró a toda prisa en el teatro. La gente abandonaba el vestíbulo, en el que se había ofrecido un ligero refrigerio, y ocupaba de nuevo sus asientos. No podía dejar de pensar en lo que había descubierto sobre su madre y en el romance entre Elena y Alfonso.

Empezó de nuevo la función. Su madrina interpretaba a Leonor de Guzmán, la que había sido amante del rey Alfonso XI. «Curiosa casualidad», pensó. Miró en dirección al palco real: Alfonso XII escuchaba encandilado la voz seductora de Elena, mirándola de la misma forma que ella a él, con la misma pasión y el mismo fervor.

Tras finalizar la obra y recibir los vítores del público, Celia y los duques de Sesto se dirigieron al camerino de la cantante, no sin antes pasar por la floristería del vestíbulo del teatro y comprarle un vistoso ramo de flores. En el interior del habitáculo, sobre el tocador lleno de productos de maquillaje y perfumes, se acumulaban diferentes obsequios y tarjetas que le habían enviado admiradores y conocidos. Elena se retocaba las manchas de sudor frente al espejo mientras bebía un vaso de agua con miel y limón para aclarar la garganta. En vez de aliviada por lo bien que le había salido la función, parecía nerviosa.

—¡Has estado divina! —exclamó el duque, emocionado—. Todo el mundo te adora.

Celia no se atrevió a abrir la boca ni a preguntar por lo que había descubierto en aquel cartel sobre su madre. Ni siquiera tenía la certeza de que lo supiera su madrina, pues por aquel entonces todavía era una niña y seguía en el orfanato de niñas de Leganés. Además, no era el mejor momento.

Tras intercambiar varios halagos y anécdotas, alguien llamó a la puerta. Un lacayo, miembro del servicio real, apareció con un enorme ramo de flores que entregó a la contralto junto a una tarjeta en la que aparecía el nombre de Alfonso. Tras leerla, palideció.

—El rey quiere verme en sus aposentos privados —dijo Elena temblorosa.

Celia, que ya sabía de su romance, se quedó callada y desvió avergonzada la mirada.

—Tienes que ir —ordenó el duque—. Sería descortés por tu parte.

—No quiero rumores —se tocó la frente, acongojada—. Se va a casar en tres meses y... ¡Dios mío! ¡Qué mal lo he pasado al verlo en el palco! Pensé que no me saldría la voz.

La mujer del duque, Sofía, le acarició el brazo para tranquilizarla.

—No va a pasar nada. Solo querrá felicitarte por tu buena actuación.

Elena no paraba de dar pequeños paseos por la estancia, inquieta.

—De acuerdo —dijo al fin, señalando en ese momento a Celia—, pero ella vendrá conmigo. No quiero estar a solas y que la gente piense lo que no es. No quiero ser la Leonor de Guzmán de esta historia.

Celia abrió los ojos ante la inesperada petición.

—¿Yo? ¿Acompañarte? —balbuceó—. ¿En los aposentos del rey?

Elena asintió y, sin pensárselo dos veces, cogió a su ahijada por la cintura y la condujo hacia los salones que formaban el conjunto del palco real.

—Ahora ya sabes la verdad —comentó su madrina—. Pero no hagas caso de lo que se dice por los mentideros de Madrid. Hace años que no nos vemos.

—¿Le sigues queriendo? —preguntó Celia, ingenua.

—Es difícil no enamorarse de un rey, querida. Alfonso me hizo sentir especial, pese a que él tan solo era un crío. Sabe conquistar a las mujeres.

«Eso es un sí», pensó Celia. Mercedes, su prometida, era mucho más joven que ella, pero probablemente no tendría la misma experiencia ni las mismas armas de seducción que su madrina. Por el bien de todos, esperaba que el reencuentro entre ambos no cambiara el curso de los acontecimientos.

JAMÁS HABÍA VISTO una habitación tan lujosa como aquella. Los aposentos del rey en el Teatro Real eran como un pequeño palacio; había grandes espejos, arañas de cristal tallado y muebles tapizados en seda. Alfonso XII, apoyado sobre la chimenea de mármol que estaba encendida, bebía una copa de coñac francés mientras hojeaba el libreto de *La Favorita*.

Al ver que Elena entraba acompañada, torció el gesto. Sin embargo, enseguida se repuso y sonrió abiertamente a la que había sido su amante.

—Mi querida Elena. —Le besó la mano, embelesado—. ¡Cuánto tiempo sin vernos! Sigues siendo la mejor cantante de ópera del mundo.

Elena se sonrojó. Su mirada se había turbado, llena de ternura y pudor; era indudable que, por muchos años que hubieran pasado, la pasión no había desaparecido entre ellos dos. Ambos se sentaron en uno de los sofás de la sala sin reparar en la presencia de Celia, que seguía de pie, testigo de la atracción de sus cuerpos, cada vez más juntos.

Los DUQUES DE Sesto la dejaron en casa. Había sido una noche extraña; por un lado, la ópera había sido magnífica y había conocido al rey, pero por otro había descubierto que su madre tenía un pasado en Madrid que parecía querer ocultar y todavía no sabía por qué. Estaba deseando contárselo todo a Beatriz.

Entró en casa, donde la débil luz de un quinqué iluminaba las escaleras que conducían al piso superior. Beatriz lo sostenía y bajaba corriendo mientras gimoteaba aterrorizada.

—¿Qué te pasa? —preguntó Celia con inquietud—. ¿Por qué no estás durmiendo?

—Es Gonzalo. —Las lágrimas le resbalaban por las mejillas—. Se ahoga.

Celia apartó a Beatriz y subió apresurada. Entró en el dormitorio de su madre: Gonzalo estaba estirado en la cama, tapado por una gruesa manta. Lo encontró terriblemente pálido y con unas profundas ojeras que ensombrecían su rostro. Las pupilas le brillaban febriles y no paraba de toser y gemir. Sintió que el corazón se le llenaba de angustia.

—Va a peor —apuntó Beatriz tras ella—. No sabía qué hacer.

Celia apoyó el oído en el pecho de su hermano y torció el gesto. Se tomó unos segundos para pensar.

—Hay que ir a buscar al médico —dijo con determinación—. Quédate aquí.

—¿Vas a salir a estas horas y vestida así? —preguntó con preocupación—. Sabes que es peligroso.

—La vida de Gonzalo está en juego. —Le puso las manos sobre los hombros—. Quiero que te calmes, te lo pido por favor.

Beatriz asintió poco convencida.

—Todo irá bien —continuó, y forzó una sonrisa tranquilizadora—. Confía en mí.

Salió de nuevo a la calle. La ciudad estaba casi a oscuras, pues las farolas parpadeaban trémulas y con poca intensidad. Andaba deprisa, acalorada, estremecida por las extrañas siluetas que correteaban entre las sombras. Un par de borrachos le dijeron algo obsceno, pero pasó de largo sin inquietarse. Corría desesperada hacía la casa del médico y no le importaba lo que pudiera pasarle. Por fin llegó y llamó a la puerta. En aquel mismo instante, el sereno anunció las doce de la noche.

El doctor Jiménez abrió la puerta en camisón de dormir. Bajo la luz de la vela que llevaba en la mano su rostro parecía distorsionado, como si fuera un fantasma. Preocupado por lo que le había explicado la muchacha, el hombre apenas tardó unos minutos en vestirse. Salió sin aliento, con el cuello desabrochado y el sombrero ladeado. Con sus gruesos anteojos y su maletín de cuero negro, siguió a Celia hasta la casa.

Beatriz observaba tras los cristales de la ventana, entrelazando las manos como si rezara. En cuando los vio llegar, bajó rápida a recibirlos.

—¡Ha empeorado! —gritó jadeante—. ¡Rápido!

El médico, inclinado sobre el enfermo, sacó el instrumental y le tomó el pulso. De entre varios botellines de color marrón que llevaba consigo, le dio a beber de uno de ellos. Las dos hermanas comenzaron a rezar.

—Saldrá de esta —sentenció el doctor Jiménez—. Pero tiene tuberculosis y, si no se le pone remedio, empeorará.

Celia y Beatriz se abrazaron aliviadas, aunque preocupadas por la enfermedad de su hermano. La tuberculosis era letal, en la mayoría de ocasiones, en niños de tan corta edad.

—¿Y qué podemos hacer? —preguntó Celia.

El hombre hizo una mueca poco optimista.

—Reposo en el campo o en un sanatorio marítimo —explicó—. Aire puro, sol y alimentación abundante. No es fácil dada vuestra situación.

Beatriz resopló y miró a Gonzalo, que tenía el rostro demacrado.

—Eso solo pueden permitírselo los ricos. —Se le hizo un nudo en la garganta—. No tenemos dinero.

—También podéis optar por una Casa de Baños. Aquí en Madrid hay unas cuantas, aunque os recomiendo la de San Felipe Neri, en la calle Hileras. Sin embargo, un servicio os puede costar unas veinte pesetas.

—Podemos pagarlo —dijo Celia—. Lo haremos.

Beatriz la miró extrañada.

—¡Es tu salario de un mes! —exclamó atónita—. ¿De dónde vas a sacar el dinero?

—De Elena Sanz. Nos va a ayudar.

—¿Y las deudas? —preguntó alterada—. No nos da para todo.

—Nos las apañaremos, tranquila. Saldremos adelante.

6

KLAUS GROSS SONREÍA desde la ventana con la camisa teñida de rojo. La miraba con sus grandes ojos azules, como si se sintiera culpable por haberla abandonado demasiado pronto. De repente, su rostro se retorció en una mueca patética y terrorífica; su piel se fundía como si fuera cera. Quería abrir la boca, gritar, pero sus labios estaban sellados. Una cuerda le rodeaba el cuello y lo asfixiaba.

Celia se despertó y lanzó un pequeño grito. El corazón le latía con fuerza, aterrorizada. Beatriz, que dormía a su lado, se recostó en la cama y abrazó a su hermana.

—¿Es ese sueño otra vez? —preguntó en voz baja.

—Sí —tragó saliva—. La misma pesadilla de siempre.

Beatriz le acarició la cara, que estaba empapada en sudor y trató de tranquilizarla.

—Estás nerviosa por lo de Gonzalo, pero todo irá bien.

Celia asintió y soltó un suspiro.

—No es solo por lo de Gonzalo —susurró y lanzó una mirada a la habitación de al lado—. También es por madre. Esta noche en el Real he descubierto algo que me ha inquietado.

Beatriz encendió el quinqué para ver mejor a su hermana.

—Madre siempre nos ha dicho que nunca hizo nada en Madrid —continuó Celia—. Que aquí nadie la valoraba y que fue la Compañía Imperial de Viena quien se fijó en ella, y por eso se marchó.

—Que se formó en el Real Conservatorio de Madrid —añadió su hermana—, pero nunca tuvo suerte en la ópera española.

—Pues eso no es cierto. —Se cruzó de brazos—. Madre protagonizó una obra en el Real en la inauguración de la temporada de 1853. Justo un año antes de irse.

Beatriz abrió los ojos, sorprendida.

—¿En el Real? —dudó—. ¡Pero eso es todo un hito! ¿Por qué no nos lo ha contado? Debemos preguntárselo.

—No, de eso nada —se puso seria—. Sabrá entonces que he estado viendo a Elena. Se enfadará, se sentirá traicionada. No quiero que sufra, y menos después de lo que ha pasado con Gonzalo.

Beatriz resopló.

—Y entonces, ¿cómo vamos a saber la verdad?

—Creo que sé por qué no nos lo ha contado nunca. —Se tumbó en la cama y miró al techo—. Elena me dijo que madre no valía para la ópera, que no llegaba al público. Quizá le dieron la oportunidad en esa obra y recibió malas críticas. Puede que se sintiera avergonzada y por eso jamás nos lo contó. Si hubiera triunfado, dudo mucho que se hubiera marchado a Viena; es más, aquí la recordarían.

—Ya no sé si creerme a tu madrina. —Beatriz torció el gesto—. Que si madre no sabe interpretar, que si lo de la Compañía Imperial es mentira... Una de las dos no dice la verdad.

—¡Si la hubieras visto, Beatriz! —expresó emocionada—. Su voz es una maravilla, pero su actuación lo es mucho más. Elena sabe llevar el peso de la música, los gestos simbólicos con cada nota... Lleva al público donde quiere. Madre tiene una técnica vocal exquisita, por eso se le da bien ser profesora, pero no es una artista completa. No como Elena.

—Si es así, madre debe de sentirse acomplejada. Quizá sienta envidia de ella.

Celia asintió y cogió de la mano a su hermana.

—Debería ir al Real Conservatorio de Madrid, quizá sepan por qué se marchó en el 54. No sé... —Arrugó la frente—. Puede que tuviera allí conocidos y amigos.

—¿Y cómo vas a entrar? Creo que se encuentra en el mismo Teatro Real.

—Le pediré a Elena que me acompañe —dijo con determinación—. A ella no le negarán la entrada.

ELENA LA ESPERABA a pocas calles de su casa para dirigirse al Teatro Real. Celia le había enviado una nota contándole su propósito de investigar el pasado de su madre y ella había accedido a ayudarla.

Juntas se dirigieron a pie al Real Conservatorio de Madrid, al que se accedía por la calle de Felipe V. Apenas unas horas antes, allí mismo, Elena había encandilado a todo el público con su actuación y la prensa de la ciudad se había deshecho en elogios y buenas críticas. Estaba contenta, sobre todo después de su reencuentro con el rey.

—¿Qué pretendes descubrir? —le preguntó Elena durante el corto viaje.

—Ni siquiera lo sé —se encogió de hombros—. Pero sé que pasó algo. ¿Por qué madre nos ocultaría algo así? ¿Por qué mentiría con lo de su marcha a Viena?

—Sí, es extraño. Quizá deberías preguntárselo a ella.

Celia negó con un movimiento de cabeza.

—No, no quiero angustiarla. Ayer Gonzalo nos dio un susto. Tiene tuberculosis y debe recibir un tratamiento. Por suerte, gracias a tu ayuda podremos pagarlo.

Elena sonrió y acarició a su ahijada.

—Sabes que puedes pedirme lo que quieras.

Llegaron al Teatro Real. A diferencia del día anterior, no había prácticamente nadie en los alrededores. Celia esperaba sacar algo en claro en su visita al Real Conservatorio con la influencia de su madrina. Entraron en el edificio; no había nadie para recibirlas, pues todo el mundo andaba ajetreado de un lado a otro. Había hombres y mujeres que cargaban con pesados instrumentos y partituras, y se dirigían a una gran sala que daba a la plaza de Isabel II, donde se realizaban los conciertos sinfónicos. En otra estancia más pequeña, varios alumnos practicaban cuartetos y melodías bajo las órdenes de los profesores de música.

Por fin, una mujer entrada en años pareció percatarse de las dos desconocidas.

—¿A quién buscan? —preguntó sin apenas mirarlas—. Los alumnos están en clase.

—Quería preguntar por una antigua alumna de este centro, Margarita Martín —comentó Celia—. Estudió en esta institución desde 1840 hasta 1854. Provenía de la Inclusa de Madrid, y le dieron la oportunidad de formarse aquí cuando descubrieron sus dotes de canto.

La mujer negó con la cabeza, pues tenía prisa.

—Ahora mismo no podemos atenderla, señorita. Vuelva en otro momento.

Hizo ademán de marcharse, pero Elena la contuvo. Se quitó el sombrero para que pudiera reconocerla. La mujer cambió de actitud al instante y esbozó una amplia sonrisa.

—¡La señorita Sanz! —exclamó emocionada—. Soy una ferviente admiradora suya. ¡Nuestras alumnas estarían encantadas de conocerla!

—También será un placer para mí —contestó ella—. Pero antes debería ayudar a mi ahijada, que busca información sobre su madre.

La mujer aceptó sin rechistar y les pidió que esperaran durante unos minutos. Regresó acompañada por un hombre ya mayor, de pelo canoso y barba poblada, que sujetaba en una mano una batuta plateada.

—Él es el profesor De Luca —lo presentó—. Lleva en el conservatorio prácticamente desde su creación. Puede que conociera a esa tal Margarita. Os dejo con él, yo voy a avisar a las chicas de que ha venido la magnífica Elena Sanz.

Se fue contoneando las caderas, no cabía en sí de gozo. El profesor, tras elogiar a la contralto con vocablos técnicos de los que Celia nunca había oído hablar, por fin se dirigió a ella.

—¿Margarita Martín, dices? —preguntó. Miró al techo, haciendo memoria. De súbito, su rostro formó una mueca de desagrado—. Oh, sí, ya la recuerdo.

Celia se quedó a la espera de recibir más información, pero el hombre, que todavía guardaba un poco de su acento italiano natal, se quedó callado.

—¿Qué me puede decir de ella? —insistió—. ¿Sabe por qué abandonó el conservatorio?

—¿Por qué quiere saber algo que ocurrió tantos años atrás?

—Soy su hija. Pura curiosidad.

El hombre cabeceó y suspiró.

—Entonces, quizá no quiera saber la verdad.

Celia arrugó la frente. ¿Qué sabía ese profesor de su madre y por qué no quería decírselo? Empezó a ponerse nerviosa.

—Le ruego que me lo cuente, por favor —expresó desesperada—. Como bien dice, han pasado muchos años, y sea lo que fuera ya no tiene consecuencias en el presente.

—Sí para mí —gruñó—. Por su culpa perdí mi prestigio. Pasé de dirigir grandes óperas a hacer obras de poca monta con alumnos mediocres. Me relevaron de mi cargo por el fracaso de la obra *Norma*, de Bellini.

Celia recordó el cartel que había visto en los pasillos del teatro, y que su madre había protagonizado en 1853.

—Ella cantaba bien —continuó De Luca—. Recuerdo que llegó al centro siendo apenas una niña, cuando todavía estábamos ubicados en la calle del Álamo. Tenía un don, sin duda. Yo fui su profesor. Sin embargo, a medida que fue creciendo, vi que no tenía capacidad dramática ni expresiva. ¿Cómo iba a protagonizar una obra en el mismísimo Teatro Real?

—No lo entiendo —confesó Celia—. Entonces, ¿por qué lo hizo? ¿Quién lo autorizó?

—Yo mismo, por desgracia. —Negó con la cabeza—. Recibí presiones. El conservatorio siempre ha sufrido recortes por parte del Gobierno y la mayoría de su mecenazgo proviene de los llamados «socios protectores», es decir, de lo más granado de la corte, aristocracia y política. Pues bien, uno de ellos, del que desconozco el nombre, me incitó a que Margarita fuera la protagonista.

Celia alzó las cejas y miró a Elena, que estaba tan sorprendida como ella. «¿Quién era esa persona tan importante y qué interés podría haber tenido en su madre?», pensó.

—Yo sabía que iba a ser un fracaso —resopló el profesor—, pero ¿qué iba a hacer? Me amenazaron. Recibí cartas diciéndome que si no ponía a Margarita como protagonista perdería mi trabajo en el conservatorio. No tuve otra opción. Y, al día siguiente de la obra, tal y como esperaba, las críticas cayeron sobre ella y sobre mí, claro, que era el responsable de su actuación.

—¿Y no sabe cómo se llamaba ese hombre? ¿Existe alguna lista de los «socios protectores» de aquel año?

De Luca negó con la cabeza.

—Hubo un incendio en el 67 y se perdieron los archivos. Lo único que sé, y de lo que estoy convencido, es que ese socio debía de ser mano derecha de la reina María Cristina, la abuela del rey Alfonso. Era ella quien se encargaba del conservatorio y quien tenía la máxima influencia. Le advertí mediante carta que Margarita Martín no era la mejor opción para protagonizar la obra, pero aun así me instó a hacerlo.

—¿Y sabe por qué Margarita se marchó en el 54? —preguntó en ese momento Elena.

—Ni idea. —Mostró las palmas de las manos—. Lo que sí sé es que ese año, a causa de la revolución, la propia reina María Cristina y muchos de sus amigos tuvieron que huir a toda prisa del país. Habían creado una red de estafadores que se habían aprovechado de su poder e influencia, y me imagino que su madre, después de las críticas recibidas en la prensa, prefirió alejarse de la música y empezar en otro lugar. O usted lo sabrá mejor que yo.

Celia suspiró, apesadumbrada. Se estaba dando cuenta de que, en el fondo, no sabía casi nada del pasado de su madre. Era como si su vida hubiera empezado cuando se casó con su padre, como si hubiera borrado su historia anterior. ¿Acaso había tenido una aventura con un hombre influyente en aquella época?

Tras agradecerle a De Luca toda la información que les había proporcionado y después de que Elena saludara e hiciera una breve interpretación ante las alumnas del Real Conservatorio, ambas salieron de nuevo a la calle. Celia estaba más confundida que nunca.

—Pasó lo mismo en Viena —comentó Elena—. Trabajaba para la Compañía Imperial sin que nadie la quisiera. Ahora tiene sentido: había alguien detrás de todo aquello, alguien poderoso que quería verla triunfar.

—Y sin éxito —agachó la mirada—. Nadie puede comprar el talento. Me da pena, pues creo que en el fondo eso no le hacía bien. ¿Sabía ella todo lo que estaba ocurriendo? ¿Que alguien amenazaba o compraba su protagonismo? Dudo mucho que, de haberlo sabido, hubiese aceptado. Y después llegaban las críticas. ¿Es que no sospechaba nada?

Justo cuando iban a emprender el camino, un coche de caballos paró frente a ellas. Celia reconoció al cochero, que era Diego, pero no la berlina: no llevaba la insignia de la Casa Real, por lo que debía de ser una salida de incógnito. El rey Alfonso abrió la portezuela desde dentro y saludó con alegría a Elena. Esta se puso colorada y nerviosa. Las dos le hicieron una breve reverencia.

—Hermosa casualidad. ¿Es que no has tenido suficiente con la obra de ayer, que vuelves hoy al Real? —preguntó el rey entre risas.

—Solo estaba dando un paseo con mi ahijada —respondió Elena apocada—. ¿Y usted? ¿De dónde viene tan sigiloso?

—Mmmm... Cosas de reyes —acertó a decir, sin dar más detalle—. Me dirigía ahora al Campo del Moro, a pasear. ¡Hace un día maravilloso! ¿Por qué no suben al coche y me acompañan?

Elena asintió sin pensárselo, tomó a Celia de la muñeca y le instó a entrar. No se lo podía creer, ¿iban a acompañar al rey a un paseo? Tragó saliva. ¿Qué iba a pensar la gente si veían a Elena junto a él? Sin duda, ambos se atraían, y la inminente boda del rey con Mercedes no iba a ser impedimento en su romance. Celia no quería ser testigo de esa burda traición, pero no le quedaba más remedio. Estaba a merced de su madrina y del hombre más poderoso del país. Se quedó callada, sin moverse, siendo testigo de las miradas cargadas de pasión del uno y de la otra.

Por suerte, el Campo del Moro estaba formado por los jardines privados del rey, así que allí estarían a salvo de miradas indiscretas. El coche se introdujo en las caballerizas reales y se desvió por un pequeño camino que conducía hacía un enorme jardín flanqueado de álamos frondosos, robles y secuoyas rojas. Diego detuvo a los caballos y bajaron del carruaje. Alfonso y Elena caminaban delante, casi rozándose; a pocos metros, lo hacían el cochero y Celia. Ella estaba enfadada, pues sentía que su madrina la estaba utilizando de carabina. Por otro lado, Elena la había ayudado en todo lo que le había pedido, así que no podía reprochárselo. Celia se resignó a pasear en compañía de Diego, que no paraba de hablar y de llamar su atención una vez más.

—Este lugar es precioso —aspiró el aire—. Qué pena que hoy en día esté casi abandonado.

Celia miró a su alrededor: era un bosque lleno de zarzas, de ramas y hojas caídas. Había paseos, glorietas y fuentes en las que paraban a beber las tórtolas y las palomas. Le vino el olor resinoso a pino y tierra húmeda.

—Sí, es bonito —dijo con poco entusiasmo, sin dejar de observar al rey y a Elena—. Y si está abandonado, ¿por qué nos ha traído aquí?

—Las obras se paralizaron en 1868, cuando la reina se vio obligada a exiliarse. El rey prefiere pasear por El Retiro, claro, pero con Merceditas. Aquí se asegura de que no los vea nadie. Ni siquiera el servicio.

—Salvo tú.

—Pero yo soy su hombre de confianza —explicó orgulloso—. Soy una tumba.

Comenzaron a recorrer el jardín, observando las monumentales esculturas mitológicas labradas en mármol blanco que decoraban las diferentes glorietas de cipreses. Había tanto silencio que se oía hasta el ligero zumbido que hacían las abejas con las alas.

—Suelo pasear por aquí para despejarme —comentó Diego—. Este lugar me da paz. ¿Cómo acabó ayer la noche?

Celia respiró hondo. No tenía ganas de hablar ni de contarle su vida, pero no había nada mejor que hacer. La pareja se alejaba con intención, buscando la intimidad entre los estrechos caminos acechados por la vegetación mal cuidada. No querían ser vistos. Celia temía que el encuentro se haría más largo de lo esperado.

—No acabó del todo bien —dijo al fin—. Mi hermano padece tuberculosis y ayer tuvo que venir el médico porque se ahogaba.

—Los baños y vapores van muy bien para ese tipo de enfermedades. Ojalá pudieras llevarlo a Santander. Don Alfonso ha ido alguna vez para darse unos baños de ola, su médico se lo recomendó por el yodo y porque va bien para la circulación. Quedó tan encantado que hizo llevar a su palacio de Riofrío, en Segovia, varios barriles de agua del Sardinero para hacer lo propio allí —rio.

Celia entornó los ojos. Diego no parecía tomarse nada en serio y su obsesión por quitarle hierro a cualquier asunto la molestaba. Sin embargo, recordó las palabras de María y trató de ser amable.

—El privilegio de ser rey, supongo —suspiró—. Y de ser el cochero del rey, que lo acompaña a todas partes.

Diego asintió con orgullo.

—Para mí es un honor seguir con el oficio de mi padre y de mi abuelo. En los días de gran gala, cuando me veo rodeado de generales y soldados, con la música de la marcha del regimiento y el tronar de los cañones, recuerdo las palabras de mi padre: «Aunque a tus pies vitoree la multitud, aunque estés bien pagado y vestido, no eres más que un cochero que termina el día en una cuadra».

Se sentaron en un banco rodeado de cipreses y arbustos sin podar. Habían perdido de vista a Elena y al rey.

—Un hombre sabio, tu padre —respondió Celia—. Te inculcó la humildad.

Diego agachó la mirada y su rostro se tornó melancólico.

—¿Qué pasa? —preguntó ella—. ¿Murió?

—No, pero está postrado en cama. Apenas se puede mover. Sufrió una inflamación en el cerebro y quedó paralizado de una parte del cuerpo. —Se quedó callado unos segundos, pensativo—. Es duro ver a tu padre así, después de que haya sido un referente para ti. Él me enseñó todo lo que soy ahora, me dio un oficio y un legado; es frustrante no poder hacer nada para aliviar su sufrimiento. Aunque intento pasar el mayor tiempo posible con él, mi trabajo me lo impide, por eso es mi hermana quien se encarga de sus cuidados. Mi madre murió hace años.

Nunca había visto a Diego tan alicaído. Aunque siempre mantenía una actitud optimista y desenfadada, aquel muchacho también había sufrido. Quizá lo había juzgado demasiado pronto.

—Bueno, ¿y tu padre? —preguntó ahora él—. ¿A qué se dedica?

Celia se quedó callada, pensativa. Nunca había hablado del tema con nadie que no fuera de su familia, pero por algún motivo sentía la imperiosa necesidad de contarlo. Diego se había abierto a ella, le había expresado sus más hondos sentimientos y eso le hacía un hombre sincero y de confianza. Decidió contárselo.

—Mi padre se suicidó. —Un nudo le atravesó la garganta—. Era director de una compañía comercial en las islas Reunión. Nos iban bien las cosas. Sin embargo, todo cambió en 1873. No sé si lo sabes, pero hubo una crisis en la bolsa de Viena. Mi padre había invertido sus ahorros en el ferrocarril americano y, como muchos otros, se arruinó. Lo perdimos todo y él no lo pudo soportar. Todavía estamos pagando algunas deudas.

—¿Por eso dejasteis Viena?

—Mi madre trabajaba dando clases de canto a muchachas de familias de clase alta. La mayoría se arruinaron también, así que se quedó sin trabajo. Además, el banco nos quitó todos nuestros bienes. Ella tenía una casa en Madrid, por eso vinimos aquí. A empezar de nuevo.

Sintió que se había quitado un peso de encima, como si se hubiera liberado de un fardo de emociones y angustias.

—Debiste de pasarlo muy mal —comentó Diego—. Ninguna hija está preparada para algo así.

—Durante mucho tiempo no me lo quise creer; estaba tan habituada a su ausencia que quería pensar que seguía lejos, de viaje, en las islas Reunión. Tenía sentimientos encontrados, tristeza y también rabia. Lo único que pensaba era que había sido un cobarde, que no nos quería lo suficiente. Mi madre estaba hundida en la culpa, y todavía la arrastra.

El cochero le entregó su pañuelo para que se limpiara las lágrimas.

—Tu padre no vio otra salida —añadió—. No estaba bien cuando lo hizo, no en sus cabales.

—Hay algo más, por eso no lo perdono —cogió fuerzas—. Cuando murió nos enteramos de que había firmado un papel en el que se estipulaba que todas sus deudas, si a él le ocurría algo, pasarían a cargo de su mujer e hijos. Por eso estamos condenadas a seguir pagando. No entiendo por qué quiso hacernos algo así a nosotras, a su familia.

—No lo sé —se encogió de hombros—. Supongo que pensaría que su dinero estaba asegurado y que nunca se produciría la quiebra. Quizá estuvo mal asesorado. De todos modos, debería haber pensado más en vosotras.

Celia asintió y respiró hondo. Por fin, a lo lejos, apareció la pareja cogida de la mano. Ya ni siquiera disimulaban. Regresaron al coche de caballos. Elena estaba más feliz que nunca; Celia, sin embargo, había viajado de nuevo al pasado y sabía que las pesadillas volverían a visitarla de nuevo aquella noche.

CUANDO LLEGÓ A casa, Margarita se encontraba en la cocina preparando una infusión para Gonzalo, que descansaba en el dormitorio, ya recuperado. Aunque la medicina del doctor había resultado efectiva, su madre tenía la preocupación dibujada en el rostro. Sabía que el tratamiento para la tuberculosis era demasiado costoso y que, por mucho que trabajara, las deudas de su padre no se acababan nunca. Temían perder la casa.

—Madre, no se preocupe: tengo dinero para pagar lo de Gonzalo —dijo Celia—. Puede estar tranquila.

Margarita alzó las cejas, sorprendida.

—¿De dónde has sacado el dinero? —preguntó—. Después de lo que hiciste con la vainilla, seguro que Carranza no te ha adelantado nada.

Celia negó con la cabeza y tragó saliva. Tenía que contarle la verdad, ya no podía ocultarla más. No le diría que había estado en el Teatro Real, ni que había indagado sobre su pasado en el conservatorio para no hacerla sentir mal.

—He estado viendo a Elena —dijo al fin—. Sé que no quería que lo hiciera, pero necesitábamos ayuda. Ella nos pagará los tratamientos.

Esperaba el enfado inminente de su madre, pero no ocurrió. Se derrumbó sobre la mesa y comenzó a llorar.

—No puedo reprochártelo, hija —hipó desconsolada—. No si eso va a ayudar a Gonzalo.

Su actitud la honraba: la salud de su hijo estaba por encima de rencillas y rencores.

—Elena insiste en que siempre quiso ayudarla —continuó Celia—. Pero no pudo. Quizá podría hacerlo ahora. Conoce a mucha gente de renombre, podría ejercer de profesora como hacía en Viena.

Margarita negó con la cabeza sin apenas pensarlo.

—¿Por qué? —Celia se alteró, no entendía su cabezonería—. No tendría que trabajar de noche, llevaría una vida más tranquila y su salud se vería fortalecida. Seguro que no padecería esas terribles jaquecas que sufre a diario.

—No puedo, hija —resopló, sofocada—. No quiero trabajar para las clases altas.

Celia apretó los puños con frustración.

—¿Es que oculta algo? —se atrevió a decir por fin—. ¿Hay algo de su pasado que tenga que contar?

Margarita tomó aire y asintió.

—Hice alguna ópera en Madrid, sí —confesó al fin—. Y no recibí buenas críticas. No soy tan buena cantante como crees. Seguro que muchos se acuerdan de mí, de lo mala intérprete que fui. Prefiero pasar desapercibida y cantar para el pueblo. Nunca os lo conté porque me sentía avergonzada.

Seguía sin decir del todo la verdad, pues todavía había muchos cabos sueltos que atar: lo de la Compañía Imperial, la identidad del hombre poderoso que se encontraba detrás de todo aquello, la verdadera razón de su marcha de Madrid...

—¡Han pasado muchos años de eso! —exclamó Celia—. Ya nadie se acordará. Y, de todos modos, trabajaría de profesora, de lo que mejor sabe hacer.

Margarita se acercó a su hija y le agarró las manos, suplicante.

—No insistas, te lo ruego.

Celia se quedó callada, incapaz de reprocharle nada a su madre. Ella tendría sus motivos, que desconocía, y no podía obligarla. La abrazó con todas sus fuerzas y trató de consolarla lo mejor que pudo.

—Para mí, madre, es usted la mejor cantante del mundo.

7

La Perla rebosaba de gente que entraba al local atraída por el olor de los mazapanes, la manteca de Flandes y los panecillos de San Antón. A pocos días de Navidad, el aroma a almendra y azúcar caramelizado era mejor que cualquier agua francesa. El escaparate de la tienda estaba guarnecido con decoraciones navideñas, una pirámide construida con cajas de jaleas y un belén hecho con figuritas de mazapán. A pesar de ser temprano todavía, María, la dependienta, apenas daba abasto en la tarea de envolver turrones y polvorones en delicados paquetes rematados con lazos. Era la mejor época para el negocio.

A Celia le tocaba lavar delantales y trapos. Era la última vez que lo haría, pues el castigo de Carranza tocaba a su fin. El implacable frío de diciembre había formado una capa de hielo en la pila de piedra del patio, así que, tras romperla, la llenó de agua hirviendo y dejó la ropa en remojo. Tras unos minutos, restregó los delantales con un trozo de jabón de sosa y, una vez bien limpios, los escurrió en una máquina que hacía girar unos rodillos a través de una manivela. Una vez terminada la tarea, muerta de frío y con la nariz colorada, se arrimó al fuego del horno del obrador para recuperar la movilidad de los dedos. Tenía los pies como témpanos de hielo. Sin embargo, se sentía bendecida: por fin había pagado su deuda con el confitero y la lechera traería mantequilla como de costumbre, las lavanderas recogerían de nuevo los delantales y su salario volvería a ser el mismo de siempre. Además, gracias a la ayuda de Elena, habían podido hacer frente a la enfermedad de Gonzalo.

Celia había ayudado a sus compañeros con la elaboración de turrones. Había de muchos tipos: de ajonjolí, avellanas, canela, azahar y de piñones, aunque los favoritos de los clientes eran el de Alicante y el de Jijona. No era una receta difícil de elaborar: se tostaban las almendras y se mezclaban con un almíbar hecho de miel y azúcar pulverizado; después, la masa se vaciaba en obleas para darle su característica forma. Mientras se enfriaban, se dedicaban a los bombones. Arturo templaba el chocolate y ella preparaba los colores alimentarios: azul añil, azafrán para el amarillo, cochinilla para el rojo, carmín para el violado...

—¡Qué voy a hacer si me lo matan! —exclamó Francisca con tristeza—. ¡Mi niño!

La mujer no había dejado de llorar en toda la mañana, desconsolada. Se había restablecido el servicio militar obligatorio en España y a su hijo, como todos los varones menores de veinte, lo habían llamado a filas. Le esperaban cuatro años de servicio y otros cuatro en reserva.

—¿Y si me lo matan en Marruecos o en Cuba? —volvió a gemir—. Siempre hay rebeliones por ahí.

Celia sintió compasión por su compañera. No se podía imaginar lo duro que debía de ser ver partir a un ser querido hacia la guerra.

—Si tuviera dinero... —sollozó de nuevo la mujer—, podría pagar el reemplazo.

—Dos mil pesetas es una fortuna —comentó Arturo—. Solo los ricos pueden librarse. A los pobres no nos queda otra que pasar por el aro. ¡Qué injusticia!

—Y todo por culpa del rey. —Se puso roja de rabia—. Reclama a mi hijo como soldado y yo, en unas semanas, tengo que prepararle el postre de su banquete. ¡Debería negarme!

—Bueno, mujer, no te pongas así —trató él de consolarla—. Ahora mismo no hay guerra. El rey mismo puso paz con los carlistas. Quizá se libre.

Francisca se cruzó de brazos.

—¡Tendría que haber continuado la República!

Justo en aquel instante, el señor Carranza entraba por la puerta del obrador. Llevaba varios sobres y paquetes en la mano.

—¿Qué acabas de decir, Francisca? —le reprendió con el ceño fruncido—. ¿Tienes algún problema con el rey?

Esta se quedó de repente muda y agachó la cabeza.

—Voy a hacer como que no he oído nada —continuó él, señalándola con el dedo—. Aquí no se habla de política y mucho menos se cuestiona a don Alfonso. Gracias a él, La Perla es una de las confiterías más reputadas de Madrid.

—Disculpe, señor —se pronunció al fin—. No volverá a ocurrir.

Carranza asintió complacido.

—Además, el rey ha traído el progreso a este país —explicó con orgullo—. Hoy mismo he leído en la prensa que en Barcelona se ha realizado la primera comunicación telefónica. ¿No os parece increíble? Quizá, en unos años, nuestros clientes nos podrán encargar dulces desde sus casas a través de ese extraño cacharro.

Celia no entendía cómo podía ser eso posible; tampoco que se pudiera grabar sonido como había hecho Edison hacía poco con un aparato llamado fonógrafo. Ni siquiera sabía cómo funcionaba el telégrafo. El mundo cambiaba a pasos agigantados y ella tan solo era una mera espectadora.

—Eso es imposible —dijo Arturo—. ¿Cómo vamos a poder hablar a través de una máquina de un sitio a otro? Qué será la próximo, ¿volar?

—Ya se puede volar en globo —puntualizó Celia—. También se han inventado los dirigibles.

Arturo la fulminó con la mirada.

—No te hagas la listilla, extranjera.

Carranza comenzó a abrir los paquetes más grandes.

—Os he traído los gorros nuevos —los repartió—. Los estrenaremos para la boda del rey. Así, La Perla se asemejará a las confiterías francesas.

El gorro de Arturo era más alto que el de Francisca, pero más bajo que el del propio Carranza, que medía casi cincuenta centímetros. Eran blancos y ligeros.

—¿Y para mí? —preguntó Celia al ver que a ella no le daba ninguno—. ¿Por qué no tengo?

—Tú eres de rango inferior y no te hace falta.

Celia arrugó la frente y se puso en jarras.

—Pero bien que hago el mismo trabajo que los demás —se quejó—. Si hago dulces, debería llevar también ese gorro.

Carranza suspiró con impaciencia.

—No me vengas con romances y no me provoques, que aún estoy a tiempo de ampliarte el castigo de nuevo.

Celia resopló y apretó los puños. Mordiéndose la lengua, decidió callar.

—Descansad estos días de fiesta, que luego nos espera mucho trabajo —dijo el confitero de mala gana—. Y que paséis unas buenas Navidades.

El señor Carranza se encerró en su pequeño laboratorio mientras Arturo reía con mala baba y se colocaba el gorro sobre la cabeza.

—¿Has visto quién es el que manda aquí, paliducha? —se irguió con chulería—. Soy un pastelero de prestigio.

Celia suspiró con hastío. Sacó los moldes de flores, frutas, hojas y triángulos, y procedió a decorar los bombones.

—Aunque yo no lleve gorro, hago prácticamente lo mismo que tú —le contestó con rabia.

Arturo arrugó la frente, enfadado, y se dirigió a ella.

—Ya te gustaría a ti. —Cogió un par de huevos y los lanzó con fuerza contra el suelo—. Este es tu trabajo: limpiar lo que nosotros ensuciamos.

Celia se cruzó de brazos y se negó a recogerlo.

—No pienso limpiarlo. Si Carranza no me echó cuando tiré la vainilla, no me va a echar ahora por esto. Aunque me demuestre su desprecio, en el fondo sabe que no va a encontrar a otra friegaplatos a la que, por el mismo salario, también se le dé bien hacer recetas.

«Valgo para este trabajo y debo hacerme respetar», se dijo.

Arturo balbuceó algo ininteligible con cara de pocos amigos, y le dio la espalda sin rechistar más. Francisca, que seguía con los ojos llorosos y no tenía ganas de discutir, se puso de rodillas y recogió el estropicio.

LA JORNADA POR fin había terminado. El cielo estaba encapotado, pero no llovía. Aunque estaba cansada, no le apetecía llegar a casa, así que decidió dar una vuelta por el centro de la ciudad y admirar el ambiente navideño de las tiendas. A Celia le sorprendía que, a esas horas de oscuridad, todavía hubiera tanta gente deambulando por la calle Mayor y la calle Arenal, tomando café con leche en los diferentes locales. Eran días de ajetreo y de compras.

Sin haberlo premeditado, llegó a los almacenes Los Alemanes, que se encontraban en la calle Montera, en una de las vías comerciales principales de la ciudad, no muy lejos de la puerta del Sol. Celia observó el precioso escaparate iluminado por velas alemanas y farolillos de colores. Había cotillones, panderetas y tambores, así como todo tipo de juguetes extranjeros que estaban de moda: un set para jugar al cróquet, una hélice de mano, raquetas de tenis o el popular juego de Tía Sally. Algunos niños miraban embelesados tras el cristal. De repente, un joven se puso a su lado.

—Es bonito, ¿eh?

Conocía aquella voz: era Diego. Hacía semanas que no lo veía. Desde que había empezado el invierno, el rey ya no hacía pícnics en el Retiro, así que no acudía con tanta frecuencia a La Perla. No estaba de servicio, de modo que tenía el caballo, sin berlina, esperando en la puerta. Era la primera vez que lo veía sin los elegantes ropajes del cochero real. Parecía un chico humilde, sin pelucas ni camisas de seda ribeteadas en oro. Su rostro se veía despejado, limpio, y por primera vez pudo ver su pelo, una media melena oscura que le caía libre y ondulada sobre el cuello.

—Estos almacenes son proveedores de la Casa Real —continuó él—. Los suplen de tinta alemana para escribir, barnices, objetos de piel de Rusia... Y no solo eso, también de patines sobre hielo. ¿Habías oído hablar de ello?

Celia negó con la cabeza. Como siempre, Diego no paraba de hablar, pero en esa ocasión no le molestaba. Desde que se habían sincerado en el Campo del Moro, lo veía con otros ojos. Se había dado cuenta de que su conducta a menudo pueril no era más que una fachada y que, por dentro, se escondía un hombre serio y compasivo. Pese a todo, prefería mantener las distancias.

—Aquí hay un club de patinaje y el señor Schropp, el dueño de los almacenes, les enseña a patinar —explicó el cochero—. El marido de Isabel II, Francisco, no era muy ducho con los patines, y una vez rompió el hielo del estanque del Retiro y cogió un buen resfriado. —Los dos rieron—. Al rey Alfonso se le da mejor, y ahora, en invierno, suele practicar mucho por la Casa de Campo y en los Pozos de la Nieve.

—Siempre tienes anécdotas para todo —comentó Celia—. ¿Qué haces por aquí?

—El rey me ha dado el aguinaldo y vengo a comprar unos regalos para mi familia, ¿y tú?

—Solo paseaba. —Se encogió de hombros—. Me he detenido aquí, pero no puedo permitirme nada de lo que venden. Todo es muy caro.

—¿Y el señor Carranza no te ha dado el aguinaldo?

Celia negó con la cabeza.

—Es un hombre tacaño. —Puso cara de enfado—. Nos dará el turrón que sobre de la tienda, si es que sobra. Y seguro que Arturo me dejará sin nada.

Diego se quedó pensativo, dándole vueltas a algo.

—Podría dejarte dinero —dijo al fin—. La propina del rey es sustanciosa y yo no tengo niños en casa. Tus hermanos merecen algún detalle en Navidad.

Celia se imaginó las caras de felicidad abriendo regalos y se le iluminó el rostro. No obstante, se quitó la idea de la cabeza.

—No puedo aceptarlo —expuso con firmeza—. No podría devolvértelo nunca.

—Pues tómatelo como un regalo mío o del rey —insistió—. Los dulces que haces para don Alfonso siempre están exquisitos y mereces una propina, ¿no crees?

Celia rio ante la ocurrencia. Sabía que no debía aceptarlo, pero la tentación era demasiado grande. Gonzalo y Beatriz habían sufrido mucho los últimos años, tan solo eran unos niños, y quería que pasaran unas bonitas y felices Navidades.

—De acuerdo —aceptó ella al fin—, pero no quiero que pienses que...

—No me debes nada —la interrumpió Diego enseguida—. Lo hago porque me apetece, no es ningún intento de agradarte. Ya me dejaste claro que entre tú y yo nunca habrá nada.

Celia asintió aliviada, aunque no pudo evitar la sensación de que se estaba aprovechando de la buena fe del muchacho. Él, sin embargo, parecía contento y satisfecho. Entraron en el edificio: todo estaba muy bien iluminado, y un sinfín de dependientas vestidas de negro envolvían regalos en cajas y papeles de colores. Había un bullicio delicioso, lleno de ilusión y optimismo por las inminentes fiestas que se pasarían en familia.

—¿Qué le gustaría tener a tu hermana? —preguntó Diego.

—Es una chica inteligente, le gusta estudiar —sonrió—. Ella siempre sueña con ser institutriz. Ojalá algún día pueda ir a la Escuela de Institutrices de la calle Figueroa.

El joven, sin pensárselo, se dirigió a la sección de material de oficina. Celia observó unos cuadernos de piel preciosos y unas elegantes plumas de marcas francesas. A Beatriz le encantarían.

—Pues qué mejor que un bonito cuaderno y una buena pluma para empezar —le guiñó un ojo—. ¿Y qué tal un par de soldaditos de plomo para el pequeño?

Celia cabeceó emocionada y agradeció la generosidad del cochero. Aquella noche sus hermanos serían los más felices del mundo.

Salieron a la calle cargados con varios paquetes. Llovía a cántaros y corría un viento desagradable del noroeste que apagaba algunas farolas de la calle.

—Te llevo a casa —propuso—. Llegaremos antes.

Celia aceptó sin más, pues la calle se había hecho prácticamente intransitable. Además, si hubiese ido a pie, llegaría con los regalos empapados. Subió al caballo y se agarró a Diego. Este puso al animal en marcha, a buena velocidad. El agua les caía sobre el cuerpo como una losa y el frío les calaba los huesos. No veía el momento de llegar a casa y calentarse con la estufa de la cocina.

Llegaron por fin a la calle de las Maldonadas. Diego la ayudó a bajar y la acompañó hasta la puerta cargando con los paquetes.

—Gracias por todo —dijo Celia—. Has sido muy amable.

Diego sonrió y se despidió enseguida. Empezaba a relampaguear y el agua inundaría las calles.

Celia entró en casa; Beatriz y Margarita habían observado la escena.

—¿En serio vas a dejar que el muchacho se vaya con la que está cayendo? —Su madre se puso en jarras—. ¿Qué clase de modales tienes?

Beatriz seguía mirando por la ventana.

—¡Pobrecillo! —exclamó ahora—. Va a pillar una buena pulmonía. ¡A ver si por tu culpa el rey se va a quedar sin cochero!

Celia se mordió el labio, inquieta. La culpa comenzó a removerle las entrañas: tenían razón, no podía permitir que cogiera el caballo con ese temporal y pusiera en riesgo su vida. Después de lo bien que se había portado... No era propio de ella mostrarse tan poco compasiva.

Salió corriendo a la calle, donde Diego ya se estaba subiendo al caballo. Llovía cada vez más, apenas se veía nada. Cogió las riendas del animal para evitar que se marchara.

—¡Espera! —exclamó. El agua le empapaba el rostro—. Entra en casa y espera a que amaine el temporal. Puede ser peligroso. Si quieres, deja al caballo en el callejón de aquí al lado, que tiene porche.

Diego aceptó rápido y pasaron a la casa. Margarita les entregó varias toallas para que se secaran y ambos se arrimaron a la estufa para entrar en calor. Beatriz estaba emocionada de tener en su propia casa al mismísimo cochero del rey. Era una muchacha curiosa y extrovertida, y a Celia le preocupaba que preguntara más de la cuenta. Cruzó los dedos para que dejara de llover pronto.

—¿Te quedas a cenar? —preguntó suplicante—. Madre ha hecho una sopa de verduras riquísima. Te calentará el cuerpo.

Diego lanzó una mirada a Celia en busca de su aprobación. Esta, que no podía negarse, asintió sin mucho entusiasmo.

—¿Qué son esos paquetes que llevas? —volvió a preguntar.

Celia sonrió y se los entregó a sus hermanos. Estaba ansiosa por que los abrieran.

—Son regalos para vosotros —respondió excitada—. ¡Vamos, echadles un vistazo!

Los niños, sorprendidos, comenzaron a abrir los paquetes. Celia aguardó expectante a ver sus reacciones. Era la primera vez que recibían presentes en esas fechas tan señaladas, y nada más y nada menos que de la mejor juguetería de Madrid.

—¿Cómo has podido comprarlos? —preguntó atónita Beatriz, al ver el cuaderno y la pluma—. ¿Ha sido generoso el señor Carranza?

Celia carraspeó incómoda y miró a Diego.

—Ha sido él. —Debía ser justa y sincera—. Ha tenido un detalle con vosotros.

Gonzalo y Beatriz se abalanzaron sobre el cochero y le agradecieron el gesto.

—Los ha elegido vuestra hermana —señaló el muchacho, apurado—. No le quitéis mérito.

Margarita, emocionada, estrechó las manos de Diego y le instó a sentarse a la mesa mientras servía la cena. Fuera, continuaban cayendo rayos y truenos.

—¿Y cómo es el rey de cerca? —preguntó Beatriz, curiosa—. Cómo huele, qué come...

—Huele bien, a sándalo y ámbar. —Diego estaba animado—. Y es frugal en la comida: desayuna fuerte, chocolate con bizcochos, y almuerza a menudo un bistec con una copa de Valdepeñas y poco más. Está delgado, nada que ver con lo que comía su madre.

Rieron.

—Siempre ha sido una mujer caprichosa —murmuró Margarita en tono de reproche—. No solo en las comidas, sino también en otros menesteres. Le gustaba divertirse con sus acompañantes. Las revistas estaban llenas de sátiras y cotilleos sobre lo que pasaba en la alcoba de la reina. ¿No es eso cierto, muchacho?

Diego carraspeó incómodo mientras Beatriz esperaba ansiosa su respuesta.

—Yo solo era un niño cuando la reina se exilió en 1868 —se excusó—. Mi padre era su cochero, no yo. Él siempre me contó cosas buenas de ella. Era un hombre leal y comprometido con su trabajo, igual que trato de serlo yo con don Alfonso.

—Pero esa mujer no estuvo a la altura de las circunstancias —insistió Margarita—. Es frívola y lujuriosa.

—Tampoco lo tuvo fácil —salió Diego en su defensa—. A los tres años se convirtió en reina, gobernó con trece y se casó a los dieciséis. No la educaron para ser reina, pero sí destacó en la música. Ya que es usted cantante, doña Margarita, le gustará saber que gracias a ella se crearon liceos, se abrieron salones de bailes y se construyó el magnífico Teatro Real.

Margarita palideció por unos instantes, como si su mente se hubiera visto alterada por los recuerdos del pasado. Trató de disimular su desasosiego y se levantó de la mesa en busca de una botella de anís. Sirvió unas copas y cambió de tema.

—¿Te acuerdas del señor Wolf? —preguntó a Celia—. El dueño de la compañía comercial en la que trabajaba tu padre.

Hizo memoria y asintió. Claro que se acordaba. Cuando él y su padre regresaban de las islas Reunión, solía visitarlos a menudo y comer con ellos. Eran buenos amigos.

—Nos traía regalos —comentó—. Padre lo tenía en gran estima.

—Sigue siendo un comerciante importante y, tras muchos años sin vernos, por fin va a venir. Recibí una carta suya hace un par de días: está en Madrid y se hospeda en el Grand Hotel París. Envié una carta a las islas cuando tu padre falleció explicándole que abandonábamos Viena y regresábamos a Madrid. Anoté esta dirección. Nunca recibí respuesta y pensé que jamás volvería a saber de él. Pero ya ves qué sorpresa.

—Podríamos invitarle en Nochebuena.

—Sí, eso había pensado. Entre las tres prepararemos una buena cena y tú, cariño, le harás un postre de esos tan ricos del señor Carranza. Podría venir Diego también, si quiere.

Celia la miró airada. Por eso temía que Diego entrara en casa y que supieran que había sido él quien había pagado los regalos. Ahora creerían que entre ellos había algo más que una simple amistad. Por suerte, Diego, al darse cuenta de la incomodidad de la joven, rechazó la invitación.

—Debo trabajar esa noche —comentó—. El rey suele pasar la Nochebuena en compañía de los duques de Sesto en su palacio de Alcañices. Pero no se preocupen, seguro que también disfrutaré de una buena cena junto al servicio.

El resto de la velada transcurrió tranquila y sin incidentes. Por suerte, al fin cesó la tormenta y Diego pudo regresar a las caballerizas reales. Margarita, tras acostar a Gonzalo, que se durmió abrazado a sus nuevos soldaditos de plomo, se vistió, se maquilló y salió a trabajar como de costumbre a los diferentes teatrillos de la ciudad. Las dos hermanas se quedaron bajo la luz del candil de la cocina, rellenando sendos cuadernos; una lo hacía con las nuevas recetas navideñas que había puesto en práctica en los últimos días; la otra repasaba las lecciones que había aprendido en la escuela.

8

Beatriz y Celia se dirigieron a la plaza Mayor para comprar los ingredientes necesarios para la cena de Nochebuena. Hacía una mañana fría y húmeda, pues no había dejado de llover durante toda la noche. Entre las nubes espesas y grises se asomaba un débil sol de invierno.

—¿Por qué no te gusta Diego? —le preguntó Beatriz—. Es un buen chico, y sin esa peluca que lleva cuando está de servicio, resulta mucho más apuesto.

—Pues no me gusta. —Desvió la mirada—. ¿Qué quieres que te diga?

—Entonces te aprovechaste de él con los regalos —dijo Beatriz en tono recriminatorio—. Ni siquiera querías dejarlo entrar en casa.

Celia suspiró. Se sentía culpable, sí, pero lo había hecho por sus hermanos.

—¿Es que no estás contenta con tu cuaderno? —le reprochó—. Si quieres lo devuelvo.

Beatriz se quedó callada, pero volvió a insistir al poco rato.

—El pobre bebe los vientos por ti —añadió—, y tú solo te aprovechas de él cuando te interesa.

Celia tragó saliva y cambió de tema.

—No seas tan romántica... Además, las institutrices no se pueden casar.

Beatriz hizo una mueca de indiferencia con la mano.

—O quizá sí —sonrió con picardía—. Puede que el señorito de la familia se enamore de mí mientras educo a sus hermanos pequeños y nos acabemos casando.

Celia soltó una carcajada y le dio un codazo.

—Muchas novelas has leído tú, me parece a mí.

El centro de Madrid era un hervidero de gente, carruajes y diligencias que se apiñaban en las calles colindantes a la plaza Mayor, ocupada de punta a punta por los puestos y tenderetes de la feria de Navidad. En el mercado había mujeres con cestas repletas de víveres, carteros que entregaban postales navideñas y comerciantes que anunciaban su mercancía a viva voz. El ambiente alegre y festivo resultaba contagioso: algunos muchachos cantaban villancicos acompañados por panderetas y zambombas; en otra esquina lo hacía el coro de la iglesia, y más allá los mendigos que suplicaban un aguinaldo.

—Haremos un buen besugo y un rico roscón —decidió Celia.

—¿Crees que el señor Wolf nos ayudará? —preguntó insegura Beatriz—. No paramos de recibir cartas amenazantes del Neumann Bank. Nos quieren quitar la casa. Yo pensaba que estando aquí, lejos de Viena, nos encontraríamos a salvo.

—Las deudas no conocen de países, hermana. —Pensó en Wolf—. Claro que podría ayudarnos, si quisiera. Es comerciante de especias, le va muy bien. A padre siempre le pagó con generosidad.

Beatriz asintió.

—En la isla Reunión —suspiró—. Tanto padre como él nos traían muchos recuerdos de allí. Quizá tengamos suerte.

Los puestos del mercado estaban adornados con vistosas banderillas de colores. En improvisados corrales y jaulas de madera, los pavos, capones y faisanes esperaban su irremediable destino. Quienes no podían permitirse semejante festín, se inclinaban por el jamón, cabezas de cerdo, longanizas y salchichas, que tenían un precio más asequible. El pescado también lucía brillante y fresco sobre los mostradores: el besugo era el plato estrella de Nochebuena, pero también había atún de Laredo en conserva, salmón, percebes y sardinas. Todo tenía una pinta excelente. Celia no escatimó en gastos y compró también aceitunas de Sevilla, pasas de Málaga, fruta, y un vino de Peralta y otro de Pedro Ximénez.

Regresaron cargadas a casa y Celia se puso a preparar el roscón. Y es que, a hurtadillas, había cogido unos cuantos ingredientes de La

Perla: esencia de azahar, frutas escarchadas y azúcar. Como el señor Carranza no le había dado su aguinaldo, se había tomado la revancha.

Tras dejar reposar la masa del roscón durante unas horas, la horneó y la decoró con almendras laminadas y ramitas de muérdago. Del besugo se encargó Beatriz.

Ya había anochecido y toda la familia se vistió con sus mejores galas. Margarita estaba nerviosa por reencontrarse de nuevo con el señor Wolf, pues le recordaba a Klaus y a los que habían sido los mejores años de su vida.

—¿El señor Wolf vendrá solo? —preguntó Celia mientras acababa de poner la mesa.

—Así es. —Se frotó las manos, nerviosa—. Ni su mujer ni sus hijos viajan con él nunca.

—Debe de ser maravilloso vivir en esas islas perdidas del sur de África.

—No sé yo, hija. El viaje es tedioso. Tu padre se pasaba meses navegando. —La invadió la nostalgia—. Su ausencia se hacía muy larga, pero cuando regresaba... ¡Qué felices éramos!

Celia sintió un nudo en la garganta. Su padre fue un hombre cariñoso con los suyos. Por aquellas fechas siempre estaba en casa y disfrutaban de las Navidades en familia.

Se oyó un carruaje que se detenía en la calle y a los pocos segundos alguien llamó a la puerta. Margarita echó un vistazo rápido a la casa para asegurarse de que todo estuviera en orden y abrió.

Gustav Wolf era un hombre elegante. Frisaba los cincuenta y tenía el cabello entre rubio y canoso. Unas hondas arrugas le surcaban las mejillas. Tenía labios recios, nariz aguileña y unos sagaces ojos azules. Vestía de negro, con un reloj de plata en el bolsillo y chaleco con botonadura dorada. Hablaba francés y alemán, pero no español.

—¡Feliz Navidad! —les deseó él en alemán—. ¡Cuánto tiempo sin veros!

Saludó efusivamente a Margarita, que no paraba de temblar. Se podía decir que Wolf imponía con su presencia y, aunque ya era un hombre entrado en años, tenía cierto atractivo. Era alto y estaba en forma.

—Querido Gustav, haga el favor de sentarse. —Le acompañó a la mesa, que estaba decorada con un antiguo candelabro—. ¡Qué ilusión verle de nuevo!

El austríaco se sentó en la silla y observó a los niños, deteniendo su mirada en Celia.

—¡No puede ser! —exclamó sorprendido—. ¿Es usted la hija mayor de mi amigo Klaus?

Celia se sonrojó y se acercó a él para estrecharle la mano. Gustav había envejecido, pero el cambio en su físico no era tan acuciado como el suyo, que había pasado de niña a mujer.

—Está ya muy mayor. —La miró de arriba abajo—. Es toda una muchacha. El tiempo pasa para todos.

Celia asintió con timidez y corrió a servir la cena al ver que su madre le hacía aspavientos con las manos. Margarita se sentó a su lado y le llenó la copa de vino.

—¿Y este jovencito? —comentó Gustav, señalando a Gonzalo—. No sabía que había tenido más hijos.

—Estaba embarazada cuando murió Klaus. Él nació ya en España, así que es el único que no sabe nada de alemán.

Gustav asintió y torció el gesto.

—Sé que nunca respondí a su carta, pero tiene una explicación: mi esposa murió pocos meses después que Klaus, de un tumor. No tenía fuerzas para afrontar su pérdida.

—Vaya, lo siento mucho.

Hubo un largo silencio. Celia sacó el besugo del horno, que olía de maravilla. Llevaba cebollas y patatas, y un poco de pan rallado por encima. Sirvió el pescado.

—Ahora estoy mejor —continuó él—. Me he recuperado y quiero empezar de nuevo. Mi empresa decayó muchísimo durante estos últimos cuatro años: no tenía ganas de nada y descuidé las tierras. Este año que empieza voy a dedicarlo a viajar por Europa y conseguir nuevos contratos de exportación.

—¿Y sus hijos? —preguntó Margarita—. Ella debe de estar hecha una señorita y él, un auténtico caballero. ¡Qué pena que nunca los haya conocido en persona!

Los hijos del señor Wolf habían vivido toda su vida en África, en esas islas donde se encontraban las plantaciones de especias que regentaba la familia Perrin. Gustav Wolf se había casado con Annette Perrin, una rica heredera francesa. Ella había aportado las tierras y él la compañía naviera que comerciaba con Europa.

—Loana es una pequeña salvaje y le encanta esa isla, cosa que me alegra —respondió apurado—. Sin embargo, no hay quien la ponga en vereda y me temo que ya no hay nada que hacer con ella. Mi hijo, en cambio, que ya se ha casado, ansía vivir en París y codearse con la élite. No está muy interesado en la gestión de la empresa.

Celia se preguntó por qué Wolf consideraba como una salvaje a su hija. Sabía que aquellas tierras tenían playas de aguas cristalinas, animales exóticos y bosques de colores extravagantes. ¿Quién no se dejaría llevar en un lugar así?

—¿Cómo es la gente de allí? —preguntó ella de repente—. ¿Cómo es la isla Reunión? Mi padre nos escribía postales, pero era parco en palabras.

Gustav sonrió complacido por la pregunta y bebió de su copa.

—Es muy diferente a todo lo que ha conocido —empezó a relatar—. La arena es blanca y hay volcanes que pueden entrar en erupción en cualquier momento. Las estrellas iluminan las noches, hay enormes murciélagos y todo el mundo come pescado, papaya y coco. Los nativos son gente desenfadada y alegre.

Celia cerró los ojos y se imaginó aquella magnífica isla.

—Ojalá pudiera verlo alguna vez —se atrevió a decir—. Por lo que describe, parece un auténtico paraíso.

—Así es —sonrió de nuevo, sin dejar de mirarla—. Así es.

Gustav clavó el tenedor en el pescado. La carne estaba tan jugosa que se desprendía fácilmente de las espinas. Más tarde pasaron a degustar el roscón.

—¿Quién ha hecho el postre? —preguntó el austríaco—. Está delicioso.

—Celia —contestó orgullosa Margarita—. Trabaja en una confitería y elabora muchas recetas.

—Así que se le dan bien los dulces, señorita Celia. —Los ojos se posaron ahora en ella y permanecieron un rato en su rostro—. ¿Le gusta su trabajo?

Ella cabeceó con entusiasmo.

—Me gusta, sí, aunque es muy duro. Trabajo muchas horas y acabo cansada, pero no me importa. Me siento feliz y satisfecha con la oportunidad de traer un salario a casa.

—Es muy madura y responsable —soltó un suspiró—. No como mi Loana, que es una cabeza loca. Desde que murió su madre, es una muchacha rebelde y ya no sé qué hacer con ella.

—Es normal que le haya afectado —añadió Margarita—. Perder a una madre siendo una niña no es nada fácil.

Gustav negó con la cabeza.

—Mire a su hija —señaló a Celia—. Tiene casi la misma edad que la mía, también perdió a su padre y, sin embargo, saca adelante a su familia con su esfuerzo. La culpa es mía por haberle dado siempre todos los caprichos.

La noche transcurrió en una conversación agradable, entre turrones, frutos secos y vino, recordando anécdotas y vivencias del señor Wolf con Klaus y de su vida en Viena.

—Bueno, ha sido una velada exquisita —expresó el señor Wolf, complacido—. Mañana me toca invitarles a mí. Tengo hecha una reserva en el Lhardy. ¿Les apetece?

Margarita puso los ojos como platos. El Lhardy era uno de los mejores restaurantes de la ciudad, donde acudían aristócratas y la mismísima Casa Real.

—Por supuesto que nos apetece —respondió su madre, emocionada—. Jamás he estado allí y dicen que se come de rechupete. Vamos, la reina Isabel era una asidua.

—Pues no se hable más —dijo él—. Mañana mismo los espero en la puerta. Yo me hospedo en el Grand Hotel París, así que tengo el restaurante al lado.

Tomó a Celia de la mano y la besó.

—Usted y yo, señorita, tenemos mucho de que hablar sobre las islas —añadió—. Le explicaré con todo lujo de detalles dónde vivo. Le aseguro que quedará enamorada.

EL DÍA DE Navidad despertó soleado. Dieron un tranquilo paseo por la plaza de Santa Cruz para ver las paraditas navideñas en las que había zambombas, panderos y todo tipo de figuritas para el belén. Las estufas de carbón tiznaban las fachadas de las casas y olía a almendras garrapiñadas y confituras. Celia estaba feliz de compartir un día tan especial con toda su familia.

La fachada del Lhardy, en el número ocho de la carrera de San Jerónimo, relucía en madera de caoba, trasladada expresamente desde Cuba. Su interior despedía un dulce olor a repostería francesa —que era por lo que aquel restaurante se había hecho famoso en los años cuarenta—, y en su escaparate lucían *brioches*, *croissants* y un surtido variado de quesos. A los pocos minutos, apareció el señor Wolf vestido con levita gris y pantalón negro. El cuello de la camisa, blanco como la nieve y perfectamente almidonado, se ceñía a su estilizada garganta de nuez prominente. Sin duda alguna, era todo un caballero. Gustav invitó a Margarita a que se agarrara de su brazo y se dirigieron al interior del local.

Un camarero elegantemente vestido los condujo a la mesa. Sobre el mantel de lino blanco se había dispuesto un jarrón con un ramo de flores, cubertería de plata y vajilla con flores de lis de la antigua fábrica del Buen Retiro. Las paredes estaban revestidas de espejos y lucían un lujoso papel pintado. Por unos instantes, Celia se sintió alguien importante.

—¿Saben que dónde yo vivo tenemos un balneario? —les preguntó Gustav, a la espera de que llegara la comida—. Vienen muchos turistas para disfrutar de sus aguas termales.

—Es el lugar perfecto para descansar —continuó él—, lleno de naturaleza, fragancias exóticas y riquísimas frutas.

—¿Van allí muchos viajeros? —inquirió Margarita.

—Sí, sobre todo franceses e ingleses. También exploradores y escaladores que quieren subir a los picos más altos.

—Y Madagascar se encuentra cerca, ¿verdad? —preguntó Celia, ansiosa por saber más—. Tengo entendido que hubo allí una masacre de cristianos.

—Sí, hace unos años la reina Ranavalona I los torturaba y mataba sin piedad. Por suerte, con la nueva reina están a salvo. De hecho, ella misma es cristiana.

Aquellas historias parecían dignas de una novela de aventuras, pensó Celia.

—¿Madagascar también es francesa? —se interesó Beatriz.

—Todavía no. —Wolf hizo una mueca de preocupación—. Francia está luchando por ello, pero las tribus malgaches y la propia reina no lo ponen fácil. Quizá, a la larga, se desate una guerra.

Por fin llegó la comida, todo un dispendio de exquisitos platos, como pavo trufado, salchichas, bistecs, jamón cocido y riñonada de ternera regados con un buen Burdeos. Y, de postre, frutas y dulces con champaña.

—Y, dígame, señor Wolf, ¿cuánto tiempo estará en Madrid? —preguntó Margarita.

—Un par de semanas. Tengo un contrato entre manos que no puedo dejar escapar. Vendo especias a muy buen precio y de muy buena calidad. Clavo, nuez moscada, jengibre, cardamomo...

—¡Madre mía! —exclamó Celia—. Sus tierras deben de oler maravillosamente bien.

—No se lo puede ni imaginar. Algún día debería venir a visitarnos.

De repente, un hombre y una mujer ataviados con elegancia salieron de uno de los reservados que tenía el restaurante para personalidades de cierto postín. Celia los reconoció enseguida: eran los duques de Sesto, quienes la habían acompañado al Teatro Real. La pareja se detuvo para saludarla.

—Vaya, señorita Gross, qué casualidad —comentó el duque—. ¿Qué tal ha comido?

Celia se puso nerviosa. Su madre no sabía nada de su visita a la ópera, así que esperaba que no sacaran el tema.

—Me alegro mucho de verlos —respondió apocada—. La comida estaba deliciosa. Sin duda, su fama le hace justicia.

—¡Y tanto! —exclamó alegre la duquesa—. Nosotros siempre les pedimos refrigerios para los días de caza en los montes de El Pardo. Somos clientes fieles, igual que Su Majestad.

Margarita, descolocada por la situación, observó de arriba abajo a la mujer, que lucía un delicado vestido color lila entallado con mangas de gasa adornadas con un suave bordado. Su cutis era bello y fino.

—¿Y con quién tengo el gusto de hablar? —preguntó entonces, ansiosa.

—Oh, disculpe, no nos hemos presentado. —La esposa del duque, Sofía, se dirigió entonces a Margarita y al señor Wolf—. Somos amigos de la madrina de Celia, la cantante Elena Sanz.

Margarita entornó los ojos y palideció. Celia tragó saliva y desvió la mirada con preocupación.

—Elena está arrasando en el Real —añadió el duque—. Ya sabe, señorita, que cuando quiera puede volver a nuestro palco para ver la ópera que le apetezca.

—Es muy amable —respondió Celia con apenas un hilo de voz—. Lo tendré en cuenta.

—Y siga haciendo esos dulces riquísimos —dijo Sofía—. Ahora no hago más que comprar en La Perla.

Todos rieron excepto Margarita, que estaba muy seria. El duque de Sesto, antes de despedirse, la miró y se frotó el mentón pensativo.

—Por cierto, ¿nos conocemos? —preguntó.

Margarita agachó la cabeza avergonzada.

—No lo creo —respondió a media voz.

El hombre reflexionó durante unos segundos sin dejar de observar a Margarita, cuya frente se había perlado de sudor. Celia vio que su madre se ponía nerviosa y que lo estaba pasando mal.

—¡Usted era cantante de ópera! —exclamó por fin él, sorprendido.

Margarita tragó saliva y negó con la cabeza.

—Debe de estar confundido —balbuceó nerviosa.

—Sí, sí —cabeceó el hombre—. Usted conocía a Joaquín Osorio.

Margarita alegó un malentendido y negó haber conocido a Osorio.

Se hizo entonces un silencio incómodo. Gustav observaba la escena sin entender nada, pues toda la conversación se había producido en castellano.

Celia se quedó callada, sin saber qué decir ni qué pensar sobre todo aquello. Un dolor agudo le oprimía el pecho y la llenaba de angustia. El duque había reconocido a su madre. Y ¿quién era Joaquín Osorio? Tomó aire y miró a Beatriz, que tenía a Gonzalo en su regazo. Gustav seguía confundido, en silencio, sin atreverse a preguntar nada.

Los duques se apercibieron de la situación y se apresuraron a despedirse.

En cuanto se marcharon Celia trató de mostrarse alegre, pero algo se había estropeado en el ambiente y la alegría inicial se había desvanecido por completo. Se propuso visitar esa misma tarde a los duques y averiguar la verdad.

9

CUANDO REGRESÓ A casa tras su visita al duque de Sesto, Margarita no estaba, y Celia se preocupó. Ahora que sabía la verdad, podía entender por qué su madre no se lo había contado: se sentía avergonzada por haber huido con un hombre que había estafado a un país entero. Además, había salido en los periódicos y eso explicaba por qué no quería dar clases en círculos aristocráticos.

—Joaquín Osorio —le había explicado el duque una hora antes— fue el encargado de dirigir la financiación de la construcción del Teatro Real, y se llevó parte de lo recaudado a sus arcas personales, entre otras cosas. Era la mano derecha de María Cristina, la madre de la reina Isabel, y de su nuevo esposo, Fernando Muñoz. Ambos, junto a Osorio y el marqués de Salamanca, se aprovecharon de sus influencias para enriquecerse, y engañaron a otras personas en cuestiones de bolsa y negocios empresariales.

—En 1854 estalló todo —continuó el hombre—. Además del golpe de estado, hubo una revolución de las clases populares. La gente, harta de la miseria y la falta de trabajo, asaltó los palacios de las grandes fortunas que se habían aprovechado de su influencia para robar dinero público. Entre ellos, el de Joaquín Osorio.

Celia empezó a atar cabos. Aquel hombre poderoso se había encaprichado de Margarita y se había empeñado en verla triunfar como cantante. Sin embargo, habían huido juntos por miedo a la turba revolucionaria.

Si el duque de Sesto la recordaba, cualquiera podría hacerlo, y Margarita quería dejar el pasado atrás y empezar de nuevo. ¿De qué iba a culparla? El amor era ciego y, en ocasiones, en su nombre se cometían las peores decisiones. Por aquel entonces, su madre tan solo era una muchacha de veinte años, huérfana, criada en la inclusa y en el conservatorio de Madrid, sin nadie que pudiera guiarla. Quizá Osorio le había prometido una vida de ensueño a su lado, y que se convertiría en una contralto reputada en Viena, y ella, enamorada, se lo había creído a pies juntillas.

Celia decidió ir en busca de su madre y visitó sin éxito los teatros de la Esmeralda, el Recreo y Recoletos. Haría lo mismo con las tabernillas de la calle Toledo en las que cantaba también algunos días. Sin embargo, era peligroso que una mujer recorriera ese tipo de lugares a pie y sola, por lo que decidió pedirle ayuda al señor Wolf, que de buen seguro accedería a acompañarla.

Se dirigió al Grand Hotel de París, que se encontraba en la parte oriental de la Puerta del Sol. Se cruzó con varios hombres y mujeres con mantilla que volvían de misa en la iglesia del Buen Suceso y que se detenían a comprarles castañas, almendras garrapiñadas y cacahuetes a los vendedores ambulantes que se arremolinaban en la fuente.

El ultramarinos de productos coloniales estaba tan concurrido que el olor a café y especias flotaba en el aire con cada cliente que abandonaba la tienda. Ya había anochecido y el resplandor amarillento de las velas y las lámparas de petróleo del interior de aparadores y viviendas empezaba a titilar en los cristales.

Ya en el hotel, una nube de hombres sin oficio ni beneficio se agolpaba a la entrada y ofrecían servicios de guía o recadero a los extranjeros ricos que iban acompañados por su corte de sirvientes. Los cocheros, envueltos en sus capas negras, esperaban aburridos sobre los pescantes la salida de algún viajero hacia la estación de Atocha. Celia entró en el edificio con la esperanza de encontrar al austríaco.

El amplio vestíbulo del hotel estaba decorado al estilo francés, con motivos dorados y preciosos muebles de madera noble. Los atentos botones se ocupaban del equipaje de los clientes nada más poner los pies en el establecimiento. Sin duda alguna, allí solo podían hospedarse los más afortunados. Decían que las habitaciones estaban dotadas de agua corriente y que en el comedor de la segunda planta se podía degustar la mejor cocina francesa. Además, contaban con calefacción a vapor. «Ojalá tuviéramos eso en casa», pensó Celia. Por las noches hacía un frío insoportable, y el camisón de franela apenas les resguardaba de las corrientes de aire que se colaban a través de las viejas ventanas llenas de escarcha.

Ya en el mostrador, preguntó por el señor Wolf. Un educado recepcionista la trató como *mademoiselle* y le dijo que se encontraba en el Café Imperial, en el mismo vestíbulo. Sin perder ni un minuto, se adentró en el popular café, atestado de gente a última hora de la tarde. En una mesa de mármol, justo enfrente del gran ventanal que daba a la Puerta del Sol y la calle Alcalá, se encontraba el señor Wolf vestido con un largo abrigo escocés a cuadros, su ya característico bastón y un par de guantes de cuero. Se acercó a él.

—¡Por fin lo encuentro! —expresó, aliviada.

Era un lugar acogedor, pero ruidoso: las luces de gas resplandecían en las lámparas de araña que colgaban de los altos techos y una neblina de humo recargaba el ambiente. Justo en la mesa de al lado, un grupo de hombres de mejillas coloradas apuraban sus copas bajo una coral de carcajadas.

—¡Qué sorpresa! —Le besó la mano—. ¿Qué la trae por aquí?

—Quería pedirle un favor. ¡Necesito su ayuda!

Gustav la instó a que se sentara y le pidió un café con leche para tranquilizarla. Celia aceptó a regañadientes, pues no quería perder ni un segundo.

—Mi madre no ha regresado a casa —comentó, preocupada—. Puede que no se encuentre bien o que no se atreva a volver. Tiene miedo a que la juzguemos.

Gustav bebía una copa de anís.

—¿Es por lo que pasó en el restaurante? No entendí ni una palabra.

—Son cosas de su pasado —resopló—. Se fugó con un famoso estafador en el 54. Por eso llegó a Viena.

Gustav se sorprendió.

—No sabía nada de eso. Su padre nunca me lo contó.

—Quizá tampoco lo supiera. —Se encogió de hombros—. De todos modos, mi madre es una buena mujer y eso pasó hace años. Es responsable, trabaja sin descanso para pagar las deudas y eso le va a costar su salud.

El señor Wolf dudó.

—¿De qué deudas habla? Su padre murió, y con él las deudas.

—Eso era lo que creíamos. —Agachó la mirada—. Mi padre nos puso como aval, por eso seguimos pagando. Lo perdimos todo en Viena y ahora nos quieren quitar nuestra casa de Madrid. ¿Cómo pudo hacernos eso? ¿Lo hizo para que le dejaran más dinero? ¡Y todo por la maldita inversión en los ferrocarriles! Apostó todo en bolsa y, contra todo pronóstico, salió perdiendo.

—Eso no estuvo nada bien —chasqueó la lengua—. Está claro que creía que iba a hacer fortuna, pero puso en riesgo vuestro bienestar. Le aseguro, muchacha, que si yo hubiera sabido dónde se metía, le hubiera aconsejado de otro modo, pero jamás me contó que invertía en tales asuntos.

—Jugó con fuego y se quemó.

Gustav se bebió de un trago la copa y se puso serio.

—Es una situación terrible. —Sacó su billetera—. Tenga quinientas pesetas, la ayudarán a salir del paso.

Celia abrió la boca, sorprendida, sin atreverse a coger los billetes.

—Es demasiado —tartamudeó, nerviosa—. No puedo aceptarlo.

El hombre suspiró y miró al techo, melancólico.

—Tengo muy buenos recuerdos de su padre, ¿sabe? —Le señaló el dinero—. Si me hubiera pasado a mí, me habría gustado que él hubiera hecho lo mismo por mi familia. Le ruego que lo acepte.

Celia asintió agradecida. Sabía que el señor Wolf era un hombre generoso, pero eso era más de lo que hubiera imaginado. Ese dinero los ayudaría a paralizar el desahucio de la casa. Y si podía, ahorraría un poco para la escuela de Beatriz. Su máxima aspiración era que su hermana pudiera cumplir su sueño de ser institutriz.

—Quería pedirle otra cosa —añadió Celia—. Que me acompañe a buscar a mi madre. La calle Toledo puede ser peligrosa de noche y no quiero ir sola.

El austríaco dejó unas monedas sobre la mesa y se levantó como un relámpago.

—No hay más que hablar —balanceó su bastón—. La acompaño a donde haga falta.

Celia sonrió ante la actitud decidida y comprometida del austríaco. «Es un buen hombre», se dijo. Ambos se dirigieron a la puerta del hotel y subieron a un coche de alquiler que los condujo hacia la calle Toledo. No sabía ni por dónde empezar a buscarla. Había decenas de tabernas en aquella zona, y desconocía en cuáles podría hallarse su madre. Miraron también en las calles aledañas, en la calle de la Sierpe, en la Calatrava y en la del Bastero; entraron en distintos tugurios en los que se bebía vino y aguardiente y se comía cocido, callos y sardinas rancias. En muchos lugares olía a fritanga de gallinejas, pajaritos fritos y torrijas. Las prostitutas abordaban por la calle a los borrachos que salían tambaleándose de las pequeñas tabernas, y los malhechores abundaban en las esquinas a la espera de atracar a algún despistado. Por suerte, como iban a resguardo del coche de alquiler, no sufrieron ningún contratiempo.

—¿Y tu madre canta en estos locales? —preguntó el hombre, extrañado.

—No le ha quedado más remedio. Cuando termina de cantar en el Esmeralda o en Recoletos, que, aunque no son los mejores, son dignos, viene a estos. No me gusta nada, pero lo hace por nuestro bien.

Justo enfrente de un café de variedades había un pequeño carruaje aparcado en la puerta. El cochero, que fumaba un cigarrillo y se frotaba las manos para entrar en calor, esperaba fastidiado bajo una farola centelleante. Celia, a punto de entrar en el local, miró de soslayo al muchacho y lo reconoció. Era Diego. El coche no llevaba la insignia de la Casa Real, así que debía de tratarse de otra salida extraoficial del rey.

—¡Diego! —exclamó ella—. ¿Qué haces por aquí?

El cochero se giró y tiró el cigarrillo. Luego miró a Celia y al hombre que la acompañaba, extrañado. El señor Wolf, igual de confundido, permaneció alerta y callado.

—Eso mismo debería preguntarte a ti. Son calles peligrosas para una muchacha. Y ¿quién es tu acompañante?

—Es el señor Wolf, el hombre del que hablamos en la cena. Es extranjero, no entiende nuestro idioma. Me está ayudando a encontrar a mi madre. Se ha hecho muy tarde y estoy preocupada.

—Vaya... —Se acercó a Celia y le cogió las manos—. ¿Qué es lo que ha pasado?

—Es largo de explicar —bajó la vista—. Puede que mi madre hiciera algo en el pasado de lo que se arrepienta. O... quién sabe. La cuestión es que la estamos buscando por todos los tugurios de esta zona y no damos con ella.

—Os acompañaré —dijo decidido.

—¡Pero si estás trabajando! —Miró hacia el café—. ¿El rey está ahí?

Diego asintió contrariado.

—Se cambia el nombre para que no lo reconozcan —le explicó—. Se hace llamar marqués de Covadonga para reservar una estancia privada.

—¿Y por qué viene a este barrio? —Celia arrugó la frente.

—Don Alfonso es especial —soltó un largo suspiro—. Le gusta andar por los barrios populares, los encuentra más emocionantes.

Carraspeó y cambió de tema enseguida.

—Bueno, venga, que te acompaño a buscar a tu madre. Sé de alguien que podría saber dónde está. Conoce a toda la gente del barrio.

—Pero ¿y si sale el rey y no estás? —preguntó preocupada—. No quiero que tengas problemas por mi culpa. Además, está el señor Wolf.

Diego miró de arriba abajo al austríaco y negó con la cabeza.

—Él no sabe nada de estos barrios. Además, el rey ha entrado hace poco y tardará en salir. Seguidme.

Celia claudicó y regresó a su coche de alquiler junto a Gustav. Se pusieron en marcha.

El ambiente se había enrarecido y, a medida que se acercaban a la medianoche, la sensación de peligro en aquellas calles se hacía más palpable. Pararon en la calle Humilladero. Celia, acompañada por Wolf, siguió al cochero hacia una taberna. La puerta trasera estaba abierta y un haz de luz amarilla se expandía por el empedrado. Entraron. La sala estaba decorada con tonos oscuros, sillas desvencijadas y divanes. Se respiraba una atmósfera triste y soñolienta: un borracho dormitaba en un rincón y un viejo apuraba sus últimas gotas de alcohol. A través del humo y la neblina, Diego distinguió una figura de mirada vacía. Tenía el cabello largo y revuelto, el rostro flaco y los dientes salidos. Sobre la mesa mojada de vino, descansaba una pequeña pipa, una aguja y un cuenco de hojalata. A los pocos segundos de prender la mecha, comenzó a borbotear el opio. El aire se volvió denso y pegajoso. Celia se preguntó de qué podría conocer Diego a un tipo tan extraño y un lugar tan lúgubre.

—¿Usted conoce a Margarita Martín? —preguntó sin preámbulos el cochero.

El hombre parecía calmado después de aspirar los humos de aquella droga.

—Oh, es usted... —Comenzó a reír—. ¿Su padre necesita más opio para los dolores? ¿Ya se ha acabado el que le di hace unos días?

Diego, sin hacerle caso, insistió de nuevo a aquel joven con pintas de bohemio.

—Es cantante de ópera. Canta en algunas tabernas de por aquí.

El tipo asintió lentamente. Celia dejó escapar un suspiro de alivio.

—Le diré lo que sé a cambio de nada, porque es un buen cliente. —Los ojos del muchacho brillaban febriles—. De los mejores.

Celia se agitó, impaciente.

—Esa mujer suele frecuentar el Media Luna —continuó, arrastrando las palabras—. Sin lugar a dudas canta bien, pero baila mejor.

Comenzó a reír a carcajadas mientras volvía a aspirar de su pipa. Si seguía ese ritmo, tardaría pocos minutos en quedarse dormido y olvidar la conversación que habían tenido en aquella taberna. Diego se despidió de él y regresaron a los carruajes para dirigirse al Media Luna, que se encontraba en la calle Grafal. Celia estaba nerviosa. Según había dejado caer el chico, su madre no solo cantaba, sino que hacía aquel tipo de espectáculos que estaban tan de moda. Los sicalípticos eran obras teatrales con un trasfondo pícaro y sensual.

Entraron a la taberna. Todo estaba a oscuras salvo un par de humeantes lámparas manchadas de grasa. Se oía el ruido del entrechocar de los vasos, discusiones y carcajadas estridentes. Había espejos por todas las paredes y un tablado desde el que se divisaba toda la sala, y en el que se encontraban unas bailarinas ligeras de ropa haciendo un espectáculo subido de tono. Los hombres, desde los divanes, gritaban obscenidades mientras bebían sin parar. Su madre no estaba allí.

Diego se dirigió al que parecía el dueño, un hombre delgado y ligeramente jorobado que servía copas a los clientes. Le preguntó por Margarita.

—¡Por fin alguien viene a por ella! —exclamó aliviado—. No se encuentra bien. Tras la actuación, perdió la consciencia.

—¡Dios mío! —gritó Celia, preocupada—. Y ¿dónde está?

El tabernero llamó a su mujer, que estaba lavando unos vasos, y esta los acompañó al piso de arriba, donde vivían. En un pequeño camastro, arropada con mantas y bajo la luz ligera de un quinqué, dormitaba su madre entre quejidos. Celia corrió hacia ella y reposó la cabeza sobre su pecho tratando de contener las lágrimas.

—Ha venido muy nerviosa —comentó la mujer que les había atendido—. Ha hecho su actuación como siempre, pero estaba pálida y temblorosa. Perdió la consciencia de golpe, así que hemos llamado al médico. No sabíamos si tenía familia o no.

—¿Y qué ha dicho el médico? —preguntó Celia, ansiosa.

—Que no sabe lo que tiene —se encogió de hombros—. Que necesita descansar y no sufrir sobresaltos. Está angustiada.

Celia suspiró contrita y acarició la cara de su madre. Estaba segura de que la mención a Osorio por parte del duque de Sesto había sido el detonante de su estado.

—Hija... —balbuceó Margarita—. Tú no sabes lo que pasó...Yo no hice nada malo. Me enamoré de Joaquín como una boba. Me prometió que sería la mejor contralto de Viena.

—¡Shh! —trató de calmarla—. No se preocupe por eso.

—Al principio, Joaquín era un hombre maravilloso —continuó—, pero cambió cuando llegamos a Austria. Se volvió celoso, desconfiado, y se enfadaba conmigo porque las críticas a mis actuaciones no eran las que él esperaba. Y luego conocí a tu padre... Jamás me perdonó que lo dejara y me marchara con otro. No lo volví a ver nunca más.

Celia se emocionó al oírla hablar con tanta tristeza. Las cosas no le habían salido bien con ese tal Osorio, lo había pasado mal, no había tenido una vida fácil. Sin embargo, había sido feliz con su padre.

—Me siento orgullosa de usted, madre —expresó ella—. Olvídese del pasado, ya no hablaremos más de ese tema. Ahora la llevaremos a casa para que se reponga.

Entre Diego y el señor Wolf levantaron a Margarita y la condujeron al carruaje. El austríaco, en agradecimiento por su ayuda, les dio unos reales a los taberneros. Ya en la calle, abrazó a Celia para tranquilizarla.

—Quédese tranquila, señorita. —Le acarició la espalda—. Su madre está a salvo.

—Gracias por todo —respondió entre lágrimas—. Su dinero nos vendrá muy bien. Quiero que deje de trabajar en estos lugares y tenga una vida más plácida.

—Cuente conmigo para lo que necesite —le pellizcó la barbilla, cariñoso—. En unos días me iré de Madrid, pero le escribiré para saber cómo se encuentra y por si necesita más ayuda.

Celia sonrió y suspiró relajada. Aquel hombre había resultado ser una bendición para su familia. Miró a su madre: hablar de su pasado le provocaba sufrimiento, de manera que se prometió a sí misma no volver a mencionar a Osorio nunca más.

Diego observaba la escena desde lejos, sin atreverse a interrumpirla. Miró el reloj, se hacía tarde. Se marchó sin decir nada.

10

ERA MUY TEMPRANO, el cielo todavía era gris, aunque empezaba a clarear en la lejanía. El amanecer de aquel 23 de enero de 1878 era helador y la ropa de Celia se había humedecido con el rocío. Pese al frío y los nervios, estaba ilusionada por lo que iba a vivir aquel día: por fin había llegado la esperada boda del rey Alfonso con Mercedes de Orleans. Madrid se había engalanado para la ocasión: las calles habían sido cubiertas con fina arena para que rodasen mejor las carrozas, majestuosos tapices colgaban en los balcones y, en cuanto oscureciera, cientos de lámparas iluminarían la ciudad y las fuentes de Cibeles y Neptuno. No se había reparado en gastos. De hecho, durante los siguientes cinco días, se celebrarían obras de teatro, bailes y comparsas gratuitas para toda la población con motivo de la unión del matrimonio.

Las calles que iba a recorrer la carroza real estaban ya muy concurridas de gente de otras provincias que había pasado la noche al raso por la falta de habitaciones en hoteles y pensiones. Los tranvías y los coches de punto dejarían de prestar servicio a partir de las diez, hora en que Alfonso XII abandonaría el Palacio Real para ir al encuentro de su prometida. María de las Mercedes, desde la estación de Mediodía —pues llegaba desde el palacio de Aranjuez— se dirigiría hacia la basílica de Atocha, lugar en el que se celebrarían las nupcias.

A medida que se acercaba al palacio, el cénit de la cúpula de la capilla comenzó a intuirse en el paisaje de Madrid, así como sus elevadas torres, en cuyas cornisas se posaban cientos de palomas. Ya frente a la puerta del servicio, sus compañeros de La Perla la esperaban. Carranza estaba tremendamente nervioso e inquieto.

—Espero que hayáis dormido bien esta noche, porque nos espera un día ajetreado —dijo el confitero con voz temblorosa—. Me juego mucho, señores, así que no quiero ni un fallo.

Todos asintieron al unísono.

—La primera masa la haremos entre todos —continuó—, pero luego me ausentaré de la sala para permanecer en los hornos. Quiero controlar bien la cocción de las pastas para que no haya errores. Por lo tanto, vosotros dos —se dirigió a Arturo y Francisca—, seguiréis elaborando las masas posteriores y el Chantilly. Tenéis la receta y la hemos practicado mucho los últimos días, así que la quiero perfecta.

Celia esperó impaciente sus instrucciones.

—Y tú, muchacha, lo quiero todo limpísimo —la fulminó con la mirada—. Facilita el trabajo a tus compañeros y haz todo lo que te pidan.

Asintió con la cabeza bien alta. Sabía cuál era su lugar en aquella confitería y el trabajo para el que había sido contratada. Aunque a menudo se le había permitido elaborar recetas y dulces, Carranza no le iba a dar aquella oportunidad en un día tan crucial para su carrera. En el fondo, se sentía aliviada. Si las cosas no salían según lo esperado, toda la responsabilidad recaería sobre Arturo.

—Tendréis ayuda —continuó él—. Varios cocineros estarán a tus órdenes, Arturo. Tienes que ser un buen director.

Arturo tragó saliva y cabeceó inseguro.

—Puede confiar en mí, señor —respondió.

Entraron en el edificio acompañados por un ama de llaves que, siempre en guardia, no dejaba de mirar la hora en su reloj de pulsera. Cruzaron un largo pasillo que se abría a un amplio rellano del que brotaba una preciosa escalinata de mármol que conducía a las habitaciones reales. Celia nunca había estado en un lugar como aquel: aunque no vería los grandes y elegantes salones del palacio, el simple hecho de estar bajo el techo donde habían vivido tantísimos reyes y reinas la sobrecogía. Pensó en su hermana Beatriz y en la ilusión que le hubiera hecho estar allí, imaginándose ser una princesa. Se lo contaría todo aquella noche.

Por todas partes había criados, lacayos y ayudantes de mayordomo que entraban y salían por puertas secretas. Sorteando el barullo, el ama de llaves los condujo a un par de modestos aposentos del servicio para que se pusieran el uniforme blanco que les había comprado Carranza. Todos llevaban, salvo ella, el gorro blanco.

Llegaron a las cocinas. Jamás había visto algo semejante. Estaba dividida en tres salas: en la primera, se hacían los manjares ligeros y se preparaban las bebidas; en la segunda, los cocidos, los asados y fritos, y, por último, en la tercera se elaboraban los dulces, los pasteles y las confituras. Aunque cada uno tenía su espacio bien delimitado, aquello parecía un campo de batalla: había unas cien personas allí, entre oficiales, pinches, ayudantes y mozos, todos a las órdenes del cocinero mayor, *monsieur* Droin. Mientras los hombres removían enormes cacerolas, las mujeres, con cofia y delantal almidonado, limpiaban el pescado fresco y cortaban las verduras y las piezas de cordero manchego. La cocina palpitaba con el calor de la grasa: en un asador para carnes, más de cincuenta aves giraban sobre unos ejes, y en los fogones, multitud de ollas borboteaban despidiendo deliciosos aromas a hierbas y guisos.

Hacía tanto calor que a Celia se le pegaron los mechones del cabello a las mejillas. Aquellos fuegos necesitaban tal cantidad de carbón que parecían la caldera de una locomotora. Se dirigieron a la sala de repostería con la esperanza de que allí estuviera todo más tranquilo y ordenado. Sin embargo, la mesa de trabajo estaba ocupada por tarros con especias, sartenes sucias y cacharros llenos de salsa que goteaban por el suelo. Era un auténtico desastre. Carranza, lleno de rabia, se dirigió al cocinero mayor en busca de explicaciones.

—¿Quién ha ensuciado mi espacio? —preguntó enfadado—. ¡Es la sala de la repostería!

Monsieur Droin se puso en jarras, mostrando su imponente y erguida presencia. También vestía de blanco y llevaba un gorro de la misma altura que Carranza.

—¿Y quién es usted para hablarme así? —preguntó con un marcado acento francés.

—Soy Bartolomé Carranza, confitero de La Perla, proveedora de la Casa Real.

—Ah, La Perla —hizo un gesto de indiferencia con la mano—. Los postres...

Carranza alzó la ceja, ofendido.

—¿Qué pasa con los postres? —Se cruzó de brazos—. Si un postre es malo darán por mediocre toda la comida.

Monsieur Droin rio por lo bajo y le dio la espalda mientras seguía con los platos principales.

—Oiga —insistió el confitero—. Quiero que despeje mi mesa y me ceda, como mínimo, diez ayudantes de su plantilla.

El francés volvió a reír.

—No lo dirá en serio, ¿verdad? Los necesito a todos conmigo. Mis platos son muy elaborados y son los más importantes. Cuando acabe, les podrán ayudar a ustedes.

El señor Carranza apretó los puños.

—¡Ni hablar! —alzó el dedo—. Aunque el postre sea el último plato, necesito empezar a hacerlo ya. ¿Sabe el tiempo de cocción que necesita la masa?

—Pues no parlotee tanto y empiece ya a trabajar —soltó Droin de muy malas maneras.

Había mucha tensión en el ambiente. Estaban asistiendo a la lucha de egos de dos grandes cocineros. Parecía como si el triunfo de uno significara la derrota del otro y, en realidad, el éxito de aquel banquete era la oportunidad para ambos de convertirse en los mejores chefs de la ciudad.

Carranza perdió los nervios y se acercó al cocinero en actitud amenazante. Por un instante, Celia creyó que le iba a asestar un puñetazo.

—O me da lo que le pido, o soy capaz de tirar todas estas ollas al suelo.

Monsieur Droin se puso en alerta y cedió a regañadientes.

—Le prestaré a cinco. —Señaló con el dedo a unos jóvenes—. Es lo máximo que puedo ofrecerle.

Carranza aceptó sin más para evitar entrar de nuevo en otra discusión y perder más tiempo, y todos se pusieron manos a la obra. «El día no ha empezado con buen pie», pensó Celia. *Monsieur* Droin era el cocinero habitual del rey y no estaba acostumbrado a compartir su espacio con otros cocineros externos. El miedo a que las cosas no salieran bien les estaba jugando una mala pasada a todos.

Celia limpió y despejó la mesa. Enseguida se hizo con la cocina. Era de techos altos y las paredes estaban alicatadas en higiénicas baldosas blancas. Entraba mucha luz natural de una ventana que daba a un patio interior, pero también estaban encendidas las lámparas de latón, que colgaban sobre la mesa de trabajo. Sin embargo, lo que más le llamó la atención fue la enorme chocolatera de cobre con capacidad para veinticinco kilos de chocolate a la taza, y que había sido protagonista de todas las meriendas de bautizo de los hijos de la reina Isabel.

Todos los ingredientes estaban preparados: varios sacos de harina, litros de nata y los preciados botecitos de vainilla de los que Celia se alejó a toda prisa por miedo a tirarlos otra vez. Prepararon la primera tanda de masa y la colocaron en los moldes de hierro para hornear. Carranza abandonó la sala y se recluyó en la habitación contigua, donde se encontraba el monumental horno. A partir de ese momento, todos quedaron a las órdenes de Arturo.

—Creo que nos quedaremos sin nata —se dirigió a Celia—. La vaquería del palacio está aquí al lado. Pide urgentemente que te traigan más. Tiene que estar recién hecha.

Celia asintió y salió de las cocinas. No sabía dónde estaba la vaquería, pero preguntaría a cualquier lacayo con el que se encontrara. De repente, una turba de criados comenzó a correr por los pasillos en dirección a unos grandes ventanales que daban a la parte trasera del Palacio Real.

—¿Qué es lo que pasa? —preguntó Celia con curiosidad.

—¡Que sale el rey! —respondió uno—. ¡Se va ya!

Ya eran casi las diez, así que don Alfonso emprendería su viaje hacía la basílica de Atocha para encontrarse con su amada. Celia pensó en Diego, culpable: no le había agradecido la ayuda prestada la noche que habían estado buscando a su madre, se había centrado únicamente en el austríaco y apenas había reparado en su marcha. De todos modos, iba a ser un día feliz para él, pues sería el encargado de pasear a los nuevos monarcas, ya casados, por toda la ciudad. El recorrido se haría por el paseo de Atocha, el Prado, Alcalá, la puerta del Sol y la calle Mayor. Luego, en la plaza de Oriente, desfilarían las tropas de guarnición.

Todavía les quedaba nata, pensó Celia convencida, así que no pasaría nada si se demoraba unos minutos para ver partir a don Alfonso junto a Diego.

La charla de los sirvientes se mezclaba con el golpeteo inquieto de los cascos de los caballos sobre el empedrado del patio. Justo al lado de la lujosa carroza real, se encontraba el cochero, elegantemente arreglado con su ropa de satén y su peluca blanca empolvada. Estaba feliz por él: era un gran chico, siempre se había portado muy bien con ella y merecía que le pasaran cosas buenas. El rey Alfonso, vestido con traje, galones dorados y charreteras, se adentró en el coche y salieron a continuación del palacio custodiados por alabarderos de uniforme rojo y negro. Tras las verjas, una multitud de ciudadanos comenzaron a tirarles flores y liberar palomas mientras agitaban al aire pañuelos y sombreros.

—Os quedaréis perplejos cuando veáis el vestido de la reina —comentó una criada—. Se lo ha regalado el rey y le ha costado más de treinta mil pesetas.

—¡Dios mío! —exclamaron.

—Por no hablar de su ajuar —continuó, generando expectación—. Ayer llegaron decenas de maletas a palacio, y tuve que deshacerlas todas y colocar las prendas en su armario... ¡Estuve más de cinco horas! Nunca había visto tanta lencería junta: tres docenas de camisones de hilo, otras tres de enaguas, dos docenas de pañuelos, gorros y medias... ¿Y vestidos? —Se llevó las manos a la cabeza—. Un sinfín de trajes de noche, de corte, de viaje, de amazona... Lo tiene todo, esta muchachita.

Se hubiera quedado escuchando las anécdotas y curiosidades sobre la que sería reina de España, pero el tiempo apremiaba y no quería recibir una reprimenda de Arturo. No podía fastidiarla ahora que todo le iba bien. Las sesiones de baños de mar y de agua sulfurosa de su hermano Gonzalo en el balneario San Felipe Neri de Madrid le sentaban de maravilla, y había mejorado tanto que apenas tosía por las noches. Y su madre, que había dejado de trabajar en aquellas tabernas de la calle Toledo, ya no sufría de sus terribles jaquecas.

Dio el recado a la vaquería y regresó deprisa a las cocinas. El caos seguía en los fogones. *Monsieur* Droin ponía cacerolas, sacaba otras, removía y cortaba verduras. Hacía de todo. Mientras tanto, en la sala de repostería estaba a punto de desencadenarse una tormenta. Arturo y Francisca ya habían elaborado la segunda tanda de masa. El hojaldre llevaba su tiempo, pues se debía ir añadiendo la mantequilla en capas y doblar la masa varias veces para conseguir la consistencia y untuosidad adecuada. Era un proceso largo y cansado. Por otro lado, los ayudantes de *monsieur* Droin batían la nata fresca para la Chantilly.

—¡Oh, no! —exclamó de repente Arturo, haciendo una mueca de asco al probar la masa todavía sin hornear—. ¡Está salada! Pero ¿qué demonios...?

Todos dejaron lo que estaban haciendo, asustados. Celia probó la masa y asintió.

—Sí, está salada —tragó saliva—. Alguien ha confundido la sal con el azúcar.

Francisca se puso roja. Arturo la señaló con el dedo.

—¡Tú has mezclado los ingredientes! —exclamó enfadado—. ¿De qué saco has cogido el azúcar?

La mujer, temblorosa, señaló uno de ellos. Arturo se llevó las manos a la cabeza.

—¡Eso es la sal! —señaló el otro saco en el que aparecía escrita la palabra azúcar—. ¿Es que no sabes leer?

—Sí, pero me he confundido —titubeó ella, pálida—. Con las prisas, yo...

—¿Es que no sabes diferenciar el grano del azúcar del de la sal? —Estaba fuera de sí—. ¡Qué inútil eres!

Francisca, humillada, comenzó a llorar. Celia acudió a consolarla.

—No pasa nada, se puede volver a hacer —afirmó con convicción para calmar los ánimos—. Todo tiene solución.

—¡Las narices! —gritó Arturo—. ¿Sabes el tiempo que vamos a perder en volver a hacer la masa? ¿Y qué le decimos a Carranza? La primera hornada está a punto de salir y tenemos que meter la segunda.

—Ya pensaremos algo...

—¡Y una mierda! —Dio un golpe en la mesa—. Que vaya a dar la cara Francisca, que es quien la ha fastidiado. ¡Estúpida mujer!

Francisca, superada por los acontecimientos, se quitó el delantal y tiró el gorro blanco al suelo. Tenía las mejillas empapadas por las lágrimas.

—¡Me voy! —soltó de golpe—. Esta cocina es un desastre y el señor Carranza se esconde toda la mañana en los hornos en vez de controlar aquí.

—¡Yo soy el encargado! —expresó Arturo—. No necesitamos a Carranza.

—No, qué va... —dijo con ironía—. Está todo manga por hombro. Deberías haber supervisado mi trabajo, que para eso estás por encima de mí.

—¡No, si ahora tendré yo la culpa! —se cruzó de brazos—. ¡Lárgate de aquí, anda!

Francisca alzó la cabeza con orgullo y abandonó las cocinas. Arturo estaba tan nervioso que parecía que le iba a dar un ataque al corazón.

—¿Qué vamos a hacer ahora sin Francisca? —preguntó Celia, preocupada—. No deberías haberle hablado así.

Arturo la fulminó con la mirada.

—No me calientes, paliducha —resopló—. Necesito un poco de aire. Ahora vuelvo.

Se abrió el cuello del uniforme, desesperado. Le costaba respirar. Estaba sobrepasado, incapaz de coger el timón del barco. Se marchó al patio.

Celia se quedó sola en la cocina, junto a los cinco ayudantes, sin saber qué hacer. Se dirigió a los hornos, donde se encontraba

Carranza, para ver cómo marchaban las primeras napolitanas. Al entrar, le golpeó el fragante olor mantequilloso del hojaldre caliente.

—¿Va todo bien, señor Carranza? —Celia echó un vistazo rápido a las pastas—. Todavía les queda.

—Sí —arrugó la frente—. Estos hornos van demasiado lentos. ¡No son como los nuestros!

Carranza llevaba la ropa manchada de hollín por el carbón. Tenía que controlar cada poco la temperatura e ir moviendo los moldes de una altura a otra para conseguir que el calor penetrara con uniformidad en la masa. No apartaba la vista del fuego.

—Y, dime —continuó él—, ¿qué tal va por la sala?

Celia no se atrevió a contarle la verdad. Si lo hacía, Carranza perdería los nervios y todo podría irse al traste.

—Va todo bien. —Desvió la mirada—. No se preocupe.

El confitero asintió relajado y continuó con lo suyo. Celia regresó a la sala y miró por la ventana que daba al patio: Arturo seguía allí, acuclillado en el suelo mientras se frotaba la frente. Tenía que hacer algo para sacar la segunda tanda de masa. Por suerte, el horno era lento y, si se daban prisa, podrían terminarla antes de que salieran las primeras napolitanas. Conocía bien las cocciones de las masas, pues en La Perla se encargaba del calor del horno. Todavía les quedaban unos veinte minutos, así que no tenían tiempo que perder. Tomó las riendas de la situación y empezó a elaborar la masa ella misma. Se la sabía de memoria pues, aunque no la había trabajado como los demás en los últimos días, había memorizado los pasos y escrito la receta en su cuaderno. Pidió ayuda a los pinches de cocina, que se pusieron a sus órdenes ante la ausencia de otro capataz. Amasaron sin parar, añadiendo las capas de mantequilla una y otra vez. Celia sintió que se le despertaba un instinto en lo más profundo de su ser: le gustaba dirigir, hacer dulces que luego la gente disfrutaría en la mejor compañía, crear auténticos manjares. Lo prefería a lavar ollas y fregar suelos. Sin embargo, sabía que aquello era solo un espejismo y que en La Perla jamás subiría de escalafón. Trató de no pensar en ello y aprovechó aquellos minutos de absoluta libertad y mando para hacer la mejor masa de hojaldre que podía ofrecerle a Carranza. Infantes, embajadores, ministros y altos dignatarios probarían lo que ella misma había creado con sus manos, pensó orgullosa.

Cuando Arturo regresó a la cocina, Celia temió que la abroncara por haber tomado un rol que no le correspondía. Sin embargo, no fue así: para su sorpresa, mantuvo una actitud sumisa y obediente, y se puso a trabajar bajo las instrucciones de Celia como cualquier otro ayudante más. Estaba sobrepasado, derrotado. Arturo sabía manejarse muy bien en la confitería, pero no había aguantado la presión que suponía cocinar para tantos invitados y, sobre todo, para la familia real. No sabía comportarse como un auténtico encargado. Por suerte, finalmente todo había salido bien y el postre resultó un éxito.

Por primera vez, para celebrar el matrimonio real, la Puerta del Sol se había iluminado con seis lámparas de arcos voltaicos que producían luz eléctrica. Era una luz parpadeante, pero intensísima. Celia nunca había distinguido tantos detalles, fisonomías y carteles una vez había caído la tarde. Aquella proeza era, sin duda, un auténtico avance para la ciudad.

Estaba agotada. Había sido un día lleno de emociones, pero también de decepciones. Carranza, ignorante de todos los problemas que se habían sucedido en la cocina, había felicitado a Arturo por haber salido adelante pese a la marcha precipitada de Francisca. Este, haciendo gala de su cobardía y mezquindad, había aceptado el elogio sin reconocer en ningún momento la tenacidad y perseverancia de Celia durante su ausencia. Consciente de que Carranza creería antes a Arturo que a ella, había decidido no contar la verdad y tragarse el orgullo. Al fin y al cabo, La Perla había triunfado y todos estaban contentos.

Elena la esperaba junto a la fuente. Llevaban días sin verse y Celia quería explicarle todo lo que había ocurrido con su madre, su pasado y la ayuda que habían obtenido del señor Wolf. Aunque la cantante trataba de disimular, en el fondo era un día triste para ella: el hombre del que estaba enamorada se había casado con otra mujer.

—¿Lo amas de verdad? —le preguntó Celia.

Elena carraspeó, tímida, y asintió.

—Lo amo mucho. —Desvió la mirada—. Creí que podría sobreponerme, que no me afectaría, pero estoy derrumbada. No soporto verlo con otra. Y no me queda más remedio.

—¿Y por qué sigues a su lado? —Mostró las palmas de las manos y se encogió de hombros, perpleja—. ¿No te molesta que no te haya elegido a ti?

—Claro que sí —torció el gesto—, pero te acostumbras. Tiene que haber una reina y no puedo ser yo.

—Te resignas a ser la otra. —Sonó más dura de lo que pretendía—. Aunque puede que seas la primera y única en su corazón.

Elena asintió y suspiró.

—Él se porta muy bien conmigo y somos muy felices juntos. Dice que soy el amor de su vida.

—¿Y tú? ¿Seguirás siempre a su lado? ¿No te casarás nunca?

La cantante agachó la cabeza y dudó.

—Todo el mundo sabe que soy la amante del rey. Hablan de mí en los periódicos y en los mentideros. A ojos de cualquier hombre, soy una indecente. Si muestran respeto hacia mí es porque cuento con los favores de Alfonso. En cuanto deje de tenerlos, caeré en el olvido.

Por unos instantes, vio el miedo reflejado en los ojos de su madrina. Era una mujer fuerte y resuelta, pero había perdido su independencia al encamarse con el hombre más poderoso del país. Todo lo que hacía y decía se miraba con lupa y se juzgaba.

—Pero bueno, cambiemos de tema —continuó decidida—. Sé que faltan muchos meses todavía, pero quiero prepararte una fiesta. Cumplirás dieciocho años el 26 de junio y me gustaría presentarte en sociedad.

—¿A mí? —Se puso roja—. Pero ¿quién soy yo?

—Eres mi ahijada. —La cogió del brazo—. Estoy muy orgullosa de ti, de lo trabajadora y responsable que eres. Quiero que te conozca la gente. Además, te lo mereces por los disgustos que has tenido en estos últimos meses.

Celia tragó saliva, todavía incrédula por la propuesta de su madrina. Debía reconocer que había disfrutado de toda la pompa y elegancia el día que había acudido al Teatro Real. Por un día, se había sentido una mujer importante, con clase. Pero le asustaba ser la protagonista, tener todos los focos en ella...

—¿Y si no lo hago bien? —Se frotó la frente—. ¿Y si te dejo en ridículo?

—No debes preocuparte por eso: solo sé tú misma, que es lo que se te da mejor.

Aceptó encantada. Pensó que la vida le sonreía y que debía aprovecharlo.

11

EL MERCADO DE la Cebada era una algarabía de gente, sonidos y olores. Las mujeres, cargadas de viandas, se empujaban unas a otras mientras palpaban los montones de frutas y verduras, todavía húmedas por el frescor de las huertas. Celia y Beatriz se detenían en cada puesto disfrutando del aire festivo y hablando con los joviales y alegres vendedores. Era, sin duda, el mercado más moderno de la ciudad. Inaugurado en 1875 e inspirado en el mercado de Les Halles de París, su gran cubierta de hierro ponía fin a la venta callejera de legumbres y fruta de la tradicional plaza de la Cebada. Compraron garbanzos, un buen conejo y frutas y verduras variadas. Prepararían una excelente comida.

Era junio y brillaba el sol. Corría una brisa templada y los pájaros, que reposaban en los corpulentos olmos que daban sombra en la calle, seguían cantando a pesar de que hacía horas que había amanecido. Hacía un tiempo fantástico.

—Así que tienes mucho trabajo en la confitería —comentó Beatriz.

Celia arrugó la frente.

—Ahora hago mi trabajo y el de Francisca, de la que no hemos vuelto a saber nada desde el día del banquete. Cobro lo mismo que antes y hago el doble. Carranza se está aprovechando de mí.

—Porque sabe que disfrutas elaborando dulces y lo vas a hacer sin rechistar.

Celia asintió.

—Claro que me gusta. Desde que estuve en las cocinas de la Casa Real se abrió un instinto en mí. Sin embargo, merezco, como mínimo, recibir el mismo salario que ganaba Francisca, ¿no crees?

—Tienes razón —suspiró—. A veces se aprovechan de las chicas jóvenes. Y ahora, ¿cómo se porta Arturo contigo?

—Mucho mejor, la verdad —se jactó—. Le solucioné la papeleta el día del banquete. Creo que me quiere de aliada por si vuelve a haber algún acontecimiento real de ese tipo.

—Hombre, no creo que haya otra boda real, pero sí es posible un bautizo. Espero que su majestad Alfonso y la reina Mercedes nos den pronto un heredero. Después del aborto que sufrió... —Chasqueó la lengua—. Por cierto, ¿qué tal Diego?

—No lo veo desde hace meses. La última vez fue cuando llevaba la carroza el día de la boda. Por lo que leo en los periódicos, los reyes no han parado de hacer cosas: que si la luna de miel, la inauguración del hipódromo, la visita del sultán de Marruecos...

—Seguro que ahora lo echas de menos. —Le guiñó un ojo—. ¡Con lo mal que te caía!

—He de confesar que me porté muy mal con él —suspiró—. En el fondo es un buen chico, sensible y servicial. Mi percepción ha cambiado con el tiempo.

—Por eso no hay que juzgar a las personas sin conocerlas —soltó en tono didáctico—. Siempre me lo dicen en la escuela.

—Y tienen razón. De todos modos, no es un hombre para mí.

—¿Y qué hombre es para ti? —Rio—. ¡Si no quieres saber nada de ninguno! A este paso, Celia, te quedarás solterona de por vida, o quizá acabes casándote con Arturo.

Las dos muchachas rieron, felices, hasta llegar a casa. Margarita las estaba esperando; tenía una carta de Gustav en la mano. Iba a nombre de Celia.

Querida Celia:

¿Cómo se encuentran usted y su familia? Deseo que las cosas les vayan bien y que su madre haya recuperado la salud y la tranquilidad.

Le escribo porque me encuentro en Madrid. He estado en Inglaterra, Francia y Suiza, he conseguido buenos negocios para mi compañía y estaré por aquí hasta septiembre, cuando partiré hacia las islas. Me gustaría verla de nuevo, si a usted le parece.

Me hospedo en el Grand Hotel París, como siempre. Espero su respuesta.

Atentamente,

Gustav.

Celia sonrió. Estaba encantada de tener noticias suyas. Aunque apenas se conocían de un par de días, había disfrutado de su compañía y conversación. Le gustaba la pasión con la que hablaba de la isla Reunión y los recuerdos y anécdotas que guardaba de su padre. Era un hombre interesante.

—Le invitaré a mi fiesta de cumpleaños —comentó en voz alta—. Se celebrará en el palacete de Elena.

Margarita asintió. Ya no le guardaba rencor a Elena, pese a que todavía no se había atrevido a ponerse en contacto con ella. Agradecía la ayuda que había prestado a su hijo Gonzalo y lo bien que se portaba con Celia. Desde que sus hijas conocían su pasado, se había relajado, como si se hubiera deshecho de una gran losa que le atormentaba la conciencia. Tal y como había prometido Celia, no habían vuelto a hablar del asunto.

—Quiero que disfrutes mucho de ese día —le pidió enternecida—. ¡Te haces mayor, hija mía!

Celia apoyó la cabeza en su hombro.

—Aún está a tiempo de venir —le suplicó—. Sería un buen momento para que usted y Elena se reconciliasen.

Margarita negó con la cabeza.

—Sabes que no puedo —le acarició la barbilla—. Estarán allí los duques de Sesto y muchas otras personas de renombre que pueden reconocerme. No quiero ser la comidilla de la fiesta ni quitarte el protagonismo que mereces.

—¿Y yo? —interrumpió ansiosa Beatriz—. ¿Puedo ir yo?

—Me temo que no —suspiró—, todavía eres una niña.

—¡Pero si voy a cumplir pronto los catorce! —exclamó enfurruñada—. ¡Qué injusticia!

Celia rio y trató de quitarle hierro al asunto.

—En cuanto sea una confitera de renombre y gane mucho dinero, te haré tu propia fiesta. —Le guiñó un ojo—. De momento, tendrás que esperar.

Su MADRE LA ayudó a ponerse el vestido de raso verde que le había regalado su madrina. Era de manga corta, con un escote de volantes y una falda larga de vuelo hasta los pies, fruncida y llena de lazos y encajes. Beatriz le había arreglado el pelo como la vez que estuvo en el Teatro Real. Estaba preciosa.

Bajó a la calle, donde la esperaba el cochero de Elena, y se despidió de su madre y su hermana. Sintió un nudo en la garganta al dejarlas allí; le partía el alma que no fueran partícipes de aquel momento tan especial. Cumplía años, se hacía mayor, y estaría rodeada de gente importante, aunque en realidad no fueran más que desconocidos para ella. Le hubiera gustado verse acompañada por las dos mujeres que más quería en el mundo. Sin embargo, trataría de disfrutar lo máximo posible de la fiesta que con tanto cariño le había preparado su madrina.

En pocos minutos llegaron al palacete, que se encontraba en la calle Alcalá. Elena la esperaba en la puerta, emocionada y a la vez inquieta. Al ser la anfitriona, tenía la presión de que todo saliera bien y sin incidentes. Lo más probable era que la prensa se hiciera eco de ello, ya que, al ser la amante del rey, se encontraba en el foco de todos los medios.

Le hizo un recorrido breve por la infinitud de estancias del palacete, todas ellas decoradas con bonitas obras de arte, cortinas de brocado y muebles dorados forrados en raso. En la sala de visitas había un elegante piano en madera de palosanto y, alrededor de los sillones y marquesitas de cretona, corrillos de hombres y mujeres departían con voz apagada mientras fumaban y bebían copitas de coñac y mistela. Los grandes ventanales de la sala daban a un coqueto patio de estilo andaluz con una fuente de piedra y columnas morunas: el paisaje era inmejorable, pues las dalias, las rosas y las bocas de dragón habían florecido en distintas tonalidades.

Elena le presentó a cada uno de los invitados, que no dejaron de elogiar su belleza y de felicitarla por su entrada en sociedad. No cabía en sí de gozo. Charlaba con unos y con otros de todo tipo de temas. No se avergonzó de su profesión; les contó que trabajaba en La Perla y que había elaborado el postre nupcial. Muchos de ellos, que habían sido invitados a la boda, reconocieron la calidad y el buen sabor de aquellas napolitanas. Algunos, incluso, le pidieron la receta.

Comenzó a anochecer y Elena dio paso al baile. Todos se dirigieron al salón principal, que había sido adornado con grandes espejos y en el que habían instalado un puestecito de comida, dulces y licores. En una mesa, varias copas de fino cristal tallado se disponían en forma de pirámide, llenas de un líquido burbujeante y espumoso. Justo al lado, había un precioso cisne esculpido en hielo.

«¡Todo está organizado de maravilla!», pensó Celia. Jamás le estaría lo suficiente agradecida a Elena por lo que había hecho por ella. Sin duda, aquella fiesta le habría costado un ojo de la cara.

La pequeña orquesta que su madrina había contratado comenzó a tocar un vals, y hombres y mujeres se emparejaron para la ocasión. Celia se puso nerviosa, pues no sabía bailar. No había pensado en ello, se dijo, y ahora haría el mayor de los ridículos. Rezó para que nadie se atreviera a sacarla a la pista. De repente, vio a Gustav frente a ella, al otro lado de la estancia. Por lo avanzado de la fiesta, pensó que ya no se presentaría; por fortuna, se había equivocado. Sus miradas se cruzaron, él la examinó detenidamente y luego le sonrió.

—Muchas felicidades, señorita —le dijo, besándole la mano—. Está radiante. ¿Me concede un baile?

Celia se puso roja, no sabía cómo decirle que no sin parecer maleducada.

—No se sofoque si no sabe bailar —se precipitó a decir, como si le hubiera leído el pensamiento—. Yo la guiaré, solo debe dejarse llevar.

Celia asintió sin más, convencida de sus palabras. Aquel hombre tenía el don de tranquilizarla; sus gestos, su tono amable y confiado, le hacían sentirse segura.

Apoyó la mano en la parte baja de su espalda y comenzó a moverse de un lado a otro. Ella solo se deslizó al compás de la música con él. Gustav no dejaba de mirarla con intensidad, con admiración, incluso. Celia se quedó pensativa. ¿Acaso sentía algo por ella?, se preguntó. Se llevaban muchos años de diferencia, él la había visto crecer, no era una muchacha elegante ni de buena posición. Negó con la cabeza, sacándose aquella absurda idea de la cabeza: el señor Wolf la trataba como a una hija, se dijo, por respeto a Klaus Gross, quien había sido su mano derecha en la compañía.

La música terminó y sus cuerpos se separaron. La temperatura de la estancia había aumentado, pues estaba atestada de gente. Hacía una noche bochornosa.

—¿Salimos al patio? —le propuso, tras coger un par de copas de champaña.

Celia aceptó. Estaba sudando y necesitaba aire fresco. Había farolillos colocados entre los árboles, que resplandecían en el cielo oscuro como si fueran luciérnagas. ¡Qué bonita velada!

—¿Así que después del verano se marchará? —preguntó ella.

—Así es. —Dio un sorbo a la bebida—. El próximo barco al sur de África parte a principios de septiembre. Tengo ganas de ver a mis hijos.

—¿Por qué sus hijos no viajan con usted? ¿No les gustaría conocer Europa?

Gustav negó y se mostró incómodo.

—Antoine debe controlar las tierras durante mi ausencia, y mi hija Loana... —sonrió ligeramente—, es feliz allí, no quiere ni oír hablar de la civilización. Ya me gustaría a mí que se comportara como una señorita y pudiera presentarla en sociedad. Debería aprender de usted.

Celia levantó la ceja, sorprendida.

—¿De mí? —Rio—. Yo tampoco tengo nada de señorita. Mire mis manos, llenas de grietas y rozaduras.

—De eso nada —se puso serio—. Sé que mi gran amigo Klaus le dio una buena educación y que las circunstancias de la vida la han convertido en una mujer fuerte y trabajadora. Es inteligente, lo veo en sus ojos.

Celia agachó la mirada, ruborizada. Era un bonito elogio.

—Es supervivencia, señor Wolf —respondió azorada—. No pretendo ser mejor que nadie, solo sacar adelante a mi familia y que los tres sean felices.

—Y lo consigue. —La miró penetrante—. Lo consigue.

Hubo un largo silencio.

—Me gustas mucho, Celia —soltó de repente el austríaco, tuteándola—. Desde que te vi en diciembre no he dejado de pensar en ti.

Celia abrió los ojos como platos. ¿Qué estaba haciendo? ¿Se estaba declarando? Tragó saliva.

—Sé que soy mayor para ti, que te he visto crecer y que eres la hija de mi querido Klaus —continuó, cogiéndola de las manos—. Pero soy un buen hombre, te lo aseguro.

—No dudo de eso —se precipitó a decir, nerviosa—. Me lo ha demostrado muchas veces.

Wolf sonrió, tranquilo y sereno.

—Siempre has querido viajar, ¿verdad? Te gustaría la isla Reunión. Conmigo no te faltaría de nada, tampoco a tu madre ni a tus hermanos. Yo solventaría la deuda que contrajo tu padre.

—¡Señor Wolf! —exclamó Celia, alterada—. ¿Qué me está proponiendo?

El hombre siguió sin escucharla.

—Ellos podrían quedarse aquí o venir con nosotros, no me importa —sonaba ilusionado—. Le daría la mejor educación a Beatriz y un buen tratamiento para Gonzalo. Y tú, querida, me ayudarías con las tierras, eres lista y responsable. Serías feliz a mi lado, te lo prometo.

Celia se quedó muda, sin saber qué decir. Jamás se había imaginado que pudiera proponerle matrimonio. Y debía reconocer que le agradaba estar a su lado, que lo encontraba un hombre interesante y bondadoso. Lo que le proponía era mejor de lo que conseguiría jamás. Sin embargo, no lo amaba. ¿Era esa razón suficiente para rechazarlo?

Inesperadamente, antes de que Celia pudiera contestarle, unos gritos sonaron en el salón. Corrieron hacia dentro para saber qué ocurría. La gente estaba nerviosa, algunas mujeres lloraban.

Los duques de Sesto, que no habían aparecido durante toda la celebración, se encontraban en mitad de la pista de baile. Al parecer, algo ocurría en el Palacio Real.

—La reina Mercedes está en las últimas. —El hombre se persignó—. Puede que muera en unas horas.

Celia no podía creer lo que estaba oyendo. ¿La reina María de las Mercedes iba a morir? Apenas acababa de cumplir los dieciocho años y solo llevaba cinco meses casada con el rey. Escuchó la conversación que mantenía con Elena.

—Desde finales de marzo está mal —continuó él—. Sufría mareos, vómitos... Al principio lo achacaron al embarazo, luego al aborto...

Elena palideció. Era la amante de Alfonso y, lejos de sentir animadversión por la joven reina, estaba preocupada por su estado. Era una buena muchacha y estaba en la flor de la vida. La gente le tenía aprecio y la admiraba.

—Pero ¿qué dolencia tiene? —preguntó la cantante, alterada—. ¡Si es una niña!

—En los últimos meses ha pasado por fiebres gástricas y hemorragias intestinales. Dicen que es por el aborto mal curado, pero yo lo pongo en duda, puesto que tiene una constitución robusta. ¿Sabes que cinco de sus hermanos murieron con los mismos síntomas?

Elena negó, sorprendida.

—Pues sí —le explicó él—. Es la maldición de su padre, el duque de Montpensier, quien conspiró contra nuestra reina Isabel. Se dice que el palacio de San Telmo, en Sevilla, donde se criaron todos sus hijos, tiene las aguas putrefactas. Todos han caído.

Celia tragó saliva y reprimió las lágrimas. No conocía personalmente a la reina, pero había participado en el banquete de su boda y aquello le rompía el corazón. Mercedes tenía su misma edad y se iba a perder demasiadas cosas. Sintió una pena inmensa.

El rumor se expandió rápidamente por todo el palacete de Elena y la gente comenzó a marcharse de allí para dirigirse a las puertas del Palacio Real y orar por la salud de la reina. La triste noticia no tardaría en llegar a oídos de los madrileños, que abandonarían cafés y teatros para sumarse al rezo en la plaza de la Armería y en la de Oriente.

—Vamos, mi cochero te llevará a casa —le dijo Elena, con tristeza—. Siento mucho cómo ha terminado todo esto. Al final, ha sido una noche triste.

—No pasa nada —agachó la cabeza—. Estoy preocupada por la reina. Espero que se recupere.

Mientras abandonaba el salón de baile, Celia sintió la mirada de Gustav a su espalda, que se había quedado esperando una respuesta. No podía pensar con claridad, no después de lo que había pasado. Tenía que sopesar bien la decisión que marcaría su vida para siempre. Lo que tenía claro era que el destino estaba sellado en todas y cada una de las personas que habitaban el mundo, y que ni siquiera la joven reina más privilegiada podía escapar de sus garras.

Eran las siete de la mañana, pero la plaza de la Armería estaba abarrotada. Los madrileños y gente de otras provincias cercanas habían acudido a despedir a quien había sido su reina por tan poco tiempo. Celia se encontraba entre toda aquella multitud triste y silenciosa que aguardaba con inquietud la salida del féretro de la muchacha. Desde el cercano cuartel de la Montaña se oyeron los cinco cañonazos que anunciaban el inicio del cortejo del Alcázar. Hacía tan solo cinco meses, en ese mismo lugar, se habían lanzado salvas y vítores por la boda de los jóvenes monarcas; ahora, sin embargo, las campanas de la ciudad tañían en señal de luto, y la misma comitiva que había acompañado a la carroza real hacia la basílica de Atocha, lo hacía en dirección a la estación del Norte, camino del cementerio. Celia pudo ver a Diego conduciendo el coche lleno de coronas de flores. Tenía el rostro enjuto y melancólico, ¡cuán diferente iba a ser aquel recorrido para él! Sin duda, no lo podría olvidar nunca. Los ocho caballos blancos que habían lucido el día de las nupcias habían sido sustituidos por otros de color negro cuyas herraduras sonaban como si anunciaran el fin del mundo.

12

Aquellas flores púrpuras eran de una belleza extraordinaria. Celia puso las violetas en una olla junto a una gran cantidad de agua y las llevó al fuego. Tardarían unas doce horas en desprender toda su esencia, pero valdría la pena. Hacían todo tipo de pastillas: de flor de naranja, de rosa, de limón, canela, pero el de violetas era el más vendido, pues además de su rico sabor dulce y amaderado, esos pequeños y cuadraditos caramelos también eran útiles para aliviar resfriados y el dolor de garganta de algunos fumadores.

Para la menta utilizó el mismo proceso: tras varias horas de infusión, Celia mezcló el agua con el azúcar para hacer una especie de almíbar que luego esparciría en los moldes para darle su forma de pastilla. El olor refrescante de aquella hierba serenó su espíritu. Se sentía a gusto allí, en la confitería, pues los días pasaban rápidos y agradables. Además, el trabajo la sacaba de sus cavilaciones. No dejaba de pensar en la proposición del señor Wolf; de hecho, no había vuelto a hablar con él. No sabía qué decirle, pues todavía se encontraba indecisa. Ni siquiera se lo había contado a Beatriz, tampoco a su madre. Estaba en un mar de dudas.

Era julio y en Madrid hacía un calor espantoso. Trabajar con el horno en pleno verano se hacía insoportable a veces. Por suerte, en unos días el señor Carranza se marcharía a París de vacaciones y la confitería La Perla cerraría sus puertas durante un par de semanas. En ese preciso instante, este la llamó a su despacho inesperadamente. La estancia olía a mantequilla y caramelo, y sobre su mesa se esparcían varios utensilios de decoración de pasteles.

—¿Sabes qué voy a hacer en París, muchacha? —Carranza sonrió como un niño—. Me han invitado a la pastelería Stohrer, la más antigua del mundo. La inauguró Nicolás Stohrer, el pastelero del rey Luis XV, en 1730.

—Vaya, es todo un honor —dijo Celia, asombrada—. ¿Y aprenderá nuevas técnicas?

—Quiero saber cómo hacen ese *baba au rhum* tan famoso: un pastelito relleno de crema Chantilly con bayas rojas y bañado en almíbar de ron... ¡Espléndido! Y luego están esos sabrosos *puits d'amour* rellenos de crema caramelizada y decorados con azúcar lustre.

—Sus dulces no tienen nada que envidiarles, señor Carranza.

Este suspiró y torció el gesto.

—Estoy cansado de hacer siempre lo mismo: en París, la gente está abierta a todo tipo de cosas, a postres más sofisticados y sabores más complejos. En España, no. Incluso el propio rey es de gustos sencillos y prefiere los dulces tradicionales. Así nunca conseguiré estar entre los grandes confiteros.

—Pero lo es aquí, en Madrid. En palacio adoran todo lo que hace y el banquete no pudo salir mejor.

Carranza asintió con resignación. A continuación, se puso serio.

—La llamaba porque deberemos hacer una serie de recortes los próximos meses.

Celia arrugó el ceño.

—Como bien sabes, la reina Mercedes murió —continuó él—. El palacio está de luto, por lo que no va a haber fiestas durante mucho tiempo. Eso nos perjudica a nosotros, pues no nos encargarán nada. Además, el rey se va a pasar todo el verano a Riofrío, en Segovia.

—¿Y en qué nos afecta eso a nosotros? —se inquietó.

—Caerán nuestras ganancias. —Chasqueó la lengua—. Me temo que tendré que bajarle el sueldo.

—¿A todos? —preguntó nerviosa—. ¿A Arturo también?

Carranza desvió la mirada y negó con la cabeza.

—No puedo bajárselo a él, es de rango superior. A ti y a María, la dependienta.

Celia se puso roja, una rabia intensa comenzó a apoderarse de ella. Aquello era una auténtica injusticia.

—¡Trabajo tanto o más que Arturo! —exclamó enfadada—. Y, desde que se marchó Francisca, hago mi trabajo y el suyo por el mismo salario. Encima, aún quiere rebajármelo más. ¿Se está burlando de mí?

Carranza carraspeó y mostró las palmas de las manos en señal de concordia.

—Serán solo unos meses, mujer —dijo en tono suave—. Pasarán rápido.

Celia se cruzó de brazos y lo fulminó con la mirada.

—¿Rápido? —se jactó—. Prefiere rebajar el salario a sus trabajadores en vez de cancelar su visita a París, que seguro que no es nada barata. ¡Debería darle vergüenza!

Había llegado a un punto de no retorno. Sabía que, después de lo que le había dicho, no volvería a trabajar para él. No le importaba, estaba tan furiosa y molesta que no se iba a marchar de ahí sin decirle todo lo que pensaba de él.

—¿Sabe lo que en realidad pasó el día del banquete? —siguió Celia—. Cuando Francisca se fue, Arturo abandonó las cocinas durante un buen rato sin saber qué hacer. Fui yo la que tomó las riendas y sacó adelante la receta. Probablemente, sin mí, el postre de la boda real hubiera sido un fracaso.

Carranza abrió la boca, ofendido, y le señaló la puerta.

—¡Lárgate ahora mismo de mi confitería! —gritó fuera de sí—. ¡Qué muchacha más maleducada y creída! ¡A ver si te crees tú ahora que eres mejor confitera que yo!

—Lo seré algún día —soltó orgullosa mientras abandonaba el despacho—. Adiós, muy buenas, señor Carranza.

Salió de La Perla como un relámpago, sin ni siquiera despedirse de Arturo y María, con el corazón latiéndole a mil por hora. Acababa de perder el trabajo, pero no se arrepentía de lo que había dicho. Se había aprovechado de ella durante mucho tiempo y había llegado el momento de pararle los pies. No podía permitir que la tratara como si no valiera nada, cuando ella sabía que su trabajo era de la misma calidad que el de su compañero.

Observó el precioso escaparate de la confitería, repleto de bomboneras, cajas de dulces y montañas de bizcochos y chocolates. No pudo reprimir las lágrimas. Echaría de menos el olor a masa caliente recién salida del horno, a miel y a almendras, a especias y caramelos de toda clase. Había aprendido mucho en aquel obrador y se llevaba consigo el preciado recetario que había ido elaborando en los últimos años. No sabía lo que le depararía el futuro a partir de ese momento, si encontraría trabajo en otra confitería o no, pero estaba segura de que no dejaría de hacer nunca esos magníficos postres que habían convertido a La Perla en la mejor repostería de la ciudad.

Beatriz apareció por la calle.

—¿Ya has salido de trabajar? —alzó una ceja, extrañada—. Venía a esperarte, quería darte una sorpresa y acompañarte de vuelta a casa.

Celia se desmoronó y abrazó a su hermana desconsolada.

—Ya no volveré a trabajar en La Perla —sollozó—. Voy a echar esto de menos. ¡No quiero terminar de lavandera o criada!

—¿Qué ha pasado? —preguntó, confusa—. ¡Con lo bien que estabas!

Celia le explicó lo ocurrido mientras emprendían el camino a casa. El cielo se había cubierto de diferentes tonos de naranja y las nubes se desvaían caprichosas en el horizonte. A los lejos se divisaba la Casa de Campo y el cerro de Garabitas, que podía confundirse con el fondo de la sierra del Guadarrama. Los quioscos con veladores y las terrazas de los cafés estaban llenos de gente que trataba de llevar lo mejor posible los estragos del bochorno veraniego. Diferentes camareros servían bebidas de toda clase, desde agua de cebada a heladas horchatas hechas en garrapiñeras.

—Te aseguro, Celia, que Carranza pierde más que tú con tu marcha —dijo muy seria—. Has hecho bien. Y, quién sabe, puede que te contraten en otra confitería.

—Pedirán referencias y Carranza no dirá nada bueno —se lamentó—. Tengo la boca muy grande.

—Solo has defendido tus intereses. Además, piensa que no volverás a ver a Arturo nunca más.

Celia asintió lentamente. Luego, soltó una carcajada.

—Eso es lo mejor de todo —agarró la mano de Beatriz, agradecida—. Y bien, ¿cómo es que has venido a buscarme?

La muchacha comenzó a dar saltitos de felicidad.

—No podía esperar a decírtelo —estaba contenta—. Ha venido el señor Wolf a casa y nos ha invitado a ir mañana a los Campos Elíseos. ¡Hay tiovivo y montaña rusa! Por desgracia, madre no podrá acompañarnos porque tiene que trabajar.

Celia forzó una sonrisa, pero su mirada se ensombreció. Beatriz supo que algo pasaba.

—¿Qué ocurrió en tu fiesta? —preguntó—. Él también estaba muy raro. Ha preguntado por ti y parecía triste.

Celia se quedó callada.

—Se me declaró esa misma noche —suspiró—. Pero no pude responderle por lo que pasó con la reina Mercedes.

Beatriz se tapó la boca con la mano y reprimió un chillido.

—¿A ti? ¿Cómo va a estar interesado en ti si no tenemos nada?

—Eso me pregunté yo. Sin embargo, después de mucho pensar, lo entendí: ¿qué mujer querría dejarlo todo e irse a vivir a Reunión?

—A ti te gusta viajar, siempre quisiste ver todo aquello.

Celia asintió. Su padre había vivido allí muchos años y decía que era un lugar fantástico.

—Me gusta estar con él, Beatriz. No le amo, pero quizá lo haga con el tiempo. Nunca he estado enamorada, no sé lo que se siente.

—Pero solo puedes casarte una vez. —Se detuvo y la miró a los ojos—. Una vez hecho, ya no hay vuelta atrás. Además, vivirías lejos de nosotros.

Celia abrazó a su hermana. Le asustaba alejarse de su familia, empezar una nueva vida sola junto a un hombre que apenas conocía. Sin embargo, perder el trabajo había acabado por decantar la balanza.

—Se acabarían nuestros problemas —expresó decidida—. Pagaría nuestras deudas, viviríais tranquilos, y tú podrías estudiar en la Escuela de Institutrices.

A Beatriz se le iluminó la mirada, aunque trató de disimularlo.

—No quiero que lo hagas si no quieres —insistió preocupada—. No debes sacrificarte por nosotros. No es tu obligación.

—Si no lo hago por vosotros, ¿por quién si no? —Negó con la cabeza, estaba tranquila—. Nos llevamos muchos años de diferencia, sí, pero es un hombre agradable, con cierto atractivo. Podría acostumbrarme, y quererlo.

Hubo un largo silencio.

—Entonces, ¿le dirás que sí? —se atrevió a preguntar Beatriz.

—Es lo mejor para todos.

GUSTAV WOLF SE había arreglado para la ocasión. Llevaba un llamativo chaleco color azufre y una camisa blanca de buena calidad. Su levita azul era impecable, llevaba las botas perfectamente enceradas y su cabellera rubia destelleaba en reflejos satinados y canosos. Balanceaba con seguridad su bastón y lucía un elegante sombrero de copa que le daba el aspecto de un rey. Celia debía de reconocer que era un hombre apuesto pese a su edad.

Subieron al coche de caballos, en dirección a los Campos Elíseos. Celia estaba nerviosa, le costaba mirarle a los ojos. En el fondo, estaba asustada. Por suerte, el austríaco rompió el hielo y comenzó a hablar con Beatriz y Gonzalo.

—Es un parque espectacular —les explicó—. Tiene teatro propio, plaza de toros e incluso una ría por la que navegan pequeñas barquitas. Además, hacen bailes y *soirées* al aire libre, bajo la luz de las estrellas y la agradable brisa de la noche veraniega. Va lo mejor de la sociedad de Madrid.

Gonzalo estaba tan emocionado que no paraba de sonreír. Hacía tiempo que Celia no le veía tan contento.

—Te lo agradecemos mucho —dijo al fin—. Es todo un detalle.

Wolf cabeceó y le sonrió. Le contagió de inmediato su actitud serena y tranquila, y trató de mantener el optimismo y disfrutar de aquella tarde junto a sus hermanos.

Llegaron a la calle Príncipe de Vergara y accedieron al recinto, donde les salió al paso un enjambre de titiriteros, charlatanes y saltimbanquis con toda clase de marionetas, ruedas de la fortuna y elixires que prometían una larga vida. Un corrillo de curiosos observaba a un trilero jugar con cubiletes; otros le reían las gracias a un perrito amaestrado que mostraba las habilidades más variopintas; más allá se oían los disparos del tiro al arco, los chistes de un ventrílocuo y el ruido ensordecedor de una máquina eléctrica que alguien había inventado.

Sus hermanos se dirigieron al tiovivo rápidamente y luego a la montaña rusa de vertiginosas pendientes. Estaban muy felices.

Gustav y Celia, mientras tanto, aprovecharon para beber una refrescante limonada bajo un cenador cubierto de rosales y pasionarias. Allí, bajo el eco lejano de una música militar, la gente descansaba y tomaba jarabes de sabores, horchata, naranjas y mantecados. Celia miró a su alrededor e imaginó el día a día de esas sofisticadas mujeres que nada tenían que ver con ella: visitas, compras, bailes, obras de teatro y carreras de caballos en el hipódromo... ¿Estaría ella a la altura de la posición social de Gustav?

Dieron un paseo por las enarenadas y frondosas calles de los jardines. Empezaba a anochecer y corría una brisa agradable. Sin duda alguna, disfrutar de los conciertos y bailes al aire libre era mucho mejor que hacerlo en los salones de las casas, apiñados como hormigas. Allí, además, podían participar en excéntricas actividades como patinar, montar en camello o en velocípedo, o presenciar un sensual baile de cancán.

De pronto, los árboles que bordeaban el camino se iluminaron con centenares de farolillos de colores. Se dirigieron al estanque envuelto por sauces llorones que dejaban caer su ramaje en el agua. «¡Qué noche más bonita!», pensó Celia. Gustav resultaba ser una fantástica compañía y, para su sorpresa, todavía no había sacado el tema de la proposición.

—¿Subimos a una barca? —propuso él—. Será divertido.

Celia aceptó. El agua parecía tranquila y acogedora, y estaba surcada por multitud de barquitos de vela y exquisitas falúas doradas.

—Te voy a contar la anécdota del elefante de los Campos Elíseos —comentó el austríaco sin dejar de remar—. Resulta que cuando abrieron este parque trajeron un elefante de Ceilán que luchaba contra toros y otras bestias. Pues bien, aparte de eso, tenía otro don: sabía descorchar botellas de vino y se las bebía. Un día, no se sabe cómo, se liberó de las cadenas que lo ataban y comenzó a vagabundear por el parque, bebiéndose todas las botellas de vino que encontraba a su paso. El efecto del alcohol lo trastornó todavía más y arrasó con todo aquello que se le puso por delante, hasta que lograron someterlo. ¿Te lo imaginas?

Celia comenzó a reír, incrédula, y sus ojos se llenaron de lágrimas. Gustav se la quedó mirando, embobado, satisfecho por haberle arrancado una sonrisa. Inesperadamente, un barco se adentró en el estanque y empezó a arrojar cohetes al cielo hasta convertirse en un castillo de fuego. El ruido ensordecedor de los fuegos artificiales envolvió el parque entero, el cielo se iluminó salpicado de brillantes luciérnagas y la superficie del lago se convirtió en una alfombra de colores. Las luces se reflejaban en el agua hasta crear un ambiente casi irreal, como si se tratara de un teatro.

El señor Wolf le tomó las manos de forma cariñosa.

—Sabes que a mi lado nos os faltaría de nada —dijo de repente—. Te prometo que te haré una mujer feliz. Soy un hombre de fiar.

Celia se ruborizó y miró a Gustav a los ojos. Parecía apreciarla de verdad.

—¿Por qué a mí? —preguntó con curiosidad—. Cualquier mujer de renombre estaría dispuesta a casarse contigo.

Wolf negó y sonrió.

—Eres diferente a las demás, Celia. Lo vi en tus ojos cuando nos conocimos. Quieres viajar, vivir aventuras, y eso no es fácil de hallar en una mujer. Además, necesito a una persona inteligente, fuerte, que sepa valorar lo que tiene. Sé que juntos podremos crear un imperio.

Celia se sintió halagada.

—Pero ¿acaso no es tu hijo el futuro heredero de las tierras?

—No lo sé. —Chasqueó la lengua, contrariado—. Mi primogénito odia vivir en la isla y está deseando malvender las tierras, medrar en política y mudarse a París con su esposa.

Celia vio decepción en los ojos de Gustav.

—¿Y qué pasa con tu hija? Me dijiste que ella amaba aquella tierra. ¿No podría ser ella la heredera?

Wolf rio, como si hubiera dicho una tontería.

—No dirías eso si la conocieras —resopló—. Loana es terca como una mula y no es nada responsable. Ha tenido muchas institutrices y ninguna ha sabido meterla en vereda. No le gusta estudiar, ni quiere aprender a tocar un instrumento, ni coser... Hace siempre lo que le place. La muerte de su madre le ha afectado.

La mirada de Gustav se tornó triste y melancólica al recordar a su esposa fallecida.

—Creo que le iría muy bien tenerte a su lado —añadió esperanzado—. Eres una muchacha joven como ella y haríais buenas migas.

«Loana parece una mujer de armas tomar», pensó Celia. Sin duda alguna, no tendría tiempo de aburrirse en isla Reunión.

—Me gustaría que mi hermana estudiara en la Escuela de Institutrices —comentó ella, con la mirada baja—. Nada me haría más feliz.

Gustav sonrió de oreja a oreja, emocionado, y le acarició el brazo.

—Haríamos todo lo que tú quieras, querida. —Esperó unos segundos—. Entonces, ¿querrás casarte conmigo?

Celia cogió aire.

—Sí, por supuesto que sí.

13

Estaban a mediados de julio, Gustav y Celia se casarían en agosto. No habría ninguna celebración, pues todo había sido muy precipitado, y a principios de septiembre partirían en barco hacia su nueva vida, a isla Reunión. Margarita había recibido con sorpresa la noticia, pero estaba dichosa por su hija, pues tenía bien considerado a su amigo austríaco y sabía que la cuidaría y la respetaría como se merecía. Celia al fin cumpliría el sueño de viajar lejos, hacia las tierras donde había vivido su padre. Estaba convencida de que en su nueva vida se sentiría satisfecha y feliz.

Era temprano, estaban desayunando en la cocina. De repente, llamaron a la puerta: un joven cochero vestido de uniforme y peluca sostenía una carta entre las manos. Tras él aguardaba un espléndido carruaje tirado por cuatro imponentes caballos de buena raza. Celia, extrañada, cogió la carta y la leyó. La letra era de Elena Sanz.

Querida Celia:

¿Cómo te encuentras? No dejo de pensar en ti y en tu inminente boda. ¡Todavía no me creo que te vayas a casar con el señor Wolf! Me da mucha pena que te vayas tan lejos, pero sé que estarás bien.

Me gustaría invitarte a Riofrío, a pasar unos días de tranquilidad y rodeados de naturaleza. Su Majestad también está de acuerdo. Así podríamos despedirnos. También puede venir tu hermana, que ya debe de estar hecha una señorita. Os espero.

De tu queridísima madrina,

Elena.

Celia se quedó callada y volvió a releer la carta para cerciorarse de que la propuesta iba en serio. Sí, la estaba invitando a ir a Riofrío. El rey, desde que había muerto su esposa, se había recluido allí para pasar el duelo. Sin embargo, ¡qué forma más extraña de pasarlo en compañía de quien había sido su amante durante su breve matrimonio!

Debía despedirse de su madrina. No sabía cuándo la volvería a ver, aunque Gustav solía viajar a Europa cada par de años. Tenía ganas de estar con ella y Beatriz estaba ansiosa por ir a Segovia. Su madre se quedaría en casa al cuidado de Gonzalo. Salió a la calle para confirmárselo al cochero.

—Pues haga pronto las maletas —le dijo el hombre—. Tenemos dos jornadas de camino hasta Segovia y cuanto antes salgamos, mejor. La espero aquí mismo.

Se puso manos a la obra, emocionada por lo que le depararía aquel viaje. Beatriz no cabía en sí de gozo. Ayudó a Celia con las maletas.

—¿Y estaremos con el rey? —preguntó ansiosa.

—No lo creo —torció el gesto—. Él hará su vida y nosotras la nuestra. No debemos molestarlo. Al que sí puede que veamos es a Diego, quien probablemente esté allí.

—¡Qué bien! —exclamó—. ¡Hacía años que no viajábamos! Desde que volvimos de Viena.

—Fueron muchos días en coche —resopló—. Por suerte, en esta ocasión solo pernoctaremos una noche en alguna posada.

El cochero aseguró el equipaje sobre el techo del carruaje y lo cubrió con una lona para que el polvo del camino que levantaban los caballos no lo manchara. El interior era lujoso y los asientos estaban cubiertos de terciopelo rojo. No había ni rastro de escudos reales en la carrocería para evitar secuestros y saqueos. Emprendieron la marcha lentamente para luego aumentar el ritmo en cuanto dejaron Madrid atrás. Cruzaron prados, tierras del color dorado por las espigas de trigo y sólidos castillos que se erigían de la nada en la lejanía. En el horizonte se divisaba el áspero paisaje de la sierra de Guadarrama, de marcado carácter salvaje, entre pinares silvestres. En cuanto empezó a anochecer, el cochero paró en la casa de postas que había en la carretera de Segovia, justo al inicio de su ascensión hacia Navacerrada. Todos estaban hambrientos y cansados del traqueteo, así que se apearon a toda prisa del carruaje y fueron directos al comedor de la posada, donde les sirvieron un grasiento cordero que devoraron en pocos minutos. Además de ellos, había varios soldados de uniformes impolutos, jugando a las cartas y fumando en pipa, que no dejaban de mirar a Beatriz de arriba abajo.

Celia tragó saliva, preocupada, y miró a su hermana. Había crecido mucho en el último año y ya era toda una mujer. A diferencia de ella, tenía las caderas anchas y unos senos abultados que la hacían parecer más mayor de lo que era. Por unos instantes, temió que los hombres tuvieran malas intenciones, así que subieron lo antes posible a la habitación y cerró la puerta con llave. No era un dormitorio grande, pero cabían bien en la cama.

—¿Crees que soy guapa? —le preguntó de repente Beatriz.

Se había quitado la ropa y estaba cubierta únicamente por una camisa blanca de lino. Empapó un paño limpio en un barreño de metal lleno de agua y se refrescó el cuello y los brazos.

—Sí que lo eres —le sonrió—. Eres preciosa.

—¿Por eso me miraban esos hombres?

Celia se quedó callada, sin responder.

—¿Así es como te mira Gustav? —volvió a preguntar, tímida.

—¡Shh! —chistó Celia, incómoda—. Esas cosas no te incumben, jovencita. Y ahora, a dormir.

Se metieron en la cama. Desde las ventanas abiertas se oía el pujante chirriar de los grillos y alguna que otra risotada de los soldados, que seguían despiertos y borrachos. Celia pensó en su futuro esposo y en la pregunta que le había hecho su hermana. ¿Sentiría el austríaco atracción por ella? Por un instante, se imaginó su noche de bodas y comenzó a temblar. No sabía qué le depararía aquel acto, si le haría daño o, por el contrario, disfrutaría del momento. Suspiró con resignación. No pudo dormirse hasta que el cabo de vela se consumió.

A la mañana siguiente, después de un sueño reparador, Celia subió al coche llena de optimismo y con ganas de empezar un nuevo día de viaje. En pocas horas alcanzaron el Real Sitio de San Ildefonso y el palacio de Riofrío. Emprendieron el sendero de tierra y grava que conducía al austero edificio de planta cuadrada de color salmón, rodeado de encinas y de arroyos entre álamos y fresnos. En la fachada principal de aquel simple pabellón de caza lucía el escudo de armas de los Farnesio, pues había sido Isabel de Farnesio, reina consorte de Felipe V, quien había encargado su construcción en 1751.

Elena Sanz, junto a un grupo de criados, las esperaba en la entrada. Estaba radiante, feliz. Sin duda, gozar de toda la atención del rey en un lugar tan apartado de la Corte y de las habladurías, la hacían sentirse dichosa y relajada. Allí podían disfrutar de su romance en total libertad. Tras darse un afectuoso abrazo, Elena le mostró los diferentes salones del palacio, así como su habitación. Se sentía abrumada. Aquel lugar, pese a su sencillez en comparación con otros palacios reales, era acogedor y bonito. Para acceder a las plantas superiores, unas escaleras imperiales arrancaban desde el vestíbulo apoyadas en columnas de granito y decoradas con esculturas y trofeos de guerra. Había una sala de billar, una de pinturas, con cuadros de Velázquez y Rubens de incalculable valor, otra de música, un oratorio e infinidad de espacios más, todos iluminados con deslumbrantes lámparas de araña y decorados con espejos y tapices del siglo XVIII de la Real Fábrica de Santa Bárbara.

—Es impresionante —se admiró Celia—. Mi hermana no se cree que vaya a tener una habitación solo para ella, con una cama de estilo francés con tela de damasco.

Elena sonrió y ayudó a su ahijada a deshacer las maletas.

—Me alegro de que lo disfrutéis —respondió con alegría—. Está siendo un verano maravilloso. Parece que el rey está empezando a superar la muerte de Mercedes.

Celia desvió la mirada, incómoda.

—Lo sé —añadió Elena—. Sé que es raro. Al principio me sentía culpable, pues me pareció que estaba profanando el recuerdo de la difunta. De hecho, me cuesta entrar en el dormitorio de Alfonso: tiene un enorme cuadro sobre el cabecero en el que aparece él con el uniforme de capitán general y ella con el traje de novia —carraspeó—. Pero él me quiere y yo me siento feliz a su lado.

—No te juzgo a ti, sino a él —comentó Celia—. Me cuesta entender que amara a esa mujer tanto como dice. Ni siquiera ha pasado un mes desde su muerte.

Elena abrió el ventanal de la habitación y se quedó mirando el paisaje de la planicie segoviana. Había verdes laderas y ásperos encinares. Aspiró la brisa, que llevaba impregnada el olor a hierba seca.

—¿Has visto esas montañas? —señaló el horizonte—. Son las montañas de la Mujer Muerta.

Celia la miró con detenimiento y, sí, parecía la silueta de una mujer tumbada con los brazos cruzados sobre el torso.

—A veces pienso que es la reina Mercedes —continuó, angustiada—. Me parece que nos mira desde allí, a Alfonso y a mí. Madrid llora su pérdida, hasta los niños cantan una canción hablando de la tristeza del rey por su bella esposa. Dice algo así como «Dónde vas, Alfonso XII, ¿dónde vas, triste de ti? Voy en busca de Mercedes, que hace tiempo no la vi». A mí, sin embargo, me detestan.

—¡No te detestan! —exclamó Celia—. El Teatro Real se llena cada noche gracias a ti. No lo harían si no se sintieran orgullosos de la mejor cantante de ópera que tiene España.

—Hasta que Alfonso se canse de mí. —Se enturbió su mirada—. Porque todos los hombres se cansan de sus mujeres, Celia. Te utilizan hasta que encuentran a otra mejor.

Celia se quedó callada y pensativa.

—Hay hombres buenos —dijo con seguridad—. Gustav va a cambiar nuestra vida para bien. Mi madre podrá, al fin, descansar en paz de todas las deudas. Todos salimos ganando.

Elena sonrió tímidamente y le dio un beso en la mejilla.

—Eres una chica afortunada. Has tomado una buena decisión.

—¿Aunque no lo ame? —Agachó la cabeza—. ¿Eso está bien?

Elena suspiró y se sentó en el borde de la cama. Celia hizo lo mismo.

—¿Y qué es el amor? —preguntó—. Yo sufro cada día por estar con Alfonso. Ahora ya es demasiado tarde, pero a veces me arrepiento de no haberme casado con un hombre de buena posición, que me tratara bien sin más. El amor es doloroso y efímero. Le cogerás cariño, lo querrás a tu modo, eso es lo importante.

Celia asintió más tranquila.

—¿Y qué pasará en la noche de bodas? —Se sonrojó—. Quiero decir, ¿qué se espera de mí?

—Nada. —Le acarició el pelo con ternura—. Eres muy joven, él es el que tiene experiencia. Relájate y déjate llevar, como si bailaras un vals. Aprenderás con el tiempo.

—Como si bailara un vals —se repitió ella.

Elena se levantó.

—Y ahora te dejo sola para que te aposentes y descanses del largo viaje. ¿Qué te parece si mañana por la mañana te vienes de caza con nosotros? Te dejaré un traje de amazona para que montes más cómoda.

Celia cabeceó, llena de emoción. Estaba deseando visitar aquel lugar tan maravilloso.

El sol de verano iluminaba cálidamente el dormitorio. Elena le había dejado prestado el atuendo para cabalgar, que consistía en un chaleco bermellón, botas altas con espuelas y guantes de ante. Beatriz, que era demasiado joven para asistir a una cacería, salió a pasear por el río.

Celia se dirigió a la parte de atrás del palacio, donde se encontraban las más de seiscientas cincuenta hectáreas de bosque vallado en el que abundaban los corzos y los gamos. Allí estaba Elena, ataviada con un voluminoso traje de montar y tocada con un inmenso sombrero de plumas blancas, sobre una yegua oscura. El rey, a su lado, con una escopeta de doble tubo a la espalda, jugueteaba con las riendas de su caballo árabe. A su alrededor, una jauría de galgos ladraba con estridencia.

—Buenos días, querida —la saludó Elena—. Monta conmigo, anda.

Estaba excitada y a la vez nerviosa por saber en qué consistiría el día de caza. Diego salió de una de las casas donde se encontraban las perreras y la armería. Iba subido sobre un caballo más sencillo, con una vara de fresno en la mano y cargado con bolsas de cuero que llenaría de aves y piezas cazadas. Celia lo saludó. Sin embargo, al pasar por su lado, el cochero ni siquiera le dirigió la mirada. De hecho, la expresión de su rostro había cambiado: lejos de parecer aquel hombre alegre, dulce y cariñoso, se observaba en él cierta desazón, incluso rabia. Diego puso a trote al caballo y, junto a Alfonso, se adentró en el bosque, donde ya se intuía una manada de ciervos.

Celia trató de quitarle importancia; «quizá no quiera descuidar las formas», se dijo. Al fin y al cabo, estaba trabajando. Hacía de cargador del rey y debía estar atento a la caza.

Celia se agarró a su madrina por la espalda. Ella se aferró con fuerza a las riendas de su caballo y sus botas se afirmaron en el estribo. El animal se puso a galopar rápido por la amplitud del campo que los envolvía. De fondo se oían los tiros de las escopetas, seguidos de grandes ladridos. Los ciervos, atemorizados, corrían de un lado a otro dando saltos y brincos, tratando de salvar la vida. Algunos caían al suelo, ensangrentados. Era la primera vez que veía algo así y se le revolvió el estómago al pensar en aquellos pobres animales que agonizaban.

—¿Podemos ir al río junto a Beatriz? —le propuso—. No me encuentro bien. No estoy hecha para este tipo de actividades.

La cantante dio media vuelta y avanzaron a buena velocidad hasta el riachuelo. El caballo estaba tan fatigado del ejercicio que empezaba a flaquear.

—¿Sabes quién solía venir aquí a bañarse? —le explicó Elena—. El padre de don Alfonso, Francisco de Asís. Visitaba a menudo el palacio de Riofrío porque estaba harto de las infidelidades de la reina Isabel.

Se había rumoreado mucho sobre los padres del rey, que Francisco de Asís, apodado Paquita, estaba poco interesado en el género femenino, y que la reina había tenido varios romances con cortesanos y generales de su confianza.

—¿Y qué hay de cierto en eso de que Francisco no es el padre de Alfonso?

—No lo sé, pero se dice que su verdadero padre es el capitán Enrique Puigmoltó —bajó la voz—. Una vez, el rey me contó que su madre le había dicho que la única sangre Borbón que corría por sus venas era la suya. Teniendo en cuenta que ella y su marido eran primos hermanos...

—Pero anunciaron oficialmente once embarazos, aunque después muchos murieron. ¿Eran todos ellos fruto de los amantes de la reina?

Elena no contestó a su pregunta. Bajaron del caballo y se acercaron al río, donde se encontraba Beatriz con los pies descalzos y los calzones arremangados. Bajo aquel sol, en pleno cenit, había decidido meterse en el agua, que fluía suave y generosa. En la orilla, jugueteaba con las diminutas salamandras que habitaban el río. Celia se sentó bajó una encina de tronco grueso y miró durante un rato los álamos y la monotonía general del paisaje. De repente, la invadió una melancolía indefinible. En el fondo, estaba preocupada por lo que le depararía su nueva vida y si sería capaz de amar a Gustav como merecía. Aunque trataba de ser optimista, a menudo le asaltaban las dudas. Además, le había incomodado la actitud de Diego. Hacía meses que no se veían y había sentido rechazo, un cambio inesperado en la actitud de él. Después del almuerzo, iría en su búsqueda a las caballerizas para salir de dudas.

La comida se iba a realizar en el pabellón de caza, un salón de grandes ventanales decorado con cuadros de bodegones de la escuela flamenca, cuernos de ciervos y cabezas disecadas. Una hilera de pájaros y venados muertos se amontonaban a la entrada, esperando a que el cocinero descuartizara las piezas.

Apenas tenía hambre. La carne del asado se deshacía en la boca y el aroma a laurel, tomillo y clavo inundó la habitación. Sin embargo, tenía el estómago cerrado. Se bebió, eso sí, varias copas de vino de Burdeos y Valdepeñas para calmar los nervios.

El cielo de la tarde había cambiado y el sol jugaba al escondite con algunas nubes. Celia se dirigió a las caballerizas. Cruzó la fuente que suministraba de agua a un pilón de piedra y entró en las cuadras cubiertas de paja y llenas de robustos caballos, útiles para recorrer largas distancias. Allí estaba Diego, cepillando a un esbelto caballo de ollares abiertos.

—Hola —le saludó ella—. ¡Cuánto tiempo sin vernos!

Diego alzó la cabeza e hizo un gesto con la barbilla a modo de saludo.

—¿Te pasa algo? —preguntó de nuevo—. Estás raro.

—Estoy bien —dijo, sin mirarla a la cara—. Enhorabuena por tu boda.

Se había enterado. Probablemente habría oído a Elena hablar del tema.

—Gracias. —Desvió la mirada y se mordió las uñas—. Ya sabes que tú y yo no...

—¡Oh, vamos! —expresó ahora, enfadado—. Eso ya lo sé, te encargaste de demostrármelo.

Celia arrugó la frente y guardó silencio.

—No todo gira en torno a ti, ¿sabes? —continuó él, molesto—. Tengo cosas más importantes en las que pensar.

—¿Y qué cosas son esas? —susurró.

—Mi padre murió —soltó de repente, emocionado—. Y poco después la reina Mercedes. ¡Han sido unos meses espantosos!

Celia tragó saliva, se acercó a él para consolarlo.

—Déjalo —se alejó—. No te esfuerces. Nunca te importé nada.

—¿Por qué dices eso? —dijo apesadumbrada—. Sé que al principio no te traté bien, que debería haberte agradecido lo que hiciste por mí esa noche que buscaba a mi madre...

—Solo te preocupas de ti misma —sonrió con ironía—. Me he dado cuenta del ridículo que hice al ir detrás de ti todo el día... Fui un tonto.

Celia se sentía culpable y avergonzada.

—Lamento que no fuera tan generosa contigo como lo fuiste tú conmigo —se atrevió a decir con voz débil—. Nunca te obligué a que hicieras nada.

—En eso tienes razón. —Se frotó la frente, pensativo—. En realidad, el que se equivocó fui yo.

Hubo un largo silencio.

—No sé si nos veremos más —comentó Celia, apenada—. En pocas semanas partiré al sur de África. ¿No quieres que lo arreglemos?

Diego estaba irritado, sentía demasiado rencor. No parecía dispuesto a calmar los ánimos.

—Que tengas suerte. —El cochero le dio la espalda.

SE CASARON EN una pequeña iglesia de Madrid. Fue algo rápido, sencillo: los únicos que presenciaron el oficio fueron la familia de Celia y un gran amigo de Gustav, el señor Ruiz. Al día siguiente, marcharían a Marsella para embarcar en el buque que los llevaría a su nuevo destino.

Se despidió de Beatriz, que a partir de ese momento viviría como alumna interna en la Escuela de Institutrices de la calle Augusto Figueroa. Era un centro moderno con aulas iluminadas, talleres y bibliotecas bien equipadas en el que, durante tres años, su hermana recibiría la mejor formación en Historia, Geometría, Bellas Artes y Literatura.

—¿Estás contenta? —preguntó Celia antes de despedirse.

Beatriz sostenía su maleta justo a la entrada del edificio, emocionada y feliz.

—Seré institutriz. —Le dio un beso en la mejilla y luego se dirigió a Gustav—. Gracias por hacerlo posible.

El hombre asintió sonriente y se retiró a un lado para que las hermanas pudieran despedirse con intimidad.

—Te echaré de menos. Intentaré venir en un par de años.

Beatriz no pudo reprimir las lágrimas y comenzó a llorar.

—Es la primera vez que nos separamos —dijo a media voz—. No sé si voy a ser capaz de vivir sin ti.

Celia rio y le secó las lágrimas con los dedos.

—Claro que sí, cariño. Ya eres toda una mujer y has pasado por muchas cosas. Sé que te convertirás en una buena institutriz.

Las dos se abrazaron con ternura.

—Intenta ser feliz —dijo Beatriz, apenada—. Sé que Gustav te tratará bien.

Celia asintió y se separó de su hermana. Sentía el corazón oprimido por el dolor. Le dio la espalda, cerró los ojos y se marchó.

Despidió a su madre desde el interior del vagón, quien, junto a Gonzalo, lloraba desconsolada en el andén. Sintió un nudo en la garganta al abandonar Madrid. Era la segunda vez en toda su vida que dejaba una ciudad para empezar de nuevo en otra. Sin embargo, tenía la sensación de que esa vez dejaba atrás mucho más: se iba sola, sin su familia, con el miedo hacia lo que le deparaba una nueva vida en tierras tan lejanas. A su lado, no obstante, estaba Gustav, que la miraba sonriente.

—Todo saldrá bien —le dijo.

SEGUNDA PARTE

14

EL PUERTO DE Marsella era una maraña de cuerdas, mástiles y velas blancas. El sol provenzal empezaba a calentar la mañana y en el cielo despejado surcaban nubes de gaviotas que revoloteaban sobre las fragatas, bergantines y navíos. Había un gran alboroto, un ir y venir de barcos, gritos y el silbido del gran buque de vapor que los esperaba en el muelle a ras de suelo. Por todas partes había marineros y cargadores transportando baúles y mercancías a través de carretas y mulas. Los vendedores ambulantes se arremolinaban entre los pasajeros y comerciantes ofreciendo almejas y mejillones; un par de carpinteros forraban el casco de un navío, y los fardos de trigo, sedas, azúcar y colza se hacinaban en la aduana a la espera de ser almacenados.

Tocaron las nueve en la catedral de Santa María la Mayor, y Celia y Gustav subieron a bordo del *Messageries Maritimes*, que llevaba el correo postal a Madagascar y a las islas Mauricio y Reunión. El barco levó anclas y comenzó a maniobrar para adentrarse en mar abierto. Celia, embriagada por el olor, sintió que se mareaba: dejaba atrás el mundo que conocía para empezar una nueva vida a miles de kilómetros de distancia. Era la primera vez que viajaba en barco y le angustiaba pensar que no volvería a pisar tierra firme hasta que transcurriera un mes.

—Pasaremos mucho tiempo juntos —comentó Gustav todavía en cubierta—. Así nos conoceremos mejor. Y no te preocupes por el viaje: lo he hecho muchas veces y nunca ha pasado nada. El océano Índico es un mar tranquilo, por eso se abrió al comercio antes que el Atlántico o el Pacífico. Además, desde que construyeron el canal de Suez hace diez años, navegamos mucho más rápido.

—¿Y ya no hay piratas? —preguntó Celia.

Gustav rio.

—Eso es cosa del pasado. No te preocupes, todo irá bien. Sin embargo, en cuanto lleguemos a Saint-Denis, la capital de la isla Reunión, tendremos que tener cuidado: empieza la temporada de lluvias y de monzones, y puede ser peligroso. Así que tendremos que quedarnos allí durante unos meses hasta que podamos viajar hasta Hell-Bourg, en el interior, donde tengo la casa y las tierras.

—¿Y dónde viviremos mientras tanto?

—En casa de mi hijo Antoine y su esposa. ¡Menuda sorpresa cuando te vean! Ni siquiera saben que me he casado.

Celia tragó saliva, preocupada.

—¿Crees que se lo tomarán bien?

—Seguro que sí —sonó poco convincente—. Además, mi nuera Margot estará encantada de acompañarte a la casa de modas para que puedas comprarte todos los vestidos que desees. Tu ropa de invierno no te servirá de nada allí, pues en aquellas tierras siempre hace la misma temperatura.

—Así que también hay casa de modas.

—¡Hay de todo! —exclamó—. Aunque parezca que esa isla está perdida en el mar, los franceses y criollos que vivimos allí disfrutamos de una vida social plena. Hay salones de baile, restaurantes, grandes hoteles y los preciosos balnearios de Hell-Bourg, que conocerás más adelante.

Celia sonrió ilusionada.

—¿Qué idiomas se hablan allí? —preguntó con curiosidad.

—Sobre todo el francés, que es el idioma oficial, pero los nativos hablan una lengua criolla que mezcla palabras en francés y expresiones venidas de India, Madagascar y Malasia. Piensa que, a esa isla, a lo largo de la historia, ha llegado gente de todo el mundo: primero fueron los árabes, luego los portugueses y, finalmente, en el siglo XVIII, los franceses, además de asiáticos y africanos. Han llamado a esa isla de muchas maneras.

—Sé que hace tiempo se la conocía como isla Borbón.

—Sí, la llamó así el rey Luis XIII en honor a la dinastía de los Borbones, pero se cambió al nombre actual después de la Revolución francesa. Muchos siglos atrás, los navegantes árabes la llamaron Dina Morgabin, que significa «isla del Oeste», y los portugueses, Santa Apolonia, siguiendo el santoral del día que la redescubrieron. Y así hay una larga lista de nombres más de holandeses e ingleses.

—Ha sido habitada por muchas culturas diferentes —comentó—. Espero que los franceses, que son quienes la han colonizado, respeten todas las etnias y religiones.

—Por supuesto que sí. Convivimos todos sin ningún problema, y más desde que se abolió la esclavitud hace unos años. Ahora, todos mis trabajadores disfrutan de libertad y de un buen salario.

Celia asintió satisfecha y miró al horizonte: el viejo puerto Mediterráneo se hacía pequeño a medida que el barco se alejaba. Ya solo los rodeaba el agua, así que decidieron echar un vistazo a su camarote. Por suerte, todos sus baúles y maletas, la mayoría de Gustav, ya se encontraban allí. Alguien se había encargado de trasladar el equipaje desde la estación de ferrocarril de Marsella hasta el vapor.

El camarote parecía la habitación de un hotel de lujo, equipado con sábanas blancas de calidad, jofaina, jarra de porcelana y espejo. Una hilera de ojos de buey permitía que penetrasen los rayos del sol y el reflejo azul zafiro del mar. El ambiente estaba cargado allí dentro, así que Celia abrió los pestillos de una de las ventanas para que entrara una bocanada de aire fresco. Se sentó en la cama, cómoda y ancha, y sintió que le invadían los nervios. Gustav la observaba. Se había mostrado paciente cuando ella se resistió a acostarse con él la primera noche que habían dormido juntos, atribuyendo su oposición al nerviosismo que le causaba la inminente partida. Sin embargo, ya no le quedaban excusas, y sabía que su deber como esposa debía pasar por entregarse a él en cuerpo y alma. No sentía rechazo hacia su esposo, sino más bien temor.

Gustav se acercó con paso lento y silencioso e inclinó despacio la cabeza hacia ella. Sus ojos, febriles y excitados, pedían a gritos poseerla. Celia se estremeció en cuanto le tocó el cuello delicadamente.

—Puedo esperar más, si quieres —comentó el austríaco—. Entiendo que no estés preparada.

Ella tragó saliva y apretó los puños con fuerza.

—Quiero hacerlo —sentenció, con una mezcla de confianza y desconcierto—. Es como bailar un vals.

Gustav rio ante la ocurrencia, rompiendo la tensión del ambiente. Clavó la mirada en aquella cabellera que brillaba como la seda bajo la luz del sol y la soltó para que quedara libre.

—Tranquila —dijo con ternura—. Puedes confiar en mí.

SE DESPERTÓ TODAVÍA de noche, a punto de amanecer, y decidió ir a cubierta para contemplar la salida del sol. Se puso el chal de lana sobre el cuerpo y salió al exterior del barco. Olía a madera húmeda y a sal. Nunca había visto estampa más maravillosa: el reflejo rojo del sol y el azul profundo del mar se fundían en el horizonte en un momento absoluto de paz. Le esperaba una travesía larga y cargada de emociones en la que se mezclarían la nostalgia y la incertidumbre. Añoraba a sus hermanos, a su madrina, Madrid, pero estaba convencida de que las charlas con Gustav mitigarían la melancolía por lo que dejaba atrás.

Él apareció de forma inesperada tras su espalda y la abrazó. Era un hombre cariñoso, la quería de verdad.

—Cuéntame cómo conociste a tu primera esposa —le pidió ella de repente—. Quiero saber un poco más de ti.

Gustav alzó una ceja, sorprendido. Le pareció extraño que, ahora que se habían casado, Celia le preguntara por quien había sido el amor de su vida.

—Conocí a Annette en París, en una fiesta de la alta burguesía y comerciantes de ultramar —su voz sonó melancólica—. Su padre había comprado unas tierras en isla Reunión, pero no sabía cómo sacarles partido. Me ofrecí a ayudarlo a cambio de que me permitiera casarme con su hija. —Rio—. Todos salimos ganando.

Gustav se removió incómodo y se quedó en silencio unos segundos.

—Fuimos muy felices —continuó apenado—. Hasta ahora, que he podido rehacer mi vida con otra mujer. Ella forma parte del pasado, y tú eres mi presente y futuro.

—Espero estar a la altura de Annette —dijo Celia—. Quiero que te sientas orgulloso de mí.

—Ya lo estoy, mi querida esposa. —Le besó el hombro—. Por eso me he casado contigo.

Entraron en el camarote. Los dos se quedaron dormidos, cómplices, mecidos por el vaivén del mar y el ligero silbido del viento.

Sonó la campana de proa anunciando la llegada a la isla. Celia, acompañada por Gustav, corrió hacia la cubierta para observar aquel paisaje que tantas veces se había imaginado. El vapor se deslizaba en silencio a través del agua, acercándose a la gran masa de montañas escondidas parcialmente por los bancos de niebla que se observaba en la lejanía.

—La montaña más alta se llama Plaine des Cafres —le explicó el austríaco—. La del este, Piton des Neiges, y la del sur es el Gran Volcán, que todavía está en activo.

Celia estaba emocionada, deseando desembarcar y pisar aquella tierra que olía fresca y húmeda. Sin embargo, era difícil fondear en el pequeño puerto de Saint-Denis, pues estaba protegido por arrecifes de coral y rocas. A medida que se acercaban al muelle, el mar inquieto azotaba al vapor con violencia.

—Tendremos que llegar a tierra en barca —comentó Gustav.

Apenas lo escuchaba. Celia estaba maravillada ante la preciosa vista que se erigía ante ella: altas montañas cubiertas de verde en la cima, separadas por profundos barrancos y cascadas; campos de caña brillantes; el humo de los ingenios azucareros y las agujas de las diferentes iglesias.

Solo se advertían una docena de barcos anclados a un kilómetro de la orilla. Eran mucho más pequeños que en el que iban a bordo, pues la mayoría pertenecían a compañías comerciales que exportaban especias y productos a cualquier parte del mundo. El suyo, el *Messageries Maritimes*, viajaba un par de veces al mes de Marsella a Reunión para entregar el correo, por lo que en el muelle, atestado de banderas y carteles que anunciaban su hora de salida y llegada, se congregaba una gran fila de personas a la espera de recibir noticias del viejo continente.

Bajaron por la tambaleante escalera de mano hasta el bote, que se movía con violencia, y se sentaron en los estrechos bancos junto a otros pasajeros, apelotonados. Los remeros empezaron a alejarse del barco rumbo al puerto, donde los esperaba una apretada muchedumbre que los ayudó a subir a tierra firme entre frases de bienvenida en un indescifrable dialecto. *Lété tan, lété tan,* decían. «Bienvenidos.»

—Ya hemos llegado, por fin. —Gustav suspiró, aliviado—. En los próximos días te mostraré el hospital naval, la casa del Gobernador y la catedral.

Sant-Denis, la capital, se encontraba en el norte de la isla y estaba protegida por montañas. Era una masa de casitas blancas rodeadas de árboles y palmeras donde el aire estaba cargado con olor a diferentes arbustos aromáticos. A Celia le gustaba lo que veía y estaba deseando asentarse y salir a explorar la pequeña ciudad.

Tras pasar por el chequeo médico de obligado cumplimiento para descartar que tuvieran cólera o viruela, un par de fornidos porteadores malgaches se colocaron sus maletas sobre la cabeza y comenzaron a caminar en dirección hacia la casa del hijo de Gustav, que por suerte se encontraba cerca del puerto.

—Normalmente, los que tenemos tierras y somos de clase alta no vivimos en Saint-Denis, sino en el interior —comentó Gustav—. Aquí solo venimos para ir a la ópera o cuando el gobernador hace una fiesta. Pero mi hijo Antoine, que ocupa un alto cargo en la Administración, debe estar aquí. Es la capital, tiene unos treinta y seis mil habitantes, pero la mayoría son oficiales del Gobierno y mercaderes.

—Así que tu hijo está en política.

—Sí, es director de Interior, un buen cargo. Como ya te dije, nunca le ha interesado mantener las tierras: desea medrar en política y dar el salto a París.

Celia se inquietó. Todavía no conocía al hijo de Gustav, pero intuía que no sería un joven fácil de tratar.

Por fin llegaron. La entrada estaba marcada por un imponente portón de hierro forjado. Tras cruzarlo, recorrieron el sendero que atravesaba el jardín y que conducía a la residencia. A mitad de camino, una especie de quiosco de madera se abría paso.

—A esto le llaman *guétali* —comentó Gustav—. Aquí se reúnen las mujeres para hablar de sus cosas y cotillear sobre lo que ocurre en la calle.

La casa era grande, cuadrada y simétrica, construida en madera de tamarindo y piedra blanca de lava, adornada con una especie de bordado que rodeaba los límites de los techos. En la entrada frontal se encontraba lo que ellos llamaban «veranda», una terraza con un par de sillas de teca vestidas con mullidos cojines blancos junto a una mesa de mimbre, todo ello bajo pequeñas columnas y pilastras alineadas que parecían sostener el primer piso.

Tocaron el timbre y esperaron a la sombra del pórtico. Celia se frotó las manos, nerviosa por conocer a la familia del austríaco. A los pocos segundos, un criado de piel morena con guantes de hilo blanco los recibió portando una bandeja con una copa de zumo de tamarindo bien fría. No esperaba que el señor Wolf llegara acompañado.

—*Manao ahoana* —los saludó el criado en malgache.

Gustav cedió su copa a Celia, que jamás había probado una bebida agria, dulce y picante a la vez. Era un sabor extraño, pero bastante bueno, concluyó. Cruzaron el umbral del vestíbulo; las paredes estaban adornadas con fotografías y pinturas de la familia Perrin, y el salón tenía un par de sillones tapizados en seda con grandes estampados y una mesita de marquetería para jugar al dominó o a las cartas. De pie, observando entre asombro y desconcierto a la muchacha, se encontraban Antoine y su mujer Margot.

—Han pasado cosas en Madrid —se adelantó a explicar Gustav—. Ella es Celia, mi esposa.

Celia se quedó callada, a la espera de que los anfitriones hicieran un gesto de bienvenida y se presentaran. Sin embargo, no acogieron la noticia con agrado. Antoine balanceó contrariado su bastón de afilado estoque y se arqueó los bigotes rubios hacia arriba.

—No lo dirás en serio —soltó rudo—. Pero si debe de tener la edad de Loana.

—Es mayor, aunque no lo parezca. —Gustav frunció el ceño—. ¿Y qué más da , de todas formas? Es una buena chica y nos ayudará con las tierras.

Antoine suspiró y comenzó a andar en círculos por el salón, pensativo. Su rostro juvenil, con cierto parecido al de su padre, estaba enmarcado por una espesa barba y unas grandes patillas. Los bucles del cabello se le arremolinaban en la frente. Vestía con chaqueta de seda cruda y camisa clara, además de unas botas altas color chocolate. Desprendía un aire resuelto y varonil.

—¿Y por qué nos tiene que ayudar con las tierras? —preguntó molesto—. ¿Es que no nos va bien con nuestra gestión?

—Podemos sacarles mucho más partido —insistió preocupado—. Yo me hago viejo y tú estás muy ocupado con la política, hijo. Sé que Celia nos puede ayudar.

Antoine rio con sarcasmo y lanzó una mirada de desprecio a la joven.

—¿Y qué sabe ella de cultivos y de esta isla? —negó con la cabeza—. Lo mejor sería venderlas y marcharnos de aquí cuanto antes.

Gustav se cruzó de brazos, enfadado.

—No pienso venderlas. Tu madre amaba estas tierras y me hizo prometer en su lecho de muerte que las mantendría. —Se puso serio y alzó la voz—. Así que no vuelvas a sugerirlo. Y respeta a mi nueva esposa.

Antoine enrojeció de ira y se acercó a su padre con intención de seguir discutiendo. Sin embargo, Margot, que había permanecido en silencio desde que iniciaron la conversación, se dirigió a Celia y le tomó las manos de forma cariñosa.

—Bienvenida a nuestra casa —dijo de buen humor—. Espero que no se haya sentido ofendida por la reacción de mi esposo, pero es que no la esperábamos y ha sido una situación imprevista. Ruego que nos perdone.

Celia aceptó las disculpas de buena gana y sonrió para apaciguar los ánimos.

—No pasa nada, lo comprendo. Ha ido todo muy rápido; ni siquiera yo puedo creerme todavía que esté a miles de kilómetros de Madrid y casada con Gustav. Todos nos tenemos que adaptar.

Margot era alta, delgada y elegante. Tenía una mirada firme, vigilante, una nariz respingona y una melena castaña clara recogida en un moño a media altura. Llevaba una blusa azul de seda y una falda oscura, un atuendo sencillo de estar por casa. Usaba un fuerte y penetrante perfume que había estado a punto de marear a Celia.

—Mañana, cuando haya descansado, la llevaré a hacer unas compras; creo que lo necesita —sonó despectiva y superficial, pero Celia no le dio importancia—. Tiene que estar a la altura de la familia Wolf-Perrin.

Antoine hizo un gesto de rechazo y asintió a regañadientes.

—Está en su casa —dijo al fin, dirigiéndose a Celia—. No sé qué le habrá dicho mi padre para que haya accedido a vivir aquí, siendo de Madrid, pero...

—Seguro que es un lugar encantador —se apresuró a decir ella—. El paisaje es maravilloso y espero que su gente también lo sea. Él está muy orgulloso de isla Reunión.

Gustav asintió, cogiendo a Celia del brazo, y miró a su alrededor.

—Y bien, ¿dónde está Loana? —preguntó—. ¿Por qué no está aquí para recibirme?

Antoine miró hacia otro lado, preocupado.

—No te lo vas a creer, papá. —Se masajeó las sienes—. Fuimos a buscarla a Hell-Bourg para que viniera a pasar con nosotros el tiempo de lluvias, tal y como me dijiste, pero se negó. —Se encogió de hombros—. No quiso venir.

—¿Y no la obligaste? —alzó la voz—. ¿Qué demonios le pasa a esta muchacha?

—Se fugó, ya sabes —resopló—. Esas escapadas suyas que hace cuando no quiere obedecer. No sabía ni siquiera dónde podría estar.

Gustav comenzó a caminar de un lado a otro, inquieto.

—Siempre hace lo que le viene en gana —apretó los puños—. Y en gran parte es culpa mía por haberla consentido. ¿Y si sufre un accidente con el monzón?

Antoine le quitó hierro al asunto.

—Loana conoce estas tierras mejor que nosotros y sabe sortear el peligro. Estará a salvo. Sin embargo, aún estamos a tiempo de corregir ese carácter: te he dicho muchas veces que deberías mandarla a una de esas residencias de señoritas que hay en París, para domarla. Jamás encontrará marido a este paso.

Gustav torció el gesto.

—La mataría en vida —sentenció—. No puedo hacerle algo así. Ella es diferente.

Celia miró con orgullo a su esposo. Pese a los disgustos y las preocupaciones, aceptaba el carácter fuerte de su hija, que quería elegir su propio destino. Era un hombre de corazón puro, se dijo una vez más, satisfecha por la decisión que había tomado al casarse con él. Pero ¿podía decir lo mismo de Antoine y Margot?

15

CELIA TUVO UN sueño reparador tras haber pasado el último mes durmiendo en una cama que no dejaba de balancearse por el vaivén del mar. Conciliar el sueño en tierra firme le había sentado de maravilla. Se levantó con ganas de empezar el día: a su lado, Gustav seguía durmiendo y, como no quiso despertarlo, se vistió rápido y bajó al comedor a desayunar. Eran pasadas las nueve, y tanto Antoine como Margot apuraban ya los últimos restos de comida mientras él leía el periódico de la isla —lleno de anuncios de llegadas y salidas de barcos, de productos importados y artículos sobre nuevos métodos de cultivo—, y ella un libro de cuentos de Dumas. Sobre la mesa había varias fuentes con curry, pescado y frutas de temporada.

El mismo criado que la había recibido el día anterior le sirvió el desayuno con un saludo de buenos días en criollo, *Bonzhour*. Aunque se parecía al francés, aquella lengua se pronunciaba de una manera muy peculiar. Su plato estaba lleno de colores y olores a especias que nunca antes había probado: el curry, que ellos llamaban *cari*, se servía con dorada, pez aguja o pez espada, además de arroz y legumbres. Todo acompañado por un Claret, vino típico de Burdeos.

—Espero que te guste la comida —dijo Margot, tuteándola y sin levantar la mirada del libro—. Los criados que tenemos aquí, por desgracia, son todos de Madagascar, o indios o africanos, así que no saben cocinar al estilo francés.

—Está todo riquísimo —expresó Celia tras dar el primer bocado—. Son sabores muy fuertes, llenos de especias, pero creo que me acostumbraré.

La mesa estaba llena de frutas tropicales de diferentes colores, algunas desconocidas para ella: piñas sabrosas como la miel, plátanos, mangos, guayabas y lichis, de textura parecida a la uva. Lo devoró todo como si no hubiera comido en años.

—¿Y qué hacías en Madrid? —le preguntó Antoine a Celia—. ¿De qué te conocía mi padre?

—Seguro que sabes quién era mi padre, Klaus Gross. Trabajaba para la compañía. Gustav venía a menudo a nuestra casa en Viena. Pasamos muchos años sin vernos hasta que hace un año vino a Madrid y pasó las Navidades con nosotros. Yo trabajaba en una confitería —dijo un tanto avergonzada por lo que pudieran pensar—. Es proveedora de la Casa Real.

Antoine se la quedó mirando fijamente, sin dar crédito.

—¿Trabajando en una confitería? —Volvió sus ojos al periódico—. Vaya, eso sí que no lo esperaba. ¿Y tienes algún tipo de educación?

—De pequeña recibí buena educación por parte de institutrices. —Tragó saliva—. Mi madre era profesora de ópera, así que éramos una familia acomodada. Sin embargo, todo cambió cuando murió mi padre y volvimos a Madrid. Tuve que ponerme a trabajar.

—Parece la historia de una de esas novelas que lee mi mujer —expresó de forma despectiva—. ¿Qué habrá visto en ti mi padre? ¿Cómo se ha casado con una mujer sin rango ni dinero?

Celia se sonrojó, bajó la cabeza y se quedó en silencio. De repente, apareció Gustav con cara de pocos amigos tras haber escuchado el último comentario de su hijo.

—Fortaleza y determinación —dijo serio, sentándose a la mesa—. Eso es lo que vi en ella. No todo el mundo lo ha tenido tan fácil en la vida como tú, hijo.

—Pero soy el heredero, ¿no? —Cerró el periódico y se cruzó de brazos—. Imagino que lo seguiré siendo aunque tengas un hijo con ella.

Celia abrió los ojos, preocupada. Habían pasado tantas cosas en las últimas semanas que en ningún momento se había planteado la posibilidad de tener un hijo. Y aunque Gustav ya era un hombre entrado en años, podía quedarse embarazada si mantenían relaciones íntimas con regularidad. Palideció de golpe: pese a que ya era una mujer casada, todavía se sentía demasiado joven para afrontar una responsabilidad de tal magnitud. Además, ahora que por fin empezaba a sentirse libre, quería disfrutar de los placeres de una vida acomodada y pensar únicamente en ella.

—Claro que seguirás siendo el heredero —confirmó Gustav—. Eso no debe preocuparte.

Había tensión en el ambiente y Celia se sintió culpable: tenía la sensación de que su presencia causaba irritación y miedo por lo que pudiera decidir Gustav sobre el futuro de las tierras. Temía que Antoine la considerara una rival, un enemigo a abatir, cuando ella tan solo aspiraba a vivir tranquila y sin preocupaciones.

—Bueno, querida, ¿nos vamos de compras? —le propuso Margot—. Las mujeres somos más felices gastando lo que ganan nuestros esposos.

MARGOT SE HABÍA puesto un bonito traje estampado, con un par de guantes de algodón y una sombrilla de encaje como complementos. Pese a que se encontraban en época de lluvias, el día había amanecido con nubes claras y sol.

—No te fíes del tiempo —comentó ella—. A partir del mediodía es cuando el cielo se encapota y empiezan las lluvias, así que démonos prisa.

La *rue* de París era la calle más famosa de la ciudad. En ella se encontraban las oficinas públicas, las tiendas y los hoteles para turistas como el Europa o el Joinville, en cuyo interior se podía disfrutar de una sala de baile llena de espejos y candelabros al estilo Luis XV. Por doquier había gente jugando al dominó y bebiendo absenta, capitanes y mercaderes que fumaban sin parar mientras observaban el mar desde los balcones de sus casitas de dos plantas. La calle estaba limpia, pavimentada con piedras de las montañas; por la noche, se iluminaba con lámparas suspendidas en cuerdas que cruzaban las calles. Además del bullicio de la gente, se oía el canto de los pájaros carpinteros, que abundaban en los campos de caña y en las cimas de las casas.

—Es una de las islas más saludables del mundo —le explicó Margot—. Hay enfermedades tropicales, pero no son tan violentas como en la India.

—¿Te gusta vivir aquí?

—No —sentenció sin pensarlo—. Es verdad que tenemos de todo: un hospital; el Lycée Colonial, que es un colegio para niños de clase alta; temporada de bailes y reuniones sociales... Pero aquí Antoine ya no puede medrar más. Su mayor ambición era ser miembro del consejo legislativo y tener una casa propia en Saint-Denis, y ya lo ha conseguido. Queremos vivir en París. Además, estoy harta de este calor endemoniado; el cielo parece estar siempre envuelto en vapor, como si el cráter del volcán Piton no se apagara nunca.

Celia asintió, aunque no acababa de comprender qué era lo que le disgustaba de aquel maravilloso paisaje. Miró a su alrededor y vio montañas escarpadas y profundas, picos cubiertos de vegetación, jardines con elegantes palmeras, bananeros y *filaos*, un árbol de incontables ramas y hojas, parecido al álamo. Sin embargo, Reunión era demasiado remota, un punto perdido en el océano, a miles de kilómetros de Europa. Quizá, con el tiempo, también le pasaría como a Margot y aquellas tierras se convertirían en su prisión particular.

Se dirigieron al bazar de la ciudad, un mercado al aire libre donde las mujeres criollas hacían la compra a primera hora de la mañana. «¡Qué lugar más emocionante!», pensó Celia. Había infinidad de puestecitos regentados por hombres de raza negra: carnicerías que vendían la mejor ternera de Madagascar y pescaderías con peces de formas extrañas y de vivos colores.

—¿Ves esto? —Margot señaló un barril lleno de peces que parecían gusanos—. Son como las anguilas, se comen con curry y arroz. ¿Y esto otro? —Señaló otro mostrador—. Es tiburón.

Celia no podía dejar de mirar de un lado a otro, estupefacta por la cantidad de alimentos raros que jamás había visto.

—Huele de un modo horrible —declaró Margot, arrugando la nariz—. Nunca vengo aquí, la compra la hace siempre mi cocinera. He hecho una excepción hoy para enseñártelo.

Pasaron por los puestos de grano, vegetales y fruta. Había, sobre todo, lichis, que era el fruto que ya había probado aquella mañana en el desayuno, además de nísperos, plátanos, naranjas y aguacates. Quienes no podían comprar mantequilla usaban estos últimos para untarlos en el pan.

Tras salir de aquel hervidero de fuertes olores y ruidos, entraron en el ultramarinos de productos de alta calidad importados de Francia. Allí sí que solía acudir Margot, ya que solo iban los que podían permitírselo. Aquella pequeña tiendecita olía a queso agrio, vino, encurtidos y cafés. Vendían fiambres, jamones envueltos en celofán, pescado seco salado y especias de todo tipo. Tras comprar unas onzas de chocolate —decían que el cacao de esas islas era el mejor del mundo—, champaña y una botella de coñac, se dirigieron, por fin, a la casa de modas de la ciudad.

—Ahora entiendo por qué vistes de esta forma tan... —Margot carraspeó y se mordió la lengua—. Trabajando en una confitería, pocos vestidos podrías pagar.

—El sueldo no me daba para eso. A veces, uno tiene que elegir entre sobrevivir o rendir pleitesía a la belleza.

—Bueno, ahora podrás dedicarte a ello. —Le guiñó un ojo—. Has tenido suerte de casarte con un hombre generoso que no va a poner límites a tus gastos. Su primera esposa, Annette, era una mujer envidiada porque siempre iba a la última moda, luciendo las más exquisitas joyas y complementos, con un saber estar impecable. Debes estar a la altura.

—No pretendo ser Annette. —Desvió la mirada—. Quiero estar ocupada y llevar las tierras lo mejor posible.

Margot la miró desafiante por primera vez desde que se habían conocido.

—De eso ya se ocupa Antoine —soltó con dureza—. Ocúpate de tu hogar, de meter en vereda a esa cabeza hueca de Loana y de disfrutar de los entretenimientos femeninos. Ese debe ser tu cometido aquí.

Celia apretó los puños con rabia.

—No, ese no es mi cometido —se atrevió a decir—. Si Gustav se ha casado conmigo es porque necesita a una mujer trabajadora que lo ayude a gestionar las tierras. Tengo entendido que a Antoine no le interesa este lugar, por eso Gustav está preocupado.

—Estas tierras cada vez valen menos —soltó con desgana—. Lo mejor es venderlas y abandonar esta isla cuanto antes. Será lo mejor para todos. También para ti: recibirás una buena cantidad de dinero y podrás regresar a Madrid con tu familia.

Celia tragó saliva, inquieta. Parecía que el heredero de Gustav lo tenía todo bien planeado para llevarlo a cabo cuando muriera su padre. Eso la disgustaba.

—Deberías respetar el deseo del señor Wolf y de la que fue su esposa.

Margot rio con ironía.

—Oh, vamos —hizo un gesto desenfadado con la mano—, no hace falta que disimules. Sabemos que te has casado con Gustav por su dinero. ¿Por qué iba a ser si no? Podría ser tu padre.

Celia torció el gesto, culpable. En el fondo, tenía razón: había decidido casarse con él por su propio bienestar y el de su familia. Por interés. Sin embargo, quería hacerlo bien, ayudarlo en su propósito de mejorar la empresa e intentar ser lo más feliz posible en aquel recóndito lugar.

—Gustav es un hombre admirable —acertó a decir—. No puedo más que agradecerle todo lo que ha hecho por mí. Quiero recompensarle.

Margot obvió el comentario y entraron por fin en la casa de modas, cuyo vestíbulo estaba cubierto por una alfombra roja. En el interior, varios maniquís de papel maché mostraban los vestidos a la última moda. La dependienta comenzó a desplegar delicadas telas de diferentes colores y estampados mientras otra muchacha le tomaba medidas. Compró todo tipo de prendas, asesorada por Margot, que era una entendida de la moda francesa. También el desagradable corsé: ese rígido aparato de hierro era verdaderamente incómodo, y se preguntó cómo se las arreglaban aquellas mujeres con aquel calor sofocante y esas faldas tan largas y ajustadas que les obligaban a caminar con pasos cortos. Tendría que acostumbrarse, se dijo.

Salieron cargadas con cajas y sombrereras. El cielo se había encapotado y estaba cubierto por densos nubarrones. Tal y como había predicho Margot, iba a llover de forma inminente. De hecho, de camino a casa les sorprendió la lluvia. Las gotas comenzaron a caer intermitentes hasta que el aguacero descargó sobre ellas acompañado de un fuerte viento. Corrieron a trompicones hasta la vivienda mientras el agua salpicaba en todas las direcciones. Entraron en el salón con las ropas empapadas y los zapatos embarrados. El criado les entregó varias toallas para que se secaran.

—Señora —dijo él—. No encontramos a *Coton*.

Era el perro de Antoine y Margot. Celia lo había visto pasear por la casa alegremente. Era blanco, tenía un pelaje parecido al algodón, y hacía volteretas y piruetas. Margot le había contado que había sido un regalo de la reina de Madagascar, pues solo la aristocracia y realeza de ese país estaba autorizada a tener uno de esa raza.

—¿Cómo que no está? —preguntó Margot, fuera de sí.

—Lo hemos buscado por todas partes y ni rastro.

La muchacha se puso roja de la ira y señaló al exterior.

—Pues ya puedes salir y encontrarlo —le ordenó—. Y no vuelvas si no es con el perro en tus brazos.

El criado inclinó la cabeza, sumiso. Celia miró por la ventana: seguía descargando un violento aguacero y las ráfagas de viento barrían la calle.

—Pero ¿cómo va a salir con este temporal? —intervino Celia—. Es peligroso.

Margot miró de reojo a Celia.

—Ese perro vale más que cualquier criado —comentó fríamente—. Y para eso le pago, para que lo vigile. Que hubiera prestado más atención.

—Así que, aparte de servirnos, ¿también debe estar pendiente del perro? —preguntó incrédula—. Es imposible andar detrás de *Coton* todo el día: por lo que he visto, es un cachorro juguetón que no para quieto ni un segundo. Se habrá escapado.

—Alguien ha dejado la puerta abierta entonces —añadió Margot, beligerante—. Y tiene que pagarlo.

Celia se cruzó de brazos, enfadada, mientras el pobre criado salía a la calle cubierto por una simple capa de tela. Según le había dicho Gustav, el monzón era peligroso y podían llegar a desbordarse ríos o desprenderse laderas de montañas. ¿Prefería arriesgar la vida de aquel hombre a la de un animal?

—No te metas en cómo trato a mis criados —continuó Margot, mirándola por encima del hombro—. En tu casa haz lo que quieras, pero no aquí. Aunque te voy a dar un consejo: cuanta más manga ancha des a tus sirvientes, más problemas te darán.

Celia, irritada, se dirigió a su dormitorio para cambiarse de ropa. Gustav y Antoine seguían trabajando en el despacho y Margot se había refugiado en sus libros y revistas. Afuera llovía y no tenía nada que hacer. Suspiró con tristeza y miró por la ventana: las plantas se movían al compás de la lluvia y en el cielo se sucedían descargas eléctricas. Rezó para que el joven criado llegara sano y salvo a casa lo antes posible junto a *Coton*. De repente, sintió un fuerte dolor de estómago, se encontraba indispuesta. El desayuno le había sentado mal: había comido demasiado y había probado todas aquellas frutas y guisos tan distintos a lo que estaba acostumbrada. Además, el agua de allí no era como la de Madrid, por lo que era habitual que los nuevos habitantes y turistas de la isla sufrieran de indigestión los primeros días. Tras comentarle a Margot su problema, esta la acompañó a la cocina, donde la criada que se dedicaba a hacer la comida la ayudaría.

Nunca había visto una cocina de ese tipo, situada en el exterior de la casa. Un simple tejado de cemento cubría el enorme hornillo con chimenea, una mesa para trabajar y dos taburetes de madera. El humo del carbón salía despedido en una columna hacia el cielo, y en las paredes colgaban morteros, calderos de cobre y cestas de mimbre para almacenar granos y lentejas. Una mujer mayor de piel oscura y rasgos asiáticos removía una olla que contenía un guiso de carne con ricas especias, jengibre y clavo.

—¿Cómo te llamas? —le preguntó Celia.

La mujer se quedó parada y bajó la mirada.

—Adidjaly —respondió apocada—. ¿Qué necesita la señora?

—Me duele el estómago. Creo que no estoy acostumbrada a la comida de aquí.

La mujer sonrió y cogió una olla para preparar un brebaje. Mientras sacaba varias hierbas secas de diferentes tarros de madera, miraba angustiada la intensa lluvia y los relámpagos. Celia no sabía qué clase de relación podía unir a los dos criados, pero intuía que era una muy cercana.

—Seguro que vendrá sano y salvo —se atrevió a decir—. No se preocupe.

Adidjaly no respondió y continuó con lo que estaba haciendo. Puso la mezcla de hierbas al fuego y se lo entregó a Celia para que lo bebiera. Enseguida notó que uno de los sabores le era familiar.

—¿Vainilla? —preguntó, relamiéndose los labios.

—Sí, *itlilxochitl*, la flor negra.

—¿Así que la llaman «la flor negra»? —Se rascó el mentón—. ¿Por qué?

La criada sacó de uno de los tarros una vaina negra y se la mostró.

—Le pusieron ese nombre los aztecas —le explicó— por el color que tiene. La vainilla creció allí, en México.

Celia olió la vaina y recordó el tiempo que trabajó en la confitería La Perla. Era la primera vez que veía de dónde provenía la vainilla, pues el señor Carranza había utilizado directamente su esencia en forma líquida. La invadió una nostalgia tremenda: su llegada a la isla no había trascurrido según lo esperado después del mal recibimiento que había tenido por parte del hijo y de la nuera de Gustav. Además, el terrible monzón le impedía salir a disfrutar del paisaje.

—Le irá bien para el malestar —continuó la mujer—. En poco rato se encontrará mejor.

Celia asintió agradecida y, pese a que ya se había tomado el brebaje, decidió quedarse en la cocina en compañía de la criada.

—¿Se cultiva mucha vainilla en estas tierras? —preguntó curiosa.

—Sí, cada vez más. Hace pocos años que se introdujo esta especia en la isla.

—¿Y el señor Wolf también la cultiva?

La mujer negó con la cabeza.

—No. La mayoría de terratenientes prefieren cultivar azúcar, que es lo más demandado. También especias para cocinar.

Celia permaneció pensativa. No tenía ni idea de cómo se cultivaba la vainilla, si era fácil o no, pero sabía que en la pastelería su uso estaba a la orden del día, y que cada vez había más confiteros como Carranza que la incorporaban a sus recetas. Podía proponérselo a Gustav.

—¿Y de dónde sois vosotros? ¿Nacisteis en esta isla?

—No —dijo Adidjaly—. Mi hijo Haja y yo somos malgaches, de Madagascar. Mis padres fueron capturados como esclavos allí.

Celia torció el gesto. Aunque ya eran libres por ley, el trato que recibían no era precisamente el de igual a igual. Margot se había comportado como una mujer déspota y sin corazón, sin importarle lo que pudiera pasarle al pobre muchacho.

—Por suerte, la esclavitud acabó.

La criada desvió la mirada y Celia supo que ocultaba algo, que no estaba de acuerdo con aquella afirmación. ¿Realmente ya no había esclavos en isla Reunión?

—Me gustaría saber la verdad —comentó Celia, interesada—. Acabo de llegar a estas tierras y no sé nada de lo que pasa aquí.

—Ahora se lleva a cabo otro sistema, el «engagisme», que es una especie de esclavitud, pero con un contrato limitado que puede ir desde los tres a los diez años. Durante ese período, el dueño puede hacer lo que quiera con el trabajador. Pasa mucho en las plantaciones.

Desconocía si Gustav llevaba a cabo ese tipo de contratos en sus tierras, aunque él ya le había comentado en otras ocasiones que sus trabajadores eran libres y gozaban de buenas condiciones.

—Y, por desgracia —añadió Adidjaly—, en mi país, Madagascar, todavía se permite la esclavitud.

Celia miró atentamente a la mujer: los malgaches tenían un aspecto peculiar, pues tenían los ojos rasgados y la piel mulata. Sin duda, sus características físicas estaban marcadas por la mezcla de culturas africanas e indonesias de las que provenían.

De repente, la figura de un hombre apareció en el patio. La lluvia caía con tanta fuerza que apenas se podía distinguir quién era. Sin embargo, Adidjaly lo reconoció enseguida y, a medida que se acercaba a la cocina, Celia también: era Haja, el criado que había ido en busca de *Coton* y que, por suerte, llevaba entre sus brazos.

—*Misaotra Andriamanitra* —exclamó la mujer, abalanzándose al muchacho—. ¡Gracias a Dios!

Cogió al perro y lo dejó en un barreño. Estaba sucio, así que tendrían que bañarlo antes de devolvérselo a Margot. A continuación, envolvió al chico en una especie de capa mientras le preparaba una bebida caliente. No dejaba de tiritar, toda su ropa estaba empapada y llena de barro.

—Gracias —comentó él, dirigiéndose a Celia—. Gracias por defenderme ante la señora.

Celia le sonrió con tristeza, recapacitando sobre las terribles condiciones de inferioridad en las que se encontraban aquellos trabajadores que, aunque libres, no tenían más remedio que obedecer a sus dueños hasta la extenuación. Y, a pesar de que todo había acabado bien y que la mascota de la casa se encontraba sana y salva, Celia no dejaba de preguntarse qué hubiera pasado con el muchacho si *Coton* no hubiera aparecido.

16

EL JOVEN CRIADO sirvió la cena, un *rougail saucisse* que consistía en un plato de salchichas, arroz y verduras, condimentado con una salsa muy picante que se elaboraba machacando pimientos, tomate, cebolla y jengibre. Desde que empleaba las tardes en hacer compañía a Adidjaly, Celia conocía cada vez más la cocina criolla y las recetas de diferentes culturas típicas de la zona. Además, su cuerpo se había acostumbrado a las especias poco a poco.

—¿Qué estará haciendo Loana? —preguntó Gustav, preocupado—. Con la que está cayendo...

Cuando las nubes del monzón subían por las laderas, los relámpagos atravesaban el horizonte y se desataban las tormentas de rayos y truenos. El viento huracanado golpeaba con fuerza los postigos de madera que protegían las ventanas de la casa y azotaba con violencia los árboles del jardín.

—Más te vale, padre, castigarla en cuanto regrese —dijo Antoine—. Merece un escarmiento por su desobediencia.

—Quizá necesite algo que hacer, un objetivo —se atrevió a decir Celia—. Puede que cambie si la hacemos partícipe de las tierras. Puede cuidar de ellas.

Antoine rio.

—¿Que cuide de las tierras? ¿Quieres que se ponga a recolectar azúcar?

—No me refiero a eso —titubeó, indecisa—. He estado pensado en algo nuevo. Un nuevo cultivo. Loana podría ayudarme.

Gustav alzó las cejas y sonrió.

—Explícanos, querida. Por eso me casé contigo: eres inteligente y seguro que tienes grandes ideas.

—La vainilla —soltó Celia—. Es una especia muy valiosa para la repostería y muchos confiteros la usan. Podría exportarse a Europa a muy buen precio. Sé que hay gente aquí que la cultiva.

Antoine soltó una carcajada.

—Serás muy inteligente para otras cosas, pero no sabes nada de cultivos —le echó en cara—. ¿Tienes idea de cómo se hace?

—No, pero quiero aprender e intentarlo —respondió ella—. Creo que, con el tiempo, la vainilla se convertirá en un condimento imprescindible.

—Yo sí sé cómo se cultiva la vainilla —explicó Antoine—. Y es algo inviable. ¿Sabías que, una vez sembrada, tarda entre tres y cuatro años en florecer? ¿Y que luego necesita unos dos años más para que madure correctamente y se pueda vender?

Celia suspiró y negó con la cabeza. Nunca se había imaginado que fuera un proceso tan largo; por eso la mayoría de terratenientes preferían el cultivo de azúcar, que era más rápido y sencillo de elaborar.

—Cada vaina es una sola flor —continuó Antoine—. Y se poliniza a mano, una por una. Habría que invertir mucho dinero y esfuerzo hasta que pudiéramos obtener beneficios. Olvídate.

Gustav chasqueó la lengua y se quedó pensativo.

—Pero hay otra forma. El tiempo se reduce si plantamos esquejes. Loana podría dedicarse a la polinización. Ama estas tierras, quizá sea bueno darle una responsabilidad, tal y como dice Celia.

—Padre, Loana debe ir a una escuela de señoritas —insistió de nuevo Antoine—. Déjame organizarlo a mí. La llevaré a París.

—Que no, hijo. —Se cruzó de brazos—. Te he dicho mil veces que no pienso hacer eso. Me odiaría de por vida. Hay que reconducir su conducta, eso es todo. Y mi esposa nos ayudará.

Celia asintió esperanzada.

—¿Y de dónde podemos sacar los esquejes? —preguntó, impaciente—. ¿Es eso factible?

—Tengo un conocido en Hell-Bourg que la cultiva. Además, era buen amigo de tu padre.

Celia abrió los ojos, sorprendida.

—Baptiste Simon. —continuó Gustav—. Seguro que estará encantado de conocerte: le tenía mucho aprecio a Klaus. Él podría vendernos los esquejes.

Celia cabeceó ilusionada. No veía el momento de que acabara la temporada de monzones y se trasladaran a Hell-Bourg. Estaba deseando perder de vista a Antoine y Margot, que eran prepotentes y superficiales, y conocer a Loana y a ese tal Simon. Juntos podrían plantar esa preciada vainilla que no podía sacarse de la cabeza.

Querida Beatriz:

Por fin ha llegado abril y el monzón ha cesado. El buen tiempo vuelve a iluminar el paisaje de esta isla y en pocos días abandonaremos Saint-Denis para trasladarnos a Hell-Bourg, en el interior, donde se encuentra la casa de Gustav. Estos últimos meses apenas he podido disfrutar de este lugar tanto como me hubiera gustado por culpa de las lluvias: aun así, por las mañanas solemos dar un paseo por los jardines perfumados, que están llenos de filaos, naranjos y papayos —una especie de higuera sin ramas—. También visitamos a menudo el museo de pájaros y minerales, pues siempre hay cosas que ver, y los domingos vamos a la iglesia. Sin embargo, las tardes se hacen tediosas, ya que nos pasamos las horas encerrados en casa. Mientras los hombres departen sobre negocios, Margot se pone a bordar o a leer, y yo le hago compañía a Adidjaly, la cocinera de la casa, mientras prepara la cena. Bueno, más bien es ella la que me hace compañía a mí. He de decir que, aunque Gustav está muy pendiente de mí y se porta bien conmigo, me siento sola la mayor parte del tiempo. Te echo muchísimo de menos, hermana. Ojalá estuvieras aquí para compartir contigo mis nuevos proyectos e ilusiones. Quiero cultivar vainilla y hay un hombre en Hell-Bourg que se dedica a ello y que conoció a padre. Eran buenos amigos.

¿Cómo estás tú en la Escuela de Institutrices?

Respóndeme pronto, te lo ruego. También he escrito a madre.

Te quiere,

Celia

POR FIN TERMINARON las lluvias. Se despidieron de Antoine y Margot, a los que no sabía cuándo volvería a ver, y subieron al carruaje cargados de maletas. Había treinta y cuatro kilómetros hasta Hell-Bourg, así que el cochero tendría que parar cada cierto tiempo para cambiar a los caballos. Hacía un día espléndido y soleado. La única carretera que circundaba la isla estaba atascada: coches y vagones que transportaban azúcar, camionetas de buhoneros, indios sobre mulas *poitou* —una raza francesa muy peculiar por su largo y enredado pelaje— y turistas en diligencias que acudían a los balnearios. El camino que bordeaba la costa estaba rodeado de palmeras, de *vacoas*, que eran flores de algodón, y molinos de azúcar en cuyas puertas se agolpaban grupos de trabajadores masticando caña. En el horizonte, una línea amarilla separaba el mar de la costa.

—Los monzones arrasan muchos cultivos —comentó Gustav—, sobre todo si hay huracanes. Los riachuelos y torrentes inundan los valles y pueden producir avalanchas de rocas. A veces, el cable de telégrafo que transcurre por la carretera se rompe y pueden pasar semanas hasta que lo arreglen y vuelvan las comunicaciones.

—Espero que tus tierras estén bien —dijo Celia—. Que no hayan sufrido daños.

—Nuestras tierras, querida —apuntó serio—. Eres mi esposa y dueña de ellas.

Celia asintió, sonriente. Aunque llevaba ya unos meses junto a Gustav, a veces se olvidaba de que estaba casada con él. Más que a un esposo, lo veía como a una especie de mentor, que la aconsejaba y la acompañaba con la prudencia de la edad madura. Sentía un amor basado en el afecto más tierno y verdadero. Era un hombre moderado en sus deseos, de carácter firme y maneras nobles. No se arrepentía de la decisión que había tomado.

—¿En qué piensas? —preguntó el austríaco.

—En mi padre. ¿Qué hacía exactamente en la isla?

—Supervisaba la carga del navío, que estuviera bien, que no faltara nada —recordó con nostalgia—. Recorría este mismo trayecto que estamos haciendo tú y yo ahora decenas de veces. Cuando estaba en Hell-Bourg, se hospedaba en la casa de Baptiste, el hombre que te comenté que cultiva vainilla.

Celia se imaginó a su padre en ese mismo coche, disfrutando del precioso paisaje de la isla, y sintió una pena tremenda. Quién le iba a decir a ella, seis años después de su muerte, que estaría en esas mismas tierras tan lejanas.

Llegaron a un pueblecito llamado Saint André para descansar y cambiar los caballos. Allí comieron en una posada unas sardinas acompañadas por un queso gruyer y un buen Burdeos. Al poco rato, emprendieron el viaje de nuevo. A medida que se acercaban a Hell-Bourg, famoso por sus aguas termales y balnearios, aumentaba el número de cascadas, que caían por todas partes desde cualquier montaña, y se veían cultivos de tabaco y maíz, así como centenares de árboles de café que parecían paraguas abiertos. Al cruzar el puente del río Du Mat, salieron a su paso unas mujeres con anillas en la nariz que vendían aguacates y mangos. Gustav compró un par de ejemplares de cada fruta y ambos se los comieron durante lo que quedó de trayecto.

—Hay gente muy diferente —comentó Celia—. Muchas mezclas.

—La mayoría de criollos son mezcla de malasios, mozambiqueños, abisinios y árabes. Después están los inmigrantes, que provienen sobre todo de la India, Bengala o China.

—Y los malgaches —añadió ella—, los que vienen de Madagascar. Los criados de tu hijo Antoine son de allí. ¿Qué tipo de salario perciben?

—Eso no lo sé, pero muchos lo hacen a cambio de comida y techo. Yo solo tengo a Mahery, mi criado de confianza. Le pago bien.

—¿También cocina?

—Oh, qué va —rio el austríaco—. No te lo había dicho, pero no tengo cocinero. En Hell-Bourg hay un hotel, el Cuzard, que tiene al mejor cocinero del mundo: un marinero danés que decidió quedarse a vivir en la isla. A todos les encanta su comida.

—¿Y comes todos los días allí?

—Exacto —sonrió satisfecho—. Desayuno, almuerzo y cena. Además, me gusta estar allí porque puedo hablar con viajeros y turistas de todo tipo y lo paso bien.

—Qué interesante —expresó Celia—. ¿Y los trabajadores de tu plantación? ¿Viven bien?

Gustav no supo qué decir.

—Supongo que sí —respondió al fin—. Si te digo la verdad, no me he ocupado de mis tierras durante los últimos años. Cuando murió mi mujer me desentendí de todo y lo dejé en manos de mi hijo. Tengo muchísimo papeleo que poner en orden, por eso necesito tu ayuda.

Celia asintió decidida. Tenía ganas de ponerse a trabajar y ser de utilidad. A menudo recordaba con nostalgia su día a día en La Perla. Aunque acababa cansada de tanto trabajar y las condiciones no eran las mejores, disfrutaba con las recetas de Carranza.

Por fin llegaron a Hell-Bourg. Empezaba a anochecer, el clima era fresco y una masa de nubes rodeaba las cumbres de las diversas montañas.

—Esta muralla de niebla húmeda se despejará mañana —le comentó Gustav—. Aquí uno debe madrugar y acostarse pronto. Por las mañanas, el cielo está claro, pero a medida que pasa el día las nubes se amontonan en la cima.

Celia estaba deseando que fuera ya el día siguiente para poder pasear por aquellos caminos y senderos rodeados de vegetación.

—Este lugar se descubrió hace poco tiempo, allá por los años cincuenta —continuó él—. Un grupo de cazadores se toparon de forma casual con unos manantiales de agua medicinal y decidieron crear unas termas. Estas se hicieron tan famosas que los grandes señores de los azucareros decidieron cultivar ahí sus plantaciones y construir las casas de campo. El nombre de Hell-Bourg se le puso en honor a un gobernador muy famoso de la época.

Cruzaron el amplio camino empedrado que conducía a la espectacular mansión de Gustav. La fachada blanca tenía puertas dobles de madera pintada en verde y altos techos con frisos tallados muy ornamentados. Era una casa grande, de una sola planta, con varias habitaciones y un salón de estar revestido de arriba abajo con listones encalados y grandes ventanales cubiertos por cortinas de grueso algodón. Sin embargo, lo que más llamó la atención de Celia fue el impresionante jardín de la parte trasera; según le había contado Gustav, era el lugar donde pasaba más tiempo. Había un pórtico con columnas dóricas junto a una fuente clásica con preciosos banquitos torneados y labrados en fina madera. Estaba rodeado de helechos y camelias, orquídeas, begonias y bambúes.

El sol se había puesto del todo y las plantas como el geranio, el pachuli y la citronela expulsaban un vaho húmedo y aromático. El rumor tan especial del agua de la fuente, así como la mezcla de refrescantes fragancias, llenaron a Celia de plenitud y serenidad. Estaba cansada del largo viaje, pero feliz de haber llegado a la que iba a ser su casa a partir de entonces.

—No está mi hija —se entristeció Gustav—. Solo tiene dieciséis años y hace lo que le da la gana.

Celia se preocupó. No conocía a Loana, pero empezaba a entender por qué su marido sufría por su porvenir. Era demasiado joven como para andar sola de un lado a otro, sobre todo de noche.

—¿Dónde crees que puede estar?

—En la plantación —torció el gesto—. Siempre está allí. A veces pasa días enteros. Tiene amistades.

—Así que no es la primera vez.

Gustav resopló.

—Lo hace constantemente —se cruzó de brazos—. Le gusta hablar con las mujeres de las plantaciones, dice que son sus amigas. Yo no lo acabo de aprobar del todo, pero ¿qué puedo hacer? Ella es terca como una mula y no puedo castigarla siempre. Antoine, en cambio, se pone furioso: no le gusta que se junte con esa gente, dice que tienen un estatus diferente al nuestro. Si fuera por él, encerraría a Loana en su habitación de por vida.

—Eso es cruel. Tu hijo debería aceptar que Loana es así y que no va a cambiar nada con amenazas. Ha nacido aquí, ama este lugar y a su gente. Lo importante es que sea feliz.

Gustav negó con la cabeza y bostezó.

—Estoy cansado. —Le acarició la cara—. Me voy a dormir.

—Yo prefiero quedarme un rato más en el jardín —sonrió relajada—. Este lugar me da mucha paz.

—¿Quieres que le pida a Mahery que te traiga algo? Puede prepararte un baño caliente, si lo prefieres.

Celia desestimó la idea: era tarde y no quería molestar a nadie. Ya se bañaría al día siguiente.

—Buenas noches, Gustav.

Se quedó sola, sentada bajo el pórtico. Miró hacia el cielo estrellado y pensó en su padre y en por qué había decidido dejar este mundo y no enfrentarse a las deudas. Gustav, ahora que había llegado a su tierra, pondría en manos de su abogado la liquidación de las deudas que les habían acuciado tanto. En pocos días, le había dicho, esta quedaría saldada y su madre podría vivir por fin en paz.

Empezó a refrescar, así que entró en la casa. Apenas le había dado tiempo a inspeccionar las estancias. En el salón había un retrato al óleo de una mujer; intuyó que se trataba de Annette: una mujer bonita, de pelo castaño y ojos claros, de facciones delicadas y mirada tierna y dulce. «Tuvo que ser una buena esposa», pensó. De repente, sintió que el cansancio se apoderaba de su cuerpo y que todas las horas de viaje habían consumido su fuerza y espíritu. «Tengo que dormir —se dijo—, para empezar con fuerza un nuevo amanecer en la isla de las especias.»

PODÍAN ADVERTIRSE LOS rayos de sol asomar por detrás de las montañas, delineando el horizonte azul intenso y despejado. El bulevar de Hell-Bourg, rodeado de pequeñas y coloridas casitas de madera, estaba lleno de *gendarmes*, criollos y excursionistas vestidos con pantalones bávaros y botas de doble suela dispuestos a subir el Piton des Neiges, uno de los picos más altos de la isla. Cerca estaba el hotel Cuzard, un edificio de dos plantas con doble balconada en toda la fachada sujeta por varios pares de columnas blancas en las que se servía un desayuno al estilo danés: huevos cocidos y cerdo asado acompañado por un aromático y fresco vino Claret. La mayoría de turistas se hospedaban allí, pues se encontraba cerca de los balnearios y aguas termales de la ciudad. Celia se sentó junto a Gustav en una de las mesitas redondas de enea del jardín trasero y contempló a su alrededor: un camino de gravilla blanca se bifurcaba en varios senderos que conducían hacia un precioso estanque y un cenador. La brisa traía el olor a pan de centeno recién hecho y mantequilla, que se mezclaba con el dulzor de la fruta carnosa y dorada de los árboles de mango. Pese a que era temprano, las mesas estaban ya ocupadas por todo tipo de gente: había jovencitas francesas a la sombra de elegantes sombrillas y vestidas de muselina blanca, ingleses de la vecina isla Mauricio, con sus sombreros de paja, bigote perfectamente recortado y traje de franela inglesa, así como soldados de la marina con pantalones de boca ancha y gorra de visera azul.

—Debes de estar hambrienta —comentó Gustav.

Celia asintió. No había comido nada desde el viaje y le rugían las tripas. Sin embargo, apenas le importaba: estaba fascinada y sorprendida por la vida social tan activa de aquella pequeña y remota isla de África. No podía dejar de observarlo todo.

—Después iremos a la plantación —añadió él—. A buscar a Loana.

Un camarero indio perfectamente ataviado con su uniforme blanco les sirvió la comida. A los pocos minutos, apareció de la nada un hombre con delantal que saludó con familiaridad a Gustav.

—¡Mi querido amigo! —exclamó el señor—. ¿Qué tal su viaje por Europa?

Tenía el pelo rubio, los pómulos altos y los ojos de un azul escarchado. La piel era cremosamente blanca, aunque enrojecida por el calor de la cocina. Era el cocinero danés del hotel, Ulrik Nielsen.

—Muy provechoso, como podrá comprobar. —Señaló a Celia—. Me he casado.

El hombre, que tendría unos treinta años, abrió los ojos con sorpresa y estrechó la mano de Celia.

—Vaya, así que tu hija tendrá una hermana —soltó una carcajada—. Encantado, señorita.

Tenía una sonrisa divertida, era desinhibido y muy dado a la broma. Celia, lejos de ofenderse, se rio con él.

—Así que es usted el mejor cocinero de la isla Reunión —comentó ella—. Estoy deseando probar su comida. Y sus postres.

—¿Postres? —Negó con la cabeza—. Es mi talón de Aquiles, señorita. No se me dan bien.

—Y, entonces, ¿qué tipo de dulces comen aquí? —preguntó curiosa—. No hay nada mejor que un postre después de una buena comida.

—Tenemos la mejor fruta. La gente se conforma con eso.

—Porque no han probado los dulces de mi esposa —añadió Gustav, orgulloso—. Trabajaba en una de las mejores confiterías de Madrid, y doy fe de que sus recetas están de rechupete.

—¿En serio? —exclamó incrédulo el danés—. ¿Es confitera?

—Más o menos —sonrió Celia—. Era solo una trabajadora, estaba a las órdenes del confitero Carranza, pero se me daba muy bien. Preparé el postre, incluso, para la boda de Alfonso XII.

Ulrik se rascó el mentón, pensativo.

—Ojalá pudiera darme unas clases —suspiró—. No solo me convertiría en el mejor cocinero de la isla, sino también en un gran confitero.

Celia recordó sus días en La Perla, lo mucho que disfrutaba en la cocina elaborando recetas. Sintió una punzada en el estómago.

—Cuente con ello —sonrió ella—, estaré encantada de enseñarle. Estoy deseando mancharme las manos de harina.

—Me parece una idea genial, querida —añadió el austríaco, conforme—. Nada me haría más feliz que toda esta gente probara sus dulces.

Celia sonrió ilusionada, no cabía en sí de gozo. Estaba ansiosa por empezar a trabajar con Ulrik, que parecía un hombre encantador y afable, y enseñarle todo lo que sabía hacer.

—¿Así que tenemos confitera en el Cuzard? —preguntó el danés, emocionado.

—Creo que sí —afirmó ella.

17

SE SUBIERON AL carruaje y se dirigieron a la plantación de Gustav, que se encontraba a pocos kilómetros de Hell-Bourg. A medida que se acercaban, hectáreas y hectáreas de tierras cultivadas aparecían entre montañas y volcanes todavía en activo. Las cañas crecían en largas hileras rectas hasta donde les alcanzaba la vista, y los trabajadores, inclinados, blandían sus machetes y recolectaban el azúcar al mismo ritmo. Ya a pie, recorrieron el molino que trituraba la caña y visitaron los campos de especias. La fuerte brisa hacía crujir las altas palmeras de las montañas y difundía los diferentes aromas por el aire. No había nada más delicioso que la fragancia de una plantación de clavo bajo el sol del mediodía. Celia nunca había visto de dónde salía aquel fruto: nacía en las puntas de las ramas de unos árboles de cinco metros, de hojas parecidas al laurel. Primero era de color blanco, luego rojo y, por fin, tras el secado, se volvía negro como el tizón. «¡Qué felicidad poder ver y tocar lo que le parecía tan lejano!», pensó. Podía apreciar de cerca la belleza de las alfombras de jengibre secándose al sol, palpar los clavos cuándo aún eran brotes en flor y ver crecer el cardamomo junto a las raíces de su planta.

De repente, apareció un hombre de piel oscura masticando caña de azúcar. Mordía la corteza y la arrancaba en largas tiras chupando los suculentos jugos que desprendía.

—Señor Wolf, tenemos un problema —comentó apurado—. Algunos tallos tienen escama.

Celia no sabía de qué hablaba, pero intuía que no podía ser nada bueno para el cultivo. Gustav torció el gesto y suspiró.

—Ahora vengo —dijo preocupado—. Voy a ver qué pasa.

Celia asintió y se quedó sola. Respiró hondo y miró a lo lejos: había una multitud de pequeñas casitas de madera y huertos, donde vivían los trabajadores de la plantación. A través de un camino de tierra, Celia se dirigió hacia allí sin esperar a Gustav con la esperanza de encontrar a Loana y conocer un poco más sobre aquellas personas y su forma de vida. Solo había mujeres en aquel momento, pues los hombres estaban trabajando. Llevaban vestidos de algodón florido, a rayas, a cuadros o de vivos colores. Se cubrían la cabeza con pañuelos y la mayoría andaban descalzas. Estaban preparando la comida al aire libre, en fuegos hechos en la tierra. Se acercó a una de ellas, que llevaba pendientes dorados y tenía los dedos amarillos, manchados por la cúrcuma.

—¿Ha visto a Loana? —preguntó Celia en francés, sin saber si la iba a entender o no.

La mujer se la quedó mirando de arriba abajo, pero no dijo nada.

—Soy la esposa del señor Wolf —añadió.

Esa vez, sonriente y sorprendida a la vez, se levantó como un relámpago, le cogió la mano y se la llevó a la cabeza en señal de respeto.

—Encantada, ama —respondió—. Bendiciones para su familia.

Celia arrugó el ceño: no quería que la llamaran ama, ni que se sintiera con el deber de servirla como si estuvieran todavía en los años de esclavitud.

—Mejor llámeme Celia —le sonrió.

—Loana está en la granja. —Señaló a lo lejos con el dedo—. Con las gallinas.

Celia caminó hacia donde le había dicho la mujer, extrañada de que una joven privilegiada como Loana se dedicara al cuidado de las gallinas de aquel lugar. No dejaba de sorprenderla. El gallinero era una pequeña cabaña de tronco y bambú casi escondida entre la hilera de árboles bananeros. Sin atreverse a entrar, Celia observó el interior de la choza a través de las hendiduras de la pared. Dentro había una chica que, por el tono claro de su piel, sin duda era Loana.

Pero había alguien más. Estaba acompañada por un muchacho cuyos rasgos eran de origen malgache. Se estaban besando. Tuvo que mirar dos veces para cerciorarse de que así era. De repente, los ojos de Loana se encontraron con los suyos y esbozó un grito de sorpresa y miedo. Salió a toda prisa de la cabaña, pálida y preocupada. El muchacho se quedó en el interior sin atreverse a salir.

—¿Quién eres tú? —preguntó alterada—. ¿Me estabas espiando?

Celia se quedó parada, sin saber qué decir.

—Yo, yo... —vaciló, nerviosa—. No era mi intención. Te estaba buscando.

Loana se puso en jarras.

—¿A mí, por qué? —La fulminó con la mirada—. No entiendo nada.

Celia observó a la joven, que se parecía muchísimo a su madre. Tenía sus mismos rasgos y belleza. Era menuda y delgada, y llevaba el vestido manchado de polvo y barro.

—Soy Celia —se presentó decidida—. La esposa de tu padre.

Loana se tapó la boca con las manos, sorprendida. Estaba confundida por la inesperada noticia.

—¿Mi padre se ha casado? —preguntó incrédula—. Eres muy joven.

—Así es. Tengo dieciocho años.

—¿Y a qué has venido? —le preguntó con rabia—. Seguro que quieres enseñarme a ser una buena señorita. Quiero que sepas, ya de antemano, que no lo vas a conseguir.

Celia, lejos de sentirse atacada, soltó una carcajada. Ya había imaginado que no sería bien recibida.

—No es esa mi intención, ni mucho menos —comentó relajada—. Quiero que seamos amigas y nos llevemos bien. Eso es todo.

Loana alzó una ceja, sin acabar de creerla del todo.

—No creo que tengamos cosas en común. —Se plantó de brazos cruzados—. No soy una chica convencional. Ya ves, me gusta estar aquí, en la plantación.

—Te entiendo. —Miró a su alrededor y tomó aire—. Es precioso. Mi padre me contaba cosas de este lugar, pero jamás me imaginé que fuera así.

—¿Tu padre?

—Sí, Klaus Gross. Trabajó para la compañía hace años.

Loana asintió.

—Lo recuerdo —chasqueó la lengua—. Sé que murió el mismo año que mi madre.

—¡Ves como tenemos cosas en común! —suspiró—. Las dos hemos sufrido la pérdida de un familiar querido. Y, además, nos encanta este lugar.

Loana torció el gesto.

—En pocos meses te aburrirás y querrás marcharte. A Margot le pasó lo mismo.

—Puede —dudó—, pero, mientras tanto, estoy deseando recorrer los senderos de piedra, visitar el balneario y adentrarme en los bosques. Y voy a necesitar a un guía para eso. ¿Conoces a alguien?

—Se hacen excursiones desde el hotel Cuzard, pero te aseguro que esos guías no conocen bien el lugar. El Piton des Neiges está a tres mil metros de altura, es el más alto y su ascenso conlleva pasar una noche en una cueva. Así que lo vamos a descartar. Pero sí puedo llevarte a la montaña Bélouve, que está solo a tres horas. He subido a su cima varias veces.

Loana estaba orgullosa de todo lo que sabía sobre aquellas tierras y Celia pudo ver cierto entusiasmo en ello.

—¿De verdad? —exclamó sorprendida—. Pues me encantaría hacerlo.

Loana asintió, pero su rostro se alteró de repente.

—Lo que has visto aquí... —tartamudeó, bajando la mirada.

—No te preocupes —se precipitó a decir Celia—. No pienso contarle nada a tu padre.

La muchacha alzó la vista, aliviada.

—Gracias. Se pondría hecho una furia, y mi hermano también. Sería capaz de matarlo.

—Tranquila. —Celia le dio una suave palmada en el hombro—. Soy una tumba.

Justo en ese preciso instante, Gustav apareció con cara de pocos amigos. El muchacho malgache se revolvió incómodo en el interior de la choza y las gallinas comenzaron a cacarear nerviosas. Celia rezó para que su esposo no lo descubriera.

—No solo desaparece mi hija, sino también mi mujer —exclamó Gustav—. ¿Dónde te habías metido?

—Quise investigar por mi cuenta —explicó Celia—. Y he encontrado a Loana.

El hombre resopló y abrió los brazos para abrazar a su hija.

—Debería castigarte por tu continua desobediencia —espetó—, pero pierdo la fuerza cuando te tengo delante.

Loana sonrió y se abrazaron. Celia se emocionó al verlos tan unidos. No pudo evitar recordar a su padre.

—Sabes que odio estar en casa de Antoine —dijo Loana—. No soporto a Margot, siempre tan altiva y criticona. Además, temo que mi hermano me meta en un barco rumbo a París.

—Ya sé que tenéis vuestras diferencias, pero él se preocupa por ti. —Le acarició la cara—. Y nos has hecho sufrir. ¿Dónde has estado viviendo?

—Con Hanta, ya sabes. Siempre me cuida muy bien.

Gustav chasqueó la lengua. Celia no sabía de quién estaban hablando.

—No tengo nada en contra de esta gente, pero tienes tu casa y tu familia —explicó él—. Además, podría haberte pasado algo a causa de las lluvias.

Loana hizo un gesto de indiferencia.

—Saben protegerse y lo pasamos bien jugando al fanorona, que es parecido a las damas. No debes preocuparte tanto, padre.

—No lo puedo evitar. No quiero perderte.

Los ojos de Gustav se humedecieron al pensar en la ausencia de su mujer. Quería estar cerca de sus hijos y hacía un esfuerzo por aceptarlos tal y como eran. Y eso le honraba.

—Vámonos a casa —continuó—. Celia y yo tenemos muchas cosas que explicarte.

A medida que se alejaban del gallinero, la muchacha parecía más relajada y cómoda. Y, por un instante, a Celia le pareció que Loana la miraba de forma distinta a como lo había hecho Antoine en cuanto la conoció. No había rencor en ella, ni rabia; era cuestión de tiempo que se llevaran bien.

AQUELLA MISMA TARDE, Gustav y Celia se pusieron manos a la obra en el despacho, decorado con maquetas de barcos y objetos de porcelana de la Compañía Francesa de las Indias Orientales. Las paredes estaban cubiertas de estanterías llenas de libros de cuentas encuadernados en cuero, y sobre la gran mesa de caoba se amontonaban papeles y carpetas, además de plumas y un tintero. El quinqué, en el centro de la mesa, emitía una luz tenue y amarillenta.

—No sé por dónde empezar —admitió Gustav.

—¿No decías que se había ocupado tu hijo? —preguntó—. Está todo manga por hombro.

—Mi hijo ha hecho lo mínimo para que siguiera funcionando, pero no lo suficiente. —Negó con la cabeza—. No le gusta trabajar. Se han de anotar los gastos, las facturas, los ingresos... ¡Ni siquiera conozco el estado de las cuentas!

Mahery, el criado de la familia, apareció con una bandeja plateada con varios vasos de *rhum arrangé*, una bebida típica de las islas. Era un joven de piel morena cetrina, ojos grandes rasgados y labios gruesos.

—Bebe, Celia, que nos dará fuerzas —comentó Gustav—. La prepara Mahery y es de las mejores.

El criado sonrió orgulloso y le acercó el vaso. Celia olió el brebaje y echó la cabeza hacia atrás instintivamente. El olor era penetrante y fuerte.

—No tenga miedo, señorita, está bueno —insistió el muchacho—. Solo es ron mezclado con varias frutas y especias. Yo le echo lichis, vainas de vainilla y café.

Celia se lo llevó a la boca. Aunque le quemaba la garganta, tenía un sabor dulce y perfumado. Su sabor era mucho más bueno que el del ron tradicional. De nuevo, el aroma a vainilla le invadió los sentidos.

—Teníais razón: está rico.

Gustav y Mahery rieron.

—Se ha convertido en la bebida más consumida de la zona —comentó el austríaco—. La gran cantidad de azúcar obtenido de las cañas produce un residuo llamado melaza que, una vez fermentado y destilado, crea este ron. Se suele tomar después de una buena comida, tras el café, como digestivo.

Celia asintió feliz y continuó bebiendo. Además de digestivo, aquella bebida despertaba el ánimo. Comenzaron a poner en orden los papeles, a archivar albaranes y pedidos, a ordenar facturas pagadas. De repente, Celia vio algo que le llamó la atención. Era una carta de hacía un par de años, de una deuda que había contraído la compañía de Gustav con un banco, en concreto el Neumann Bank.

—¿También te endeudaste con ese banco? —preguntó sorprendida—. Es el mismo que el de mi padre.

—Pedí un préstamo hace años, antes de que falleciera mi esposa. Liquidé la deuda hace dos —le explicó—. ¿Te acuerdas de que esta mañana estaba preocupado por las tierras? Es por esa plaga de escama, que devora la caña de azúcar. Por suerte, es poca cosa en esta ocasión, pero hace años destruyó nuestras tierras y tuve que pedir dinero a esa gente. Es uno de los bancos más importantes de Viena. No sabía que era el mismo que el de tu padre: mi abogado se ha ocupado de pagar la deuda y no me ha dado detalles. Por suerte, está todo arreglado.

Celia suspiró tranquila. Al fin su madre podría descansar, despreocuparse de la deuda que había contraído su padre y trabajar en los teatros que quisiera sin perder la salud. ¡Qué contenta estaba!

—Gracias. —Se acercó a él y le abrazó—. Nunca te estaré lo bastante agradecida por lo que has hecho por nosotros.

Gustav le besó el cabello.

—Eres mi esposa, no podía hacer menos.

Celia asintió feliz mientras observaba de nuevo la carta de aquel banco.

—¿Tuviste algún problema con ellos? —comentó—. Con el banco, digo.

—No los tienes si pagas lo que debes. Sin embargo... —torció el gesto—, no son buena gente. Me propusieron hacer algo muy feo hace unos años, pero me negué.

Celia alzó las cejas con incertidumbre.

—Un negocio —continuó él—. Introducir esclavos en Madagascar con mis barcos. Traerlos desde la costa oriental africana. Dijeron que ellos se encargarían de los esclavos, que yo solo debía llevarlos de un lado a otro.

—¡Cielo santo! —Se cruzó de brazos—. ¿Todavía se permite la esclavitud allí?

—Sí, los tratan como a animales. ¿Sabes lo que ocurrió hace un siglo en la isla de Tromelin?

Celia negó con la cabeza.

—Es una isla desierta a pocos kilómetros de aquí —continuó—. Pues bien, un navío francés transportaba a ciento sesenta esclavos y se topó con las barreras de arrecife de esa isla de camino a Madagascar. No pudieron salir de ahí, quedaron atrapados. Muchos murieron encerrados en las bodegas, y otros náufragos consiguieron sobrevivir en la isla durante quince años gracias a un pozo de agua dulce. Los franceses que viajaban con ellos consiguieron escapar construyendo una embarcación con los restos del navío, pero nunca regresaron a por los esclavos que se habían quedado allí, abandonados a su suerte en aquel islote remoto.

—Qué crueldad —expresó Celia—. Me alegro de que no quisieras participar en ese negocio.

—Insistieron en que ganaría muchísimo dinero, mucho más que con las tierras. Pero no fui capaz.

Celia sonrió orgullosa y le dio un beso cariñoso en la mejilla.

—No tienen escrúpulos —apretó los puños . Puede que enga-
ñaran a mi padre, eso explicaría muchas cosas.

—No lo sé —suspiró—. Klaus era un hombre reservado. Quizá
Baptiste Simon, que era su amigo, tenga más información sobre el
asunto.

Loana entró a la habitación. Se había cambiado de vestido,
olía a perfume y se había recogido el cabello en un moño alto. No
parecía la misma muchacha de aquella mañana, sino toda una
señorita de clase alta, recatada y obediente. Llevaba consigo una
carta.

—Llegó hace unos días. —Se la entregó a su padre—. Proviene
de Madagascar.

Gustav, impaciente, abrió el sobre y leyó en voz baja su contenido.

—¡Me han invitado a la casa del cónsul francés! —exclamó sorprendido—. Parece que quieren hacer negocios conmigo, que les
venda azúcar.

—Vaya, entonces es una buena noticia —comentó Celia—. ¿Y
cuándo tienes que ir?

—En un par de meses, en junio. Estaré un mes allí como mínimo, quizá más. El viaje es largo.

A Celia le apenaba tener que separarse de su marido ahora que
empezaban a conocerse mejor. Sin embargo, Loana parecía encantada de que su padre se fuera.

—Así que me quedaré sola. —Jugueteó nerviosa con las manos—. Otra vez.

Gustav negó con la cabeza.

—De eso nada, muchacha. —Señaló a Celia—. Ella se quedará
contigo. Pese a ser la isla vecina, el trayecto a Madagascar es complicado; hay riesgos de contraer la fiebre amarilla o la malaria. No
pienso exponer a mi esposa al peligro. Además, le diré a Antoine y
Margot que vengan a vivir con vosotras durante mi ausencia.

Celia arrugó la frente.

—Podemos estar solas —dijo decidida—. Loana y yo seguro
que nos lo pasamos bien juntas. No hace falta que venga tu hijo.

Loana asintió, dándole la razón. Las dos se miraron, cómplices, tratando de convencer a Gustav.

—Me quedaré más tranquilo con Antoine aquí —insistió él—. Si hay algún problema con las tierras, lo solucionará.

Loana se cruzó de brazos.

—Mi hermano no me dejará hacer nada —refunfuñó—. Y Margot se pasará el día cacareando por la casa como si fuera la dueña.

—No será así —se precipitó a decir Celia—. Ahora yo soy la señora de este lugar y quien pone las normas. Te aseguro que estaremos bien.

Loana sonrió satisfecha mientras Gustav se rascaba el mentón intranquilo.

—Ten cuidado con mi hija, querida —vaciló—. Tiene el don de salirse siempre con la suya.

—Me ayudará con la vainilla. —Le sonrió—. Estoy deseando hablar con Baptiste Simon y empezar el proyecto.

—¿Qué proyecto? —preguntó la muchacha, confundida—. ¿Vainilla?

Celia se acercó a ella y le tomó las manos.

—Quiero cultivar vainilla en nuestras tierras —le explicó—, y necesito tu ayuda. Será algo nuestro, si te parece bien.

Loana alzó las cejas, sorprendida.

—¡Adoro lo vainilla! Hanta hace muchísimos guisos con esa especia y todos le salen de rechupete.

—¿Quién es Hanta? —preguntó ahora Celia—. Has hablado de ella esta mañana.

—Es la *ombyasi* de la comunidad, su líder espiritual. Una especie de sanadora. Todos la respetan muchísimo.

Gustav negó y desvió la mirada.

—Paparruchas, hija. No me digas que te crees esas cosas.

Loana asintió orgullosa.

—Es una mujer sabia —añadió—. Su importante papel forma parte de la cultura malgache.

—Me encantaría conocerla —comentó Celia—. Utilicé vainilla una vez para hacer un postre, pero me gustaría conocer bien sus propiedades para crear nuevas recetas. Así podría hacer buenos dulces para el hotel Cuzard.

Loana la volvió a mirar sorprendida.

—Sí, quiere ayudar a Ulrik a hacer postres. —Gustav rio desconcertado—. ¿A que no te esperabas que tu madrastra fuera tan activa?

—Me encanta la repostería —se precipitó a decir Celia, orgullosa—. En la confitería en la que trabajaba se me pasaban las horas volando cuando elaboraba turrones, mazapanes o compotas. Medir bien los ingredientes, dar forma a las pastas, el aroma del obrador... —suspiró, nostálgica—. No veo el momento de volver a sentirlo.

Loana tragó saliva. Los ojos le brillaban con esperanza e ilusión.

—Es bonito sentir pasión por algo —dijo al fin—. Quiero ponerle la misma ilusión que tú al cultivo de la vainilla. Cuidar esas vainas con mimo.

Gustav miró satisfecho a su hija.

—Me alegro de que te impliques. —Cogió a las dos mujeres de las manos—. Espero que juntas saquéis adelante estas maravillosas tierras.

18

LA PLANTACIÓN DE vainilla de Baptiste Simon se encontraba en la ladera de una montaña, entre preciosos árboles de flores rojas y anaranjadas cuyo follaje proporcionaba sombra a centenares de orquídeas blancas de las que se extraería la perfumada especia. Algo retirada, entre la vegetación, se encontraba la casa de madera con veranda en la que vivía Baptiste.

Celia, junto a Gustav y Loana, llamó a la puerta con expectación. Estaba nerviosa por conocer el hogar en el que había vivido su padre durante tantos años en sus viajes a la isla, y también a Baptiste, a quien consideraba uno de sus mejores amigos.

El señor Simon saludó afectuoso a Gustav y este procedió a las presentaciones. Su piel estaba tan bronceada por el sol que parecía mulato, más que francés. Sin embargo, Celia no se imaginaba que fuera tan mayor. Caminaba encorvado, apoyado en un bastón, y tenía el pelo canoso. Despedía un olor fuerte a loción y tabaco.

—¿Así que tú eres la hija de mi amigo Klaus? —exclamó al conocerla—. ¡Dios mío! ¡Me alegro mucho de verte!

Le dio un inesperado abrazo, palmeándole la espalda. Celia se relajó gracias a su actitud cercana y cariñosa. Entraron en el interior de la casa, que era sencilla y humilde, y se sentaron a hablar mientras tomaban café.

—Tu padre era como un hijo para mí —comentó en tono melancólico—. Nunca me he casado, así que él me hacía compañía. Me hablaba mucho de vosotros. ¿Cómo está tu madre?

—Muy bien, cuidando de mi hermano pequeño. Gracias a la generosidad de Gustav, la vida de mi familia ha mejorado.

El señor Simon asintió emocionado. Luego, se levantó despacio, quejándose del dolor de espalda, y desapareció por unos segundos de la estancia. Al cabo de un rato, volvió a aparecer con una caja entre las manos.

—Toma —dijo al entregársela—. Eran cosas de Klaus. Vivía aquí, así que tenía correspondencia, objetos personales y papeleo.

Celia abrió la boca sorprendida y comenzó a llorar. Jamás hubiera imaginado que, después de tantos años de ausencia, tendría algo a lo que aferrarse y con lo que poder recordar a su padre. Cuando se vieron obligados a abandonar Viena, tuvieron que dejar atrás decenas de recuerdos de su antiguo hogar.

—Lo guardé —continuó él, afectado— no sé para quién ni para qué, pues tampoco me he atrevido a ojearlo, pero no quería tirarlo sin más. Ahora te pertenece a ti.

—Muchas gracias. —Apretó la caja contra el pecho, emocionada—. No sabe lo feliz que me hace.

Gustav le prestó un pañuelo para secarse las lágrimas y Loana le cogió las manos para infundirle ánimos. Aquellas muestras de afecto por parte de su nueva familia la hacían sentirse apoyada y querida. No veía el momento de regresar a casa y abrir aquella caja, aunque le hubiera gustado poder hacerlo con Beatriz, a la que estaba ansiosa por escribir una nueva carta contándole todo.

—Hemos venido en busca de tu vainilla —comentó en ese momento Gustav.

—¿Queréis quitármela o hacerme la competencia? —rio Baptiste—. Soy viejo, pero aún puedo defenderme.

—Nos gustaría plantar un pequeño cultivo —habló Loana, ilusionada—. Celia es confitera, trabaja con la vainilla, y tuvo la idea de hacerlo. No queremos competir con usted.

El hombre asintió, pensativo.

—Así que estás interesada en la vainilla... —Miró a Celia—. ¿Sabes el tiempo que conlleva el proceso?

—No mucho, pero sé que es largo —respondió apurada—. Habíamos pensado en que nos vendiera algunos esquejes para poder empezar.

—Si no fuera porque eres la hija de Klaus, te echaría ahora mismo de mi propiedad —respondió ofendido.

Celia se tensó sin saber qué decir.

—Pedirle a alguien que te dé sus esquejes... —siguió Baptiste—, ¡ni por todo el oro del mundo! De la plantación a la primera floración son cuatro años de espera. Y tú quieres ahorrártela.

—Perdone mi atrevimiento —se ruborizó, avergonzada—. No debería habérselo propuesto.

—Sin embargo —añadió el hombre rápidamente, en tono conciliador—, eres la hija de Klaus. Y nada me haría más feliz que tengas parte de mi cultivo. Lo haré por él y te daré todos los consejos que necesites.

Celia sonrió agradecida. No cabía en sí de gozo. Ella y Loana se abrazaron.

—Le pagaremos por ello —comentó Gustav, estrechándole la mano—. Sé que su vainilla es buena, le da los mejores cuidados.

—¡No se lo puede ni imaginar! —exclamó contento—. Las orquídeas son mis niñas mimadas; siempre protegidas de la carencia o la abundancia de luz, de la falta de ventilación o el exceso de humedad... La flor florece por la mañana, se marchita al mediodía y muere al atardecer si no se poliniza. Son tan delicadas como un recién nacido.

Tras negociar el precio y los detalles de la transacción, salieron a pasear por los cultivos. El aromático dulzor de la orquídea era apenas perceptible en el aire. ¿Cómo podía aquella flor convertir sus vainas en ese profundo y perfumado sabor a vainilla? Era algo mágico.

—Mi bisabuelo creó estos cultivos —explicó el señor Simon—. Fue el primero en romper con el monopolio español de la vainilla en México. Y no se imaginan lo que le costó polinizarla. ¡Veinte años!

—¿Por qué? —preguntó Loana—. ¿No lo hacen las abejas?

—Por supuesto, pero no es tan fácil —respondió—. La vainilla nace solo de una especie de orquídea en concreto: la *Vanilla planifolia*. Y esta solo se encontraba en América Central. Las abejas que la polinizan, como os podéis imaginar, también eran de allí.

Celia asintió. Tenía sentido. Entonces, ¿cómo lo habían logrado?

—Empezaron a traer esas orquídeas de México a Europa, para plantarlas —continuó Simon—, pero, aunque la planta crecía, nunca se polinizaba. Y si no se poliniza, no hay vainilla. Los botánicos se volvieron locos intentando encontrar la solución, sin éxito.

—¡No me diga que lo consiguió su bisabuelo! —espetó Celia.

—No exactamente, pero sí uno de sus esclavos, en 1841. Un muchacho de apenas doce años llamado Edmond. El niño, que era muy curioso, polinizó la planta a mano. ¡Él solito!

—¿Cómo es eso posible? —Loana estaba asombrada.

Baptiste se acercó a una orquídea y señaló las partes de su anatomía.

—El órgano masculino y femenino de la flor están separados por una membrana. Con la ayuda de un palillo de bambú, se unen ejerciendo una delicada presión. Imaginaos el trabajo que conlleva ese proceso: la flor solo vive un día y se ha de fecundar a mano.

—¿Y qué pasó con el joven Edmond? —preguntó Loana, curiosa.

—Mi bisabuelo le otorgó la libertad.

«¡Qué bonita historia!», pensó Celia. Sin embargo, nadie había recompensado económicamente a ese muchacho por el descubrimiento que había hecho y todo el mundo se había beneficiado de ello. ¿Qué habría pasado si lo hubiera conseguido uno de esos científicos europeos?

Baptiste los llevó a una caseta de bambú en la que se desarrollaba el proceso de maduración y secado de la vainilla. Unos grandes calderos de agua hirviente se encontraban en el centro y el vapor lo inundaba todo. Había varios trabajadores en el interior y hacía un calor extenuante.

—Una vez recolectan las vainas, que miden unos veinte centímetros, las sumergimos tres minutos en agua muy caliente, casi a setenta grados —les explicó—. Después, las secamos al sol durante dos semanas y las dejamos a la sombra alrededor de tres meses para que fermenten. Es entonces cuando pasan del color verde al color chocolate.

Al final del recorrido había montones de cajas de madera en las que se encontraban centenares de vainas envueltas en papel de cera.

—Y, por último, la dulce espera. —Simon señaló las cajas—. Ocho meses hasta que estén listas para vender. La complejidad de su producción y el coste de la mano de obra la convierten en una de las especias más caras del mundo.

Celia resopló. ¡Aquel proceso era demasiado largo! Tardarían unos dos años en conseguir sacar adelante su primera producción de vainilla. ¿Valdría la pena tanto trabajo?

—Es todo un reto —comentó ella y miró a Loana—. ¿Estás dispuesta a darlo todo?

La joven sonrió y asintió. Estaba muy contenta. Su familia la había subestimado, nunca la habían hecho partícipe del negocio familiar, pero eso estaba a punto de cambiar. Ella tenía pasión, amaba ese lugar mucho más que Antoine; nadie le pondría mayor fervor.

—Sí —respondió al fin—. Tendré que aprender a polinizar a mano, como el joven Edmond.

—Te enseñaré —dijo Baptiste—. Se ha de ser paciente, es indispensable. Os ayudaré a plantar los esquejes, si el cuerpo me lo permite.

Celia agradeció la ayuda de aquel hombre; sin lugar a dudas, su padre se había rodeado de buenas personas. Suspiró al pensar que, probablemente, él también había paseado por aquellos campos de preciosas orquídeas. ¿Cómo iba a imaginarse que su propia hija acabaría allí, con una caja de recuerdos bajo el brazo y a punto de plantar su primer cultivo de vainilla?

—Tu padre era de gustos sencillos —le comentó—. Solía despertarse pronto, salía a caminar por los senderos que conducían al balneario, bebía un vaso de agua caliente de la fuente y regresaba para desayunar. Las tardes las pasábamos jugando al dominó y hablando sobre la vida. Decía que, si le iban bien las inversiones, pronto podría dejar este trabajo para dedicarse exclusivamente a su familia. No le disgustaba lo que hacía, pero vuestra ausencia y lejanía le dolían en el alma. Se estaba perdiendo vuestra infancia.

Celia sintió un nudo en la garganta. Tuvo que hacer un esfuerzo para contener un torrente de lágrimas. Aquello era lo más bonito que había oído decir de su padre nunca.

—Así que por eso invirtió sus ahorros en la bolsa —dijo con voz temblorosa—. No por ambición, sino para poder estar junto a nosotros.

Baptiste asintió compungido.

—Siempre tuvo fe en que funcionaría. —Se encogió de hombros—. Así le aconsejaron los del banco.

—El Neumann Bank. Me temo que lo engañaron.

—Bueno, todo el mundo invirtió en el ferrocarril porque se creía que sería un éxito. Pero es cierto que siempre le animaron a poner más y más dinero. Ellos mismos le dieron los préstamos para poder invertir. Eso fue su ruina. Le advertí que tuviera cuidado, pero él estaba ilusionado.

—Y luego nos lo quitaron todo —añadió dolida.

Baptiste suspiró y le acarició el hombro.

—Pero ahora tienes una nueva vida aquí. Aprovéchala. Seguro que tu padre estaría orgulloso de todo lo que has conseguido.

Celia cabeceó. Volvió a mirar aquellas vainas oscuras que estaban ya listas para ser exportadas a Europa y sonrió. ¿Cuántos Carranzas de tantas confiterías estarían esperando aquel valioso condimento? Ella iba a crear la suya propia costara lo que costara.

SOLA, DE NOCHE, sentada bajo el pórtico del jardín, Celia decidió abrir la ansiada caja de su padre. El cielo oscuro estaba cuajado de estrellas y las luciérnagas brillaban. El barboteo pausado del agua de la fuente y el canto insistente de los grillos rompían el silencio de la noche. Olía a una mezcla de citronela y tierra húmeda.

En la caja había una pluma, un diario de a bordo y varias cartas antiguas atadas con una cuerda. Abrió el diario y comenzó a leer.

23 de septiembre de 1871

Hemos amanecido con el viento justo de popa, lo que hace que el avance sea un poco más lento. A través de la línea del Ecuador, el navío *Mutig* va deslizándose sobre dorados reflejos por el canal de Mozambique. Pasamos justo por delante de las islas Comoras, apenas perceptibles de lo diminutas que son. Unas aves parecidas a las gaviotas nos acompañan durante unas millas hasta que las perdemos de vista. ¡Cómo echo de menos la casa de Baptiste!

Mi camarote es pequeño y está mal ventilado; la litera es dura como un roble, y pronto me cansaré de comer galletas rancias, arenques encurtidos y cerveza amarga. Pero lo que me espera al final del viaje vale la pena: por fin abrazaré de nuevo a mis hijas y a mi dulce esposa. Rezo para no contraer ninguna enfermedad y que pueda llegar a casa sano y salvo.

Celia suspiró. No había pasado mucho tiempo con su padre, pues siempre estaba en la isla. Sin embargo, recordaba los momentos junto a él con gran cariño y ternura.

—¿Estás bien? —le preguntó Loana, que había aparecido en el jardín de repente—. ¿Puedo hacerte compañía o prefieres estar sola?

Celia negó con la cabeza y sonrió. Apenas conocía a Loana de unos días, pero sentía una conexión total con ella, como si ambas compartieran un mismo destino e idénticos sueños. En el fondo, no eran muy diferentes.

—Estaba leyendo las cosas de mi padre —respondió melancólica—. Escribía un diario mientras navegaba a bordo del *Mutig*.

—Oh, el *Mutig*, qué recuerdos. Por desgracia, hace un par de años que naufragó. Mi hermano estuvo a punto de morir.

Celia abrió los ojos, sorprendida.

—Sí, tuvo mucha suerte —continuó la muchacha—. Se dirigía a Madagascar o a las Mauricio, no me acuerdo bien. Le pilló una gran tormenta que dejó el barco hecho añicos. Finalmente, se hundió. Él y su pequeña tripulación pudieron escapar a tiempo.

—Vaya, así que ya no existe el barco que dirigía mi padre —dijo apenada.

—A mi padre también le dolió —se encogió de hombros—. Era solo un barco, pero era el más grande que tenía y del que se sentía más orgulloso. Tuvo que comprar otro nuevo.

Celia miró la cantidad de cartas que tenía por leer.

—Me llevará días —comentó ilusionada—. Hay mucha correspondencia entre él y mi madre.

—¡Qué emocionante! —exclamó Loana—. Ojalá tuviera yo algo nuevo por conocer de ella. Guardo sus vestidos, que algún día quizá me ponga. Son demasiado elegantes y bonitos, no quiero mancharlos en la plantación.

—No eres de esa clase de mujeres —rio—. Juraría que no llevas ni corsé.

Loana se ruborizó y afirmó con la cabeza.

—No lo necesito. —Miró al cielo oscuro, relajada—. Quiero ser libre. Ojalá algún día las cosas cambien y nadie me juzgue por lo que llevo o por quién me acompaña.

—¿Lo dices por tu hermano?

—No solo por él. —Torció el gesto—. Sé que la gente de aquí me critica a mis espaldas. Mi madre era una mujer ejemplar, que cumplía con todas las normas sociales. Estoy convencida de que mi padre me respeta más de lo que imagino, pero aun así pienso que se avergüenza de mí.

—Pues yo creo que no. Tu padre perdió a la mujer de su vida, a tu madre, y no quiere perderte a ti también. Te ha defendido muchas veces delante de tu hermano. Lo único que desea es verte feliz.

Loana bajó la cabeza, triste.

—Pero hay algo más, Celia —susurró, intranquila—. Algo que nunca lograré.

Celia supo enseguida a qué se refería, y tenía que ver con aquel muchacho del gallinero. Estaba enamorada de un malgache y no podría casarse con él sin comprometer su reputación y la de toda su familia.

—Es el hijo de Hanta —siguió ella—, la santera de la que te hablaba el otro día. Se llama Niry.

—¿Desde cuándo estáis enamorados? —preguntó por curiosidad.

—Desde siempre —sonrió apocada—. Nos conocemos desde pequeños. Mi padre me llevaba con él a la plantación y, mientras él solventaba los problemas, yo me escapaba al poblado de los trabajadores y jugaba con Niry. Teníamos una gran amistad que luego, al crecer, se convirtió en algo más. Es mi alma gemela.

Celia miró a Loana, llena de felicidad al hablar del joven. Estaba verdaderamente enamorada. ¿Quién podría impedir o romper una relación tan pura y sincera?

—No quiero separarme de él —reiteró, acongojada—. Me paso el día contando las horas, los minutos que faltan para volverlo a ver. Por eso no quiero que venga Antoine aquí: no me dejará ir a la plantación.

—Ya te dije que eso no va a ser así —le recordó Celia con decisión—. Ahora soy tu madrastra y debes obedecerme a mí. Yo te dejaré ir a la plantación. Además, debes preocuparte del cultivo de la vainilla, así que tienes una buena excusa.

Las dos rieron y se miraron con complicidad.

—Nunca quise que mi padre se casara de nuevo —explicó Loana—. Tenía miedo de que su nueva esposa quisiera condicionar mi vida y se empeñara en hacerme cambiar. No quiero institutrices, no quiero aprender a bailar, no quiero conocer las etiquetas sociales...

—Solo quieres ser tú misma y estar con Niry —añadió Celia—. Que nadie te corte las alas.

La chica tragó saliva.

—Me alegro de que te hayas casado con mi padre, aunque no sé por qué aceptaste. Os lleváis muchos años.

Celia suspiró y jugueteó nerviosa con las manos.

—Sé que no entiendes el amor de otra forma que no sea la que sientes por Niry, tan pasional y visceral, pero tu padre me ha hecho ver las cosas de un modo distinto: se preocupa por mí, me quiere tal y como soy, no pone barreras a mis sueños. Le tengo mucho cariño y aprecio. Quiero lo mejor para él.

—Sé lo que quieres decir, pero... ¿no te falta algo? —Se levantó y comenzó a caminar por el porche—. Eres muy joven para resignarte solo a eso. No sé, las mariposas en el estómago, las miradas de complicidad, el deseo que te quema por dentro...

Celia agachó la cabeza y desvió la mirada.

—No sé lo que es eso. —Se encogió de hombros—. Tu padre ha cumplido todas sus promesas. Mi familia está bien atendida y yo soy feliz aquí, en Reunión.

—Y yo también lo estoy de tenerte con nosotros —esbozó una sonrisa—. Mi padre está contento ahora. Si lo hubieras visto hace unos años... Ni siquiera era capaz de levantarse de la cama. Antoine y Margot pasaron mucho tiempo aquí controlando las tierras. Se me hizo insoportable.

—Tu padre amaba muchísimo a Annette. Tuvo que ser muy duro.

—Pero tú le has salvado —Se sentó a su lado y apoyó la cabeza sobre su hombro—. De entre todas las mujeres candidatas que podría tener, y te aseguro que muchas por su fortuna, te eligió a ti. Vio en ti fortaleza, la pasión que había perdido, la compañía que yo anhelaba... Y acertó.

Celia se sonrojó, emocionada por las palabras de quien formalmente era su hijastra, pero a quien podía llegar a considerar una hermana.

—Gracias —dijo con voz temblorosa—. No esperaba tan buen recibimiento, después del que tuve con Antoine. Sufre porque se imagina que le daré un hijo a tu padre y que se convertirá en heredero.

—Mi hermano es ambicioso: lo haría todo por dinero y por mantener su reputación. Aun así, sé que mi padre jamás cambiaría de heredero. Le tiene en gran estima y cree que se lo debe todo por haberse ocupado de las tierras cuando él estaba deprimido y de luto.

—A pesar de que su objetivo sea venderlas en cuanto las herede —resopló Celia—. ¿No tiene miedo tu padre de eso?

—Se engaña a sí mismo. —Se encogió de hombros—. Quiere creer que se le pasará, que Antoine acabará dando su brazo a torcer y se quedará aquí, en esta isla que odia, cuidando de su legado. Temo que ese día llegue, Celia: si al final Niry y yo nos casamos, él me apartará de todo y me dejará sin tierras. Y no me preocupa el dinero, sino qué será de nosotros: ¿qué pasará con Hanta y con su comunidad? No todos los dueños de las plantaciones son tan buenos como mi padre. Algunos trabajan en condiciones de semiesclavitud, sin ningún tipo de derechos.

Celia se puso seria. Estaba preocupada.

—Esperemos que ese día tarde mucho en llegar, mi querida Loana.

19

Gustav debía evitar a toda costa que la escama que devoraba la caña no se expandiera por todos los cultivos, así que mientras él departía con capataces y entendidos sobre el tema, Loana decidió llevar a Celia a la comunidad de Hanta, que tanto había determinado su carácter. También le presentaría a Niry, con quien había crecido libre y sin prejuicios desde la infancia. Dejaron atrás las largas hectáreas de cultivo, el intenso crujido de los hombres cortando las cañas con hoz y guadaña, las carretas tiradas por bueyes en dirección al ingenio de azúcar, y se adentraron por fin en el poblado de los trabajadores.

A diferencia de la primera vez que Celia estuvo allí, en esa ocasión trató de fijarse en todos los detalles de aquella variopinta comunidad de diferentes razas y orígenes: había jóvenes mulatas muy bellas, de dientes blancos y que llevaban collares de coral rojo en el cuello; mujeres con la piel tan negra como la noche que vestían prendas coloridas y hablaban lenguas extrañas en tonos que a veces sonaban demasiado duros. No había ni una sola casa igual: estaban las de paja y barro, con techos terminados en punta al estilo de la mandinga africana, y otras construidas con bambú o madera. Sin embargo, pese a que allí convivían malgaches, indios, musulmanes y negros de Mozambique, todos vivían en armonía y en paz.

Cerca de las chozas se alzaban frondosos árboles, sobre todo bananos y mangos, y parcelas cultivadas con tubérculos y maíz que labraban los ancianos y niños en ausencia de los hombres jóvenes, que debían trabajar en la plantación. Los cerdos circulaban libres a su alrededor mientras comían cáscaras de plátano.

Entraron a una casa hecha de bambú, pequeña, pero bien construida y atendida. Un fuego ardía en el suelo, donde descansaba un puchero de hierro. En torno a las paredes colgaban algunos aperos de cocina y varias *azagayas*, que eran lanzas tradicionales del pueblo de Madagascar. Había un par de esteras en el suelo que hacían las veces de camas.

Hanta removió el puchero. Era más joven de lo que Celia se había imaginado: tenía la piel morena, los ojos rasgados y los pómulos prominentes. Su forma debajo de la fina tela de algodón era redonda y plena. Llevaba por vestimenta lo que ellos llamaban *lamba*, un trozo de tela rectangular que envolvía el cuerpo y que utilizaban para atarse a los niños a la espalda o como cojín para transportar objetos pesados sobre la cabeza. El de Hanta tenía un patrón geométrico en tonos verde y marrón.

—Es mi madrastra —le explicó Loana—. La nueva esposa de mi padre.

Hanta sonrió y le estrechó la mano. Dijo algo en malgache que Celia no pudo entender, aunque enseguida pasó al francés, pese a que no lo hablaba bien del todo.

—Enhorabuena, señora. ¿Le apetece un poco de té y pastel típico de mi país?

Celia asintió con alegría. «¿Qué clase de pastel sería ese?», se preguntó.

—Yo soy confitera —comentó— Me encantaría conocer la receta.

La mujer sacó un paquete envuelto en hojas de plátano y cortó una porción con un cuchillo. Su aspecto no tenía nada que ver con los pasteles que solían hacer en Europa; su consistencia era más blanda, parecida a la gelatina, y olía a una mezcla de especias.

—Calientas una mezcla de leche, vainilla, clavo y azúcar —le explicó—. Luego le echas tapioca, para espesar, y unas bananas machacadas.

Celia se lo llevó a la boca. Sin duda, estaba bueno de sabor, aunque la textura no le acababa de convencer. Aunque, ¿qué más se podía pedir si en aquel lugar carecían de una cocina en condiciones y no tenían ni siquiera un horno?

—Está rico —dijo, chupándose los dedos—. Cocináis con muchas especias.

—Es la isla de las especias —expresó con obviedad—, y son muy buenas para todo.

Procedió a servir el té. Estaba humeante y Celia pudo distinguir, entre todos sus aromas, uno muy especial: el de la vainilla. Le dio un sorbo y sonrió.

—Adoro esta especia. Pienso añadirla a todas mis recetas.

Hanta cogió un botecito de cristal, en su interior había un líquido ámbar y dorado.

—Toma —se lo entregó—. Un regalo.

Celia abrió el tapón y lo olió. El aroma la trasladó a Madrid, a la confitería Carranza, al mismo día en que tiró la vainilla al suelo. Era esencia de vainilla, sin duda, pero aquella era más fuerte e intensa.

—¿La has hecho tú? —preguntó, curiosa—. ¿Cómo se hace?

—Abrir las vainas y las pones en un frasco con ron. Luego, macerar durante dos o tres meses.

Celia asintió con interés. «Lo pondré en práctica», se dijo.

—Llévatela y *hacer* un té a esposo —añadió, guiñándole el ojo—. Es la especia de la pasión. Según la leyenda, la vainilla nació por el amor de dos jóvenes. Hubo una vez una muchacha a la que su padre obligó a ser sacerdotisa, porque no quería que ningún hombre se casara con ella. Creció y se convirtió en una mujer preciosa. Un joven se enamoró de ella y la conquistó hasta que decidieron huir juntos. Estaban enamorados. Sin embargo, los dioses no quisieron que la sacerdotisa se marchara con él. Colocaron trampas de fuego en el camino para impedir huida. Ambos murieron. En ese mismo lugar creció una planta trepadora, una bonita orquídea blanca, lo que los mexicanos llamaban flor negra, en recuerdo del amor de la pareja. Por eso, la vainilla es perfecta para amantes. Hijos rápido.

Celia se sonrojó y apartó la mirada. No le desagradaban las relaciones con Gustav, pero no sentía nada. Simplemente, se dejaba llevar, pues él la trataba con delicadeza y respeto. Lo único que le preocupaba era quedarse embarazada, pero no sabía qué hacer para evitarlo.

—Vienen muchas parejas para ayuda —continuó Hanta—, sobre todo hombres mayores. Té de vainilla, cardamomo, jengibre y clavo. En pocos minutos, pasión.

Loana se percató de la incomodidad de su madrastra y trató de reconducir la situación.

—Y no solo va bien para eso —comentó la joven—. La vainilla es muy digestiva, el cardamomo mitiga el mal olor corporal, el jengibre mejora las infecciones respiratorias y el clavo fortalece el corazón. Es un té milagroso, ¿no crees?

—Ya veo —rio Celia—. Y el sabor es buenísimo. En España, en Europa en general, no estamos acostumbrados a utilizar tantas especias, pero los aromas que desprenden podrían mejorar cualquier guiso.

—O postre —añadió Loana.

Celia se quedó pensativa. En las recetas de Carranza no se usaba prácticamente el cardamomo, ni el jengibre, ni el clavo. Había añadido vainilla al postre del rey por ser un acontecimiento de gran importancia, pero no era lo habitual. Era demasiado cara. Sin embargo, en aquellas islas tenía todas las especias a su alcance. Tendría que experimentar con ellas.

En ese momento apareció Niry por la puerta. Su torso desnudo, marcado con alguna que otra cicatriz antigua, estaba todavía húmedo a causa del intenso trabajo en la plantación. Llevaba calzones largos por debajo de las rodillas y se enjuagaba el sudor de la frente con un pañuelo envuelto en la cabeza. Las venas le surcaban los fuertes músculos de los brazos.

Loana le presentó a Celia. Al verla, su rostro se mostró vulnerable y desconfiado.

—Está de nuestra parte —le dijo—. Tranquilo.

—Mi marido no sabe nada —se precipitó a decir Celia—. No os pienso delatar. Os apoyo.

Niry era atractivo, de nariz recta y mentón cuadrado. Parecía amable y sincero.

—Gracias —sonrió y mostró una dentadura bien alineada—. Entonces, usted ya forma parte mi familia. Le invitaremos al *famadihara*.

Celia frunció el ceño, sin saber a qué se refería.

—Es una celebración malgache —le contó Loana—. Van a exhumar al padre de Niry, que murió hace cinco años.

—¿Exhumar? —abrió los ojos, sorprendida—. ¿Desenterrarlo?

—Así es. Ellos creen que un muerto no se reúne con sus antepasados hasta que su cuerpo se ha descompuesto. Por eso ahora, que ya ha pasado un tiempo, lo sacan de su tumba y le cambian la mortaja con nuevas telas para que vaya bien preparado a su nueva vida.

Celia palideció. Respetaba todas las culturas, pero le costaba entender que fueran capaces de hacer algo así. Su propia familia tendría que ver los huesos de quien había sido su ser querido.

—No lo vivimos con tristeza, sino todo lo contrario —le explicó Niry—. Es un día de fiesta. Paseamos sus restos por la comunidad, bailamos y comemos. Sabemos que se va a reunir con nuestros antepasados y eso para nosotros es muy importante. Hace años, cuando aún existía la esclavitud, muchos malgaches fueron raptados de sus comunidades para traerlos aquí, a las plantaciones. La mayoría no lo pudieron soportar. Huían y se lanzaban al mar con la intención de volver a Madagascar. Temían que, si morían en este lugar, lejos de las tumbas de sus antepasados, jamás podrían reunirse con ellos. La mayoría murieron ahogados.

«Qué historia tan triste y qué tiempos más duros», pensó Celia. No podía llegar a imaginarse el sufrimiento que debieron pasar aquellos hombres al verse obligados a abandonar su tierra y cultura para trabajar hasta la extenuación en un lugar que no era el suyo.

—Ahora vivimos bien gracias al señor Wolf —continuó el muchacho—. Tenemos buen salario, somos libres. Pero antes, con los abuelos de la señora Annette, que en paz descanse, todo era distinto. Yo no lo viví, pero sí mi bisabuelo. Él fue un revolucionario, un *marron*, como se les llamaba a los esclavos que huían al bosque.

Se refugió en las montañas con otros fugitivos, donde cultivaban maíz, batatas y frijoles, y también cazaban cabras salvajes, jabalíes y pescaban. En época de monzones, se alimentaban de *andettes*, unas larvas de insectos que crecían en el interior de los árboles. Por desgracia, muchos cazarrecompensas se dedicaban a buscarlos para devolverlos a sus amos. Como mi bisabuelo, que recibió un buen castigo por ello. Cien latigazos.

—¡Qué horror! —exclamó Celia—. Siento mucho que por nuestra culpa...

—No es suya, ni del señor Wolf —añadió enseguida—. Yo no creo que todos los blancos sean malos, ni que todos los malgaches seamos buenos. De hecho, en Madagascar todavía se permite la esclavitud y, en cambio, Francia la prohibió hace años. No siento rencor ni quiero juzgar a nadie. Si fuera así, no podría mirar a los ojos a Loana.

La pareja intercambió una mirada de complicidad. A Loana se le sonrojaron las mejillas. Desde que había llegado Niry, ambos no habían dejado de expresar mediante gestos, muecas y miradas todo el amor que sentían el uno por el otro. Era el lenguaje secreto de los enamorados, el que ella nunca había experimentado con su esposo. Celia estaba dispuesta a ayudarlos para que todo saliera bien.

—Deberíamos irnos —dijo Loana—. Mi padre nos estará buscando.

La pareja se dio un tímido beso en la mejilla y se despidió. Hanta y Niry agradecieron a Celia su discreción. Se llevó con ella el frasco de vainilla y una nueva idea que no dejaba de darle vueltas en la cabeza: el pastel de especias. Aquella misma tarde había quedado con el cocinero danés en el hotel Cuzard para darle unas lecciones de repostería, pero también aprovecharía la ocasión para poner en práctica nuevas recetas.

De vuelta en la plantación para reencontrarse con Gustav, decidió recoger un poco de cardamomo, clavo y jengibre, con los que, junto a la esencia de vainilla que le había regalado Hanta, esperaba crear un postre único.

Loana parecía intranquila, triste.

—A veces siento que soy la princesa de la leyenda de la vainilla —comentó sin ánimo—. Quizá algún día Niry y yo tengamos que huir juntos, y puede que por el camino perezcamos en el intento.

—¡No digas eso! —la recriminó Celia—. Te prometo que estaréis juntos en un futuro y seréis felices.

Loana la tomó del brazo, aferrándose a ella como si buscara el consuelo de una madre, y apoyó la cabeza sobre su hombro. El sol estaba en su cénit, era intenso, pero corría una brisa agradable que transportaba el olor de las especias.

—Te creo —sonrió la muchacha—. Y, si no, al menos de nuestro amor crecerá una orquídea. Una flor negra.

LA COCINA DEL hotel Cuzard era una humilde habitación de baldosas desiguales, con una larga mesa de madera en el centro para trabajar, alacenas bien surtidas y una cocina de hierro con varias hornillas de las que provenían olorosos guisos a hierbas y cerdo asado. Celia dejó sobre la mesa la vainilla, las especias que había cogido de la plantación y su preciado cuadernillo de recetas, que se había llevado de Madrid. No lo había abierto desde entonces.

Ulrik Nielsen echó un vistazo al cuaderno, pero como estaba escrito en castellano apenas entendió nada.

—¿Así que son postres tradicionales de España? —preguntó el danés.

—Sí, aunque también hay franceses —respondió ella—. Mi jefe, el señor Carranza, solía viajar a París para aprender de los mejores confiteros de Francia.

—Debes de echar de menos tu país —comentó apenado—. Sé lo duro que es abandonar la tierra de uno.

—Gustav y Loana me lo ponen más fácil. Con ellos me siento como en casa. Y tú, ¿por qué decidiste quedarte aquí?

—Era marinero y no tengo familia. Esta isla me acogió como a uno más y estoy enamorado de su gente, de su tierra. Pero eso no significa que no eche de menos Dinamarca. —Suspiró—. Ese aroma penetrante a espuma de mar de su puerto, de aguas limpias, negras y gélidas. El cerdo ahumado, la cerveza, las gachas de cebada, el pan con mantequilla y salmón... ¡Quizá regrese algún día!

—Y yo también —sonrió—. Pero, mientras tanto, disfrutemos de este lugar y empecemos a trabajar.

Ulrik asintió animado mientras introducía pequeñas astillas de leña entre los carbones del fuego a la vez que avivaba las llamas con un fuelle.

—Quiero innovar —confesó Celia—, hacer algo diferente. He pensado en elaborar un bizcocho, tengo la receta de Carranza, pero añadiendo las especias de aquí, sobre todo la vainilla.

—Haz lo que creas conveniente, lo serviremos esta noche en la cena.

Celia abrió los ojos como platos.

—¿Esta noche? —Se puso nerviosa—. ¡Pero si ni siquiera sé si saldrá bien!

Ulrik trató de tranquilizarla.

—Lo harás fenomenal —afirmó y le palmeó el hombro—. Ya les he dicho a mis clientes que esta noche tendrían una sorpresa, que comerían un dulce elaborado por una confitera recién llegada a la isla. Están todos muy emocionados.

Celia tragó saliva. Respiró hondo. Había sufrido presiones peores, se dijo al recordar el banquete de la boda del rey. Y al final todo había salido bien. Debía confiar en sí misma, en todo lo que había aprendido en La Perla. Era capaz de hacer un buen postre.

—De acuerdo. —Buscó la receta del bizcocho—. Tú haz todo lo que yo te diga.

Ulrik rio satisfecho.

—¡A sus órdenes! —Se cuadró como un marinero—. Vamos a endulzar Reunión.

Se pusieron manos a la obra. Separaron las yemas de las claras y las batieron junto al azúcar hasta que tomaron cuerpo. Después, unieron ambas mezclas e incorporaron la harina junto a unas gotas de limón, envolviendo la masa suavemente con una espumadera.

Hasta ahí el proceso era sencillo: Celia lo había realizado en multitud de ocasiones en la confitería. Sin embargo, no sabía qué cantidad de especias era la adecuada para darle un sabor intenso sin que resultara excesivo, así que se dejó aconsejar por el danés, que tenía más experiencia en ese tema. Abrió las vainas de cardamomo, extrajo las semillas y las molió en el mortero, e hizo lo mismo con el clavo; después, rayó un poco de jengibre fresco y añadió una buena cucharadita de esencia de vainilla que, al estar macerada en ron, le aportaría un aroma extra a la receta.

Volcaron toda la masa bien mezclada en un molde y lo introdujeron en el horno, que ya había llegado a la temperatura adecuada. Celia esperó impaciente el resultado, vigilando con cuidado que su creación no se quemara. Por fin, al cabo de unos minutos, sacó el bizcocho, esperaron a que se atemperara y lo probaron ansiosos.

—Está riquísimo. —Ulrik cerró los ojos y se relamió los labios—. Predomina el sabor de la vainilla, pero también el de las demás especias. La masa es esponjosa, suave...

Celia lo saboreó también. Podría haber equilibrado mejor el uso de las especias, pero el resultado había sido mucho mejor de lo esperado. Tenía un aroma potente, dulce. Pensó que sería demasiado intenso para el austero paladar de los españoles, que no estaban acostumbrados a ese tipo de sabores, pero confiaba en que gustaría en Reunión.

—Tendremos que ponerle un nombre a esta receta, ¿no crees? —preguntó Ulrik.

Celia lo supo enseguida. Ni siquiera tuvo que pensarlo.

—Este postre se llamará La flor Negra.

El danés arrugó la frente, pues no sabía a qué se refería, y Celia le explicó que así la llamaban los indígenas mexicanos. También le refirió la historia de amor legendaria sobre el origen de la vainilla.

—Es un relato conmovedor —comentó Ulrik—. Se lo contaré a los comensales. Les va a encantar. Así lo encontrarán más apetecible.

Celia asintió y esperó impaciente la hora de la cena. Había mandado recado a Gustav de que no cenaría con ellos, pues estaría ocupada con el postre. Ya comería algo en las cocinas.

—Necesito orquídeas —dijo Celia de repente—. Para decorar.

Sabía que una buena presentación del plato era imprescindible para cautivar a la gente. Si entraba bien por los ojos, sería más fácil convencer al paladar.

—Podemos cogerlas del jardín —respondió Ulrik—. Ahora mando recado a un muchacho para que las traiga.

Había llegado la hora. Los comensales, dispuestos en diferentes mesitas a lo largo del jardín, terminaron el primer y segundo plato, y aguardaban ansiosos el magnífico postre que les había prometido Ulrik. Celia empezó a emplatar: un trozo de bizcocho tierno y esponjoso y, encima, una flor de orquídea blanca. Estaba precioso.

Los camareros comenzaron a servirlo. El danés, que tenía ese carácter abierto y alegre, procedió a relatar la leyenda de la vainilla a los clientes, que escucharon hipnotizados el toque dramático del cocinero, quien parecía haber nacido para actuar. Aplaudieron tras el fin de la historia y procedieron a probar el bizcocho.

Celia observaba en el vestíbulo, ansiosa, la reacción del público. La gente se miraba entre sí en señal de aprobación. Todos parecían disfrutar del sabor intenso a especias, de la textura aterciopelada del pastel. Había hecho algo sencillo, algo con lo que había podido trabajar fácilmente las especias por primera vez, y le había salido bien. «Puedo hacer mucho más», se dijo.

Aquella noche durmió como un lirón, satisfecha, pues Gustav y Loana, que también lo habían probado, le habían confirmado que La Flor Negra estaba de rechupete. Sin duda, había sido todo un éxito.

20

HABÍAN PASADO DOS meses desde que Celia había llegado a Hell-Bourg y medio año desde que había abandonado Madrid, y podía decir que se sentía feliz de vivir allí, que se había acostumbrado a aquella isla perdida en el océano Índico. Gustav era un hombre generoso y comprensivo, no ponía freno a sus inquietudes y deseos. Le gustaba pasar el rato con él, charlar y pasear por la isla, ayudarle a gestionar los cultivos. Loana, además, se había convertido en el pilar fundamental de su día a día. Pasaban muchas horas juntas en la plantación, visitando a Hanta y Niry, mimando los esquejes de vainilla del señor Baptiste que ya habían plantado en un rinconcito de tierra. Eran inseparables.

Cada vez tenía más trabajo en el Cuzard. Por las tardes, se encerraba en las cocinas y elaboraba el postre que degustarían los isleños durante la cena. Su receta de La Flor Negra, ya perfeccionada, era uno de los más demandados. Había experimentado con otros dulces, todos ellos extraídos del recetario del señor Carranza, pero con el toque especial de Celia: se había vuelto toda una experta en especias. Sus elaboraciones afrodisiacas alegraban el día a día de los matrimonios de Reunión, que no habían dejado de acudir ni una sola noche al hotel desde que ella se había convertido en la confitera del restaurante de Ulrik. De hecho, el danés le pagaba un jornal, a pesar de que no tenía ninguna necesidad económica.

Sin embargo, ahora debía despedirse de Gustav, pues partía a Madagascar por negocios. Aquella misma mañana, su esposo viajaría hasta Saint-Denis, donde cogería un barco hasta la isla. Una vez allí, se desplazaría en palanquín durante una semana, una especie de cama que se lleva a hombros, hasta llegar a la capital, Antananarivo, ubicada en el interior. Le esperaba un largo viaje.

—Te echaré de menos —susurró Celia, besándolo en los labios antes de que subiera al coche.

—El tiempo pasa volando. —Le guiñó un ojo—. Cuida de Loana. Os quiero.

La diligencia de Gustav comenzó a circular hasta que acabó perdiéndose en el horizonte. Celia sentía su marcha, pues había afianzado su relación con él. Lo quería.

Mientras esperaban la llegada de Antoine y Margot, Celia y Loana aprovecharon los pocos días de libertad que les quedaban para hacer todo tipo de actividades. Aquella mañana decidieron emprender una excursión a la montaña Bélouve y relajarse en las aguas del balneario de la ciudad.

El balneario del Douce era un gran edificio de estilo neoclásico situado en mitad de una naturaleza exuberante. Además de salas de baño y duchas, disponía de billar, salón de bailes y un precioso jardín con un estanque lleno de patos. El agua procedía del manantial de un riachuelo, cuyas aguas calientes y puras tenían propiedades curativas y beneficiosas para el cuerpo. De hecho, era habitual ver a un sinfín de sirvientes llenar botellas de agua en ese mismo río, o a comerciantes que luego las vendían en las islas Mauricio.

El balneario estaba dividido en dos departamentos: uno de señoras y otro de caballeros. Celia y Loana se pusieron el traje de baño, que consistía en una chaquetilla ajustada a la cintura y un pantalón de pliegues a la altura de la rodilla, y entraron a la sala de baños. En la piscina, los chorros de agua mineral eran arrojados incesantemente por bocas de leones de mármol. El techo era alto, con una enorme claraboya que permitía la entrada de luz. Por todas partes había mecedoras y sillas de bambú donde las mujeres leían relajadas tras el baño mientras varias camareras del balneario, vestidas de blanco y cargadas con toallas, les aplicaban perfumes y ungüentos. Un termómetro marcaba la temperatura del agua, que brotaba a 35 grados. El ambiente era espeso, caldeado.

En el interior del agua, había ya varias mujeres que Celia conocía del hotel Cuzard. Desde que era la confitera del restaurante, los clientes habituales la saludaban por la calle con respeto y se había hecho ya un nombre en Hell-Bourg.

Una de esas clientas, la señora Gautier, se acercó a ellas para mantener una conversación.

—Señora Wolf, ¿se ha tomado hoy el día libre? —le preguntó—. No nos puede dejar sin postre esta noche.

La mujer era oronda, de buen comer; el traje de baño le quedaba demasiado ajustado, tenía la cara roja a causa del vapor que inundaba la sala y su pelo estaba encrespado por la humedad.

—No se preocupe, le espera un buen dulce —comentó Celia—. Todavía es pronto.

Juntó las palmas de la mano a modo de ruego.

—Sus postres son más milagrosos que estas aguas —le explicó—. Vine aquí para tratar mis nervios en este balneario, pero creo que ha sido usted quien me ha curado.

—¡Es usted una exagerada! —exclamó—. ¿Tanto le agradan?

—No solo los encuentro buenísimos, sino que me han subido el ánimo. ¿Cree que es eso posible?

—Las especias tiene propiedades curativas, y la vainilla en concreto exalta el espíritu.

—El espíritu y otras cosas —rio con picardía—. Nunca había visto a mi marido tan fogoso, tan pendiente de mí. No le voy a mentir: parte de mis nervios, de la tristeza que arrastraba, provenía de la soledad que sentía en mi día a día. Mi esposo estaba siempre ocupado con el trabajo y apenas me prestaba atención. Desde que toma sus postres es otro.

Mientras la señora Gautier seguía hablando, otras mujeres comenzaron a congregarse a su alrededor. Animadas, relataron también sus experiencias.

Celia se ruborizó. Jamás había oído hablar a otras mujeres de algo tan íntimo en público. Se sentían identificadas las unas con las otras, compartían las mismas inquietudes y pensamientos. Allí, sin la presencia masculina, se sentían relajadas, seguras.

—Me alegro que mis postres os hayan ayudado —dijo Celia, orgullosa.

—Por no hablar de lo buenos que están —continuó ahora la señora Gautier—. Desde que fui a París, hace ya cinco años, no probaba algo tan exquisito. ¡He oído que trabajó hasta para el rey de España!

—Ayudé en el postre de su boda —matizó—. Todo salió muy bien.

—Parece que se va a casar de nuevo. ¡Una pena que no pueda elaborarlo usted esta vez!

—¡Viva la confitera de la isla Reunión! —exclamó una de ellas con entusiasmo.

Las demás la siguieron. Celia sonrió, inmensamente realizada.

21

Ese día celebraban el *Famadihana*, el día de los muertos. Los merina, la etnia dominante de Madagascar, los primeros pobladores del país que habían llegado en canoa desde la península malaya, desterraban a sus muertos y festejaban su despedida hacia el más allá. Según su creencia, como ya les había contado Niry, el espíritu se reencontraba de nuevo con sus ancestros y abandonaba el mundo de los vivos tras la descomposición del cuerpo. Celia y Loana habían sido invitadas a la fiesta.

Comprobaron el estado de las orquídeas antes de acudir al poblado de los trabajadores. Baptiste les había vendido un total de veinte esquejes de unos treinta centímetros de largo que habían sido desprendidos de las plantas ya maduras, que superaban los seis metros de altura. Los habían ubicado en un lugar con semisombra, junto a varios árboles que servirían de soporte para su crecimiento. ¡Eran tan delicadas!

—Aunque nos hemos ahorrado tiempo —comentó Loana—, tendremos que esperar unos años más hasta que florezcan y podamos recolectar la vainilla.

—Puede que en dos años lo consigamos —dijo Celia con optimismo—. No tenemos ninguna prisa, ¿verdad? Si logramos que sobrevivan ya será todo un éxito. Después, solo es cuestión de recoger lo sembrado.

Miraron orgullosas su pequeña plantación; debían ser pacientes y seguir todos los consejos del señor Simon para que crecieran fuertes y sanas.

—Espero que mi padre haya llegado sano y salvo a Madagascar. —Loana sonó preocupada—. No me gusta que vaya allí: no hay telégrafo, ni puede enviar ninguna carta, porque llegaría antes él. En pocas palabras, estamos incomunicados.

—¿Qué peligros puede haber? —preguntó Celia—. No va solo; le acompaña una expedición que conoce perfectamente el camino.

—Sí, lo sé, pero mi padre ya no es un muchacho: son muchos días de camino, cruzando ríos y selvas hasta llegar a Antananarivo. Y luego debe volver.

—Es fuerte y precavido. Es un gran viajero. Ha recorrido Europa en infinidad de ocasiones; ya sé que Madagascar no es tan segura, pero se ha ido preparando para ello. Seguro que regresará en perfectas condiciones y con algún que otro trato bajo el brazo. Si consigue hacer negocios con los comerciantes de ese país, podremos aumentar nuestras tierras y producir más. Y, entonces, quizá Antoine acabe por ceder y aceptará no venderlas.

Loana asintió, convencida.

—No creo que tarden en llegar —dijo con poco ánimo—. Margot estará ansiosa por empezar a dar órdenes. Más vale que la pongas en su sitio desde el principio.

—Oh, lo haré, no lo dudes. —Le sonrió—. He claudicado y obedecido demasiadas veces en la vida. Ya es hora de cambiar eso.

HABÍA MUCHÍSIMA GENTE congregada en el exterior de la casa de Hanta, trabajadores y amigos malgaches que habían sido invitados para la celebración. Hanta mantenía un fuego encendido con una enorme olla de agua hirviente y había dispuesto una larga mesa de madera en la que comerían todos juntos. El ambiente era alegre y festivo; las mujeres reían, hablaban de sus cosas en medio de una nube de humo blanco mientras los hombres le rebanaban el pescuezo a un cerdo, que chillaba agónico mientras su sangre teñía la tierra del suelo. Niry colocaba sobre la mesa los huesos de su difunto padre, que los acompañarían durante el banquete.

Celia no daba crédito a lo que veía y tuvo que reprimir una arcada. ¿Iban a comer con los restos de un muerto?, se preguntó, angustiada. Trataba de respetar todas las culturas, pero le costaba entender que pudieran hacer algo así. Para ella, era mejor no molestar ni perturbar a los que ya se habían ido de este mundo.

—Sé que es extraño —dijo Loana—. Yo también lo veía como algo monstruoso, pero Niry me lo explicó con tanto detalle que ahora lo entiendo. Para su cultura, los muertos siguen junto a ellos mientras su cuerpo sigue entero, así que sienten la inmensa responsabilidad de acompañarlos al más allá una vez que ya solo quedan los huesos. Se despiden del alma de su familiar mientras este los acompaña en la comida. Intenta no pensar en ello y disfrutar de la fiesta.

Celia asintió y siguió el consejo de Loana. Las mujeres trocearon el cerdo y lo metieron en la olla para hervirlo, luego lo acompañarían con arroz especiado. Era un plato tradicional en ese tipo de celebraciones: *vary be menaka*. Por lo que había entendido, no todo el mundo podía permitirse el *Famadihana*, pues era costoso: el lienzo que envolvía al fallecido se cambiaba por una tela de seda blanca muy cara; además, el gasto en comida para alimentar a todos los invitados era elevado. Hanta, que gozaba de respeto y popularidad por ser la curandera de la comunidad, había ahorrado durante años para poder realizarlo.

Celia, a medida que transcurría la fiesta, tomó consciencia de su privilegio: era una mujer blanca, totalmente alejada de la cultura malgache, pero la habían recibido con los brazos abiertos como si fuera una más entre ellos, sin juzgarla por ser la nueva esposa del dueño de la plantación. Le habían abierto las puertas, el alma, sin pedir nada a cambio. Siempre había soñado con viajar a lugares remotos y conocer nuevas culturas, y al fin lo había conseguido.

Se acercó a Hanta, que se encontraba a solas vigilando el puchero, y le preguntó tímida por algún remedio que pudiera evitar el embarazo.

—¿No quieres descendientes con señor Wolf? —le preguntó la mujer—. Eres joven, no quieres ataduras, ¿verdad?

Celia asintió, culpable. Las mujeres que se casaban aceptaban que el matrimonio conllevaba la crianza de los hijos, pero ella no quería renunciar a su libertad, al menos no todavía. Tenía muchas cosas que hacer.

—Hay unas plantas de la India que se cultivaron aquí también —continuó la indígena—. *Neem* y *Chebula*. Se dejan secar y se hace infusión. Evita preñez.

Entró en la casa y Celia la acompañó. La mezcla que le había indicado se encontraba en uno de los distintos tarros en los que guardaba sus remedios medicinales. Al parecer, no era la única que la demandaba. Se la guardó en el bolsito.

—Gracias.

—Que no entere el marido —comentó seria—. Los hombres siempre quieren muchos hijos. Yo, después de Niry, me tomaba infusiones para no tener más. A escondidas. Mi madre y mi abuela hacían lo mismo.

—Solo queríais uno.

—No por eso, señorita. —Agachó la cabeza—. Cuando mi abuela llegó aquí, no estaba señor Wolf: la familia Perrin era esclavista, no trataban bien. Mi abuela era una esclava y, si tenía un hijo, él también era esclavo sin pagar nada a cambio. No querían que sus hijos sufrieran igual que ellos. Mi madre hizo lo mismo y yo, aunque señor Wolf es bueno, no quise arriesgarme.

«¡Qué mujeres más valientes y sacrificadas!», pensó Celia. Su única forma de luchar contra la esclavitud era a través de su cuerpo, impidiendo que este se reprodujera para reducir el número de obreros de la plantación. Y qué orgullosa se sentía de Gustav, que había cambiado las cosas en aquellas tierras y ahora todos tenían buenas palabras para él.

El banquete ya había empezado. Comieron todos juntos el *vary be menaka* acompañado por agua de arroz, hervida en la misma olla donde lo habían cocinado, junto a los restos pegados y quemados del mismo. Decían que era un brebaje sanador, aunque Celia lo encontró muy amargo; prefería, sin duda, el ron especiado con vainilla y el *trembo*, una bebida elaborada y fermentada con agua de coco.

Tras la comida, empezaron los bailes. Varios hombres sacaron una serie de instrumentos de viento y tambores con los que empezaron a amenizar la fiesta. Niry y otros miembros de la familia comenzaron a bailar en círculos sosteniendo en el aire los restos del difunto, ya en su nueva mortaja de seda. Con los ojos cerrados, movían sus cuerpos y golpeaban con los pies en el suelo al ritmo de los tambores. Los asistentes, que observaban la escena, daban palmadas irregulares y lanzaban proclamas y vítores. Finalmente, enterraron los huesos de nuevo en la tumba, en la que descansaría ya para siempre junto a sus ancestros.

«¡Qué día más maravilloso!», pensó Celia. Jamás había presenciado un ritual tan extraño como aquel, tan alejado de su propia cultura. Había dejado los prejuicios atrás, tal y como le había aconsejado Loana, y había disfrutado de la fiesta.

Llegó el atardecer y el sol estaba a punto de esconderse, rojo, casi dorado, detrás de las enormes montañas de Hell-Bourg. El ambiente se había calmado, pues la mayoría de invitados ya se habían marchado. Mientras Hanta y Celia fregaban las ollas, Niry y Loana gozaban de unos momentos de intimidad bajo la copa de uno de los árboles de la casa. Se cogían de las manos, sus ojos clavados en el rostro del otro, brillantes, llenos de ilusión y confianza. Celia se los quedó mirando, esperanzada. Loana parecía la mujer más feliz del mundo junto a Niry. Quien tenía la inmensa suerte de ser correspondido en el amor, tener a su lado otra alma que lo acompañara en el camino, no podía tirar la toalla. Debían casarse si así lo deseaban y ella lucharía para que Gustav accediera.

—¿Qué está pasando aquí?

La voz de un hombre interrumpió la ensoñación. Celia se giró para ver de quién se trataba y palideció: allí estaban Antoine y Margot, que observaban horrorizados las muestras de amor de Loana y Niry. En cuanto se percató de la presencia de su hermano, Loana se levantó como un relámpago y se alejó a toda prisa del muchacho en un vano intento de disimulo.

—¿Qué demonios hace mi hermana con ese? —gritó Antoine, alterado—. ¿Estabais coqueteando?

Celia trató de calmar los ánimos.

—Antoine, son amigos, eso es todo —comentó persuasiva—. Estábamos celebrando una fiesta a la que nos habían invitado.

—¡No es mi amigo, es mi novio! —exclamó al fin Loana—. ¡Ya no quiero fingir más!

A Antoine se le desencajó la cara y se abalanzó sobre ella. Celia tragó saliva y miró a Margot suplicándole ayuda.

—¿Así es como cuidas de tu hijastra? —le reprochó la francesa—. Te vas con ella a una fiesta de negros, como unas mujeres vulgares. ¿Es que no sabes dónde está tu sitio?

—Podemos hacer lo que queramos —se defendió con rabia—. Somos libres, igual que estos trabajadores de aquí. —Señaló a Hanta y Niry—. No hacemos nada malo.

Antoine alcanzó a Loana y la agarró del brazo mientras esta se revolvía con intención de escaparse. Niry trató de ayudarla, forcejeando, y empujó a Antoine al suelo.

—¡Niry, no! —exclamó ahora Hanta—. ¡Vete, vete!

La mujer se dirigió a su hijo y le dijo algo en malgache que Celia no pudo entender. Este, tras besar a Loana y decirle algo al oído, se marchó corriendo de allí. Sabía lo que podía pasar: si Niry pegaba a Antoine, que era blanco y francés, habría importantes consecuencias. Aunque ya no existía la esclavitud de forma legal, era una falta muy grave que un trabajador de la plantación atentara físicamente contra su dueño.

Antoine se levantó del suelo. Margot corrió hacia él para limpiarle el traje, que se le había llenado de tierra. Hanta no paraba de llorar, temerosa por lo que pudiera ocurrir.

—¿Quién te crees que eres? —Loana estaba fuera de sí—. ¡No eres mi padre, ni mi dueño! Tengo derecho a estar con quien quiera.

—De eso nada. —Los ojos de su hermano estaban inyectados en sangre—. Formas parte de esta familia y nos debes un respeto.

Volvió a agarrarla del brazo y comenzó a andar. Hanta intentó pararle los pies, pero Loana se lo impidió.

—No hagas nada —dijo con resignación—. No quiero que por mi culpa tengáis represalias. Seguid con vuestra vida.

Hanta comenzó a rezar. Loana se soltó de su hermano y obedeció sin más. Celia no sabía qué hacer: Antoine parecía tener todas las de la ley y temía por lo que le pudiera pasar a Niry. Todos regresaron a casa, donde volvió a desatarse otra discusión.

—Haré todo lo que quieras, pero te ruego que no le hagas daño —suplicó Loana a su hermano—. Deja que vuelva sano y salvo a las tierras y te juro que no lo volveré a ver.

Antoine estaba furioso, no paraba de fumar. En el comedor se respiraba un ambiente tenso. El criado, Mahery, sirvió asustado unos sencillos refrigerios que había preparado como bienvenida.

—¡Me ha pegado! —exclamó ofendido—. ¡Un trabajador de mis tierras!

—De las tierras de Gustav, querrás decir —se atrevió a decir Celia—. Es él quien debe tomar la decisión.

Antoine la fulminó con la mirada.

—¡Sabía yo que nos darías problemas! —expresó airado—. ¡Y encima alientas a mi hermana a encamarse con ese negro!

—¡Pueden estar juntos si quieren! —alzó la voz. Ya no sabía cómo hacerle entrar en razón—. Ese muchacho es un hombre libre.

—Pero mi hermana no: todavía es menor de edad, así que mi padre decidirá su futuro. Cuando regrese tendrá un disgusto, aunque pienso resolverlo enseguida: ese Niry recibirá un escarmiento.

Loana se lanzó hacia a su hermano con intención de pegarle.

—¡Déjalo en paz! —gritó, fuera de sí—. Te lo ruego.

Antoine se zafó de ella y la abofeteó. Celia corrió para ayudarla. Mahery observaba la escena, disgustado, sin atreverse a intervenir.

—¡Eres un malnacido! —exclamó Celia, poniéndose frente a él—. Hablaré con Gustav y te pondré en tu sitio. Sabes que quiere a Loana y jamás haría algo que pudiera hacerle daño.

Antoine rio.

—¿Hablar con mi padre? —Negó con la cabeza—. No hay comunicación con Madagascar. Para cuando vuelva, el desgraciado ya estará en el calabozo o en otras islas muy lejos de aquí. Te aseguro que no volverá a ver a mi hermana nunca más.

Loana sollozó arrodillada en el suelo. Celia se sentía frustrada: Antoine tenía las de ganar.

—Y mientras lo encontramos —continuó Antoine—, tendremos a Loana a buen recaudo. Mahery, por favor —le ordenó—, encierre a la señorita con llave en su habitación y no la deje salir hasta nueva orden. Comerá allí. Con suerte, en un par de días estará todo solucionado.

El criado se quedó parado sin reaccionar.

—Pero, señor, ¿encerrarla? —dijo al fin, tembloroso—. Es su hermana.

—Si no lo hacemos, se escapará con ese desalmado y a saber qué sería capaz de hacer —lo miró penetrante—. ¿Es que quieres contribuir a eso? ¡Una menor fugándose con un trabajador al bosque!

Mahery comenzó a sudar, indeciso, sin dejar de mirar a Celia.

—Esta es mi casa, Antoine —se interpuso ella—. Yo soy la dueña y quien decide aquí.

—Llevas poco tiempo en esta isla. —Antoine se mesó el cabello—. Yo soy el heredero de estas tierras, aquí me tienen respeto. Tú eres una recién llegada. ¿A quién crees que obedecerá la gente? Puedo ir ahora mismo al gobernador, explicarle lo que ha sucedido, decirle que tú estabas compinchada con ellos y se acabaría el problema.

Celia se quedó callada. No tenía herramientas, desconocía las leyes y cómo funcionaban las cosas allí. Para ella era impensable que se pudieran tomar represalias contra Niry por haber tirado al suelo a Antoine, o por coquetear con Loana siendo una relación consentida. Sin embargo, Loana era menor de edad y eso jugaba en su contra.

—Vamos, Mahery, lleva a Loana a su habitación —insistió Antoine—. Si me obedeces, no te pasará nada.

El joven criado finalmente aceptó. Sus ojos se tornaron culpables, pero no le quedaba otra opción. Podía correr la misma suerte que Niry si se negaba. Celia lo disculpó con la mirada.

Loana, derrotada y sin fuerzas para pelear, se dirigió a su habitación acompañada por el muchacho. Margot suspiró tranquila.

—¡Qué situación más incómoda! —expresó con una ingenuidad impostada—. Quizá deberíamos anular la cena, esposo.

Celia arrugó la frente.

—¿Qué cena? —preguntó extrañada.

—En un par de días viene un terrateniente francés de islas Mauricio —comentó orgullosa—. Antoine lo ha invitado a cenar aquí, aprovechando que coincidirían, para hablar de negocios.

—De las tierras se encarga Gustav —soltó de mala gana—. ¿Piensa hacer negocios a sus espaldas?

—¡Oh, pero es que mi marido tiene otros negocios! —Margot rio—. ¿Crees que solo está a expensas de las migajas que le ofrece su padre?

Antoine miró de malas maneras a su mujer, instándole a que se callara, lo que hizo sospechar a Celia. Estaban ocultando algo y tenía que averiguar qué era.

—No podemos cancelar la cena ahora —dijo él—. Quedaríamos como unos impresentables.

—¿Y qué hacemos con Loana y con esta? —la señaló con desprecio—. Pueden darnos problemas.

Antoine negó tranquilo.

—No nos darán ningún problema, querida. Alegaremos que Loana se encuentra indispuesta y que no puede asistir a la cena. —Miró a Celia—. Y tú te mantendrás calladita, con buenos modales, mientras cenemos. Luego, el señor Clement y yo nos aislaremos en el despacho para hablar de nuestros asuntos.

—¿Y cómo vas a mantenerme callada? —Celia lo desafió con la mirada.

—Quizá no me has entendido bien antes: puedo hacer que tu reputación se vea comprometida en un periquete. Sé que trabajas en el Cuzard, que la gente te aprecia, pero si se enteran de que has permitido la relación entre mi hermana y un trabajador de la plantación... —rio—, estarías acabada. Mira, aquí parece que todo el mundo respeta a todas las razas, que no hay esclavitud, pero en el

231

fondo a la gente no le gustan las mezclas: los franceses son muy suyos, es inimaginable que una jovencita de bien pueda acabar con un negro o malgache, como le quieras llamar. Para mí son lo mismo.

—No me importa lo que la gente pueda pensar de mí —dijo con rabia.

—Pero sí lo que puedan pensar de mi padre, ¿no? —Esbozó media sonrisa—. Mi padre se casa contigo, te lo da todo, te proporciona un estatus y unas tierras, y tú se lo pagas así... No te lo perdonaría nunca.

Celia tragó saliva al pensar en Gustav. Era un hombre reputado en aquella isla, nunca había tenido problemas con Annette, ¿cómo le iba a causar tal desasosiego? Estaba al cuidado de Loana y no le había puesto freno a su amor con Niry. Pero ¿cómo iba a hacerlo? Ella tenía derecho a tomar sus propias decisiones.

—Por tu bien, será mejor que te comportes con educación el día de la cena —insistió Antoine en tono amenazador.

22

El día de la cena había llegado. Loana seguía encerrada en su habitación y Celia trataba de consolarla tras la puerta: al parecer, los cazarrecompensas que había contratado Antoine todavía no habían encontrado a Niry, así que el muchacho seguía a salvo, escondido en los frondosos bosques de los alrededores de Hell-Bourg. Aquello le hacía mantener la esperanza.

Celia rezaba para que los días pasaran rápido, para que Gustav llegara a tiempo y pusiera en su sitio a Antoine, que carecía de escrúpulos y no dudaría en deshacerse del malgache en cuanto tuviera la oportunidad. Sabía que su esposo, aunque tampoco vería con buenos ojos la relación de los jóvenes amantes, jamás haría nada que pusiera en peligro la vida de ningún hombre, y mucho menos si implicaba dañar los sentimientos de su hija.

Mientras tanto, Margot y Antoine se comportaban como si nada hubiera ocurrido, y se pusieron sus mejores galas para recibir al señor Clement, un rico comerciante de cacao de las islas Mauricio. Celia, aunque no le apetecía nada tener que asistir a esa cena, hizo de tripas corazón y trató de comportarse lo mejor posible para no despertar la ira ni sufrir las amenazas de Antoine.

El señor Clement era un hombre bajito, grueso, que llevaba un impecable traje de hilo blanco y un sombrero Panamá. Se sentaron a la mesa y Mahery procedió a servir la cena que había encargado al hotel Cuzard. Desde que había sucedido lo de Loana y Niry, Celia no había asistido a las cocinas del restaurante del danés. De hecho, había escrito a Ulrik y le había contado que Loana se encontraba indispuesta y que se quedaría en casa atendiéndola, tal y como le había instado a decir Antoine.

El comedor se había llenado del sutil aroma del cerdo especiado y las patatas asadas con mantequilla.

La velada transcurrió sin incidencias, pues Celia picoteó de su plato en silencio y mantuvo la mirada baja la mayor parte del tiempo. El señor Clement no paró de elogiar a Margot —quien parecía la anfitriona y dueña de la casa— y de hablar sobre aquellas magníficas islas Mauricio, de enormes murciélagos del tamaño de un cuervo grande y del coral blanco que abundaba bajo el mar, y del que extraían la bellísima cal para poder edificar. Debía de ser un lugar precioso, pensó.

—He leído en el periódico local que estás buscando a un negro fugitivo —comentó el señor Clement, de repente—. ¿Qué diablos ha pasado?

—Un robo —mintió Antoine—. Quería revender azúcar en el mercado negro. Estará escondido en el bosque, pero no creo que tarden en encontrarlo.

Celia alzó la vista y fulminó con la mirada a Antoine. Tuvo que reprimirse para no decir la verdad.

—Si se les da la libertad a los hombres, abusarán de ella siempre que puedan —afirmó el invitado—. En mi plantación, si alguno de nuestros hombres se atreve a robar o a rebelarse, recibe quinientos azotes o le colgamos. Es así como uno se hace respetar.

—¡Pero si ya no existe la esclavitud! —exclamó Celia—. ¿Cómo podéis hacer eso?

—Existen las leyes contra la vagancia, señorita. Cualquier abstención injustificada conlleva una condena. Muchos no acuden al trabajo porque quieren marcharse y eso los jueces no lo permiten. ¿Cómo podría sacar adelante entonces mi cacao? Sin ellos, el proceso se vería afectado y todo debe de mantener su ritmo: unos quitan la cáscara del fruto, otros fermentan el grano, después el secado y asado... Tendré fama de duro, pero, gracias a mi exigencia, la manteca de cacao que produzco es la más famosa de Europa, y con ella se elaboran diferentes cosméticos y ungüentos.

—Yo siempre le he dicho a mi padre que debe ser más duro —confesó ahora Antoine—. Desde que les pagamos un jornal, nuestros ingresos han mermado. A veces pienso que lo mejor sería vender las tierras y regresar a Europa. ¡Y ya solo falta que nuestros trabajadores se nos rebelen!

—Si encuentras a ese tal Niry —el señor Clement levantó el dedo índice—, te lo compro y me lo quedo yo. Me lo llevo a mi plantación de Mauricio y te aseguro que se cansará de trabajar.

Celia no pudo aguantar más y se levantó de la mesa indignada. No soportaba que aquellos hombres se sintieran superiores a otros solo por el color de su piel. Ella misma había sufrido las burlas de sus compañeros por proceder de otro país o tener un aspecto distinto, y no quería ser testigo de aquello.

—¿A dónde vas? —le preguntó Margot airada—. Todavía no hemos terminado de cenar.

—Estoy mareada —se excusó decidida—. Necesito tomar el aire. Ahora vuelvo.

Salió a toda prisa al jardín, era una noche fresca. Las flores estaban mojadas por la humedad y los vapores de sus fragancias se habían diseminado a través del aire. Aspiró hondo y dejó ir un suspiro. Se sentía mal por no atreverse a plantarle cara a Antoine, pero se encontraba atada de pies y manos. Estaba sola, sin el apoyo de nadie. ¿Qué podía hacer? Trató de contener las lágrimas, pues llorar no la ayudaría en nada. Era fuerte y lista, y podía manejar aquella situación igual que lo había hecho con otras tantas adversidades. «Encontraré una solución», se dijo.

COMENZÓ A CAMINAR por el jardín para sosegarse, cuando de repente oyó unas voces. En uno de los banquitos que había a lo largo del pequeño sendero del patio, se encontraba Mahery junto al criado personal del invitado. Estaban de espaldas a ella, no se habían percatado de su presencia. Mientras fumaban, hablaban de sus cosas. Ella permaneció escondida, escuchando.

El criado negro del señor Clement iba ataviado con una sencilla ropa blanca.

—Mi señor es duro —comentó con tristeza—. Nos da mala comida y a veces nos retiene el salario sin justificación. Además, nos azota si hacemos algo mal. Y, a pesar de que la esclavitud fue abolida, los jueces nunca condenan la violencia, pues siempre reman a favor de los amos.

—Yo me siento un afortunado, entonces —expresó contento el otro—. El señor Wolf es un buen señor.

—Me alegro. Aun así, están peor los que llegan de Mozambique y la costa de Malabar. Al parecer, vienen en muy malas condiciones. El otro día entraron en la isla unos cincuenta. Ya se han repartido por todas las plantaciones. Mi amo quiere comprar algunos, por eso ha venido aquí.

—¿Comprar? —preguntó Mahery—. ¿De qué hablas? ¿Qué tiene que ver Antoine en esto?

El criado se encogió de hombros.

—No lo sé, yo solo digo lo que escucho. Resulta que hay unos comerciantes indios que se dedican a la trata de negros en Madagascar. Los traen de la costa oriental africana. Ya sabes que allí todavía se permite la esclavitud. Y creo que el señorito Wolf es el intermediario o algo parecido.

Celia tragó saliva, no se podía creer lo que estaba escuchando. Enseguida ató cabos. Antoine tenía negocios a espaldas de su padre: la venta de esclavos. Él no se manchaba las manos, sino que eran aquellos comerciantes indios quienes se encargaban del proceso. Celia recordó lo que le había contado Gustav sobre el Neumann Bank; estaba segura de que también estaban metidos en el ajo. Habían sido ellos quienes le habían propuesto aquel inhumano negocio y, ante su negativa, habían recurrido a su heredero, quien lo habría aceptado con agrado para llenarse los bolsillos. No tenían escrúpulos.

Con el estómago encogido, regresó de nuevo al comedor. Tuvo que hacer un esfuerzo por no mirar a los ojos a Antoine y confesarle que conocía su secreto. Gustav se llevaría un buen disgusto en cuanto se enterara.

Terminó por fin la velada y todos se fueron a la cama. Intuía que, durante la conversación privada que habían mantenido Antoine y el señor Clement en el despacho, se habría fraguado la venta de alguno de esos seres humanos arrebatados de su tierra para convertirse en mercancía. Sentía asco y rabia al pensar que aquel tipo de tratos se había realizado bajo el techo de su casa. Su esposo no lo hubiera permitido jamás.

Incapaz de dormir, Celia le dio vueltas a la cabeza en busca de una solución. Sabía que los hombres de Antoine encontrarían a Niry y que este acabaría en la plantación del señor Clement en las peores condiciones. Tenía que impedirlo. Se levantó, se vistió y fue a ver a Mahery. Él vivía fuera de la casa, en una especie de cabaña de madera adosada a la principal. Llamó a su puerta y poco después la recibió. Tenía cara de sueño.

—¿Pasa algo, señora? —preguntó preocupado—. ¿Qué necesita?

—Quiero hablar contigo, sin que nadie nos escuche.

Mahery torció el gesto y la invitó a entrar. La estancia era pequeña, apenas tenía una cama y una jofaina con la que lavarse. Le señaló la única silla que tenía para que se sentara.

—He escuchado la conversación que has mantenido con el criado del señor Clement —dijo Celia sin rodeos—. Sobre el asunto de los esclavos.

—Ah sí, señorita, pero yo en eso no me meto —contestó avergonzado—. No quiero problemas. Hay criados que tienen la boca muy grande y chismorrean sobre todo. Yo no soy de esos. Además, seguro que se lo ha inventado todo.

—No he venido a echarte la bronca ni a reprocharte nada. —Lo miró con ternura—. No me gusta la esclavitud y sabes que a mi esposo tampoco. Por eso debes hacer algo por mí.

Celia le contó lo que sabía sobre el negocio de Antoine con la trata de esclavos, y le confirmó que el criado de Clement había dicho la verdad. Mahery no pudo reprimir el disgusto.

—El señor Wolf no lo permitiría. —Apretó los puños—. Siempre se ha portado muy bien conmigo y con todos los trabajadores de la plantación. Si la gente se entera, el apellido Wolf se verá comprometido.

—Y no solo eso —añadió ella—. Si encuentra a Niry, lo enviará con el señor Clement. Tengo que avisar a Gustav antes de que sea demasiado tarde. Él podrá hacer algo al respecto.

—¿Al señor Wolf? ¡Pero si está en Madagascar!

—Lo sé, lo sé —suspiró angustiada—. Iré a buscarlo, así emprenderá el viaje de vuelta lo antes posible. El tiempo apremia.

El criado abrió los ojos como platos y negó con la cabeza.

—¿Cómo va a ir usted sola, señorita? —exclamó—. Es muy peligroso para una mujer.

—Ya me las arreglaré. Ahora necesito tu ayuda. Quiero que me des las llaves de la habitación de Loana. Tiene que salir de ahí, reunirse con Niry y avisarle de la situación. Puedes decir que yo te las he robado, que te las he cogido sin que te dieras cuenta. Aunque se enfade contigo o te eche, sabes que en cuando Gustav y yo regresemos de Madagascar, volverás con nosotros.

Mahery reflexionó durante unos segundos, luego afirmó convencido y le entregó las llaves.

—Le debo a usted mi fidelidad. —Agachó la cabeza—. Obedecí al señor Antoine por miedo. No quiero volver a mi país, señora. Lo único que deseo es vivir en paz, y en esta casa la tengo.

Celia sonrió al muchacho, agradecida, y se puso de pie.

—Todo irá bien, no te pasará nada —se despidió de él—. Gracias.

Salió a toda prisa de la cabaña hacia la habitación de Loana. Abrió la puerta y despertó a la joven, que estaba durmiendo. Tras explicarle en voz baja todo lo que había descubierto, las dos mujeres procedieron a hacer la maleta con lo imprescindible, y poco después salieron de la casa con cautela, sin hacer ruido.

Ya en la calle, alejadas del peligro, se abrazaron entre lágrimas. Solo habían estado un par de días separadas, pero Celia sentía que le habían arrebatado a alguien muy importante. La quería, la consideraba una hermana, y quería verla feliz. Había conseguido que Beatriz cumpliera su sueño de convertirse en institutriz y lucharía para que Loana estuviera junto a Niry, a salvo.

—¿A dónde vamos ahora? —preguntó Loana, inquieta.

—A casa del señor Simon. —Lo había pensado bien, sabía que aquel hombre podría ayudarlas—. Era amigo de mi padre, nos hará el favor. ¿Sabes dónde se encuentra Niry?

Loana afirmó con la cabeza.

—Tendrás que ser más rápida que esos cazarrecompensas que ha mandado Antoine en su busca. —La cogió de la mano, caminaban rápido—. Si Baptiste acepta, en su casa estaréis a salvo. Nadie os buscará allí. Tendréis que aguantar muchos días hasta que yo regrese de Madagascar con tu padre.

Llegaron agotadas, pues la plantación de vainilla del señor Simon se encontraba a las afueras de Hell-Bourg. La calma era total; las largas hileras de orquídeas permanecían inmóviles ante la falta de viento, los pájaros estaban en silencio con la oscuridad. Era muy tarde, era probable que asustaran con su inesperada presencia a aquel pobre hombre de cierta edad, pero estaban desesperadas y no podían esperar hasta la salida del sol. Cada hora que pasaba, cada minuto, era valioso, pues de ello dependía el destino de Niry.

El criado de Baptiste les abrió la puerta y, sorprendido, las hizo esperar en el salón. A los pocos minutos apareció Simon con ropa de dormir, aletargado. Llevaba su bastón, renqueante.

—¿Qué es lo que pasa? —preguntó, asustado—. ¡Son las tantas de la noche!

—Siento mucho despertarlo a estas horas, pero he de pedirle un favor muy grande. Le ruego que lo haga por la memoria de mi padre.

Baptiste se tensó en cuanto supo la historia.

—No apruebo tu relación con ese muchacho, jovencita —le dijo a Loana, disgustado—. Creo que mereces alguien mejor, más acorde a tu estatus. En eso no puedo decir que esté en contra de tu hermano.

—¡Pero se aman! —expresó Celia, desesperada—. ¿Quién es nadie para separarlos, y más de esta forma tan horrible e injusta?

—Por supuesto, no estoy a favor de esas prácticas. Hace años que estas islas están libres de esclavos y no me gusta que se los trate como si fueran animales. Ese muchacho no merece tener que huir, ni mucho menos pagar con su libertad.

Loana comenzó a llorar al pensar en lo que le podría pasar al joven. Estaba agotada, apenas había dormido durante aquellos días de encierro, y tenía el rostro pálido y ojeroso. Celia temía que enfermara, que no pudiera sobreponerse a la situación.

—No quiero que le pase nada al chico —continuó Baptiste—, y sé que mi amigo Klaus querría que te ayudara. Eres una buena mujer, compasiva y bondadosa, y yo no puedo mirar hacia otro lado. No sé qué quiere que haga.

—Que los oculte en su casa —suplicó Celia—. Solo eso. Yo iré a buscar a Gustav y volveremos lo más rápido posible. Necesito que me explique cómo llegar hasta allí. Ni siquiera llevo dinero.

—¡Todo esto es una locura! —exclamó—. Le aseguro que la acompañaría si pudiera, pero soy demasiado viejo para hacerlo. Tendrá que coger un barco en Saint-Denis que la lleve hasta el puerto de Tamatave. Allí encontrará hombres jóvenes y fuertes de la tribu de los bezanozano que trabajan llevando a los visitantes extranjeros hacia la capital. No irá sola, suelen hacer las expediciones en grupo. Le daré el dinero que necesita para todos esos días. Es un viaje duro, yo mismo lo hice hace muchos años.

Celia sintió un nudo en la garganta. No conocía nada de aquellas tierras, apenas llevaba medio año allí y ahora emprendería un viaje hacia un país extraño en el que todavía se permitía la compraventa de esclavos. Estaba asustada, pero no le quedaba otra opción: lo haría por Loana.

Agradeció la ayuda del señor Simon, que finalmente había aceptado esconder a la pareja durante su ausencia, y trató de dormir unas horas antes de que amaneciera y tuviera que emprender su salida a Saint-Denis. Pero no pudo pegar ojo: no dejaba de pensar en su inminente viaje a Madagascar, en qué sería de Loana y Niry mientras ella no estuviera presente... La atormentaba la idea de que, al llegar, el joven malgache ya no estuviera allí y que todo su viaje no hubiera servido para nada.

Bajo la escasa luz del alba, Celia se despidió de Loana, cogió su pequeña maleta, aquella que había hecho a toda prisa esa misma noche, y salió en busca del coche de línea que cada día viajaba desde Hell-Bourg a Saint-Denis. Sintió un gran alivio al dejar atrás la ciudad, a Margot y a Antoine, que no tardarían en darse cuenta de la huida de Loana. Esperaba que Mahery resultara convincente y no sufriera las consecuencias de sus actos.

El camino se le hizo eterno. ¡Cuán diferente había sido el primero que había realizado con Gustav! Echaba de menos a su esposo y deseaba reencontrarse de nuevo con él. Por fin, la punta del campanario de la iglesia y los mástiles y velas de las embarcaciones del puerto de Saint-Denis se distinguieron en el horizonte.

A su llegada, lo primero que hizo fue preguntar por los barcos que partían hacia Madagascar; por suerte, saldría uno en un par de días. Mientras tanto, tendría que buscar un lugar donde dormir, así que decidió acudir a la casa de Margot y Antoine. Allí estarían sus criados —Adidjaly y Haja—, con los que había mantenido una buena relación. Esperaba, y estaba convencida de ello, que la acogerían como una más y que mantendrían en secreto sus intenciones.

Y así fue. La recibieron con los brazos abiertos; sus rostros se veían mucho más relajados y alegres desde que los dueños de la casa se habían marchado. Después de haber convivido unos meses con ellos, Celia había presenciado todo tipo de desaires e insultos dirigidos al servicio, que trabajaba constantemente bajo presión, con la amenaza constante de ser despedidos sin referencias.

Adadjaly, tras acomodar la habitación de invitados, comenzó a hacer la comida, y Celia y Haja la ayudaron a preparar el pollo con especias. El ambiente enseguida se llenó del aroma a coco, comino, curry y jengibre. Entonces les explicó lo ocurrido.

—¿No habíais oído hablar de eso? —les preguntó—. ¿No sabíais que Antoine se dedica a la venta de esclavos?

Haja negó con la cabeza.

—El señor se cuida mucho de no hablar de negocios en nuestra presencia —explicó—. Sí es verdad que en los últimos meses ha tenido muchas más visitas de terratenientes provenientes de Mauricio. Puede que vinieran para eso, para comprar esclavos.

—Pero está prohibido bajo la ley francesa, y también por la inglesa. Si las autoridades lo descubren, podrían meterlo en la cárcel.

Adadjaly asintió.

—Sé cómo trabaja esa gente —añadió—. Aunque el señor Antoine sea el dueño del negocio, los que se juegan el pescuezo son los comerciantes indios que llevan los barcos. Cuando surcan las aguas de jurisdicción europea, se hacen pasar por malgaches, pues son los únicos que sí pueden vender esclavos, al ser un país que todavía no ha abolido la esclavitud.

—De manera que detienen el barco si quienes lo tripulan son ingleses o franceses, pero si son de Madagascar, no —comentó Celia—. ¿Qué culpa tendrán los hombres que van dentro?

—Así es —suspiró la mujer—. Ni a los ingleses de isla Mauricio ni a los franceses de Reunión les interesa un conflicto diplomático con Madagascar, ¿sabe? Piense que también comercian con ellos, y la mayor parte de la mano de obra que trabaja en sus plantaciones proviene de allí. Hacen la vista gorda.

—Entonces, ¿no se podría denunciar a Antoine? —preguntó desesperada.

—Sí, si encontrara algún documento, algo que lo delatara. Si no, me temo que es imposible, y su sola palabra no valdría de nada.

Celia pensó durante unos segundos. A continuación, esbozó una sonrisa.

—¡Miraré en su despacho! —exclamó—. Es posible que encuentre algún documento que lo delate.

Los criados torcieron el gesto. Temían que, si desaparecían papeles de la casa, pudieran responsabilizarlos a ellos y tacharlos de ladrones. ¿Cómo podía ponerlos en ese compromiso?

—Os prometo que estaréis a salvo —dijo convencida—. Gustav os llevará con él. No tiene cocinero y, aunque nos encanta comer todos los días en el Cuzard, en los días de monzón y lluvias es preferible quedarse en casa. Podríais trabajar para él; os llevaríais bien con Mahery, nuestro sirviente. Os aseguro que mi esposo es un hombre honrado y amable, en nuestra casa estaríais bien tratados y seguros.

Haja asintió con la cabeza.

—Sé que es una mujer de palabra —dijo emocionado—. Vi bondad en sus actos cuando me defendió ante la señora Margot cuando desapareció *Coton*. No diremos nada de lo que haga en el despacho. Si el señor Antoine se está beneficiando con la trata de esclavos, entonces merece un escarmiento.

Aquella misma tarde, Celia comenzó a investigar en el despacho de Antoine. Había muchísimas carpetas y archivos, le llevaría varias horas encontrar algo, si es que lo había. Por suerte, finalmente lo encontró. Era una carta proveniente de Viena.

Estimado señor Wolf:

Le informo de que nuestro negocio va viento en popa. Ya he llegado a un acuerdo con los comerciantes indios y obtendremos el setenta por ciento de los beneficios obtenidos. Solo nos falta el barco. Espero que podamos mantener nuestro trato con discreción, pues me consta que su padre siempre se ha opuesto a ello. Es una pena, pues si contáramos con su inversión, podríamos incrementar nuestros bienes de forma considerable. Por mi parte, solo añadiré que ya he hablado con el Neumann Bank, que adelantará, como ya establecimos en otros términos, la cantidad necesaria para emprender el primer viaje a Mozambique.

Confío en que usted lo tenga controlado todo y pueda encontrar suculentos clientes a lo largo de todas las islas del Índico.

Seguimos en contacto.

Atentamente,

J. Osorio.

Celia ahogó un grito de sorpresa al leer la firma de la carta. ¿J. Osorio? ¡Dios mío! ¿Sería el mismo Joaquín Osorio que había sido amante de su madre y que había huido a Viena durante la revolución del 54?

23

Después de más de tres días de travesía, por fin llegó a Tamatave. Había viajado en el *Phantom*, un barco que abastecía de carne a Madagascar y que llevaba a más de trescientos bueyes en la bodega. En el mar abundaban los arrecifes de coral, por lo que, al igual que ocurría en Reunión, no podían desembarcar en el puerto, sino que debían hacerlo en canoa. Una bandera blanca ondeaba en el puerto con el nombre de la reina Ranavalona II en letras escarlata. La arenosa calle principal, la que conducía a las casitas de techo bajo, estaba rodeada por almacenes comerciales europeos, altas palmeras y otros árboles tropicales. En la distancia no se divisaban volcanes como en Reunión, sino colinas cultivadas de algodón, azúcar y arroz. El paisaje era precioso.

Callejeó por el puerto en busca de aquellos hombres que realizaban expediciones hacia la capital. Se topó con un pequeño mercado donde se vendía de todo: arroz de varios tipos, patatas y especias, frutas de todos los colores y carne de res. Celia vio un puestecito de langostas y camarones asados y aprovechó para llenarse un poco el estómago. Apenas había comido nada durante el viaje y estaba hambrienta. Además, debía coger fuerzas para su próxima aventura.

Justo al lado del mercado, un grupo de fornidos hombres negros sostenía un cartel con la palabra «Antananarivo», la capital de Madagascar. «Por fin los he encontrado», pensó aliviada. En el suelo reposaban los diferentes palanquines y filanzanas, que eran grandes sillones sujetos sobre dos postes. ¡Qué trabajo más duro! Aquellos pobres muchachos debían sostener sobre los hombros, durante una semana, el peso de una persona con su respectivo equipaje bajo el sol abrasador de aquella isla, subiendo y bajando senderos escarpados y profundos. Gustav le había explicado en su día que la reina de Madagascar no invertía en comunicaciones ni carreteras para dificultar la invasión de los europeos —de hecho, era el único territorio de aquella parte del océano que no había sido conquistado—; por tanto, a quienes visitaban Madagascar no les quedaba más remedio que contratar ese tipo de servicio si querían sobrevivir en su periplo hacia la capital.

Por suerte, uno de aquellos hombres hablaba francés, así que pudo entenderse con él sin dificultad. Se llamaba Tovo, era alto y esbelto, y llevaba un cuchillo en forma de hoz atado a unos pantalones desgastados. Se le marcaban las costillas en el pecho y tenía profundas hendiduras sobre las clavículas. Tras pagar el servicio, acordaron que partirían al día siguiente; habían llegado muchos extranjeros en las últimas horas y habían conformado un buen grupo. Aquella noche, Celia dormiría en un hostal del puerto en el que solían acomodarse los recién llegados.

Se levantó temprano al día siguiente con ganas de empezar la aventura, pero llena de incertidumbre. Sin duda alguna, aquello era lo más arriesgado que había hecho nunca. Estaba sola en un país desconocido, y pasaría días cruzando selvas y bosques para poder encontrarse con Gustav. No dejaba de pensar en la carta que había leído, en la que aparecía el nombre de Joaquín Osorio. Quizá estaba equivocada y no se trataba del amante de su madre, pero eran demasiadas coincidencias. Además, parecía hacer tratos con el mismo Neumann Bank. «Todo está relacionado», pensó.

Se congregó en el puerto junto a cinco personas más, todos ellos hombres de Dios, misioneros franceses de cierta edad. Celia se sentó en la filanzana, que llevaba un mullido cojín y un techo de tela que la protegía del sol y de las inclemencias del tiempo. Del mismo modo, las maletas, atadas a un palanquín, iban envueltas en hojas de vacoa —un árbol parecido a la palmera— para evitar la humedad de la lluvia. Se necesitaban cuatro hombres, como mínimo, para transportar a cada uno, así que, en total, la expedición estaba formada por veinte personas que se convertirían en su única compañía durante los próximos días.

Pronto se introdujeron en el corazón de la isla, lleno de palmeras, bananeros y orquídeas blancas. Tovo les iba explicando las diferentes especies vegetales y animales con los que se iban cruzando: había un árbol llamado tangena, parecido a un manzano, cuyo fruto contenía un veneno mortal. De hecho, la reina anterior, Ranavalona I, lo había utilizado para masacrar a los cristianos que vivían en el reino. Fray Masson así lo confirmó.

—Esa reina siempre estuvo en contra de abrir la frontera a diplomáticos y misioneros —comentó. Su sotana negra estaba manchada de polvo, iba ligeramente despeinado y algunos pelos le asomaban por los oídos—. Era partidaria del aislacionismo porque decía que los extranjeros amenazaban las creencias malgaches. Así que decidió exterminar a todos los cristianos que se encontraban en el reino. Su tortura favorita era la de colgarlos bocabajo sobre acantilados escarpados hasta que las cuerdas se deshilachaban y caían al vacío. La otra era la de enterrarlos en profundos hoyos y verterles agua hirviendo, o la de lanzarlos a ríos infestados de cocodrilos. Solo si sobrevivían eran considerados inocentes.

El tiempo transcurrió rápido y ameno el primer día, mientras observaba el variopinto paisaje y escuchaba las anécdotas y explicaciones de Tovo y los otros misioneros. Intuía, no obstante, que no sería así siempre y que, a medida que pasaran los días, el cansancio y la monotonía del viaje se iría apoderando de su ánimo. Aunque iba sentada y no andaba, el constante movimiento le producía algún que otro mareo, por no hablar del intenso calor del día y las molestas moscas y mosquitos que no dejaban de revolotear a su alrededor.

Pasaron la noche en una pequeña casita hecha de bambú y hojas anchas de palmera. Dormirían sobre el suelo, que estaba cubierto de esteras de paja de arroz. No era el lugar más cómodo ni el más higiénico, pero eso les protegería de la oscuridad y de ciertos peligros. Estaban situados cerca de un río y había cocodrilos; según Tovo, muchos salían del agua por la noche y se comían a las ovejas, cabras e incluso a algún niño. Aunque tenía sueño, Celia no dejó de pensar en aquello en lo que quedó de noche: jamás había visto a un animal como ese, y le aterrorizaba toparse con uno y acabar siendo devorada por esos enormes dientes de los que hablaban. Por suerte, el amanecer llegó pronto y emprendieron el camino sin incidencias.

Cruzaron el río con canoas y se adentraron en el bosque. Algún aye-aye dormitaba en las ramas de los árboles, y había grupos de bueyes de gran joroba en las que almacenaban una grasa muy preciada por las tribus de allí. Por todas partes se encontraban lagos de agua estancada donde proliferaban los mosquitos. Eran zonas peligrosas, pues se podía contraer la malaria. Tovo les hacía beber a todos, cada día, una botellita de quinina para evitar los efectos de la enfermedad.

Tal y como había previsto, Celia empezó a perder el entusiasmo a los pocos días. Se encontraba débil, agotada por las intensas jornadas diarias y el calor sofocante. Sin embargo, los guías parecían estar hechos de otra pasta; pese a la cantidad de kilómetros realizados y el peso que debían cargar sobre las espaldas, seguían a trote rápido, sin mostrar agotamiento. Pensó en Gustav: él ya no era joven, ¿cómo habría superado un viaje de tales características?

A medida que se acercaban a la capital, los espesos bosques dejaron paso a las colinas, pasturas y valles cultivados de azúcar, arroz y café. Aparecieron en el horizonte carreteras, el primer signo de civilización, puentes de piedra que cruzaban riachuelos y oficiales vestidos de uniforme azul y lazos dorados. Por fin habían llegado a Antananarivo. Era más grande de lo que Celia había imaginado. La ciudad estaba rodeaba de colinas rocosas y, sobre ellas, una masa oscura y monótona de casas, colocadas sin ningún orden aparente, de techos empinados compuestos de tejas de arcilla. En el centro de la ciudad se encontraban los palacios reales, las residencias de los oficiales de la armada, de los secretarios de Estado y otros miembros del Gobierno. Eran los únicos que tenían permiso para construir su casa a base de ladrillos.

Los misioneros ya habían abandonado la expedición, así que Tovo acompañó a Celia hasta la vivienda del cónsul francés, donde se hospedaba Gustav. Sin embargo, antes de llegar se toparon con un gran mercado en mitad de la calle. Olía a alcohol, a un tipo de ron nativo hecho de caña de azúcar que vendían a muy bajo precio. Mientras los mercaderes vendían todo tipo de loza, cacerolas y tinajas, se oía de fondo el tañido de una guitarra que ellos llamaban *valiha*. La comida no parecía ser muy diferente a la de Reunión, pero había algo que no había visto nunca: la venta de esclavos.

Habría como unos veinte hombres de diferentes edades, llegados con el terror en el rostro, vestidos con harapos, sucios, y en unas condiciones deplorables: todos ellos parecían extenuados de cansancio y muertos de hambre. Eran ofrecidos a gritos por comerciantes indios: no estaban encadenados, pues, aunque hubieran querido escapar, no lo hubieran logrado dada su debilidad. Mostraban grandes cardenales y heridas recientes en las espaldas, lo que dejaba a la vista el maltrato que habían recibido desde su captura en el Este de África. Los ricos comerciantes, sentados bajo la sombra, los observaban de arriba abajo, a la espera de que comenzara la subasta. Celia reprimió una arcada: no estaba acostumbrada a ver aquel tipo de espectáculos. La incomodaba el ambiente de indiferencia que se respiraba entre la gente, a la que parecía no importarle el miserable estado de aquellos hombres negros.

—¿Sabes cómo han llegado hasta aquí? —preguntó Celia a Tovo.

—En barcos, claro. Barcos que no están habilitados para albergar personas, sino mercancía. Por eso vienen en estas condiciones tan terribles: permanecen largas jornadas hacinados en bodegas; el sudor y los vómitos se mezclan con el de la sangre de los latigazos que sufren algunos. De vez en cuando, los lavan con cepillos de cerda y azufre para desinfectarlos, lo que les provoca irritaciones y llagas en la piel. Muchos mueren por el camino o se tiran por la borda a la más mínima oportunidad.

Celia sintió un escalofrío. No podía creer que Antoine estuviera participando en una crueldad semejante. Probablemente, no sabría lo que ocurría en el interior de esos barcos.

—¿Y cómo sabes todo eso?

—Porque yo mismo vine en uno de ellos —se le quebró la voz—. Y sé de lo que son capaces estos malgaches. Era solo un niño y escapé. Han pasado muchos años, ya nadie me busca ni saben quién soy.

Celia estaba aturdida, no se podía creer que también utilizaran a los niños como mano de obra esclava. Tovo, al final, había sido valiente, y ahora era un afortunado, un hombre libre que se valía por sí mismo, pero ¿cuántos de ellos acabarían su vida sin haber podido elegir su destino? Pese a la belleza del paisaje de Madagascar y la buena gente que había conocido, no quería volver a pisar ese país jamás. Su reina y sus leyes eran injustas y crueles. Aunque, pensándolo bien, países como Francia e Inglaterra seguían aprovechándose de la impunidad de aquella tierra. La mayoría de terratenientes de las islas que rodeaban Madagascar compraban esclavos procedentes de la isla y las autoridades hacían la vista gorda. Todo con el fin de obtener mayores beneficios y permanecer con la conciencia tranquila. Eran unos hipócritas.

—¿Sabes quién puede andar detrás de este negocio? —volvió a preguntar Celia, insistente.

Tovo negó con la cabeza.

—No tengo ni idea, pero sé en qué barco vienen: el *Hanao*. Se lo he escuchado decir a los comerciantes indios. —Torció el gesto—. Suelen traer esclavos cada mes o mes y medio.

Celia suspiró acongojada. Pensar que el apellido Wolf estaba ligado a aquel tipo de negocios le erizaba la piel. Sabía que su esposo se llevaría un gran disgusto: su propio hijo lo había engañado, ¿qué había peor que eso?

Se despidió de Tovo y quedaron al día siguiente para emprender el viaje de vuelta con la nueva expedición.

La casa del cónsul francés tenía un aire de fortificación, pues estaba rodeada de grandes bloques de basalto. Sin embargo, el interior estaba sembrado de refrescantes jardines que contrastaban con la monotonía marrón de los tejados. Al identificarse como la esposa del señor Wolf, el criado la dejó pasar y la condujo hacia la habitación donde se hospedaba el austríaco.

—Celia, ¿qué haces aquí? —preguntó sorprendido—. ¡No me lo puedo creer!

Gustav, confundido, se sentó en el borde de la cama, que estaba rodeada de columnas y envuelta en una tupida mosquitera. Disfrutaba de buena salud, su rostro se había enrojecido a causa del sol. Ella lo abrazó, ansiosa, y comenzó a llorar. Había recorrido un largo viaje hasta allí, nerviosa por lo que pudiera ocurrir en Reunión. Había tratado de ser lo más fuerte posible, pero no pudo evitar desmoronarse al tener a su esposo de nuevo cerca de ella. Se sentía aliviada, aunque también acongojada por lo que tenía que explicarle. Gustav le acarició el cabello y la apretó contra su pecho mientras le susurraba palabras dulces al oído.

—No sabes cuánto te he echado de menos, Celia.

—Han pasado cosas, Gustav —dijo ella, emocionada—. Tenemos que regresar lo antes posible.

Se separó de ella y la miró alarmado.

—¿Les ha pasado algo a mis hijos?

Celia negó con la cabeza y le habló sobre la relación entre Loana y Niry. Gustav se puso hecho una furia.

—¡¿Así que se iba con ese muchacho como si fuera una cualquiera?! —gritó enfadado—. La gente pensará que no le hemos dado ningún tipo de modales a esa jovencita. ¡Cuchichearán a nuestras espaldas!

Celia sabía que no se iba a tomar bien la noticia. Al fin y al cabo, por muy tolerante que pudiera ser Gustav, quería el mejor matrimonio posible para su hija, y Niry tan solo era un trabajador proveniente de una cultura que nada tenía que ver con la occidental.

—Sé que es difícil de digerir —comentó ella—, pero debes entender que Loana es diferente, siempre lo ha sido, y están muy enamorados. ¿Cómo se lo podemos impedir?

—No he sido nunca partidario de enviarla a París, pero tampoco de que se case con cualquier tipo que le regale los oídos. ¡Soy su padre y debo velar por su futuro!

Celia trató de tranquilizarlo.

—Tu hija lo ha escogido a él de forma voluntaria y no servirá de nada que se lo prohíbas. Ya la conoces, es cabezota y sabe muy bien lo que quiere. Antoine también lo sabe, y por eso ha decidido acabar con Niry.

Gustav alzó las cejas.

—Está en busca y captura —continuó Celia—. Niry escapó a las montañas, como en la época de la esclavitud. Antoine lo acusa falsamente de haberlo golpeado y de haberse aprovechado de Loana. Todo es mentira. En cuanto lo encuentre, lo venderá como esclavo a un comerciante de isla Mauricio.

—¿A un comerciante de isla Mauricio? —Arrugó la frente y se acarició la barbilla—. ¿Quién es ese?

Celia suspiró y sacó el telegrama que había encontrado en el despacho de Antoine.

—Un tal señor Clement, pero eso no importa. La cuestión es que tiene un negocio a tus espaldas con la financiación del Neumann Bank: la trata de esclavos.

Gustav leyó el papel con atención y sintió que se mareaba. Se recostó en la cama sin acabar de creérselo. En sus ojos se percibía el desengaño y la traición sufrida por su propio hijo.

—¡Cómo se atreve! —exclamó, defraudado—. ¡Mi propio hijo beneficiándose del dolor ajeno!

—El señor Clement estuvo cenando en nuestra casa —añadió ella—. Vino a hacer tratos con tu hijo, para comprarle esclavos. A eso se dedica.

—¡Dios mío! —No salía de su asombro—. ¿Y cómo no me he enterado yo de esto?

—Porque lo gestionó todo cuando tú estabas todavía convaleciente tras el fallecimiento de tu esposa. —Tragó saliva—. Se aprovechó de tu debilidad, de tu ausencia. Y ahora está haciendo lo mismo: se cree el dueño de la plantación, quiere deshacerse de Niry, encerró a Loana en su habitación para que no pudiera escapar y...

—¿Que hizo qué? —Se puso de pie, alterado—. ¿Cómo le hizo eso a su propia hermana?

—La amenaza de nuevo con mandarla a París. Loana está muy triste. Entre Mahery y yo la sacamos y ahora se encuentra en casa de Baptiste, que la protegerá hasta que regresemos. Tenemos que hacer algo, Gustav.

Cogió aire, preocupado, y asintió.

—Mañana mismo nos iremos. He hecho buenos negocios aquí, así que nada me retiene. De Loana ya me encargaré cuando regrese. Pero Antoine...

—Antoine está llevando a cabo un negocio ilegal. Si lo descubren, puede acabar en prisión. Hoy mismo he presenciado una subasta de esclavos y es lo más nauseabundo que he visto en mi vida.

Gustav estaba superado por los acontecimientos.

—No quiero que le pase nada, Celia. Solucionaré el problema que concierne a Niry, te lo prometo, pero júrame que no pondrás en apuros a mi hijo. Intentaré que abandone por sí mismo ese negocio.

Celia no podía negárselo. Antoine era su hijo y, pese a todo, quería lo mejor para él.

—Te lo juro —dijo mientras lo abrazaba.

Celia evitó insistir sobre la relación de Loana. Su marido necesitaba tiempo para digerirlo.

—Gracias. —La besó y luego releyó de nuevo la carta—. J. Osorio. ¿De qué me suena ese nombre?

—Joaquín Osorio —confirmó Celia—. El que fue el amante de mi madre. No sé qué relación tiene con el Neumann Bank, pero está metido en el negocio.

—Jamás he oído su nombre en Viena. Quizá se cuide mucho de dar la cara.

—Quien tuvo, retuvo. Se marchó de España acusado de estafa y corrupción, y temo que a lo que se dedique en Viena no debe diferir mucho de lo que hizo en el pasado. Algún día, quizá, pueda descubrirlo.

GUSTAV NO QUISO bajar a cenar, pues prefirió descansar para iniciar al día siguiente el viaje de vuelta y asimilar todo lo que Celia le había contado. Así pues, se dirigió al espléndido comedor adornado con lámparas, cuya mesa estaba cubierta por inmensas hojas de *Ravenala*, también conocida como «árbol de los viajeros». Era todo un emblema de Madagascar y usaban sus hojas para todo: como vajilla, para los techos y paredes de las casas... Sobre ese mantel de hojas verdes se erigía una pirámide de frutas tropicales y una alta masa de arroz, además de otros guisos y platos. Alrededor de la mesa se congregaban diferentes invitados, así como criados vestidos con trajes blancos. No pudo conocer al cónsul francés, pues no estaba presente, pero sí al señor Müller, un austríaco recién llegado de Viena que había acudido a Antananarivo en busca del mejor cacao de Madagascar.

—Así que es usted la mujer del señor Wolf —le estrechó la mano—. ¡Qué gusto ver a una compatriota por estos territorios tan lejanos!

El hombre era bajito, gordo y pálido. Caminaba con los hombros encogidos, tenía cierto aire cómico.

—Hace años que me marché de Viena —respondió Celia—. He pasado los últimos años en Madrid.

—Oh, entonces, si algún día vuelve, Viena le parecerá irreconocible. Se está convirtiendo en una ciudad de lo más moderna.

A Celia la invadió la nostalgia. Era la ciudad en la que había crecido, y echaba de menos sus calles y su gente.

—¿Y ha venido usted a comprar chocolate? —preguntó con curiosidad.

—Estoy en busca del mejor chocolate, así me lo ha encargado la Casa Imperial austríaca —puntualizó, haciéndose el interesante—. Y parece ser que el de Madagascar cumple las expectativas: es cítrico, sabe a especias, es poco amargo y tiene aroma a frutos rojos. ¡Perfecto para la repostería!

Celia se quedó ojiplática.

—Yo soy confitera —le explicó—. Me gusta hacer postres y pasteles.

—Oh, entonces, tiene que venir a Viena sí o sí. ¡La revolución de los cafés! —exclamó emocionado—. Cada día abre un café nuevo, donde gente de diferentes estratos sociales se mezcla para disfrutar del *Koffe und Kuchen*, café y pastel.

Celia recordaba, cuando era niña, que había algunos cafés en el centro de la ciudad, pero no estaban tan de moda como decía Müller.

—El Café Central de la vía Strachgasse hace una tarta de chocolate y mazapán de naranja para chuparse los dedos —continuó el hombre—. El Demel, una tarta de nueces y chocolate decorada con violetas confitadas. ¡Y qué decir del Café Landtmann, en la avenida del Ring! Ay, muchacha, tienes que probar esa exquisita tarta de masa de avellana...

Celia se relamió los labios al imaginar la apariencia y el sabor de todos aquellos pasteles que con tanta pasión le describía el señor Müller.

—Veo que la mayoría llevan chocolate —comentó ella—. Yo estoy experimentando con la vainilla. Hemos cultivado una pequeña plantación en las tierras de mi esposo.

El austríaco parecía interesado.

—¿Y la vende? Porque en cuanto encuentre un buen proveedor de chocolate, iré en busca de la mejor vainilla del mundo. Le aseguro que a los pasteleros vieneses también les encanta ese aroma.

—Por desgracia todavía no ha crecido —torció el gesto—. Tiene un proceso muy largo. Pero le puedo asegurar que la vainilla de Reunión es la mejor de todas.

El señor Müller sacó una tarjeta de su bolsillo y se la entregó.

—Que su esposo se ponga en contacto conmigo en cuando termine de cultivarla. Vendo los alimentos más exóticos del mundo, ese es mi trabajo. No solo a la Casa Imperial, sino también a comercios, restaurantes y cafés. Y en cuanto tenga el chocolate de Madagascar, ningún confitero de la ciudad se resistirá a comprarlo.

Celia se guardó la tarjeta sin saber si algún día la utilizaría. Habían plantado muy pocas orquídeas y le había prometido a Baptiste que nunca le haría la competencia, mucho menos después de lo bien que se había portado con la familia.

Después de la cena, empezó el espectáculo. Una mujer malgache, envuelta en una ancha saya blanca con flores amarillas, procedió a realizar la danza de los pájaros: golpeaba el suelo con los pies desnudos, subía y bajaba los brazos como si fueran dos alas, recorría en círculos la mesa en la que estaban sentados todos los invitados... ¡Con qué fuerza y emoción efectuaba cada movimiento! Aquello era un canto a la libertad, sin duda. Celia deseó con todas sus fuerzas que Loana y Niry pudieran volar libres. Abandonó la estancia pronto y se acostó junto a Gustav, de quien no quería volver a separarse nunca más.

24

Gustav y Celia llegaron a Saint-Denis tan agotados que apenas podían sostenerse en pie. Habían corrido todo lo posible, sin descanso, con el único propósito de frenarle los pies a Antoine. La diligencia hacia Hell-Bourg no partiría hasta el día siguiente, así que pasarían la noche en casa de Antoine y Margot.

Gustav apenas cenó. Celia achacó su malestar al cansancio del viaje, pero a las pocas horas, ya de madrugada, su estado comenzó a empeorar. Los temblores y escalofríos cada vez eran más acuciados, no paraba de sudar y tenía fiebre. Celia despertó a los criados: Adidjaly fue a la cocina a preparar una infusión de jengibre y Haja se marchó en busca del médico.

Ella se quedó junto a Gustav, agarrándole la mano mientras le colocaba paños fríos sobre la frente. Él permanecía con los ojos cerrados, inquieto, sin hablar. Era noche cerrada y reinaba el silencio, solo se oían los grillos a lo lejos.

El médico llegó rápido y sacó su instrumental. Hizo un chequeo a Gustav, que no paraba de tiritar y de sudar copiosamente, hasta empapar la almohada.

—El criado me ha comentado que habéis estado en Madagascar —dijo el médico—. Y me temo que no tengo buenas noticias. Todo apunta a que es malaria.

Celia ahogó un grito y negó con la cabeza.

—¡Hemos tomado quinina todo el tiempo! —exclamó, nerviosa—. ¿No se supone que eso impide que enfermemos?

El hombre negó con la cabeza.

—No siempre —chasqueó la lengua—. Su marido ya no es joven, a su edad es complicado combatirla. Le administraré tintura de Warburg, un medicamento muy popular en Inglaterra que lleva quinina y otras hierbas. A veces surge efecto.

«¿A veces?», pensó Celia con el corazón en un puño. ¿Qué quería decir el médico con eso? ¿Su esposo iba a morir? No pudo contenerse y rompió a llorar. Apenas llevaba casada unos meses, le gustaba la vida en aquella isla, quería a ese hombre. No se podía creer que todo fuera a acabar tan rápido por culpa de una enfermedad tropical.

—¡Maldita la hora en la que se fue a Madagascar! —expresó con rabia.

Gustav permaneció dos días en cama; el médico seguía administrándole el medicamento, pero los síntomas no hacían más que aumentar. La fiebre era tan alta que el pobre hombre decía palabras sin sentido y gritaba, se despertaba sobresaltado en cualquier momento de la noche con la mandíbula desencajada. Celia no dejó de rezar día y noche, pero todo esfuerzo fue en vano.

La muerte de Gustav sumió a Celia en una tristeza inasumible. Estaba conmocionada, no acababa de creérselo. Había sido una desgracia, algo con lo que jamás había contado. Ahora se daba cuenta de lo mucho que lo amaba. Siempre se dijo que no estaba enamorada, pero en ese momento, ante la realidad de su ausencia, se asustó por la intensidad de sus sentimientos. Se encontraba sola, era viuda con solo diecinueve años, y se veía sin fuerzas para enfrentarse a Antoine, solucionar el asunto de Niry y ocuparse de Loana. «¡Pobre muchacha!», pensó estremecida. La habían separado del amor de su vida y ahora perdía a su padre sin haber tenido la oportunidad de despedirse. Aquella pobre niña se había quedado huérfana demasiado pronto y su único hermano se empeñaba en hacerla infeliz. ¿Cómo podría ayudarla si ni siquiera era capaz de levantar cabeza ella misma?

No podía enviar un telegrama a Hell-Bourg anunciando la muerte de Gustav, así que Antoine y Loana no tendrían la oportunidad de viajar a Saint-Denis y acudir al entierro. ¡Qué cruel había sido todo! Su marido, tan querido y admirado, sería despedido en la más estricta intimidad: solo algún conocido suyo de la capital, Celia, Adadjaly y Haja estarían presentes.

Días más tarde y tras permanecer ausente durante todo el trayecto, por fin llegaron a Hell-Bourg. Los nervios se apoderaron de Celia; también de los criados, que temían la reacción de Antoine y de lo que pudiera haber ocurrido durante aquellos días. Llegó a su casa, donde la recibió Mahery. Lo primero que hizo fue preguntar por Loana, pero ella no se encontraba allí, sino en casa del señor Simon. «¡Qué alivio!», pensó, pues temía que Antoine la hubiera obligado a vivir con ellos. Rápidamente, una vez acomodados en el comedor, esperaron la entrada de Antoine y Margot. Estaba deseando echarles de esa casa.

Antoine esbozó una mueca de disgusto al ver a su madrastra y, sorprendido, preguntó el porqué de la visita de sus criados.

—A partir de ahora ya no trabajan para ti, sino para mí —le respondió Celia—. Renuncian a su trabajo. Son hombres libres, así que pueden hacer lo que les plazca.

Antoine arrugó la frente sin entender nada. Adadjaly y Haja bajaron la cabeza, temerosos.

—¿Quién demonios te crees que eres? —preguntó ahora Margot—. ¿Has estado en mi casa y te has llevado a mis criados?

—No los tratabas bien y ellos se merecen a alguien mejor —soltó sin amedrentarse—. No puedes hacer nada al respecto.

—¡Eres una irresponsable! —exclamó fuera de sí—. Le robas las llaves a Mahery para sacar a Loana de su habitación y la incitas a fugarse de nuevo con ese negro. Y, encima, compinchada con ese tal Baptiste. ¡No tienes vergüenza!

»Además, ¿qué vas a exigir tú? —continuó él, desafiante—. Creía que te habías marchado a Madagascar en busca de mi padre, pero veo que no ha sido así. ¿Qué has estado haciendo todo este tiempo entonces?

Celia desvió la mirada, los ojos se le llenaron de lágrimas. Aunque tenía delante a su enemigo más acérrimo, también era el hijo de Gustav y merecía compasión. Había perdido a su padre y llevaba meses sin verlo.

—Lo siento mucho, Antoine —su voz sonó rota—. No pude avisaros a través del telégrafo porque las comunicaciones estaban cortadas. Tu padre murió hace unos días de malaria.

Antoine se quedó quieto, pétreo. Margot lanzó un grito y corrió hacia él para abrazarlo. Él trató de mantener la compostura, frío, aunque Celia sabía que por dentro estaba destrozado. Por un momento, sus ojos perdieron brillo, fuerza, aunque enseguida se volvieron a llenar de odio contra ella.

—Has traído la desgracia a esta familia —sentenció, señalándola con el dedo—. Todos vivíamos tranquilos y felices hasta que llegaste tú. Mi padre perdió el norte, mi hermana se creyó con el derecho de comportarse como le viniera en gana, y yo...

—Tú perdiste poder, ¿verdad? —suspiró con tristeza—. No quiero discutir ahora contigo, creo que no es un buen momento. Además, quiero ir a ver a Loana.

—Ahora todo volverá a su sitio —insistió Antoine—. En cuanto firme los papeles de la herencia, yo seré el responsable de estas tierras. Probablemente, mi padre te habrá dejado la casa y algo de dinero, pero ya está. En cuanto pueda, enviaré a Loana a París. Y ni tú ni nadie me lo podrá impedir.

Celia sentía que se quedaba sin respiración, que la angustia le oprimía cada parte de su cuerpo. No solo había perdido a Gustav, sino que pronto perdería también a Loana, que acabaría siendo una mujer desdichada en alguna escuela de señoritas de París. Pero ¿cómo lograr cambiar su destino? Ahora era una simple viuda, sin ningún tipo de poder ni decisión. Ante la sociedad, Antoine sería el hombre respetado, el cabeza de familia. Y Niry, ¿qué sería de ese pobre muchacho?

Sin perder más tiempo, se dirigió a la plantación de Baptiste Simon. Por un lado, deseaba ver a Loana y hacerle compañía; por otro, temía darle la mala noticia y que se derrumbara todavía más. Sin embargo, debía saber la verdad.

Simon la recibió con alivio, al comprobar que estaba sana y salva. En poco tiempo su rostro había envejecido, quizá por la presión a la que había sido sometido durante aquellas semanas con el asunto de Loana. Su cuerpo enjuto y encorvado se sujetaba con fuerza al bastón.

Celia no pudo reprimirse y abrazó al anciano. Había vivido muchas emociones en los últimos días y estar con Baptiste, de algún modo, le acercaba a su padre. Su abrazo la reconfortó.

—Gustav ha muerto —le dijo con los ojos llenos de lágrimas.

Le explicó lo sucedido al señor Simon, quien rápidamente se preocupó por Loana.

—Está en su habitación. Lo de su padre será otro duro golpe del que no sé si podrá reponerse.

Celia tragó saliva y apretó los puños. Debía de ser fuerte y comunicarle la noticia.

AL DÍA SIGUIENTE, Celia y Loana se despidieron de Baptiste para regresar a casa, pues Antoine y Margot ya se habían marchado. Jamás olvidaría lo que había hecho ese hombre por ellas. No solo había dado refugio al joven malgache en su propia casa, sino que había cuidado de Loana durante su ausencia.

—Puedes contar conmigo para lo que necesites —dijo él, estrechándole las manos—. Sé que mi amigo Klaus, allá donde esté, estaría orgulloso de ti, de la valentía que has demostrado en todo este asunto.

—Gracias por todo —le dio un beso en la mejilla—. Seguiremos pidiéndote consejo con la vainilla.

—¡Ay, la vainilla! —suspiró melancólico—. Algún día alguien tendrá que ocuparse de ella cuando yo no esté. Quién sabe, mi querida Celia, quizá seas tú. Te has convertido en La musa de la flor negra.

LLEGARON A CASA. Mahery y Haja hicieron buenas migas enseguida; Adadjaly se hizo con la cocina y empezó a preparar platos reconfortantes para todos. Sin embargo, Loana seguía ausente, incapaz de asumir que se había quedado huérfana. Celia no le quitaba ojo ni de día ni de noche; le preocupaba que pudiera hacer una tontería, como ya había hecho su padre en el pasado. No lo iba a permitir. La sacó al jardín, donde tantas veladas habían compartido bajo aquel manto de especias y aromas, y trató de animarla.

—Tienes que reponerte. Tu padre lo habría querido así.

—¿Cómo fue? —preguntó de repente—. ¿Lo pasó mal?

Celia desvió la mirada.

—Tuvo mucha fiebre y deliraba —suspiró.

La joven comenzó a llorar desconsolada y abrazó a Celia.

—¿Por qué Antoine es tan frío e injusto? —preguntó con rabia—. Solo queda él. ¡Ojalá se hubiera hundido con el *Mutig*!

Celia, en ese preciso instante, se quedó paralizada pensando en las palabras de Loana, como si hubieran sido una revelación.

—Claro, ¡el *Mutig*! —exclamó—. ¡Él es la clave de todo!

Loana la miró extrañada, sin entender a dónde quería llegar su madrastra.

—Dijiste que tu hermano se salvó de morir ahogado en el *Mutig* —continuó ella—. Y que no pudo hacer nada por ese barco.

—Eso nos dijo, sí. Hubo una tormenta y el barco se hundió.

Celia se rascó el mentón, pensativa.

—Me temo que todo fue una mentira, una estrategia de Antoine para poder usar el *Mutig* como barco esclavista. Tu padre siempre creyó que había desaparecido.

—¿Y qué podemos hacer al respecto?

—Todos los barcos tienen una numeración, ¿no? Si en realidad el *Mutig* no se hundió y tu hermano continuó utilizándolo para sus negocios sucios, debe constar en algún lado con otro nombre.

Loana asintió convencida.

—Puede que tengan un registro en el puerto de Saint-Denis.

—Enviaré un telegrama: espero que hayan reestablecido las comunicaciones —rezó Celia—. Si sale todo como yo espero, Antoine estará acorralado. Tendríamos pruebas contra él que lo incriminan en ese turbio negocio, y podría tener problemas con la justicia.

—Y que lo metan en la cárcel —soltó Loana, enfurecida—. Que pague por todo lo que ha hecho.

Celia torció el gesto y negó con la cabeza.

—No puedo hacerle eso, tu padre no quería perjudicarlo. —Miró al cielo—. Él os quería mucho a los dos y deseaba vuestra felicidad. Solo quiero ponerlo entre las cuerdas y que nos deje en paz.

25

Por fin, tras una semana de espera, Celia recibió la respuesta a su telegrama. Y, tal y como había intuido, el número de registro del *Mutig* coincidía con el de otra embarcación llamada *Hanao*, la misma de la que había oído hablar en Madagascar. Aquella subasta de esclavos que había presenciado en Antananarivo provenía de los negocios de Antoine. Solo de pensarlo se le revolvía el estómago. Por suerte, tenía toda la información necesaria para atacar a Antoine y chantajearlo. Sin embargo, tal y como él le había dicho en más de una ocasión: ¿quién iba a creerla a ella, si era una simple viuda sin poder ni tierras? Quizá su esfuerzo resultara en vano.

Aquella misma tarde recibió una nota del señor Faure, el abogado de Gustav. Había estado de viaje durante unas semanas y por ese motivo no habían podido leer el testamento antes. De hecho, Antoine y Margot habían estado esperando pacientemente en Hell-Bourg, en uno de los hoteles de la ciudad. Celia estaba nerviosa, pues tendría que volver a ver a Antoine y temía la reacción de Loana, quien solo sentía odio y rencor hacia su hermano. No obstante, no podían evitar pasar por aquel trance, pues las escrituras debían leerse frente a todos los miembros de la familia para que la herencia pudiera formalizarse.

Así pues, con pesadumbre y resignación por lo que ya sabían que les deparaba el testamento —las tierras pasarían a ser propiedad de Antoine—, Celia y Loana tomaron fuerzas y se dirigieron al despacho del señor Faure. Se sentaron todos en las sillas, a la espera de la llegada del abogado para proceder a la lectura. Antoine lanzó una mirada de superioridad a Celia y permaneció alejado de

Loana, con la que ni siquiera había compartido el dolor por la pérdida de su padre. La muchacha, que se había prometido a sí misma que se mantendría fría e impertérrita, no pudo contenerse. Con rabia, se acercó a su hermano y le recriminó su desgracia.

—No solo he perdido a un padre, también quieres arrebatarme a mi alma gemela —sollozó—. No puedo culparte de lo primero, pero sí de lo segundo. Jamás pensé que tuvieras el corazón tan oscuro.

Antoine chasqueó la lengua, sin ganas de discutir.

—Lo hago por ti, mujer —dijo condescendiente—. Ahora no lo ves, eres una cría, pero cuando pasen los años me lo agradecerás. En París te convertirás en una señorita educada con la que todo hombre se querría casar.

—¡No pienso ir a París! —exclamó con rabia—. ¡No te lo permitiré!

—En unos meses ni te acordarás de ese negro. —Hizo un gesto de indiferencia con la mano—. Te sedujo, no sé cómo, y te dejaste llevar. No es culpa tuya, sino nuestra: padre debería haberte atado en corto hace ya mucho tiempo, y yo no debería haberte dejado en manos de esta tipeja. —Señaló a Celia—. Ella ha sido nuestra perdición.

Celia se levantó como un relámpago de la silla y se acercó a Antoine.

—Lo sé todo. —Le mostró la carta que había encontrado en su despacho—. Sé que tienes un negocio de esclavos junto a Joaquín Osorio y el Neumann Bank. Tu padre jamás quiso involucrarse en la trata de esclavos, pero tú sí quisiste enriquecerte a sus espaldas con la venta de seres humanos.

Antoine se mostró inquieto, pero no en exceso.

—¿Y qué pretendes hacer con esa carta? —se jactó—. No me incrimina en nada, podrías haberla escrito tu misma.

—Pero sí que puedo demostrar que el *Mutig* no se hundió —sonrió perspicaz—. Te inventaste esa historia cuando tu padre todavía se encontraba incapacitado tras la muerte de tu madre y te aprovechaste de las circunstancias. Él te creyó sin más y no indagó al respecto: le traicionaste.

—No inventes tonterías, el *Mutig* está bajo el mar. —Su frente se perló de sudor—. Casi muero ahogado.

Celia rio de forma irónica y le enseñó el telegrama.

—No era muy difícil encontrar la respuesta: nadie puede hacer desaparecer un barco así como así. Ahora se llama *Hanao*, está a nombre de un comerciante indio, pero en realidad es el *Mutig*.

Antoine palideció, sorprendido por todo lo que había descubierto. Sin embargo, trató de quitarle hierro al asunto.

—Pues venga, ¿por qué no me denuncias? —la desafió—. Una viuda sin tierras que, por envidia y rencor, quiere acabar con la fortuna de su hijastro. Te aseguro que nadie va a tomarte en serio. Voy a ser el heredero de la compañía y nadie osará molestarme.

Justo en ese instante, el señor Faure apareció por fin con varios papeles, por lo que la conversación no fue a más. Con rostro solemne, se puso las gafas y dio el pésame a la familia.

—Siento mucho lo del señor Wolf: era un gran hombre y un buen amigo —carraspeó—. Procederé a leer sus últimas voluntades, las cuales fueron modificadas poco antes de marcharse a Madagascar.

Celia abrió los ojos como platos y miró a Loana, que estaba tan sorprendida como ella. Antoine y Margot se revolvieron incómodos en el asiento.

Yo, Gustav Wolf, dejo este mundo feliz por la familia que he creado y por el imperio Wolf-Perrin que he construido a lo largo de los años con mi querida Annette y con mi segunda esposa, Celia. Junto a ellas, en la isla Reunión, conformé mi vida y crie a unos hijos sanos y fuertes que espero respeten la decisión tomada en estas escrituras. Así pues, dejo a mi hijo Antoine una renta de cien mil francos anuales con los que podrá disfrutar de una vida holgada y privilegiada en París, donde siempre ha querido estar. Por otro lado, mi esposa Celia será la usufructuaria de todas mis tierras y veladora del último deseo de mi primera mujer: debe conservarlas, cuidarlas y mantenerlas siempre junto al apellido Wolf. Si mi querida Celia muriera, deseo que las plantaciones pasen a mi hija Loana; su determinación me ha demostrado que es capaz de ello y mucho más. Dejo a mi esposa la responsabilidad de custodiar a mi hija en su minoría de edad, siendo esta libre para decidir lo que mejor le convenga y le haga feliz. Espero que sigan en armonía y que acepten con agrado mis últimas voluntades, que considero justas y adecuadas para todos.

Celia no se podía creer lo que acababa de escuchar. Gustav había decidido cambiar el testamento y dejarle las tierras a ella. Parecía que al final había abierto los ojos y se había dado cuenta de que su hijo Antoine jamás cumpliría con el deseo expreso de su madre. Temía que, a su muerte, vendiera las tierras y todo por lo que había luchado a lo largo de su vida desapareciera. Sintió una gran emoción: Gustav era un padre maravilloso y no se había olvidado de Loana. Había dejado claro que Celia sería la tutora de la muchacha y que nadie podría pasar por encima de sus decisiones. Estaba protegiendo a su hija de su propio hermano.

Miró a Loana, que no ocultaba sus lágrimas. Se abrazaron con fuerza, recordando al que había sido padre y esposo. Por otro lado, las caras de Antoine y Margot eran todo un poema, pues eran incapaces de asimilar lo que se acababa de sentenciar en esa sala. Pese a que su padre le había dejado una suculenta renta con la que viviría de forma holgada en París, no se había quedado conforme. Había perdido contra Celia, como si la herencia de su padre hubiera sido la última batalla decisiva de una gran guerra. Se sentía traicionado por él, pues lo había apartado de lo que Antoine siempre había considerado un derecho: era el primogénito de la familia y, por tanto, debía de ser él quien gestionara todos los bienes de la misma. Frustrado, se levantó de la silla y se dirigió hacia la puerta junto a Margot para abandonar el despacho.

—Un momento —le dijo Celia—. Todavía debemos llegar a un acuerdo.

Antoine puso los ojos en blanco y resopló.

—Las cosas han cambiado ahora —continuó ella—. Soy la propietaria del imperio Wolf-Perrin, por lo que mi estatus en esta isla es otro. Voy a ser una mujer respetada aquí.

El joven apretó los puños tras la espalda, conteniendo su ira.

—¿Y qué es lo que quieres? —preguntó con la voz temblorosa—. Me iré a París y desapareceré de estas terribles islas.

—¡Ay, por fin! —exclamó ahora Margot—. ¡Qué ganas de vivir en Francia y tener una vida social como la de cualquier mujer de gran estatus!

—Quiero que dejes en paz a Niry —sentenció Celia—. Es un hombre libre y ahora trabaja para mí. Cancela la orden de busca y captura.

—¡Me pegó! —expresó con ira—. ¡Engañó a mi hermana para aprovecharse de ella! El juez estará de mi parte.

Celia negó con la cabeza.

—No si yo me posiciono en contra y Loana defiende su inocencia. Soy la nueva propietaria de las tierras, Antoine. Ya no tienes nada que hacer. Además, te vuelvo a recordar el descubrimiento que he hecho sobre tu turbio negocio: si quieres empezar una nueva vida en París, es mejor que no corra el rumor de que no eres más que un esclavista. Te aseguro que Francia no es como esto y no verán con buenos ojos a alguien que trafica con seres humanos.

Margot palideció. Sabía que tenía razón; si la alta sociedad francesa descubría todo aquello, no los incluirían en su círculo.

—Puedo explicarle al abogado todo lo que sé —continuó Celia—. Y seguir tirando del hilo. O, por el contrario, puedes marcharte a París con tu esposa sin que nada ni nadie ponga en entredicho tu reputación.

Antoine permaneció rígido, sintiéndose entre la espada y la pared. Sin embargo, en el fondo era consciente de que no tenía opción, y que lo mejor para todos era que Niry regresara a casa. Sin pronunciarse y con un ligero cabeceo, dio por acabada la conversación y, de la mano de su esposa, ambos cruzaron la puerta para no regresar jamás.

LA VIDA EN la plantación seguía su curso, pese a que ya no era Gustav quien gestionaba las tierras, sino Celia y Loana, que se habían propuesto llevar la compañía a lo más alto. La suave brisa del mes de agosto llevaba a su olfato el acre aroma de las especias; el ambiente era cálido y húmedo. Celia recorrió con la mirada una fila tras otra de plantas altas, de orquídeas trepadoras que crecían por los árboles y se elevaban hacia las copas fuertes y sanas. Estaba convencida de que de allí saldría una vainilla exquisita. ¡Cómo amaba ese lugar, lleno de colores vivos y formas exóticas!

De repente, una figura estilizada asomó en la lejanía. Los ojos de Loana brillaron ilusionados. Corrió hacia él. Era Niry. ¡Por fin regresaba a casa! Al parecer, Antoine había mandado cancelar la orden de busca y captura. Por fin era libre.

Niry la estrechó con tanta fuerza que la levantó del suelo. Celia no pudo evitar emocionarse. Aunque lo había estado visitando a menudo en casa de Baptiste, donde había estado escondido y protegido todo ese tiempo, Loana había estado sumida en una pena que parecía no tener fin, anclada en la resignación más absoluta. Ahora, sin embargo, al reencontrarse con el muchacho, su rostro se había llenado de vida, de esperanza y alegría.

Celia se quedó en la distancia, respetando el amor de ambos. Disfrutaban de su compañía y de las caricias. Tanto Loana como ella eran ahora una versión mejorada de sí mismas, mucho más fuertes y seguras. Habían sorteado todos los obstáculos que la vida les había puesto en el camino, se habían liberado y, a pesar de todo lo ocurrido, había valido la pena. Y todo se lo debían a Gustav, que había creído en ellas y las había respetado tal y como eran.

Decidió dejarlos solos y se dirigió al hotel Cuzard. Habían pasado tantas cosas en las últimas semanas que aún no había tenido tiempo de reanudar su trabajo como confitera. ¡Qué alegría volver a ver a Ulrik! Aquel cocinero le había alegrado los días con su actitud bromista y sencilla; le había dado la oportunidad de hacerse un nombre en aquellas islas y de dar rienda suelta a su inspiración con los postres. Gracias a él, había aprendido muchísimo de las especias.

—¡Por fin has regresado! —exclamó al verla.

La cocina estaba patas arriba; el cocinero estaba preparando la suculenta cena que serviría aquella noche. En el horno se estaban haciendo los famosos bizcochos de La Flor Negra, que había creado Celia. Ulrik había aprendido a elaborar sus recetas a la perfección, era un buen aprendiz.

—Los clientes están ansiosos por probar nuevas creaciones tuyas —le comentó él—. Aunque entienden perfectamente tu luto.

—Tú solo te has apañado bien, y puedes seguir haciéndolo. Tienes mis recetas y una gran capacidad para innovar. —Le sonrió, cómplice—. Ya eres casi un confitero.

—No te llego ni a la suela del zapato, Celia. —Le cogió las manos—. Gracias a tus aportaciones, mi negocio va mejor que nunca. Espero que no te vayas.

Celia torció el gesto y suspiró. Ulrik parecía preocupado.

—No estarás pensando en marcharte, ¿no?

Se quedó callada. Todo había cambiado desde la lectura de testamento de Gustav. Si Antoine se hubiera convertido en el heredero de las tierras, ella se hubiera quedado junto a Loana, luchando por su bienestar y apoyándola en todo momento hasta su mayoría de edad. Sin embargo, ahora Loana era una mujer libre, tenía al amor de su vida y un objetivo claro: mantener las tierras de su familia y cultivar vainilla. ¿A caso tenía sentido seguir allí?

—Ya no tengo a Gustav a mi lado. —Tragó saliva, lo echaba de menos—. Y Loana es una mujer independiente.

—Pero ¿qué pasa con las tierras? —preguntó—. Tú eres la usufructuaria.

—Renunciaré a ellas y se las donaré a Loana. Al fin y al cabo, yo solo llevo unos meses aquí y ella es la hija de la familia que creó todo esto. No tengo más derecho que ella.

El danés asintió, luego sacó uno de los bizcochos, que ya se habían horneado. Le dio un trozo para que lo probara.

—Este postre es único —le dijo, emocionado—. Deberías venderlo en Madrid: tendrías éxito.

—Quién sabe. —Dudó—. No sé lo que me deparará mi vuelta, pero echo muchísimo de menos a mi familia y creo que mi lugar está junto a ellos, ahora que mi esposo ya no se encuentra presente.

—Lo entiendo. Pero no desistas en tu propósito de convertirte en una gran confitera. Prométemelo.

Celia sonrió. Había dejado de lado su pasión por la repostería con todo lo que había ocurrido en las últimas semanas, pero su intención era retomar la profesión en Madrid, aunque no sabía cómo. Con la herencia de Gustav, podría vivir holgadamente sin trabajar, por lo que no necesitaba convertirse de nuevo en la friegaplatos de cualquier confitería.

—Espero que sigas mi legado. —Celia le guiñó el ojo—. Que sigas endulzando Reunión con la vainilla.

—Así lo haré. —Se metió otro pellizco de bizcocho en la boca—. ¡Por La Flor Negra!

EL BARCO HACIA Europa salía en apenas una semana. Mahery le había preparado las maletas y Adadjaly había cocinado unos tentempiés para el viaje. Los dos criados, junto a Haja, estaban felices en Hell-Bourg, y ahora que Celia regresaba a España, servirían a sus nuevos señores: Loana y Niry.

Antes de marcharse, Celia dio un paseo con Loana por el patio de la casa. Echaría de menos aquel fortín de flores y perfumes que invitaba a la paz y la armonía. No se arrepentía de la decisión que había tomado: dejaba todo en orden en Reunión y estaba deseando volver a reencontrarse con su familia.

—No defraudaré a mi padre —aseguró Loana—. Haré que se sienta orgulloso de mí. Trabajaré duro junto a Niry.

Celia asintió satisfecha. Por fin aquella muchacha tenía un propósito en la vida. Tal y como siempre había creído, Loana solo necesitaba que alguien confiara en ella.

—Te enviaremos parte de los beneficios de las ganancias —añadió—. No dudes de que tu familia y tú seguiréis viviendo bien en Madrid. Y, por supuesto, siempre te esperaremos con los brazos abiertos. Ojalá vengas a visitarnos algún día.

No sabía si regresaría algún día, pero tenía claro que seguiría carteándose con todas las personas que la habían acogido tan bien en aquel lugar remoto: no solo con Loana, sino también con Ulrik y Baptiste. No los iba a olvidar jamás.

—Os tendré presentes siempre. —Sintió un nudo en la garganta—. Sobre todo a tu padre. Aunque no estaba enamorada de él cuando me casé, te aseguro que llegué a amarlo con el tiempo. Nunca he conocido a un hombre tan bueno y sabio como él.

Loana se emocionó también. Ambas se abrazaron.

—Si no hubieras llegado a nuestra vida, no sé qué hubiera pasado con la plantación y mi futuro —dijo con la voz débil—. Antoine habría ganado y hoy mismo estas tierras ya no tendrían nuestro apellido.

—Pero no ha sido así —sonrió y le acarició la cara—. Formarás una bonita familia con Niry y seréis felices.

—Y haré que la vainilla crezca. Esas orquídeas serán nuestro recuerdo, Celia.

Celia se secó las lágrimas y tomó aire.

—Debo irme o perderé el coche de línea —tragó saliva—. Te escribiré en cuanto llegue a Madrid.

Loana sacó algo de su bolsillo de repente. Era una especie de cuerno decorado con semillas de colores.

—Toma. —Se lo entregó—. Es un *moara*, un amuleto mágico que me dio Hanta. En Madagascar están prohibidos desde que la reina se convirtió al cristianismo.

—¿Y por qué me lo das a mí?

—Yo ya no lo necesito —suspiró relajada—. Tengo todo lo que quiero, no puedo pedir más. Te protegerá de las enfermedades y te dará riqueza, poder y éxito.

Celia sonrió agradecida. No acababa de creer en esas cosas, pero para la comunidad, Hanta era la *ombiasy*, una mujer poderosa y mágica. Al fin y al cabo, a Loana le había servido.

—Gracias. —Se lo guardó con cuidado—. Lo llevaré siempre conmigo. Puede que lo necesite.

Las dos mujeres se miraron, sin decir nada más, y se despidieron. En el fondo, sabían que existía la posibilidad de no volver a verse. Sin embargo, lo que habían vivido juntas y el fuerte lazo que las había unido permanecería en su recuerdo para siempre.

DESDE LA CUBIERTA del *Messageries Maritimes,* Celia observaba cómo el muelle de Saint-Denis se empequeñecía en la distancia. Todavía recordaba la primera vez que había visto Reunión: aquel paisaje la había sobrecogido desde el primer momento. Empezaba una nueva vida con aquel tipo de temor lleno de esperanza que solo se siente cuando uno lo deja todo y se embarca hacia lo desconocido.

Contempló por última vez aquella paradisíaca isla, la exuberante vegetación de sus tierras y el vapor que coronaba aquellas majestuosas montañas y volcanes. El sol subía gradualmente por Reunión; pronto empezaría de nuevo la temporada de lluvias. Y, en su recuerdo, una fragancia la acompañaba en el viaje: la preciada vainilla, de la que no podría desprenderse jamás.

TERCERA PARTE

26

¡Qué alegría volver a casa!

Madrid estaba envuelta en una tenue neblina de otoño. Las hojas de los árboles, secas, doradas y tostadas, se arremolinaban en las aceras a la espera de que se las llevara una embestida de viento. Celia estaba nerviosa por reencontrarse de nuevo con su madre. Tenía que contarle todo lo que había descubierto en Reunión: que Joaquín Osorio estaba detrás del negocio de esclavos junto a Antoine y el Neumann Bank. Además, su llegada sería algo inesperado, pues no había tenido tiempo de escribirle, y ni siquiera sabía de la muerte de Gustav.

Su madre intuyó enseguida las malas noticias. Las dos se sentaron en el banco de la cocina, como tantas veces habían hecho en el pasado: Margarita parecía haber rejuvenecido después de haber dejado el duro trabajo nocturno; su salud se había fortalecido, igual que la del pequeño Gonzalo, que había engordado y estaba venciendo a la enfermedad gracias a la medicina y los baños de mar. La casa, en general, había cambiado ligeramente: había algunos muebles nuevos, estaba más cuidada.

Celia explicó con incredulidad y tristeza el trágico fallecimiento de Gustav. Su travesía de vuelta a España había sido una tortura: le dolía pensar que dejaba atrás, en tierras tan lejanas, el alma y el cuerpo de su marido. Además, echaba de menos a Loana: aunque estaba convencida de que saldría adelante y de que Baptiste Simon la asesoraría en todas las cuestiones de las tierras, se sentía un tanto culpable por haberla abandonado tan pronto. Sin embargo, la vida continuaba.

Margarita la abrazó entre sollozos. Celia sacó de su maleta el fardo de cartas y recuerdos de su padre que se había llevado con ella y se las entregó. Durante el viaje, había releído su diario de nuevo, saboreando cada una de las palabras que había escrito Klaus Gross en vida.

—Hay un diario de a bordo y cartas de su juventud —le explicó—. Padre la amó mucho. Pero también he descubierto cosas muy desagradables.

Le contó todo el negocio de esclavos que implicaba a Osorio.

—Pidió financiación al Neumann Bank, el mismo banco con el que padre contrajo las deudas —añadió—. Quienes estén detrás de esa entidad no tienen escrúpulos.

Margarita se llevó las manos a la cabeza.

—Menudo rufián. —Tragó saliva—. Pensé que en Viena se reformaría, que dejaría de lado los sucios manejos que le obligaron a huir de España. Y veo que se ha superado a sí mismo: el comercio de esclavos es nauseabundo.

—Pero ¿a qué se dedicaba en Austria? —preguntó extrañada—. ¿De qué vivíais?

—No lo sé. —Se encogió de hombros—. Sé que vendió algunos bienes antes de huir porque ya se oían rumores de lo que podía pasar. Aquello nos permitió vivir bien durante unos años, pero el dinero se acaba. Yo me puse a trabajar en la Compañía Imperial y él acudía a reuniones sociales y poco más. Preferí no saber nada.

—Quería verla triunfar como cantante de ópera.

Margarita suspiró avergonzada.

—Nunca supe que él estaba detrás de todo eso. —Bajó la cabeza—. Creía que realmente valía, que estaba en una gran compañía porque me lo merecía. Fui una ilusa. Luego llegaron las malas críticas y yo no entendía el porqué. Todo acabó en cuanto lo abandoné, claro. Dejó de sobornar a la compañía y prescindieron de mí. Fue entonces cuando me convertí en profesora.

—¡Una gran profesora! —exclamó Celia, orgullosa—. Ha enseñado a muchísimas mujeres que hoy en día son muy buenas cantantes. Ese era su verdadero destino.

Margarita abrazó a su hija, emocionada.

—Cuando conocí a tu padre me di cuenta de que lo que había sentido por Joaquín no era verdadero. —Los ojos le brillaron—. Era una relación de dependencia, basada en los celos y las obsesiones. Solo fui un juguete para él, un entretenimiento. Nunca aceptó que eligiera a Klaus y lo abandonara.

—Padre la quería de verdad —dijo entre lágrimas—. Era un hombre honesto.

—Sí. En cambio, Joaquín era ambicioso, estaba acostumbrado a ganar siempre. —Apretó los puños con rabia—. Se salió de rositas con lo ocurrido en la revolución: no pagó por todos los desfalcos que había cometido. ¡Y yo estaba ciega! Me creí sus excusas a pie juntillas. Estaba tan obsesionada por él que le hubiera acompañado al fin del mundo.

—Era muy joven, no tenía nada, y él era un hombre poderoso y mayor que usted —trató de consolarla—. La manipuló y, en el fondo, se aprovechó de su ingenuidad, por mucho que pueda parecer lo contrario.

Margarita asintió.

—Tu padre sí que era un hombre de verdad. —Sonrió al recordarlo—. Fue un amor puro, sincero, sin miedos. Y luego, a su muerte, llegaron las sorpresas. ¿Cómo iba a saber que nos iba a destrozar la vida de esa manera? Me duele que no pensara en nosotras.

—Puede que haya una explicación para eso y todavía no la conozcamos. ¿Tiene algún documento de la deuda?

Margarita asintió y se ausentó de la estancia unos segundos. Luego, regresó con una carta.

—Al morir tu padre, cuando nos enteramos de las deudas contraídas, vino un hombre del Neumann Bank y nos mostró esta declaración firmada.

Celia leyó con detenimiento la carta escrita por el personal del banco y firmada por su padre. En ella, se estipulaba que Margarita Martín y los futuros herederos estaban obligados a devolver los préstamos y créditos concedidos una vez él falleciera. Celia suspiró y volvió a revisarla. Miró la fecha en la que se había firmado el documento y se extrañó. 25 de octubre de 1865. Cogió el diario de su padre.

—Algo no cuadra —dijo, mientras pasaba las páginas a toda velocidad—. Por aquel entonces, si no recuerdo mal...

Margarita esperó ansiosa la explicación de su hija, que trataba de encajar la historia.

—¡Es imposible! —dijo al fin, señalando una de ellas—. Padre llegó de Reunión a Viena el 5 de octubre de 1865. Sin embargo, él mismo dice que tuvo que hacer cuarentena en el puerto, ya que varios de sus hombres habían contraído la fiebre amarilla, que era muy contagiosa. No pudo salir a la calle hasta el 30 de noviembre.

—¿Entonces...? —Su madre estaba confundida—. ¿Quién firmó ese documento?

—Padre, desde luego que no —suspiró—. Alguien falsificó su firma. Supongo que usted, en el 73, después de tantos años, no se acordaría de que padre estuvo en cuarentena. No se dio cuenta.

—¡Claro que no! —Se llevó las manos a la cara—. Estaba tan afectada por su muerte que no me planteé que aquello pudiera ser mentira. ¿Cómo iba a pensar que ese banco quisiera estafarnos?

—Seguro que padre fue engañado para invertir en el ferrocarril, y contrajo préstamos para ello. —Se puso roja de ira—. Y, después, cuando ya no pudieron sacar más de él, nos metieron a nosotras en el juego. Si no hubiera sido por Gustav, hoy todavía seguiríamos pagando.

Margarita comenzó a llorar con incredulidad. Celia la abrazó, tratando de consolarla, y pensó en Gustav. Tenía la sensación de que no lo había llorado lo suficiente. ¡Qué suerte había tenido de conocerlo! Había sido un hombre de los pies a la cabeza, igual que su padre. Sintió que se desmoronaba al recordar a los dos hombres de su vida, que se habían ido de este mundo tan pronto. Y luego estaba Osorio, un hombre cruel y sin escrúpulos que seguía impune en Viena. Algo le decía, en lo más hondo de su ser, que había tenido algo que ver con lo que le había sucedido a su padre. Quizá, algún día, pudiera averiguarlo.

LA ESCUELA DE institutrices de la calle Figueroa gozaba de las mejores instalaciones para el estudio. Tenía aulas espaciosas, una sala de música con un majestuoso piano y un arpa; una bonita sala de pintura, con sus modelos articulados de madera, y otras tantas para el bordado y la enseñanza del protocolo y la cortesía. La biblioteca estaba llena de muchachas que estudiaban acomodadas en las largas mesas de madera. Reinaba el silencio, las lámparas de latón estaban prendidas y olía a nueces y a papel viejo. Allí estaba Beatriz, ensimismada en sus libros de ciencias. Sin embargo, enseguida llevó a Celia a sus aposentos, una pequeña habitación con una sobria cama de pino y una silla de madera que hacía las veces de mesita de noche. Por la ventana entraban los rayos anaranjados del atardecer. ¡Qué alegría volver a reencontrarse con su hermana! Su cuerpo había madurado, con formas más femeninas y compensadas. Hablaron de la muerte de Gustav y de Joaquín Osorio.

—Siento mucho el fallecimiento de tu esposo —expresó Beatriz, emocionada—. Era un hombre bueno. A veces no entiendo por qué se van los mejores y, sin embargo, se quedan en este mundo los más malos, como ese tal Osorio. Ese hombre no solo desvió dinero público en España, sino que también hace negocios con esclavos. Y sigue sin recibir su merecido.

—Y luego está el Neumann Bank —suspiró—. No sé cómo, ni con qué artimaña, pero arruinaron a padre.

Beatriz asintió.

—He aprendido mucho sobre lo que ocurrió en el 54. Hace pocos años, el general Prim descubrió los turbios negocios de la que fue la reina madre, la abuela de Alfonso XII. María Cristina de Borbón se aprovechaba de su poder e influencia para autoadjudicarse concesiones de explotación de minas, carbón y trazado ferroviario. En eso estaban también metidos Osorio y el marqués de Salamanca, entre otros. Pero lo peor de todo fue lo de los esclavos.

—¿También ella?

—Sí. Trata ilegal de captura, transporte y venta de personas. Lo hacía a través de Cuba y los vendía a los grandes latifundistas del Caribe y del sur de Estados Unidos. Se enriqueció. Sin embargo, no le pasó nada. Se exilió y vivió holgadamente en París, hasta que murió el año pasado.

—Así que Osorio tenía una buena maestra. Él hace lo mismo, pero en Madagascar. ¡Y no puedo hacer nada al respecto! Le prometí a Gustav que no pondría en riesgo a su hijo Antoine. Créeme que me encantaría que Osorio pagara por todo lo que ha ocasionado con sus negocios y que el Neumann Bank recibiera su merecido también.

Beatriz la cogió de las manos.

—Lo sé, pero no puedes luchar contra gente tan influyente y poderosa.

—Madre estaba ciega por él y, aunque me dé rabia que fuera tan ingenua, no puedo culparla por ello. Ese hombre debe de ser un manipulador.

—Aunque nos cueste, hermana, debemos mirar hacia adelante y olvidar el pasado. Olvídate de los esclavos, hazlo por Gustav. Y las deudas ya están pagadas, así que ese banco no volverá a molestarnos más.

Celia asintió sin mucha convicción y cambió de tema.

—¿Y cómo te va en la escuela?

—¡Fenomenal! —exclamó, contenta—. Soy muy feliz aquí, aprendo mucho. Espero que, en pocos años, esté ya enseñando en una gran casa. Yo institutriz, y tú confitera.

—Ojalá. En Reunión aprendí mucho sobre las especias.

—Espero que hayas traído algo de vainilla de Reunión —comentó Beatriz con entusiasmo—. Estoy deseando probar La Flor Negra.

Antes de partir, Celia y Hanta habían elaborado varios botecitos de esencia de vainilla que Celia se había llevado consigo a Madrid. La mayor parte de la vainilla que se comercializaba en Europa procedía de México y, a pesar de que la de Reunión tenía su origen en el país centroamericano, la suya era mucho más delicada y floral, con fuertes notas de sabor a cacao. Era perfecta para la repostería.

—Por supuesto que sí —afirmó, melancólica—. Me he traído conmigo un pedacito de Reunión. Con ella recuerdo a Gustav, a Loana y todo el aroma de aquella magnífica tierra.

EL RETIRO EN otoño era toda una delicia. Las hojas secas tapizaban el suelo y crujían bajo sus pies. La niebla se difuminaba en el horizonte y los gorriones, mirlos y urracas se dejaban ver en las copas de los árboles semidesnudos. Elena Sanz la esperaba en un banquito junto a un lago habitado por patos y gansos. A su alrededor, varias mujeres cubiertas con mantones de lana paseaban en pequeños grupos y compraban barquillos a un vendedor ambulante.

Celia abrazó a su madrina, sintió que su cuerpo había engordado con formas más redondeadas, pero seguía igual de guapa que siempre. Le contó todo lo que había sucedido en Reunión.

—Con el tiempo, lo recordarás con una sonrisa —le dijo ella, acariciándole la espalda—. Eres joven, te queda mucho por vivir. El amor no solo pasa una vez.

—Al menos tú tienes a Alfonso, quien, pese a que vaya a casarse de nuevo, sigue incondicional a tu lado.

Elena bajó la mirada, sus ojos se enrojecieron. Estaba a punto de llorar.

—En unos días me voy a París, Celia. —Tragó saliva—. Ya no puedo quedarme más tiempo aquí.

—¿Por qué? —preguntó—. ¿Qué se te ha perdido a ti en París?

Elena observó su barriga y la acarició.

—El bebé —sonrió a medias—. Estoy embarazada del rey.

Celia ahogó un grito de sorpresa y bajó la voz.

—¿De cuánto estás? —preguntó atropelladamente—. ¿Y qué será de esa criatura?

—Me quedan tres meses —suspiró—. Por eso me marcho: ya no puedo disimularlo más, y el rey insiste en que dé a luz en París para que nadie se entere. Estará conmigo la reina Isabel, pero no él. Ya sabes que se casa en unas semanas.

Celia sintió pena por Elena. El rey seguía su vida, como si nada, mientras ella debía dejarlo todo para proteger al nuevo matrimonio real.

—Será el primer hijo del rey —comentó Celia—. Si es un varón, será el heredero.

—No si María Cristina tiene hijos. —Arrugó la nariz—. Solo será sucesor de Alfonso en caso de no tener herederos con la reina. Será un bastardo, querida, y tendré que ponerle mi apellido.

—Pero al menos se ocupará de él, ¿no?

Elena asintió, aunque no parecía conforme.

—Me ha obligado a retirarme de los escenarios. Dice que ahora debo cuidar del niño y pasar desapercibida. Después de parir volveré a Madrid. Me ha comprado un piso en la cuesta del Carnero y me pasa una pensión que es irrisoria. Nada comparable a lo que yo ganaba como cantante.

—¿Y dejas tu carrera para siempre? —preguntó sorprendida—. ¡Después de lo que te ha costado llegar a lo más alto!

—No me queda otra —sonó triste—. Sé que, al final, la prensa de Madrid se enterará de la existencia del niño y todo el mundo hablará mal de mí. ¿Cómo lo va a permitir María Cristina? El rey no quiere problemas.

Celia apretó los puños, enfadada.

—¡Pues que se lo hubiera pensado antes de dejarte embarazada! ¿Por qué tienes que sufrir tú las consecuencias de sus actos?

Elena rio con sorna.

—Siempre es así, querida. Las mujeres somos las grandes perdedoras.

Tenía razón. Su madre había sufrido el rencor de Osorio; Loana, la ira de su hermano, y ella, las humillaciones de Arturo y Carranza. Los hombres solían salirse con la suya, aunque no siempre.

—Me ha sustituido por otra cantante de ópera —continuó—. En pocos meses hará una gira por Viena interpretando a Margarita en la obra *Fausto*.

Celia abrió la boca, no se lo podía creer.

—¿Ya está con otra? —Se frotó la frente—. ¿Cómo puede tener tan pocos escrúpulos?

Elena contuvo las lágrimas. Su rostro se tensó.

—Se llama Adela Borghi. Es italiana, la conocen como La Biondina por el color de su cabello, rubio como el oro. Es *mezzosoprano*; canta muy bien, no puedo decir lo contrario. Tiene más de cincuenta años, ¿qué es lo que Alfonso ve en ella?

—Parece que le gustan mayores.

—Pues ya hay rumores de que los han visto paseando por el Retiro. Parece ser que ella no es tan discreta como yo, y le gusta alardear y presumir de ser su amante. Alfonso se arrepentirá.

—Así que te envía a París para que des a luz a su hijo mientras él yace con esa nueva cantante —explicó indignada—. ¡Y encima será ella quien represente tu papel en la nueva gira por Viena!

Elena negó, taciturna. Se acarició instintivamente la barriga y torció el gesto.

—No sé qué nos depara la vida, pero ahora lo que más me importa es el bienestar de mi hijo. Y tengo la esperanza de que Alfonso vuelva a mi lado en cuanto haya parido. No voy a dejar que se olvide de mí con tanta facilidad.

Celia miró apenada a Elena. ¿Por qué quería seguir con el rey después de lo mal que se estaba portando con ella? Se sentía dependiente, incapaz de rehacer su vida. Quería seguir teniendo la atención del hombre más poderoso del país. Había renunciado a su carrera, a su dinero y a su dignidad. ¿Qué tenía Su Majestad, que hacía que todas las mujeres bebieran los vientos por él?

—No te compadezcas de mí, Celia —dijo Elena—. Más pena deberías de sentir por la nueva reina. María Cristina aún no sabe nada de su nuevo esposo. Cree que lo va a tener junto a ella de forma incondicional, pero es cuestión de tiempo que sepa de mí, de La Biondina y de tantas otras. Su matrimonio será su cárcel. Como ya te he dicho, las mujeres perdemos siempre.

Celia abrazó a su madrina y se despidió. Le deseó suerte en París, a ella y al bebé que estaba en camino.

27

CELIA SE DIRIGIÓ a La Perla para ver a María, la dependienta, de la que nunca se había despedido tras su marcha de la confitería. Quería saber cómo les iban las cosas por ahí, si el banquete nupcial del rey había salido según lo esperado, pues hacía pocos días que se había casado con María Cristina de Habsburgo, y Carranza, una vez más, había vuelto a ser el encargado de los postres.

La Perla no había cambiado nada. Su escaparate estaba a rebosar de soberbias bandejas de pastas, bombones rellenos de licor y chocolatinas. Ya había empezado diciembre, y con él los dulces navideños, como los turrones de Alicante y Jijona, el mazapán de fruta y los roscones. Debía de haber mucho trabajo en el obrador. «¿Seguirá solo Arturo o Carranza habrá contratado a otra muchacha de la que aprovecharse?», se preguntó Celia, que saldría de dudas pronto.

En la calle hacía frío, olía al humo de las chimeneas, y en las casas ardía el carbón de los braseros. Un grupo de niños de mejillas arreboladas aplastaban la nariz en el cristal de la tienda, señalando los diferentes botes de peladillas de colores. El contraste del calor de los bizcochos y el frío de la calle hacía que el vaho se condensara en el interior, donde el olor a masa dulce se extendía por toda la estancia.

María terminó de atender a un cliente y enseguida saludó con efusividad a Celia. Esta le puso al día, sin entrar en demasiados detalles, de lo que le había sucedido en el último año. A continuación, le tocó el turno a María.

—Ahora hay una chiquilla de catorce años haciendo lo que tú hacías. Arturo vuelve a sentirse el macho del obrador. Se ríe de ella igual que hacía contigo.

Celia arrugó la frente y se cruzó de brazos. ¡Qué cobarde era Arturo! Se atrevía siempre con los más débiles, pero no tenía coraje para enfrentarse a Carranza cuando actuaba de manera injusta. Compadecía a aquella muchacha.

—Solo limpia y, como mucho, pela las frutas —continuó la dependienta—. Arturo tiene mucha faena, así que trabaja muchas más horas que antes. Carranza no quiere contratar a nadie más, de momento, para ahorrar.

—No sé de qué se queja, si ha sido él quien ha hecho el postre nupcial. ¡Habrá ganado un dineral! ¿Fue todo bien?

María asomó la cabeza hacia el interior del obrador para cerciorarse de que nadie escuchara la conversación.

—¡Fue un desastre, Celia! —exclamó avergonzada—. Carranza fue demasiado ambicioso y, aunque contaba con la ayuda de varios hombres en la cocina, las cosas no le salieron como pretendía. ¡Está de un humor de perros!

Celia sonrió para sus adentros. Aunque trató de disimularlo, se alegraba de que hubiera fallado. Aquel hombre necesitaba una cura de humildad.

—¿Qué postres hicieron? —peguntó ansiosa.

—Hizo varios: unos gofres, que es una masa azucarada muy típica de Bélgica, gelatina de piña servida muy fría con nata y un *parfait*, un postre helado de café.

—Vaya, ¡cuántas elaboraciones! Y, además, frías.

—Pues ahí está el problema: algunas gelatinas no acabaron de enfriarse bien y el postre helado se derretía. —Se santiguó—. ¡Qué apuros pasamos!

Celia la miró sorprendida.

—¿Tú también estabas?

María asintió y suspiró.

—Estuve ayudando, aunque creo que molestaba más que otra cosa —negó con la cabeza—. ¡Pasé unos nervios! Carranza se peleaba con el cocinero real, un tal *monsieur* Droin. Después no hubo suficiente hielo, no dábamos abasto con las heladeras... Y Arturo parecía ausente, como si estuviera en otro mundo. Estaba sobrepasado.

«Como siempre», pensó Celia. Arturo no sabía trabajar bajo presión, no estaba a la altura de las circunstancias. La reputación de La Perla decaía a pasos agigantados.

—¡Sé lo que debisteis de sentir! —exclamó ella—. Se pasa mal cuando las cosas no salen bien. Por suerte, cuando yo estuve, los comensales quedaron satisfechos.

—Aun así, tuve algún momento para escabullirme. —María sonrió con picardía—. Vi el salón del banquete. ¡Qué maravilla! Las paredes estaban vestidas con tapices, había candelabros dorados por todas partes, y la reina..., ¡qué guapa estaba! Llevaba un traje de raso blanco con flores bordadas. Parecía una virgen con ese velo de encaje que le cubría la cara.

Celia entendía el entusiasmo de su compañera, pues ella misma lo había sentido el día de boda del rey con Mercedes. Enseguida pensó en Diego. Suponía que también habría sido el encargado de hacer el recorrido nupcial por todo Madrid.

—¿Sabes algo de Diego? —se atrevió a preguntar.

—Se pasaba por aquí antes de la boda para llevarse dulces, como siempre. Pero ahora, después del fracaso del banquete, no sé si volverá. Seguro que le haría mucha ilusión volver a verte.

Celia arrugó la frente. Pensó que era probable que ya no quisiera saber nada más de ella, pues así se lo había dado a entender la última vez que se habían visto. Sin embargo, confiaba en que el tiempo hubiera curado las heridas del pasado, y tenía esperanzas de que Diego perdonara su mal comportamiento. Todavía se sentía culpable, y quería empezar su nueva etapa en Madrid en paz consigo misma y con los demás.

—No sé cómo contactar con él. No puedo aparecer por las caballerizas reales así como así.

—Pues acércate al Palacio Real —le explicó la dependienta—. El rey y la reina van en carruaje al Retiro y pasean un rato por allí todos los días. Puntualmente, sobre las cinco de la tarde, regresan a palacio y acceden por la puerta del Príncipe, justo la que está frente a la plaza de Oriente. La gente se arremolina a esa hora para ver a la nueva reina.

Celia asintió. Un día iría, se dejaría ver por allí para que Diego supiera que había regresado a la ciudad. Si quería saber de ella, la buscaría.

Entraron unos clientes en la tienda. Celia, antes de marcharse, sacó de su bolsito un frasco de vainilla de Reunión y se lo entregó a María.

—¿Qué es esto? —preguntó extrañada la dependienta—. ¡No me digas que es vainilla!

—Pero no una cualquiera —sonrió, orgullosa—. Es vainilla Bourbon, la mejor que hay en el mercado. Quiero que se la des a Carranza de mi parte.

María abrió los ojos, incrédula.

—¿Por qué quieres darle un regalo así después de lo mal que se ha portado contigo?

—Para que vea en lo que me he convertido. —Alzó la barbilla—. Pagué con sudor y lágrimas mi torpeza cuando tiré ese frasco de vainilla mexicana, y ahora, ya ves, en pocos años tendré mi propia producción. No probará otra igual.

Faltaban dos días para dejar atrás 1879 y empezar el nuevo año. La tarde era fría y, pese a que corría un gélido vientecillo del Guadarrama, la plaza de Oriente estaba a rebosar de transeúntes perdidos entre su laberinto de jardines. Celia esperó a que tocaran las cinco sentada en un banco, mientras observaba el enorme caballo de bronce de Felipe IV y el resto de estatuas de reyes medievales hechas en piedra. Olía a árbol y se oía el croar de las ranas que nadaban en los pilones de mármol. Frente a ella se alzaba el Palacio Real y la plaza de Armas, una enorme explanada de arena en la que ya empezaban a congregarse los más curiosos. Frente a la puerta del Príncipe, varios centinelas con fusil en mano caminaban vigilantes de un lado a otro sobre el frío y húmedo empedrado de la calle; también lo hacían algunos jinetes encargados de las rondas por las cercanías del palacio. El rey no tardaría en llegar. Mientras tanto, por aquella misma puerta salían soldados y criados de servicio que habían terminado su turno de trabajo.

Por fin, a lo lejos, comenzó a intuirse el coche del rey. En esa ocasión y, pese al frío, avanzaban sobre un faetón abierto tirado por dos soberbios caballos castaños. A medida que se acercaba, Celia pudo ver por primera vez a la reina María Cristina. Su rostro de tez pálida se ocultaba parcialmente bajo un gran sombrero de plumas blancas y negras. Iba enfundada en un abrigo de piel de nutria de color café; las manos enguantadas en un manguito y, alrededor del cuello, una abultada estola de zorro rojo. En sus orejas relucían unos brillantes pendientes de diamantes.

También reconoció a Diego, quien no había cambiado nada. El uniforme le hacía parecer más serio y distante de lo que realmente era. Celia esperaba que se hubiera recuperado de las pérdidas que había sufrido hacía año y medio —la de su padre y la de la reina Mercedes—, y que hubiera vuelto a ser el muchacho jovial y alegre de siempre.

El faetón se acercó a la puerta del Príncipe y, por unos instantes, las miradas de Diego y Celia se cruzaron. Él abrió los ojos, sorprendido, pero trató de disimular su desconcierto. Enseguida volvió la vista al frente, donde una turba de gente trataba de acercarse a los reyes. En cuestión de segundos, un joven de baja estatura, con una gorra enorme calada hasta las cejas y una bufanda de lana enrollada alrededor del cuello, sacó algo metálico de su abrigo. Celia ya lo había visto allí desde hacía rato y le había llamado la atención por su extraño comportamiento: caminaba en círculos con los hombros hundidos y la mirada fija en el suelo. Temblaba como si estuviera muerto de frío, pero al mismo tiempo el sudor le resbalaba por la cara.

De repente, aquel hombre disparó a bocajarro apuntando en dirección al rey. Los dos disparos que salieron de su revólver Lefaucheux provocaron un estruendo ensordecedor, y la pólvora cegó a Celia durante unos instantes. Aturdida y sin saber qué estaba ocurriendo, su primera reacción fue tirarse al suelo y taparse la cabeza con las manos. Se oían gritos, relinchos de caballos, y un ir y venir de centinelas y soldados. Unos segundos después, al no oír más disparos, se incorporó para ver lo ocurrido. La reina María Cristina sollozaba, preocupada, abrazada a Alfonso, que parecía estar sano y salvo. Las balas ni siquiera lo habían rozado. Sin embargo, Diego estaba herido. Al parecer, había intentado proteger al rey interponiendo sus brazos frente al terrorista, y había recibido una de las balas. Su hombro derecho sangraba.

Al ver que nadie atendía al cochero, pues todos estaban pendientes de los monarcas, Celia corrió hacia él, sacó un pañuelo del bolsillo y taponó la herida. Diego hizo una mueca de dolor, pero por suerte seguía consciente.

—¿Estás bien? —le preguntó, preocupada.

Diego asintió, sin dejar de mirarla. La sangre empezaba a calarle la ropa.

Celia echó un vistazo a su alrededor, en busca de ayuda. Unos soldados transportaban a los reyes hacia el interior del palacio, mientras otros capturaban al hombre que había cometido el atentado, pues no había podido escapar. Por fin, un par de guardias repararon en el cochero y se apresuraron a socorrerlo. Lo cogieron entre los dos para introducirlo en el edificio.

Diego se aferró a la mano de Celia sin intención de soltarla. Ella se la apretó con fuerza, emocionada.

—La señorita no puede entrar a palacio —advirtió uno de los guardias.

Pero Diego insistió:

—Quiero que me acompañe. —Se aferró todavía más a ella—. Por favor.

Su voz era apenas audible, pero lo dijo con tanta seguridad que los guardias se vieron obligados a aceptar.

—Está bien —claudicó uno—, pero que siga apretando la herida.

Celia asintió y mantuvo las manos sobre el hombro de Diego, rezando para que no fuera muy grave. Por suerte, no parecía haber sufrido lesiones en otras partes del cuerpo.

Entraron a toda prisa en el palacio, y cruzaron varios pasillos y escaleras hasta llegar a la primera planta. Apenas le dio tiempo a contemplar los tapices y las enormes pinturas que recubrían las paredes, ni los muebles suntuosos y los complejos adornos de porcelana y cerámica. No fue capaz de asimilar que se encontraba en el mismísimo Palacio Real. Por todas partes corrían criados apurados de un lado a otro, hablando sobre lo ocurrido.

—¡Los reyes están bien, gracias a Dios! —exclamaban aliviados.

Celia detuvo a una de las sirvientas y le pidió que les llevara agua tibia y vendas.

—Y que venga el médico, por favor —añadió—. El cochero está herido.

—¡El médico está atendiendo a Sus Majestades! —le dijo de malos modos—. ¡Qué importará el cochero!

Celia la fulminó con la mirada e insistió.

—Este cochero es el hombre de confianza del rey y no va a permitir que le pase nada. Debes informarle de su estado, pues él ha recibido el balazo por proteger a don Alfonso. Hazlo rápido, si no quieres consecuencias.

La muchacha se tomó en serio sus palabras y corrió rauda hacia su cometido. Celia suspiró, preocupada: si el médico no acudía rápido, Diego podía morir desangrado, a pesar de que la herida no se encontraba en una parte vital del cuerpo.

Entraron en una habitación y dejaron a Diego sobre la cama. La estancia estaba a oscuras, con las cortinas corridas, por lo que Celia se precipitó a prender una lamparita dorada que había sobre la mesilla de noche. El dormitorio se iluminó con un resplandor tenue; era grande y lujoso, tenía una alfombra gruesa y un par de butacas frente a los ventanales. Era probable que ningún cochero jamás hubiera estado en un aposento tan lujoso y digno de un rey como aquel.

Por suerte, al cabo de unos minutos el médico apareció junto a la criada a la que había apremiado, que llevaba con ella el agua y varias toallas. El hombre, sin mediar palabra, se arremangó la camisa y se lavó las manos. A continuación, se colocó unas lentes y comenzó a inspeccionar la herida con atención. Cogió unas tijeras y cortó la ropa del cochero; Diego estaba mareado, la hemorragia manaba como si fuera un grifo abierto.

—Trae el coñac —le pidió a Celia, señalándole un mueble en el que reposaban unos vasos de cristal y una botella de cristal tallada—. Dale mucho de beber.

La joven obedeció y el alcohol empezó a hacer efecto. El médico agarró las pinzas y, con sumo cuidado y precisión, comenzó a extraer la bala. Diego gritó de dolor al sentir el instrumental hurgando en la carne, y también cuando se le aplicó el desinfectante sobre la herida. Apretaba los dientes, intentando no desmayarse. Finalmente, el médico envolvió el hombro en varias gasas limpias y le proporcionó a Celia un jarabe para la fiebre.

—Que lo tome cada cuatro horas —le ordenó—. Y que descanse.

Celia, aunque aliviada por lo bien que había salido todo, sintió que le sobrevenía una arcada. Olía a sangre, a hierro, a fenol. Todo había sido muy rápido, ni siquiera sabía qué había ocurrido.

—¿Quién ha disparado? —preguntó.

—No se sabe aún. —Se encogió de hombros—. Pero seguro que ha sido otro anarquista, como el que atentó contra él en octubre del año pasado.

Celia arqueó las cejas. No sabía nada sobre aquello, debió de haber ocurrido justo cuando ella se encontraba en Reunión.

—¿Qué pasó en ese atentado?

— Fue Juan Oliva Moncasi, un tonelero anarquista catalán —le explicó—. El rey regresaba de su viaje por las provincias del norte y, a su paso por la calle Mayor, aquel desdichado le disparó tres veces. Salió ileso también, como esta vez. No sé si esos anarquistas tienen muy mala puntería o es que Su Majestad está protegido por el mismísimo Dios. La cuestión es que el terrorista fue ejecutado mediante garrote. Y a este le pasará lo mismo.

«Pues sí que tiene suerte el rey, sí», pensó Celia. Resultaba extraño que en las dos ocasiones en que le habían disparado a bocajarro no hubiera sufrido ni el más mínimo daño.

—¿Qué puede pasarle por la cabeza a un joven para hacer algo así?

—El odio, muchacha —suspiró—. El movimiento anarquista está prohibido en España y en casi toda Europa. Son violentos, marginados por la sociedad. Se sienten frustrados, sin saber qué hacer con su vida. Sus líderes les dicen que maten al poderoso porque creen que así conseguirán la ansiada revolución social. Quieren mandar ellos, eso es todo.

Celia no entendía por qué ocurría todo aquello. Era consciente de que las condiciones laborales de muchos obreros estaban en entredicho, y que muchos de esos llamados anarquistas justificaban sus actos a favor de los más desfavorecidos. Aun así, atentar contra la vida de un hombre, por muy rey que fuera, le parecía una atrocidad.

—¿Y cómo está la reina? —se atrevió a preguntar.

—Está sana y salva, aunque muy nerviosa —dijo—. Acaba de llegar a España y ya ha sufrido un atentado que podría haber acabado con su vida. Tiene que digerirlo y yo seguiré pendiente de ella, así que le dejo a usted a cargo del enfermo, al cual veo que tiene aprecio.

Celia asintió y se quedó a solas con Diego. Pasó la noche en vela, preocupada por el estado de salud del cochero. El médico no había vuelto a aparecer por ahí, así que fue ella misma quien se dedicó a cambiar los apósitos ensangrentados por unos limpios. Había tanto silencio que solo se escuchaba el tictac de un reloj de pared. Diego, de vez en cuando, gimoteaba entre pesadillas a causa de la fiebre. Incapaz de conciliar el sueño, Celia empezó a tomar consciencia de lo cerca que había estado del peligro. Había presenciado la escena de un atentado, ella misma podría haber sido una víctima, y Diego podría haber muerto. Por suerte, no se había tenido que lamentar ninguna desgracia.

A la mañana siguiente, abrió las ventanas para que se ventilara la estancia. La jofaina de esmalte estaba llena de agua teñida de sangre, así que la vació desde el ventanal, que daba a la plaza de armas. La explanada estaba vacía, pues era pronto y comenzaba a amanecer. Había estado lloviendo toda la noche y en la tierra se habían formado abundantes charcos. Olía a humedad y a limpio, y aquello renovó sus ánimos.

De repente, alguien entró en la habitación. Para sorpresa de Celia, se trataba del mismísimo rey. Estaba preocupado, las ojeras circundaban sus ojos, pesados y somnolientos. Al ver allí a la muchacha, se sorprendió.

—¿Quién eres? —preguntó, extrañado—. No eres parte del servicio.

Celia se ruborizó e inclinó la cabeza. Enseguida se acordó de hacer la reverencia.

—No sé si me recordará, Su Majestad, pero soy la ahijada de Elena Sanz. Hemos coincidido un par de veces.

Don Alfonso parecía estar tratando de recordar; finalmente, asintió.

—Oh, sí, ya sé. —Se acercó hacia la cama, donde reposaba Diego—. ¿Y qué haces aquí con él?

—Diego y yo somos viejos conocidos. —Sintió un nudo en la garganta—. Presencié el atentado y acudí a ayudarlo. Todo estaba muy confuso y él...

—Trató de salvarme la vida —sonrió—. Es un servidor fiel de la Corona. Lo fue su padre, que en paz descanse, y también lo es él. Siento no haberlo socorrido como debiera. Estaba aturdido y no sabía en las condiciones en que se encontraba.

—No se disculpe, Su Majestad, todo ocurrió muy rápido. Por suerte, se encuentra bien, fuera de peligro, igual que usted y la reina.

Alfonso suspiró aliviado y cogió de la mano a Diego, que seguía profundamente dormido.

—Ya no tiene que preocuparse más, mi médico se ocupará de él —explicó, serio—. Le pondré a una cuidadora que vele por él día y noche.

Celia aceptó agradecida.

—Quisiera pedirle permiso para regresar a palacio —dijo con timidez—. Me gustaría poder visitarlo de vez en cuando mientras se encuentre encamado. He estado mucho tiempo fuera de España y todavía no he tenido la ocasión de hablar con él.

El rey la miró y, por unos instantes, sintió que se desmoronaba.

—La ahijada de mi Elena —suspiró nostálgico—. Es usted bienvenida, igual que ella lo será siempre en mi corazón.

Celia notó que su voz se rompía, que aquel joven, por muy frívolo que pudiera parecer, tenía sentimientos y que, en el fondo, seguía amando a su madrina a pesar de las circunstancias. Se despidió de él con otra reverencia y dejó al monarca solo junto a Diego, quizá el único de todo aquel palacio que hubiera arriesgado su vida en favor del hombre más poderoso del país.

28

Cuatro días después del atentado fallido al rey

EMPEZABA A AMANECER; hacía un día frío, luminoso, con el cielo completamente claro. Las calles estaban vacías todavía; tan solo se oía algún que otro golpe de pezuñas de caballos sobre los adoquines y los gritos de los vendedores de periódicos.

En el interior del Palacio Real ya había comenzado la jornada. Un ejército de sirvientes había empezado a limpiar las estancias, a hacer las camas y proveer a los caballos de forraje. Celia, mientras se dirigía hacia la habitación donde se encontraba Diego, se topó con varios criados que llevaban agua caliente para preparar el baño; otros cargaban sacos de carbón para encender las chimeneas o portaban las bandejas de desayuno a los dormitorios —acompañadas por el periódico del día, telegramas y correos—. Era un ir y venir continuo.

La puerta del dormitorio de Diego estaba entreabierta. Celia entró sigilosa, sin que él se diera cuenta. El cochero se encontraba con el torso desnudo, sentado en una silla mientras se lavaba el cuerpo con un paño húmedo. Se había quitado las vendas, la herida empezaba a cicatrizar, y flexionó los músculos para recobrar la libertad de movimiento. Su piel estaba blanca y las mejillas, tensas por el dolor.

Celia no dijo nada, avergonzada, y se quedó observando la escena hipnotizada mientras contemplaba el cuerpo fibroso del muchacho, que ejercía una fatal atracción sobre ella. ¿Qué le estaba pasando? Nunca había visto la desnudez de ningún otro hombre que no fuera la de su marido, pero no había sentido por Gustav lo que estaba sintiendo por Diego en ese momento. Notó un cosquilleo bajo las ropas que la mortificaba y deleitaba al mismo tiempo. ¡Era tan diferente a su esposo! Celia estudió la anchura de sus hombros y el vello de su pecho, tan varonil y saludable. Sin duda alguna, el cochero había cambiado desde la última vez que lo había visto: se había fortalecido, tenía más músculo, lo veía más atractivo. Sin darse cuenta, su pudor se transformó en admiración.

Diego por fin se percató de su presencia.

—¡Celia! —exclamó sorprendido—. Entra, vamos.

Le hizo caso y dejó sobre la cama una cestilla de mimbre cubierta con una servilleta blanca perfectamente almidonada. En su interior, llevaba el delicioso bizcocho de especias, unas galletas de jengibre y cardamomo y un arroz con leche aromatizado con vainilla y clavo de olor.

—Te he traído unos postres —comentó con timidez—. Espero que te gusten. Llevan especias de Reunión.

Diego asintió y alcanzó la camisa para vestirse. Luego, se sirvió un vaso de coñac. La botella todavía seguía allí, aunque el contenido ya se había reducido a la mitad.

—¿Cómo estás? —preguntó ella.

—Aparte de las magulladuras, de las articulaciones doloridas y el dolor de cabeza, bien. —Sonrió—. La herida está sanando, pero aún es dolorosa.

—Ya me imagino. —Torció el gesto—. Tuviste suerte de que no fuera algo más grave. Te jugaste la vida.

Diego le quitó importancia a su hazaña.

—No lo pensé, simplemente actué. Es lo que se espera de un fiel servidor de Su Majestad, ¿no?

—Pues no sé si eso va en el oficio. —Rio—. Al menos, espero que el rey se haya portado bien contigo y te haya cuidado como mereces.

—Lo ha hecho, y también me ha contado lo que hiciste por mí. —Se puso serio y le lanzó una mirada intensa—. Yo no recuerdo nada, pero sé que me salvaste la vida. Taponaste la herida y avisaste a los guardias y al médico para que me ayudaran. Estuviste a mi lado.

Hubo un silencio. Celia no sabía qué decir, tenía las mejillas sonrosadas. Estaba contenta al ver que Diego no parecía guardarle rencor.

—Quiero pedirte perdón por lo de la última vez —continuó él—. Me porté como un chiquillo caprichoso. No tenía derecho a juzgarte ni a enfadarme contigo por haberte casado con otro hombre. Estaba despechado.

Celia cabeceó, sorprendida por sus palabras. En el fondo, era ella quien debía disculparse.

—No hiciste nada malo, Diego. —Desvió la mirada—. Siempre te portaste bien conmigo y yo me aproveché de ti. ¡No sabes cuánto me arrepiento! Espero que podamos empezar de cero y ser buenos amigos.

—Entonces, ¿te quedas en Madrid? —preguntó extrañado—. ¿Habéis venido a vivir aquí?

Celia suspiró. Debía contar, una vez más, lo ocurrido en la isla.

—Mi esposó murió de malaria. He vuelto a mi casa.

Diego esbozó una mueca de disgusto y se acercó a ella.

—Lo siento. Eres demasiado joven para haber vivido una pérdida así.

Celia lo miró a los ojos, negros, bondadosos, y no pudo reprimirse. Se abrazó a él, acomodando con cuidado la cabeza sobre su pecho, y comenzó a llorar. Lloraba por Gustav, por el susto del atentado, porque echaba de menos a Loana y a Baptiste. De vez en cuando, no podía evitar desahogarse.

—Siento las lágrimas —comentó ella—. Estoy bien, mucho más recuperada. Me siento fuerte, aunque ahora mismo no lo parezca.

El cochero la mantuvo apretada entre sus brazos, disimulando el dolor que le producía su contacto con la herida. Celia se dio cuenta y se separó; olía a desinfectante, a jabón.

—Perdona, te he hecho daño. —La muchacha sonrió—. ¡Qué torpe soy!

Diego negó con la cabeza, también rio. Los dos estaban relajados y tranquilos, sin prejuicios ni rencores.

—Yo también me siento más fuerte ahora —dijo el cochero—. Pasé una temporada horrible debido a la muerte de la reina Mercedes y la de mi padre. No levantaba cabeza. Me sumí en una tristeza absoluta. Sin embargo, todo cambió con el atentado que sufrió el rey hace un año. Vi el peligro de cerca, la muerte, y supe que no me quería ir de este mundo, que quería vivir y salir adelante.

—A veces, aunque suene cruel, necesitamos que sucedan cosas así, que nos pongan contra las cuerdas y nos ayuden a tomar la decisión correcta.

Diego, cansado, se tumbó en la cama.

—Tenías razón, Celia —dijo de repente—. Me tomaba las cosas demasiado a la ligera, y ahora sé que lo utilizaba como escudo para protegerme del daño ajeno. He madurado y he aprendido a medir los tiempos, y a saber cuándo sacar al Diego bromista y al Diego serio.

—¡Oh, pero no me tenías que hacer caso! —exclamó, avergonzada— Me gusta el Diego bromista. El problema era mío, que me tomaba las cosas con demasiado dramatismo. Y, después de lo que he vivido en Reunión, ahora veo la vida de forma diferente: quiero reír, disfrutar de los pequeños momentos y dejar atrás las penas.

El cochero rio.

—Creo que los dos hemos aprendido la lección y hemos evolucionado. Nos hemos equilibrado, ¿no crees?

Celia asintió, contenta. Diego era un hombre nuevo, igual que ella era una nueva mujer. Estaba encantada de haber retomado su amistad.

HABLARON DURANTE HORAS, sin percatarse del tiempo. Se sentían a gusto el uno con el otro, recordando anécdotas pasadas y poniéndose al día de todo lo que les había ocurrido.

De repente, alguien llamó a la puerta para entrar acto seguido. Celia ahogó un grito de sorpresa al ver que se trataba de la reina María Cristina. Era una mujer que imponía con su presencia: tenía la piel muy blanca y el cabello rubio recogido en un moño; su frente estaba poblada de pequeños tirabuzones. Al ver que Diego estaba acompañado, se paró en seco.

—Oh, ya veo que tiene visita —dijo en un mal castellano—. Ya vendré en otro momento.

—No, por favor, Su Majestad —dijo Diego enseguida—. Le ruego que se quede. Es una amiga mía, la que me atendió tras el atentado.

María Cristina asintió con gesto serio y se adentró en la estancia. Llevaba un discreto polisón que afinaba su cintura, cubierto por un manto rojo que destacaba su figura. Alrededor de su cuello terso lucía una magnífica gargantilla de rubíes y brillantes.

—Me llamo Celia —se precipitó a saludarla, haciendo una breve reverencia y mostrándose lo más galante que pudo—. Es un placer conocerla.

—Me alegro de que ayudara a Diego —le dijo—. Es de las pocas personas por las que he sentido aprecio desde que llegué a este país.

En su tono había pena y cierto miedo, pues no había sido una reina bien recibida después de que el pueblo hubiese perdido a la joven Mercedes. Procedía de un país ajeno a las costumbres españolas, hablaba otro idioma y su modo de vida era distinto. De hecho, ya le habían puesto mote. La llamaban la Monja, porque había sido abadesa en Bohemia, en una congregación de nobles damas. Aun así, María Cristina, a sus escasos veintiún años, era una mujer muy culta que había sido educada de la misma forma que sus propios hermanos varones. Sabía de filosofía, de economía, tocaba el piano y hablaba varios idiomas. Era una mujer discreta y prudente; tenía todos los requisitos para ser una gran reina.

—He tenido el gusto de conocerla bien —respondió Diego—. Ojalá todos los españoles tuvieran la posibilidad de pasar unas horas con usted.

La reina agradeció su comentario y cambió de tema.

—¿Cómo se encuentra? —le preguntó—. He rezado mucho por su recuperación los últimos días.

—Pues lo ha debido de hacer muy bien, me siento mucho mejor. —Señaló la cesta de mimbre que le había llevado Celia—. Y estaré mejor en cuanto me coma estos dulces que me ha hecho mi amiga. ¿Sabe que trabajaba para Carranza y la confitería La Perla?

—Carranza no estuvo a la altura en la última ocasión, según dice Alfonso —comentó la reina—. No quiere comprar más allí, aunque todavía no ha encontrado una confitería mejor. Además, después de enterarse de la profesión de ese anarquista…

Celia alzó las cejas, intrigada.

—Era pastelero —continuó la mujer—. En el interrogatorio contó que hacía poco que había llegado a Madrid para ganarse la vida. Con la ayuda de un pariente, pudo montar su propia pastelería en la calle de Milaneses. Sin embargo, apenas le daba para vivir y su pariente se negó a ayudarlo más. Así pues, perdió el negocio y la casa. Como estaba desesperado, decidió suicidarse, pero alguien lo convenció para que, antes que eso, se llevara por delante la vida del rey. Según ha relatado, no tenía intenciones de asesinarlo, sino de que los centinelas y guardias del palacio lo mataran a él tras el intento. No tenía valor para suicidarse.

Celia se quedó asombrada ante aquella explicación. Así que un hombre normal y corriente lo pierde todo y decide cometer un acto así. ¿Cómo había sido capaz?

—Supongo que le espera el garrote vil —añadió Diego.

—No lo sé. —María Cristina negó con la cabeza—. Alfonso es magnánimo. Quiere indultarlo, pero Cánovas se niega. Dice que debemos dar ejemplo con este tipo de anarquistas.

Celia no sabía qué pensar: por un lado, aquel hombre había estado a punto de matar a Diego y merecía que acabaran con su vida; por otro, ¿acaso servía de algo pagar con la misma moneda?

—Bueno, no todos los pasteleros son unos terroristas. —El cochero trató de quitarle hierro al asunto—. Celia aprecia a don Alfonso, eso se lo aseguro. Además, nació en Viena. Es austríaca, como usted.

María Cristina abrió los ojos, sorprendida. Su rostro se relajó al instante y sonrió.

—*Welche Freude!* —expresó su alegría en alemán—. ¿Lleva muchos años aquí?

—Unos siete, y también me costó adaptarme a estas costumbres —recordó con nostalgia—. Mi madre es española, por lo que el idioma no fue un problema, pero tuve que lidiar con las burlas de mis compañeros. En el obrador, la gente se reía de mí por mi aspecto. Soy alta, rubia, pecosa… Me llamaban la Extranjera y se mofaban de mi acento. Ahora hablo muy bien y ya no se nota mi procedencia.

—¡Lo mismo me pasa a mí! —expresó con entusiasmo—. Alfonso está acostumbrado a la belleza de la mujer española: entrada en carnes, morena, de ojos negros… Y yo soy todo lo contrario.

Celia se sorprendió al ver la facilidad con la que María Cristina se abría ante una auténtica desconocida. Aquello le hizo pensar sobre la soledad que debía estar sintiendo en España y la falta de apoyo que recibía.

—Creen que somos frías por venir de esas tierras —añadió Celia—, que no sentimos ni padecemos. Todas las mujeres sufrimos de la misma manera por dentro.

La reina afirmó, dándole la razón. A continuación, levantó el mantel que cubría los bizcochos y les echó un vistazo.

—¡Qué olor! —Aspiró con deleite—. Detecto la vainilla, ¿verdad? ¡A Alfonso le encanta!

—Es vainilla de la isla Reunión, una de las mejores —explicó con orgullo—. Seguro que no ha probado ninguna igual.

—Vaya, me encantaría degustarlos, pero sería una maleducada —chasqueó la lengua—. Son para el enfermo, para su recuperación.

Diego negó e insistió en que los probara.

—Hay para todos —dijo él—. Celia es una gran confitera. Lástima que Carranza no supiera valorarla como tal. Estoy seguro de que llegará muy lejos.

La reina cogió un trozo de La Flor Negra y se lo llevó a la boca. Entornó los ojos y soltó un suspiro de placer mientras continuaba comiendo sin parar.

—*Mein gott!* —gimió exultante—. ¡Está riquísimo! ¡Qué intensidad de sabores y especias! ¿De dónde las saca?

Celia esbozó una sonrisa de oreja a oreja. No se podía creer que la mismísima reina estuviera elogiando sus postres.

—He estado viviendo en Reunión —le explicó—. Me casé con un hombre de allí que tenía cultivos de diferentes especias. Aprendí a elaborar dulces con ellas.

—Está claro que tiene un don, se le da bien —afirmó satisfecha—. Alfonso debería probar esto.

—Y, según me ha contado la señorita —comentó Diego, en voz baja—, parece ser que estos postres revolucionaron las islas. Son afrodisíacos.

La reina arrugó la frente, sin saber de qué le estaba hablando.

—¿Afrodisíacos? —preguntó—. ¿A qué te refieres?

Celia carraspeó y bajó la mirada. Sentía una vergüenza tremenda.

—Que encienden la pasión —continuó él—. El conjunto de estas especias provocan el fuego en el cuerpo. Por eso, todas las parejas de Reunión se convirtieron en grandes adictos a los pasteles de Celia. Sus relaciones mejoraron, ya sabe…

María Cristina asintió, comenzaba a comprenderlo.

—¿Los esposos estaban más activos? —se sonrojó—. ¿Solo por tomar bizcocho?

—No solo por eso, Su Majestad —respondió Celia—. También por la historia de la flor negra, de la vainilla. La de dos amantes que murieron por amor.

La reina se quedó pensativa, y a continuación hizo ademán de marcharse.

—Tengo cosas que hacer. —Estrechó la mano de la joven—. Ha sido un placer conocerla. Sus dulces son todo un manjar, ojalá tengamos ocasión de vernos de nuevo y recordar nuestro querido país. *Auf wiedersehen!*

Celia necesitó unos minutos para analizar todo lo que había ocurrido aquella mañana. Diego y ella se habían reconciliado, estaban más unidos que nunca, y había conocido a la mismísima reina de España, a la que tanto le habían gustado los pasteles. Las cosas marchaban bien.

29

Marzo había llegado. Diego ya estaba recuperado del todo, así que Celia y él solían quedar a menudo en su día libre para hacer alguna excursión a caballo por los diferentes parques de Madrid. Celia, además, había invertido esos meses de invierno en crear nuevas recetas y perfeccionar su mano con las especias. Su cuadernillo de recetas, aquel en el que en el pasado abundaban las creaciones del señor Carranza, se había llenado de las suyas propias. Diego y su familia se habían convertido en sus conejillos de indias.

Aquella mañana recibió una nota inesperada. Era del mismísimo Carranza.

Querida Celia:

Sé que hace mucho tiempo que no nos vemos y que nuestra despedida no fue la más acertada. Te ruego me disculpes, pues no supe valorarte como debiera. Desearía que acudieras a verme a La Perla cuanto antes y hablemos.

Un saludo afectuoso,

Bartolomé Carranza

No se lo podía creer. «¿Para qué querrá verme?», se preguntó aturdida. Tenía claro que, por mucho que se disculpara por el mal trato que había recibido, no iba a regresar a ese trabajo, mucho menos con Arturo. Aun así, y por pura curiosidad, decidió hacerle una visita y salir de dudas.

Entró en el obrador con el mismo nerviosismo e incertidumbre de la primera vez. La mesa de la cocina estaba a rebosar de tarros de cáscara de naranja y limón, de canela, de esponjosos bizcochos y magdalenas doradas que olían maravillosamente bien. Arturo decoraba con una manga pastelera uno de esos bizcochos con merengue y mermelada de fresa. Luego, sin percatarse todavía de su presencia, se dirigió a la despensa en busca de un enorme saco de harina que abocó en una gran artesa, en la que amasaría tortas y pastas varias. La estancia no tardaría en oler a masa fermentada.

En los fogones se encontraba la joven de la que le había hablado María: llevaba un delantal de percal y una cofia, estaba extremadamente delgada, tenía las mejillas muy marcadas y los ojos demasiado abiertos, como si estuvieran siempre en alerta. Su rostro estaba enrojecido y el pelo pegado a la frente a causa del calor del carbón. No tendría más de catorce años, pero manejaba bien las palas y los atizadores, y trajinaba con los peroles con gran entusiasmo. La nostalgia la invadió al acordarse de sí misma, con esa edad, haciendo las mismas tareas.

—Buenos días —saludó Celia.

Arturo levantó la cabeza y esbozó una mueca de indefinible sorpresa. La miró de arriba abajo, y fue consciente de que vestía bien y que su apariencia se había refinado. Serio y tratando de disimular su desconcierto, le devolvió el saludo con un ligero movimiento de cabeza.

—¿Cómo te llamas? —Se dirigió en ese momento a la muchacha—. Yo estuve trabajando aquí, ¿sabes?

—Me llamo Carmen —respondió, sin mucho interés—. ¿Tú eres la famosa Extranjera?

Celia rio, ya no le afectaban las mofas de Arturo.

—Sí, esa misma. —Sonrió orgullosa—. Pero mi verdadero nombre es Celia Gross. ¿Se porta bien contigo?

Carmen palideció y desvió la mirada. No respondió, sino que comenzó a fregar unas ollas a toda prisa. Celia se acercó a ella y le habló al oído.

—Nunca dejes que se aprovechen de ti —le aconsejó—. Mereces que te traten bien.

La muchacha levantó la mirada, con las manos goteándole jabón.

—Soy torpe y tonta —expresó con tristeza—. Tengo suerte de que aun así me quieran aquí.

—No, eso es lo que quieren que creas. —Le puso la mano en el hombro—. Tienes que confiar en ti misma, en lo que haces. Si no realizaras bien tu trabajo, ya no estarías aquí. No te deben nada.

Carmen la observó con expresión anodina, sin acabar de creérselo. Arturo ya habría minado su moral hasta el punto de que se considerara una persona de poca utilidad.

—Si algún día abro mi propia confitería, vendré a por ti —continuó Celia, sonriente—. Yo te trataré bien y aprenderás a hacer recetas.

La muchacha asintió complacida y continuó con su faena sin decir nada más. Arturo no dejaba de observarla con desprecio.

—¿Está Carranza en su despacho? —preguntó ella—. Quería verme.

Arturo frunció el ceño, no sabía nada sobre el asunto y, extrañado, afirmó con la cabeza.

Celia llamó entonces a la puerta del despacho y esperó paciente a que le diera el paso. El mismo Carranza abrió y, con una impostada sonrisa, la hizo pasar con amabilidad y una leve reverencia. No se podía creer que se tratara del mismo hombre que la había tratado tan mal en el pasado. ¿Qué quería de ella?

La hizo tomar asiento. El confitero había envejecido en poco tiempo; debía de ser a causa de las preocupaciones o por el fracaso que se había producido en el banquete nupcial. Lucía unas profundas ojeras bajo los ojos y el impecable uniforme blanco que solía llevar estaba repleto de pequeñas manchas que parecían llevar días incrustadas en la tela. La mesa de la habitación, en la que tiempo atrás se hacinaban todo tipo de utensilios, moldes y nuevos experimentos, estaba vacía, sin ningún atisbo de creatividad.

—Me alegro de que hayas venido —comentó Carranza—. Hacía tiempo que no nos veíamos.

—Vaya al grano, don Bartolomé —dijo Celia, en tono frío—. Sé que quiere algo de mí, así que sea sincero.

Carranza se restregó la frente, preocupado. Era un manojo de nervios.

—Probé la vainilla —dijo al fin—. ¡Qué maravilla!

—Es de Reunión —respondió ella—. La mejor que hay.

—¿Cómo podría conseguirla? —preguntó desesperado—. Ahora mismo no gozo de una buena situación económica, pero...

Celia sonrió para sus adentros; su maniobra había surgido efecto: Carranza se había obsesionado con aquella preciada esencia y ahora no podía sacársela de la cabeza. Era su venganza por haberla vejado y humillado durante tantos años.

—Es una vainilla extremadamente cara por su calidad —lo interrumpió—. Si no puede pagarla...

—¡Pero podrías ayudarme! —exclamó con esperanza—. María me explicó que hiciste fortuna en esa isla, seguro que podrías conseguírmela a buen precio.

Celia torció el gesto.

—No, no puedo. —Hizo ademán de levantarse—. Tendrá que pensar en otra cosa.

Carranza la agarró del brazo para impedir su marcha.

—¡Espera! —Tragó saliva—. No solo quería verte para eso. Me gustaría que trabajaras con nosotros. Serías como Arturo, llevarías gorro.

—¡Pero si nunca me ha valorado!

—Lo sé, lo sé. —Negó con la cabeza—. Me equivoqué. ¡Necesito a una confitera austríaca!

Celia arrugó la frente, confundida. ¿Qué tenía que ver eso?

—Las cosas han cambiado —se precipitó a decir él con desánimo—. Llevamos una racha muy mala. Primero, la muerte de Merceditas, y ahora lo de esa reina extranjera que no gusta de la pastelería francesa. ¡Solo quiere postres austríacos! Tiene añoranza por su tierra.

—¿Y usted no sabe hacerlos?

—Solo me he formado en París —suspiró—. Y no tengo dinero para pagarme una estancia en Viena. Así que, si estuvieras con nosotros... ¡A María Cristina le encantaría tratar contigo! Y si encima usáramos esa vainilla Bourbon...

—Llevo muchos años en España, me fui muy joven de Viena... Y, por aquel entonces, ni siquiera sabía hornear un bizcocho —explicó Celia—. Todo lo que he aprendido ha sido en esta cocina, con sus recetas; después, con las especias de Reunión.

Carranza se puso las manos en la cabeza.

—¡Será nuestro fin! —exclamó consternado—. El rey ya no viene a comprar dulces, quizá por lo mal que lo hicimos en el banquete... ¿Por qué se me ocurriría hacer tantas elaboraciones? Y la reina solo compra en el obrador del Viena Capellanes.

Había oído hablar de ese lugar. Era una panadería que se había hecho famosa por tener la exclusiva de la fabricación del pan de Viena, uno más fino que el candeal, y que se había convertido en un artículo de lujo entre las familias de bien.

—Ahora todo lo vienés está de moda —añadió Carranza—. Por influencia de la reina. ¡Ojalá pudiera viajar a Viena!

—Pues me temo que yo no puedo ayudarlo. —En ese momento procedió a marcharse—. Trate bien a su nueva ayudante, a Carmen; quién sabe, quizá en el futuro pueda necesitarla.

Salió de La Perla con una fuerza invisible que la llenaba de esperanza. Se sentía orgullosa por la actitud que había mostrado ante Carranza, por ponerlo en su sitio y hacerse valer. «Tendría que haberlo hecho mucho antes», se dijo. Sin embargo, no podía dejar de pensar en lo que le había comentado sobre la nueva moda vienesa. Quizá su futuro estaba allí; aprendería de su repostería e implantaría en Madrid una pastelería austríaca que hiciera las delicias de la reina y de toda su comitiva. Tendría que pensarlo bien.

Ensimismada en aquella idea, decidió acercarse a la calle de la Misericordia, donde se encontraba la panadería de la que le había hablado Carranza. Nunca había comprado nada allí, pues su sueldo de La Perla no le alcanzaba para permitírselo. Cerca de la animada plaza de las Descalzas, en la que descansaban aguadores y carreteros, se encontraba el aparador de la panadería, en la que no había más que un tipo de pan, uno alargado, dorado y brillante, el famoso pan de Viena.

Entró en la tienda, donde se exponían grandes cestas de mimbre llenas de hogazas, libretas de candeal, pan de Viena y roscas tras el mostrador de mármol. No había nadie atendiendo, así que Celia se aventuró hacia el interior de la tahona. Había un trajín incesante de hombres fornidos y sudorosos que agitaban los brazos sobre las artesas, untando primero los moldes con manteca derretida, metiendo los panecillos en el horno y volviéndolos a untar finalmente con agua para darles su característico brillo. Por fin, alguien se percató de su presencia.

—¿Viene a comprar pan?

Celia asintió, así que el hombre salió para atenderla en el mostrador. Pidió un par de panecillos e, impaciente, se llevó un pedazo a la boca. Cerró los ojos; por unos segundos, se trasladó a Viena, a sus primeros años de infancia. Aunque le gustaba el pan español, encontraba este mucho más esponjoso y delicado. Su masa estaba hecha de manteca, huevos, azúcar y leche; su costra era fina, nada crujiente, y tenía un sabor mantequilloso que se deshacía en la boca.

—¿Es la primera vez que lo prueba? —preguntó el hombre.

—Hacía muchos años. Soy austríaca, viví en Viena.

El panadero alzó las cejas con sorpresa y sonrió.

—Soy Matías Lacasa, el mismísimo fundador de Viena Capellanes —comentó orgulloso—. Me alegra que una austríaca como usted valore mi producto. ¡Mi trabajo me ha costado!

Celia observó la placa que colgaba tras el mostrador, que informaba de que eran proveedores de la Casa Real.

—Así que servís a la reina María Cristina —aventuró Celia—. ¿Hacéis algo más aparte de pan de Viena?

Matías negó con la cabeza. Era un hombre de mediana edad, moreno y de actitud resuelta. Sacó un pañuelo blanco del pantalón y se secó el sudor que le resbalaba por las sienes.

—No sé nada de pasteles, ni de repostería —respondió azorado—. Hasta la reina me preguntó si le podía hacer algún postre vienés, pero no tengo ni idea. Además, solo con la venta de pan de Viena el negocio va viento en popa. Conseguí su patente en el 73.

—¿Dónde aprendió a hacerlo? —preguntó, curiosa—. ¿Estuvo en Viena?

—Así es, en la Exposición Internacional de ese mismo año. Lo probé allí por primera vez y me dije que era una gran oportunidad para producirlo en España. Yo solo era un industrial, no tenía ni idea de hacer panes. ¡Y fíjese ahora, que hasta me atrevo a hornearlos yo mismo de vez en cuando!

Celia recordó la Exposición Internacional del 73. La Bolsa de Viena había colapsado en mayo, el mismo mes en que se inauguraba aquella magnífica exhibición en la que participarían los países más importantes del mundo para mostrar sus proyectos culturales e industriales. No había podido visitarla, pues aquel mismo verano había muerto su padre y su familia había tenido que emigrar a Madrid.

—Pues tuvo una idea excelente —comentó Celia—. Ahora hace las delicias de la reina.

Celia continuó hablando un rato más con Lacasa, recordando la ciudad en la que había vivido. «Sin lugar a dudas, la venta de pan de Viena le resulta lo bastante rentable como para aventurarse en el mundo de la repostería vienesa», pensó. Así pues, ese era un mercado todavía sin explotar en Madrid. Abandonó la panadería dándole una y mil vueltas a una única idea: ¿debería marcharse a Viena?

Beatriz tenía el día libre, así que comería en casa junto a Celia y Margarita. Estaba contenta porque en apenas unos meses se convertiría oficialmente en institutriz; por fin había cumplido su sueño.

—He sacado tan buenas notas que me voy a ahorrar casi un año de estudios —comentó orgullosa—. Podré buscar trabajo en otoño.

Celia abrazó a su hermana y la colmó de besos.

—Siempre has sido una muchacha muy inteligente, pero no esperaba tanto. ¡Eres formidable!

—Y tú también, hermana. Haces los mejores postres de vainilla del mundo. Deberías tomar ya una decisión y abrir tu propia confitería.

Celia torció el gesto, pensativa.

—Pero quiero hacer algo diferente —comentó—. Me he dado cuenta de que la mayoría de las pastelerías de Madrid se basan en la repostería francesa. Y, ahora, con la reina María Cristina…

—Se ha puesto de moda la vienesa, ¿no? —continuó Beatriz—. Pues deberías hacer algo.

—Estoy pensando en ir a Viena y aprender allí —dijo con determinación—. Pero hay algo que me lo impide.

—Lo de padre, ¿no? —Bajó la mirada—. Te asusta regresar al lugar en el que pasó todo.

Celia asintió emocionada.

—Sí, pero a la vez deseo volver a mi ciudad de origen y visitarla de nuevo —suspiró—. Es una contradicción.

Margarita, que estaba haciendo la comida, dejó de remover el puchero y se acercó a su hija.

—Has pasado por muchas cosas, Celia. Eres fuerte, y lo de tu padre sucedió hace años. Dicen que Viena ha cambiado, que es una ciudad moderna. Podrías aprender infinidad de cosas allí y regresar para cumplir tu objetivo en Madrid.

—Y yo podría acompañarte —añadió de repente Beatriz—. ¡Estoy deseando pisar de nuevo mi ciudad!

Celia abrió los ojos, sorprendida.

—¿De verdad? ¡Pero ya podrías empezar a trabajar aquí de institutriz!

La joven se encogió de hombros.

—Podría hacerlo en Viena —exclamó alegre—. ¡Y así practicaría el alemán!

—No sé, hermana… —Resopló—. No quiero que por mi culpa…

—Quiero viajar de nuevo —insistió con emoción—. Y visitar la tumba de padre.

Las tres mujeres se quedaron calladas, recordando a Klaus. Habían abandonado Viena tan rápido que apenas habían podido despedirse de su padre en condiciones.

De repente, alguien llamó a la puerta. Era el cartero, que portaba una carta para Celia. Esta miró el remitente: era de Loana, procedía de Reunión.

—¡Qué ilusión! —exclamó con lágrimas en los ojos—. ¡Por fin!
Leyó la carta con impaciencia.

Querida Celia:

¿Cómo estás? Traigo buenas y malas noticias. La buena es que
Niry y yo nos hemos casado y que las tierras dan buenos frutos. Estamos exportando muchas especias y eso nos reporta cuantiosos beneficios. Trabajamos sin parar el día entero y la plantación de vainilla
sigue su curso. Crece lentamente, pero fuerte.

La mala noticia es que Baptiste ha muerto. Ya sabes que no andaba muy bien de salud, que ya era muy mayor. La gran sorpresa es
que ahora su plantación de vainilla te pertenece a ti. Al no tener herederos, decidió que tú fueras la usufructuaria. Junto a esta carta te adjunto el documento de la propiedad, la cual pasará a ser tuya en
cuanto la devuelvas firmada.

En el testamento dejó constancia del cariño que te tenía pese al
escaso tiempo que compartisteis juntos y de la amistad que le unía a
tu padre. Cree en ti, en que podrás encontrar nuevas vías comerciales
para su plantación y mejorar así sus ingresos. Creo que es una buena
oportunidad, Celia, y que deberías aceptarla. Nosotros la trabajaremos por ti, la cuidaremos, pero tú debes de ser quién la dé a conocer
y le saque rentabilidad.

Echo de menos a mi padre, suelo visitar su tumba a menudo en
Saint-Denis. Siento mucho orgullo por el legado que me ha dejado,
por su perseverancia y el amor que me dio. Eso me fortalece. También
te echo de menos a ti, mi querida Celia. Cada vez que paseo por esta
plantación junto a Niry y huelo la intensidad de la vainilla me
acuerdo de ti, de todo lo que hiciste por nosotros. Deseo de todo corazón que las cosas te vayan bien.

Por cierto, no he vuelto a saber nada de Antoine. Supongo que ya
nunca volveremos a hablar. He dejado de tener a un hermano para
pasar a tener a una hermana, que eres tú.

Hanta, Mahery, Adadjaly y Haja te mandan un gran abrazo.

Te quiere,

Loana.

Celia no podía parar de llorar. ¡Baptiste había muerto! Sin la ayuda del anciano, jamás podría haber ayudado a Loana y Niry. Siempre le estaría agradecida por su apoyo. Pero ¿qué iba a hacer ella con sus tierras? Su sueño en Reunión había sido la creación de su propia plantación de vainilla y, ahora, de repente, se encontraba con una en pleno funcionamiento de la que podría sacar mucho provecho. Aunque ¿qué nuevas vías comerciales podía encontrar, si ella no sabía de negocios ni de comercio? Se quedó pensando unos minutos hasta que por fin salió de dudas. Corrió hacia su habitación y sacó una cajita de recuerdos que tenía de Reunión, donde guardaba el amuleto que le había entregado Loana antes de su regreso a Madrid, y que estaba bendecido por Hanta. Junto a él, como si fuera una premonición, se encontraba la tarjeta de un hombre que había conocido en Madagascar.

Herr Gunther Müller
Alle Ringstrasse, 7 (Wien)

Aquel hombre le había dicho que, si algún día conseguía vainilla de buena calidad, acudiera a él para venderla. El señor Müller vivía en Viena. El destino llamaba a su puerta.

—Creo que ya he tomado una decisión —anunció Celia a su familia—. Me marcho a Viena.

30

Diego la había invitado a cabalgar por la Casa de Campo de Madrid. La primavera se asomaba tímidamente a principios de abril, y las flores y los pájaros comenzaban a poblar las riberas de aquellos magníficos lagos. Hacía una mañana estupenda para disfrutar de aquel paisaje lleno de encinares y de sus arroyos, que desembocaban en el Manzanares. Abrazada a Diego, se aventuraron por los caminos más abruptos y vírgenes sobre un caballo blanco de raza española, pasando por debajo de tupidas y cerradas copas donde anidaba la cigüeña blanca y habitaban las ardillas rojas y los ratones de campo.

Cuando ya llevaban un rato de ejercicio, el caballo empezó a dar señales de fatiga. El sol se encontraba en lo más alto y la luz incidía con fuerza, así que se apearon en un claro sombreado para descansar. Diego le quitó la cabalgadura al animal para que pastara a sus anchas.

—¿Estás segura de que quieres marcharte a Viena? —le preguntó el cochero.

—Sí. Quiero encontrar nuevos compradores para la plantación de Baptiste y aprender sobre repostería vienesa.

—Plantación que ahora es tuya —añadió Diego—. Ahora sí que te pueden llamar La musa de la flor negra.

Celia rio y tomó una bocanada de aire puro. La naturaleza se extendía ante su mirada, las coníferas que la rodeaban olían a musgo y espino. Se sentía bien, sabía que Viena le proporcionaría el aliento de vida nueva que necesitaba.

—Quiero volver a casa —comentó—. Sé que reencontrarme con mi padre me ayudará a superar su marcha. Era muy joven cuando ocurrió esa desgracia y debo superarlo de una vez por todas. Beatriz me acompañará.

Diego asintió y le colocó la mano sobre el hombro para infundirle ánimo.

—Lo conseguirás, regresarás con fuerzas renovadas. —Hizo una pausa—. Si es que vuelves.

El joven desvió la mirada, temeroso. Se habían convertido en amigos íntimos durante los últimos meses. Se comprendían, se entendían, y sus diferencias se habían acortado hasta el punto de volverse insignificantes.

—¡Claro que volveré! —exclamó Celia—. Solo estaré ausente unos meses y seguiremos carteándonos, por supuesto. No pienso perderte otra vez.

Los dos se miraron, ruborizados. Él cambió de tema.

—¿Sabes algo de Elena? —preguntó—. El rey todavía no ha ido a París a visitar a su hijo.

—Me escribió cuando nació el pequeño Alfonso. Me dijo que el rey estaba contento por tener un hijo varón, pero sigue siendo un bastardo. Volverá en pocos días.

—¡Pobre mujer! —exclamó él—. Ya no goza de sus atenciones, aunque en el fondo la sigue queriendo. Sin embargo, ahora está ocupado con La Biondina. Es una mujer tan descarada que hasta la reina sabe ya de su existencia. Les va con exigencias a los ministros del Gobierno, pidiéndoles favores y que intercedan en no sé qué negocios que tiene ella.

—Así que es una aprovechada.

—Eso parece. —Resopló—. Pero eso al rey le da igual. Supongo que le debe de satisfacer enormemente para que pase por alto su conducta. Cuando Alfonso se encapricha de una mujer, no hay Dios que lo baje del burro.

—Así que María Cristina debe de estar pasándolo mal…

Diego asintió y se cercioró de que no hubiera nadie a su alrededor.

—Además, está embarazada —dijo en voz baja—. Es cuestión de tiempo que lo anuncien oficialmente.

Celia aplaudió, alegre.

—¡Qué bien! ¡Alfonso por fin tendrá un heredero al trono!

—O heredera —añadió—. La reina sufre por si no es varón, después de enterarse del nacimiento del hijo de Elena Sanz.

—Si es fértil, podrá tener más hijos.

Tras reponer fuerzas, Diego y Celia continuaron con el paseo. Le mostró la Casa de los patines, un pequeño pabellón con una gran estufa de cerámica en el centro de la sala, servicios y aposentos para descansar. Allí guardaban los patines y trineos que, durante el invierno, el rey solía utilizar para patinar por las aguas congeladas del estanque.

—¡Qué suerte que puedas pasear por aquí! —exclamó Celia—. Se nota que eres un hombre de confianza.

—Es una pena que la gente no pueda disfrutar libremente de este paraje y solo se les permita hacerlo bajo invitación real.

—Sería gracioso ver patinar al rey. ¡Es tan delgado y enclenque!

Ambos comenzaron a reír. El agua del estanque temblaba, en ella se reflejaban los pinos y los destellos de plata y oro del sol. Algunos cisnes nadaban silenciosos mientras otros realizaban graciosos aspavientos propios del cortejo amoroso.

—Te voy a echar de menos —soltó de repente Diego—. Menos mal que todavía quedan unos meses hasta el otoño.

Celia se sonrojó.

—Yo también te echaré de menos.

Los dos se miraron a los ojos. Él acarició un mechón de su pelo, despejándole la frente. Quiso besarla, pero Celia se distanció. Por muy tentada que se sintiera, sabía que no podía continuar.

—Todavía no puedo. —Tragó saliva—. Ni siquiera ha pasado un año de la muerte de Gustav.

Sus sentimientos por el cochero habían cambiado, aunque todavía no sabía con exactitud si se trataba de amor o deseo. Se sentía atraída por él; a veces, incluso, se estremecía cuando la miraba. Sin embargo, le aterrorizaba aquella inesperada realidad: se sentía culpable por Gustav, pues en su interior tenía la sensación de que lo estaba traicionando.

Diego cabeceó, resignado.

—Lo entiendo. Esperaré lo que haga falta.

—Es mejor que sigamos siendo solo amigos —añadió Celia.

De repente, apareció una mujer cabalgando al trote sobre un precioso corcel negro, de crin y cola rojiza. Era la reina María Cristina. Iba sola, vestía un traje de amazona color gris oscuro y un sombrero de hombre, de copa baja, rodeado por un velo de gasa. Se acercó a ellos lentamente.

—¡Oh, *meine liebe* Celia! —exclamó la mujer—. Veo que estás disfrutando de un paseo agradable con tu buen amigo.

Celia asintió. El rostro de la reina parecía cansado, tenía la mirada triste y desanimada.

—¿Por qué no me acompañas un rato? —añadió—. Me gustaría hablar con una vienesa y recordar nuestro país juntas. Lo echo muchísimo de menos.

Celia miró a Diego, quien aceptó con la mirada.

—Yo me quedaré aquí, descansando —dijo él de buen humor—. Disfrutad del ejercicio, señoritas.

María Cristina sonrió satisfecha y ayudó a Celia a subir al caballo. No sabía dónde agarrarse. Por suerte, no hizo falta, pues la reina cabalgaba de forma tranquila y segura. Probablemente se debiera a su embarazo.

Ambas se dirigieron a un gran embalse bordeado por juncos y torrentes donde se practicaba la cría de tercas. Allí mismo, en el lago, un hombre esparcía centeno cocido a los peces para cebarlos. Se sentaron en un banco de piedra, mirando el pintoresco paisaje. De vez en cuando, aparecía algún faisán con plumas tornasoladas.

Celia todavía no acababa de creerse que estuviera junto a la reina María Cristina. Imaginaba que su situación en la corte no era especialmente reconfortante, por lo que necesitaba evadirse y hablar en su idioma con una compatriota. Le había caído en gracia.

—¿Sabes lo que más echo en falta de Viena? —preguntó de repente la reina.

—Ir a la ópera estatal y disfrutar de la música de Strauss.

María Cristina negó con la cabeza y soltó una carcajada.

—La tarta Sacher. —Se relamió los labios—. Ojalá estuviera aquí la pastelería Sacher para poder degustarla. ¿La has probado alguna vez?

—No, pero he oído hablar de ella: es un bizcocho esponjoso relleno de mermelada de albaricoque y cubierto de chocolate. ¡Debe de estar buenísima!

—No he probado nada igual aquí —suspiró—. No hacen pasteles de ese tipo, ni siquiera en Viena Capellanes. Me encanta el pan que elaboran, me recuerda a mi tierra, pero nada más. ¡Ni qué decir de los cafés de allí! En Madrid puedes tomar café, sí, pero nunca acompañado de una buena porción de tarta. Vendéis ambas cosas por separado, cuando deberíais ofrecerlo todo junto.

—Lo sé, me he dado cuenta, y quiero cambiarlo —dijo con determinación—. En septiembre quiero marcharme a Viena y aprender de su mejor repostería. Mi deseo es volver a Madrid con la lección aprendida y abrir mi propia pastelería.

La reina dio unas palmadas, emocionada.

—¡Un café vienés! —exclamó—. Eso es lo que tienes que hacer. Y muchas tartas. La verdad es que no he podido sacarme de la cabeza esos postres tan ricos que preparaste el otro día… Creo que añadir especias y esa extraordinaria vainilla enriquecería todavía más las recetas austríacas, ¿no crees?

—Esa es mi intención, sí. No quiero ser una simple copiadora de recetas, sino también elaborar las mías propias, las que han salido de mi mente y de mi pasión por la confitería.

La mujer la miró con admiración.

—Me gustan las mujeres valientes. Te fuiste a Reunión y le sacaste provecho.

—Igual que usted, Su Majestad. También abandonó su casa y su cultura para vivir en un país desconocido.

María Cristina agachó la cabeza, apenada.

—Y con un hombre al que no conocía. Nos vimos meses antes de la boda en un pueblecito francés, en Arcachón. El rey no puso mucho entusiasmo, pues no era su tipo. De hecho, me he enterado de lo que le comentaba al duque de Sesto a mis espaldas: que la que era guapa era mi madre, no yo.

Celia no supo qué decir.

—Estaré pendiente de tu vuelta, y no dudes en invitarme a probar tus pasteles en cuanto regreses a Madrid.

María Cristina se puso inesperadamente de pie, con intención de marcharse.

—Vamos, te llevaré con el cochero —dijo sin más—. Yo debo volver con Alfonso. Ha salido a cazar y, aunque mucho me temo que no habrá notado mi ausencia, en algún momento preguntará por mí. O eso espero.

Ambas subieron al caballo; esa vez, la reina trotó más fuerte, como si se hubiera liberado de un gran peso. Celia temió por el bienestar de la criatura que llevaba dentro.

—Y no lo dejes escapar —le dijo la reina a Celia a modo de despedida, al reencontrarse con Diego de nuevo—. No hay nada más reconfortante que sentirse querida y deseada por el hombre que amas.

Celia estaba preparando *Kaiserschmarrn*, un postre austríaco formado por una crepe esponjosa partida en trozos con compota y salsa de ciruela, y cubierta con pasas empapadas en ron. Por supuesto, llevaba una cucharadita de su extracto de vainilla. Su madre la ayudó a preparar la masa y batió los huevos, la harina y el azúcar. Después, la echó sobre una sartén untada en mantequilla para hacer la característica forma de crepe.

—¿Y dices que es un postre real? —le preguntó Margarita.

—Así es, en honor al emperador Francisco José. Según cuentan, los cocineros no sabían hacer bien las crepes, se les rompían, por lo que decidieron añadirle otros ingredientes por encima para tapar el desastre. Al final, se convirtió en un postre exquisito y muy popular.

De repente, alguien llamó a la puerta. Para su sorpresa, se trataba de Elena Sanz. Celia la abrazó, llevaban muchos meses sin verse.

—¿Cómo te encuentras? —le preguntó admirando su cuerpo, que ya se había recuperado del embarazo—. ¿Y el pequeño Alfonso?

—Está bien, al cuidado de la *nanny*. ¡Qué ganas tenía de regresar y abandonar París! Me he pasado todos estos meses junto a la reina Isabel, que no quería dejarme ni a sol ni a sombra. Para ella, el niño es como si fuera su nieto.

—Es que lo es, aunque no le hayan dado sus apellidos. Seguro que el rey también estará contento, ¿no?

Elena sonrió, parecía relajada.

—Ha venido a vernos y está encantado —suspiró aliviada—. Parece que me quiere, Celia, me quiere de verdad. La Biondina es solo un pasatiempo que durará poco.

Celia torció el gesto. No estaba segura de eso, pero no iba a ser ella quien le quitara las esperanzas a su madrina.

Margarita se había quedado atrás, sin atreverse a acercarse a Elena. Era la primera vez, después de tantísimos años, que volvían a verse las caras. Había llegado el momento de hacer las paces y retomar la amistad.

—Querida amiga. —Los ojos de Elena se humedecieron—. ¡No sabes la de veces que he esperado este momento! ¿Empezamos de nuevo?

Margarita tragó saliva, visiblemente emocionada, y asintió. Las dos se fundieron en un sentido abrazo que duró unos minutos. Celia no cabía en sí de gozo.

—Siento haber pensado mal de ti —explicó Margarita—. No quería aceptar la verdad y lo pagué contigo.

Elena negó con la cabeza y le apretó las manos.

—Todo eso ya pasó. Además, sin ti jamás hubiera conseguido ser la contralto que he llegado a ser. Me proporcionaste la técnica y los consejos necesarios para poder alcanzar el éxito. ¿No es eso un mérito?

Margarita no pudo reprimir las lágrimas.

—Sé que nos prestaste dinero y que has ayudado a Celia en todo lo que has podido —expresó agradecida—. No quiero volver a perderte.

Mientras las dos viejas amigas se ponían al día de sus asuntos, Celia aprovechó para terminar el postre y servirlo. La salsa de ciruelas estaba todavía caliente y despedía un olor ácido y dulce.

—Te debo contar una cosa, Celia. —Elena se puso seria—. Coincidí con Antoine en París.

La muchacha se sorprendió. Ni ella ni Loana habían sabido nada de él desde que había partido de Reunión.

—En la Casa Guerlain, la de perfumes —añadió la cantante—. Ya sabes que es una de las más famosas; quienes se lo pueden permitir, anhelan un perfume de su marca. ¡Hasta Alfonso encargó uno especial para mí!

—¿Y qué pasó? —preguntó, nerviosa—. Es hablar de ese hombre y se me pone mal cuerpo.

—Pues bien, Guerlain ha creado un nuevo perfume llamado Imperial Ruso, en honor a los zares. Y nos invitó a lo más granado de la sociedad para que lo probáramos.

Sacó de su bolsito un frasco de perfume y se lo dio a oler.

—Huele a vainilla —dijo Celia.

—Exacto. Es una maravilla. Es fresca, muy singular.

Celia asintió. Guerlain hacía los mejores perfumes franceses, sin duda, y la mayoría de reyes y reinas de Europa ya tenían el suyo personalizado.

—¿Y qué tiene que ver esto con Antoine?

—Él es quien proporciona la vainilla a la compañía. Y no solo a ella, sino también a algunas pastelerías de París. Al escuchar su nombre, fui a hablar con él y, haciéndome la interesada, le saqué información.

Celia arrugó la frente.

—Me dijo que vendía la mejor vainilla de Reunión, en extracto —continuó Elena—. Es decir, no las vainas, sino su esencia. Como sabía que no era un hombre de fiar, estuve haciendo mis averiguaciones y compré yo misma un botecito. —Le entregó el botecito a su ahijada para que lo probara—. Celia la olió detenidamente y a continuación la probó.

—Esto no es vainilla de Reunión —concluyó—. No tiene su profundidad, ni su sabor. Es tenue, dispersa. Puede que funcione bien para fabricar un perfume, pero no para repostería. O, al menos, no para elaborar buenos postres.

—Ya me lo imaginaba. —Se cruzó de brazos—. Pues la vende a bajo precio, y por eso la gente la compra.

Celia se puso en jarras, enfadada.

—¡Pero eso es una estafa! —exclamó de mal humor—. Dice que es de Reunión, cuando te aseguro que no lo es. Conozco bien su sabor y textura. No sé qué clase de vainilla es ni de dónde la ha sacado, pero está mintiendo.

Miró el frasco detenidamente. Llevaba una etiqueta amarilla en la que se podía leer «Vanille Bourbon» en letras grandes y negras. No aparecía ninguna información más.

—Antoine sigue con sus trapicheos. —Apretó los puños, enfadada—. Y todavía no sé cómo pararlo.

31

DIEGO LLEVÓ A Celia y Beatriz a la estación de Atocha. Había muchísima gente en el andén: mujeres con vistosos sombreros acompañadas por mozos de carga, niños que correteaban por las plataformas y hombres fumando impacientes mientras esperaban la llegada de los trenes. Hacía calor, pese a que ya había pasado el verano. El otoño de 1880 había empezado sigiloso y tranquilo.

—Os deseo un feliz viaje —dijo Diego, compungido.

Aunque trataba de disimularlo, en su rostro se podía advertir la tristeza de tener que separarse una vez más de Celia.

—Los meses pasarán volando —afirmó ella—. Te escribiré en cuanto llegue.

El cochero asintió y le dio un beso en la mejilla. Permaneció unos segundos más de lo necesario pegado a su piel, aspirando el aroma de la joven, tratando de memorizarlo para poder sobrellevar su ausencia. Cuando por fin se separó Celia, esta lo cogió de las manos y las apretó con fuerza sin dejar de mirarlo a los ojos. Ambos los tenían húmedos. Tragó saliva, sentía que su ausencia lo iba a condicionar demasiado. Quiso decirle algo, rogarle que la esperara, pero no se atrevió.

—Hasta la vista —dijo al fin con una voz ronca por la emoción.

El tren chirrió hasta detenerse en el andén, arrojando una nube de humo y vapor. Un hombre con gorro y silbato salió por una de las puertas y dejó entrar a los pasajeros.

Las dos hermanas tenían billete de primera clase, por lo que viajarían de forma cómoda; su vagón estaba iluminado por lámparas de gas y decorado con cortinajes de color verde. ¡Qué diferente sería ese viaje del que habían hecho hacía siete años!

Se habían marchado de Viena sin apenas dinero, en las peores condiciones posibles. Por suerte, su vida había cambiado, se sentía una afortunada, pero sabía bien que aquello no hubiera sido posible sin Gustav. Ahora, sin embargo, ya no dependía de ningún hombre, y mantener su fortuna estaba en sus manos y en su instinto para los negocios. Baptiste había confiado en ella y no pensaba defraudarlo.

Antes de que partiera el tren, Celia miró por la ventanilla. Diego continuaba allí, agitando su mano, diciéndole adiós. Lo iba a echar mucho de menos.

—Tus sentimientos por él han cambiado —dijo Beatriz.

Celia asintió. Antes de casarse con Gustav, veía al cochero como un joven bueno y encantador a quien simplemente apreciaba. No obstante, desde que ocurrió lo del atentado, Diego se había metido tanto en su corazón que sentía que su extraña amistad se había convertido en deseo.

—No lo sé —titubeó—. Quiero que sigamos siendo amigos.

—No, no es eso lo que quieres, pero te obligas —sentenció su hermana—. Por Gustav.

Era cierto. El recuerdo de Gustav frenaba todavía sus sentimientos, por pura culpa.

—Necesito tiempo —expresó ella—. Cuando vuelva de Viena…

—¿Y crees que Diego te esperará? Te quiere, pero es un hombre, y puede que se canse.

Tenía razón, lo había pensado decenas de veces. En el fondo, temía que el muchacho la olvidara. Y entonces no podría echárselo en cara, pues era ella quien lo había ignorado en el pasado, se había casado con otro hombre y había vuelto inesperadamente a Madrid, entrando de bruces en su vida de nuevo y sin preguntar.

El trayecto se hizo eterno. Pararon en Burdeos, París, Estrasburgo, Múnich y Salzburgo. Y, por fin, llegaron a Viena. Celia y Beatriz apenas pudieron contener la emoción al volver a poner los pies sobre el lugar que las había visto nacer y crecer. La ciudad del arte y de la cultura europeas; de Mozart, Beethoven, Schubert y otros grandes artistas. Estaban felices.

Alquilaron un coche de caballos, cargaron las maletas y se dirigieron hacia la Ringstrasse, una amplia avenida circular que rodeaba el centro de la ciudad, en dirección al domicilio del señor Müller. Se había construido en la década de los sesenta, así que era relativamente nueva. En ella se habían edificado grandiosos palacios de estilo neorrenacentista en los que vivían los burgueses y aristócratas más acaudalados.

Era una mañana bulliciosa debido al flujo regular del tráfico: ómnibus, tranvías y una verdadera flota de carruajes tirados por caballos. Un operario con manguera, subido a un carro de limpieza, regaba aquellas calles espaciosas, anchas y modernas. Allí se erigían los nuevos edificios gubernamentales, flamantes teatros y museos de fachadas blancas, así como elegantes hoteles, cafés y tiendas de lujo. Pasaron por el Stadtpark, desde el que emanaba el aroma a hierba fresca y tierra mojada de sus jardines, la sobria y bella fachada del Teatro de la Ópera de Viena y el Palacio Imperial, en cuya puerta aguardaban alabarderos y húsares. Las hojas de los sicomoros y castaños cubrían la Ringstrasse en tonos rojizos y anaranjados. ¡Qué bonita era Viena!

Por fin llegaron al palacete del señor Müller, con el que se había estado carteando durante los últimos meses y casi ya había llegado a un acuerdo de negocio. El mayordomo preguntó por la identidad de ambas jóvenes y, después de unos minutos, el comerciante apareció para recibirlas.

—¡Querida Celia! —expresó con entusiasmo—. ¡Esperaba su llegada con ilusión!

El señor Müller lucía un bigote y una barba recortados con cuidado. Pese a su ancha barriga y su corta estatura, iba vestido de forma impecable con unos pantalones de raya diplomática y una chaqueta de solapa ancha.

—Adelante, pónganse cómodas. —Las dirigió hacia el salón—. Tenemos mucho de qué hablar.

Se sentaron en unos sofás que había frente a la chimenea de mármol prendida. A través de los grandes ventanales, la luz natural iluminaba el hermoso piano de cola que presidía la estancia. La sala entera estaba tapizada de color gris con cenefas de lirios azules.

Müller cogió un puro habano de una cigarrera que había sobre la chimenea y se lo encendió.

—No he dejado de pensar en su vainilla —comentó interesado—. ¡Estoy deseando probarla!

Celia sacó de su maleta un par de frascos de esencia de vainilla, así como vainas ya maduras que le había mandado Loana desde Reunión.

—En pocos meses tendrá toda la vainilla que quiera, están de camino —dijo Celia—. Pruébela, verá que no miento cuando digo que es la mejor del mundo.

Müller abrió el frasco y se lo llevó a la nariz. Después, con una pequeña navaja que guardaba en el bolsillo interior de su chaqueta, procedió a raspar la pulpa carnosa y la probó.

—¡Maravillosa! —Aspiró profundamente su aroma—. Tenía razón: es de gran calidad. Los confiteros de la ciudad se van a volver locos. Hay tanta competencia por servir el mejor pastel de Viena que todos querrán tener la mejor vainilla.

Celia sonrió, orgullosa. La empresa de Müller se encargaría de vender su producto por toda Austria, principalmente en la capital. Y, de momento, hasta que no encontraran otra estancia, las dos hermanas se hospedarían en su palacete. Todo estaba saliendo según lo esperado.

POR LA TARDE, Müller decidió llevar a las dos mujeres a algunos cafés del centro para que pudieran conocer a sus futuros clientes. Primero acudieron al Scharzenberg. Su interior era acogedor, las paredes estaban forradas con paneles de madera, y olía a una mezcla de café, pasteles y humo de tabaco. La clientela era variada, y muchos leían el periódico liberal *Neue Freie Presse*.

Müller pidió por ellas; enseguida un camarero trajo un *Apfelstrude*, un pastel de manzana típico, y un *melange*, un café servido con espumosa leche burbujeante que se derramaba por el borde de la taza. Celia rompió la cubierta de la masa azucarada y el vapor emanó de la tarta con olor a manzana tibia y canela.

—¡Cómo echaba de menos estos sabores! —exclamó Celia.

—¿Son mejores que los españoles? —preguntó el austríaco.

—Son diferentes. La cuestión es que aquí la gente disfruta sorbiendo café de su taza junto a su porción de tarta. Es un lugar acogedor, cálido...

—Y hay gente de todo tipo, desde grandes damas y caballeros a simples trabajadores que quieren disfrutar de una bonita tarde. —Miró a su alrededor y señaló a uno de ellos—. ¿Sabes quién es ese?

Celia negó con la cabeza.

—Heinrich Fischer, un científico muy reputado —le explicó—. Siempre va acompañado por su ayudante, un joven prometedor, creo que se apellida Freud. Bueno, pues este tal Fischer montó un escándalo hace unos meses en un espectáculo de hipnotismo. Yo mismo estaba presente.

—El hipnotismo consiste en que te quedas dormido y pueden hacer contigo lo que quieran —aportó Beatriz—. ¡Me parece horroroso!

—Pues no se imagina la que se armó, señorita —continuó el hombre—. Resulta que Carl Hansen, un hipnotizador danés muy famoso, vendió todas las localidades del teatro Ringtheater con su espectáculo de hipnosis. Yo, como tantos otros, compré una entrada. Pues bien, todavía no puedo creer lo que vi: sacó a varios espectadores del público y los paralizó. ¡Ni siquiera podían abrir la mandíbula! Luego, les empezó a ordenar que hicieran poses de lo más absurdas, que se subieran a una silla, que se comieran una patata cruda...

—¿Cómo es posible? —preguntó sorprendida Celia—. ¿Se le puede hacer algo así a la mente humana?

—Yo es lo que vi. —Se encogió de hombros—. Pero, a mitad de la función, Fisher empezó a gritarle estafador y se desencadenó el alboroto en la sala. Tuvo que intervenir la policía.

—Se llama catalepsia —dijo en ese momento Beatriz—. Ocurre cuando una persona se queda rígida, inmóvil, aunque generalmente viene dada por una enfermedad. Es imposible que un hipnotizador pueda provocar algo así en una persona. Estoy de acuerdo con ese científico: es un estafador.

Müller se quedó mirando a Beatriz.

—Eres joven, pero muy inteligente —afirmó—. ¿Cómo sabes esas cosas?

—Soy institutriz —comentó orgullosa—. He estudiado mucho, aunque esto no lo he aprendido en la escuela, sino en otros libros de la biblioteca. También me interesa la ciencia.

—Y está buscando una casa donde pueda ejercer —añadió su hermana—. Podría enseñar también español, si alguien está interesado.

Müller asintió.

—Ojalá tenga suerte. —Engulló un pedazo de pastel—. ¡Está irresistible!

Poco después, se dirigieron al Café Imperial. Había empezado a llover y el cielo se había oscurecido. El aire era frío y húmedo, y el alumbrado de gas estaba bajo todavía. Entraron con los sombreros goteando y el olor a mojado pegado en sus vestidos. Se sentaron a una mesa, y en unos minutos entraron en calor. Al fondo del café, un pianista tocaba una melodía de Chopin. A través de los cristales, observaban cómo caía el agua y parpadeaban las linternas de los carruajes.

Celia se fijó bien en la decoración de aquellas cafeterías, que poco tenían que ver con las que había visitado en Madrid: había muchísimas mesas, todas con patas de forja y tablero de mármol, así como grandes ventanales con bonitas vistas a la ciudad. En toda la sala se distribuían esbeltas columnas griegas que sustentaban los techos abovedados y dividían la inmensa sala en diferentes espacios. «Si quiero algo parecido en Madrid —se dijo—, tendré que invertir mucho dinero.» Por suerte, si la venta de vainilla triunfaba, tendría todo el que necesitara.

A pesar de que ya estaba satisfecha, Müller insistió en pedir otro pastel. En esta ocasión, se trataba de un *Marillenknodel*:

albaricoques envueltos en masa, cubiertos de requesón y espolvoreados con pan rallado y mantequilla. Lo acompañaron con una bebida que incluía un poco de ron y una espiral de nata montada. Aquellos postres eran puro sabor.

—Quiero ser aprendiz de alguna pastelería —comentó Celia—. Aprender de los mejores. ¿Cree que podrían aceptarme?

Müller se quedó pensando. Se había encendido otro puro.

—Siendo la dueña de la mejor vainilla de Reunión, puede. —Sonrió—. Si les hacemos una buena oferta…

—¿Y cuál cree que es la mejor de todas?

—Me pone en un aprieto, señorita, pero creo que ahora mismo tiene mucha fama el Hotel Sacher.

—¿Los creadores de la tarta Sacher? —Recordó que era la favorita de la reina—. No sabe las ganas que tengo de saborearla.

Müller torció el gesto.

—Bueno, hay un problema ahora mismo con la tarta Sacher. —Se masajeó las sienes—. Resulta que quien la inventó, en 1832, fue Franz Sacher, un joven aprendiz que quería sorprender al príncipe Von Metternich. Y lo consiguió, pues es exquisita. Sin embargo, al cabo de muchos años, el hijo de Franz, Eduard Sacher, que conocía bien la famosa receta, entró a trabajar en la reputada pastelería Demel. Y allí comenzó a vender el pastel.

—Entonces, ¿quién la vende: la Demel o el Hotel Sacher? —preguntó confundida Beatriz.

—Los dos. —Müller rio—. Eduard Sacher fundó hace pocos años el hotel, donde también está su pastelería. Así que puede degustarla donde le plazca.

Celia asintió con curiosidad.

—Pero dice que ahora está de moda el Sacher.

—Sí. Eduard Sacher compró el Hotel de la Ópera hace unos cuatro años y le cambió el nombre. Pero, verás, su éxito no radica en él, sino en su mujer, Anna. Era asistente del hotel, se enamoraron y se casaron hace apenas unos meses. Sin ella, ese lugar no sería nada.

—¿Y eso por qué?

—Oh, es una mujer de armas tomar. —Le dio otra calada al puro—. Tiene fuerza, sabe ganarse al cliente. Y es extrovertida. —Soltó una carcajada—. ¡Vaya si lo es!

—Así que parece que ella es la verdadera dueña del hotel.

Müller asintió.

—Ella lo gestiona todo. Ha sabido hacer un buen negocio. —Volvió a escapársele la risa—. Ya lo comprobará usted misma si acaba hospedándose allí.

Celia arrugó la frente. Tenía la sensación de que el hombre le ocultaba algo sobre ese hotel y lo que realmente lo hacía famoso. Sin embargo, prefirió no preguntar nada y descubrirlo ella misma.

—Tendré que hacerle una visita a esa tal Anna —concluyó.

Salieron ya de noche del Café Imperial y, aunque llovía, todavía había un trajín incesante en la calle. Decenas de carruajes bajaban rápidamente por la Ringstrasse al ligero trote de sus caballos. Los faroles formaban una hilera de puntos luminosos en toda la avenida. El ambiente era cálido, pese al frío; se oía el rumor de los cafés todavía abiertos, el olor a ácido y moho de las céntricas cervecerías abovedadas, la música de los teatros, las risas procedentes de los restaurantes… A través de las ventanas de hoteles y palacetes, se percibía la luz de las chimeneas encendidas o la estufa de leña. El aroma a *gulash* inundaba las calles más humildes. Había paz, todo era afable, jovial; Celia se sentía como en casa.

De repente, en aquella misma calle, se toparon con el solemne edificio del Neumann Bank. Era de estilo neoclásico, con forma de templo griego y decorado con impresionantes esculturas y frisos. Estaba pintado de un blanco reluciente, con un reloj de bronce en la imponente entrada. Celia sintió que se le revolvía el estómago y palideció. El señor Müller se percató de su estado.

—¿Qué le ocurre? —preguntó.

—Mi padre tuvo problemas con este banco —contó, sin entrar en detalles—. Con la caída de la Bolsa del 73.

—Oh, vaya. Mucha gente perdió su dinero. Fue una mala época para el país: primero el problema de la filoxera, que destruyó los cultivos de uva; luego estalló el cólera; el *crack* de la Bolsa... Por suerte, la Exposición Internacional de Viena ayudó un poco a reparar el daño.

—¿Cree que jugaron limpio? Los del banco, digo.

Müller torció el gesto.

—Verá, la mayoría de los bancos se fueron a la ruina con el desplome de la Bolsa. La gente había perdido su dinero, las empresas no podían devolver los préstamos... Pero el Neumann Bank, no. Empezó siendo un banco muy humilde, ni siquiera tenía este bonito edificio, y tras el 73 se convirtió en el banco de referencia. Hasta la Casa Imperial tiene aquí su dinero. Las construcciones públicas y privadas más importantes de la ciudad son financiadas por ellos.

—¿Y no es eso extraño? ¿Qué hicieron de diferente para no sufrir las consecuencias?

Müller se encogió de hombros.

—No lo sé, pero Wilhelm Frieher, el dueño, se ha convertido en un hombre poderoso. De todos modos, quienes invirtieron en el ferrocarril lo hicieron de forma libre, y ¿quién iba a pensar que bajarían tanto las acciones? Son cosas que pasan.

«Pero a mi padre lo engañaron», pensó. Habían falsificado su firma. ¿Hicieron lo mismo con todos los clientes? Si era así, ¿no se habrían quejado estos? Por lo que decía el comerciante, la reputación de ese tal Frieher era intachable.

—¿Y qué sabe de Joaquín Osorio? —se atrevió a preguntar Beatriz.

—¿Joaquín Osorio? —Trató de hacer memoria—. Ahora mismo no caigo. No sé de quién me habla. Es español, ¿no?

—Así es. Tuvo problemas en España, negocios turbios. Se vio obligado a huir durante una revolución en el 54 y se trasladó a Viena. Sabemos que el Neumann Bank le financia en diferentes negocios.

—Pues no lo sé. Pero ¿qué pasa con ese hombre?

Celia tomó en ese momento la palabra, pues no quería que Beatriz metiera la pata y comentara lo de los barcos esclavistas. Seguía respetando la promesa que le hizo a Gustav y no quería perjudicar a Antoine.

—Nada, es solo curiosidad —dijo, quitándole importancia—. Quería saber si seguía haciendo trapicheos aquí, como los hacía en España.

—A veces no llegan las noticias y si todo esto pasó en el 54... Es probable que, donde quiera que esté, nadie conozca su pasado.

—Y quizá tampoco su presente.

32

El Hotel Sacher se encontraba justo enfrente del Teatro de la Ópera, en cuyos tejados se encaramaban figuras de la época clásica y águilas imperiales. Desde bien entrada la mañana, a sus puertas se agolpaban elegantes hombres y mujeres de otros lugares del mundo que querían adquirir una localidad para la función de aquella noche. La larga fila se confundía con la que salía de un acogedor puestecito de castañas que despedía un olor denso, dulce y tostado que a Celia le recordó a Madrid. Aunque estaba feliz de estar allí, echaba de menos a su madre, a Gonzalo y, sobre todo, a Diego.

Nerviosa por lo que le depararía la visita, atravesó abrumada las puertas giratorias que conducían al lujoso vestíbulo de suelo marmóreo blanco y decorado con estatuas y columnas griegas que se elevaban hasta el techo artesonado. Todo allí era dorado, lacado y envuelto en seda.

Iba acompañada por Müller, así que enseguida la atendieron dos criados vestidos de negro y corbata blanca.

—Me gustaría hablar con la señora Anna Sacher —dijo él—. Es una cuestión de negocios.

No pusieron reparos y los condujeron a un despacho desde cuya puerta se escapaba una columna de humo. Anna Sacher estaba sentada en un sillón de cuero, fumando un puro grande y echando bocanadas en círculos al aire. Celia no pudo más que sorprenderse, pues era la primera vez que veía a una mujer fumar.

—¡Señor Müller! —exclamó ella al levantar la vista de una pila de sobres—. ¿Viene a traerme más chocolate de Madagascar?

Celia la observó detenidamente. Era una mujer rolliza, sin llegar a ser demasiado gruesa, de profundos ojos claros. Llevaba un moño bien peinado en lo alto de la cabeza y un vestido de color lavanda. Sobre la mesa había un decantador de cristal que contenía un licor que desprendía un olor fuerte a alcohol.

—Esta vez le traigo algo todavía más especial —le explicó el comerciante—. Vainilla de la isla Reunión.

De repente, se oyó el quejido lastimero de un perro; debajo de la mesa del despacho descansaban tres *bulldogs* francés rodeados de almohadones. Eran negros, de hocico chato y orejas de murciélago. ¿Qué hacían ahí esos animales? «Sin lugar a dudas, esta mujer es toda una excéntrica», pensó Celia.

—¿Vainilla Bourbon? —la señora Sacher cerró los ojos y sonrió—. He oído hablar de ella, pero tengo entendido que es demasiado cara. Yo uso la variante mexicana.

—Esta es mucho mejor que la mexicana —se lanzó a decir Celia, sin poder contenerse—. Es más dulce y aromática.

Anna se la quedó mirando con expresión rígida.

—Perdona, ¿quién eres? ¿La nueva ayudante de Müller?

—Soy la dueña de las tierras donde crece esta magnífica vainilla. —Sacó los botecitos y las vainas y se los entregó—. Le puedo asegurar que cuidamos el cultivo todo lo que podemos y con el mayor de los cariños.

La mujer olió los frascos y examinó las vainas detenidamente.

—Parecen buenas, sí —dijo al fin—. Pero debería comprobar su calidad en alguna de nuestras creaciones y compararla con la que ya tenemos.

Müller asintió, decidido.

—Claro, es razonable. —Mostró las palmas de las manos—. Haga lo que crea necesario.

—¿Y el precio? —La señora Sacher no podía dejar de oler la esencia—. Porque, aunque nos vaya muy bien ahora mismo, si compro una vainilla más cara tendré que subir el precio de mis postres, y entonces puede que los clientes prefieran acudir a otro café más asequible.

—¿Cree que la gente prefiere pagar menos y comer peor? —El hombre negó con la cabeza—. Puede que sea así para la gente humilde, pero no para su tipo de clientela. Seamos francos: aquí se hospedan personas de gran linaje, poderosos y aristócratas. Eso no me lo puede negar.

Anna se acomodó en la silla y afirmó orgullosa con la cabeza.

—Es cierto: tenemos muy buena fama y nuestro pastel Sacher. Y, por mucho que la pastelería Demel lo intente, no va a conseguir hacernos sombra.

—Pues imagínese si tuviera mi vainilla —aprovechó Celia para convencerla—. Haría los mejores postres de la ciudad, no tendría rival.

Anna guardó silencio, pensativa.

—¿Eso significa que solo me vais a vender a mí? —Se puso seria—. Vamos, sé que tratáis de convencerme, pero no soy una ingenua. Le iréis con el mismo cuento a otro. Yo también sé vender bien mi hotel y conozco todas las estrategias.

Celia se puso colorada. En el fondo, tenía razón. Su intención era conseguir la mayor cantidad de clientes posible, no centrarse únicamente en la pastelería Sacher.

—Pero podríamos llegar a un acuerdo —comentó Müller—. Sé que después de Navidades hay un concurso de dulces y postres en el palacio Hofburg en el que participan las mejores pastelerías de la ciudad para conseguir ser los proveedores de la Casa Imperial.

La mujer se puso tensa y escuchó la proposición de Müller con interés. Celia no sabía a dónde quería llegar.

—Aunque se presenten todas las pastelerías de la ciudad, sabemos que solo usted o los Demel pueden llevarse el premio —continuó él—. Y ser proveedor de la Casa Imperial conllevaría convertirse en la mejor pastelería no solo de Viena, sino de Austria entera. Se la juegan.

—Confío en mi marido —dijo en ese momento ella—. Es un buen pastelero, ganaremos seguro. Le recuerdo que fue él quien popularizó, por desgracia, la tarta Sacher en el Demel. Todo el mundo sabe que la receta es nuestra.

Müller torció el gesto.

—Le seré sincera, señora Sacher: he probado la del Demel y está buenísima. Apenas encuentro diferencias entre una y otra, así que me daría igual ir a un café o a otro para degustarla. Sin embargo, si ustedes fueran proveedores de la Casa Imperial… ¡Comer los mismos postres que la emperatriz Isabel…! Le aseguro que tendría una larga fila de clientes en la calle —se sinceró Celia.

Anna suspiró y se masajeó las sienes. Se la veía nerviosa, pese a la seguridad que había aparentado desde el principio.

—¿Y qué tiene pensado hacer para que Sacher sea el mejor de todos?

—Proporcionarle a usted, en exclusividad, la mejor vainilla Bourbon hasta la fecha del concurso —sonrió con picardía—. Como usted bien dice, soy comerciante, así que venderé mi género a quién esté dispuesto a comprarla. Pero, a cambio de que usted sea la primera, le ofrezco la gran ventaja de que presente los mejores postres a los emperadores con esta esencia tan valiosa.

Celia sonrió por dentro: sin duda alguna, Müller era un gran comerciante y había tenido una gran idea. No podría negarse si quería triunfar.

—Aun así, me saldría muy cara —añadió Anna—. ¿Y si no surte efecto?

—Le hago un descuento del treinta por ciento —se precipitó a decir ella—. Entiendo que es la primera vez que experimentaría con mi producto y es arriesgado.

La señora Sacher abrió los ojos y asintió satisfecha.

—Pero, a cambio —continuó la joven—, le tengo que pedir que me deje aprender en su obrador. Soy confitera, o al menos eso pretendo, y me gustaría tener más experiencia. No sé si sabe que el rey de España se ha casado con una austríaca, pero en Madrid no se elabora el tipo de repostería que se hace aquí. Mi intención es exportar esta cultura y darle un gusto a la reina.

—¡Vaya! —expresó sorprendida—. Eres una muchacha decidida, que sabe bien lo que quiere en la vida. Me recuerdas a mí, ¿sabes? No es fácil ser mujer en un mundo de hombres, y mucho menos hacerte un hueco en los negocios y que te respeten por ello. No solo tienes una plantación de vainilla a tu cargo, sino que además quieres crear tu propio café en Madrid.

—Solo pretendo ganarme la vida por mí misma y no depender de nadie.

—Y se necesita ayuda —añadió con una sonrisa—. Eduard confió en mí y me puso a cargo del hotel porque consideraba que valía. No soy una mujer convencional, ya lo ve, pero aun así nadie me cuestiona. Sé que las otras mujeres me miran mal y me juzgan, pero no me importa lo más mínimo. Mi padre era carnicero, yo no iba a ser nada en la vida, y ahora regento el mejor hotel de Viena.

Celia no pudo sino admirar a la mujer que tenía delante. Había tomado su propio camino sin pedir permiso a nadie, y le había funcionado. Ella quería hacer lo mismo; que, con el paso del tiempo, se sintiera orgullosa de sus decisiones y no se arrepintiera de nada.

—Le prometo que no molestaré —insistió Celia—. Solo quiero aprender. Y, por supuesto, me gustaría alojarme aquí: le pagaría la estancia íntegra, no quiero que me regale nada.

Anna, tras pensárselo durante unos segundos, asintió.

—Está bien. —Le estrechó la mano—. Pero tendrá que firmar un contrato de confidencialidad.

—¿Y eso por qué? —se extrañó—. No voy a copiarle la receta de la tarta Sacher.

—Oh, no es por eso, querida. —Soltó una carcajada—. Es por lo que ocurre en este hotel.

Celia miró a Müller, confundida. ¿Qué diablos pasaba en ese hotel? El hombre rio y se quedó callado. La señora Sacher, enigmática, suspiró.

—Aquí, por las noches, los príncipes se convierten en ranas —añadió en un tono dramático—. Y las lagartijas, en auténticas princesas.

TRAS LLEGAR A un acuerdo, la señora Sacher condujo a Celia a la cafetería del hotel, en la que también ofrecían comidas y cenas. El salón estaba a rebosar de gente. Un friso de espejos rodeaba la estancia, había grandes lámparas de araña y cómodos divanes al estilo neoclásico. Por doquier se oía el tintineo de las cucharillas de metal y el chillido de vapor de las humeantes cafeteras. Los camareros iban de un lado a otro rellenando tazas y sirviendo pasteles de todo tipo, sobre todo de la demandada tarta Sacher. Algunos comensales, sin embargo, habían dejado de lado el dulce y comían enormes salchichas acompañadas de *gulash* y regadas por una gran jarra de cerveza.

Sus ojos se fueron directos al gran expositor repleto de dulces, donde los dependientes empaquetaban todo tipo de tartas y pasteles que habían elaborado a primera hora de la mañana. El negocio iba viento en popa, no dejaban de vender dulces ni un segundo.

Anna la condujo al interior del obrador, donde se encontraba el mismísimo Eduard Sacher, el hijo de quien había inventado la mejor tarta del mundo. Iba vestido con delantal y gorro blanco, al estilo Carranza. Tenía el pelo ondulado, un bigote espeso y unas cejas negras pobladas. Le sacaba unos cuantos años a su mujer; ella tenía veintitantos y él ya había superado los cuarenta. Eran una pareja peculiar, pero bien avenida. Su mujer le contó todo lo que habían hablado en el despacho y, tras limpiarse la harina de las manos en su enorme delantal, el señor Sacher la saludó con efusividad.

—Así que va a ser mi aprendiz. —La miró de arriba abajo—. Parece una mujer delicada que no ha trabajado nunca en un obrador.

—He estado muchos años a las órdenes del confitero Carranza, proveedor de la Casa Real española —explicó Celia—. He trabajado duramente desde los catorce años; cuando empecé, solo limpiaba y fregaba cacharros, después comencé a hacer distintas elaboraciones. Le aseguro que domino bien las técnicas, aunque todas las recetas que he trabajado son de origen francés o español, y deseo aprender las de aquí. Obviamente, no pretendo robarle la receta Sacher.

Eduard rio; parecía un hombre jovial y simpático, nada que ver con el malhumorado Carranza.

—¡Ni aunque quisiera podría! —Se peinó el bigote—. La receta no está escrita en ningún lado, se encuentra solo en mi cabeza. Ni siquiera dejo a mis trabajadores que la hagan; soy yo el único que tiene autoridad para mezclar los ingredientes.

—Así que la receta morirá con usted. ¡No puede dejarnos con esta incertidumbre!

—Solo se la daré a mis descendientes —dijo esperanzado—. Y, por desgracia, a los malditos Demel. ¡Cómo me arrepiento de haber sido aprendiz allí!

—Bueno, si no lo hubiera sido, quizá ahora no regentaría la pastelería más famosa de Viena. Allí aprendió de sus errores y ganó experiencia. ¡Tiene su propio hotel y su propio café!

El pastelero asintió, dándole la razón.

—Es cierto, uno no debe arrepentirse de las decisiones que ha tomado en el pasado, pues no sabe lo que le depara el futuro. Sin embargo, algún día conseguiré lo que es mío: pienso denunciar a Demel a las autoridades y prohibirles la venta del pastel.

Tras charlar un rato, Eduard le mostró el obrador. Era enorme, lleno de todo tipo de artilugios modernos: rodillos, cortamasas de diferentes formas, moldes para galletas, flanes y bizcochos, incontables cucharas de madera y pinceles de distintos tamaños para pintar los dulces con huevo batido o colorante.

Había decenas de pasteleros trabajando, preparando los dulces que llenarían los expositores del café: bolitas de coco, de patata y albaricoque, tarta Esterházy —un bizcocho de mantequilla glaseado—, la tarta Linzer, rellena de diferentes compotas y, por supuesto, la Sacher. Cada uno de los trabajadores tenía su cometido y todos trabajaban en armonía y silencio, con una disciplina admirable. Uno alineaba los ingredientes y los pesaba —paquetes de azúcar, harina, bicarbonato, levaduras—, otro troceaba el chocolate o hacía las masas de hojaldre.

Aquel lugar olía a canela, a clavos de olor, a licores, ron y coñac.

—¿Está preparada para trabajar aquí? —le preguntó el señor Sacher.

Celia sonrió, no veía el momento. Aquel era un sueño hecho realidad.

—Le juro que no le defraudaré.

LA CASA DEL doctor Schubert se encontraba en la calle Naglergasse, que desembocaba en la suntuosa Graben, el centro neurálgico de Viena, donde se erigían lujosos palacetes y escaparates de tiendas exclusivas. Era amigo del señor Müller y casualmente estaba buscando institutriz para sus dos hijas adolescentes. Müller había aprovechado entonces para hablarle de Beatriz. Las dos hermanas, pues, se dirigieron a su casa con intención de conocerse.

Era un hogar de clase media, no tenía los lujos y riquezas del palacete del señor Müller, pero disfrutaba de las máximas comodidades y del servicio de una criada que parecía encargarse de todas las tareas del hogar. La misma mujer las hizo pasar al salón, no muy grande, pero acogedor; la chimenea estaba recién encendida y flotaba un peculiar olor a tabaco de pipa. En el centro del salón se situaba un piano y, frente a la chimenea, dos sillones para sentarse a leer o charlar y mesas bajas para el café.

A los pocos segundos apareció el señor Schubert. Llevaba anteojos chapados en oro, y era calvo, pero tenía un frondoso bigote rubio ya canoso. Tendría unos cincuenta años.

—¡Qué suerte que haya aparecido en nuestras vidas, señorita Gross! —exclamó el médico, dándole la bienvenida—. Nuestra institutriz nos dejó hace unas semanas porque va a casarse. ¡Válgame Dios! Mis hijas estaban desamparadas y, al decirme mi amigo Müller que usted sabía español…, ¡ni me lo pensé! Ya no por ellas, sino para que me dé clases a mí. Algún día me gustaría visitar España.

Beatriz rio.

—Estaré encantada de enseñarle el idioma. Y le agradezco la oportunidad que me ha brindado. —Aprovechó para señalar a Celia—. Ella es mi hermana, va a hospedarse en el Sacher, ha querido venir para cerciorarse de que estaré bien.

El hombre la saludó con cordialidad.

—¡Vaya, el hotel Sacher! No es la primera vez que he tenido que atender a alguno de sus huéspedes de urgencia —comentó entre carcajadas—. Muchos abusan del vino y del coñac.

Todo el mundo parecía conocer la fama de ese hotel, pensó Celia, aunque no quiso preguntar al respecto.

—Así que es usted médico del hospital de Viena. El señor Müller nos contó que fue ayudante del señor Ignaz Semmelweiss cuando comenzó su carrera.

—¡Así es! —recordó con nostalgia—. ¡Pobre hombre! ¡Se cometió una auténtica injusticia! Fue el primero en descubrir que la muerte por fiebres altas de las mujeres que daban a luz se debía a que los médicos no se lavaban las manos. Puede parecer muy lógico ahora, pero no hace treinta años.

—¿Y qué le pasó a ese pobre hombre? —preguntó Beatriz.

—Nadie le hizo caso. Publicó un libro con su estudio: solo las mujeres que habían sido asistidas por médicos y no por parteras, morían por fiebre. Y eso era debido a que los médicos, muchas veces, habían estado tratando o manipulando cadáveres con sus propias manos desnudas, sin guantes. Luego, sin lavárselas, atendían a las parturientas. Las parteras, en cambio, no trataban con muertos, por lo que sus manos no estaban contaminadas.

—Tiene mucho sentido.

—Pues los médicos le dieron la espalda —suspiró—. Los estaba acusando poco más que de asesinos y no querían aceptarlo. Por entonces creían que los virus se propagaban por el aire y no por el contacto con la piel. Acabó en un manicomio.

Celia reflexionó sobre el asunto. «¿Le habrían hecho más caso si los que hubieran muerto fueran hombres?», pensó. A veces, tenía la sensación de que la vida de la mujer valía menos que la de sus compañeros masculinos.

De repente, aparecieron las dos hijas del señor Schubert acompañadas por su madre, una mujer atractiva cuyo corsé moldeaba su figura de reloj de arena.

—Perdonad el retraso —comentó la señora Schubert—. Se estaban arreglando para la ocasión, querían estar perfectas para conocer a su nueva institutriz.

Las muchachas, de doce y trece años, saludaron con educación a Beatriz mientras seguían colocándose con disimulo las horquillas en el cabello. Eran rubias, de rostro inocente y mejillas sonrosadas; vestían de forma recatada con faldas gris pálido y blusas blancas de cuello alto. Beatriz se ganó enseguida a las muchachas con su forma de ser abierta y extrovertida, mientras Celia la miraba con orgullo: su hermana había crecido, era toda una mujer, independiente, fuerte, dispuesta a todo. Nada la asustaba. Sabía que los señores Schubert no se iban a arrepentir de su elección y pronto la acogerían como a una más de la familia. «La dejo en buenas manos», pensó. Allí progresaría y se haría más sabia. Ahora era ella quien debía seguir su camino.

33

Se dirigieron con el carruaje de Müller hacia el cementerio de St. Marx, a las afueras del centro.

—¿Estás nerviosa? —le preguntó Beatriz a Celia.

—Un poco. ¡Hace tantos años que no vamos a verlo! —exclamó nostálgica—. Y, además, todo fue tan trágico…

—No recuerdo prácticamente nada. Solo sé que llorabais, y mucho. El entierro fue muy rápido.

Celia asintió.

—Padre acabó con su vida en el almacén de la compañía de Gustav —le explicó—. Aquella noche no durmió en casa, y se lo llevaron a la morgue enseguida. Madre tuvo que verlo en esas terribles condiciones para confirmar su identidad. Se ahorcó, hermana, no sé cómo tuvo valor.

—Y sin dejar una nota de despedida.

—Se mostró extraño los últimos días —suspiró—. Imagino que andaría liado con el Neumann Bank, hacía pocas semanas que la Bolsa había caído. Él jamás nos dijo nada. La sorpresa fue mayúscula.

Por fin llegaron al cementerio. El lugar había cambiado con los años: en su día había senderos de grava y robles blancos; sin embargo, los árboles se habían secado y algunas lápidas estaban tapadas por zarzas y enredaderas. Las inscripciones apenas se leían. Celia no recordaba dónde se encontraba la tumba de su padre, así que caminaron sin rumbo entre las filas de cruces de cemento cubiertas de musgo.

No había nadie a su alrededor, el ambiente era tranquilo y silencioso. Por suerte, encontraron a un hombre de edad avanzada que parecía ser el sepulturero. Se dirigieron a él en busca de ayuda.

De aspecto un tanto enigmático, tenía la cabeza baja y la espalda encorvada. Hablaba solo, murmurando y haciendo muecas extrañas mientras empuñaba un rastrillo que recogía el exceso de hojas que volaban por encima de las lápidas.

—Disculpe, señor, ¿podría ayudarnos? —preguntó Celia—. Estamos buscando una tumba.

El señor levantó la cabeza, sorprendido, y se limpió las manos en el mono de trabajo.

—¡Por fin tengo visita! —sonrió—. No suele venir nadie.

—¿Y eso por qué? —preguntó Beatriz.

—Porque ya no hay entierros aquí. En el 74 se inauguró el cementerio central, así que ya hace siete años que no hay actividad. Muchos familiares apenas vienen.

—Así que es usted el único que se encarga de cuidar este sitio.

El anciano asintió, orgulloso.

—Me pagan poco, pero no pienso abandonar a toda esta gente —rio—. Por las mañanas, bien temprano, acomodo y limpio las lápidas y cruces que coronan las tumbas, así como los zaguanes que dan al interior de los mausoleos. A veces, no doy abasto. Es un lugar inmenso.

Celia miró al sepulturero con admiración, pues, pese a su edad, seguía dedicándose incansablemente a ese oficio tan poco agradecido.

—Y bien, ¿en qué año falleció? —preguntó él.

—En junio del 73 —dijo Celia—. Es nuestro padre.

El hombre se puso en marcha a toda prisa y condujo a las dos hermanas hacia un sombrío manto de árboles nudosos y retorcidos. Una ráfaga de viento soplaba susurrante entre las lápidas. Celia la encontró enseguida.

—¡Es esa! —exclamó aliviada—. Klaus Gross.

Las dos muchachas se arrodillaron sobre la hierba húmeda y dejaron las flores sobre la tumba. Celia no pudo contener las lágrimas. ¡Lo echaba tantísimo de menos!

—¿Así que sois hijas de la actriz esa? —preguntó de repente el anciano, que había presenciado la escena.

Celia arrugó la frente; no sabía de qué le estaba hablando.

—Mi madre daba clases de canto, no era actriz —respondió.

El anciano arrugó la frente.

—Vaya, entonces he metido la pata. —Hizo ademán de irse—. Las dejo tranquilas, señoritas.

Beatriz se puso de pie y, curiosa, insistió al sepulturero.

—¿Por qué lo dice? ¿De qué actriz habla?

—De Ilsa Spitzeder —respondió apurado—. Sé que estuvo aquí hace ocho años, días después de que enterraran a este pobre hombre, a vuestro padre. Lo recuerdo bien porque me llamó mucho la atención: yo mismo era admirador suyo.

Celia estaba confundida. ¿Qué hacía una actriz en la tumba de su padre?

—Mi padre estaba casado y ya nos tenía a nosotras —explicó.

—No sé, no soy nadie para juzgarlo, muchacha. —Se puso colorado—. Solo sé que esa mujer estaba afligida y arrepentida por algo. Después de tantos años trabajando aquí, sé leer las expresiones y sentimientos en los rostros de la gente.

Celia no podía creérselo: ¿acaso su padre había tenido un romance con aquella mujer? Si eso era así, las había mentido y engañado durante mucho tiempo.

—¿Y dónde está esa actriz ahora?

El anciano no supo qué decir.

—Hace tiempo que desapareció de los escenarios, debió de ser más o menos en el mismo año —les contó—. Solía actuar en el Carltheater, en los suburbios de Leopoldstadt. Hacía obras burlescas, tuvo mucha fama. No sé por qué dejó de actuar.

Celia y Beatriz se miraron, intrigadas. La revelación del sepulturero las había trastornado por completo. Si de verdad aquella actriz había sido amante de su padre, su pasado y sus recuerdos se tambalearían.

—Era una mujer preciosa —continuó el hombre—. Les había robado el corazón a muchos. Pero un día, sin más, desapareció de la vida pública y ya no se la volvió a ver en el Carlteather.

Las hermanas se despidieron del anciano, contrariadas, pues hubieran preferido no saber nada al respecto.

—Debemos encontrar a esa mujer y averiguar la verdad —dijo Celia, intrigada—. No quiero manchar la reputación de padre con rumores infundados.

—¿Y si el hombre nos está mintiendo? —preguntó Beatriz—. Quizá está loco: ¿quién no lo está trabajando con muertos?

Celia negó con la cabeza.

—Son los vivos los que te vuelven loco, hermana, no los muertos.

LLEGARON CON EL frío metido en los huesos y decidieron tomarse un baño. Aquella sería la última noche que pasarían en la residencia del señor Müller, pues Beatriz se iría a vivir con los Schubert, y Celia, al hotel Sacher. La bañera estaba a rebosar de agua caliente frente a la chimenea. Celia se quitó el pesado vestido y se sumergió en el agua hasta que solo quedó visible la cabeza. El vaho cargó el ambiente. Cerró los ojos y dejó la mente en blanco. A su lado estaba Beatriz, que, mientras esperaba su turno, hojeaba un periódico vienés que había cogido del salón.

—Se ha casado el príncipe heredero de los Habsburgo: Rodolfo —comentó su hermana, mostrándole el retrato que aparecía en una de las páginas—. Con una de las hijas de Leopoldo II. Tengo entendido que ese muchacho es un cabeza loca. No sé yo si algún día llegará a reinar.

—Recuerdo que hablaban de él cuando era pequeño: el emperador era exigente y quería la educación más estricta para él; en cambio, la emperatriz no, pues deseaba que creciera en un ambiente liberal y que fuera feliz.

—Pues lo consiguió, porque nadie de la Corte le respalda ni acepta sus ideas. Dicen que incluso está a favor del nacionalismo húngaro; tanto que, si por él fuera, les daría la independencia.

—A veces, parece que los hijos quieran ir en contra de sus padres —dijo Celia—. En este caso, del propio emperador. Tiene al enemigo en casa.

—Y le han obligado a casarse. Él es un alma libre, como su madre, y no le gusta el compromiso. Me temo que su esposa lo pasará mal.

—¿Es que conoces a algún hombre importante al que le guste el compromiso? —Alzó una ceja—. Ningún rey es fiel, y ya sabemos quiénes pagan el pato: las mujeres.

Beatriz asintió y suspiró.

—Espero que padre no fuera de ese tipo de hombres.

Celia cabeceó, entristecida.

—Lo descubriremos —se le atragantó la voz—. También tengo que ir al Neumann Bank. Quiero enfrentarme a ellos. Por su culpa, padre se quitó la vida y nos arruinaron a nosotras. Tengo pruebas de que padre no firmó ese documento que nos condenaba a pagar las deudas, porque estaba confinado en el barco en aquella época. Iré a la aduana si hace falta para que me lo confirmen.

—Sabes que es un banco muy prestigioso y que no será fácil que asuman las consecuencias.

—No me importa. —Apretó los puños—. Debemos hacer justicia.

Le tocó el turno a Beatriz, que se metió en el agua y comenzó a juguetear con las pompas de jabón con olor a lavanda. Ahora fue Celia quien se dedicó a referir los titulares del periódico. De repente, algo le llamó la atención. Se trataba de un anuncio. Rápidamente, se lo mostró a su hermana.

—La mejor vainilla Bourbon de Viena —leyó en voz alta—. La puedes adquirir a buen precio en el Naschmarkt. Inconfundible sabor y aroma de la mejor calidad.

Bajo la descripción, aparecía el dibujo serigrafiado de la misma botellita que Elena le había llevado de París.

—¡Es la misma que vende Antoine! —exclamó Celia, preocupada—. ¿Por qué está aquí también?

—No lo sé —Beatriz suspiró—. Pero ¿por qué la gente querría comprar vainilla tan mala?

—Porque no entienden y es económica. —Negó con la cabeza—. Sin duda olía a vainilla, no puedo decir lo contrario, pero no es de Reunión; juraría que ni siquiera es de México. No sé de dónde la sacan, y mucho menos a ese precio.

—Pero ¿qué pasará entonces con tu vainilla?

Celia se mordió las uñas, nerviosa.

—Mi vainilla es excelente, pero cuesta tres veces más que la de Antoine. ¿Y si todas las pastelerías prefieren comprar la barata? Si es así, ninguna destacaría por encima de la otra. Y entonces nadie compraría la mía.

—Pero sus postres no estarían tan buenos. Su aroma desaparecería en el paladar como un viejo recuerdo sin importancia.

Celia se quedó pensativa, cabizbaja.

—Hay algo que se me escapa, a lo que no le encuentro explicación…

—Quizá deberíamos ir un día a ese mercado y averiguarlo —pensó Beatriz—. No sé, puede que tirando del hilo sepamos de dónde viene y cómo la hacen.

Celia afirmó con la cabeza, dándole la razón.

—No pienso permitir que Antoine, o quién esté detrás de esto, arruine el trato que he hecho con Müller. Y mucho menos que estafe a la gente.

AL DÍA SIGUIENTE, cargada de maletas, Celia entró en el hotel Sacher, esa vez como huésped. Un mayordomo la condujo a la habitación, y subieron por la vasta y elegante escalera que presidía el vestíbulo. Su dormitorio era ostentoso y señorial. Las cortinas de terciopelo verde, la chimenea de mármol blanco, y las alfombras rojas y doradas. Salvo la ocasión en que había estado en el interior del Palacio Real de Madrid, jamás había dormido en un lugar tan lujoso como aquel.

Decidió, pues todavía era pronto, visitar el Neumann Bank para intentar hallar una respuesta al documento que supuestamente había firmado su padre.

Entró en el edificio de altos techos adornados con frescos y se dirigió a las diferentes taquillas protegidas por rejas de un bronce reluciente. Tras ellas, varios cajeros atendían a los clientes. Estaba nerviosa. La atendió un joven bien vestido y que lucía unos anteojos muy característicos.

—Quisiera hablar con el dueño del banco, con el señor Wilhelm Frieher.

El joven negó con la cabeza.

—Nadie puede hablar con el señor Frieher si no es por algo importante. —Arrugó la frente—. Dígame qué es lo que quiere y yo mismo la atenderé.

—Es un asunto del pasado, de cuando se hundió la Bolsa en 1873. A mi padre le tendieron una trampa y quiero explicaciones.

El muchacho alzó las cejas.

—¿Y viene ahora, después de tantos años? —Resopló—. Señora, hubo mucha gente que perdió sus ahorros e intentó culpar al banco. Nadie los coaccionó para invertir.

—Pero en el caso de mi padre es diferente: falsificaron su firma y puedo demostrarlo. —Apretó los puños—. Por eso quiero hablar con el señor Frieher.

—Pues no la va a atender, se ponga como se ponga. —Se cruzó de brazos—. Ya se lo digo yo.

Celia suspiró, frustrada. Debía hacer algo para captar su atención.

—Si no me lleva al despacho de Frieher, le aseguro que empiezo a gritar aquí mismo. —Amenazó con dureza—. ¿Quiere que sus clientes se enteren de que esta entidad es una auténtica estafadora?

El cajero comenzó a ponerse nervioso.

—Mire, señorita, si no se marcha de inmediato, tendré que llamar al guardia —dijo con dureza—. ¡Está usted loca!

Celia, desesperada y consciente de que no iba a conseguir nada por las buenas, comenzó a alzar la voz hasta obtener la atención del resto de los clientes.

—¡Que sepa todo el mundo que el Neumann Bank estafó durante la Bolsa del 73! —gritó cada vez más fuerte—. ¡No son de fiar, se quedan con vuestro dinero!

La gente observaba con atención, sorprendida. Enseguida se oyó el rumor de los cuchicheos, preguntándose si aquella información sería cierta.

El joven, abochornado por la situación, decidió aceptar finalmente la proposición de Celia.

—¿Cómo se llamaba su padre? —le preguntó—. Voy a ver si le puede atender, aunque no le prometo nada.

Celia asintió conforme.

—Klaus Gross.

El muchacho salió de la taquilla y se encaminó hacia uno de los pasillos hasta que se perdió de vista. Unos minutos después, regresó con buenas noticias.

—Adelante, señorita. —La condujo hacía la hilera de lujosos despachos que se encontraban tras las taquillas—. Tiene mucho trabajo, así que será rápido.

Celia lo siguió acongojada, sus pasos eran amortiguados por las mullidas alfombras del suelo. Enseguida la hizo pasar hacia el despacho del señor Frieher. El hombre iba vestido de rigurosa etiqueta, tenía un aire aparentemente magnánimo, de mirada cálida, aunque de rostro severo. Su ancha nariz estaba flanqueada por dos pobladas patillas canosas. Sobre su mesa de caoba maciza había cartas abiertas en diferentes idiomas e innumerables papeles con cuentas.

—Cierre la puerta, por favor —ordenó a Celia, y la hizo sentarse. Su voz era grave—. Dicen que ha empezado a vociferar mentiras en mi propio banco. ¿Quién se cree usted que es?

—La hija de Klaus Gross, un hombre al que estafaron y cuya familia ha pagado durante años esa injusticia —trató de sonar convincente, pero la voz trémula la traicionaba.

El hombre se dejó caer en el respaldo con indiferencia.

—Sé quién era Klaus Gross: un hombre que no entendía de negocios, pero aun así desoyó nuestros consejos. Le repetimos mil veces que no debía arriesgar más su dinero y patrimonio.

Celia negó con la cabeza.

—No puedo decir si eso es cierto o no, pues no tengo pruebas, pero sé que falsificaron su firma cuando nos hizo avales de sus deudas. Él se encontraba confinado en el puerto en ese momento, porque varios de sus hombres habían contraído la fiebre amarilla, así que es imposible que firmara ese documento.

Frieher alzó las cejas.

—Puede que hubiera un error humano con las fechas. —Mostró las palmas de las manos para parecer honesto—. Hace ya muchos años de eso. De todos modos, tengo entendido que la deuda ya está cubierta. Olvídese del asunto.

—No es justo —insistió de nuevo—. No quiero que me devuelva el dinero, pues no tengo necesidad, pero exijo que se tomen cartas en el asunto y pague quien tenga que pagar. ¡Mi padre se suicidó!

El hombre se quedó en silencio unos segundos.

—Verá, señorita. —Se recostó en la silla—. No es momento de remover el pasado. Su padre no supo controlar su economía, así que no nos culpe a nosotros de su incompetencia. Y ahora le ruego que se marche y no regrese en busca de más problemas. De lo contrario, tendré que llamar al guardia.

Celia tragó saliva y miró al señor Frieher desafiante; el hombre ni siquiera se había inmutado: su rostro permanecía serio, inalterable. Sabía que era un hombre influyente y que ella no tenía nada que hacer al respecto. Se levantó al fin, decepcionada, y abandonó el Neumann Bank con la sensación de haber defraudado a aquel que le había dado la vida.

VOLVIÓ AL HOTEL desanimada. Había anochecido y las farolas de gas de la calle ya estaban encendidas. Celia miró por la ventana, que daba a la puerta principal de la ópera. Aquella noche había función, así que junto al edificio se apiñaba una mezcla colorida de encajes, terciopelos, abrigos de piel y capotes oscuros.

Estaba cansada; habían ocurrido demasiadas cosas en los últimos días y debía poner en orden sus pensamientos. Por un lado, seguía intrigándole la visita de aquella actriz a la tumba de su padre: ¿qué relación podían tener los dos? Por otro lado, ¿quién estaba detrás de la venta de vainilla fraudulenta? Aunque había llegado a Viena para aprender de los mejores pasteleros vieneses, el destino parecía tener otros planes para ella: su padre, aunque llevaba más de ocho años muerto, la estaba llamando a gritos. Y, aunque Beatriz prefería olvidar el pasado, ella no podía dejar de darle vueltas. Cada vez estaba más convencida de que las pesadillas en las que aparecía Klaus querían decirle algo. Pero ¿cómo iba a lograr dar respuesta a todas las incógnitas?

Se metió en la cama pronto, pues al día siguiente empezaba su jornada de trabajo en el obrador de los Sacher. Sin embargo, a medianoche, bien entrada la madrugada, comenzó a oír el sonido de un carrito, de esos que llevaban las criadas con el desayuno o la comida. «¡Qué extraño, a estas horas!», pensó Celia. Con curiosidad, se dirigió hacia la puerta y la abrió apenas unos centímetros para ver qué ocurría. Una joven camarera vestida con delantal de percal y cofia lo conducía como un autómata silencioso. Sobre una bandeja de plata reposaban varias porciones de diferentes pasteles; entre ellos, la inconfundible tarta Sacher. La muchacha se dirigió a una de las habitaciones del final del pasillo, llamó a la puerta, dejó allí el carrito y se marchó sin esperar a que salieran a recibirla.

Celia cerró la puerta rápidamente para que la criada no la descubriera husmeando, pero volvió a abrirla con cuidado en cuanto desapareció de su vista. «¿Quién habrá pedido esos postres a estas horas de la madrugada?», se preguntó extrañada. Sin duda alguna, debía de tratarse de alguien de cierto postín para que atendieran sus caprichos. Esperó paciente unos segundos hasta que la puerta de la habitación del desconocido se abrió por fin. Apareció un hombre desnudo, ni siquiera llevaba calzones. Tendría unos cuarenta años, muy enclenque, de aspecto débil. Su pelo era rubio, alborotado; sus ojos azules eran grandes y expresivos; su barba, rizada y muy poblada. Parecía embriagado, no paraba de reír a carcajadas sin importarle que pudiera despertar a los demás huéspedes. Detrás de él, de repente, apareció otro joven también desnudo, que lo apremiaba a entrar con el carrito mientras le azotaba el trasero con una toalla.

—Vamos, Bubi.

Su rostro estaba encendido, sus sentidos también parecían adulterados por el alcohol. La pareja se metió de nuevo en la habitación entre carcajadas y piropos subidos de tono.

Celia se sonrojó al ver la escena. «¡Qué poca vergüenza!», exclamó por dentro. Y entonces recordó las palabras de Anna Sacher y las risas del propio Müller sobre lo que verdaderamente ocurría en el interior de aquel hotel tan peculiar, donde «los príncipes se convertían en ranas y las lagartijas en auténticas princesas». Y ella había firmado un contrato de confidencialidad: lo que había visto allí debía llevárselo a la tumba.

34

Era una mañana soleada y, a pesar de la hora temprana, se percibía un trajín incesante en las calles. Las ventanas de las casas estaban abiertas de par en par, algunas mujeres sacudían los colchones y otras hacían ya cola frente a las panaderías. Olía a café y a masa recién horneada.

Beatriz tenía el día libre, así que decidió visitar con Celia el Naschmarkt, el popular mercado que se encontraba al otro lado del río Wien, cerca de la espléndida iglesia barroca Karlskirche, que destacaba por su enorme cúpula verde.

A medida que se acercaban, una flota de carruajes, ómnibus y tranvías chirriantes invadían la calle. Había muchísimas paradas de todo tipo; se oían los gritos de los pescadores, carniceros y vendedores ambulantes. Las carretillas tiradas por mulas circulaban por doquier, proveyendo de productos a los diferentes comerciantes.

Las criadas, artesanos y granjeros se disputaban las mejores patatas o las coles más grandes, y uno debía andarse con cuidado, pues abundaban también los pillos y ladrones. Caminaron sin prisa, disfrutando de la explosión multicolor de las frutas y las paradas de las especias. Flotaba en el aire el aroma a azafrán, a cúrcuma y canela. Algunas niñas, que vendían manzanas y flores en cestas de mimbre, trataban de hacerse oír entre el gentío vociferante. Una anciana, sorteando el alboroto y los empujones, pedía limosna a cambio de cerillas o cebollas ya pasadas.

Buscaron el puestecito en el que se vendía la vainilla de Antoine. No tardaron en encontrarlo: sobre una humilde mesa, decenas de botecitos de cristal del color del ámbar reposaban anunciándose como la mejor vainilla de la isla Reunión. La mujer que la vendía llevaba un delantal gris manchado, tenía las mejillas sonrosadas por el frío y su pelo estaba tapado por un pañuelo. Celia se dirigió a ella con el fin de sonsacarle información.

—Disculpe, señora, ¿quién le vende la vainilla?

La mujer hizo una mueca, sin saber qué decir.

—Un hombre que pasa a menudo por aquí —respondió con recelo—. No querrá hacerme la competencia, ¿no?

—¿Y cómo es ese hombre? —insistió—. ¿De qué comercio o empresa procede?

La mujer rio.

—¡Y yo qué sé! —soltó de mala gana—. Le digo que es un hombre normal y corriente, que vino a ofrecerme este producto. Le aseguro que esta vainilla es buena y que muchos pasteleros humildes la compran.

Celia torció el gesto.

—Pues déjame advertirle que está vendiendo algo falso —se puso seria—. Esta vainilla no procede de Reunión. Está estafando a la gente.

La mujer se puso nerviosa y subió el tono de voz.

—¡Y usted que sabrá! —Le hizo un gesto para que se marchara—. ¡Váyase de una vez!

—Lo sé porque yo misma vendo la verdadera vainilla de Reunión, y es mucho mejor que esta.

—Ah, así que es eso. —Se colocó los brazos en la cadera, desafiante—. Ya veo que le fastidia que yo venda este producto a un precio mucho más barato que el suyo. Pues así es el negocio. Tendrá que aguantarse.

Celia apretó los puños por detrás de la espalda, impotente.

—¡Es una estafa, no pienso permitirlo! —exclamó enfadada.

De repente, la mujer señaló a lo lejos.

—Pues pídale cuentas a ese, que es quien me la vende, y déjame usted en paz.

El hombre estaba de espaldas, a varios metros de distancia, y empujaba una carretilla tapada por una manta. Celia y Beatriz corrieron hacia él con la intención de interrogarlo. Por detrás parecía un hombre normal y corriente, de unos treinta años. Llevaba un sombrero de paja, una camisa raída y unos pantalones de dril. Se zafaron de la gente como pudieron, pues cada vez había más personas congregándose en los alrededores de los diferentes puestos. Por fin lograron alcanzarlo.

—Oiga, ¡disculpe! —gritó Celia, tocándole el hombro.

El hombre era peculiar, algo en su mirada les pareció extraño. Tenía los rasgos chatos, y unos ojos desproporcionados y demasiado redondos. Su pelo castaño lucía rizado en la parte superior de la cabeza.

—¿Qué quieren? —preguntó de malos modos.

—¿Usted vende la supuesta vainilla de Reunión? —preguntó Celia.

El hombre se tomó unos segundos para responder. Finalmente, asintió.

—¿Y de dónde la saca? —volvió a preguntar de nuevo—. Porque esta no procede de allí. Están engañando a la gente.

A medida que observaban al sujeto, se percataron de su defecto: su ojo izquierdo miraba únicamente hacia adelante, sin expresión. Era de cristal e imitaba la mirada negra y brillante de su ojo bueno.

—¿Cómo se atreve a acusarme de algo así? —Se puso a la defensiva—. ¡Es vainilla de la buena! Mi jefe la trae expresamente de allí.

Celia arrugó la frente.

—Ya le digo yo que no, pues yo misma la comercio, y no tiene nada que ver con la original. —Se cruzó de brazos—. ¿Quién es su jefe?

El hombre la miró de arriba abajo, amenazante.

—¿Y quién es usted? —Escupió hacia un lado—. No tengo por qué darle explicaciones. Métase en sus asuntos.

—Pues estos son mis asuntos —expresó alterada—. No puede vender algo que no corresponde con la realidad. Es un delito.

El hombre soltó una cínica carcajada y emprendió la marcha. Las dos hermanas lo seguían de cerca, no querían marcharse sin haber obtenido más información. De repente, se detuvo de golpe y las increpó con violencia.

—¡Olvídense del asunto! —bufó airado—. Es mejor que no husmeen en estos asuntos si no quieren tener problemas.

Celia alzó las cejas. Beatriz, un tanto asustada, la cogió del brazo para marcharse.

—¿Me está amenazando? —quiso hacerse la valiente—. Porque no pienso amedrentarme.

El hombre dejó la carretilla y se acercó a ella hasta que Celia sintió su aliento en el rostro. Dio un paso hacia atrás por precaución. Se dio cuenta de que aquel hombre podía ser capaz de cualquier cosa.

—No vuelva a hacer preguntas —dijo lentamente, en actitud violenta—. Dedíquese a lo suyo.

El hombre continuó su camino mientras Beatriz trataba de calmar a su hermana.

—Parece gente peligrosa, Celia —comentó preocupada—. Deberías dejarlo estar y luchar por tu negocio. Que hagan lo que quieran.

—¡Estoy harta de bajar la cabeza y mirar hacia otro lado! —exclamó llena de rabia—. Primero el Neumann Bank, luego esto... ¿Es que no existe la justicia?

Beatriz suspiró.

—Todo va bien: la deuda ya se pagó en su día, tú trabajas para el hotel Sacher, no nos falta de nada... ¿Por qué complicarse la vida?

Celia suspiró desanimada.

—No puedo dejar de pensar en ello. Por Baptiste, por Loana... —Cogió de la mano a su hermana y comenzaron a andar—. Debo proteger lo que es mío.

YA ERA DE noche, y en los alrededores de la catedral de San Esteban se arremolinaban carruajes de los que salían mujeres con enormes abrigos y manguitos de piel. Las parejas, con el rostro colorado por el frío, se refugiaban en el interior de los cálidos restaurantes, donde ya ardían las estufas de leña. Celia contempló fascinada el tejado de mosaicos de la catedral y su majestuoso campanario mientras esperaba a Müller. A veces, le costaba asimilar que aquella había sido la ciudad en la que había nacido, en la que había vivido la mejor época de su vida. ¡Habían pasado tantas cosas en los últimos años! Se había acostumbrado a Madrid, allí había conformado su vida adulta y la consideraba su casa. Se había sentido extranjera en España y ahora se sentía igual en Austria; era como si no perteneciera a ninguna parte, o quizá como si perteneciera a todas, incluso a la isla Reunión. De todos esos lugares había aprendido de su gente, de su cultura y de su forma de vida.

Müller llegó y se dirigieron a un restaurante del centro. Estaba ansiosa por contarle lo que había ocurrido esa mañana en el Naschmarkt y en la posible amenaza que aquello supondría para el negocio.

Entraron en el salón, que estaba iluminado por una luz mortecina y en el que dos violinistas interpretaban *Wiener Blut*, de Strauss.

Se sentaron a la mesa, el aire estaba impregnado del tan típico aroma a ternera, cebolla y coñac.

—Así que no sé qué podemos hacer —comentó Celia tras explicarle lo sucedido—. El hombre que me ha increpado probablemente sea solo un recadero. ¿Cómo podemos saber quién está detrás del fraude?

Müller parecía preocupado.

—No lo sé, pero si se están publicitando en el periódico es porque no les va nada mal.

Llegó la comida: faisán glaseado con miel, patatas cocidas y un vino blanco seco austríaco.

—He de ser sincera con usted —carraspeó, apurada—. El hijo de mi esposo, que falleció en Reunión, es quien está implicado en esto. También la vende en París. Sin embargo, le aseguro que él solo no ha podido organizar este negocio: alguien la crea y la distribuye. Y me temo que se está expandiendo por toda Europa.

—Deje que haga mis averiguaciones —dijo Müller—. Pediré a mi amigo Schubert, que conoce a varios químicos y científicos, que analice el contenido de esa vainilla, a ver si podemos sacar algo en claro.

—¡Bendito señor Schubert! —exclamó esperanzada—. Espero que esté contento con el trabajo de Beatriz.

—Es pronto para decirlo, pero tengo entendido que las niñas se sienten muy a gusto con ella. Y a usted, ¿cómo le va en el Sacher?

Estaba aprendiendo muchísimo. Se levantaba pronto, rozando el alba, y bajaba al obrador preparada para empezar la jornada. Era un trabajo duro; el señor Sacher, aunque no tenía nada que ver con el malhumorado Carranza, era un hombre exigente y disciplinado. A diferencia de La Perla, y a pesar de que era solo una aprendiz, allí se sentía respetada por sus compañeros. Además, ya habían probado su vainilla de Reunión elaborando los típicos *kipferl*, unas pastas de avellana y vainilla en forma de media luna muy típicas en Navidad.

—¡Les ha encantado! —anunció Celia, contenta—. Sin duda, según dice el señor Sacher, nuestra esencia ha mejorado el sabor de las galletas. Están emocionados, pues creen que pueden ganarse el respeto de la Casa Imperial gracias a ella y convertirse en sus proveedores.

—¡Qué gran noticia! Sabía que saldría bien —suspiró, aliviado—. En cuanto se celebre el concurso de pasteleros, promocionaremos la vainilla en los mejores periódicos, y le aseguro que nadie querrá resistirse.

—Eso espero. —Cruzó los dedos—. Que no nos haga competencia la vainilla de Antoine.

La comida resultó exquisita. Müller se encendió un puro y ordenó que le sirvieran un vasito de *schnapps*, un aguardiente de ciruelas.

—¿Y qué le parece dormir en ese hotel? —preguntó él entre risas.

Celia se sonrojó al recordar la escena de la primera noche.

—Vi a dos hombres desnudos. —Desvió la mirada—. Uno de ellos era más mayor, de cuarenta años, rubio, muy delgado… Se hacía llamar Bubi. El otro era joven. Jamás había visto algo así. ¿Dónde demonios me he metido?

El comerciante rio. Expulsó una bocanada de humo a la par que se acercaba a ella y bajaba el tono de voz.

—¿Sabe quién es ese hombre que describe, señorita? —Se quedó en silencio, manteniendo la expectación—. El hermano del emperador.

Celia abrió la boca, sorprendida.

—Pero ¡cómo…! —ahogó un grito—. ¿Le gustan los hombres?

—¿Es que no escucha los rumores ni los cotilleos? —Negó con la cabeza—. Se nota que lleva poco tiempo aquí, veo que las noticias no llegan a Madrid.

Se lo contó todo. Luis Víctor, a quien su familia también llamaba Bubi, había escandalizado a la Corte de los Habsburgo. A pesar de que se le habían planteado muchas opciones de matrimonio, el hermano del emperador jamás había mostrado interés por el género femenino. Al contrario, no tenía reparos en demostrar su verdadera orientación sexual en público.

—Fue descubierto manteniendo relaciones íntimas con un hombre en una sauna muy popular de la ciudad, el Centralbad —continuó Müller—. Y, desde entonces, se le conoce como el Archiduque de los Baños. Ha sido tan criticado que el propio emperador decidió aislarlo en un palacio que se encuentra a pocos kilómetros de Salzburgo, con una servidumbre únicamente femenina.

«¡Menuda historia!», pensó Celia. Sin duda alguna, aquel hombre, pese a los prejuicios de la gente, había decidido vivir en libertad y hacer lo que le viniera en gana.

—¿Y qué hace en el hotel Sacher, si vive lejos de Viena?

—Es un apasionado del arte y la arquitectura, así que financia algunos proyectos. Y, claro está, sigue visitando las famosas saunas por las que fue desterrado de la Casa Imperial. Cuando viaja a Viena, se hospeda allí.

—Así que el Sacher guarda los secretos más oscuros…

Müller asintió.

—Las famosas *chambres séparées*: hay compartimentos privados en una parte del restaurante donde se pueden reunir en completa intimidad amantes, políticos o gente influyente. Luego suben a las habitaciones… y ya se puede imaginar.

Por fin sabía lo que se cocía en las habitaciones de aquel excéntrico hotel. «Por eso tiene tanta fama», pensó.

—Por cierto, cambiando de tema. —Müller sacó un sobre de su chaqueta—. Se me había olvidado. Ha llegado esta carta para usted.

Celia miró el remitente: era de Diego. ¡Qué ganas tenía de saber de él! Se despidió del comerciante con prisa, pues estaba deseando llegar a su habitación y leer lo que Diego tuviera que decirle. Allí, envuelta en el agradable calor de la chimenea, devoró sus letras con avidez.

Querida Celia:

Espero que te encuentres bien y que las negociaciones con ese comerciante hayan dado sus frutos. Tengo muchas noticias que contarte. En primer lugar, la reina María Cristina ha traído al mundo a una niña sana llamada María de las Mercedes; pese a que no es un varón, el rey está muy contento. Sin embargo, tiene otro en camino: tu madrina Elena vuelve a estar embarazada, y pronto regresará a París de nuevo para dar a luz a la criatura. Parece ser que su estancia en Madrid ha sido muy fructífera con don Alfonso. Por otro lado, el rey ha seguido viendo a La Biondina, así que Elena no ha sido su única amante.

Y, hablando de La Biondina... ¿Recuerdas que iba a hacer una gira en Viena? Pues empieza en diciembre y el rey ha decidido que la acompañe. Quiere que sea su sombra, su hombre de confianza y, ya de paso, que controle todos sus movimientos. Creo que, en el fondo, no se fía de la mujer y teme que se enamore de otros hombres y deje de quererle. Así es, el rey también tiene sus debilidades y miedos. En fin, que en pocas semanas partiremos de Madrid y estaré allí contigo. A veces, parece que el destino nos persiga, ¿no crees? Aunque nos hemos distanciado muchas veces, al final siempre volvemos a reencontrarnos. Tengo muchas ganas de verte.

Estaré hospedado en el Hotel Imperial, te haré saber mi llegada.

Nos vemos pronto.

Diego.

Celia no cabía en sí de gozo. Tener a Diego a su lado le haría mucho bien en una ciudad en la que parecía que todo se le ponía en contra. Aunque se sentía a gusto trabajando para los Sacher, había cuestiones que apenas la dejaban dormir por las noches: no entendía por qué el Neumann Bank había engañado a su padre, si habría más gente como él, y ¿de dónde sacaba Antoine aquella maldita vainilla tan barata?

Se quedó dormida con la carta de Diego entre las manos, ansiosa por que llegara diciembre y pudieran reencontrarse de nuevo.

De repente, su padre volvió a visitarla aquella noche. Llevaba la cuerda ligada al cuello, los ojos inyectados en sangre. La expresión de su rostro era angustiante, monstruosa. Tenía la boca abierta, y la lengua le colgaba hacia afuera, como si se estuviera burlando de ella. Toda su camisa estaba teñida de rojo. Inesperadamente, gritó.

Celia se despertó entre sudores fríos. Otra vez esas terribles pesadillas. ¿Cuándo iba a poder pasar página?

Escuchó ruido en el pasillo. Se levantó, encendió la lámpara y miró a través de la puerta. La misma camarera de siempre empujaba el habitual carrito con los dulces que devorarían los amantes. Esa vez no era Bubi, si no una mujer de cierta edad que vestía tan solo un fino camisón de seda. Iba enjoyada como si fuera una marquesa y reía a carcajada limpia, embriagada por el alcohol.

Celia no podía dormir, temía que su padre volviera a aparecerse en sus sueños, así que cogió su cuadernillo de recetas y se sentó frente a la pequeña mesita de escritorio de nogal. Tenía que ocupar la mente, crear algo nuevo que dejara asombrados a los Sacher.

Pensó en esas parejas que disfrutaban de noches románticas y pasionales con la total libertad que les proporcionaba la confidencialidad de aquel hotel. Allí eran verdaderamente ellos, sin fingir, sin la preocupación del qué dirán. Era probable que aquellas personas tuvieran otra vida fuera, una de la que querían escapar durante algunas horas.

Debía crear otra versión de La Flor Negra, una más sofisticada, más compleja que la que había hecho en Reunión, con la que aquellos amantes pudieran endulzar todavía más su noche. Tenía que dejar a los Sacher con la boca abierta.

35

Diciembre se abría paso en la ciudad. Celia se había decidido a ir al Carltheater, el teatro en el que había trabajado Ilsa Spitzeder, la actriz que, según el sepulturero, había visitado la tumba de su padre. Caían copos de nieve, el aire era gélido e iba acompañado por el olor a rosquillas y a galletas de jengibre. Los niños se deslizaban en trineo por las heladas calles y hacían batallas de bolas de nieve. La Navidad estaba a la vuelta de la esquina.

Empezaba a oscurecer cuando cruzó la sobria fachada neoclásica del teatro y se adentró en el edificio. Aquella noche había función, así que decidió ir unas horas antes para poder encontrar alguna pista o información sobre la desaparecida actriz. Aunque habían pasado ya muchos años, tenía la esperanza de que alguien en aquel lugar pudiera haber coincidido con ella.

Nadie prestó atención a su presencia. Todo el mundo andaba alborotado y con prisas de un lado a otro: iluminadores, chicas del guardarropa, carpinteros, traspuntes… Había muchísima gente entre bambalinas: algunos tensando cuerdas y girando manijas, otros fumando y charlando entre la maraña de sogas y plataformas que había junto al escenario.

Se dirigió hacia los camerinos sin que nadie reparara en ella. Sorteando las cajas de trajes y atrezo que se acumulaban por todas partes, Celia se acercó a un grupito de mujeres con ojos negros maquillados con carboncillo y peinadas con largos tirabuzones. Vestían con trajes de bailarinas, con los hombros desnudos y faldas con aberturas en los muslos. Olían a una mezcla de sudor, tabaco y cerveza.

—¿Quién eres tú? —le preguntó una de ellas, la que parecía llevar la voz cantante.

—Quería haceros unas preguntas —comentó Celia—. Estoy buscando a una mujer llamada Ilsa Spitzeder, una actriz de *burlesque* que triunfó hace unos años en este teatro. No sé si coincidisteis con ella, pero me gustaría saber dónde podría encontrarla.

—¿Y para qué quieres saber de ella? —arrugó la frente—. ¿También tuviste problemas?

Celia enarcó las cejas: ¿qué clase de problemas podría haber tenido aquella mujer?

—No sé de qué problemas hablas. La verdad es que no la conozco. Solo quiero averiguar cierta información de mi padre. Se conocían.

La chica rio con sorna. Las demás también, salvo una de ellas, que estaba seria y pálida. Su rostro era ovalado, ya tenía cierta edad, pero se mantenía en buena forma y era atractiva.

—Oh, vaya, ¿también con tu padre? —continuó la misma—. Vinieron muchos hombres a por ella, pidiéndole explicaciones.

—Pero ¿por qué? —Negó con la cabeza—. No entiendo nada. ¿Es esa la razón por la que no volvió a los escenarios?

La mujer asintió.

—Parece ser que estuvo metida en líos, aunque no sé nada del asunto. La cuestión es que ella se marchó en el 73. Abandonó la ciudad y no la volvimos a ver.

Celia se quedó en silencio. ¿Acaso ella tendría algo que ver con las acciones del ferrocarril? Aquello ocurrió justo en el 73, cuando se hundió la Bolsa. Aquello era muy extraño.

—¿Y no sabéis adónde fue? —insistió—. ¿No tenía familia aquí?

Negó con la cabeza.

—Supongo. Creció en los suburbios. —Se secó la frente perlada de sudor; las lámparas del escenario estaban encendidas con decenas de velas—. Es una lástima, era muy buena actriz. Había llegado al cenit de su fama, tenía la prensa a sus pies. Todo el mundo la adoraba y tiró su carrera por la borda.

Celia miró a la mujer, que había palidecido. Estaba visiblemente nerviosa, como si estuviera haciendo un gran esfuerzo por callarse. Pensó que, quizá, sabía algo más sobre lo que le había ocurrido a Ilsa.

—¿Tenía muchos amantes? —preguntó Celia—. Estoy convencida de que mi padre no fue uno de ellos, pero quería salir de dudas.

—No hay más ciego que el que no quiere ver —soltó, brutalmente sincera—. Siempre andaba con uno y con otro, pero no con hombres ricos. Lo raro de todo esto es que ella podría haber estado con quien quisiera, pero quienes se agolpaban en su camerino eran señores normales y corrientes, sin grandes riquezas. No sé qué podía sacar de ellos.

Celia pensó en su padre; era cierto que no se trataba de un hombre rico, pero se ganaba la vida de forma honrada y nunca les había faltado de nada. ¿Y si realmente habían mantenido una relación?

El director de la obra llamó la atención a las muchachas para que salieran a escena. Todas le dieron la espalda, dirigiéndose hacia el escenario para ensayar la obra. Todas menos una, que giró la cabeza para mirarla apenas unos segundos: sus ojos parecían querer decir algo, pero en ningún momento abrió la boca. Otra de las chicas la agarró del brazo y la apremió para que saliese. Celia se quedó intrigada, sabía que había algo más detrás de esa historia. Pero ¿cómo iba a averiguarlo?

Salió del teatro y decidió esperar a que terminara la función para interrogar a aquella mujer que parecía tener mucho que decir. Quizá a solas sería más fácil sonsacarle información. Mientras tanto, decidió esperar en un restaurante humilde de la zona, donde comió una ligera sopa de sémola y un trozo de ternera con berros.

La Nestroyplatz comenzó a llenarse de hombres y mujeres que salían del teatro tras la función de la noche. Celia esperó impaciente a las actrices; hacía un frío horrible, los carruajes se habían teñido de gris por la nieve y una espesa neblina apenas dejaba ver la tenue luz de las farolas de gas. Por fin, al cabo de media hora, las mujeres salieron juntas charlando y riendo en tono de camaradería. Empezaron a adentrarse por el laberinto de calles pobres que se dirigían hacia el barrio judío, en el noroeste de Leopoldstadt. Celia, a varios metros, las seguía sin que se percataran de su presencia. Enseguida se arrepintió de su decisión, pues aquel lugar no era seguro para una señorita sin compañía: había prostitutas ejerciendo bajo las farolas, y del interior de los cafés turcos se oían peleas y conversaciones subidas de tono. Los altos edificios, viejos y deprimentes, poco tenían que ver con la sofisticada Ringstrasse; aquellas viviendas despedían un desagradable olor a col hervida y orina. Una gran rata negra le salió al paso y pegó un brinco de sorpresa. Estaba aterrorizada.

La mujer por fin se despidió de sus compañeras y continuó su camino sola. Era su oportunidad. Celia se acercó a ella y la cogió del brazo. La pobre muchacha gritó asustada, pensando que era un delincuente.

—Perdona, he sido un poco brusca —se disculpó Celia—. Soy la chica de antes, la que preguntaba por Ilsa Spitzeder.

La mujer la miró de reojo, desconfiada.

—¿Me estabas siguiendo? —preguntó furiosa—. No sé qué más quieres saber, si ya te lo han dicho todo.

—Intuyo que sabes algo que no quieres decir. Lo he notado en tu expresión.

La mujer se zafó de ella y siguió su camino, ignorándola. Celia continuó tras ella, apresurándose.

—¡Por favor, solo quiero saber la verdad! —exclamó, desesperada—. No tengo nada en contra de esa actriz. Lo único que sé es que visitó la tumba de mi padre después de que él se suicidara por el *crack* de la Bolsa del 73.

Paró de golpe y se giró.

—Ella no tuvo la culpa —le comunicó, seria—. Te lo aseguro.

—Fue el Neumann Bank —le explicó Celia—. Ellos engañaron a mi padre. ¿Qué le pasó a ella?

La mujer se quedó en silencio, melancólica.

—Yo no sé nada —dijo compungida—. Éramos muy buenas amigas, pero era reservada. Lo único que puedo decirte es que se vio obligada a marcharse de aquí.

Celia no entendía nada. ¿Estaba Ilsa relacionada con el Neumann Bank? Y ¿de qué conocía a su padre?

—¿Sabes dónde puedo encontrarla? —preguntó, desesperada.

—No —expresó rotunda, aunque su mirada decía lo contrario—. No sé nada de ella.

Celia sabía que mentía, pero no podía hacer nada más al respecto.

—Si alguna vez contactaras con tu amiga… —se atrevió a pedir—, dile que me gustaría hablar con ella, solo eso. No quiero acusarla de nada, sino conocer la verdad de lo ocurrido. Soy la hija de Klaus Gross y me hospedo en el Sacher.

La chica ni siquiera asintió. Le dio la espalda y continuó su camino a toda velocidad. Celia se quedó sola, bajo el aire frío y húmedo de la noche. Comenzó a correr de vuelta a casa.

CELIA SE DIRIGIÓ a las cocinas cuando aún ni siquiera había amanecido, se puso el delantal blanco y comenzó a prepararlo todo. Su sencillo bizcocho de La Flor Negra, que había encandilado a todo el pueblo de Hell-Bourg, acababa de dar un paso más allá: tenía más *glamour*, era mucho más complejo y reunía los sabores de los tres países en los que había vivido. Se trataba de una *mousse* de vainilla con una base de galletas de jengibre y especias acompañada por una crema de turrón de Jijona. Había incluido lo mejor de Reunión, que era la vainilla de Baptiste y las especias de la plantación de su querido Gustav, las tradicionales galletas de jengibre tan populares en Austria durante la época navideña y el turrón de Jijona de España, que tantas veces había elaborado en La Perla. Había estado practicándolo durante las últimas semanas, y aquel mismo día iba a presentárselo a Anna y Eduard Sacher.

Encendió las lámparas, estaba oscuro afuera. Comenzó con la *mousse*, reuniendo e infusionando todos los ingredientes: nata, esencia de vainilla, azúcar y gelatina. Puso la mezcla en una manga con la que rellenó los moldes rectangulares y los metió en la heladera para que se enfriaran. A continuación, preparó unas galletas de jengibre a las que añadió sus propias especias: canela, nuez moscada, clavo, cardamomo y pimienta blanca. Cortó varias porciones de aquella masa y la metió en el horno: serían la base de la *mousse*, y la que le daría el toque crujiente y especiado al postre. Finalmente, seleccionó el turrón de Jijona, que batió junto a los huevos y la nata para hacer una crema ligera. ¡Qué nostalgia la invadió entonces! Por unos instantes, se trasladó a Madrid, a la confitería La Perla, bajo las órdenes de Carranza. Trató de recordar lo positivo de su período en aquel obrador. Quizá, si nunca hubiera trabajado allí, su pasión por la repostería jamás habría salido a la luz.

Había estado tan ocupada, disfrutando de su trabajo, que apenas se percató del paso del tiempo. El sol empezaba a entrar a través de las ventanas del obrador; por suerte, había dejado de nevar, y los rayos deshacían los bloques de hielo y nieve que se acumulaban en las entradas de los edificios y los comercios.

Sus compañeros llegaron y empezaron la jornada de trabajo: en esa ocasión, la mayoría se dedicó a amasar y freír una sucesión interminable de rosquillas que iban acumulándose en canastas cubiertas de lienzos blancos. También prepararon la tradicional tarta navideña Linzer, una masa crujiente de frutos secos y canela rellena de mermelada de frutos rojos.

Emplató su creación: en la base puso su crema de turrón; sobre ella, las galletas especiadas de jengibre y, por último, la *mousse* fría de vainilla. Para decorar el plato, añadió una flor de orquídea. Estaba precioso y olía de maravilla.

Orgullosa por lo que había creado, se dirigió al despacho de Anna Sacher, donde también se encontraba su esposo, Eduard. ¡Se llevaba tan bien con Anna! Aunque al principio le había parecido una mujer extraña y excéntrica, con el paso del tiempo y después de conocerla mejor, se había dado cuenta de que era una joven inteligente, leal y encantadora. A menudo solían charlar en su despacho; ella le contaba su vida pasada, todo por lo que había tenido que luchar hasta convertirse en lo que era ahora. Se había abierto paso en un mundo de hombres, era una líder nata, y tenía la capacidad de tomar el control de cualquier situación inesperada. Celia la había tomado como ejemplo al que imitar, pues ella misma quería ser esa mujer enérgica que reaccionaba por instinto, con convicción, con la vulnerabilidad justa que la halagaba.

—Así que quieres conquistar a nuestros huéspedes especiales —dijo Anna con picardía—. Suelen pedir siempre la Sacher, pero quizá les guste tu creación.

—Lleva muchas especias —comentó Celia—. Y sé por experiencia que su efecto afrodisíaco enciende la pasión de los amantes.

—Puede que a nuestros clientes no les haga falta —rio—, pero nunca está de más estimularla.

—Podríamos acompañar el postre con una nota en la que se explique la leyenda del origen de la vainilla —añadió Celia—. De la pareja que murió por amor y de la que surgió la preciosa orquídea. ¿No te parece emocionante?

Eduard y Anna asintieron y procedieron a probar el postre, hundiendo la cuchara en las diferentes capas del plato. Celia se retorció los dedos, nerviosa. Confiaba en ella, en sus sabores, en la calidad de los ingredientes. Sabía que nada había salido mal. Sin embargo, todo era cuestión de gustos.

—¡Mmmm! —Eduard tenía los ojos cerrados, saboreaba el plato con calma—. Impresionante.

Celia dejó escapar un suspiro y miró a Anna, que volvió a hundir su cuchara en la *mousse*. Ambos se lo comieron todo.

—Es muy bueno —expresó Ana, satisfecha—. Tienes mucha mano para la repostería. ¡A ver si le vas a hacer la competencia a mi Eduard!

Celia rio y negó con la cabeza.

—Sabes que mi destino está en Madrid, así que no supongo ningún problema. De todos modos, no se me ocurriría compararme con Eduard, pues no tengo ni su experiencia ni su reconocimiento. Aunque aspiro a llegar a eso algún día.

—Pues estoy segura de que lo conseguirás. —Le guiñó un ojo—. Solo debes seguir tu camino, no tirar la toalla y creer en ti misma.

Celia asintió pensativa. Pensó en Gustav, en Loana, en Diego, en todas las personas que la habían animado a perseguir sus sueños. «Por ellos estoy aquí», pensó.

El señor Sacher, de repente, se dirigió a lo que parecía una caja fuerte que había empotrada en una pared del despacho. De ella sacó una especie de botella de vino cuyo líquido era de color ámbar.

—Serviremos tu postre con este vino de Tokaj, el mejor que hay y el más antiguo —dijo Eduard—. ¡Por fin he conseguido una botella! Es suave y dulce a la vez.

Celia no había oído hablar de él, ni sabía por qué tenía tanto valor.

—Procede de Hungría —le explicó—. Es el vino preferido de los reyes, y se sirve en casi todos los salones de las cortes europeas. Hasta el emperador Francisco José le envía cada año una botella por cada mes que ha vivido a la reina Victoria de Inglaterra, como regalo por su cumpleaños.

—¡Vaya! —exclamó Celia—. Debe de valer una fortuna…

—¡No te imaginas cuánto! Hacía años que no encontraba una como esta, después del problema de la filoxera. Su vendedor me ha dicho que viene específicamente de los viñedos del emperador.

Müller le había hablado de ello. La filoxera era una plaga producida por un minúsculo insecto que provocaba la muerte de la vid. Se había originado en Estados Unidos y se había introducido en Europa sobre los años sesenta. España había sido uno de los primeros países en verse afectado, pero luego se expandió por Francia, Alemania y el imperio austrohúngaro, este último en el 72.

—Se lo ofreceremos a nuestros mejores clientes, como es el caso del hermano del emperador, que ha reservado habitación para Nochebuena —continuó él—. Aunque él esté acostumbrado a degustarlo, así verá que somos una pastelería de renombre y nos recomendará por encima de la Demel.

Celia se sentía halagada. Su creación mejoraría todavía más con un vino tan especial y único. Estaba deseando ponerlo en marcha y ofrecérselo a los clientes.

—¿Y qué nombre le ponemos a tu receta? —preguntó Anna.

—La Flor Negra, claro —dijo orgullosa—. Es un homenaje a la vainilla, la especia que me ha ayudado a crecer, a amar, a confiar. Con ella conquistaré Madrid algún día.

36

El Hotel Imperial se encontraba en la Ringstrasse, y era uno de los hoteles más lujosos de Viena. Había estado con Müller y Beatriz en su cafetería, pero no en su elegante vestíbulo, cuya escalera real conducía hacia las *suites* que daban al casco antiguo de la ciudad, y donde se hospedaba La Biondina. Diego dormía en las habitaciones destinadas a los trabajadores y el servicio.

El cochero bajó las escaleras acompañado por la señorita Adela Borghi. Celia sintió otra vez esa especie de cosquilleo en el estómago que ya había experimentado otras veces al verlo. Vestía elegante, pero sin la peluca que solía lucir en Madrid; emanaba una seguridad en sí mismo que le daba una apariencia de fortaleza contagiosa. Ya no era el mismo joven que había conocido hacía años en La Perla, sino un hombre mucho más maduro. Diego le sonrió y sintió que se deshacía. Aunque le hubiera gustado abrazarlo, se contuvo por respeto a la italiana.

—Te presento a Celia, la que seguro será la futura confitera de Sus Majestades —dijo él de buen humor—. Ahora trabaja para los Sacher, la llevaré un día a que pruebe su tarta.

Era la primera vez que veía a La Biondina, y todo lo que había oído decir de su belleza se quedaba corto. Sin duda, su cabellera rubia y su piel anacarada evocaban a la mismísima Venus. Bajo el sombrero escondía unos preciosos tirabuzones que le llegaban hasta los hombros. Su cutis era fino, pese a que ya tenía una edad madura, y sus manos eran bonitas, suaves y delgadas.

—No sé si me conviene tanto chocolate —dijo, poniéndose seria—. He de controlar mi figura.

—Está usted muy bien —comentó Celia—. Ya que ha viajado hasta Austria, no debe perderse sus magníficos postres.

La contralto la miró por encima del hombro. Mantenía una actitud altiva y soberbia.

—Tú eres la ahijada de esa tal Elena, ¿no? —preguntó.

Celia tragó saliva. «¡Qué circunstancia más extraña!», pensó. Estaba junto a la mujer que había sustituido a su propia madrina como amante del rey.

—Así es —dijo en apenas un susurro—. Pero es mejor no hablar de estas cosas, ¿no cree?

Llevaba un vestido con exceso de volantes y fruncidos. Era esbelta, curvilínea, atractiva. Le gustaba presumir y llamar la atención: de hecho, todos aquellos que se cruzaban a su paso la observaban fascinados.

—Es una pena que Sanz se haya retirado. Está en París, ¿verdad?

Celia apretó los puños tras la espalda. Apenas llevaba unos minutos con ella y ya no la soportaba. Era escandalosa y poco recatada. Entendía por qué entre la clase política española había cierta preocupación por la influencia que ejercía esa mujer sobre el rey.

—Mi madrina está muy bien, gracias —respondió, mordiéndose la lengua—. Y ahora deberíamos emprender el camino, de lo contrario llegará tarde a los ensayos.

Subieron al coche de caballos; Diego dio la vuelta a la Ringstrasse hasta llegar al Burgtheater. Allí dejaron a la cantante y se dirigieron al Prater. Pese a estar a refugio en el carruaje, corría un aire gélido. Después de tantos años en Madrid, a Celia se le había olvidado el frío y la intensa nieve que caía en la ciudad en aquella época del año.

La gente caminaba a toda prisa, con las mejillas coloradas y la punta de la nariz enrojecida, exhalando el vaho emblanquecido de su aliento. Los caballos resoplaban y sacudían las crines para liberarse de los montones de nieve que se iban acumulando sobre ellos. Aun así, la estampa era preciosa y no la cambiaría por ningún otro paisaje. La escarcha pendía de las ramas de los abetos, y las altas columnas de humo que salían de las chimeneas de las casas se desvanecían sobre el intenso azul del cielo. Algunos muchachos harapientos encendían fuegos en braseros en mitad de la calle para calentarse las manos.

Faltaban pocos días para Navidad, y en cualquier plaza del centro había puestos donde se vendían golosinas, juguetes y adornos para los abetos. En una esquina, un coro de niños envueltos en bufandas y gorros de lana cantaba *Noche de paz* al son de un organillero. Los escaparates de los comercios estaban adornados con ramitas de pino, arándanos rojos y coronas de acebo y muérdago. De las confiterías y cafés salía el aroma a pan de jengibre y a *strudel* de manzana. ¡Ojalá pudieran estar ahí su madre y Gonzalo!

Llegaron al Prater, un bonito bosque a orillas del Danubio donde los habitantes de la ciudad paseaban a pie o en carruaje alrededor de gigantescos castaños, tilos y encinas. A Celia le recordó al paseo del Prado. Diego dejó aparcado el carruaje y ambos se adentraron en los caminos helados en busca de una cervecería en la que comer algo mientras se calentaban.

Eligieron una y el olor a cerveza, mostaza y tabaco les golpeó en la nariz. El lugar estaba bastante concurrido, la luz del local era tenue y estaba recubierto en madera. Celia no solía visitar ese tipo de sitios, pues prefería los clásicos cafés, pero sabía que a Diego le gustaría. Así pues, se sentaron en uno de los bancos adosados en la pared y pidieron sendas cervezas tiradas con buena espuma.

—Veo que conoces bien las calles de Viena pese a ser la primera vez que estás aquí —comentó Celia.

—Estuve estudiando los planos en Madrid —rio—. A través de la Ringstrasse llegas a todos lados. ¿Cómo estás?

—Bien, no me puedo quejar. Mi nuevo postre ha tenido éxito en el Sacher, así que me paso el día haciendo La Flor Negra, la cual he mejorado.

—¡Qué bien! —le cogió de las manos—. Estoy muy orgulloso de ti.

Los camareros, de fuertes y velludos brazos, circulaban entre las mesas de madera con las manos llenas de jarras de cerveza. Pidieron también unos filetes de buey en salsa y una ensalada de arenques y pepinillos. Al fondo, una banda interpretaba canciones austríacas populares. Celia le contó lo poco que había descubierto sobre su padre.

—No creo que sepa la verdad nunca —dijo con tristeza—. No encontraré a esa actriz.

—Has hecho lo que has podido, no puedes torturarte más. El Neumann Bank no te pondrá las cosas fáciles, así que es mejor que no te metas en problemas.

Celia asintió. Diego pensaba del mismo modo que su hermana, pero ella era reticente a olvidarse del pasado.

—Siento como si no hubiera cerrado una etapa —suspiró—. Siguen las pesadillas de mi padre. A veces, creo que quiere decirme algo. Lo sé, parece una locura.

Diego negó con la cabeza.

—Puede que no. —Se cruzó de brazos—. Yo creo en ese tipo de cosas. Cuando murió mi padre, sentía que me acompañaba allí adonde iba. De hecho, siempre he creído que fue él quien me salvó la vida en el atentado. No sé, como si fuera una especie de ángel de la guarda. Nuestros seres queridos nos protegen allá donde estén.

Les trajeron la comida. El guiso estaba delicioso, sabía a rábano picante, nabo y apio.

—Y luego está el tema de la vainilla… —suspiró la joven—. Me deshice de Antoine, pero parece que me persigue allá dónde voy. Lucharé para destapar su fraude.

—Debes hacerlo, sí. —Diego se sacó un cigarrillo—. Has conseguido dar a conocer la vainilla de Baptiste en Austria y no es justo que alguien se esté beneficiando de algo que dice tener una calidad que no existe. ¿Ya sabes de dónde proviene?

—No, estoy esperando a que los colegas del doctor Schubert nos digan algo. —Torció el gesto—. Tengo la sensación de estar metiéndome en algo muy complejo, Diego. Aunque aparento tener fuerzas y valentía, muchas veces siento miedo.

Diego se aproximó más a ella, podía sentir su aliento a cerveza y tabaco. Se le erizó la piel, un escalofrío placentero recorrió su cuerpo. Se sentía a gusto con él, feliz de tenerlo de nuevo a su lado.

—Ahora estoy aquí, Celia —expresó seguro, con confianza—. Sé que tú sola puedes con todo, pero ya que Beatriz está interna en la casa del doctor Schubert, necesitarás a alguien que te apoye y te acompañe a los sitios. Por suerte, Adela se pasa la mayor parte del tiempo en el teatro.

Celia agradeció el gesto del cochero y se sintió mucho más segura.

—¿Cómo la aguantas? —preguntó ella de repente—. A La Biondina.

Diego rio.

—¡No sabes el viajecito que me dio hasta Viena! —exclamó, restregándose la frente—. Es exigente y caprichosa, no estaba a gusto con nada. Don Alfonso me impuso una dura tarea. ¡Menos mal que estabas tú esperándome en mi destino!

Los dos se miraron ruborizados, sin atreverse a dar el paso y besarse.

Poco después, salieron de la cervecería satisfechos tras la comida que les habían servido. Siguieron caminando por el amplio paseo del Prater, que estaba a rebosar de curiosos y extranjeros.

—¿Sabes que la casa en la que viví está cerca de aquí? —dijo Celia.

—¿Y por qué no me llevas? —propuso Diego—. Me encantaría conocer el lugar en el que creciste.

Celia se puso nerviosa; ni siquiera había ido allí con Beatriz. El banco les quitó la casa tras la muerte de su padre, y se marcharon tan rápido que no tuvieron la posibilidad de llevarse con ellas los recuerdos de toda una vida.

—De acuerdo —dijo, un tanto nerviosa—. He tratado de evitarlo desde que pisé la ciudad, pero quizá me venga bien.

Juntos se dirigieron hacia la calle en la que había vivido la familia Gross, al oeste del Prater. Había unas cuantas casas adosadas de estilo burgués en cuyas puertas descansaban lujosos carruajes tirados por caballos húngaros. Las niñeras regresaban junto a los niños después de que estos hubieran disfrutado de las atracciones típicas navideñas como el tiovivo o alguna función de marionetas. Desde las ventanas se empezaban a ver velas encendidas y el fuego crepitaba en las chimeneas.

—Aquí es —dijo Celia.

Los dos se quedaron frente a la puerta; no había luz en el interior de la casa, las contraventanas estaban cerradas, parecía abandonada.

—Qué extraño —comentó Celia—. Es como si nadie hubiera estado aquí desde que nos marchamos.

Diego se dirigió a la puerta y llamó al timbre, sin éxito. Al cabo de unos minutos, trató de abrirla: la humedad había estropeado la madera y esta cedió con facilidad.

—¿Qué haces? —preguntó ella, temerosa—. ¿Y si hay alguien dentro?

—Te aseguro que no. —Miró en el interior, que estaba a oscuras y olía a hollín—. Podemos entrar.

Celia vio que Diego se perdía en la oscuridad. Estaba confundida, no entendía nada: ¿el banco les había quitado la casa para abandonarla a continuación? Entonces, ¿por qué tanto interés en arrebatarles sus bienes?

Siguió al cochero y entró en el salón. Diego había avanzado hasta la repisa de la chimenea, que estaba cubierta de polvo, y había encontrado una cajita de cerillas. Encendió un quinqué viejo y la llama iluminó una mesa, la librería y el diván. Eran sus muebles, los recordaba bien. Todo parecía estar tal como lo habían dejado hacía poco más de ocho años. Temblorosa, se dirigió a la cocina, en la que estaba la mesa de madera, los platos de cerámica en la vitrina y las cortinas estampadas medio descolgadas. No pudo evitar echarse a llorar al recordar los buenos momentos vividos en aquella casa. Podía recordar el fuego de la cocina encendido, su madre haciendo té y tostadas por las mañanas, las reprimendas cariñosas de su padre cuando no obedecían... «Ojalá pudiera volver al pasado —pensó—, revivir la cadencia de aquella suave rutina y recuperar el aspecto de un lugar habitado y lleno de vida.»

Se dirigió a su dormitorio, el que también había compartido con Beatriz; el papel se desprendía de las paredes, el techo estaba mojado. Por un instante, le pareció oír los tarareos y risas de su hermana a altas horas de la noche, cuando no podían dormir. La nostalgia la invadió por completo.

Después, se dirigió a la habitación de sus padres. Fue entonces cuando se imaginó a Klaus vistiéndose frente al espejo de la cómoda. Aquella imagen la paralizó y dio un paso hacia atrás, como si quisiera escapar de allí. Diego se acercó a ella y la abrazó para darle su apoyo.

—Trata de recordar los momentos felices —le dijo—. Seguro que viviste muchos con tu padre.

Celia asintió. Precisamente en aquellas fechas tan señaladas, solían adornar el pequeño abeto del salón con cintas de colores y galletas de jengibre. Cenaban ganso relleno con ciruelas pasas, dulces vieneses y chocolate, y cantaban arias de ópera alrededor del fuego.

Sintió una fuerte presión en el pecho y tuvo que sentarse sobre la cama, pues estaba mareada. Había revivido demasiadas sensaciones, instantes y detalles.

—Si cierro los ojos me parece oler su colonia, sentir los rayos de sol traspasando la ventana… —suspiró, melancólica—. Era una niña, no existían las preocupaciones.

Diego se sentó junto a ella. Celia se dejó arropar, se sentía segura a su lado. Esa vez no pudo evitarlo; sin mirarlo a los ojos, su boca buscó con timidez la suya y lo besó. Fue un beso corto, tierno, húmedo. No pensó en Gustav; por fin había superado su perdida, había pasado página. El tiempo había curado las heridas y merecía una nueva oportunidad y ser feliz. Diego le proporcionaba todo el amor que ella necesitaba, se había dado cuenta de que estaba enamorada de él. Permanecieron unos segundos abrazados, sin decir nada.

—La vida continúa —dijo al fin ella.

Antes de abandonar la casa, la observó por última vez y trató de llevarse con ella, una vez más, todos los recuerdos que con tanto cariño guardaba en lo más hondo de su ser. Sin embargo, a pocos centímetros de la puerta de entrada, se topó con una especie de papel ya amarillento por los años, con el sello de la oficina de Correos y Telégrafos. Leyó el contenido: aparecía el nombre de su padre, estaba fechado un par de meses después de su muerte, poco antes de que ella y su familia se marcharan de Viena. Como no se le había podido entregar en mano, el cartero había dejado la notificación bajo la puerta. Obviamente, nadie había ido a recogerlo. Celia se preguntó extrañada quién podría haber mandado un telegrama a su padre si todos los que le conocían ya sabían de su trágica muerte. ¿Y si se trataba de aquella actriz que estaba buscando?

—Necesito saber quién pudo ser y qué le dijo —comentó Celia, intrigada.

—Quizá no sea nada importante —apuntó Diego—. Además, hace ya muchos años de esto.

—Puede que sigan guardándolo en la oficina postal —añadió con esperanza—. Les mostraré mi identidad y verán que soy su hija. Vayamos ahora mismo.

Diego arrugó la frente.

—Dudo mucho que sea tan fácil, pero si es lo que quieres, lo haremos. —La cogió de la mano—. Estamos juntos en esto.

Celia sonrió agradecida: le había costado mucho tiempo darse cuenta de lo maravilloso que era Diego. Había estado ciega. Volvió a besarlo.

EMPEZABA A ANOCHECER, la calle olía a abetos helados y a humo lejano; la oficina de Telégrafos se encontraba cerca del Naschmarkt y estaba a punto de cerrar. Aquel día se había celebrado un mercadillo de pavos, y los comerciantes abandonaban sus puestos junto a sus bueyes de pelo escarchado. Entraron en el edificio. Celia sabía que, tal y como decía Diego, lo más probable era que aquel telegrama de hacía ocho años ya no existiera, por lo que siempre le quedaría la duda de saber quién podría haber escrito a su padre después de que este falleciera. Estaba convencida de que podía tratarse de Ilsa Spitzeder.

Se dirigió al mostrador, que parecía un almacén desordenado lleno de pilas desorganizadas de paquetes y cartas por clasificar; detrás se encontraban los casilleros de los apartados de correos, soportes con todo tipo de postales y sobres, un mapa que exhibía los planos del sistema de telégrafos del país y varias vitrinas que contenían diferentes colecciones de sellos y matasellos. Aunque estaban a punto de cerrar, había cierto trajín todavía. Les atendió un hombre vestido de uniforme azul con cara de pocos amigos.

—Sé que es de hace muchos años, pero... —Celia le entregó el papel y su identidad—. Soy su hija.

El hombre, con prisa por acabar su jornada laboral, la miró desesperado.

—¡Esto es de 1873! —exclamó incrédulo—. Olvídese, señorita.

—Pero sé que guardan unos años las cartas y paquetes extraviados... —insistió ella—. ¿No puede intentarlo?

El funcionario miró su reloj de pulsera y rio. Le dio un codazo a su compañero, un chico joven que estaba rellenando tinteros y que parecía llevar muy poco tiempo en el oficio.

—Has visto, Adolph, esta muchacha quiere que busquemos un telegrama de hace ocho años. —Soltó una carcajada, buscando complicidad—. ¡Y a cinco minutos de cerrar!

El chico también rio, negando con la cabeza, y siguió con su trabajo. Celia apretó los puños, enfadada. Diego, como no entendía el idioma, se mantuvo en silencio observando la escena.

—Es importante para mí —reiteró, subiendo el tono de voz—. Mi padre, Klaus Gross, murió, por eso no pudo recogerlo.

—Lo siento. —Mostró las palmas de ambas manos, ahora compasivo—. Aunque encontráramos el telegrama, señorita, tampoco se lo podríamos entregar a usted. Por mucho que sea su hija, está a nombre de su padre, y en eso no podemos hacer excepciones.

—¡Oh, vamos! —Se cruzó de brazos—. Haga la vista gorda y le invito a una comida en el Sacher. Trabajo allí.

El hombre la reprobó con la mirada y volvió a negarse.

—No pierda el tiempo conmigo, jovencita. —La señaló con el dedo—. No acepto sobornos.

Celia tragó saliva y suspiró. Asintió lentamente, consciente de que, por mucho que insistiera, no iba a conseguir nada. Decidieron marcharse.

En el obrador del Sacher, todos los pasteleros trabajaban sin descanso en los postres que presentarían en el concurso de proveedores que se llevaría a cabo en apenas un mes, a finales de enero. Celia, una más en las cocinas, bajo las órdenes del señor Sacher, comenzó a elaborar un *Apfelstrudel*, uno de los postres favoritos del emperador Francisco José y la emperatriz Sissi. El ingrediente principal era la manzana, pero no valía cualquiera: debía de tener el aroma y textura ideales, con la acidez adecuada, por lo que la mejor candidata era la variante reineta. Después estaba el hojaldre: según Eduard Sacher, la pasta tenía que ser lo más fina posible, hasta el punto de que se pudiera leer una hoja de periódico a través de ella. Al relleno también se le añadía ron, canela, nueces y pan rallado.

—¡Tu vainilla nos va a dar muchos puntos, señorita! —exclamó Eduard, tras probar el plato ya hecho—. ¡Delicioso!

La tarta de manzana se servía espolvoreada con un poco de azúcar glas y una crema caliente de vainilla. Y ahí venía el triunfo de Celia y su preciada especia de Reunión. ¡Qué orgullosa se sentía de ella, de Loana y de Niry!

—Ojalá que la emperatriz sepa apreciarlo —deseó ella.

El señor Sacher se santiguó y suspiró.

—Es una mujer muy rara, así que no las tengo todas conmigo. Todo depende de cómo esté ese día, pues se rumorea que tiene problemas con la comida.

—¿Problemas?

—A veces se pasa horas sin probar bocado, y otras es capaz de engullirse una Linzer Torte ella solita —le explicó—. Y es que, a raíz de su tercer embarazo, comenzó a obsesionarse con su cuerpo. Es una mujer alta, pero aun así no quiere pasar de los cincuenta kilos… Se ve que en el palacio tiene anillas y espalderas por todas las estancias para hacer ejercicio, y que por las noches se ciñe las caderas con paños húmedos para mantenerlas estrechas.

—¡Pero si es guapísima! —exclamó Celia—. Todo el mundo la admira por su belleza.

—Oh, pues su trabajo le cuesta. Dicen que se alimenta a base de leche, siempre que viaja se hace acompañar de vacas y cabras que se la proporcionan fresca, carne cruda y sangre de buey.

Celia arrugó la frente. «¡Qué mujer más rara!», pensó. Quizá todo el esfuerzo que estaban poniendo para conseguir ser los proveedores de la Casa Imperial resultara en vano por los caprichos y obsesiones de la emperatriz. Sin embargo, tenía confianza.

Después de todo el día elaborando diferentes postres, incluido La Flor Negra, que también formaría parte de la exhibición, Celia salió de las cocinas para tomar el aire. Ya había oscurecido, volvía a nevar de nuevo. Aunque estaba cansada, se sentía satisfecha por el trabajo realizado. Incluso el señor Sacher la había felicitado.

De repente, un joven la abordó en las puertas del restaurante.

—Señorita, ¿se acuerda de mí? —le preguntó.

Al principio, Celia no lo reconoció, aunque luego empezó a hacer memoria. Era el joven de la oficina de Telégrafos. ¿Qué demonios quería?

—Dijo que trabajaba aquí, por eso he venido —continuó él—. Quiero que me invite a una comida.

Celia alzó las cejas, sorprendida.

—¿A qué viene esto? —Apretó la barbilla—. ¡No lo conozco de nada!

El muchacho, que se llamaba Adolph, sacó un papel de su chaqueta.

—Tengo el telegrama que buscaba —dijo, haciéndose el interesante—. En el sótano se guardan paquetes y cartas extraviadas o que nunca se recogieron. Me ha costado muchas horas de mi tiempo libre, pero siempre he querido comer aquí y probar una de sus tartas. Con mi sueldo de aprendiz, no me lo puedo permitir.

Celia abrió los ojos, emocionada. Ya había asumido que jamás sabría de quién procedía aquel telegrama y, para su sorpresa, ahora lo tenía en su mano. Quizá no tuviera ninguna importancia, como había tratado de convencerse en múltiples ocasiones, pero al menos podría salir de dudas.

—Muchas gracias, no sabe el favor que me hace. —Sonrió, relajada—. Y, por supuesto, venga mañana a comer y pregunte por mí. ¡No se arrepentirá!

Se despidió del chico, que se marchó encantado.

Celia subió a toda prisa a su habitación, con ganas de leer el telegrama. Lo abrió con las manos temblorosas. Se había enviado desde París.

Después de analizar el contenido de su envío, podemos confirmar que está adulterado. Es un fraude. Le ruego me dé más información sobre el asunto. Gracias.

Atentamente,

Zéphyr Regnard

No, no se trataba de la actriz, sino de un hombre. ¿De qué estaban hablando y qué era lo que había enviado su padre a París?

37

Querida madrina:

¿Cómo te encuentras? Diego me contó que estabas en París, a la espera de alumbrar a tu segundo hijo con Alfonso. Deseo de corazón que todo salga bien y que esa criatura nazca sana y fuerte. Yo llevo casi tres meses en Viena y me siento dichosa de haber venido. Estoy aprendiendo muchísimo del maestro Sacher, que incluso me ha permitido perfeccionar mi postre estrella y presentarlo en el futuro concurso de proveedores que tendrá lugar en el palacio Hofburg. Además, mi hermana está encantada de trabajar como institutriz para la familia Schubert. Apenas la veo, pues se encuentra muy ocupada con esas muchachas; parece que todos están muy contentos con sus modales y su forma de enseñar. ¡Me alegro tanto por ella!

¿Sabes qué? Diego ha venido para proteger y acompañar a La Biondina en su periplo por la capital austríaca. No tienes nada que envidiarle, querida. ¡Es insoportable! Te aseguro que no merece las atenciones del rey. La noticia es que Diego y yo estamos juntos. Por fin he podido dejar atrás la etapa de Gustav, aunque siempre lo tendré en mi memoria, y mirar hacia el futuro. Nos amamos, Elena, nos amamos mucho.

Sin embargo, no todo va tan bien como parece. He descubierto asuntos relacionados con mi padre que no encajan. De hecho, quería pedirte un favor. Mi padre se estuvo carteando con un francés llamado Zéphyr Regnard poco antes de morir y me gustaría saber quién es esa persona y por qué estaban en contacto. No sé si todavía reside en París o no, pero sería de gran ayuda si pudieras averiguarlo.

Te echo mucho de menos y espero que podamos vernos pronto. Que pases unas felices Navidades.

Te quiere tu ahijada,

Celia

A ÚLTIMA HORA de la tarde, Celia y Diego se dirigieron hacia la casa del señor Schubert, a la que habían sido invitados junto al señor Müller para pasar la Nochebuena con su familia y Beatriz.

La calle estaba nevada y algunos niños se deslizaban en trineo a lo largo de la Ringstrasse. El aire todavía guardaba el aroma de las castañas asadas y las rosquillas fritas que se vendían en la Michaelerplatz.

La chimenea del salón estaba encendida, y la mesa estaba perfectamente vestida y decorada con una palmatoria en el centro. Un gran abeto que llegaba hasta el techo brillaba y centelleaba con velitas parpadeantes. A su alrededor, las niñas abrían los regalos que se habían dispuesto bajo el árbol: un muñeco con el cuerpo de serrín y la cara de porcelana para la más pequeña; sombreros y lazos para el cabello para la mayor, y una joya de la reputada joyería Amat de Barcelona para la señora Schubert.

Beatriz se acercó a su hermana y la abrazó. Estaba contenta de ver a Celia junto a Diego. Nunca había visto al cochero tan radiante como aquel día.

—¡Qué ilusión me hace veros así! —exclamó—. Merecéis ser felices.

Celia asintió sonriente. Sin embargo, en su rostro asomó un halo de preocupación.

—Ya he escrito a Elena —dijo—. Espero que tengamos información sobre ese hombre pronto.

Beatriz resopló y miró cansada a su hermana.

—Deberías dejarlo ya —expresó con hartazgo—. Padre se suicidó hace muchos años. Nunca encontrarás un culpable, por mucho que busques. El Neumann Bank es demasiado poderoso. ¿Por qué no disfrutas de tu vida actual y olvidas el pasado?

Celia frunció el ceño y se sintió decepcionada. No entendía por qué su hermana no tenía su mismo anhelo por descubrir los verdaderos motivos que habían llevado a su padre a la muerte. Pensó que, quizá, ella era muy pequeña cuando pasó. De todos modos, no podía echarle en cara que quisiera dejar atrás aquello.

Se sentaron a la mesa y la sirvienta de los Schubert empezó a servir la cena, que consistía en el plato tradicional austríaco por excelencia: la carpa frita en mantequilla con verduras y patatas salteadas.

La reunión fue muy animada y Celia pensó en su madre y Gonzalo, que se encontraban solos en Madrid en unas fechas tan señaladas y familiares. «Ojalá pudieran estar aquí con nosotros», se dijo. También recordó a Loana y Niry, que seguramente lo celebrarían junto a Hanta y la comunidad malgache comiendo pollo con leche de coco y arroz.

Tras los postres, que consistieron en galletas con nueces y un pan de frutas lleno de especias picantes, el señor Schubert se puso serio y les dio la noticia que tanto tiempo llevaban esperando.

—Ya tengo los resultados del análisis de la vainilla —chasqueó la lengua—. Me temo que estabais en lo cierto.

Müller suspiró y se sirvió un vaso de *glühwein* caliente, un vino con canela y azúcar.

—¿Qué clase de vainilla es? —preguntó.

—Esa es la cuestión, que no es vainilla. —Mostró las palmas de la mano—. Eso me han dicho mis colegas químicos.

Celia alzó las cejas, sorprendida.

—¿No es vainilla? Estaba convencida de que no era de gran calidad, pero tenía cierto aroma a esa especia.

El señor Schubert asintió.

—El líquido que analizaron estaba compuesto por corteza de pino, aceite de clavo de olor, salvado de arroz y lignina.

—¿Lignina?

—Sí, es una sustancia que aparece en la madera o en la corteza de los árboles. La mezcla de todos esos ingredientes produce un aroma parecido a la vainilla.

Müller se restregó la frente, preocupado.

—¡No me lo puedo creer! —exclamó enfadado—. ¿Cómo han podido crear algo así?

—Quien lo hiciera —añadió el doctor—, tuvo que contar con la ayuda de un químico. Parece magia, pero no lo es. Han inventado la vainilla artificial.

—¡Es nuestra ruina! —A Celia le tembló la voz—. Su fabricación es barata, pero la venden a un precio alto. Aun así, es más asequible que la nuestra. ¡Y encima mienten!

—Podrían venderla, si quieren, pero diciendo la verdad —comentó Müller—. Que especifiquen que se trata de una falsa vainilla.

—No solo la usan para repostería, sino también para perfumería —explicó Celia—. Es un producto muy bien logrado. Debemos averiguar quién está detrás de esto.

—¿Y cómo lo sabremos? —Müller negó con la cabeza—. Parece que se cubren bien las espaldas…

Celia apretó los puños. Sentía una gran rabia en su interior, pues estaba en juego su negocio y todo el esfuerzo que se destinaba en Reunión por sacar adelante la mejor vainilla del mundo. Antoine era cómplice, pero había alguien más, y ese alguien se encontraba en Viena.

La noche había quedado deslucida después de lo que habían descubierto sobre la falsa vainilla. Pese a todo, Celia y Diego pudieron disfrutar de su primera Nochebuena juntos. ¡Quién les iba a decir que sería en Viena! Así pues, resguardados de la fría noche nevada en el coche de caballos, se dirigieron hacia el hotel Sacher, desde cuyo salón se oían las notas de un vals y el tintineo de las copas de champaña.

—¿Te apetece subir? —le preguntó Celia—. Puedo llamar al servicio y que dejen a los caballos en la cochera.

Sabía que, en el Sacher, nadie cuestionaría que una mujer se encontrara con un hombre que no fuera su esposo, ya que en el interior de sus *chambres séparées*, como ya había descubierto con el tiempo, se permitían todo tipo de relaciones en la más absoluta confidencialidad. Diego, decidido, aceptó su propuesta.

Por suerte, alguien había encendido la chimenea de su habitación, por lo que la estancia se mantenía caliente e iluminada tímidamente por los candelabros y quinqués. Sobre la pequeña mesa habían dispuesto una porción de La Flor Negra y un vasito de vino Tokay. «Seguro que ha sido cosa de Anna Sacher», pensó. Sin haberlo premeditado, todo el conjunto en sí parecía dispuesto a ambientar una noche romántica.

Diego se quitó el abrigo, acalorado y visiblemente ansioso por besarla. Celia sintió que le ardía el cuerpo. Los dos se unieron, sin decirse nada, y comenzaron a besarse mientras caían agitados sobre la cama. El crepitar del fuego acompañaba los susurros y gemidos que se dedicaban mientras se desnudaban el uno al otro. Celia no había sentido antes, con Gustav, aquella explosión de placer entre los muslos: deseaba que Diego la poseyera, que recorriera con sus manos cada pequeña parte de su cuerpo, que su lengua se adentrara en el interior de su boca.

Quedaron rendidos, sudados y enredados entre las sábanas. Celia descansaba la cabeza sobre el pecho de Diego, que subía y bajaba a causa de la excitación.

—Ahora me apetece comer un poco de tu postre —comentó el cochero, levantándose.

—Es una nueva receta —dijo ella—. Lo he estado perfeccionando durante mucho tiempo.

Diego se llevó un pedazo a la boca y sonrió satisfecho.

—Es muy sofisticado. —Volvió a hundir la cuchara en el suave bizcocho y la crema de turrón—. A mí ya me gustaba antes, pero he de reconocer que parece el postre de un rey.

—O de un príncipe. —Miró el reloj—. A estas horas, Bubi, el hermano del emperador, suele pedir un trozo de pastel. Y, por primera vez, probará La Flor Negra, que también irá acompañado por una pequeña nota donde se explica la historia de la vainilla. Por supuesto, con una copa de vino Tokay.

—Nunca había oído hablar de este vino. —Se encogió de hombros—. Está muy bueno.

—Dicen que es el vino de los reyes, así que somos unos privilegiados.

Tal y como había previsto Celia, a los pocos minutos se oyó el carrito de la camarera, que se dirigía hacia la habitación del príncipe. Cruzó los dedos para que fuera de su gusto; sin embargo, al cabo de media hora, se escucharon gritos en el pasillo. Pegó la oreja a la puerta para tratar de entender lo que estaba sucediendo a esas horas intempestivas. Bubi había hecho llamar de nuevo a la camarera.

—¡Es una vergüenza! —exclamó nervioso—. ¡Mañana mismo quiero hablar con la señora Sacher! ¡Nunca había probado algo tan malo! ¡Es un insulto!

La muchacha comenzó a disculparse, sin saber dónde meterse. Celia sintió que se desmoronaba. ¿Es que acaso no le había gustado su postre? Tragó saliva, preocupada. Quizá había sido demasiado osada añadiendo a la receta sabores que eran típicamente españoles como el turrón, o puede que no le hubiera gustado el bizcocho, que llevaba varias especies de Reunión. La cuestión era que se iba a quejar a Anna y, entonces, quizá Eduard dudaría si llevar o no La Flor Negra al concurso de proveedores. Aquella noche, pese a que había vivido un momento maravilloso con Diego, iba a hacerse realmente larga. Estaba deseando que amaneciera.

El cansancio había podido con ellos. Se levantaron con prisa, pues se habían quedado dormidos y era casi mediodía. Los dos se vistieron rápido y bajaron al vestíbulo del hotel. Diego se quedó en el restaurante, desayunando, mientras ella trataba de averiguar el porqué de su fracaso dirigiéndose al despacho de Anna Sacher.

—Buenos días, Celia —la saludó, aparentemente tranquila—. Parece ser que has tenido compañía esta noche, ¿eh? Ya sabes que aquí nadie dice nada.

—Es mi novio, se llama Diego —dijo sin dar más explicaciones, ansiosa—. He venido por el asunto del príncipe.

Anna alzó las cejas.

—¿Por Bubi? —resopló—. ¿Y en qué te afecta a ti?

Celia mostró las palmas de sus manos, pues le parecía obvio.

—Lo escuché ayer en el pasillo. —Se sonrojó, avergonzada—. No le gustó La Flor Negra.

La señora Sacher se la quedó mirando y soltó una carcajada.

—Pero ¿qué dices? ¡Si no dejó ni una miga de tu postre!

Celia suspiró aliviada.

—Entonces, ¿a qué se refería con que estaba malo? —preguntó ahora, curiosa.

Anna negó con la cabeza, preocupada.

—Por el vino Tokay.

—¿El Tokay? —expresó extrañada—. ¡Si es el vino de los reyes! ¡Su propia familia lo cultiva!

—Lo sé, lo sé… —Se puso en jarras—. Nos han engañado, Celia. Resulta que es falso, una imitación. Eduard había probado ese tipo de vino hace años, y cuando cató el de la botella le pareció bueno. Sin embargo, no somos unos entendidos. El príncipe dice que no es el de verdad y se ha sentido ofendido por el engaño, como si hubiéramos querido burlarnos de él. Ya le hemos dicho que lo sentimos, que nos han estafado.

—Vaya, así que hay varios estafadores sueltos en esta ciudad…

—¿Qué quieres decir?

—Alguien está vendiendo vainilla artificial, haciéndonos la competencia. Mienten diciendo que viene de la isla Reunión.

—Pero no será tan buena como la tuya —dijo Anna—. Al final, todo se descubre. Igual que con el vino. Eduard está esperando al hombre del ojo de cristal para echarle una buena bronca.

Celia abrió los ojos, le dio un vuelco al corazón.

—¿El hombre del ojo de cristal? —preguntó impaciente—. ¿Él fue quien os vendió la botella?

Anna asintió.

—Sí. —Se encogió de hombros—. Eduard suele comprar algunos productos en el Naschmarkt, y ese hombre se le acercó una vez ofreciéndole esas botellas de vino. Tenía muchísimas más: están muy bien hechas, la etiqueta también, parecían originales. Nos dijo que todos los hoteles las estaban comprando para sus clientes, así que no quisimos quedarnos atrás. Nos lo creímos y, si no hubiera sido por el propio príncipe, no nos hubiéramos dado cuenta, pues ningún otro cliente se ha quejado.

Celia no se podía creer que el mismo hombre que vendía la vainilla falsa también lo hiciera con el vino. «Aquí hay gato encerrado», pensó.

—Es el mismo hombre que vende la vainilla artificial.

—¡Menudo caradura! —Anna se cruzó de brazos—. Pues se está arriesgando mucho vendiendo el vino Tokay, ya que solo el emperador lo cultiva, así que están haciendo negocio a su costa. Está claro que el tipo del ojo de cristal es un simple vendedor, que no es quien está detrás del negocio. Pero ¿cómo saberlo?

Celia se quedó pensando: la única forma de averiguarlo era ir al mercado, encontrar a aquel hombre y, sin que se diera cuenta, seguirlo hasta que pudieran dar con alguna información que esclareciera el asunto. Aquello no podía quedar impune.

AQUEL MISMO DÍA, Celia y Diego se dirigieron al Naschmarkt en el carruaje en busca del hombre del ojo de cristal. No les costó encontrarlo, pues su figura llamaba la atención y siempre iba acompañado por su carretilla tirada por una mula. No le perdieron de vista durante todo el día, hasta que al final, al atardecer, cuando los comerciantes empezaban a recoger sus puestos, el hombre cogió su carreta y emprendió el camino. Diego, con cautela, comenzó a seguirlo mientras Celia no dejaba de hacer sus elucubraciones.

—Quizá solo se va a su casa.

—Si no es hoy, será mañana —dijo Diego—, pero en algún momento descubriremos de dónde saca esas botellas.

—No puedo tenerte siempre conmigo, ¿qué pasa con La Biondina?

—Esa mujer está desatada —resopló—. Va de fiesta en fiesta cada noche, apenas pego ojo. Ayer, por suerte, se quedó en el hotel y no ha salido de la habitación en todo el día. Debe de estar agotada, pues ya tiene una edad, no es una jovencita. A veces tengo la sensación de que me evita.

—¿Crees que oculta algo?

—Sabe que estoy aquí para vigilarla porque el rey teme que se vaya con otro —negó con la cabeza—. Un hombre que puede tener a la mujer que quiera y se preocupa por esa caprichosa. No lo entiendo.

Celia parecía enfadada.

—De lo que debería preocuparse es de mi madrina, que va a parir a su segundo hijo.

Siguieron conduciendo hacia el norte de Viena, alejándose cada vez más del centro de la ciudad. Llevaban ya casi una hora de camino cuando, por fin, leyeron en un cartel hacia dónde se dirigía el hombre: Grinzing, un pueblecito conocido por sus montañas y viñedos en el que abundaban los tradicionales *Heuriger*, las tabernas donde se vendían los vinos que se cultivaban en esa zona. Solo abrían unos determinados meses al año y tenían prohibido servir vino de otras marcas que no fueran las suyas propias.

Había anochecido, nevaba profusamente y las calles abruptas y retorcidas estaban resbaladizas por la helada. Una suave manta blanca lo cubría todo, desde los puntiagudos tejados de las casas hasta los desnudos árboles del camino y el campanario de la iglesia de San Pablo. No había nadie en la calle, hacía un frío cortante y un polvo gris llenaba el ambiente. Por fin, el hombre del ojo de cristal paró su carro, metió al animal en una especie de granero y se adentró en un *heuriger*, que, al ser invierno y no haber todavía cosecha, estaba cerrado. Todo era bastante obvio: ¿de dónde iba a salir el vino de Tokay falsificado, si no de unos viñedos? Leyó el nombre de aquella taberna: Finn. «Al menos tenemos un nombre», se dijo esperanzada.

38

CELIA Y MÜLLER entraron en el Café Demel, que se encontraba en la Kohlmarkt, una calle comercial repleta de tiendecitas ubicada en el centro de la ciudad, muy cerca del palacio Hofburg. Las paredes del famoso café estaban recubiertas de madera de roble; había grandes murales serigrafiados, bancos tapizados en terciopelo y mesas de mármol. Las vitrinas y los carritos que transportaban las camareras vestidas de negro exhibían deliciosos pasteles, café y bombones. Había *streuselkuchen*, tartas de compotas de frutas con su característica capa crujiente elaborada con harina, manteca y azúcar; también las llamadas *baumkuchen*, de curiosa forma cilíndrica, con un agujero en el medio, más típica de la repostería alemana. Todo tenía una pinta exquisita.

Müller cogió el periódico del día y pidió un par de cafés solos con nata montada, además de una porción de *gugelhupf*, un bizcocho con forma de montaña con sabor a ron y naranja, y otra de Sacher. Por fin, Celia podría comparar ambas recetas y decidirse por una de los dos. La famosa *sachertorte* iba acompañada por una untuosa cucharada de crema batida. Celia asintió lentamente mientras se relamía los labios.

—Es prácticamente igual que la otra. —La miró con detenimiento—. La única diferencia es que Eduard pone la capa de mermelada de albaricoque en el medio y, en cambio, la de Demel está encima, justo debajo del glaseado de chocolate.

—Pues hay una guerra abierta con eso, querida. La ciudad se ha dividido entre los que les gusta una o la otra.

—Ojalá ganemos a los Demel mañana en el concurso —suspiró Celia—. Estoy nerviosa. Nuestra vainilla está en juego.

Müller asintió.

—Ser proveedor de la Casa Imperial es un privilegio especial, sin duda. Es un título honorífico y un sello de calidad, por lo que te garantiza tener buena clientela. Los aristócratas acuden al sastre Knize, que confecciona las vestimentas del emperador, compran joyas de la casa Kochert, el calzado de la casa Scheer...

—La confitería en la que trabajaba en España también era proveedora de la Casa Real, aunque me temo que ha perdido ese privilegio. Mi sueño es crear mi propio café en Madrid y ganarme ese título.

—¿Cree que a los españoles les gustará la repostería austríaca? —preguntó Müller.

—Es cuestión de modas. Espero que la corte de la reina María Cristina me ayude a hacerla popular. Soy consciente de las diferencias, sabemos que aquí prefieren las tartas bien coloridas y les gusta mezclar lo frío y lo caliente: una porción caliente con un poco de helado, o una tarta fría servida con crema batida templada. Suelen hacer muchos emparedados dulces, rellenos de albaricoques, de requesón... Y les encanta toda clase de bizcochos, budines y pastelillos.

—¡Y el calor de un buen café! —rio él—. Como se habrá dado cuenta a estas alturas, los cafés son un elemento imprescindible en la vida cotidiana de los vieneses. Es una ciudad fría, la gente busca refugio en ellos, sobre todo en los largos inviernos. También los periodistas o escritores, pues así tienen una mesa para trabajar y disfrutan de un ambiente cálido y acogedor. ¡Qué mejor que un debate literario con una buena taza de café humeante y un pedazo de tarta!

Celia miró a su alrededor.

—Ojalá pueda crear uno parecido allí y llevarle cada día el desayuno a la reina —sonrió.

—Joseph y Karl Demel presumen de llevarle a menudo el desayuno a la emperatriz —comentó en un susurro—. No quiero preocuparla, pero es uno de los cafés preferidos de Sissi.

—¿De verdad? —Arrugó la frente—. ¡Entonces va a ser difícil arrebatarles el título!

—Es por culpa del emperador —le explicó—. Es un hombre que no suele comer mucho; de hecho, lo hace muy deprisa y abandona la mesa pronto. Y ¿sabe qué? El protocolo obliga a todos los comensales, incluida la emperatriz, a retirarse al mismo tiempo que él, aunque no se hayan terminado la comida. De ahí que la emperatriz se acostumbrara a pasarse por la Demel, que está al lado del palacio, y saciar su hambre. Dicen que suele comer mazapanes, lenguas de gato, café con nata y su postre preferido: el helado de violetas. Pero no se preocupe: ellos no tienen tu vainilla.

Celia resopló, lo tenían complicado. Enseguida pensó en el hombre del ojo de cristal. Todavía no se lo había contado a Müller.

—Lo estuve siguiendo: se adentró en un *Heuriger* de nombre Finn, en Grinzing. Sé que cada viñedo pertenece a un *Heuriger*, por lo que el dueño de ese en concreto debe de ser el responsable tanto de la falsificación del vino Tokay como, claro está, de la vainilla.

—¿Finn? —Se rascó el mentón—. No conozco al dueño, tendré que investigar. Si obtenemos pruebas de lo que hacen, podremos denunciarlo al emperador. No le hará ninguna gracia saber que alguien está vendiendo una falsificación de su preciado vino.

Celia tenía esperanza, confiaba en que Müller pudiera averiguarlo.

—Espero que podamos ponerlos en su sitio.

El comerciante empezó a hojear el periódico. Había una noticia sobre el éxito de La Biondina en el Burgtheater.

—Parece que a la protegida de su novio le va muy bien —comentó—. Dicen que los emperadores irán a ver su última función, a finales de febrero. ¿La ha visto ya?

—Todavía no, pero tengo intención de hacerlo. Llevo aquí unos cuatro meses y todavía no he acudido a la ópera.

—Por desgracia, creo que ya están todas vendidas. —Se encendió un cigarrillo—. Por cierto, se rumorea que la cantante tiene un *affaire* con un tenor reconocido, Clemens Brunner, que está actuando en el teatro de la ópera que hay justo enfrente del Sacher.

Celia abrió los ojos como platos. Pensó en el rey, y en si Diego debería comunicárselo. Seguro que eran solo eso, rumores. La

Biondina tenía en España un amante mucho más poderoso y rico que ese tenor. ¿Se arriesgaría a perderlo?

HABÍA LLEGADO EL gran día. Junto a los Sacher y dos confiteros del hotel, con el coche de caballos a rebosar de pasteles y postres envueltos en papel de estraza, se dirigieron hacia el esperado concurso de proveedores de la Casa Imperial. Cruzaron por la Michaelerplatz, que lucía espléndida bajo el cielo plomizo de la hora temprana, y desde la que decenas de carruajes y multitud de personas se dispersaban por las sinuosas y estrechas calles que se internaban en dirección al palacio Hofburg. Ya en la Heldenplatz, Celia quedó admirada ante la magnificencia de la estatua del príncipe Eugenio de Saboya y la fachada curvada y barroca del gran palacio, protegida por guardias húsares vestidos con piel de tigre sobre la levita corta y entallada.

Caía una nieve casi imperceptible cuando cruzaron el espacioso patio cubierto de adoquines que conducía a la entrada. Rápidamente, un mayordomo los llevó por la zona de servicio a las cocinas para que pudieran emplatar los dulces. El trajín de los pasillos era incesante; muchos criados, ataviados con la librea negra y dorada de los Habsburgo, iban de aquí para allá acarreando agua caliente, carbón y fuentes de té inglés. Aquello hizo que Celia enseguida rememorara las cocinas del Palacio Real de Madrid. Las de Hofburg eran también impresionantes y espaciosas; tenían más de veinte chimeneas y multitud de calderos para preparar los banquetes de la Casa Imperial.

Un sinfín de cocineros y asistentes trabajaban todo el día horneando pan, picando verduras y sazonando guisos; varios hombres vestidos de blanco iban y venían con cuencos y ollas apoyados en sus fuertes brazos. Los hornos estaban encendidos y las baldosas blancas palpitaban con el calor de la grasa.

Todos los pasteleros y confiteros que se habían presentado al concurso caminaban de un lado a otro de la cocina cargando con útiles de cocina y hablando entre ellos sin revelar sus secretos culinarios. Olía a bizcocho, a limón y canela. La mayoría de las tartas que se presentaban eran las clásicas vienesas, con chocolate fundido, de mermelada de varios sabores, de crema batida y frutos secos…

Celia observó a los hermanos Demel, vestidos también con chaquetilla blanca y con unos bigotes enormes y rizados. No parecían nerviosos, sabían que tenían a la emperatriz de su lado, si bien era cierto lo que decía Müller. Pero Eduard Sacher tampoco se amedrentaba: estaba seguro de que sus tartas eran perfectas, pues había trabajado muchísimo en ellas, y contaba con la mejor vainilla Bourbon.

Se dirigieron hacia el salón Redoutensaal, el mismo lugar donde Liszt y Strauss habían presentado sus sinfonías al archiduque. La entrada a la gran sala estaba flanqueada por dos oficiales de uniforme con las espadas al cinto; era muy lujosa, el color dorado dominaba sobre la mampostería blanca como si fuera hiedra y por todas partes había ricos estucados, espléndidas arañas de cristal de Bohemia y chimeneas de cerámica. Todo era bello, hasta el más pequeño ornamento. En mitad de la habitación había una larga mesa cubierta por un mantel de hilo, cubertería de plata y cristalería que centelleaba bajo las luces. Los dueños de los cafés dejaron sus tartas sobre la mesa.

Y allí mismo, de pie, se encontraban los emperadores. Francisco José, de ojos azules y barba de color rubio cobrizo, llevaba su habitual uniforme militar de chaqueta color crema y pantalones rojos. A su lado, con mirada regia, la emperatriz Isabel, con su largo y brillante cabello rizado recogido en un moño alto trenzado, lucía un vestido de satén de color crudo y flores bordadas. Tenía el rostro perfecto, ovalado, y la piel tersa y fina. Celia observaba curiosa sus gestos, su comportamiento, la forma de sonreír; le hubiera encantado poder recorrer sus aposentos, el insólito gimnasio y el vestidor, que estaría repleto de preciosos vestidos.

Empezaron a probar los postres y reinó el silencio. Celia vio La Flor Negra allí mismo, su propia creación frente a los emperadores, y tuvo que pellizcarse para creérselo. La pareja, por fin, lo probó. Celia esperó una mirada, mueca o expresión que delatara si les había gustado, pero no fue así. El matrimonio se mantenía impertérrito, con aspecto marcial, inexpresivos.

Tras la cata, anunciaron que tomarían una decisión en unos días y que mandarían una carta a los pasteleros. Así pues, a Celia y a los Sacher no les quedaba otra opción que esperar la ansiada deliberación que podía cambiar su vida.

CELIA Y DIEGO cenaban en una *chambre séparée* del hotel Sacher.

—¿Y dices que has dejado a La Biondina en la ópera de aquí enfrente? —preguntó Celia.

—Así es. Parece ser que va a ver esa obra de Clemens Brunner. Lo curioso es que me ha dicho que no fuera a buscarla tras la función.

La mesa estaba repleta de comidas untuosas y sofisticadas como caviar, huevos de faisán, piña y botellas de vino blanco espumoso.

—Me dijo Müller que ese tenor y ella son amantes, o eso dicen. ¿No te parece una casualidad que haya ido a ver la ópera que protagoniza él?

—No tengo pruebas, así que no puedo decirle nada a don Alfonso, pero tampoco me sorprendería: a esa mujer le gusta coquetear con los hombres, que la admiren y la adulen por su belleza. No está enamorada del rey, solo se aprovecha de su posición.

—En cambio, mi madrina bebe los vientos por él —suspiró.

Tras la cena, subieron a la habitación. El fuego de la chimenea crepitaba, y ambos hicieron el amor junto al agradable calor que desprendía. Los besos y caricias de Diego le proporcionaban una paz y un bienestar que nunca había conocido antes, ni siquiera con Gustav. La seguridad de tener a alguien que la amaba, la sostenía y protegía, con el que compartía sus inquietudes y al que confiaba sus más íntimos pensamientos la llenaba de felicidad.

—Seguro que a los clientes les encanta tu postre —comentó él, todavía entre las sábanas.

Celia se levantó de la cama desnuda, se cubrió con una vaporosa bata de seda y se acercó al gran ventanal que daba al teatro de la ópera; afuera ya había caído la noche, fría y húmeda. Se sirvió una copa del vino espumoso que había sobrado de la cena y observó a la multitud enjoyada, vestida con capas y sombreros de seda que se adentraba en la fila de carruajes para volver a casa.

—Dice Anna que está teniendo éxito —se le escapó la risa—. De hecho, a veces escucho los gemidos de los amantes de la habitación vecina. Mi mezcla de especias es explosiva.

—Quizá conseguiste que la emperatriz Sissi visitara aquella noche al emperador. Porque, según cuentan, no intiman. ¿Sabías que Francisco José se iba a casar con su hermana, pero la rechazó para hacerlo con Isabel porque se enamoró de ella? Y mira, ahora ni siquiera se miran a la cara.

Celia rio, asombrada de que Diego conociera todos esos chismes.

—Ella no tardó en aborrecerlo —continuó él—. Sissi es muy inteligente, muy activa mental y físicamente; todo lo contrario que el emperador, cuyos gustos se limitan a la caza y al tiro con arco. Por eso ella viaja tanto sola y pone dolencias y enfermedades como excusa para ausentarse de Palacio. Y el emperador… Pues imagínate, tiene que buscarse alguna amante para salir del paso.

—¿Se puede saber quién te ha contado todo eso? —Se puso los brazos en las caderas.

—Me lo explicó la reina María Cristina. Ya sabes que tenemos una muy buena relación y, en verano, si Alfonso tenía cosas que hacer, salíamos a pasear con la calesa por el Prado y me contaba detalles de su vida en Austria.

De repente, Celia vio a una pareja salir del teatro, profesándose arrumacos mientras se dirigían hacia el hotel. Él era atractivo, con andares de aristócrata y cabello rubio y rizado. Entre risas, el hombre le tocaba el culo con deseo y ella fingía recato, aunque la expresión de su cara anhelaba lo contrario.

—¡Es ella! —exclamó Celia—. ¡Es La Biondina! ¡Va a pasar la noche junto a ese tenor!

Cogidos por la cintura, susurrándose cosas al oído, entraron en el edificio.

—¿Estás segura? —preguntó Diego—. Es de noche, puede que te hayas confundido.

Celia negó con la cabeza e insistió.

—Tengo buena vista y sé reconocer bien una cara. Además, La Biondina es una mujer que no pasa desapercibida.

El cochero se levantó de la cama y empezó a dar vueltas por la estancia.

—Tendré que verlo con mis propios ojos —dijo nervioso—. Si es así, no me quedará otra opción que comunicárselo al rey, pues lo está traicionando.

—Le preguntaré a Anna si se hospeda aquí Clemens Brunner y si esta noche ha tenido compañía. Mañana saldremos de dudas.

—¡CLARO QUE SE hospeda aquí el gran Clemens Brunner! —confirmó Anna Sacher—. ¡Es un honor para nosotros!

Los perros de la joven empezaron a revolotear por las faldas del vestido de Celia.

—Y, entre tú y yo, ¿verdad que tuvo visita anoche? —preguntó, acariciando a los canes.

Anna rio y asintió con la cabeza.

—Estuvo cenando con esa cantante española —respondió—. Y luego subieron a su habitación, claro. Pidieron más postres durante la noche, entre ellos el tuyo.

—¿La Biondina? ¿Una mujer rubia, como una Venus?

—Así es —susurró—. Una mujer entrada en años, pero con una gran fuerza pasional. Mi camarera los escuchó desde el pasillo, imagínate. Están desayunando en el restaurante ahora mismo.

Celia tenía la confirmación que esperaba, por lo que avisaría a Diego, que todavía estaba en la cama, para que bajara a ver a la pareja y saliera de dudas. Por unos instantes, sintió remordimientos por lo que estaba haciendo: ¿qué necesidad tenía de informar al rey de algo así? Sin embargo, sentía que le debía lealtad a su madrina y haría lo que fuera por ayudarla a cumplir su deseo de regresar junto al monarca. Aunque Celia consideraba que el rey no merecía sus atenciones ni anhelos, Elena lo seguía queriendo y tenía dos hijos a los que asegurarles un buen futuro. Si Alfonso se daba cuenta de la clase de persona que era la italiana, quizá volvería a los brazos de la española.

—Ah, por cierto —añadió Anna, rebuscando en el cajón—. Alguien dejó anoche en recepción una nota para ti. Como estabas ocupada con tu enamorado, no quise molestarte.

Celia enarcó las cejas, curiosa.

—¿Una nota?

—Sí, el recepcionista dijo que se trataba de una mujer, pero no dijo nada más.

Asintió, salió del despacho y desplegó el papel, ansiosa por conocer su contenido. No tenía ni idea de quién podría ser.

Señorita Gross:

Sé que ha estado preguntando por mí, una buena amiga me lo ha contado. Sí, conocí a su padre, me despedí de él antes de abandonar Viena. Al principio, decidí no decirle nada y seguir con mi vida como llevo haciendo estos últimos ocho años. Sin embargo, no he podido dejar de darle vueltas al asunto, pensando en el pobre Klaus y en que le hubiera gustado que sus hijas supieran la verdad de lo ocurrido. Si lo desea, podemos vernos mañana domingo a las once de la mañana, frente a la estatua de Schubert del Stadtpark, y se lo explicaré todo. Después de nuestro encuentro, no volverá a verme nunca más.

Ilsa Spitzeder

Celia no se lo podía creer. Aquella actriz, la persona que había visitado la tumba de su padre y que parecía tener la clave de todos sus secretos, le había enviado una nota gracias a su insistencia con aquella mujer del teatro, que parecía haberla puesto sobre aviso. Las piernas le empezaron a temblar, nerviosa. «Por fin —se dijo—, encontraré algo de luz.»

39

El Stadtpark estaba situado en el mismo Ring, al arrullo del río Wien. ¡Qué diferente se mostraba en esa época del año! Su familia y ella solían visitarlo en primavera, cuando estaba salpicado de flores de muchos colores, y los cisnes y pavos reales corrían a sus anchas por los puentes, glorietas y monumentos. Por las tardes y al aire libre, en el edificio del Kursalon, la orquesta municipal de la ciudad tocaba la música de Strauss mientras ella y Beatriz daban de comer a las aves y jugaban en los caminitos enarenados o entre las columnas de un templete griego. En invierno, el parque tampoco perdía su encanto: una interminable alfombra blanca se extendía sobre los jardines, y un polvo gris caía como fruta madura de las ramas sin hojas. Las sombras de color violeta y los rosales durmientes se intuían por debajo de los árboles y los arbustos. El paisaje era gélido y melancólico; no había mucha gente, pues la mayoría estaba en misa o a resguardo junto al fuego de sus hogares, jugando al ajedrez o atendiendo la correspondencia.

Celia pasó por el gran estanque congelado que se convertía en un lugar idóneo para patinar, y donde hombres y mujeres, vestidos con prendas de lana y chaquetas forradas de piel, disfrutaban dando largas zancadas por el hielo con las manos detrás de la espalda y la cabeza baja. Llegó hasta la estatua de Schubert, el gran compositor romántico que, pese a que había muerto a los treinta y un años, había dejado un gran legado en la música clásica austríaca.

Celia vio que había una mujer allí, esperando, e intuyó que se trataba de Ilsa. Llevaba un sombrero austero que le tapaba parcialmente el rostro y un traje verde oliva. Era una mujer madura muy atractiva, de larga melena morena y rizada. Sus ojos eran negros, profundos y expresivos, y tenía la nariz afilada.

—¿Eres Celia Gross? —preguntó la actriz, mostrando una sensual sonrisa y unos dientes blanquísimos—. Eres igual que tu padre.

Celia sonrió también, aunque estaba nerviosa por conocer la verdad. Ilsa no dejaba de mirar a su alrededor, temerosa de que alguien pudiera reconocerla.

—¿De qué tiene miedo? —preguntó Celia—. Era una reconocida actriz, ¿por qué decidió marcharse?

Ilsa suspiró y negó con la cabeza.

—Lo tenía todo, sí. No me faltaba trabajo, pues gustaba al público y tenía muchos admiradores. Mi éxito y mi caída se la debo, por desgracia, al mismo hombre.

—¿De qué hombre habla? ¿De mi padre? Por cierto, me puedes tutear.

—Oh, no, tu padre era un hombre bueno, un señor de los pies a la cabeza. Él solo quiso ayudarme pese a que todo lo que le ocurrió fue en gran parte por mi culpa.

—Entonces, ¿a quién te refieres?

Ilsa tragó saliva y miró al horizonte.

—Nací en el seno de una familia pobre. Mi padre era pescador, apenas ganaba lo suficiente para poder alimentar a sus cinco hijos. A mí siempre me había gustado el teatro, disfrutaba con las humildes obras que representaban los vecinos o algún que otro aficionado en el barrio. Mi madre siempre me decía que tenía habilidades artísticas, y que podría valer para actuar en un escenario. Mi padre, sin embargo, se enfadaba con ella cuando la oía decir esas cosas, pues consideraba la de actriz una profesión indecente y jamás iba a permitir que una de sus hijas trabajara en ese mundo. Pero yo era testaruda y, cuando cumplí dieciséis años, me marché de casa en busca de fortuna, presentándome en todas las compañías teatrales y demostrando mis capacidades escénicas. Tuve suerte, me contrataron enseguida, pero para hacer papeles subidos de tono en teatrillos de mala muerte. Y fue allí cuando lo conocí. Se llamaba Joaquín.

Celia abrió la boca, sorprendida por la revelación.

—¿Joaquín Osorio?

Ilsa asintió con la cabeza, afectada por los recuerdos.

—Vino a ver una de mis funciones, creo que era 1857. Imagino que le gusté, ya que tras el espectáculo apareció entre bambalinas preguntando por mí. Se presentó como un reputado hombre de negocios español, se deshizo en halagos hacia mí, y me aseguró que me esperaba un gran futuro como actriz.

—Y te lo creíste. No te podías imaginar que, en realidad, había tenido que abandonar su país por miedo a la turba revolucionaria. Era un estafador de tomo y lomo.

—No sabía nada de su vida anterior, yo era una joven sin apenas educación que no contaba ni con el apoyo de mi propia familia, pues a esas alturas mi padre ya se había enterado de lo que hacía y no quería volver a verme nunca más. Me había quedado sola.

«Joaquín Osorio sabía bien a quien se acercaba», pensó Celia. Había hecho lo mismo con su madre, una muchacha huérfana e influenciable que había tenido una fe ciega en él.

—A mi madre le prometió que sería la mejor cantante de ópera de Viena —comentó Celia—. Era un manipulador.

—Lo es —sentenció—. Él supo ver en mí cualidades que yo ignoraba. Decía que era muy guapa y una gran conversadora, que sabía atraer a los hombres con tan solo una mirada. Era un adulador. —Hizo una pausa—. Tenía pintas de gran señor, era todo un galán... En fin, me enamoré de él como una boba. Confié en él y creí que me quería de verdad.

—Te prometió algo.

—Me decía que tenía buenos contactos, que conseguiría que las grandes compañías teatrales me quisieran como protagonista de sus obras. ¡Ese era mi sueño! Pero claro, no iba a ser a cambio de nada.

—Antes de seguir con la explicación —interrumpió Celia—, quiero que me digas la verdad: ¿fue mi padre tu amante?

Ilsa sonrió al recordarlo y negó tajantemente.

—No, para nada. Nunca me prostituí. Joaquín jamás me obligó a eso, y yo tampoco lo hubiera aceptado.

Celia resopló aliviada, se había quitado un peso de encima. Su padre había sido un hombre fiel, o al menos no tenía pruebas de lo contrario.

—Osorio dijo que tenía un plan —continuó Ilsa—, un plan para ganar mucho dinero. ¿Sabías que era íntimo de la reina española María Cristina?

—Sí. De hecho, tenía varios negocios con ella, y por eso tuvo que huir en el 53.

—Pues siguieron en contacto. Al parecer, ella tenía información privilegiada sobre el negocio del ferrocarril, tenía buenos enlaces en América.

«Mi padre había invertido en el ferrocarril», se dijo Celia. Él y tantos otros que lo perdieron todo en la caída de la Bolsa del 73.

—¿Y en qué consistía su plan? —preguntó.

—En buscar a hombres que quisieran invertir su dinero en acciones del ferrocarril.

—Así que trabajaba para el Neumann Bank.

Ilsa afirmó con la cabeza.

—No se llamaba así entonces, y ni siquiera tenía un lugar físico al que acudir. Wilhelm Frieher, el que ahora es el director y dueño del banco, solo era un prestamista que se aprovechaba de las necesidades de la clase media y baja. Osorio era un don nadie, Frieher le pagaba muy poco.

Por eso nadie conocía a Osorio; actuaba en la sombra y se dedicaba a los negocios turbios como el de los esclavos de Madagascar. El buen nombre del Neumann Bank seguía intachable.

—Así que tú atraías a los clientes y los convencías para que invirtieran sus ahorros en la Bolsa —añadió.

—Sí. —Bajó la vista—. Joaquín me los presentaba, los llevábamos a un buen restaurante, a la ópera, les hacíamos sentir especiales, únicos. Los convencíamos de que podrían tener esa vida ostentosa que les estábamos mostrando si se dejaban aconsejar por nosotros. Era tan convincente que hacían todo lo que Joaquín les pedía. Y fue mucho más fácil después, cuando mi fama empezó a crecer. Era la gran Ilsa Spitzeder. Yo no entendía de finanzas, pero

Joaquín me decía que era una oportunidad para aquellos hombres que buscaban un futuro mejor. Y, en gran medida, tenía razón.

—Supongo que uno de esos hombres fue mi padre. Pero él jamás se hubiera fiado de Osorio, sabía perfectamente quien era.

—Con tu padre fue todo distinto —dijo con cierto tono de culpa—. Joaquín parecía estar obsesionado con él. Klaus nunca había pedido ningún préstamo, por lo que no era cliente del Neumann Bank. Me dijo que debía acercarme a él, convencerlo sin pronunciar en ningún momento su nombre. De hecho, tu padre siempre se comunicó con Frieher, sin saber que tenía relación con Osorio.

Celia empezaba a atar cabos. Estaba claro que Joaquín quiso vengarse de él por haberle arrebatado a su madre.

—¿Y cómo lo convenciste?

—Por entonces tu padre ya era un hombre de familia; se había casado con tu madre y tú ya habías nacido. Se pasaba meses fuera de casa, viajando, por lo que anhelaba tener una vida más tranquila aquí, en Viena.

—Sí, eso era lo que quería. —Sintió un nudo en la garganta—. Quería disfrutar de su esposa, de sus hijos...

Ilsa le puso la mano sobre el hombro a modo de consuelo.

—Pero al principio no quiso hacerlo: temía poner en riesgo los ahorros de toda una vida —continuó la actriz—. Le expliqué a Osorio que se negaba, que no lo iba a conseguir, pero este insistió. El negocio les iba muy bien y ya habían fundado el Neumann Bank, aunque todavía no gozaba del prestigio actual. Tenían muchos clientes, sobre todo burgueses y comerciantes que gozaban de cierto estatus. Así pues, tuvimos que utilizar otros recursos.

Celia arrugó la frente: ¿a qué se refería?

—Tu madre, en cuanto rompió con Joaquín, dejó de trabajar para la Compañía Imperial, así que no tenía empleo —explicó Ilsa—. Margarita había pasado de actuar en los grandes teatros de Viena a no ser nadie. De hecho, no gozaba de las mejores críticas. Así pues, nos ganamos la confianza de tu padre y le dijimos que conocíamos a gente que estaría interesada en contratar a su esposa como profesora de canto, enseñando a las hijas de los clientes del Neumann Bank. Fue entonces cuando se decidió.

—Le estabais haciendo un favor, el Neumann Bank empezaba a despuntar y tú eras una famosa actriz que triunfaba en Viena. «¿Qué podría salir mal?», se preguntaría.

—Exacto. —Desvío la mirada—. Ni siquiera yo veía nada malo en ello: Klaus obtenía beneficios, así que le instamos a invertir más dinero que obtenía a través de préstamos. Su deuda crecía, pero Frieher le aseguraba que acabaría siendo rico, que debía tener paciencia. Yo no me cuestionaba nada, estaba ciega por Joaquín. Éramos amantes, decía que me quería, que se casaría conmigo. Sin embargo, nunca daba el paso. Ahora sé que solo me utilizó para sus artimañas. Creo que tu madre fue la única mujer a la que quiso de verdad. Siempre hablaba de ella, como si no hubiera pasado página.

Celia se quedó callada mientras asimilaba toda esa información.

—Entiendo que la gente ganaba dinero en la Bolsa —dijo al fin—. No en vano, como hemos dicho, tenían información privilegiada sobre el ferrocarril gracias a la reina María Cristina, y sabían cuándo vender o comprar acciones. Eso les convirtió en un banco de referencia.

—Así es. Los clientes estaban contentos, ganaban dinero.

—Pero hay algo que no entiendo —comentó Celia—. Si tenían esa información, ¿por qué permitieron que la gente lo perdiera todo en el 73? Sabían que la Bolsa iba a caer, ¿no?

—Pues esa es la clave. —Se cruzó de brazos—. Ellos lo sabían, claro. Lo sabían mucho antes que los demás bancos. Y, contra todo pronóstico, no solo no se arruinaron, sino que ganaron dinero.

—Sí, eso he escuchado. —Mostró las palmas de las manos, sorprendida—. ¿Cómo es eso posible? La mayoría de los bancos se arruinaron porque sus clientes lo perdieron todo.

Ilsa asintió lentamente.

—Me enteré de la verdad un par de meses antes de que estallara la Bolsa —tragó saliva—. Mis compañeros de la compañía rumoreaban que habían visto a Joaquín con Agatha Koller, una joven cantante de ópera que empezaba a triunfar en Viena. Cuando me enteré, perdí la razón y los nervios y me fui directa al Neumann Bank, donde casi siempre estaba reunido con Frieher, para pedirle explicaciones. Y allí, tras la puerta y sin haberlo premeditado, escuché la conversación que mantenían. Sabían que la bolsa iba a caer, así que vendieron todas las acciones de sus clientes cuando aún tenían mucho valor, sin decirles nada a ellos, y se quedaron con el dinero. Y, cuando todo saltó por los aires, el Neumann Bank les hizo creer que lo habían perdido todo, como todo el mundo, cuando en realidad habían sacado provecho de su inversión. Por eso este banco no solo superó la crisis económica, sino que se enriqueció todavía más. Y ahora es uno de los más importantes de la ciudad.

—¡Qué ruines! —exclamó Celia—. Estafaron a mucha gente, ¿cómo es que nadie lo supo?

—Los clientes firmaban un contrato en el que estaban conformes con que el banco gestionara sus acciones en su nombre. Como siempre habían obtenido beneficios, nadie puso en duda la honestidad de Frieher. Y, por supuesto, al ver que medio mundo se había arruinado por la Bolsa, jamás sospecharon nada.

—Entiendo. Pero ¿y mi padre?

—En ese momento supe que pasaba algo raro —suspiró—. Escuché a Osorio decir que por fin Klaus Gross iba a tener su merecido, que había estado todos esos años esperando el momento de verlo caer. Que Margarita se iba a arrepentir de haberlo dejado.

Celia apretó los puños, llena de rabia. Así que su plan había sido ese: quedarse con su dinero y esperar el momento idóneo, cuando sus acciones no valieran nada, para así arruinarlo.

—Su orgullo estaba herido —comentó enfadada—. Después de tantos años, seguía sintiendo rencor por que mi madre lo hubiera abandonado.

—Me di cuenta enseguida —a Ilsa se le quebró la voz— de que no había significado nada para él, que solo me había utilizado. Seguía obsesionado por Margarita y, por supuesto, los rumores eran ciertos: Joaquín mantenía una relación con Agatha Koller. De hecho, creo que todavía siguen juntos. Me fui del Neumann Bank sin decir nada, tratando de asimilar todo lo que había escuchado. Estaban engañando a la gente.

—¿Y qué hiciste? Al fin y al cabo, tú habías participado en aquello y la gente creería que también estabas metida en el ajo.

—Efectivamente. —Su rostro se turbó al recordarlo—. Toda mi reputación estaba en juego. Mi carrera como actriz podía esfumarse en un segundo si la gente se enteraba del fraude.

—Así que decidiste callar —apuntó Celia—. Y no te juzgo, pues ser actriz era tu sueño.

—No fue exactamente así —suspiró—. Mi sueño era ser actriz, sí, pero mi conciencia me impedía mirar hacia otro lado. Joaquín y yo vivíamos juntos en una pequeña casita de alquiler, así que ese mismo día discutimos. Le conté lo que había oído y, aunque trató de desmentirlo, ya no lo creí. Estaba ciega por él, pero no sorda. Le dije que no podía hacer algo así, que debía ser honesto y devolverle el dinero a sus dueños. Y entonces mostró su verdadera cara: lleno de furia, me amenazó diciendo que, si se me ocurría advertirlos o contarles la verdad, tendría problemas. Que me arruinaría la carrera, algo que ya tenía asumido, y que iría a por mi familia. Eso me asustó muchísimo.

—Y con razón: es capaz de hacerlo. Te aseguro que tiene negocios muy turbios en los que poco importa la vida humana.

Ilsa no preguntó nada al respecto y continuó con la historia.

—Fue cruel conmigo: confesó que nunca me había querido, que estaba con Agatha, que era mucho más joven y guapa que yo, pero que aun así ninguna se parecería nunca a Margarita, a la que sí amó de verdad. Hice las maletas y me fui a un hostal.

—No creo que quisiera a mi madre, sino que estaba obsesionado y herido por el simple hecho de que hubiera sido ella quien tomara la decisión de dejarlo. Es una cuestión de ego. Osorio es un hombre que lo ha tenido todo en la vida, acostumbrado siempre a salirse con la suya.

Ilsa asintió.

—No quise arriesgarme, tenía miedo de que cumpliera con su amenaza, que hiciera daño a los míos —continuó la mujer—. Pero decidí hacer avisar a Klaus Gross. Quedé con él y se lo expliqué todo, que Joaquín Osorio trabajaba para el Neumann Bank. Le supliqué que no le dijera nada a nadie, que fuera al banco y pidiera su dinero, que tratara de salvar sus ahorros antes de que fuera demasiado tarde. Él fue muy comprensivo conmigo, no me guardaba rencor, pues sabía que también había sido engañada, y me prometió que se mantendría en silencio, pero que no pararía hasta que Osorio tuviera su merecido.

—Mi padre quería justicia. —Apretó los puños—. Pero era consciente de que sería difícil plantarle cara a un banco tan importante. Tenía las de perder.

—Y yo también. Aunque me mantuviera callada, no me sentía a salvo en la ciudad, así que decidí marcharme a Budapest. Pero, antes de hacerlo y semanas después del estallido de la Bolsa, recibí una nota de tu padre en la que me explicaba lo que había ocurrido. Que había ido al Neumann Bank a reclamar su dinero, pero que Frieher se había negado a dárselo, ya que Klaus había firmado una cláusula en la que aceptaba no retirar lo invertido hasta pasados veinte años. Él me aseguró que jamás había firmado algo así, pero le mostró un documento con su firma, obviamente falsificada, así que no podía hacer nada. Gritó, pidió explicaciones, pero nunca obtuvo respuesta. Lo perdió todo.

Y después, tras su muerte, recordó Celia, habían falsificado el otro documento que condenaba a su familia a seguir pagando sus deudas. Osorio ya no podía hacer daño a su padre, que estaba muerto, y quiso castigar a su madre y su descendencia.

—Pero había algo más —añadió Ilsa—. Me dijo también que había descubierto algo sobre Osorio que podría ponerlo en un aprieto, que tenía pruebas y que iría a por todas. Me lo iba a contar al día siguiente, me citó justo aquí, frente a la estatua de Schubert.

—¿Y qué te contó? —le preguntó Celia, ansiosa.

Ilsa negó y chasqueó la lengua.

—Nunca se presentó. —Bajó la mirada—. Pocos días después vi su esquela en el periódico. Me enteré de que se había suicidado, pero yo siempre lo puse en duda. Él quería luchar, ver a Osorio entre rejas.

Celia tragó saliva, sintió que se le aceleraba el corazón a causa de la angustia.

—¿Estás insinuando que mi padre fue asesinado?

—No quiero crear falsas expectativas y mucho menos después del tiempo que ha pasado, pero todo me pareció muy raro. Él jamás os hubiera abandonado.

Celia estaba aturdida, no sabía qué pensar de todo aquello. Había pasado esos últimos ocho años de su vida culpando a su padre por su cobardía, y ahora parecía abrirse una nueva verdad todavía más siniestra, si cabía. ¿Tendría algo que ver aquel telegrama que había encontrado de ese francés con lo de Joaquín Osorio? ¿Cómo iba a averiguarlo? Quizá fuera cuestión de esperar. Tenía fe en que su madrina, desde París, pudiera sacar algo en claro.

—Y después visitaste su tumba —dijo con la voz rota.

—Me sentía muy culpable. Yo lo convencí para que invirtiera, y yo fui quién le contó lo que pasaba. Si no hubiera sabido la verdad, quizá seguiría con vida. Me despedí de él y me marché de Viena para siempre.

—Hasta hoy, que has decidido contarlo todo. —Celia la miró agradecida—. No sé si algún día podré salir de dudas sobre lo que realmente ocurrió alrededor de la muerte de mi padre, pero me siento aliviada al saber que él luchó por nosotras, que nos quería y que fue valiente hasta el final. ¿Sabes dónde se encuentra Osorio ahora?

—Ni idea —se encogió de hombros—. Sé que me ocultaba cosas y que tenía otros negocios aparte de su trabajo con Frieher. Jamás me decía nada, era un hombre reservado.

Poco después, Celia se despidió de Ilsa con lágrimas en los ojos. Sentía que, por fin, después de tanto tiempo, había perdonado a su padre.

40

Celia y Müller dejaron atrás la ancha y moderna Ringstrasse y se adentraron en una serie de callejuelas medievales para llegar poco después a la Judenplatz, una plaza irregular situada a pocos pasos del mercado de Am Hof, y que homenajeaba a los judíos que habían sido asesinados durante la conversión obligatoria de 1421. Observaron el enorme cartel publicitario que colgaba de uno de los edificios administrativos, donde se anunciaba la magnífica vainilla Bourbon a la que habían bautizado con el nombre de Baptiste en honor a quien la había cultivado. En una frase bien grande se leía lo siguiente: «La verdadera vainilla de la isla Reunión y la favorita de los emperadores».

—Aquí lo verán todos los mercaderes y comerciantes de Am Hof —dijo Müller—. La Sacher ha conseguido el honor de ser proveedora de la Casa Imperial gracias en gran parte a tu vainilla.

—Recuerde que también escogieron a la Demel —rio Celia—. ¡Y no tienen nuestra vainilla! No le quitemos el mérito a los pasteleros.

—Lo hicieron ambos tan bien que no pudieron elegir. Son las dos mejores pastelerías de la ciudad.

Celia asintió, contenta. Al final todo había salido bien y, aunque no habían superado a los Demel, tampoco habían sido vencidos por ellos. Las dos tendrían la oportunidad de endulzar a los mismísimos emperadores y a toda la Corte austríaca.

—¡Por fin llega hoy el cargamento de vainilla de Reunión! —exclamó muy contenta—. Ya tenemos la cantidad suficiente para poder venderla a los demás cafés de la ciudad.

—Ya tengo apalabrados varios tratos. Algunas pastelerías estaban utilizando la vainilla artificial que vendía aquel hombre, pero ya les he avisado de que no es la buena y que deben comprar la Baptiste, que es la que ha conquistado el corazón de la emperatriz.

—Un buen argumento. —Le guiñó el ojo—. Aunque en cuanto la tengan entre sus manos se darán cuenta de su altísima calidad y de su aroma inconfundible.

Subieron al carruaje en dirección al puerto mientras Müller le contaba lo que había averiguado sobre el *Heuriger* Finn.

—Pertenecía a Joseph Finn, un vinicultor de la región. El negocio no le iba mal, su vino era de los mejores de Grinzing. Por desgracia, tuvo que cerrar como tantos otros en el 72 por el problema de la filoxera, el insecto que arrasó la mayoría de viñedos en Europa. Lo curioso es que lo vendió.

—¿A quién? —preguntó, intrigada—. ¿Quién querría un viñedo que no da frutos?

—Pues curiosamente a alguien por el que usted me preguntó hace tiempo: Joaquín Osorio.

Celia no podía creer lo que estaba oyendo. Su rostro palideció por completo.

—¿Está seguro? —Tragó saliva—. Eso lo explica todo.

Müller cabeceó.

—Ya sabemos quién está detrás de la vainilla artificial y del falso vino Tokay.

—Pero ¿cómo podemos demostrarlo?

—Si le soy sincero, señorita, lo veo complicado. Usted dijo que ese hombre era un estafador en España, y veo que aquí se ha dedicado a lo mismo. Es un profesional, lo debe de tener todo bien protegido. Utiliza ese *Heuriger* como tapadera para cultivar vino y falsificar el Tokay. Además, de esas tierras debe sacar la lignina con la que produce la vainilla artificial. ¿Cómo se le ocurrió crear una vainilla ficticia?

Celia supo a quién culpar: estaba convencida de que Antoine estaba detrás de aquella idea. Despechado y dolido por no haber heredado las tierras de su padre, había buscado la ayuda de Osorio para vengarse de Loana, que tanto amor y cariño había puesto en el cultivo de la vainilla. Además, sabía que la venta de vainilla estaba en auge. Pero ¿cómo habían conseguido crear una tan parecida en tan poco tiempo?

Llegaron al puerto que había junto al Danubio, donde se encontraba el almacén de la compañía Wolf. Era la primera vez que lo visitaba desde que había llegado a Viena. Lo había estado evitando, pues allí mismo era donde su padre se había ahorcado en junio de 1873. Trató de vencer el miedo y ser valiente: ahora era una mujer mucho más fuerte y debía enfrentarse al dolor de una pérdida llena de incógnitas. Así pues, junto a Müller observó las dársenas, que bullían de actividad, y ambos esperaron la llegada del barco que procedía de Reunión cargado de especias y vainilla. Celia respiró hondo el olor a salitre, a pescado y a mar; se oía el entrechocar de las embarcaciones y los graznidos de las gaviotas que sobrevolaban las grúas y mástiles, que se elevaban por todas partes. El río tenía multitud de tonalidades y matices; en los sauces, en los remolinos de espuma, en la neblina que se divisaba en la otra orilla… «Tan bello y azul», como decía Strauss en uno de sus valses.

Por fin llegó: era el mismo barco en el que había viajado su padre tantas veces, el mismo que fondeaba en Saint-Denis y que había estado tan cerca de Loana y Niry. No pudo evitar emocionarse.

Varios estibadores subieron por la rampa que iba hasta la cubierta y empezaron a descargar enormes barriles y cajas de madera que llevaban el sello de la compañía. Un oficial de puerto ataviado con abrigo azul y botones de latón apuntaba lo que entraba y salía del embarcadero. Por fin entraron en el almacén, donde les esperaba el señor Pichler, un hombre corpulento y de edad madura que era el encargado de distribuir las preciadas especias de Reunión por Austria y otros países europeos. Llevaba muchos años en la empresa, por lo que había conocido a Gustav y también a su padre.

—¡Por fin la conozco! —exclamó el señor Pichler—. La señorita Wolf me escribió contándome todas las novedades. Siento mucho lo de su esposo, Gustav y yo éramos buenos amigos; por suerte, su hija está llevando bien el negocio, es una mujer decidida —añadió.

Celia sonrió al recordar a Loana. Pese a que era mujer, se había ganado el respeto de todos los que habían trabajado para Gustav gracias a la pasión y determinación que le ponía a sus gestiones en esas tierras. «Antoine jamás hubiera sido un digno sucesor de su padre», pensó.

—También conocí a Klaus, claro —añadió, esa vez con el rostro triste—. Cuando bajaba del barco y pisaba tierra firme solía besar el suelo: sabía que había sobrevivido a otro viaje y podría volver a ver de nuevo a su familia. Era un hombre muy querido aquí.

Se le hizo un nudo en la garganta. Todo el mundo tenía buenas palabras y recuerdos de su padre, lo que le hacía sentirse muy orgullosa.

—Por desgracia, no todo acabó bien —comentó Celia—. Yo era solo una niña cuando pasó todo.

Pichler asintió y su mente pareció viajar ocho años atrás.

—Fui yo quien lo encontró aquel día —tragó saliva, afectado—. Siempre soy el primero en llegar al almacén y el último en salir. Nunca podré olvidarlo.

«Así que él fue quien encontró el cuerpo sin vida de mi padre», caviló Celia. Recordó la conversación con Ilsa, que sospechaba que podría haber sido asesinado. Pero, si fue así, ¿cómo habían conseguido que pareciera un suicidio?

—Me gustaría preguntarle algo sobre ese día —dijo Celia—. ¿Vio algo extraño que le llamara la atención?

—Oh, señorita, no creo que deba entrar en detalles. Si fue duro para mí, imagínese para usted. Ha pasado mucho tiempo.

—Le ruego que haga memoria —insistió de nuevo—. Es importante para mí.

El hombre resopló, incómodo.

—Sigo sin entender por qué quiere saber todo esto, pero... —se encogió de hombros—, llevaba la camisa empapada.

—¿De sudor?

—No, de vino. Olía a alcohol. Creo que se emborrachó esa noche.

Celia pensó en las pesadillas en las que su padre se le aparecía con la camisa roja, gritando como si le pidiera ayuda. Sintió un escalofrío:

¿acaso quería decirle algo? Le acudió a la cabeza Joaquín Osorio y sus viñedos. No podía evitar sentir que todo estaba relacionado. Le dio las gracias al señor Pichler y miró de nuevo el cargamento de vainilla en el almacén. En pocas semanas, Müller iba a conseguir que los mejores cafés de la ciudad la incorporaran en sus postres y pasteles. Estaba contenta y satisfecha por todo lo que había logrado, pero sabía que no llegaría a ser feliz del todo hasta que pudiera dejar atrás a sus fantasmas del pasado.

LLEGÓ AL HOTEL, todavía afligida y hecha un manojo de nervios por lo vivido en el puerto. Allí, sobre la mesa de escritorio donde solía escribir la correspondencia, alguien le había dejado una carta procedente de España. Era de su madre.

> Estimada Celia:
> Parece que las cosas os van bien en Viena, me alegro de que estés aprendiendo tanto con los Sacher; seguro que conseguiréis ganar ese concurso de proveedores. No entiendo tu insistencia por saber lo que hizo tu padre días antes de morir. Han pasado muchos años, querida mía, y no veo razón alguna para seguir castigándote con los malos recuerdos. Supongo que la visita al cementerio te ha trastornado, pero te ruego que mires hacia adelante y no dejes que el desánimo se apodere de ti.
> Mira, hija, lo único que sé es que tu padre acudió a algunos *Heuriger* semanas antes de morir; a veces, llegaba a casa oliendo a vino. Él nunca fue de beber, pero estaba nervioso, angustiado, e imagino que durante aquellos días necesitó evadirse con alcohol, pues su desesperación era enorme. Me siento culpable, ya que quizá debería haberle insistido más y haberle sonsacado lo que le ocurría. Él se mantenía callado, probablemente no quería preocuparme. Y, ya ves, luego se precipitó todo. Pero insisto: trata de disfrutar de la ciudad, de conseguir tus metas, y olvídate de lo ocurrido. Tu padre siempre estará en nuestro recuerdo.
> Tanto Gonzalo como yo nos encontramos muy bien, aunque os echamos de menos. Elena y yo hemos recuperado nuestra amistad,

como bien sabes, y me siento muy orgullosa de haber hecho las paces. En gran medida, todo ha sido gracias a ti. Y me alegro mucho también de tu noviazgo con Diego: siempre me pareció un muchacho excelente, y sé que te cuidará y te tratará con amor y respeto. ¡Seréis muy felices juntos!

Espero noticias tuyas.

Te quiere,

tu madre.

Los *Heuriger*. Estaba claro que había una estrecha relación entre la muerte de su padre y Joaquín Osorio. Cada vez tenía más razones para sospechar de su suicidio, tal y como le había contado Ilsa. Había demasiadas casualidades. Sintió pena por su madre, que ignoraba todo lo que ella había descubierto en las últimas semanas y trataba de pasar página. Por desgracia, tendría que informarle de los últimos acontecimientos, y eso volvería a sumirla en el desconsuelo. Podía callar, no decir nada, pero ¿sería eso justo para ella?

DIEGO SE SIRVIÓ una copa de coñac y regresó a la cama junto a Celia, que yacía desnuda bajo las sábanas. Le tocó el cabello y le acarició la cara.

—Eres un sueño hecho realidad —susurró, emocionado—. Jamás pensé que te tendría conmigo.

Celia sonrió y hundió la cabeza en su pecho.

—No me caías nada bien, señor cochero, pero la gente cambia. —Lo besó—. A veces, la distancia y el tiempo obran milagros.

—¿Cuándo regresarás a Madrid? —preguntó—. Quiero crear nuestro hogar allí; casarnos, tener hijos.

Celia lo miró con ilusión.

—Antes debo hacerme un nombre entre los pasteleros madrileños, construir nuestro gran café y que se conozcan mis postres especiados.

—Claro que irá bien. Ya sabes que tu mejor clienta será la propia reina y su corte.

Celia resopló.

—Pero quiero cerrar un capítulo aquí, Diego. Todo esto relacionado con el fallecimiento de mi padre... Cada vez estoy más segura de que no fue un suicidio. ¿No te parece casualidad que visitara un *Heuriger* antes de morir? Y luego está ese telegrama diciendo que algo estaba adulterado. ¿Se referiría al vino de Osorio?

Diego se quedó pensando.

—Le harían la autopsia, ¿no? —dijo—. Si fue asesinado como tú crees, el médico que la hizo lo habría sabido.

—A no ser que estuviera amañada. —Guardó silencio unos segundos—. ¿Cómo podría averiguarlo?

Diego se acabó la copa y se encendió un cigarrillo turco.

—¿Por qué no pides ayuda al señor Schubert? Él es médico, quizá pueda investigarlo.

Celia dudó.

—Él trabaja en el hospital donde está la morgue en la que estuvo mi padre, pero me da apuro pedirle más favores después de lo de la vainilla. Además, no sé cómo podría hacerlo.

—Oh, vamos —la animó el cochero—, ¡está encantado con Beatriz! Hará cualquier cosa con tal de contentarla. Sus hijas están progresando mucho en los estudios y él está aprendiendo castellano.

—Sí —sonrió—, y tengo la sensación de que ella no va a querer regresar a España. ¡Es tan feliz aquí! Parece que ha encontrado su sitio con los Schubert.

Diego le acarició las manos, cariñoso.

—Así tendrás una buena excusa para regresar a Viena de vez en cuando. —Le guiñó un ojo—. Al fin y al cabo, aquí naciste y creciste.

Celia sonrió, con lágrimas en los ojos. No quería separarse de su hermana, pero ella debía hacer su vida y cumplir su sueño en Viena del mismo modo que lo haría ella en Madrid.

—Por cierto, tengo dos entradas para la ópera —comentó Diego, cambiando de tema—. Me las ha regalado La Biondina para la última función de su obra. Está tratando de comprar mi silencio.

—No quiere que informes al rey sobre su infidelidad.

—Aunque no sabe que los vi en el Sacher, teme que los rumores hayan llegado a mis oídos. —Le entregó las entradas—. Son para ti y Beatriz. Disfrutad de una noche fantástica. Aunque La Biondina sea insoportable, tiene una voz impresionante.

Celia asintió. Necesitaba pasar una noche tranquila y disfrutar de una buena ópera. ¿Y qué mejor que junto a su hermana?

—Es una pena que no puedas acompañarnos.

Le quitó el cigarrillo de las manos y lo apagó. Luego, se puso a horcajadas sobre él y empezó a besarlo.

—Solo soy un cochero —adujo mientras se dejaba llevar.

—No uno cualquiera. —Le mordió el labio sensualmente—. Eres el cochero de un rey.

A LA MAÑANA siguiente, el botones del hotel llamó a la puerta para entregarle otra carta.

—Últimamente recibes mucha correspondencia —dijo Diego—. ¿De quién es esta vez?

Celia leyó el remitente, se trataba de Elena Sanz. No pudo evitar ponerse nerviosa. ¿Habría encontrado a Zéphyr Regnard?

> Mi querida ahijada:
>
> ¿Cómo te encuentras? Mi pequeño Fernando y yo estamos en perfectas condiciones, gracias a Dios. ¡No sabes las ganas que tengo de verte! Y, sobre todo, de regresar a Madrid y estar de nuevo con don Alfonso. Me ha estado escribiendo, Celia, quiere conocer al niño y estar conmigo. Seguro que ya no quiere saber nada de La Biondina, ahora que la tiene tan lejos. Además, María Cristina solo le ha dado una hija, por lo que aún no tiene heredero. En el fondo, soy la mujer más importante de su vida.
>
> En cuanto a lo que me pediste, lo de encontrar a ese hombre... Sí, claro que lo he conseguido. Le pedí a una de mis criadas que lo buscara y así lo hizo. Se trata del dueño de uno de los viñedos más reputados de Borgoña. Le hablé de Klaus Gross, con quien intercambió correspondencia en 1873. Lo recordaba. Me contó que se había puesto en contacto con él porque sospechaba que alguien estaba vendiendo de forma fraudulenta el vino de su propia marca. Le mandó también una

botella, la cual imitaba a la original a la perfección, con su mismo etiquetado. Hizo analizar su contenido y, efectivamente, no era vino de calidad, sino uno muy malo mezclado, entre otros ácidos y aditivos, con fucsina, un tinte de bajo coste que simula el buen color de los vinos superiores. Y esa fucsina lleva arsénico, puro veneno, y es muy tóxico para el ser humano. También llevaba yeso, muy habitual para contrarrestar los defectos de la fermentación. Todo ello hacía que el vino fuera atractivo a la vista, al gusto y al olfato. Al parecer, durante los años de la filoxera, el fraude y la adulteración del vino se hicieron comunes en Europa; como contaban con pocos viñedos sanos, aumentaban la cantidad añadiendo agua, alcohol y anilinas, así obtenían beneficios rápidos y compensaban los años de malas cosechas. El señor Regnard recuerda que le sorprendió lo bien hecha que estaba la imitación. Por desgracia, nunca recibió contestación por parte de tu padre, así que no supo quién estaba detrás del fraude. La casa Regnard tiene mucho poder y fama, así que podría haber puesto en su sitio a ese falsificador.

Deseo que te haya sido de ayuda y que puedas zanjar de una vez por todas todo ese tema de tu padre que tanto te preocupa antes de volver a Madrid, donde te espero con muchas ganas.

Un gran abrazo,

Elena

Así que era eso. Su padre sabía que Joaquín Osorio estaba tras el *heuriger* Finn, y su intuición no le había fallado: había gato encerrado en aquel negocio y él no había parado hasta descubrirlo. No había querido desvelar la identidad de Osorio hasta cerciorarse de que aquel vino estaba adulterado; sin embargo, nunca llegó a recibir el telegrama de Regnard y jamás obtuvo la confirmación. Alguien se había encargado de silenciarlo.

41

La calle estaba obstruida por la larga cola de coches que paraban frente a la fachada del Burgtheater. Allí se agolpaban mujeres vestidas de satén y brocados, y hombres con capa y chistera.

—Os estaré esperando aquí fuera —dijo Diego, ayudándolas a bajar del pescante.

—La Biondina nos ha invitado a ir a su camerino después de la función —comentó Celia—. Puede que se nos haga un poco tarde.

—No os preocupéis, pasadlo bien.

Un hombre vestido con librea rasgó las entradas y accedieron al interior del Teatro Imperial. Celia estaba feliz de poder pasar una noche de ópera junto a su hermana Beatriz. Había estado tan ocupada trabajando en el obrador de los Sacher que apenas había tenido tiempo de disfrutar de la vida social de la ciudad. Extrañaba el trajín y el bullicio que comportaba.

Mientras subía por los escalones de mármol le llegó una mezcla de aromas a flores y perfumes; se sentó en la butaca de terciopelo rojo bajo la profusión de luces de las arañas de cristal y hojeó el librito de la obra *Fausto* de Charles Gonoud, en la que La Biondina interpretaba a Margarita.

—¡He de contarte algo, Celia! —exclamó de repente Beatriz—. El doctor Schubert ha encontrado a alguien que puede arrojar un poco de luz sobre la muerte de padre. Ha removido cielo y tierra para ayudarnos. Quiere que os reunáis con él un día de estos.

Celia la miró con sorpresa.

—¿De verdad? —Sintió que se le aceleraba el corazón—. Estaré en deuda con él de por vida.

419

—Es un buen hombre, hermana. —Sonrió, feliz—. Me siento muy a gusto en esa casa, me tratan muy bien, como si fuera una más de la familia. No sé cuándo tienes pensado volver a Madrid, pero…

—Sé lo que me vas a decir —suspiró—. Estás bien aquí, no quieres volver. Y lo entiendo.

—Es como si hubiera encontrado mi lugar en el mundo —expresó, feliz—. No sé si es esta ciudad o su gente, pero me siento como en casa.

—Es tu ciudad y tu gente. —Le acarició la cara cariñosamente—. Tuvimos que marcharnos porque no nos quedaba alternativa, pero este era nuestro hogar.

—Pero tú quieres regresar. No te sientes del todo en casa aquí.

Celia asintió, pensativa.

—Echo de menos Madrid. —Se encogió de hombros—. Pero también isla Reunión, y Viena cuando me vaya. Debo cuidar de madre y de Gonzalo, Diego vive allí y… —rio—, me he propuesto ser la mejor confitera de España.

—Y lo conseguirás, de eso estoy segura.

Los emperadores hicieron su aparición y se aposentaron en su palco. Francisco José con sus largos bigotes, mirada altiva y un uniforme abotonado hasta la altura del cuello; a su lado, la poderosa Sissi, cuya nariz dominaba su rostro, con un vestido de dos piezas de gasa azul que acentuaba aún más su extremada delgadez. Por fin se abrió el telón y la italiana comenzó a cantar. Celia no la había oído antes y quedó gratamente sorprendida ante la voz fresca y de amplio registro de la cantante. No era ni mejor ni peor que su madrina, sino diferente. A la gente le gustaba, tenía buen porte y belleza, además de un sublime talento para la interpretación y la música. Las cantantes de ópera transmitían poder y fuerza en el escenario; ¿sería esa la razón por la que el rey Alfonso se sentía atraído por ellas?

La voz de la diva fue reemplazada por los atronadores aplausos del público al finalizar la obra. Saludó con soberbia y coquetería, con lágrimas en los ojos. Había estado bien, pensó Celia, aunque no había podido quitarse de la cabeza lo que le había contado su hermana sobre el descubrimiento del señor Schubert. ¿Conocería pronto lo que había ocurrido con su padre? Estaba ansiosa por que llegara el día.

Al terminar, se dirigieron hacia el camerino de la cantante, tal y como había insistido ella. Era grande, había un tocador con espejo y gran profusión de cremas, polvos y maquillaje, además de recortes de periódicos y carteles de la obra pegados en la pared. La Biondina se estaba cambiando de ropa tras una cortina, mientras un par de mujeres —que también habían salido en escena— abrían una botella de champaña bien fría. Media docena de ramos de flores perfumaban la habitación.

—Oh, estáis aquí —dijo descorriendo la cortina—. ¿Qué os ha parecido?

Caminó hacia el espejo y se quitó el maquillaje con una gasa de algodón. Rechazó la copa de champaña y se sirvió un vaso de whisky; luego, se tumbó en la *chaise longue*. No esperó respuesta.

—¡No me puedo creer que esta haya sido la última función! —exclamó apenada—. En pocos días tendré que volver a España.

«Y también Diego», pensó Celia. Ahora que Beatriz tenía claro que iba a quedarse en Viena, ella aprovecharía para marcharse junto al cochero y la cantante.

Una de las mujeres que se encontraba en el camerino se acercó a la italiana y le dio un abrazo.

—Te echaré de menos —le dijo en francés—. Han sido unos meses maravillosos.

La mujer tendría unos cuarenta años, de pelo castaño, ojos claros y rasgos faciales muy marcados.

—Ni que lo digas, Agatha —respondió la italiana—. Ojalá pudiera quedarme más tiempo aquí, pero tengo obligaciones en España.

Su obligación era regresar al lado de Su Majestad, pensó Celia, así que tendría que abandonar al guapo tenor que tenía como amante.

—Haremos una fiesta de despedida en casa —comentó la mujer—. Invitaremos a toda la compañía. Joaquín está de acuerdo.

Celia cambió el gesto al oír ese nombre. Había dicho Joaquín, sí. De repente, recordó que Ilsa le había contado que Osorio la había dejado por una cantante de ópera llamada Agatha. ¿Sería ella?

—¡Oh, me encantará visitar Grinzing! —exclamó La Biondina—. Dicen que es una zona muy bonita.

Agatha bebió de la copa de champaña e hizo un gesto de indiferencia.

—Preferiría vivir en la Ringstrasse, la verdad, pero no podemos dejar los viñedos. Joaquín les ha sacado mucho partido.

Celia tragó saliva y observó detenidamente a la mujer. Era atractiva, tenía un aire de eficiencia, y su rostro estaba iluminado por el resplandor de las joyas.

—¿Así que tiene viñedos? —preguntó Beatriz, que también se había dado cuenta de la situación.

—Sí —respondió, orgullosa—. Mi esposo compró los viñedos en el 73. Las tierras prácticamente no valían nada porque las vides estaban afectadas por la filoxera. La verdad es que fue muy arriesgado, pero supo sacarles rendimiento. Y, ahora, nuestro *heuriguer* es uno de los mejores de Grinzing.

Claro que les había sacado rendimiento: hacía pasar su vino de mala calidad por uno muy superior, y falsificaba su etiqueta del mismo modo que hacía con el Tokay. Probablemente, ella desconocía todo aquello.

La Biondina apuró su vaso de whisky y cogió uno de los ramos que había dejado uno de sus admiradores, dando por finalizada la velada.

—Ya es tarde —comentó, despidiéndose de Agatha y de la otra compañera—. Nos vemos en la fiesta. Ya me enviarás la invitación.

Salieron del teatro, fuera les esperaba Diego con el carruaje. Celia no podía sacarse de la cabeza a Agatha y la fiesta de despedida. Pensó que, si tenía la posibilidad de adentrarse en su casa, podría encontrar alguna prueba que delatara las falsificaciones de Osorio. Sin embargo, ¿cómo iba a conseguirlo?

Subieron al coche de caballos y emprendieron el camino en dirección al hotel de la italiana.

—¿Es buena cantante esa tal Agatha? —preguntó Beatriz.

—No tanto como yo, por eso no es la protagonista. —Sonrió con altivez—. Pero lleva años en el candelero. He coincidido con ella en varias ocasiones.

—¿Y conoces a su esposo?

—No, nunca hemos coincidido, pero sé que es español. Según me ha contado ella, no es un hombre al que le guste socializar demasiado.

—Pero le va a hacer una fiesta —comentó en ese momento Celia—. Debe de estar contenta.

—No es solo para mí. —La cantante rio—. Estaremos todos. Aunque, evidentemente, yo seré la más destacada.

Disimuló una mueca de desagrado. Aquella mujer tenía una soberbia desmesurada.

—Me gustaría ir —se atrevió a decir Celia—. Nunca he estado en Grinzing, a pesar de haber vivido toda mi infancia en Viena.

—Oh, pero usted no forma parte de la obra... —carraspeó, nerviosa—. Es una fiesta privada.

—Seguro que puede dejar que la acompañe —insistió—. Su compañera no pondrá impedimentos.

La cantante se revolvió incómoda.

—Pídale a Diego que le dé una vuelta por Grinzing. Seguro que lo disfrutará mucho.

Celia negó con la cabeza: estaba dispuesta a todo para conseguir entrar en aquella casa.

—¿Sabe que me hospedo en el hotel Sacher? —Sonrió con picardía—. La vi el otro día entrar con ese tenor tan importante a altas horas de la noche. Mantenían una actitud muy cariñosa.

La Biondina se puso roja y bajó la mirada, avergonzada. No sabía dónde meterse.

—Solo es un amigo —acertó a decir, insegura—. Cenamos juntos y me fui.

—Ya... —Miró por la ventana; en el fondo, estaba disfrutando del momento—. Qué curioso, también estaba desayunando con él por la mañana. Diego también la vio.

—¡Dios mío! —exclamó preocupada—. ¡Que no le diga nada a Alfonso! ¡Si se entera, se deshará de mí!

Celia le acarició el brazo.

—Tranquila, ya le convenceré para que no se lo cuente. Seguro que ha sido un malentendido, ¿verdad?

La mujer asintió con desesperación.

—Se lo agradecería, de verdad. —Usó un tono de súplica—. Amo al rey, jamás le sería desleal.

—¿Me llevará entonces con usted a la fiesta de despedida?

Hubo un largo silencio. La cantante trataba de averiguar por qué aquella muchacha tenía tanto interés en acompañarla.

—Si insiste... —suspiró—. ¿Tantas ganas tiene de beber el vino de esa casa?

Celia sonrió.

—No se imagina cuánto.

CELIA Y EL señor Schubert se dirigieron hacia la morgue del Hospital General, donde iban a encontrarse con la persona que decía tener información sobre la muerte de su padre.

La morgue se encontraba en el sótano, al final de un largo pasillo gris y oscuro. Cruzaron una pesada puerta de madera; la sala, sin ventanas, estaba iluminada por varias lámparas de gas y un tragaluz en el techo. En una pared, una enorme vitrina protegía varios frascos con líquidos, jeringas, matraces y material quirúrgico; en la otra, había gavetas de metal donde reposaban los cadáveres ya inspeccionados. En el centro se alineaban cinco mesas enlozadas con cuerpos tapados por sábanas blancas. Uno de ellos, descubierto y desnudo, tenía los brazos extendidos y la piel amoratada, como si lo hubieran pintado. El señor Gruber le estaba practicando la autopsia. Celia hizo un esfuerzo por no vomitar: olía a hierro y desinfectante. Comenzó a temblar de frío, su boca expedía un vaho helado.

—Siento las bajas temperaturas, pero solo así se conservan y evitamos el mal olor.

El señor Gruber era alto, tenía los párpados caídos y una mata de pelo ralo castaño. Llevaba la bata desabrochada y manchada de sangre, no paraba de fumar de manera nerviosa y compulsiva. Hablaba sin levantar la vista del cuerpo en el que trabajaba, un anciano de rasgos distorsionados por el *rigor mortis*. Por suerte, todavía no había abierto el cadáver.

—Ella es Celia, la hija de Klaus Gross —le presentó Schubert.

—No es un lugar apropiado para una señorita como usted, pero aquí tenemos intimidad y podemos hablar tranquilamente —dijo el forense.

Celia estaba nerviosa por conocer la información que le iba a revelar aquel hombre. Sabía que estaba a punto de descubrir el verdadero motivo que había tras la muerte de su padre.

—Como ya le habrá contado el doctor Schubert, yo era solo un aprendiz en el 73, me había licenciado en Medicina hacía pocos meses —empezó a relatar—. El forense de la morgue era el señor Winkler, que en paz descanse. Recuerdo bien el caso de su padre, cómo no. Y, ahora que han pasado los años y que he sustituido al doctor Winkler, le contaré lo que sé por el aprecio que siento hacia el señor Schubert. Pero necesito su promesa de que no va a decir nada a nadie.

Celia asintió y le prometió no airear lo que se hablara allí.

—No es habitual encontrarse con un suicidio, un ahorcado —continuó—. Fue mi primera vez y me impactó muchísimo.

Celia tragó saliva y trató de no imaginar la escena.

—Ahora ya debe de estar curtido —comentó Schubert—. Uno se acostumbra; habrá visto de todo aquí.

—Así es —suspiró y volvió al relato—. Recogimos el cuerpo y lo trajimos aquí. Tenía la camisa empapada de vino, así que intuimos que aquella noche había bebido. Ni siquiera hacía falta abrir el cuerpo: era un suicidio, así que estaba claro. El doctor Winkler lo metió en la gaveta y llamó a la familia para proceder al entierro.

—Pero usted vio algo raro —se atrevió a decir Celia—, ¿no es así?

Gruber asintió.

—Como ya le he dicho, era la primera vez que veía un ahorcamiento y quería inspeccionarlo, así que esa misma noche lo hice sin decirle nada a mi jefe. Y había muchas cosas que no me cuadraban. Para empezar la lengua, que no estaba hinchada.

—Debería estarlo —añadió Schubert—, por la presión que ejerce el hueso hioides del cuello.

—Exacto. Aquello me hizo sospechar, así que fui más allá. Observé que la sangre se había acumulado en la parte lumbar de la espalda, y eso en un suicidio es imposible debido a la gravedad. Lo que significa que estuvo tumbado antes de que alguien lo colgara.

—¿Y decidió abrirlo entonces?

Gruber afirmó con la cabeza.

—La sangre era roja y densa, cuando en un ahorcamiento debería de ser negra y fluida.

Celia por fin sabía la verdad.

—Así que mi padre fue asesinado —soltó con dureza—. La cuestión es por qué nadie investigó el caso y se dio por archivado el asunto. ¿Acaso no le contó a su jefe lo que había descubierto?

El forense resopló y se masajeó las sienes.

—Claro que le conté lo que había descubierto, pero nunca quiso hacerme caso. —Hizo una mueca de incredulidad—. Insistió en que estaba equivocado, que se trataba de un suicidio y que no debía llevarle la contraria, porque todavía no tenía experiencia. Me pareció todo muy extraño.

Celia comprendió lo ocurrido. Estaba segura de que Osorio había sobornado al señor Winkler para que falsificara la autopsia. Estaba todo amañado.

—Le repito de nuevo, señorita Gross, que no quiero problemas —reiteró Gruber—. Ha pasado mucho tiempo, el señor Winkler está muerto y no quiero manchar su nombre.

—Puede estar tranquilo. —Le estrechó la mano, fría como un témpano—. Gracias por contarnos la verdad.

Celia salió de la morgue con una gran sensación de angustia en el estómago. El testimonio del señor Gruber confirmaba lo que ya llevaba intuyendo en las últimas semanas: Joaquín Osorio estaba detrás de la muerte de su padre. Dudaba mucho que hubiera sido él quien se hubiera manchado las manos de sangre; estaba convencida de que lo habría hecho alguno de sus lacayos. ¿Quizá el hombre del ojo de cristal? Debía pagar por lo que había hecho, aunque ahora fuera por otra causa. Estaba decidida a intentar que todo saliera a la luz, y lo haría muy pronto.

42

En el vestíbulo del Hotel Imperial, mientras esperaban a que la italiana bajara de la habitación, Diego y Celia comentaban con incertidumbre lo que les depararía la fiesta en casa de Joaquín Osorio.

—Por suerte, Osorio no me conoce, por lo que no sabrá quién soy —dijo Celia.

—¿Y si te presenta La Biondina? Sabrá tu nombre y, obviamente, tu apellido.

—Trataré de impedirlo —dijo con determinación—. Ya me las ingeniaré.

—Estaré vigilante en la entrada. —Diego le rozó con cariño la mano—. Seguiremos el plan. Ten cuidado, por favor.

—Te recuerdo que crucé Madagascar prácticamente sola. —Le guiñó un ojo, tratando de quitarle importancia al asunto—. No le temo más a Osorio que a un cocodrilo.

Los dos rieron con complicidad. A pesar de que llevaban poco tiempo juntos, se sentían más unidos que nunca. Sabían que les esperaba una nueva vida en común a su regreso a Madrid y no veían el momento de partir. Sin embargo, Celia tenía que cerrar un último episodio en Viena.

Subieron los tres al carro en dirección a Grinzing. Las largas hectáreas de viñedos de Joaquín Osorio iban desde la loma de una colina hasta el lateral oeste y sur de la casa. Esta era bastante grande, tenía el tejado oscuro y la fachada de piedra caliza. A lo lejos, se levantaba un pequeño cobertizo en el que se guardaban las herramientas vitícolas, y otra estructura más grande donde se encontraban las preciadas bodegas. Al parecer, según había contado Agatha, sus vinos de crianza gozaban de gran prestigio en la región.

Cruzaron la larga entrada bordeada de cipreses, y el cochero paró frente a la escalinata que llevaba hacia el ancho porche de piedra. Aunque se había mostrado valiente, Celia sintió que la invadían los nervios al tener que separarse de Diego. Él le había prometido que se mantendría alerta por si se veía en problemas.

Junto a la cantante, y tras mostrarle la invitación a un mayordomo, se adentraron en la casa y se unieron al resto de invitados que se dirigían hacia el salón, donde esperaban los anfitriones. Por fin Celia le ponía cara a Joaquín Osorio, que iba agarrado del brazo de Agatha. Vestido elegantemente con un traje formal oscuro y corbata, tendría unos cincuenta y tantos años, y lucía un enorme bigote de un rubio desvaído. Todo en él era frío y anguloso. Aun así, pensó que todavía mantenía cierto atractivo, por lo que había tenido que ser guapo en el pasado. Sus gestos y su forma de hablar eran cautivadores, y eso explicaba por qué mujeres como su madre o Ilsa se habían enamorado de él. Tuvo que reprimir una arcada al recordar que aquel hombre al que tenía a pocos metros de distancia había sido el causante de la muerte de su padre. Había destrozado a su familia.

Por suerte, Joaquín y Agatha se mantenían ocupados hablando con otra pareja, así que La Biondina decidió unirse a otro corrillo, lo que Celia aprovechó para alejarse de la cantante y pasar desapercibida entre los invitados, la mayoría cantantes y músicos que habían formado parte de la obra *Fausto*. Algunos estaban sentados en las sillas de damasco diseminadas por toda la estancia; otros parloteaban sobre el piano negro y reluciente mientras engullían aperitivos y bebían el vino de la casa. El salón era amplio, las pesadas cortinas abrazaban los grandes ventanales que miraban hacia los viñedos. Era una casa refinada, pero no de grandes lujos.

Cogió una copa de vino, necesitaba templar los nervios. Le pareció que era bueno, aunque no era una experta en vinos. Intuyó que su venta no aportaba a Osorio el dinero suficiente para mantener el nivel de vida que llevaba en Viena, y por eso falsificaba el Tokay.

Mientras paseaba por el salón y terminaba su copa, repasó el plan: iría a la bodega que había en los viñedos en busca de algún documento que pudiera comprometer a Osorio con el emperador. No sabía el qué, quizá algún albarán, algún apunte... La cuestión es que aquella iba a ser la única oportunidad que tenía para conseguirlo. Además, debía hacerlo rápido, ya que en cualquier momento La Biondina tendría intención de presentarla a los anfitriones. Tenía que desaparecer cuanto antes; luego, excusaría su ausencia a la italiana con alguna mentira.

Y, de repente, lo vio. Llevaba más de un año y medio sin cruzarse con él, pero tenía el mismo porte arrogante y falsamente distinguido de siempre. El hombre cruel que había intentado acabar con el amor de Niry y Loana. Antoine, sin Margot, se dirigía al salón con paso firme. Jamás hubiera imaginado volver a encontrarse de nuevo con el hijo de Gustav y mucho menos allí, en Viena, en la casa de su enemigo. Pero, claro, eran socios. Juntos falsificaban la vainilla que Antoine vendía también en París.

Celia sintió un calor sofocante en el rostro. Iban a cruzarse de forma irremediable y, si la veía, entonces pondría sobre aviso a Osorio. Aunque él no sabía que ella conocía su secreto con el Tokay, quizá querría cobrarse venganza por el hecho de que Müller y ella habían tratado de desacreditar su vainilla entre los reposteros y cafés de la ciudad. A esas alturas era probable que la mayoría de confiteros supieran ya de la mentira de su negocio.

Estaba a pocos pasos, a punto de tropezarse con ella. Por suerte, Agatha hizo tintinear una cucharilla de café en el cristal de su copa de vino para llamar la atención de la concurrencia y Antoine desvió la mirada hacia ella. Quería hacer un discurso.

Celia suspiró aliviada y aprovechó el momento para abandonar el salón. De espaldas y sigilosa, logró salir hasta el exterior de la casa. El mayordomo seguía vigilante en la puerta.

—¿Ya se va, señorita? —preguntó extrañado—. La fiesta acaba de empezar.

—No, solo me he mareado un poco. —Sonrió, no quería que se preocupara demasiado—. Quería tomar un poco el aire.

El hombre asintió. De repente, tal y como habían acordado, Diego apareció en escena. Seguía allí, en el mismo lugar en el que las había dejado, esperando junto al coche de caballos con los hombros encogidos por el frío.

—Disculpe, caballero —dijo él, con un cigarrillo en los labios—. ¿Tiene fuego?

El mayordomo asintió, acercándose al cochero con una cerilla en la mano. Lo estaba distrayendo. Celia aprovechó entonces para dirigirse hacia los viñedos que quedaban tras la casa; el hombre no la buscaría, pues creería que ya habría regresado con los invitados.

Hacía un frío gélido, el viento le cortaba las mejillas. A sus espaldas, el ajetreo de la fiesta quedaba lejano y solo había silencio. En aquella época del año, a finales de febrero, las vides dejaban una estampa de troncos sin floración y se preparaban para la germinación y el cultivo de la primavera. A esas horas de la noche, parecían un laberinto oscuro de pequeños árboles leñosos. Celia se imaginó lo diferente que sería aquel paisaje en abril, cuando los campos estuvieran fértiles y la suave brisa llevara el aroma dulce de las uvas.

La bodega estaba bastante alejada, por lo que caminó durante unos minutos con el frío metido en los huesos. Por fin llegó. El interior estaba oscuro, así que cogió una lámpara de queroseno que colgaba en una pared y la encendió. Enseguida aspiró un aroma dulce y húmedo. Observó la enorme sala llena de barriles apilados en forma piramidal: las paredes eran de piedra, los techos abovedados, había una máquina para prensar la uva y varios alambiques donde se fermentaba y maceraba el vino.

Caminó con lentitud entre las columnas, inspeccionando los diferentes toneles con el año de la cosecha escrita en una de las caras. Había algunos de hacía una década, cubiertas de polvo y telarañas. Le parecía curioso que aquellos vinos llevaran tantos años reposando y absorbiendo la esencia de madera de las barricas de roble francés.

Decían que cada vino era único, inigualable. Y, por eso, aunque Osorio había logrado hacer una grata imitación del Tokay y la mayoría de consumidores lo habían dado por bueno, el hermano del Emperador conocía bien los matices que lo diferenciaban.

Llegó hasta la otra punta de la bodega sin haber encontrado nada que pudiera ponerlo en apuros. Por desgracia, no tenía forma de demostrar que en alguno de esos barriles estaba el vino del Emperador, así que su incursión a la bodega había sido en vano. ¿Cómo iba a regresar ahora a la fiesta si en ella estaba Antoine? Tendría que quedarse en el coche y que Diego avisara a La Biondina de que se encontraba indispuesta.

Sin embargo, cuando ya daba su visita por terminada, Celia dio con una puerta que conducía a otra pequeña sala, en cuyo centro descansaba un gran aparato que al principio no supo distinguir. Se acercó a él y enseguida entendió de qué se trataba: una prensa litográfica manual que permitía la impresión de las etiquetas de vino. Se grababa en la piedra el dibujo que aparecería en la etiqueta, después se entintaba, se colocaba en la máquina y, finalmente, se estampaba en el papel a través de un aspa que ejercía la presión precisa.

La examinó con cuidado y al fin encontró lo que buscaba: la piedra grabada con la etiqueta del vino Tokay. Quien la había creado era un auténtico artista que había conseguido imitar a la perfección la original, en la que aparecía un precioso paisaje de viñedos, el nombre «Tokay» en grandes letras y el escudo de la Casa de los Habsburgo. Cogió la piedra, todavía manchada de tinta, la envolvió en su pañuelo y la metió en el bolsito. Aunque era pequeña, pesaba bastante. Con un halo de triunfo en la cara, Celia se dispuso a abandonar la bodega. No obstante, justo en aquel instante, alguien entró en ella. Y no era una persona, sino dos. Estaba todo oscuro, la lámpara apenas iluminaba un metro de distancia frente a ella, por lo que no pudo verles las caras.

—Celia Gross —escuchó la voz de un hombre maduro—. ¿Qué haces en mi bodega?

De repente, se encendió otra lámpara que sujetaba el hombre del ojo de cristal. Quien había hablado era Joaquín Osorio.

—Tu hijastro te ha visto —continuó. Tenía la voz más fina y débil de lo que había imaginado—. Has sido muy osada viniendo a mi casa. ¿Qué es lo que buscas aquí?

¿Cómo la había visto? Celia tragó saliva e instintivamente dio algunos pasos hacia atrás. Los dos hombres bloqueaban la salida hacia el exterior, por lo que empezó a ponerse nerviosa. Sin embargo, ellos no conocían su propósito ni lo que llevaba en el bolsito, por lo que no tenía nada que temer. Seguramente, la dejarían marchar.

—Estaba mareada —respondió sin más—, y he llegado hasta aquí paseando. Tenía curiosidad por saber cómo es una bodega por dentro. Jamás había estado en una.

—Ya... —Se pasó la mano por el cabello—. No me lo creo. Sé que buscabas mi vainilla. Te ha sorprendido lo buena que está, ¿eh? Antoine tuvo muy buena idea. Era la manera de vengarse de una hermana indecente y una madrastra que le había quitado sus propios derechos como heredero.

—No fui yo quien decidió eso, sino mi marido —dijo con dureza—. Además, a Antoine nunca le importaron esas tierras y tuvo lo que siempre había anhelado: dinero y una nueva vida en Europa.

Joaquín rio.

—Una traidora, igual que tu madre. Le di todo lo que quería, la puse en un pedestal, y así me lo agradeció. Soborné a las mejores compañías para hacer de ella una gran cantante. Estuve ciego, pues no valía nada.

Celia apretó los puños, enfadada.

—Mi madre se convirtió en una buena profesora de canto —contestó con rabia—. Y con mi padre fue la mujer más feliz del mundo. El amor no se puede comprar.

Osorio mostró una mueca de dolor, de debilidad, pero la disimuló enseguida.

—Me dejó por un don nadie, un idiota borracho que arruinó a su propia familia.

Celia frunció el ceño, tenía los ojos inyectados en sangre.

—¿Cómo puedes ser tan cínico? —Dio un paso hacia adelante—. ¡Lo sé todo! Engañaste a mi padre, falsificaste su firma para endeudarlo a él y a nosotras, y...

Osorio alzó una ceja.

—¿Y qué más hice?

Celia se mordió la lengua. Si confesaba que conocía la verdad sobre la muerte de su padre, seguro que tendría problemas. Estaba allí sola frente a dos hombres peligrosos; quería salir indemne y reunirse con Diego lo antes posible.

—Y has falsificado la vainilla —acabó por decir—. Es un delito engañar así a la gente. Ni es vainilla de verdad, ni es de Reunión.

—Pero es más barata que la tuya —respondió con orgullo—. Las perfumerías se la rifan, y los cafés también.

—No hasta que prueben la mía. —Se cruzó de brazos—. En Viena ya se han dado cuenta de la calidad de nuestra Baptiste. Es más cara, pero es la original.

—Tengo a un buen químico, ¿sabes? —se jactó—. Es cuestión de tiempo que la mejore. Llegará el día en que prácticamente no se notará la diferencia.

—Permíteme que lo dude. —Pensó en todo el trabajo y en los años que conllevaba que creciera esa especia—. Cultivar vainilla es un arte. El cariño y la pasión que le pone Loana a esas tierras jamás podrá igualarse a la indiferencia de un químico y una probeta.

El hombre del ojo de cristal soltó una carcajada. No sabía por qué, pero Celia intuía que aquel tipo podía haber sido el ejecutor de su padre. Parecía el perrito faldero de Osorio, que movía el rabito a las órdenes de su amo.

—Ya veremos quién gana. —Joaquín se acercó a ella y observó su rostro—. Pero te aconsejo que vendas tu vainilla en otro lado si no quieres tener problemas. Este es mi territorio.

Celia apretó los dientes. ¿Quién se creía que era? La estaba amenazando.

—Eras un estafador en España y también lo eres aquí —afirmó, enfurecida—. Puede que algún día tengas que huir de Viena. No te quedarán países en los que refugiarte.

Echó a andar en dirección a la puerta. Contuvo la respiración al pasar al lado de los dos hombres.

—No quiero volver a verte por aquí nunca más —le advirtió, cediéndole el paso—. No seré tan magnánimo la próxima vez.

Celia, sin mirarlos a la cara, abrió la puerta de la bodega para salir.

—Un momento —advirtió el hombre del ojo cristal, fijándose en su bolso—. Pero ¡qué diablos!

Celia miró su bolsito, se había teñido de colores. Aunque había envuelto la piedra con su pañuelo, la tinta lo había empapado y había alcanzado la tela. Celia palideció, estaban a punto de descubrirla. Sin pensarlo demasiado, tiró la lámpara a los pies de los hombres para ganar tiempo y echó a correr. Cruzó la puerta sin mirar atrás, sin saber a dónde iba o en qué dirección. Oía los gritos del hombre a su espalda, siguiéndola. Osorio, debido a su edad, se había quedado en la bodega.

—¡Maldita mujer! —vociferó—. ¡No llegarás muy lejos!

Temía tropezarse con su propio vestido, así que se sostuvo la falda con una mano para poder mover los pies con libertad.

Siguió corriendo a toda velocidad por la tierra blanda, con la respiración entrecortada, mientras sorteaba las ramas negras de las vides; tras ella, escuchaba las pisadas del hombre, siguiéndola muy de cerca. Estaba aterrorizada y extenuada.

La oscuridad apenas le dejaba ver por dónde iba. Tropezó con una vid que estuvo a punto de hacerla caer, pero afortunadamente recuperó el equilibrio. Debía encontrar el camino de tierra, se dijo, así sería más fácil llegar hasta la casa y pedir ayuda a Diego.

Las ramas le arañaban las piernas, el corazón le latía agitado. Empezaba a perder las fuerzas. Por suerte, vio el camino a pocos metros de distancia, así que lo alcanzó enseguida. Sentía que su ropa estaba desgarrada, pero el bolsito continuaba colgado de su falda, podía notar el peso de la piedra. «No mires atrás, sigue adelante y no te detengas», se repetía a sí misma, azuzada por el miedo.

Sin embargo, una mano la atrapó y la tiró al suelo. Sintió el peso del tipo sobre ella, tratando de arrancarle el bolsito. La arena del camino se le metió en los ojos, así que se debatió a ciegas contra él, rabiosa.

Él le propinó una fuerte bofetada que le partió el labio; rápidamente, notó el sabor de la sangre en su boca. Trató de gritar, pero la voz se le quebró, apenas podía respirar. Estaba sin aliento, sujetando con fuerza su bolso, que milagrosamente seguía con ella. No iba a permitir que se lo arrebatara.

—¡Acabaré contigo como lo hice con tu padre! —soltó, confesando así su crimen.

Celia comenzó a sollozar. Tenía delante al asesino de su padre, aunque, en realidad, el verdadero culpable era Joaquín Osorio. Él había destrozado a su familia. Las lágrimas le resbalaban por las mejillas, se sentía desarmada. Ya no tenía miedo, sino una pena indefinible y una sensación abrumadora de derrota. No quería luchar, tan solo alejarse de un ser inmundo que había tenido la frialdad de asfixiar a su padre hasta la muerte. ¿Haría lo mismo con ella?

De repente, escuchó a lo lejos los relinchos de unos caballos y el crujido desesperado de un látigo sobre sus lomos. Un carruaje se acercaba a toda velocidad por el camino, tambaleándose con violencia, en dirección a ellos. Era Diego. Bajó del coche lo más rápido que pudo y se abalanzó sobre el hombre, alejándolo de Celia y propinándole con una furia desmedida varios puñetazos en la cara. Celia se puso de pie y cogió aire; observó al cochero, que le había ganado la partida a su enemigo y lo mantenía sometido bajo su cuerpo.

—¡Sube al coche! —le gritó—. ¡Vamos!

Celia, aunque necesitó unos segundos para entender lo que estaba sucediendo, hizo caso a Diego, que era muy superior al otro y no necesitaba de su ayuda. De hecho, le dio un último puñetazo en el vientre, lo que provocó que el hombre del ojo de cristal se retorciera en una mueca de dolor y perdiera la poca fuerza que le quedaba.

El cochero aprovechó entonces para subir al carro y poner a trote a sus caballos, marchándose de allí lo más rápido que pudo. Ya a una distancia prudencial, a las afueras de Grinzing, paró para cerciorarse de que Celia se encontraba en buen estado.

La ayudó a bajar del coche y la abrazó con cuidado. Celia se derrumbó, apoyó la cabeza en su hombro y dejó que la consolara.

Había pasado muchos nervios en las últimas semanas y lo que había vivido en la casa de Osorio había sido la gota que colmaba el vaso.

—Solo tengo el labio partido.

Diego le limpió la sangre con su pañuelo y le inspeccionó el rostro.

—Podría haber sido peor —suspiró aliviado—. Ya estás a salvo.

Celia asintió.

—¿Cómo has sabido que estaba en peligro?

—Vi una luz en la bodega, sabía que eras tú. Pero luego se encendió otra, así que imaginé que había más personas. Siento que te hayas expuesto para nada.

—Para nada, no. —Sacó la piedra del bolsito—. He conseguido la ansiada prueba para acabar con Osorio.

Diego abrió los ojos, sorprendido, tratando de averiguar qué era aquello.

—Se usa para crear las etiquetas del vino —le explicó ella—. Sale hasta el escudo de los Habsburgo.

Diego rio y volvió a abrazarla.

—Eres la mujer más valiente que he conocido nunca. —Sus ojos brillaban, felices—. Tenemos que avisar a Müller para que este advierta a su vez al emperador. No quiero que Osorio escape de nuevo.

—¿Y qué hacemos con La Biondina? Estará preguntándose dónde demonios me he metido.

Diego hizo una mueca de preocupación, se había olvidado totalmente de ella.

—Seguro que Müller acepta que su cochero venga a recogerla. Le escribiremos una nota diciendo que estabas indispuesta y que te he traído de vuelta al hotel. Dudo mucho que en la fiesta se hayan enterado de todo lo ocurrido.

—Salvo Antoine. —Apretó los puños—. Estaba allí, ha sido él quien me ha delatado.

—¿El hijo de Gustav?

—Sí. Debe de sentir mucho odio, Diego —resopló—. Pero no puedo hacer nada contra él: le hice una promesa a mi esposo y la mantendré para siempre. No quiero intervenir en su destino. Mi hermana dice siempre que ningún vencido tiene justicia si lo ha de juzgar su vencedor.

—Entonces, llegará un día en que caerá por sí solo.

Celia cabeceó.

—Como su falsa vainilla.

43

Mientras la señora Schubert servía *rindsuppe*, una deliciosa sopa de ternera y verduras tradicional vienesa, su sirvienta seguía llenando la mesa de diferentes asados y estofados. Estaban todos allí: la familia Schubert, Beatriz, Müller, Celia y Diego. Era la última noche en Viena para la pareja, que partiría al día siguiente hacia Madrid junto a La Biondina.

Müller abrió el periódico.

—«Joaquín Osorio es encarcelado por falsificar el vino del emperador» —leyó, satisfecho.

Celia suspiró aliviada. Todo había salido como esperaba. Müller le había entregado la piedra al emperador y este había montado en cólera, por lo que no se lo había pensado dos veces: al día siguiente, su propia guardia se había desplazado hasta Grinzing con la intención de atrapar a Osorio.

—Aunque trató de escapar, no tuvo suerte —comentó Celia—. Gracias a Dios, dieron con él en el Danubio, a punto de tomar un barco hacia Alemania.

—Por fin tiene su merecido después de tantos años de impunidad —comentó Diego.

Celia sonrió. Estaba feliz por todo lo que había conseguido. Se sentía preparada para empezar una nueva vida en Madrid, sin rencor ni dolor por el pasado. Había cerrado una etapa, el alma de su padre por fin descansaba en paz y ya no había vuelto a tener más pesadillas; había vengado su muerte y la verdad había salido a la luz. A su vuelta, sin embargo, tendría que pasar por el mal trago de contárselo a su madre, que seguía ignorante de buena parte de lo que había ocurrido en Viena.

—Además, no paramos de vender la auténtica vainilla Bourbon —dijo Müller—. Los pasteleros de los cafés están encantados con el aroma que les proporciona a sus postres. Las galletas de vainilla tan típicas de Austria nunca han sabido mejor.

—Espero que, ahora que Osorio está entre rejas, Antoine ya no pueda seguir trapicheando con la falsa vainilla —dijo Celia—. Le falta su principal productor.

—No lo sé, pero si sigue utilizando el nombre de la isla tendrá que desenmascararlo también.

Todos rieron. Sacaron los postres que la misma Celia había elaborado, y la estancia se llenó del aroma a manzanas y a confitura de ciruelas.

—Algún día iremos a visitaros a España —comentó Schubert—. Estoy seguro, señorita Gross, de que conseguirá crear su propio Sacher allí.

—No pretendo imitar a nadie —especificó Celia—. Bien es cierto que he aprendido mucho de las recetas del señor Sacher y de la administración de su mujer, Anna, pero quiero crear mi propio sello.

—¿En qué ha pensado?

Iba a seguir la moda vienesa, sí, a construir un café acogedor y ofrecer una gran variedad de suculentos postres, pero también quería ofrecer algo distinto.

—Deseo abrir un espacio en el que las mujeres puedan reunirse —contestó, entusiasmada—. Un café en el que se sientan seguras, cómodas, que puedan hablar de su vida e intimidades sin ser cuestionadas.

—Oh, ¿así que va a prohibir la entrada a los hombres?

Celia torció el gesto.

—No exactamente, pero no querrán venir. Será un lugar muy femenino; en la inauguración solo invitaré a mujeres, y eso alejará a los hombres.

Todos la miraron extrañados, pero tenía muy clara aquella decisión. Se había dado cuenta de que el género masculino disfrutaba de la mayoría de espacios públicos en las ciudades, pero no ocurría lo mismo con las mujeres. En la isla Reunión, las señoras se reunían en el balneario para poder hablar de sus cosas, y era allí donde se permitían ciertas licencias y parecían ser ellas mismas. Quería que se sintieran bien, auténticas en su propio café.

—Nunca se ha hecho algo así —expresó Müller—. ¿Cree que tendrá afluencia?

Celia afirmó contundente.

—La reina María Cristina y sus amigas serán mis principales clientas, de eso estoy segura. Tendrán un lugar en el que disfrutar de un buen dulce sin tener que oler a humo de tabaco ni aguantar las pesadas conversaciones de los hombres... Quiero que sean las protagonistas, no solo las acompañantes.

Beatriz sonrió a su hermana.

—Es una gran idea. Y, aunque tengamos que separarnos de nuevo, algún día volveré a casa. —Los ojos se le humedecieron—. Quizá cuando se casen las hijas del señor Schubert.

—Que espero que sea tarde —dijo este.

Celia agradeció al médico todo lo que había hecho por ellos. Sin su ayuda, jamás habría averiguado que la vainilla a bajo precio era falsa ni los detalles sobre la verdad de la muerte de su padre. Además, Beatriz estaba feliz de vivir con su familia.

Iba a echarlos de menos. También a Müller, cuyo contacto con el emperador había permitido acabar con Osorio y llevar su vainilla Baptiste a los mejores cafés de la ciudad.

Se hizo tarde, la cena había tocado a su fin. Celia se fundió en un fuerte abrazo con su hermana y se despidió de todos los que la habían acompañado durante aquellos meses en Viena. Tenía la sensación de que dejaba parte de su familia en cada viaje de su vida, como ya había hecho con Loana y Niry. Pero se marchaba con la seguridad de que iba a volver a verlos pronto.

SE DESPERTÓ AL alba, preparó su equipaje y bajó al obrador del Sacher. Iba a ser su último día allí y quería aprovecharlo. Sus compañeros ya estaban trabajando, preparando masas, galletas y pasteles bajo las órdenes de Eduard Sacher.

—Hoy se va, pero deja su huella aquí —comentó el pastelero—. No solo su preciada vainilla, sino también un buen postre. Si nos da permiso, La Flor Negra formará parte de nuestro recetario.

—Por supuesto, pero debería de tener a cambio su receta de la tarta Sacher —dijo en tono jocoso—. ¿Cree que soy merecedora de ello?

Eduard rio, cogió un papel y escribió algo en él. Luego se lo entregó.

—¿De verdad? —Celia no se podía creer que le estuviera revelando su secreto más preciado—. ¿Hay algún ingrediente que me esté ocultando?

—No. La clave está en ganarse la fama. Puede que haya tartas mejores en otros cafés, pero todo el mundo cree que esta es inigualable. Nadie la había creado antes y ahí reside el éxito. Lo mismo ocurre con su Flor Negra, que es una receta nueva, diferente y está rica. Hágase un nombre en Madrid con su postre estrella como insignia. Todos querrán probarlo.

Celia asintió, así iba a hacerlo. Debía mostrarse orgullosa por lo que había creado.

—Hágalo por última vez —le instó el señor Sacher—. Siempre sale mejor cuando lo hace el creador. Anna está deseando probarlo de nuevo.

Se puso manos a la obra. Abrió uno de los tarros donde guardaban las vainas de vainilla de Reunión y empezó el festejo. «Este es mi distintivo, mi emblema», se dijo. Las especias iban a ser su bandera.

Creó una vez más su postre y se lo llevó a Anna, que esperaba en el comedor, fumando y leyendo el periódico. Los clientes empezaban a llenar las mesas, el olor a café flotaba en el ambiente y los camareros llevaban bandejas con porciones de tarta de un lado para otro.

—Aquí la tienes. —Le sirvió el plato y observó a su alrededor—. Creo que estoy preparada para abrir mi propio café.

—No te ofendas, Celia, pero... —se metió otra cucharada de pastel en la boca— me alegro de que montes tu negocio lejos de aquí. Serías una dura competencia. Eso sí, sigue proporcionándonos esa vainilla tan buena que tienes.

Celia rio.

—Müller no se olvidará de vosotros.

Anna la miró unos segundos con emoción.

—Sé fuerte —expresó con determinación—. El camino no será fácil, y menos para una mujer. Te cuestionarán a menudo, pondrán en duda tus ideas, pero llévalas hasta el final si crees en ellas. Tienes experiencia, has trabajado mucho y, al parecer, tienes a tu lado a un hombre que te respeta y apoya.

Celia escuchó atenta las palabras de una mujer que había conseguido estar al mando de uno de los hoteles más famosos de Viena.

—Te prometo que lo haré —expresó conmovida—. Muchas gracias por darme la oportunidad de crecer en tu casa. Me he llevado alguna que otra sorpresa en los pasillos de este edificio...

Anna rio.

—Recuerda que lo que hayas visto se queda aquí, en el Sacher. —Le apretó las manos—. Mucha suerte.

El botones cargó sus maletas en un coche, que recogería a su vez a Diego y a La Biondina en el Hotel Imperial y los llevaría hasta la estación de trenes, donde les esperaba un largo viaje hasta España.

De camino, pensó en su padre. Había vuelto a visitar su tumba un par de días antes. Se había despedido, se sentía en paz consigo misma, lo dejaba todo en orden. No sabía cuándo regresaría a la ciudad en la que había nacido, pero tenía el convencimiento de que sería pronto. Pasó por la Ringstrasse, admiró sus edificios, sus preciosos parques, que no tardarían en florecer en primavera, y sus cálidos y bulliciosos cafés llenos de gente. Una vez más se iba con el corazón dividido.

Marzo había empezado excepcionalmente frío y húmedo. Estaba extenuada por el viaje, también por todas las emociones que había vivido en Viena; necesitaba descansar y coger fuerzas. Abrazó con fuerza a su querida madre y al pequeño Gonzalo, que en pocos meses había crecido muchísimo. Ya tenía ocho años y se había convertido en un niño fuerte, risueño y sociable. A veces, Celia tenía la sensación de que se había perdido parte de su vida viajando de un lado a otro en los últimos años. Ahora que por fin iba a afincarse en Madrid y a construir un futuro en la ciudad junto a Diego, le dedicaría más tiempo y atención al pequeño de la familia.

—Madre, tengo que contarle algo.

Margarita estaba feliz y radiante. Había preparado suculentas viandas.

—¿Cuándo os vais a casar? —quiso saber, obviando el comentario de Celia—. ¿Dónde viviréis?

—Su hija tiene muchas cosas que hacer antes —comentó el cochero—. Primero debe construir su propio café.

—¡Cuando se entere Carranza se llevará un gran disgusto! —vaticinó Margarita—. ¿Sabes que La Perla va a cerrar en unas semanas?

Celia enarcó las cejas, sorprendida.

—Al parecer, se va a París —continuó—. Ha perdido mucha clientela desde que no tiene los favores de la Casa Real, así que ha buscado trabajo allí.

—¡Vaya! —sintió cierta pena—. No creo que mereciera ese final. Bien es cierto que no se portó bien conmigo, pero he de reconocer que era un buen confitero y tenía grandes ideas.

—Al final, Dios pone a cada uno en su sitio —afirmó su madre con dureza—. Deberías comprarle la tienda y sacarle partido.

Celia negó con la cabeza.

—Quiero empezar de cero. La Perla no tiene nada que ver con lo que pretendo crear. Quiero abrir un café espacioso, con enormes ventanales.

—¿Podrás permitírtelo?

—Tengo el dinero de la herencia de Gustav —respondió—. Además, el negocio de la vainilla va viento en popa.

Margarita sonrió complacida y le acarició el rostro.

—Estoy muy orgullosa de ti, cariño. —Miró a Diego—. Eres un buen chico, sé que será muy feliz a tu lado. Y ten paciencia: es ambiciosa e independiente, no será mujer de su casa.

Diego rio.

—Quiero que sea libre, doña Margarita, que haga lo que le plazca. —Abrazó a Celia por la cintura—. Me gusta su determinación y su fuerza, por eso me enamoré de ella.

—¡Pocos hombres hay así en este mundo! —clamó, mirando al cielo—. Eres más digno que un rey. No se puede decir lo mismo de don Alfonso. Pobre Elena...

—¿Qué le pasa? —preguntó Celia—. Tengo ganas de verla. ¿Se encuentra ya en Madrid?

Margarita negó con la cabeza.

—Se queda para siempre en París —contó con tristeza—. Al final, Su Majestad no la quiere aquí. Ya sabes que anda como loco con La Biondina.

Celia apretó los puños, enfadada.

—Le explicaría la verdad al rey, si no fuera porque le hice una promesa a la cantante —resopló—. Al fin y al cabo, gracias a ella pude acabar con Osorio.

Margarita tembló al oír aquel apellido.

—¿Osorio? —le tembló la voz—. ¿Qué ha pasado?

Celia se sentó a la mesa de la cocina y se lo explicó todo.

EL ESCAPARATE DE La Perla estaba medio vacío. Por primera vez, Celia sintió que aquel lugar había perdido la magia que siempre lo había caracterizado: en los tarros y bomboneras ya no había prácticamente dulces, ni chocolatinas, ni pastillas de sabores. Quedaban los dulces típicos de Semana Santa, como las torrijas, los buñuelos de viento y los bartolillos madrileños.

Entró en la tienda. Allí estaba María, la dependienta, que se sorprendió gratamente al verla. El aroma a anís estrellado le golpeó en el rostro.

—¡Cuánto tiempo sin verte! —exclamó la muchacha—. Tu madre me contó que estabas aprendiendo de los mismísimos Sacher.

—Así es —suspiró nostálgica—. Tengo hasta la receta de la tarta. Un día te la haré para que la pruebes.

María sonrió.

—Se lo hice saber a Carranza —le contó en un susurro—. Que estabas residiendo en Viena. Dijo que poco ibas a aprender allí, que la mejor repostería se hacía en París.

—Ya veo que a él le ha ido muy bien —dijo con ironía—. Siento mucha pena por La Perla.

—Es muy triste. —Se cruzó de brazos—. Parece que a los reyes ya no les gustan nuestros dulces. Creo que ha sido María Cristina. Carranza dice que es una extranjera desagradecida, que no le extraña nada que don Alfonso prefiera estar con otras mujeres.

Celia suspiró.

—Carranza se siente frustrado. A veces no ve más allá de sus narices y eso le pasa factura. La reina, a la que he conocido personalmente, es una mujer que añora sus costumbres, pero no rechaza las nuestras. Necesita el cariño de los españoles, ese que se le ha negado por ser la sustituta de una reina muerta muy querida. ¿Qué culpa tiene ella?

María se encogió de hombros.

—Supongo que tienes razón. Oye, ¿qué tal está Diego? Nos comentó hace tiempo que se marchaba a Viena con la amante del rey. ¡La reina la odia! Se dice que pretende echarla del país con la ayuda del Gobierno, pues teme que ponga en peligro la monarquía.

—Diego está bien. ¿Sabes que somos pareja? —preguntó expectante—. Nos hemos dado cuenta de que seremos buenos compañeros de vida. Nos amamos, nos respetamos y queremos lo mejor el uno para el otro.

María ahogó un gritito de alegría.

—¿Diego y tú? —expresó, incrédula—. ¿Cómo es posible? ¡No te caía nada bien!

—Pero las cosas cambian —se apresuró a decir—, como también las reinas, las costumbres, los trabajos...

—Carmen y yo nos quedaremos sin él. —Bajó la cabeza—. No me da pena Arturo, que es un estúpido y un engreído.

—¿Y si te dijera que no te vas a quedar sin trabajo? —Celia sonrió, ilusionada—. Voy a abrir mi propio café, María, pero también será una confitería. Necesito una dependienta y una ayudante en el obrador. Me gustaría que tanto tú como Carmen formarais parte de mi negocio.

María abrió los ojos, llena de esperanza. Corrió a abrazarla.

—¿Qué pretendes crear?

—Un lugar en el que todas las mujeres se sientan en paz consigo mismas —explicó—. Que sea bonito, que los postres te envuelvan en una suave caricia, que tanto la repostería española como la austríaca se fundan en una nueva experiencia para el paladar. Pero, sobre todo, mi querida María, que huela mucho a vainilla.

La calle Arenal era un hervidero de gente; algunos iban hacia el Palacio Real, otros hacia la Puerta del Sol, muchos paraban en la iglesia de San Ginés o entraban en el gran Teatro Eslava, y visitantes y extranjeros se acomodaban en las pensiones, fondas y hoteles que abundaban a lo largo de esa calle. Había tiendecitas de todo tipo, cafés y palacetes, hombres y mujeres de diferentes clases sociales. Y entonces lo supo: allí construiría La flor negra.

Epílogo

Mayo de 1886

APENAS HABÍA AMANECIDO y en el obrador Celia, Carmen y tres muchachas más se afanaban por llenar los aparadores y vitrinas de pasteles y dulces. María vestía las mesas con manteles blancos de encaje en el salón y pulía las cucharillas y tenedores para que quedaran relucientes. En pocas horas, el café abriría sus puertas y una interminable fila de mujeres ocuparía cada recoveco de la estancia, deseosas de empezar la mañana con un buen café y una especiada porción de tarta. El ambiente se llenaría enseguida de un parloteo discreto, de conversaciones sobre drapeados, diseños y colores de temporada; pero también de intimidades, secretos y chismes. Era un auténtico fortín femenino, un lugar de reunión para aristócratas, burguesas y trabajadoras que querían un lugar íntimo en el que socializar.

—Carmen, vigila los hornos —ordenó Celia—. Los bizcochos de La Flor Negra deben quedar esponjosos, que no se pasen de cocción. Y los merengues, bien batidos.

La muchacha asintió, se había convertido en la encargada del obrador. Había aprendido bien el oficio y ahora era quien hacía la mayoría de dulces de la confitería. Celia se sentía muy orgullosa de ella, pues había pasado de ser una jovencita insegura y desaprovechada en La Perla a toda una mujer fuerte y con grandes dotes para la repostería. Solo había hecho falta un poco de paciencia y confianza.

—Si te viera Arturo —comentó Celia—, ¡se caería de espaldas!

- Carmen había engordado, tenía un aspecto más saludable y enérgico.

—¿Qué habrá sido de él? No creo que haya encontrado esposa. Y seguro que te envidia por haber convertido este café en un lugar tan popular y emblemático. ¿Crees que habrá probado tu pastel estrella?

—Ni hablar. Para él siempre seré la extranjera de piernas flacas —rio.

¡Cómo le había cambiado la vida desde entonces! Hacía ya cinco años que había abierto el café, y las cosas no le habían podido ir mejor. Tenía una asidua clientela que cada vez era más extensa, y muchos hacían cola para comprar y probar su ya popular bizcocho de vainilla y especias. Aunque durante su estancia en el Sacher le había dado un toque más refinado y elaborado, se había dado cuenta de que la gente lo prefería sencillo, que en eso radicaba su éxito, por lo que había decidido utilizar la misma receta que había creado por primera vez con Ulrik en la isla Reunión. Así pues, igual que la tarta de chocolate y mermelada de albaricoque se había convertido en el emblema de los Sacher, la Flor Negra lo era de su café, y, al igual que el gran Eduard Sacher, conocía tan bien su creación que solo con verlo sabía si le faltaba azúcar o levadura, o si la masa necesitaba más reposo o tenía un exceso de calor. Celia era como una directora de orquesta y su establecimiento marchaba a la perfección bajo sus órdenes.

—Nos quedan cuatro horas para acabarlo todo —dijo ella, mirando el reloj—. Por suerte, el Palacio Real está aquí al lado.

Los hornos de piedra y leña estaban a pleno rendimiento y todas andaban enfrascadas haciendo crema pastelera, batiendo nata y templando chocolate. Pero, sobre todo, sacando provecho a las diferentes especias que provenían de los campos de Loana y Niry. En la gran mesa de trabajo se acumulaban las espátulas, los tamices, las mangas y las cacerolas de cobre.

—¡Qué emocionante! —exclamó una de las jóvenes aprendices que había contratado—. ¡Pisaré el palacio de un rey! ¡Quién me lo iba a decir a mí!

Celia sonrió, recordando su mismo entusiasmo la primera vez que había formado parte del banquete de la boda del rey junto a

Carranza. Nunca iba a olvidar a la reina Mercedes, tan guapa y llena de felicidad, que tan pronto vio truncado su futuro. Luego pensó en el rey, que había fallecido de tuberculosis hacía un año, a tan solo tres días de cumplir los veintiocho años. Por fin, los jóvenes amantes se reencontrarían en el cielo.

Su muerte había sorprendido a sus súbditos, que desconocían que estuviera enfermo, pero no a Diego, que veía como en las últimas semanas el joven monarca vomitaba sangre y su cuerpo iba perdiendo fuerza.

«Siempre fue un niño débil y con muchos problemas de salud», había recordado el cochero en más de una ocasión. Al final, no había podido vencer una enfermedad que afectaba a miles de personas en España, y que Gonzalo afortunadamente había superado. Su vida había sido tan corta como intensa: había puesto los cimientos de un nuevo régimen monárquico parlamentario, había vivido grandes romances y, en definitiva, había sido un rey querido por su pueblo. El Pacificador, como se le apodaría a partir de entonces, había muerto el 25 de noviembre de 1885 junto al calor de su esposa y las dos infantas.

Pocos meses después de la tragedia, Celia había recibido una carta de Elena, la más triste que había leído de su madrina.

Mi queridísima ahijada:

No sientas pena por mí, pues ya hace tiempo que dejé de vivir. Para mí, Alfonso murió cuando dejó de quererme y me alejó de su lado. La única tristeza que tengo ahora es por mis hijos, que van a dejar de recibir la pensión que me enviaba el rey, por orden expresa de María Cristina. Se van a quedar sin nada, Celia, mientras que las hijas que ha tenido con la reina disfrutarán de todos los lujos. Tienen su misma sangre, pero los míos no gozan de derechos. ¿No te parece injusto?

Pero así es la vida, y este es el destino y futuro que yo misma me he buscado. Pese a todo, nunca dejaré de luchar por ellos y por devolverles la dignidad y el apellido que merecen. No sé si regresaré a

España algún día ni si volveremos a vernos. Mientras tanto, te deseo todo lo mejor junto a Diego, y que La flor negra siga cosechando el mismo éxito que hasta ahora.

Te quiere,

Elena.

No solo la que había sido una de las mejores cantantes de ópera sufría por su futuro, sino también España, que no tenía heredero, y eso podía desencadenar en un nuevo conflicto político. Sin embargo, la sorpresa llegó pronto: María Cristina se había quedado embarazada antes de que muriera Alfonso. ¿Sería niño o niña? El futuro del país pendía de un hilo.

—Vamos, todo tiene que salir perfecto —ordenó Celia—. Debemos dar un buen recibimiento al futuro rey de España, Alfonso XIII. ¡Será un bautizo muy dulce!

—¡Menos mal que ha sido un varón! —exclamó Carmen—. Aunque habrá que esperar a que sea mayor de edad...

—Por suerte, el país está en buenas manos con la regencia de María Cristina; de momento, mantiene la estabilidad política.

La flor negra había sido la encargada de preparar el bautizo real y Celia no cabía en sí de gozo. Se llevaba muy bien con la reina, que había sido clienta de su café desde su inauguración. Además, se había convertido en proveedora oficial de la Casa Real. No obstante, a raíz de la muerte del rey y a causa también de su embarazo, la reina se había recluido en palacio. Con el nacimiento de Alfonso, había recobrado el ánimo y había decidido celebrarlo por todo lo alto.

Estaban a punto de abrir. Celia, como hacía cada mañana, recorrió el café de un lado a otro para cerciorarse de que todo estaba en orden. El salón era amplio, diáfano y luminoso, con inmensos ventanales con vistas a la calle Arenal. Tenía una decoración sobria, pero elegante: el techo estaba adornado con frescos y dorados, había relucientes lámparas de araña y un friso de espejos que recorría la parte superior de las paredes color crema. Se había inspirado, por supuesto, en los acogedores y cálidos cafés vieneses.

—María, ¿todo listo? —preguntó Celia.

La dependienta asintió mientras llenaba las fuentes y bandejas de dulces de todo tipo. Tras ella, en una bonita vitrina, descansaban los platos azules de cerámica con filo de oro y la cristalería de Bohemia para los licores y refrescos. Las camareras, vestidas con delantal negro y cofia blanca, preparaban los carritos de servicio con teteras y jarras para el café.

Celia cerró los ojos y suspiró. Una sensación de serenidad la inundaba cuando la luz de la calle bañaba de sol el suelo. Olía a pastel recién horneado, había un ambiente casero y dulce. Ya era la hora: La flor negra abría sus puertas un día más.

CELIA CRUZÓ LAS caballerizas reales y se dirigió a casa. El banquete había salido bien, María Cristina estaba feliz y el futuro rey de España parecía sano y fuerte. Se tocó la barriga y sonrió. Llevaba un par de meses sin que le viniera el período y sabía lo que eso significaba: le daría la noticia a Diego en cuanto llegara a casa. Si era varón, seguiría los mismos pasos de su padre —probablemente, se convertiría en el cochero del próximo monarca—; si era una niña, esperaba que algún día se hiciera cargo de La flor negra. «O, quizá —se dijo—, escogerá un camino distinto, aquel que le haga feliz.»

Entró en casa, Diego la esperaba en el zaguán con una sonrisa divertida en la cara. Le dio un beso y la acompañó al salón. Allí, sentados a la mesa, se encontraban su madre, Gonzalo y Beatriz, que había llegado de Viena hacía unas semanas. Seguía trabajando para los Schubert, aunque sus hijas se hacían mayores y no tardarían en prescindir de sus servicios. Aun así, no tenía intención de establecerse en Madrid.

—¿Qué hacéis aquí? —preguntó, sorprendida.

—Diego nos ha invitado a cenar —contestó su madre—. Así nos lo cuentas todo sobre el bautizo.

Celia asintió y ayudó a Diego a poner la mesa. Su casa había sido la misma que la de su padre y su abuelo, la de toda una generación de cocheros. Aunque disfrutaban de una buena situación económica y podían permitirse algo mejor, habían conformado su hogar allí y no necesitaban nada más.

Mientras servía el estofado de ternera, alguien llamó a la puerta. Celia, extrañada por la hora que era, fue a abrirla.

Se trataba de una pareja de jóvenes, apenas se les distinguía en la oscuridad de la noche.

—¿Es que no nos reconoces? —dijo la muchacha en francés.

Dieron un paso hacia el interior; por fin, la luz de la lámpara les iluminó el rostro. Eran Loana y Niry.

—¡Dios mío! —exclamó Celia, emocionada—. ¿Qué hacéis aquí?

Se abrazó a ellos con fuerza y les besó la cara. Las lágrimas le resbalaban por las mejillas. Hacía seis años que no los veía, desde que se había marchado de Reunión. Aunque se habían escrito con asiduidad, siempre había querido reencontrarse con Loana, a la que consideraba una hermana más.

—Una sorpresa. —Loana sonrió. Su rostro había madurado, pero no había cambiado mucho. Seguía teniendo esa mirada pícara, aventurera, los gestos de una joven que se siente segura y feliz consigo misma—. Tu familia estaba compinchada.

Celia, todavía aturdida y confusa, los hizo pasar al salón. Al parecer, ya se habían conocido el día de antes, cuando la pareja había llegado a Madrid.

—Llevábamos tiempo queriendo venir —comentó ahora Niry—. ¡Y he probado los callos! ¡Están buenísimos!

Todos rieron. Celia no cabía en sí de gozo: tenía a su lado a su familia, a su esposo y, en el vientre, a su hijo. No podía estar más contenta.

Se sentaron a la mesa y empezaron a comer. Celia miraba embelesada tanto a Beatriz como a Loana: una era de su sangre, la otra no; las dos vivían en el extranjero, pero las sentía siempre muy cerca.

—Tengo noticias que darte —dijo Loana, poniéndose seria—. Quería decírtelo en persona.

Celia esperó impaciente a que continuara.

—Han detenido a Antoine —continuó, afectada—. Los franceses pararon su barco y encontraron a los esclavos. Ya sabes que en los últimos años se han puesto serios con el tema y persiguen a los esclavistas. Uno de los indios que llevaba el barco delató a mi hermano.

Celia no sabía si alegrarse o no. Tenía sentimientos encontrados: por un lado, se sentía aliviada por los esclavos, que volverían a ser libres; por otro, le apenaba la situación de Antoine, pues no le deseaba ningún mal al hijo de quien había sido su esposo. Aunque Gustav ya no estaba allí, habría sufrido de haberlo visto en esas condiciones.

—No sé qué decir —dijo Celia—. Supongo que quien juega con fuego, se quema.

—Él se lo ha buscado. —Loana inclinó la cabeza—. Aunque es mi familia, no hemos de olvidar lo que hizo: quiso acabar con Niry y se llenaba los bolsillos con la trata de humanos. ¿Hay algo peor? Al final, aunque ha tardado en llegar, se ha hecho justicia.

Celia asintió, en el fondo tenía razón. Ella había mantenido la promesa que le hizo a Gustav; no había intervenido en su destino y había caído por sí solo.

—Y Osorio, aunque por otras circunstancias, también tuvo su merecido —añadió.

Loana sacó algo de su bolso y se lo entregó a Celia. Esta le quitó el envoltorio: era una vaina de vainilla.

—Es de nuestra producción —le explicó—. La que empezamos tú y yo. Si la vieras, querida... ¡Las plantas están enormes!

Celia se la llevó a la nariz y respiró su aroma. En el fondo, todo se lo debían a Baptiste, que las había ayudado a cultivarla.

—Tu padre se sentiría muy orgulloso de ti —expresó Celia, con los ojos húmedos—. Has sabido mantener su legado.

Loana asintió y apoyó la cabeza en el hombro de Niry. Pensó que tenía a un buen ayudante. Los dos hacían un equipo fantástico.

—Gracias a ti, que viniste a revolucionar la isla. ¿Sabes que Ulrik sigue elaborando La Flor Negra? Tienes la competencia a miles de kilómetros de aquí.

Celia guardaba buenos recuerdos del danés, que tanto la había animado a hacer uso de las especias. Sin él, quizá nunca hubiera llegado a crear su gran postre.

Loana miró a Diego y sonrió.

—Mi padre debe de estar feliz ahí arriba —comentó la francesa—. Estás bien cuidada, tienes a tu lado a un hombre que te quiere y te respeta.

Celia sintió un nudo en la garganta al recordar a Gustav. No lo había amado como a Diego, no había sentido el cosquilleo en el estómago propio de los enamorados, ni la pasión de la atracción más carnal y humana, pero le había querido a su manera y jamás le olvidaría por mucho que pasaran los años.

—Bien, tengo que contaros algo. —Celia creyó que no había mejor momento que ese para dar la buena nueva, con toda su familia unida por primera vez—. Estoy embarazada.

Diego saltó de alegría y se abalanzó hacia ella, colmándola a besos. Sus ojos brillaban de emoción. Olía a vainilla.

Receta de bizcocho de La Flor Negra

Aquí presentamos una variante de la receta del bizcocho que Celia inventó durante su estancia en isla Reunión, es de fácil preparación, y seguro que va a gustar a todo el mundo. Además, es un postre apropiado para cualquier ocasión.

Ingredientes

Dos huevos
200 g de azúcar
20 cl de leche
150 g de mantequilla derretida
180 g de harina
Un sobre de levadura
Una vaina de vainilla
Una cucharadita de mezcla de especias: canela, cardamomo, clavo, nuez moscada y jengibre.

Preparación

Abrir la vaina de vainilla y raspar las semillas con el dorso de un cuchillo.

En una cacerola, poner a hervir la leche, la vainilla, la mezcla de especias y el azúcar.

Apagar el fuego y dejarlo infusionar durante quince minutos.

Retirar la vaina.

Precalentar el horno a 180 °C.

Mezclar los huevos, la mezcla de leche y azúcar, la mantequilla derretida, la harina y la levadura en un bol.

Verter en un molde y hornear durante treinta minutos a 180 °C.

Dejar enfriar antes de desmoldar.

Descubre a Marta Gracia, la autora revelación de la novela histórica romántica

Una narradora ágil que crea mujeres inolvidables que afrontan retos y superan prejuicios en contextos históricos siempre atractivos.

La autora tiene una agilidad narrativa que te atrapa desde el primer minuto.
Babelio

Sobre *El viaje de la libélula* se ha dicho:

Es una excelente opción para leer cuando buscamos un contexto histórico con algún detalle curioso y distinto, como podrían ser las joyas, liderado por personajes femeninos.
Why not cultura

Me han encantado ambas historias paralelas, en este caso ambientadas en diferentes épocas. Como la autora es historiadora, sobra decir que la novela está muy bien documentada y que sabe perfectamente cómo trasladarnos a la época descrita para que podamos hacernos una idea perfecta de las costumbres, la moda, el arte y la política de la época.
Conversando entre libros

Durante la lectura de esta novela he sentido muchas sensaciones y eso me fascina en una obra.
Libros que Voy Leyendo

En orfebrería existen todavía muchas familias tradicionales en Barcelona, y en sus escaparates aún se ven joyas de estilo Art Nouveau.
Marta Gracia sobre la novela

Agujas de papel

**Una joven barcelonesa emprende un inesperado
viaje lleno de pasión e intriga.**

Barcelona, finales del siglo XIX. Amelia Rovira, hija de una
de las familias más prósperas de la burguesía catalana,
quiere cumplir uno de sus sueños: convertirse en modelo
de alta costura y trabajar en París. En su lucha por
conseguir lo que desea, deberá enfrentarse a la oposición
de su familia y empezar una nueva vida.

El olor de los días felices

¿Hasta dónde te puede llevar una idea?

En la década de 1920, una época de profundos cambios sociales, la protagonista dará un giro a su vida y vivirá una apasionante aventura a la conquista de sus sueños.

Barcelona, 1928. Anna Expósito es una joven huérfana cuya afición por el cine, las revistas femeninas y la cosmética han hecho de ella una muchacha independiente que quiere disfrutar de la vida. Cuando descubre la fotografía de una mujer que podría ser su madre, emprende una búsqueda que la llevará hasta la exótica Filipinas y a convertirse en una de las primeras mujeres publicistas de la época.

El viaje de la libélula

El poder del destino y la pureza de los diamantes convierten esta novela histórica en una joya por descubrir.

En 1940, Blanca es la única heredera de una de las más prestigiosas familias de joyeros de Barcelona, la desaparecida joyería Amat, y sobrevive junto a su madre en los duros años de la posguerra. Cuando recibe unas joyas de estilo Art Nouveau diseñadas por su prima Elsa, decide esclarecer el misterio que rodea a un valioso diamante azul que Elsa utilizó para un encargo muy especial a comienzos del siglo xx.